广东省文艺精品创作扶持项目

碉楼怒汉

南楼七壮士

梁小恩 著

SPM
南方出版传媒
广东人民出版社
·广州·

图书在版编目（CIP）数据

碉楼怒汉：南楼七壮士 / 梁小恩著. —广州：广东人民出版社，2020.12
ISBN 978-7-218-14204-3

Ⅰ. ①碉… Ⅱ. ①梁… Ⅲ. ①纪实文学—中国—当代 Ⅳ. ①I25

中国版本图书馆 CIP 数据核字（2020）第 027791 号

DIAOLOU NUHAN：NANLOU QIZHUANGSHI

碉楼怒汉：南楼七壮士

梁小恩　著

出 版 人：肖风华

责任编辑：李沙沙
装帧设计：彭　力
责任技编：吴彦斌　周星奎

出版发行：广东人民出版社
地　　址：广州市海珠区新港西路 204 号 2 号楼（邮政编码：510300）
电　　话：（020）85716809（总编室）
传　　真：（020）85716872
网　　址：http://www.gdpph.com
印　　刷：台山市彩宁纸品印刷有限公司
开　　本：787mm×1092mm　1/16
印　　张：27.5　字　数：500 千
版　　次：2020 年 12 月第 1 版
印　　次：2020 年 12 月第 1 次印刷
定　　价：68.00 元

如发现印装质量问题，影响阅读，请与出版社（020－85716849）联系调换。
售书热线：（020）85716826

目 录 | Contents

引　子

"滚滚长江东逝水，浪花淘尽英雄……"

英雄，有时候就像这奔腾着永不停歇的潭江水，那些豪迈注定铭刻历史，却也注定归于平淡。当我们站在潭江边、碉楼下，一遍遍追忆起那些浸染着血与泪、情与爱、恩与仇的峥嵘岁月，会不会常常在这片江水边，在这碉楼——弹痕累累的南楼下驻足、沉思，渴望再一次体会那平淡背后，壮士一去不复还的壮烈场景。记忆，在千疮百孔的南楼的斑驳中，历久弥新。

沧桑，为这矗立于潭江边上的碉楼写下了悲壮的墓志铭。1945 年 7 月，黎明前最后的黑暗，就在这里，在我的故乡开平，七个对侵略者充满血泪深仇的怒汉，七个背负着必胜信念的壮士，在这堡垒般坚固的碉楼之下，谱写了一曲属于侨乡，属于南粤，属于华夏大地这片英雄土地上永远不朽的抗日挽歌！如今，七烈士当年的英姿仍坚守在南楼的前方，目光如炬，被岁月定格成一面旗帜、一座丰碑！

写下这些文字的时候，我哽咽了。虽然不曾身临其境，但同样感同身受。因为，我和他们有着一样的黄皮肤，流着一脉相承的血液！

对于从小生长在侨乡开平的我来说，那段历史早已太过熟悉，老一辈的絮叨，少一辈的好奇，都让英雄的故事被一遍遍提起。只是随着时间的流逝，我们走过了那段听着故事入眠的光阴。如今，在人生的路上，多少人很难再对远去的耳熟能详的历史重燃感动，在奔波的生活之中，多少人学会了妥协，学会了脆弱，也学会了逆来顺受，多少人想的、做的不再是那些看似遥不可及的梦想。英雄，怒汉，一怒冲冠，似乎离我们渐行渐远。

"当你走在十字路口不知道该何去何从时，要回到起点，回到你最初开始的地方，那里才有你一直寻找的答案。"耳边倏然回响起这句熟悉的箴言。我的起点，那不就是一段江、一条村、一个镇、一群人和一座碉楼吗？那里会有甘泉滋润我心中干渴的灵魂吗？

在国家烈士纪念日，在"九一八"国耻日，在"七七"卢沟桥事变纪念日，在南京大屠杀死难者国家公祭日，在中国人民抗日战争暨世界反法西斯战争胜利七十周年纪念日……一次，又一次，我来到潭江边、碉楼下，一次，再一次，我重读那段惨烈的往事。原来碉楼、怒汉还在我的脑海，原来英雄还在我的心中，原来我的根一直就深深埋藏在这里！没少一点儿时对英雄的崇拜，却多了一份对人性光辉的解读；年少轻狂看到的是怒汉刀光剑影的英勇，人到中年看到的却是壮士忠于信仰的坚守。那些历历在目的碉楼往事，此刻竟闪烁着别样的光彩，不断敲打着我愈发悸动的心灵！

　　这次，重新追寻他们的故事，很多细节都是第一次听到，不，或许是第一次感受到才对。在碉楼上用鲜血、用生命拼死抵抗的铁骨怒汉，侨乡热土上誓死与南楼共存亡的悲情英雄，他们拥有的不只是伟岸的身躯，他们也有自己的喜怒哀乐，也有人性挣扎后的升华，他们不是神，他们是和我们一样有血有肉的中华同胞，是和我们一样有亲情有爱情，有七情六欲，也会怒发冲冠的平常人，这一切丰满了他们的形象，也更加映衬出那视死如归的力量源泉。为国为家，为民族大义，个人的儿女亲情、恩爱情仇，他们弃诸脑后，因为碉楼在召唤，民族在召唤，灵魂在召唤。血，从未冷过；心，从未动摇过！

　　这将是一段有关碉楼、有关英雄和英雄背后的故事。我会静静站在历史的舞台下，站在咆哮的潭江边，站在沧桑的碉楼旁，和你们一同见证、追溯，遥望那远去的岁月，只为了那些不应该被忘却的纪念！

第一章

1

　　我叫司徒文，今年二十八岁，做装修工程，经常在外面跑。老爸叫司徒彦，六十多岁，住镇里，这段时间他闲着没事，带老妈回乡下树溪东华坊的老房子住去了，说是方便照顾奶奶。我奶奶八十多岁，身体还硬朗，只是牙快掉光了，不爱讲话，但是仍然爱美，每天都要照几遍镜子，头发虽然稀稀疏疏，梳得却是一丝不苟，总是给人一种清爽利索之感。奶奶年轻时绝对是一个人见人爱的美人胚子，老爸说，他小时候，只要奶奶在镇上、在县城里那么一溜达，曾令多少达官贵人和公子哥儿两眼发直，垂涎三尺。

　　我奶奶并不是我亲奶奶，我爸不是她亲儿子。我奶奶也不避讳这个事实，小时候，她不时颇有兴致地给我们兄妹讲点她当年的故事。奶奶一辈子只生了两个女儿，没有儿子，后收养了一个孤儿，就是我爸。我爷爷小名司徒元煦，号达祥，大名司徒煦。

　　听老一辈说，我们的家族曾经是大户人家，我爷爷是前清上海源记钱庄、香港丽合源银号、赤坎丽和兴银号总经理，五邑著名巨商司徒懿接公的曾孙。听人说我爷爷奶奶当年在家乡是很有名气的，爷爷青年才俊，奶奶貌美如花，抗战那年，在南楼最惨烈的那场战斗中，我的爷爷壮烈牺牲了，没来得及给奶奶留下一句话。后来，我的奶奶便按乡下的习俗收养了我老爸来继承香火，一直把他抚养成人。

我爸他们回树溪乡下老家后，小镇里的家就剩我一个人。我的两个姐姐，早已结了婚，都在香港，时不时回来看看我们。我这个老儿子迟迟不肯依照父母的意愿结婚生子，老爸老妈也是眼不见心不烦，这不，老爸老妈又回乡下陪奶奶，当孝子贤媳去了，留我一个人在镇里瞎闹腾。

我的家乡赤坎树溪东华坊是位于赤坎镇附近的一个村子。赤坎镇很久以前是开平的政治经济中心，曾是县城，算是一个历史文化名镇，离如今的开平市区也就二十来里路程。我爸叮嘱我每周必须回去一次，说是奶奶岁数大了，见一天少一天，要多回去陪陪她。今天，老爸又打电话叫我回家，说有点事。我的车子就在老爸的呼唤下奔跑在通往小镇的路上。

南方的初春，气温虽然不低，却阴冷潮湿，今年入春就没见着几个晴天，老天好像要把好几年的雨全下完似的。你看，细密的雨丝又扯开了，像在你面前扯开一张无边无际的巨网，你无论怎么努力，也无法冲破它的网罗，但缕缕寒气却从各个网洞向你袭来，从你的每个毛孔钻入你的任何一处肌肤。我沿潭江边的公路不紧不慢地开着车，不一会儿就看到高高耸立在潭江边的南楼。南楼布满弹痕，千疮百孔，满目沧桑，雾蒙蒙的空气中，南楼周围的松柏越发苍翠。我不由停下车，心底涌上一股莫名情愫，说不清楚，就是心绪不再平静，不能淡然。

潭江缓缓流淌，听老爸讲，以前潭江比现在要宽要深，而且比现在还要清澈，曾经是我们这个侨乡——江门五邑举足轻重的水路交通要道，而潭江边上作为水陆运输枢纽的赤坎镇，也就成为了一个繁华的经济和历史文化重镇，有"小上海"之称，曾被誉为"中国五大名镇"之一。到现在，每年国内外都有不少人来赤坎参观旅游。由于家族关系，我对当地历史还是知晓的，尤其是我爷爷和奶奶的故事，可以说是荡气回肠。我望了一眼南楼旁边七烈士的雕像，突然想，最中间右手高举着步枪、左手紧握着拳头的那位壮士，如果还活着，该会是我的爷爷吧，如果他还活着，那时该和我的奶奶生下儿子了吧。那么，我老爸就成不了奶奶的儿子，老爸成不了儿子，我岂能当孙子？呵呵，我自嘲地笑了一下，哈哈，还是当孙子好。

车子开到邻近开平一中的高咀凉亭，我习惯性地把车开到路边停下，走向路旁小山丘的土坟，双手合十，低头静默几分钟，恭恭敬敬地鞠躬拜了三拜。每次经过这里，我都会习惯性地在这里驻足。这里是埋葬着我爷爷司徒煦等南楼七烈士的地方。1945年8月25日，由司徒氏四乡事业（族务）促进会同仁发起，在开平县立中学（今开平市第一中学）广场，隆重举行南楼七烈士追悼大会，参加追悼大会的有当时江门四邑各界名流及民众三万余人，怀着无比沉痛和崇敬的心情默首致哀，慷慨陈词，挽联两千多副。其中一副挽联当时脍炙人口，广为流传，邑人皆知："七士守南楼，两路寇倭曾被阻；三军逃夹水，四乡团队竟留名。"上联表彰的是我爷爷司徒煦等南楼七壮士英勇御敌、壮烈殉国的英雄事迹，下联讽刺的是当时的国民党广阳指挥部总指挥官率部仓皇逃窜的丑态。追悼大会结束后，七烈士的遗体就礼葬在这高咀凉亭路旁的小山丘。我爷爷司徒煦的遗体被日寇残忍肢解后抛入潭江，乡亲们打捞了几天几夜，都不见影踪，只好按照乡下的习俗，找来他穿过的衣服，再写上他的生辰八字，与其他烈士遗体一起下葬。

"苍茫的天涯是我的爱，绵绵的青山脚下花正开"，手机里突然传来《最炫民族风》的彩铃声，我拿出手机一看，是老爸。这老头，早晨说了今天中午前回去的，怎么现在才9点多就耐不住打电话了，嗨，老人心，海底针，老大爷老太太们闲着没事干，就爱冒出无数怪念头。

"喂，爸，嗯，在路上呢。什么事？"

电话里老爸的声音显得无比苍老而疲惫，还带着一丝焦急。他只匆匆问了我在哪，然后说："立马赶到赤坎镇医院。"就挂了电话。

镇医院，谁病了？我首先想到的是我妈。妈虽然才六十来岁，可是身体一直不大好，终年药不离身。我忐忑不安，连忙发动汽车向镇医院的方向开去。

随着发展的步伐不断迈进，什么都在变，许许多多值得保留的东西也在变化中消失，包括整个侨乡。在令人眼花缭乱、目不暇接的变化中，就数赤坎骑楼和散落乡村的大大小小各式各样的碉楼最能保持原汁原味的了，是的，自小在赤坎长大的我可以证明这些碉楼是依然故我的存留。它们没有被现代的一些浮华的东西污染或排挤，更没有被所谓的时尚取代，包括民风民俗。也许因为从小在这个环境中长大，什么都看习惯了，对依水而建的一座座骑楼没有什么特殊的感觉。只有长大后才知道原来这里是著名的碉楼、骑楼之乡，特别是骑楼丛中夹杂着高高的中西合璧的碉楼和西式钟楼，街道保留了青石板原貌，确实有种说不出的古朴沧桑的味道。这些年我也去过不少地方，可是这种透着中国古乡镇传统历史风霜，而又夹杂着西方文化韵味的独特建筑，实在不多见。我年纪尚轻，很难从这些成为文物的碉楼、骑楼中体会到什么，但是我相信我的老爸老妈、我的奶奶他们一定舍不得离开这些让人充满回忆的地方，那邻里间融洽的笑容，那风味独特的赤坎烧饼、牛杂、豆腐角、煎鱼仔、煲仔饭、三扣糖水、牛腩濑粉等赤坎镇各式各样著名的特色小吃氤氲香气，那雨天出街不用举伞的骑楼，那半是小城镇半是水乡的闲适生活……令他们痴恋，一辈子不肯走出去，即使暂时离开了，也会回来。

这里是侨乡，也是每年接待华侨最多的地方。游子在海外漂泊了一辈子，顶着一头苍苍白发回到家乡，有的家乡已经没有了亲人，家乡却是他们永远的牵挂，他们还是要在有生之年回来看看。这不单单是落叶归根那么简单。这里，记载着他们那辈人的童年和岁月的痕迹，记载着他们久积于胸的浓浓乡思、乡愁，也承载着他们所有的情感和精神寄托，心安处就是家，这儿才是他们心身所安之家。

车子，缓缓地行驶在赤坎镇古老的街道上。冷清的毛毛小雨飘飘洒洒，街上人不多。我把车开到镇上唯一的医院——开平市第二人民医院，其实也只是镇级卫生院而已。车刚停在医院门前，我就看到老爸从大门台阶上跑下来，他竟然没有打伞，六十多岁的人了，还是这么顾前不顾后的。我摇了摇头，赶紧从车里面拿了把雨伞跳下车。

"爸！你急什么啊！怎么也不打伞？"我提高了音调，大声地说。老爸有点耳背，不大声讲他是听不见的。

老爸钻到我的伞底下："快进去吧。"

我把伞举到他头顶问道："爸，什么事？这么急！"

他摆了摆手沉重地说："你奶奶，身体不太好，从昨天起就没精神，老是说想睡觉，粥水也不吃，今天一大早喘不上气来。"

是奶奶？虽然奶奶那么大岁数，可是基本上没见她得过什么大病，平时连头疼身热都很少，更别说住院了。

"你奶奶，她，毕竟老了——"老爸长长叹了口气。

我忐忑不安地随老爸走进病房，首先看到的是围坐在床前的大姑还有我妈，然后是安静地躺在病床上的奶奶。

大姑正对我妈低声说着什么，看到我进来了，点点头继续说道："呵，阿文回来了，其他人能回来的都打电话通知他们吧。现在紧要的是马上转院，镇里这家医院条件没有市区的好，不能这样等着啊！"

看似安详地睡着觉的奶奶突然睁开眼睛，她缓缓而坚决地摇摇头，浑浊的双眼慢慢打量着病房，打量着每一个人。谁也不再说话，弓着腰看着这位风烛残年的老人，好像用目光把她紧紧地拽住，生怕她会在一眨眼间飘走。我不由涌上一股酸楚，恍惚间仿佛腰板还挺直的奶奶正牵着我的手走在潭江边上，她永远美丽的双眸遥望着远处的南楼轻轻告诉我："你看，他们都走了，等我的乖孙子长大，我也该走了，他等了很久啦！"

"他是谁？我不要奶奶走，奶奶是文儿的奶奶，我要奶奶陪文儿！"

"表哥，我陪你来啦，你等得太久啦。"奶奶低声地喃喃自语。

"已经昏迷多天了，医生说要马上转院治疗！不然……"老爸用低沉的音调说。

"不……不要转院，回家，回老房子，回树溪的老房子……"奶奶半清醒半昏迷，呓语般断断续续。

树溪东华坊的家，在我记忆里是两层高、常年潮湿的青砖老房子，远不如我家在镇上的房子宽敞气派。以前，奶奶每年都要回去住上一段时间，近几年行动不太方便，每次回去都得我们陪着，大概奶奶怕给我们添麻烦，也就不怎么回去了。小时候，我喜欢在乡下玩，不愿生活在一堆高高的楼房丛中，所以对那里很熟悉。如今，就是整个小城镇也觉得像鸽子笼，装不下并没有什么雄心壮志的我，这也许是我们现在年青一代的通感吧，觉得故土、故乡、故居只属于历史，属于守旧，属于老人，不属于青春，不属于时尚，不属于梦想，那掩映在青山绿水中的乡下老家尽管就在身边，平时没什么事也懒得回去看上一眼。

平时沉默寡言的大姑开口了："家嫂，细佬（'细佬'，当地方言，即弟弟），依我看，还是随老人家的心愿吧，我们都不希望阿妈离开，可就是转院又能怎么着？都病成这样了，她还经得住奔波折腾吗？说句不好听的话，万一要是真走在外面，妈走得也不安心啊！家嫂，细佬，还是赶快通知亲人们回来吧！"

我妈和老爸对望了一眼，默默点了点头。

2

树溪东华坊到了。

除了在国外一时赶不回来的，奶奶的亲人们大部分都回来了。

我高高举着输液袋，我的叔父和堂兄抬着担架急速而又小心翼翼地沿着布满青苔的石板小路往老屋走去。老爸老妈分别拿着奶奶在医院里用过的脸盆、衣服、药品等东西，和大家一起默默跟在后面。奶奶闭着眼，上下眼皮像两扇虚掩的窗，可里面的主人却已经没有精力推开它们。奶奶微弱地呼吸着，但是脸上却泛起潮红，就像出嫁的新娘一样，安详恬静。

老妈前一天已经早早过来把老屋打扫了一遍，开窗通了一天风，点上奶奶最喜欢的檀香，床上铺了绿缎新被褥。细心的妈妈还把挂在墙上的相框擦得一尘不染。那上面是一位英俊的男人，眼神温和儒雅，深邃又带透着不羁，嘴唇微抿，表情坚毅。这个人正是我的爷爷司徒煦，也就是南楼七烈士雕像正中间威武站着、高高举着步枪的那位勇士，曾率六壮士拼死坚守南楼的自卫队副队长。虽然以前奶奶讲得少，但是从爸妈和乡亲们嘴里，从奶奶老人家面对相片那种幸福而向往的神情中，我大概知道他们之间的一些故事，一个个的故事片段，甚至是细小的历史碎片，慢慢地在我脑海中形成了完整的拼图——七十年前的烽火岁月图。

此刻，奶奶回到她曾经住过、爱过、承载着她许多往事的老屋，我总是觉得看似心如静水、波澜不起的奶奶，心底应该思绪万千、波涛汹涌吧。她那一颗心、一双老眼里装着的是那个烽火连天、风云变幻时代所有的情与爱吧。

人们在老屋里忙忙碌碌，其实也没什么忙的，只是谁也坐不住，每个人都怀着一种惆怅和悲伤，有的人已经蹲在院子角落中悄悄抽泣开了。

奶奶躺在床上，她的头自然地扭向左面，左面墙上，挂着爷爷那帧黑白的相片。此刻的奶奶努力聚拢了自己所有的力量，慢慢睁开双眼，面对着他，也在微笑，脸上居然浮现出一抹少女般的娇羞。奶奶一直就这样与相片上的爷爷脉脉相视，幸福的微笑着。突然，我眼眶一热，那热流到了腮边就成了湿湿的、凉凉的，心中一股前所没有的复杂情感直往上冲，慢慢的眼前变得一片模糊，模糊中，我似乎看到了奔跑在门前窄窄的青石板路上，梳着长长辫子的少女时代的奶奶胡锦韶。

"韶儿，慢点，慢点！路滑，小心！"她的表哥，一个面色有点苍白，身材修长，颌下蓄着一撮胡子的年轻人，在后面一边追着一边紧张地喊着。这个追着喊着的年轻人是司徒煦。

韶儿回过头来，她灵动的双眸跳动着纯真的光彩。她返身跑回到司徒煦身边，微微喘息着问："表哥，今天你好些了吗？我看还是和我回南洋吧，你这身体……"

"傻妹，我没事！"司徒煦打断表妹的话，温和地说道，"你还是尽快回南洋去吧，姨父姨母不知要急成什么样子呢，你呀，太任性啦。"

"我就不回去，你能留在这里打日本仔，我身子比你强，怎么不能留下？"韶儿撒娇般地嘟起嘴巴。

司徒煦无奈地笑了一下说："你不回去我可写信告诉姨父了。这样的野丫头，看以后谁敢娶你！"

"哼，没人娶就没人娶，人家就爱和表哥在一起。"韶儿娇羞地住了口，转过头，轻轻摇晃着脑袋，双手不住地抚弄着胸前的长辫子。

司徒煦抬起头，指着远处隐隐约约的碉楼岔开话题："表妹，你看，天天在打仗，日本仔现在是狗急跳墙，什么事都干得出来。表妹，你要是为姨父姨母着想，为……我着想，你就应该早点回去南洋。我也不会在家里待太久，也许明天……我就回自卫队了。"

"病成这样还回自卫队？你不要命了？"韶儿着急地喊道。

"谁不想要命啊，可你看日本仔能让我们好好活命吗？与其在这里苟且偷生，还不如到战场上痛痛快快杀几个日本仔。日本仔一天不走，我们就没一天安宁的日子。韶儿，有些话我一直想对你说，我从南洋回来，早就做好了牺牲在这里的准备，国难当头，这是一个中国男人该做的事！我知道你的心思，但不赶走日本仔，我一天都不能把心思放在儿女情长上，我给不了你幸福，只会让你牵挂、担忧、痛苦！"

"你不是没有儿女情长，你只是没有把你的儿女情长放在我身上，你给了……她！"韶儿心里痛楚地喊道。

韶儿委屈地扭过头去，她的眼圈红了。

"韶儿怎么了？"司徒煦从后面走到韶儿面前，看着她的脸，紧张地说了半句。

"人家又没让你承诺什么，知道你忙的都是大事，是为家为国的大事，可我是那种不讲理的人吗？我……我不过是惦着你，回来看看你，知道你病了，照顾你。"说着，韶儿转过头去嘤嘤啜泣起来。

"韶儿……"司徒煦说了半句，无言地拍拍韶儿的肩膀，看着这个从小在自己身边长大的表妹，心里涌上一股莫名的情愫，一种无言的疼爱。

夕阳西下，远处的碉楼在夕阳下静静矗立，短暂的宁静，在这个夏日的黄昏显得格外珍贵。

3

夜深了，天黑沉沉的，司徒煦被一阵急促的敲门声惊醒。他条件反射般猛地掀开被子，习惯地伸手从床边墙上取下一支猎枪。这支猎枪是他十八岁时背着父母，用他多年的压岁钱买的，是他的心爱之物，如今跟随他已经十多年了。他敏捷而又轻巧地闪到门边，机敏灵活的步态，全然看不出是病人。

"谁?"司徒煦轻声问道。

"是我,煦叔!"

"吱"的一声门才轻轻地开了一道缝,"呼"的一个身影闪了进来。司徒煦先不管进来的人,来人的身影他太熟悉了,而是从门缝探出头,借着月光看了一眼旁边一座两层的小楼,小楼是居庐式建筑,窗户黑漆漆的,没有灯光。母亲和韶儿为了照顾他也从南洋赶了回来,现在就住在那里,他怕惊动了她们。从自卫队回来养病这段时间,他没有住在家里两层高楼房自己以前的卧室,而是住在旁边一间单独的小平房,这间小平房以前是一个做杂务的老佣人住过的,他们一家去了南洋后老佣人也回了老家。司徒煦住在这里,一是不想打扰母亲,二是如果有什么事他则能保护母亲与韶儿。虽然是养病,可是他一直在想着上前线打日本仔。即使是养病,他也没让自己闲着,到司徒氏四乡各村青年中发展队员,跑乡公所和族务委员会联系增加枪支弹药粮食,半夜还有人来找他商议事情是常有的事。母亲老是劝他注意休息,他总是虚心接受,却坚决不改。

他回过身来,把猎枪靠在凳子上,"吱"的一声划着火柴,点起小小的煤油灯,微弱的灯光不停地跳跃着,映着他苍白的脸颊。"咳!咳!"他不由咳嗽了两声。

进来的是一个看上去有些稚嫩的年轻人,叫司徒旋,他比司徒煦整整小十三岁,刚刚二十一岁。司徒旋去年才从广州的学堂回来,在罗定县做了一阵教员,但是由于日本仔垂死挣扎,疯狂地在广东西南部烧杀抢掠,战事越发紧张,学校只好放了假,他也就回到了家乡。

司徒旋气喘吁吁的,看来跑了不少路。司徒煦让他先坐下,倒了一杯开水递给他。司徒旋接过杯子,咕咚咕咚一口气喝完,手背往嘴角一拉,不好意思地笑了笑。

"什么事,这么急?"司徒煦问道。

"煦叔,硬仗来了!"司徒旋掩饰不住激动。

"哦?"

"煦叔,你知道吗?日本仔就要完蛋了,你看——"司徒旋把一份报纸递给司徒煦。

司徒煦借着泛黄、微弱的煤油灯光展开《开平日报》,一行粗重的黑体字立刻映入眼帘:"抗战进入全面反攻,日寇陷入穷途末路!"

"嘿!"司徒煦一抖报纸,不由兴奋地在桌子上擂了一拳。

"煦叔,我刚才到族务委员会送了封信,天亮前还要赶回去,现在着急地来找你,一是告诉你这个好消息，再有就是关于敌人近期的行动。对了，我现在和昌叔他们在一起了，也去镇守南楼。嘿嘿，以后我就叫你队长了。"

"能守南楼，是我们的光荣，要知道，南楼可是我们自卫队的骄傲呢！"司徒煦拍拍司徒旋的肩膀，语重心长地说。

"嗯！"司徒旋使劲地点点头。

"煦叔，有硬仗打了！据可靠消息，日本仔偷袭珍珠港后，激怒了美国人，美国对日宣战，在太平洋战区把日寇打得惨败。如今，美国盟军又秘密制定了'华南登陆计划'，准备从粤东沿海大亚湾一带登陆，反击日寇；同时，苏联远东红军主力正在向我国东北地区集结，准备发动远东战役，我国抗日武装力量也发起了对日寇的战略反攻，对日寇形成合围之势。如今日本仔成为过街老鼠了！嘿嘿！"

"但日本鬼不会坐以待毙，他们会狗急跳墙，做垂死挣扎！据我所知，日军大本营已急令驻扎华南的十万日寇从海南岛、雷州半岛、湛江等地北上、东进，一路紧急北上支援华中、华东、华北、东北战场，一路紧急东进往广州、粤东大亚湾调动，准备对抗同盟国美军的'华南登陆计划'。现在，驻守粤东沿海的日寇正在大亚湾一带沿海岸和山上加紧修筑防卫工事。驻扎在海南、雷州半岛的日本仔大队人马正在从水路、陆路往广州方向狂奔，边走边沿途搜刮、抢掠老百姓的粮食等战略物资，紧急增援粤东沿海和华中、华东、华北，甚至东北战场。"司徒煦说。

"对啊，刚才从族务委员会得到消息，一部分日军日前在阳江一带集结北上，现在正沿潭江一线东进，很快就要打到赤坎了。来吧，狗娘养的日本仔，看我们怎样收拾你！"有点书生意气的司徒旋用力锤了一拳桌子，期待中带着紧张，紧张中带着兴奋。

"噢！噢！来得好啊，正愁没机会消灭他们呢！"司徒煦始终带着温和的微笑，看着这个激情洋溢而又书生气十足的年轻人说话，司徒旋是在他的鼓励下参加抗日自卫队的，他对这个年轻人总有一股护犊之情。听着听着，司徒煦的眉头慢慢紧锁起来，在屋里来回踱着步子。司徒旋收住话头，他明白煦叔在思考问题了。

司徒煦在小屋内来回踱了两圈，微微仰着头，深邃的双眸凝视着空中的某一点，沉吟片刻，问司徒旋："日本仔正沿潭江一线东进？比预计的要快啊，消息准确吗？"

"准确，消息是多渠道得来的，中股乡司徒程南乡长也给我们自卫队来通知了，让我们尽快拿出阻击敌人的作战方案，我昨晚就是去送信的。"

"据分析，抗战以来，为防止日本仔袭击，各地的公路都已经被挖得坑坑洼洼的，不少桥梁也炸毁了，狗急跳墙的日本仔，只有打通潭江沿线特别是开平、新会、江门等水路战略要点，才能顺利北上广州。"

"煦叔，我们就在潭江边，狠狠地揍死这帮日本仔，也好为他们省了回程的路费！"司徒旋激情幽默了一下。

"嗯！当然！"司徒煦抬头望了望天花板，"得给他们一份大礼！"说完，又再踱起步来，双眉展开又锁上，双手举起又放下。

司徒旋很少见到司徒煦这样沉吟不决，虽然他比自己大不少，可平时开朗爽快，一就是一二就是二，说了就做。

"嗯，日本仔目的很明确，不过据我估计，这次不只是要打硬仗的问题了。来，你看——"司徒煦把桌上的地图摊开来，指着南楼的方位说道："日本仔这次是势在必夺啊！他们要从潭江沿水路东进，这就必须经过南楼，要想水路畅通无阻，你想日本仔会怎么样？"

"攻占南楼！"司徒旋低声喊道。

"对啊！南楼是关键！"司徒煦轻轻拍了一下桌面上的地图。

"如果南楼落在日本仔手里，在南楼东南西北各个方位都架上两挺机枪，一夫当关，千军莫开。我们只会眼睁睁看着日本仔在南楼居高临下的火力掩护下，安然从我们的眼皮子底下溜之大吉了。他们在南方抢掠的物资又源源不断地送到华中、华东、华北甚至东北战场，他们又会在我们的国土上继续肆意横行！"

"正因为这样，我们还收到一个不可理喻的消息，国军方面要求我们在日本仔来到开平之前，务必把南楼和这一带的碉楼全都炸毁！还说什么是怕碉楼被日本仔利用，并说谁敢抗命就把人头提上！"司徒旋的脸因激动和灯光的映照显得通红，投笔从戎的书生成长为成熟的战士了。

"嘭——"司徒煦怒不可遏地一拳砸在桌面上。"国军发疯了吗！日本仔还没到他们一枪不放、仓皇逃到边远山区夹水避难还没跟他们算账，现在大敌当前他们居然下令炸南楼！"司徒煦气得满脸通红，"真是比猪还蠢的'烂柴军'！炸了碉楼，我们凭什么抵抗日本仔？日本仔横行无忌，军资往来畅通无阻，会对我们的抗日形势产生不利的逆转。相反，留下南楼，我们就能凭据南楼一直镇守住这个水陆交通要道，就如你说的，帮日本仔省了回家的路费！"

"是啊，国军真是脑袋进水了……猪头一个！"司徒旋恨恨地说。

"阿旋，日本仔绝不会傻到只从水路攻击赤坎吧？如果是你，你会怎么做？"

"我会……水陆合围……"司徒旋若有所思，忽而恍然大悟，面色凝重。

"对了，水陆合围！还有，我再问你，敌人这次准备进攻赤坎，附近有什么动静？"

"奇怪唉，这段时间还真没听到驻扎在三埠的日本仔有什么烧杀抢掠的事情。"司徒旋说。

"不奇怪，一方面，日本仔可能有更重要的事情，如忙于准备进攻，顾不上这里，另一方面他们也可能要搞突袭！我估计，这里肯定会有一场大战！"司徒煦拨开地图端详着，沉思了一会接着说，"大家不发觉日本仔有什么大动静，因为日本仔驻扎在三埠外围的据点，如在荻海南面的三围、南山及迳头的牛仔山、莲塘山等据点，依然按兵不动，这样一来给人造成错觉，认为日本仔如平常一样重点把守这些据点，保护敌占区三埠外围，没有什么大行动，让我们放松警惕，若我们松懈下来，他们就会搞突然袭击；二来驻扎在三埠的日本仔在发动进攻时，他们的外围据点起掩护作用，如受到我军袭击，他们就能以最快速度围攻过来，掩护安全撤离；三来，这几个据点，守住了开平通往台山的各个重要通道，可随时阻击我军从台山方向赶来增援的部队。如果我们能守好南楼，就是扼守住了水陆交通的咽喉。阿旋，回去告诉队长忠叔，守卫的重点是南楼，以潭江为主，但是也不要只盯着水路，在水、陆各个交通要道都要做好布防，特别要派人通知驻守北楼的自卫队加强警戒，防止敌人四面突袭！"

"好的，煦叔。队长忠叔和大家也分析过，观点与你基本一致，但是没有你想得这么周到！"

"我是旁观者清啊！这里肯定会有一场硬仗、恶战！"司徒煦无奈地叹了口气，接着说，"但无论怎么样，我们都要在这里与日寇决一死战，守住潭江水道和广湛线的陆路咽喉，阻滞华南十万日寇从海南、雷州半岛等地往广州、粤东乃至华中、华北、东北战场调动的速度，使日寇后勤人员和大量的战略物资，无法顺利从这里通过，让华南抗日游击队等抗日武装力量、同盟国的苏联远东红军及准备在华南登陆的美军盟军有足够的集结时间，削弱华南日军驰援粤东沿海和华中、华东、华北、东北战场的力量，为苏联远东红军发动远东战役、中国军队配合盟军向日寇发起战略反攻赢得时间！"

"好！"司徒旋一手拍在桌子上，张了张嘴，欲言又止。

司徒旋非常佩服司徒煦开阔的眼界、非凡的军事才能和快捷敏锐的触觉，特别是指挥若定的大将风度。他心里热切盼望煦叔回到自卫队里，只要他在，自卫队就有了主心骨。可是看着他苍白的脸颊，说话间隙不停地低声咳嗽，他又怎么忍心开口呢？

司徒煦似乎看穿了他的心思，爽朗地哈哈笑着说："时间不早了，快回去吧，大家等急了。放心，我没事，我会尽快归队和你们一起战斗的！"

远处的山峦露出了黛青色，第一遍鸡叫从不远处响起，在万籁俱寂的乡村，鸡鸣声颇有穿透力，一串清脆响亮的雄鸡高鸣划破了寂寥的夜空，传向远方，很快，四周就接二连三地响起了一片鸡的共鸣声。在此起彼伏的鸡鸣声中，司徒旋轻手轻脚地走出门，司徒煦看到旁边居楼的小窗亮起了灯光，他知道母亲和表妹已经起床了。

司徒旋走后，司徒煦再也无法入睡，他靠在床头，两眼盯着小桌上的地图，右手食指轻轻敲打着床沿。

不知不觉，天已经大亮了。司徒煦打了一盆凉水准备洗脸，母亲走了进来。她打量着儿子，忧心、心痛挂满了脸庞。儿子从小身体就弱，性子却比谁都野，比谁都倔强，前些年身子调理得可以了，可近几年由于日夜为自卫队和抗日的事劳累奔忙，风餐露宿，病根又犯了。他父亲在南洋婆罗洲忙于经营司徒煦爷爷留下来的丽和兴银号和金矿、药材生意，并开了一家药材铺，忙里忙外的，看护和管教儿子的重任自然落在母亲身上了。可也奇怪，她每每劝说儿子，最终反被儿子给说服。

"阿煦，昨晚又没有睡好吗？"她问。

司徒煦一边擦脸一边努力抖擞精神说："没事，我已经好多了，能吃能睡，你看，胖了好多呢！"停了片刻，他又说，"妈，和您商量个事，来，您坐这儿！"

"唉，"母亲叹了口气，"你是我儿子，我比谁都了解你，近来大街小巷早乱了套，听说日本仔快完蛋了，但在垂死挣扎，要进攻赤坎，你坐不住了，是吧？有什么打算就照实说吧，你妈还能扛得住！"

司徒煦半跪在母亲面前，凝视着母亲已经花白的头发，心里涌过一阵热流，瞬间又一阵酸楚袭来，他定了定神，缓缓说道："妈，儿子从小就只给您添乱了，没有让您哪天省心。不过您放心，您一直教育儿子做人要分清是非，大敌当前，更要把握好大是大非，每一个热血男儿，都无法龟缩在一隅苟且偷生，那也不是我们司徒家族的传统，是吧？想当年，为了抵御土匪盗寇，我们都能团结起来，大家有钱出钱有力出力，共同修碉楼买枪炮，何况如今外敌当头，日本强盗闯进我们的家园横行霸道，烧杀抢掠，无恶不作，我们绝不能坐视不管，对吗？"

"儿啊！你说的道理妈都明白，妈不是小家子气的人。可妈是担心你的身体啊！妈不能让你出任何状况啊，不然对不起你爸，对不起司徒家列祖列宗。"母亲把脸扭向一边，眼眶红了起来。

"妈，您放心，我会很小心很小心，会好好活着的。看我，说得这么沉重，您儿子福大命大，没事的，况且，我还要好好孝顺妈妈呢，等把日本仔打跑了，我天天陪着妈妈，餐餐喝妈煲的靓汤。"

"我知道我说不过你，唉！"母亲接着说，"你想怎么做就去做吧，既然决定了，就不要惦念着我们了，我想通了，你去打仗，我留在这里只会让你分心，还是回南洋的好。我在那里等你，打跑了日本仔你就过去，打理好你爸的生意，那是你爸还有你爷爷、曾祖父奋斗一辈子的心血，不能毁在我们的手里，知道吗？"

"妈，我知道，打跑日本仔什么都好办。我就是要和您说回南洋的事呢！现在海南、雷州半岛的日本仔大量往广州集结，抢掠粮食等军用物资，准备增援粤东、华中和东北，做最后挣扎，他们会经过我们镇，这里越来越乱，您还是早回南洋好些。再晚些，恐怕路上更不太平，船也没得坐，就怕过两天日本仔打过来，更走不了了。您去劝劝表妹，尽快走，我今天就去打听船期，不能再耽搁了。"

母亲微微笑了笑说："放心吧，昨晚我已经把她说通了，真是个傻孩子！她还说要加入自卫队呢，妈看出来了，这孩子是惦着你哪！韶儿，还真是个傻妹仔！"

司徒煦露出孩子般天真的笑脸，双手拍拍母亲的双肩，高兴地说："知儿莫若母，您是世界上最好的妈妈，我知道表妹就听您的，您准能把表妹顺利带回南洋的！"

4

司徒煦带着母亲和表妹韶儿来到赤坎镇，昨天他打听好了，今天一大早有船到三埠。他本打算亲自把她们送到三埠，再转乘到香港的船。现在陆路不如水路安全，还是走水路好。可是母亲坚持不让他送，他只好找了个本家亲戚一路上扛行李兼带路。

潭江边上，到处都是拖家带口的难民，一个个憔悴、惊惶、茫然，大人喊，孩子哭，人流杂乱无序，小镇的安静被打乱了，小镇的以往恬淡从容被慌乱惶恐代替了。

看着这乱象，司徒煦心里更愤慨：这些百姓本来有自己的土地，有自己的家，他们要求不高，不过想要老老实实地过日子，种两亩地，孝敬父母，供养子女。如今他们却无家可归，变成难民、饥民，随时可能暴死街头！我不能眼睁睁看着同胞流离失所！我要让日本仔知道什么叫作血债血偿！民族仇恨在他心底熊熊燃烧，更加坚定了他抗日救国的意志。

司徒煦从小在赤坎镇旁边的树溪村东华坊长大，镇上有他的亲人朋友，还有当年父亲出资建起的骑楼、商铺。抗日战争爆发后，司徒煦把商铺低价转让，所得之款大部分捐献给司徒氏四乡自卫团队。他二十六岁那年也去了南洋，镇上的骑楼空下来，此时已成了自卫队一处活动场所。

站在拥挤慌乱的人群中，司徒煦看到不远处关氏自卫队的队员们正匆匆往一座关族图书馆里搬运东西。他们也在抓紧做着准备啊！他想，这个时候，两姓自卫队必须团结起来，共同配合，一致对敌，不要内部之间产生矛盾，给敌人以可乘之机。他心里想着这些，早忘记了自己是来送母亲和表妹坐船的。

"哥?"路上一直沉默不语埋头走路的韶儿拉了拉表哥的衣襟，"我们该上船了。"

"哦?"司徒煦回过神来，只见一艘不大的客船已经停靠在岸边，船工正将木板搭在岸上，木板刚搭好人们就争先恐后地往船上挤。

"不要和他们挤，"司徒煦拦住急着往船上挤去的本家亲戚，"让他们先上吧，后面还有船。"

早晨的薄雾渐渐散去，小镇在晨曦中开朗起来。"当——当——当——"司徒氏图书馆和关族图书馆楼顶的两个大钟几乎同时响起。司徒煦习惯性地摸出怀表看了一下，8点了。两条船走了之后，岸上开始变得冷清，送行的人们依依不舍地回去，岸边散落着人们丢弃的垃圾，手纸、果核、香蕉皮、食物的残渣，还有带着脓血的破纱布，甚至还有小孩的鞋子、帽子，想必是在拥挤中掉下来的。这些垃圾和痕迹在默默诉说着，逃难的人们是多惶恐，多么慌乱！

"该死的日本仔！眼睁睁看着这伙强盗杀了我们的父老乡亲兄弟姐妹，然后背上舔着我们鲜血的屠刀，带着抢掠我们的东西，扬长而去。"司徒煦愤怒地说道。

又一艘客船靠岸了，母亲眼含泪花，伸手把司徒煦衣服的第一道扣子扣好，喃喃嘱咐道："我和韶儿走了，你一个人留在这里，千万注意身体。不管怎么样，一定吃好休息好。子弹不长眼，自己多留个心眼。打完仗就回去，我们在那边等你，啊?"

"我明白，妈，快上船吧。"

关雨兰刚刚挪动脚步，想了想，又停了下来，从口袋掏出一个平安符，给司徒煦戴上。"这是妈妈吃斋念佛七七四十九天后才到庙里求得的，很灵，小心戴好，菩萨会保佑你平安的!"

刹那间，司徒煦觉得一股暖流在体内涌动，同时，一种生离死别的酸楚袭上心头，迅速蔓延全身的每一根神经末梢。但他强忍着不让泪水掉下来，故作轻松地催促："你们快走吧，别误了行程。"心底却一揪一揪地疼，泪水直在眼眶里打圈。

本家亲戚挑着行李走在前面，母亲走在中间，韶儿走在最后，她一步一回头，牵挂不舍中夹杂着哀怨而无奈的目光频频投射在司徒煦身上。那丝丝依恋，那丝丝痛楚，也都叠射在司徒煦的身影上。韶儿不想走，不愿回去忍受那种思念、等待和牵挂、担忧的煎熬，她无法想象与表哥远隔天涯，音信断绝的日子是怎样过的。爱越深，痛越深。这痛楚，如刀子般狠狠地剜着她的七脏六腑。

"哥，这个给你。"上船前，韶儿张开手，一只精巧的香袋躺在她纤细嫩白的小手中。

"妹……"司徒煦上前一步拥抱着表妹，手里紧紧攥着香袋，久久说不出话。

船渐渐远去，微风吹送着江边潮湿的气息。司徒煦摊开手掌，小小的香袋，细密的针脚，上面绣着两个鲜红的楷体字：平安！

司徒煦左手按着胸膛的平安符，右手紧紧攥着小香囊，望着渐行渐远的客船，心里一遍一遍地默念着："妈妈，表妹，一帆风顺，一路平安！"

10 点钟的时候，司徒煦已经坐在了司徒氏族务总部的椅子上。

司徒氏族务总部设在司徒氏图书馆。这是一座带有明显西方特色的建筑，1920年由海内外司徒氏华侨、乡亲倡议兴办和出资兴建，1923 年奠基，由广州市永和建筑公司承建，历时两年有余，1925 年建成开放。整栋大楼为钢筋混凝土结构，整体建筑具有鲜明的葡萄牙建筑风格。楼内每层地面是做工精细的彩色意大利水磨石，第一层高大的窗户两边是红砖垒砌的西式窗柱，古罗马的三角形突出窗楣与西式窗柱相结合，使窗户的整体造型稳重端庄。第二、三层有一个内走廊，六根贯通二、三层的葡萄牙式立柱与古罗马式的拱券相连，立柱之间设置了镂空的护栏，给图书馆带来了舒展开放的气息。第三层楼顶的正中是由民国时期著名书法家谭延闿题写的"司徒氏图书馆"匾额，这是一种中国传统建筑的装饰艺术。馆内地下为阅览室，二楼为藏书室、借书处，三楼为会议室及归国华侨俱乐部。当时藏书逾万册，有《四库全书》《万有文库》等巨著，还有不少世界名著翻译本；并集有文物珍品，如司徒仲实翁捐赠之慈禧太后手书"龙"字及司徒照当年殿试试卷，美术家司徒槐赠送之巨幅油画，以及旅新加坡华侨尚楫赠送之鳄鱼标本等。司徒氏家族以"教以人伦"为族训，向来重视文化教育。近代本族华侨在海外谋生的艰难屈辱，使他们更加深刻体会到发展文化教育，开启民智的重要。因此本族海内外乡亲千辛万苦筹集资金，兴建了这个图书馆，以图改变百姓愚昧、国弱民穷的状态，达到国强民富的目的，可见华侨的良苦用心。

登上图书馆楼顶，极目四望，赤坎镇尽收眼底。大楼前是院庭和中式牌楼，牌楼两侧各增建了一个套间，红墙绿瓦，四檐滴水，蔚然壮观。1926年，由旅加司徒氏华侨捐资，在图书馆楼顶增建了一座大钟楼，古色古香的大钟是从美国进口的波士顿名牌机械钟，上足链一次可以运转一个星期。正点时洪亮悠扬的钟声传到远方，大大方便了当地居民的起居和对时。至今，这口波士顿名牌机械钟仍然准确地正点报时。这样气派的图书馆，在当时的乡镇实在是难得一见。

可日本侵略者一来，所有的愿望都被炮火轰灭。

1941年至1945年，赤坎地区先后两次惨遭日寇践踏，图书馆被洗劫、糟蹋，图书散佚，设施被盗和破坏。日寇撤离后，就暂时做了司徒氏族务总部——"司徒氏四乡族务促进会"办公地点。司徒煦离开一段时间后，终于再一次踏进族务总部大门，脸上掩饰不住兴奋的表情。

在这里他正好见到族长司徒尚允与中股乡乡长司徒程南、司徒氏四乡自卫团队大队长司徒俊德以及一帮族老乡绅正在开会。

司徒煦坚决要求归队。族长望着他，半天不作声，他在犹豫。司徒煦是个人才，做事果断，有指挥才干，又是神枪手，枪法百发百中，可是他的身体能吃得消吗？

"族长，您今天同意我要回去，就是不同意我还是要回去。我虽然有病在身，但大敌当前，正是好男儿报国之时，我又怎么能一个人躲在乡下偏安偷生？人终究一死，与其病死在床上，不如同日本仔拼个你死我活呢！"

司徒煦激昂的话语使屋里所有人都非常感动。危难之际，渴望走出危难的人们，特别需要一种信仰，一种力量来支撑着自己。司徒煦坚定如铁的信念与勇气，成了大家抗敌救亡的强大力量。

"族长，就让他去吧！""对啊，让他去吧，现在正是最需要人的时候！"司徒程南、司徒俊德和在座的族老乡绅都纷纷对族长说。族长站起身，紧紧握住司徒煦的手说："好，中国人要是都有你这样的骨气，日本仔迟早会滚回老家去，现在我同意你归队，还是当你的副队长，协助司徒忠队长坚守南楼，保卫赤坎，阻断敌人退路。记住，南楼如插在敌人心脏的匕首，有南楼在一天，敌人就一天不得心安，你们的责任重大啊！"

"哈哈，族长，各位前辈，你们放心吧！人在南楼在！"司徒煦爽朗地笑了。他冲着族长等族老乡绅抱了抱拳，快步向门外走去。刚到了门口，他又停下来对送行的族长说:"国军方面怎么样?我们毕竟是自卫队,枪炮太落后,赤坎现在驻扎着那么多国军,一旦日寇多面袭击,我们在人员和武器方面都是劣势,还要靠正规军在陆地配合阻击。"

"是啊,本来多一分力量就多一分保障。"族长又苦笑着摇摇头,"能指望得上那支'烂柴军'吗?但愿炮声一响他们不脚底抹油亡命逃跑就谢天谢地了!"

族长讲起前些时候和司徒程南、司徒俊德等族老乡绅一起到驻扎在赤坎的国军广阳守备区总指挥请兵的事。族长送上海内外司徒氏族人捐赠的抗日慰问金,请求派兵保护赤坎和司徒氏四乡。

"感谢乡亲对敝军的支持啊!"国军广阳防线总指挥官李江收下慰问金,笑到见牙不见眼。

"这是乡亲们的心意,希望贵军能早日发兵,保我一方百姓安然!"族长赶紧说明意图。李江的眼睛已眯成一条缝,慢条斯理、打着官腔说:"眼下前线战事吃紧,我部奉命守卫的广阳防线太长,兵力严重不足,兵力严重不足啊!"

"怎么说都是手里拿着武器的兵呀,还没出兵保安先说兵力严重不足,百姓都指望着你们哪!"族长试图说服李江。

"是啊,总指挥长官,听闻在广州保卫战您的部队是最后撤出广州市的,您要光大这种顽强战斗精神,指挥您的部队抗日护国,保乡安民啊!拜托您啦!"司徒俊德双手合十,不住地叩拜!

"呵呵,这不是你我说了算的事啊!上峰的意旨如此,意旨如此,恕我无能为力啊!呵呵……"

"据我所知,我司徒氏有几个归侨子弟现在就在你手下服役,我就要这几个子弟回乡守土卫家,总该可以吧?再说,我们的归侨弟子司徒煦身体不好,也需要回去疗养一段时间。"族长只得退而求其次了。

司徒忠原在广州警察厅任职,抗战爆发后,因不满国民党的不抵抗政策,愤而退职跑回家乡的部队参加抗战,司徒煦、司徒遇是华侨弟子,前段时间从南洋归国,参加广西团练集训后,加入驻扎家乡的这支部队参加抗战,入伍不久。国军指挥官在司徒尚允族长和司徒程南、司徒俊德等人的硬磨软缠之下,加之他收了司徒氏族人的慰问金,也不想与这些乡绅过多纠缠,只想早点脱身,也就做个顺水人情答应了。

"我们的家,还得我们保!你们自卫队要按照原计划,做好打硬仗的准备,明白吗?"族长说。

司徒煦点点头。他明白，上帝救自救之人，只有敢于同日寇拼命，才能赶跑他们，中国人才能有尊严挺起自己的脊梁骨。于是，他大踏步向腾蛟南楼方向走去。

5

"哇，队长回来了！"南楼刚出现在司徒煦的视线里，就有人兴奋地嚷着冲出楼来，就像吹响了集合号一样，顿时呼啦一下一群人就把司徒煦围了个严严实实。

"队长，病好了？"

"队长，兄弟们都惦记着你呢！"

"煦兄，胡子又长了啊！"

"那是，我是'羊咩煦'嘛！在南洋时我就立下誓言，不打跑日本仔，绝不剃胡须！"司徒煦乐呵呵地和大家开着玩笑，一起走进了南楼。

南楼，高高矗立在潭江岸边，是司徒氏家族集资在赤坎下埠腾蛟村潭江边建造的一座集瞭望、侦查、防御于一体的高层碉楼。它建于 1912 年，楼高七层十九米，占地面积三十九平方米，是司徒氏人为防盗贼而建。这座碉楼虽然从外表看起来很普通，但钢筋混凝土结构的建筑却非常牢固。它与隔河的北楼遥遥相对，没有华丽的外表，样式古朴简单，楼顶设有探照灯，每层都设有射击枪口，站在楼顶，居高临下，睨视四乡。南楼距江不到十米，北扼公路，南临潭江之水，是三埠、赤坎水陆交通要道，南楼之上，居高临下，机枪的射程在南面足可以控制整个江面，在北面切断路面交通，有一夫当关，万夫莫开之势。故而，无论南下湛江、阳江，还是从湛江北上都须打通潭江，打通潭江须占据南楼。南楼有"一楼定乾坤"的作用。也正因为如此，国民党驻开平的守军，才主张炸掉南楼，以免南楼落在日军手上，自己要逃路都跑不出去。司徒煦他们坚决守住南楼，凭借它给日本仔狠狠一击，保一方安宁。

1944 年 6 月日军侵占三埠，曾多次派汽艇从水路试探进攻赤坎，当时司徒煦任自卫队土炮分队长，就负责驻扎南楼，他带领司徒遇等队员顽强抗击，凭着南楼的险要，利用自己的土枪土炮，硬是让日寇未能越雷池半步。南楼，在日寇疯狂肆虐的日子里，对确保赤坎司徒氏四乡安宁，起了重大的作用。

现在，司徒煦经过一段时间的疗养，终于又回到了南楼。司徒煦对南楼有着深厚的感情。他从小在赤坎长大，出生于战乱中的民国初年，套用英国作家狄更斯的话就是"这是一个最糟糕的时代"。自小，他就亲眼看见盗匪肆意抢掠，军阀横行，无法无天。自懂得记事起，家乡人民就在贼匪的欺压中惶惶恐恐地度着每一个日夜；最要命的是兵也成匪，蛇鼠一窝，肆意欺凌百姓……无力无能的政府，连自己都保护不了，更不用说保障老百姓的生命财产安全。当时，如果哪家的孩子夜里哭闹不肯睡觉，获海一方的大人就会说"还哭，小心被大脚皇听到"，"大脚皇"是在获海和相邻的台山一带活动的强盗；如果是赤坎一带的呢，父母只说一声"独眼龙来了"，孩子立马停止哭闹。"大脚皇""独眼龙"都是当地无恶不作，传说吃人肉，奸民妇，残暴凶狠，远近闻名的盗匪。孩子们生怕被强盗捉去蒸了或炸了吃，往往"闻盗色变"。盗匪"深入民心"已经到了这程度。

1922年，年幼的司徒煦亲身经历了一次令他终生难忘的事情：一群劫匪洗劫了赤坎县立开平中学，掳走校长、教师、学生二十多人，绑票、勒索。别指望依赖政府的庇护，当时开平的县城三次被盗匪攻陷，连县长都曾被掳去。政府官员自顾不暇，更不用说保老百姓一方平安了！哪里还能顾及赤坎小镇！骑楼很快被悍匪攻破，只有碉楼还在坚持。纵然碉楼坚固无比，但也坚持不了多久，一来碉楼不多，枪炮落后；二来一个时期盗匪们目标大多转移到了乡村，小镇里的人有些麻痹。强盗骤然而至，唯有在慌忙中仓促应对，在强盗的呼喝中，在那并不密集的枪声中，自卫武装也就匆匆败下阵来，镇上损失很大。司徒煦正在镇上读书，他在暗处亲眼目睹了强盗的抢掠，看到了蛮横，感受到弱者被欺凌、百姓无助的悲哀。一股锄强扶弱的豪气油然而生，他暗暗下定决心，长大后一定要做一个强悍的男子汉，保护好家园，保护好乡亲。也就是从那时候起，他缠着村里的老神枪手、现任自卫大队长司徒俊德带他打猎，不论严寒酷暑，练习不辍，甚至飞过的飞虫、小鸟、飘落的叶子，都成了他练习枪法的目标，终于，练到弹无虚发，成了远近闻名的神枪手。

那时，野地里，一个人扛着枪，昂着头得瑟地甩手跨步，身后跟着一群毛头少年，成了当时的司徒氏四乡最常见的画面。后来，前面的少年自然成了这群少年的头领，他就是司徒煦。枪是洋货，在当时的司徒氏四乡只有他拥有这样洋气名贵的猎枪，但这杆枪，没有打到土匪，却成了他屡屡闯祸的道具：河边上，几个毛头小子正用树枝支起一个大铁锅，大铁锅里的狗肉在汤汁中吱吱作响，香气四溢。这群小子吃得正香，被养鱼的三大叔抓个正着，于是，三大叔端着狗肉锅，后面跟着一群耷拉着脑袋的少年，来到司徒煦家门前告状。

原来，司徒煦他们走过时，三大叔看鱼塘的狗以为是偷鱼贼，追着他们中的一人狂吠，眼看要追上了，小东西吓得哭叫着，说时迟那时快，"砰"的一声，狗应声倒地，子弹左眼进右眼出。狗被打死了还不算，司徒煦踢踢死狗，啧咕一声，这么好的狗肉，如果浪费了多可惜。于是立即布置任务，谁谁回家偷个锅出来，谁谁回家偷点姜和盐，谁谁的母亲太精明小气了，家里的调料少一丁点都会被发现，就负责垒灶拾柴，哪几个力气大的技术好的，负责剥狗皮剁狗肉……司徒妈妈只得赔着笑脸道歉再赔款，末了还把从南洋带回来的奶粉、麦片等当时乡下人眼中的稀罕物给了三大叔。最后，三大叔也不好意思说什么了，还对司徒煦竖个大拇指："好小子，枪法贼准，哪天能把匪首贼头给打爆了，叔我就服了你！"

司徒煦很是安静了几天，可没过多久，他们在田里"煨（做）叫化鸡"时又被逮个正着，原因是，他们看见鸡在田边啄食稻谷、青菜，为了保护农作物，司徒煦又举起了他的"正义之枪"，鸡又成了他们的猎物和餐中美味。

司徒妈妈几乎天天在向人道歉。好在这司徒家家道殷实，出手大方，平时乐于接济乡亲，大家并不很计较。但"曳仔煦"（"曳仔"，当地方言，淘气鬼的意思）的绰号却响遍了司徒氏四乡，人见人怕，狗们见到他也赶紧绕道走，所谓好狗不与曳仔斗是也。

射杀人家的鸡呀狗呀还好说，因为司徒妈妈为人亲和，态度诚恳，且赔给人家的总会是司徒煦造成损失的四五倍，人家最后还笑着离开司徒家。但打了人家的孩子，就没那么好说话了。

司徒煦往往是"该出手时就出手"，只要他出手，对方就挂彩。当时的司徒煦很自豪地认为自己的出手是为正义"长精神"。只要和他一起的小伙伴，受到别人的欺负，特别是受到关姓弟子的欺负，司徒煦一定为他们出头。并不是司徒煦孔武有力，也不是他武功高强，而是他特别古惑：他能根据对手的特性，针对对手的弱点，布置好他的人，一下子就把对手打败。他导演的武打片真人秀，上半部他只当指挥，如果群斗，他会策划好谁谁谁对付谁谁谁，如果是单打独斗，他则在旁边指挥攻下盘，打脸，扫腿……准确地进行现场指点，战无不胜。司徒煦在对手倒地后，才上前指着对方说："长点记性，以后再欺负我兄弟，打断你的腿！好汉做事好汉当，要打你的是我，有本事就找我来！"

人家在斗智斗勇上输给了司徒煦他们，但人家的父母却不是吃素的。有的父母亲带着儿子找上门来，有的父亲与叔伯兄弟一起找上门来，快到司徒煦家门前，大人往往用力一掐早已不哭的孩子，孩子就嗷嗷地哭起来。大人就摩拳擦掌义愤难平，扬言一定要代司徒煦的父亲好好教训他。

往往这时候，只要听到巷口有嘈杂声，司徒煦妈妈马上让人悄悄地把司徒煦从后门带走，然后赔着笑脸把来人招呼进屋，不停地道歉，汤药费任由人家提，才得以平息。

想起这些，司徒煦自嘲地笑了笑，深感自己年少轻狂时的可笑，让母亲如此操心，更觉愧疚。

进了南楼，所有队员都站起来高兴地欢呼，这时司徒煦有些激动。他本是热血男儿，情绪易波动，情感丰富，嬉笑怒骂常形于色，在兄弟们面前更不藏着掖着。可是最近两年他的脾气改了不少，变得有些沉默寡言了，这倒不是他性格变了，架子大了，实在是形势逼迫，他经过多年的风雨考验，少了冲动，少了浮躁，多了深沉，多了稳重，考虑问题更加全面了。有时候，没有考虑成熟的事情，他会忍住不说。但是他的那份感情，那份执着依然没变。

"煦老弟，都盼着你呢，怎么样？身体撑得住吗？脸色不太好啊！"驻守南楼的自卫队队长司徒忠来到面前，热情地握住他的手摇了摇，又伸出拳头轻轻擂了他肩膀两下。

司徒忠在广州警察厅任过职，有军事知识和指挥才能，是一个比较温和的中年人，由于连日来的奔波劳累他的眼睛布满了红丝，说话声音不大，但是沉稳有力，就跟他的名字一样，给人的感觉就是忠厚老实、沉稳踏实、冷静平和。也正因如此，当时刚组建自卫队的时候，不管是司徒家族的族长、乡长，还是乡民都一致推荐他来当镇守南楼的自卫队队长，都认为他不会瞎指挥，而且不独断专行，善于听取意见。他也不负众望，这几年，他虚心听取司徒煦和真实身份为中共地下党员的司徒新积的意见建议，支持司徒新积在自卫队里教队员唱革命歌曲，宣传抗日和爱国主义思想，自卫队士气高涨，作战素质迅速提高，队伍不断发展壮大，指挥自卫队在本镇和邻乡与日寇打了好几次硬仗，如支援赤坎江南小海、护龙一带的邓姓乡亲抗击日寇，特别是护龙三击日军，狠狠地打击了日寇的嚣张气焰，就连关氏自卫队的队长关文周——一个黄埔军校毕业的军人都对他十分佩服。

司徒煦挺直了腰板同样也伸出拳头擂了队长肩膀一拳，呵呵笑着说："没问题，兄弟是越战越强，要是再养下去啊，没病也憋出病来！"

"呵呵，还愁没有仗打吗？现在，大批日本仔都向我们这里集结呢！我们可是万众瞩目啊！哈哈！"

"哈哈！看来我们不把日本仔打得满地找牙，对不起万千眼球！"司徒煦也豪气地回应着。

年龄最小，个子不高，长着一张清秀的娃娃脸的队员司徒丙欢快地说道："是啊是啊！昨天省城的晚报上还登了我们赤坎抗日事迹呢！说我们是什么侨乡抗日先锋，抗日勇士。"

"切，得了吧，人家报纸那是夸谁呢？我们打了日本仔，报纸上却夸奖国军广阳总指挥李江统领得好，简直是颠倒黑白！"人群后面一直不声不响擦枪的机枪手司徒浓不紧不慢地打断司徒丙的话。

"哈！国军，我看应叫搁军——搁在那中看不中用的军队！整个是一支'烂柴军'，饭桶一帮！"大家听了，没有失落，反而嘲讽地哈哈大笑起来。

司徒煦微笑着拍了拍司徒丙圆圆的脑袋，从他一进来，就感觉到了一种迎接大战前的兴奋和激动的氛围，而不是之前他想象的沉闷、紧张。这让他有点不好意思，真是太低估兄弟们了，出生入死这么多年，还是需要进一步了解啊！自己以前是太年轻了。

6

1945 年的 7 月 13 日，得到确切消息，驻扎在三埠的日寇已经集结了日伪军步兵三千人、骑兵二百人，要对开平各大交通要道进行"清扫"，但"清扫"行动还没启动，却又突然没有了动静，赤坎又从骚动中恢复平静。

镇上本来已经慌乱的乡民稍微平静下来，往外地逃避的人明显减少了。但镇上大部分商铺已经关闭，经营这些商铺的大多是侨民侨眷。他们关闭商铺的原因不外乎三个：一是战乱时期无法维持，再就是有的商家早已经远走他乡或者到海外定居了，基本上属于弃家而逃，另外还有很大一部分是早已经低价转让或入不敷出亏本停业，这部分人主要精力除了投入到海外的产业，再就是进行爱国宣传、组织抗日团体、参加抗日救国运动。司徒煦就是其中一分子，还有像司徒遇等大批自卫队员，其本人或者父母都是华侨。

商铺关闭了，能走的走了，不能走的待在家里不敢出门，镇上突然间就显得冷冷清清。以往穿梭在小镇大街上的人群不见了，各种叫卖声不见了，氤氲在空气中的各种特色小吃的香味消失了……关氏、司徒氏两家图书馆两座钟楼的大钟依然会定时响起，没有喧闹声作衬托，钟声格外的洪亮、悠长，又显得特别的单调孤独，洪亮的钟声在苍翠的竹林间萦绕，潭江滔滔流淌，好像要把这钟声带到遥远的大海中去，带到浩渺的大洋彼岸。

早晨，潭江江面上弥漫着厚重的晨雾，天气阴沉沉的，空气沉闷潮湿。司徒煦站在楼顶平台环顾四周，街上偶尔出现的基本都是自卫队员，堤西路的骑楼也是安安静静，只有碉楼有人进出。关氏自卫队一样充满了警惕，时刻准备迎接即将来临的战斗。上下埠分明的塘底街，两队队员偶尔碰了面，不再像以前那样示威似的互不理睬，而是互相点点头。司徒煦想，不知道自己不在的这段时间，两家的自卫队是否有很好的沟通，再加上驻守赤坎的国军，也很有必要坐在一起好好商量一下，只有团结起来，互相配合，才能共同打退敌人。他这么想着，转身下楼去找队长司徒忠。

司徒煦这种想法，可不是由来已久的。他性格耿直果敢，疾恶如仇，对那个脑满肠肥、"内战内行，外战外行"的国军广阳防线总指挥李江，非常鄙视。而对于关氏家族，他也曾经爱恨交织。他思想的转变，不仅有同是中国人，同仇敌忾，共同抵御外侮的成分，还有一个重要原因是来自于在南洋生活的那段日子，再有就是因为一个女人。司徒煦是一个有思想有气度的人，而不是个莽夫，懂得怎样趋利避害，懂得什么是大利，什么是个人恩怨。

司徒煦来到南楼一楼，见到队长司徒忠和司徒遇、司徒浓等几名骨干队员。队长司徒忠一见司徒煦进来，马上迎上来说："嘿，说曹操曹操就到，我们正在研究作战计划，你来得正好，你在南洋时就读过不少兵书，排兵布阵是你的专长，这一仗怎么打，你安排吧！"司徒煦说："好，忠哥，大敌当前，情况紧急，大家都是兄弟，客气话也不说了。忠哥你眼力好，侦察能力强，你带领对敌侦察经验丰富的司徒铎等骨干队员到南楼外围，特别是沿潭江边利用茂密的竹林作掩护监视敌情，负责外围警戒，一旦发现敌人行踪马上通知南楼内的队员投入战斗！你们几个要特别注意，敌人很可能会偷袭，要注意安全！增哥，你带第二小分队迅速支援北楼，北楼的战略位置与南楼一样重要，互为倚重，能分解南楼的一部分压力，千万不可马虎轻敌！"

"好的！嘿嘿，日本仔来了，'花生米'大大的有，保准让他们吃不了兜着走，把他们全都送上西天！"二分队队长司徒增拍拍手中的枪说。大家都笑了起来。

"三队长，你带第三小分队负责村里的警戒，掩护还没有转移的乡亲撤退。"司徒煦给三分队分派了任务。

"是！"三分队队长领了任务，正准备带队员离去。

"等一等，还有，广州沦陷时撤退到赤坎的广州国华中学（现广州第十中学的前身）等六所中学的师生，还有附近地区沦陷时撤来的几所学校的师生，你们也要分派队员到学校掩护他们撤退！他们是国家的精英人才、民族的未来，你们要不惜一切代价，全力掩护他们撤退，一个都不能少！"司徒煦给三分队分派了任务。

"是，煦哥放心，坚决完成任务！"三分队队长说完带着队员急步离去。

其余队员也各领任务，连夜赶到各个战略要点守护。

"一分队和团队总部剩下的队员要坚守南楼！"这时司徒煦目光如炯，对围着自己的司徒氏四乡自卫团队总部队员和自己带领的一分队六名队员说。

"是！"大家神色凝重地点头回应。

司徒浓说完就扛起枪上了楼顶，此时此刻，必须保持猎狗般的敏锐与警觉。他不爱说话，但是很有主意，什么事也不用吩咐。楼顶上没人了，他迅速上去站岗。

"几位兄弟跟我先到图书馆走一趟，乡公所和族务委员会通知，一批华侨捐赠的军火、物资到了，我们立即过去，马上运到南楼来。"司徒煦说完，大家"呼"的一声站起来跟着司徒煦往外走。

不久便搬来了物资。"噫？大机枪？哪来的？真是我们的吗？"

"管他哪来的，反正是我们的啦！嘟嘟嘟，这回日本鬼子真的要变成鬼啦！"大家对着两挺机枪欢呼雀跃。

"机枪是国军送的？"

"国军这次抽什么风呢？居然送我们机枪！"队员中有人既兴奋又费解。

"可能他们忙着逃跑，嫌机枪太重了吧！"司徒遇笑着调侃。

"你以为国军白送的啊，我们族人和海外侨胞捐赠了大笔资金，换来的！"司徒煦大声说。

司徒遇和司徒煦同是在南洋一起组织抗日自卫队回国参战的队员，司徒遇比司徒煦小四岁，是未出五服的兄弟。他虽然年纪小一些，但是却很沉稳老练，遇事不慌，考虑周到，司徒煦和司徒忠遇到什么事情都爱和他商量。

看到司徒煦走下楼来，司徒忠一边招手一边说："正要去找你，来，坐！"

"我也正有点要紧的事要和你商量，你先说。"司徒煦说。

"不不，你说吧，我们也就是商量一下具体分工和作战计划，你既然有重要的事，你就先说吧！"司徒忠说。

"队长，我们这次阻击日本仔有和关氏接触吗？还有，国军？"司徒煦问。

司徒忠沉吟片刻说道："黄埔军校出身的关文周是个非常自傲的人，这你也知道，你不主动找他，他是不会来找你的，如今大敌当前，我们两家一定要协调好，不能各行其是，被敌人逐个击破。好在两家族务委员会曾经接触过，关家那边还有共产党的人。"

"共产党？"

"是啊！是他们从中周旋，还有那个邓世英，倒是个一团和气的人，愿意互相通气，现在彼此有联系，要求各自守好各自的地盘，必要时互相打支援打掩护。国难当前，关文周再自傲也不是个糊涂虫吧？嘿嘿！"

司徒煦点点头，笑着说："这就好，我还担心各自为政，最后被敌人钻了空子，看来他们也想到了。邓世英我接触过，虽是个文人，但却是个很讲义气的人，他和共产党也有接触，这我倒没想到。听说八路军、新四军已经开始发起对日寇的反攻，只是咱们这里是国军的天下，我无缘见他们一面。"

司徒遇说道："我们以前不是见过吗？这里的适庐、河东楼等好多碉楼还是共产党的红色堡垒和根据地，你忘了？"

"我怎么会忘呢？我还比你大几岁呢。唉，那时候只疯玩打猎了，思想幼稚，对他们的理念、信仰不了解，也无法深入思考，还是多读书好啊，我们吃亏就在读书太少了。以后天下太平了，我们的孩子不能只教他们怎么赚钱，得让他们好好读书。"

司徒遇开玩笑道："得了吧，谁像你啊！开平本来就是崇文重教、看重读书的地方。你难道忘了你老爸回家那次了？他用烧火棒打得你三天下不了地，你还是死不悔改不想读书，不要捎带我们啊、别人啊的，轻而易举地把人家拉落水，归入尔类！"

"哈哈哈哈！"司徒煦爽朗地大笑起来，说："这哪是拉你落水呀，分明是我要入尔类，赤坎司徒氏四乡谁不知道'神枪遇'的英名？三埠沦陷后，日本仔几次攻打赤坎都不能得逞，赤坎在日本仔的虎视狼牙下享受了一些太平日子，你的神枪功不可没。所谓打虎不离亲兄弟，兄弟同心，其利断金，咱兄弟要生死不离，同心同德守乡土护乡亲！"

司徒煦的话使大家的思绪又回到了一年多前。当时，在广州做生意的老板、打工的苦力仔都纷纷走难回乡，说是鬼子占领了广州，鬼子在广州城肆意杀人放火、奸淫掳掠。很快又得到消息，鬼子要挥军南下侵占江门四邑，一时间人心惶惶。

大家在惶恐中时不时把目光望向德庆里村中间的一座小楼，那是司徒友白的家，司徒友白是司徒氏四乡的望族，在司徒氏四乡声望很高。太爷曾是前清的官员，爷爷是乡团团长，他们为人公正，仗义疏财，深得乡民拥戴。司徒友白为人忠肝义胆，慷慨不吝千金散。1928年10月24日，一场大火将开平中学（开平一中的前身）的厨房、食堂、两个教室和六间宿舍烧个精光。司徒友白除自己捐款外，还前往香港筹款，使开平中学得以复办。司徒友白家那座位于村子正中央的小楼，门前有一排高高的旗杆，每当司徒氏四乡（上股乡、下股乡、中股乡、腾蛟乡）有重大决议时，族长司徒尚允就会站在司徒友白家门口的旗杆前，指挥大伙在中间的位置高高升起一面族旗，族旗代表整个司徒氏家族，在族旗两旁分别升起白、红、黑、橙四色旗，白、红、黑、橙四色旗分别代表司徒氏四乡的四大乡绅司徒友白、司徒毅雄（"雄"与"红"在开平话中同音）、司徒克罗（"克"与"黑"在开平话中同音）、司徒程南（"程"与"橙"在开平话中近音），族长和司徒氏四乡的四大乡绅就会聚在司徒友白家里议事。在这五面旗的一次次升起中，司徒氏家族的图书馆建起来了，桥搭起来了，路也修起来了……族旗和四色旗，给了乡民们许多的希望，深得乡民的信赖。

此刻，族旗和四色旗在大家最惶恐最无助中升起来了，大家望着随风飘展的旗帜，好像吃下了一颗定心丸，在惶恐骚动中平静下来，他们知道，这次升旗肯定与对付日本仔保护家乡亲人有关。

正如乡亲们所想的，他们是在开会商议这些事情，不同的是，除了族长和这四大乡绅外，还有司徒俊德。德高望重的司徒尚允族长在主持族人会议，中股乡乡长司徒程南和司徒俊德、司徒忠等坐在族长右边，友白、克罗、毅雄坐在左边，正在商量安置从广州回来避难的乡亲，做好抵抗日本仔的准备。

这司徒尚允是明朝嘉靖年间迁到赤坎的开平司徒氏始祖司徒新唐的直系子孙，到底是第几代无从考究了，因他在兄弟中排行老大，辈分高，大家都尊称大公。大公年逾八十，留有一把半尺长的美髯，精神矍铄，清瘦儒雅。其实，司徒氏族人下地能耕田，上田又读书，虽说是农民，大都有点书卷味。司徒氏重视读书，读书耕田两不误，族人中出了不少名人：中国第一位小提琴制造家司徒梦岩，中国致公党创始人司徒美堂，中国第一架飞机设计者司徒壁如，中国纪录片之父司徒兆敦等。

"如斯乱世，如何抵御倭寇，以保吾乡一禺之安宁？老朽愚钝，尔等皆族中精英，请献良策。"大公先开口。

"大家抱团拧成一股绳，共同抗日，我们不能坐以待毙。"司徒俊德说。

"要保安宁，就要有我们自己的武装，我们不能赤手空拳与日本仔的枪支大炮抗衡。"司徒友白说。

"从哪里找枪支？"司徒友白问。

"筹款购买，不惜一切代价购买。"被人称为"城南王"的中股乡乡长司徒程南马上从口袋里掏出一袋银元，"这是我捐出来买枪支弹药的，成立自己的武装，打倭寇，保家国，是基赞公（司徒美堂，字基赞）叮嘱我们的，不久他老人家将回来支持国内的抗日！"

友白他们又往里加上他们要捐的款项。

"好！成立武装，抗倭保家！大家马上分头行动，随后到族务委员会集中！"大公一锤定音。

没多久，族务委员会住址司徒氏图书馆响起了招集村民的钟声。很快，大家从司徒氏四乡奔涌而来，聚集在司徒氏图书馆，七嘴八舌地向从外地回乡避难的人打听着情况，分析着形势。

"咳，大家静一静！"见人到得差不多了，大公抑扬顿挫的声音响起，大厅顿时静了下来。"乡亲们，如今世道乱了，日寇侵我中华，外面兵荒马乱，在外谋生之子弟归乡避乱，则需妥善安置。我们四乡乡长商议暂时采取如下这法：若家里还有亲人有耕地，回家种地过日子；若以地交其亲友代管代耕，代管者交还原主人，不得争议；家中已无亲人无耕地者，多年经商得利丰厚者，自行购地，家里耕地富余者，可转卖一些，然要紧记，不得趁火打劫抬高地价；没力购置田地者，租耕族里公田，四六分成，四成归公，六成自留。"

大公所说的公田，是司徒氏华侨回乡捐款建祠堂、图书馆时购下的一些田地，平时由大家轮流派工耕作，收入归本族祠堂，以作大型庆典、资助本族子弟就学及对族人救困扶危之用。

"此提议大家以为可否？"

"可！"大家好像不用争议，立即异口同声答道。

"既然如此，则执行之。"

"不好了，日本仔要来了！"突然，司徒增大声叫着冲了进来。

"何慌乱之有？赤坎不是驻有国军广阳总队三千正规军吗？"大公呵责了一句。

"别提那群废柴了，他们正忙着收拾辎重准备逃跑呢，听说是要逃往最偏僻的山区大沙夹水。"

"古人有言'文官不爱财，武官不怕死'国家才有希望，如今国难当前，军人退缩以求偷安偷生，国之不不幸啊！"大公仰天悲啸。

"来了就打他！"司徒煦说着抄起他的猎枪就往外走，司徒遇、司徒忠他们有的拿着鸟枪，有的拿着锄头大刀，跟着司徒煦冲了出去。

他们来到潭江边，司徒煦指挥大家隐蔽起来，他与司徒忠登上南楼顶，举着望远镜瞭望，远远地望见一小队鬼子在赤坎的外围向荻海南山方向而去。

虚惊一场，回到图书馆一说，大家松了一口气。

"大家别以为日本仔今天没来就没事了，今天不来明天总会来的！"司徒煦一句话，大家又紧张起来。"那怎么办呢？国军又丢下我们不管！"大家七嘴八舌地讨论起来。

"大公，我们不能坐而待亡。如今许多乡村自发成立自卫团队，我们也成立自己的自卫团队，保家守土！"司徒俊德第一个站起来说。

"对，成立自卫团队，保家守土！"司徒忠、司徒煦等人附和。

"好！这才是我们司徒氏子孙！"大公瘦长的手臂一挥，"成立自己的武装，是今天在友白家商议的第二条决议，各家各户把家里的鸟枪、猎枪都拿出来。"大公顿了顿，把司徒程南他们捐出的钱放在众人面前，"这是今天四乡的乡长捐出来购买武器的款项，祠堂公款也出资，大家再凑些钱，添置武器，这事由俊德、阿忠和阿煦等人负责，我们成立自己的抗日武装！"

"对，俊哥、忠哥、煦哥，你们带着我们打日本仔吧！"年轻人纷纷围着司徒俊德和司徒忠、司徒煦。

"大公，我有办法联络购置武器，但我能弄到的恐怕只是轻武器，要是有些'重武器'，能更好地抵御日本仔的进攻。"司徒俊德说。

"那一意（当地方言，干脆的意思）买大炮，轰日本仔他娘的！"司徒忠、司徒煦等人提议。

"买大炮不现实，别说我们一时筹不了那么大的一笔款，即便有了那个钱，我们也无从购买呀！大炮不是想买就可以买到的！"司徒俊德说。

"家兴，你去烧腊铺弄一头大烧猪到庙里，多少钱由祠堂给。"大公突然大声吩咐做烧味生意的司徒家兴。

大公一开声，吵吵嚷嚷的大厅霎时静下来，都眼定定地望着大公，因为大家还想不明白烧猪与打日本仔之间的关系。

"祭拜祖先，请出腾蛟庙里的三门大炮！"大公两眼炯炯有神，声音铿锵。

"啊？那咸丰年的大炮，还能打日本仔吗？"

"一门系咸丰年间的，两门乃光绪年间的，祖先置下此炮乃为防盗匪之用，如今要用之打倭寇，列祖列宗会护佑的！"大公斩钉截铁地回应。

"大烧猪由我出，请列祖列宗扶佑我腾蛟！"司徒家兴说着便往外走。

"请出大炮，消灭日本仔！"

"打败日本仔，守我家乡，护我父老，保我妻儿！"司徒俊德、司徒忠、司徒煦率众人，簇拥大公，一路高呼着前往腾蛟庙，群情激愤。

大家到达庙里，司徒家兴的烧猪刚好送到，足有百多斤的大烧猪，那猪烧得通体金黄、浓香四溢，一嘴、两耳、四蹄都用红纸裹包，两眼放进两颗龙眼，看上去虎虎生威！

大公领着大家上香拜祭、祷告：列祖列宗在上，倭寇犯我国境，毁我家园，我司徒氏子孙誓与倭寇抗衡，需请大炮，保我家园，祈列祖列宗护佑！

庙内香烟缭绕，三门锈迹斑斑、俗称"大仔㜽"的大土炮静静地立在神祇旁。

"后生仔，请炮！"随着大公一声令下，司徒俊德、司徒忠、司徒煦、司徒浓、司徒迈等一拥而上，把三门尘封多年的大炮请到晒谷场上。

"要除锈！"

"用猪油擦干净！"

"花生油、火水（'火水'，当地方言，即煤油）也行！"

"用韭菜好，我家开新锅都用韭菜除锈！"

大家围着大炮·七嘴八舌地提议。

"都回家拿家伙除锈呀，还等什么！"司徒煦喊了一声，众人立散往家里奔去。

不一会，人们又聚拢到晒谷场。司徒家兴挑着两大桶肥板（板油），司徒遇的妻子张秀提着一大篓韭菜，三叔公手里拎着一瓶火水，六嫂子提着花生油，还有几个姑娘、小媳妇手里捧着她们的亲人从国外寄给她们梳妆用的头腊，这可是她们平时自己都舍不得多用的宝贝……

大伙也不多说，谷场上响起一阵乒乒乓乓、淅淅沙沙的声音，众人敲的敲、擦的擦，有几个小伙子用一根长竿裹着布条，蘸着猪油、火水使劲往炮筒里来回地擦。司徒浓干脆把大肥板扎在竹竿上捅起来。

没多久，三门锃亮发黑的大炮出现在大伙面前：炮管长一米多，口径一百一十毫米，管壁很厚，从炮口到炮尾逐渐加粗，在炮身的重心处两侧有圆柱形的炮耳，可作为轴调节射角，配合火药用量改变射程，设有准星和照门，使射击更为精准。

当大伙围着大炮啧啧称赞之时，司徒俊德、司徒忠走到大公前面，恭敬地说了几句话，大公额首。

"试炮！"大公一声令下。

司徒忠、司徒煦率一帮后生仔把大炮推到潭江边事先垒好的炮台上，司徒忠变戏法似的拿来两大袋炸药和两大桶铁丸，他一边叫几个人划艇阻拦过往船只，一边指挥司徒煦、司徒浓等人准备发炮，每炮配备三人：一人装火药，一人放铁丸、铁钉（要装五斤火药，十斤铁丸、铁钉），一人拿着粗香点火。一切准备就绪，随着大公一声"开炮！"令下，"嘭嘭嘭"三声巨响，三条火龙腾跃而去，潜入潭江，溅起了数米高的水柱，射程大约两三百米，最远的一炮有将近五百米。

"哗，成功啦！"岸边一片欢呼声。

大公半眯着眼睛，喃喃着"祖宗保佑"。

大公接着提高了音调，大声地说："诸位，少安毋躁，我郑重宣布：司徒氏自卫团队正式成立！老祖宗有言道：天助自助者。自今日起，以我之枪炮，护我之家乡！"

司徒俊德、司徒忠、司徒煦等带领大家高举手中的武器，高呼："以我之枪炮，护我之家乡！"

"大公，给我们的抗日队伍起个名称！"司徒忠提议。

大公沉吟了半刻说："我们司徒氏四乡乡亲自发、自卫、团结抗战保家守土，今天这个地方正好是腾蛟乡，就叫'腾蛟自卫团队'吧，'腾蛟'既是我们的村名，又有'飞腾的蛟龙'的意思，象征着我们的自卫团队像腾空而起的蛟龙一样奋勇杀敌，大家意下如何？"

"好！就叫'腾蛟自卫团队'，齐心奋勇抗战，打他日本仔有来无回！"司徒煦第一个举手赞成。

"腾蛟自卫团队，齐心奋勇抗战，打他日本仔有来无回！"大家纷纷举手响应。

"好，我们自卫队的名字就叫'腾蛟自卫团队'！现在我宣布，经司徒氏族务委员会研究决定，任命司徒俊德为司徒氏四乡自卫团队大队长，司徒氏四乡自卫团队为大队建制，下设五个中队，司徒氏四个乡和赤坎圩镇各由一个中队驻守，其中，司徒忠为腾蛟自卫中队队长，司徒煦为腾蛟自卫中队副队长……"

"好！"在场的人齐声高呼。

"现在我宣布：腾蛟自卫团队正式成立！"大公提高了音调大声宣布，"希望自卫团队不负众望，英勇杀敌，保家卫国！"

"不负众望，英勇杀敌，保家卫国！"司徒俊德、司徒忠、司徒煦率全体自卫队员和乡亲高呼口号，群情激奋。

"俗话说，三军未动，粮草先行。"大公高声动员道，"我们尚需购置装备，方能与倭寇抗衡。有赖诸位齐心协力，捐枪捐款，充实枪械弹药！"

大公说完，从挎袋里倒出二十个大洋放在谷场中央的一个大铜盆上。接着，叮当叮当……大家的银元、铜钱、钞票、银票陆续往盆里放，当大家以为都捐完了准备当众清点时，却见五婆手里捏着钱袋子，迈着那一双三寸金莲，一步一颠地急急往谷场这边赶来。

五婆也不管大家，解开钱袋子，拿出五个大洋，交到司徒俊德手上。所有的人难以置信地瞪大眼睛，有的人还把眼睛揉了揉，认为刚才的一切是幻觉。因为五婆是司徒氏四乡最出名的"孤寒婆"（"孤寒"，当地方言，吝啬的意思），谁家要是借她一根葱忘了还，五婆会上门提醒你，不管过了多少年她都还记得；她家门前有一棵番石榴，要是哪家的孩子嘴馋偷摘一个，五婆会"有娘生无爹教"地骂上大半天。她不单对他人"孤寒"，对自己也非常"孤寒"，一颗豆豉她要咬开两截下饭，她用"咸虾酱"饯饭的方式也很特别，不是用小碗盘盛用汤羹浇到饭里，而是用一个两头一样大、直立的竹筒盛，用一支筷子挑起放进口里含一下吃一口饭；五婆走在路上，两个眼睛总是不安分地四围瞟，她是在看路上有没有枯枝树叶等，可捡拾回家当柴禾，五婆走过的地方，枯草都不会留几根……

还是司徒俊德率先反应过来，激动地拉着五婆的手，连声说："谢谢！五婆，谢谢您！"

"后生仔，话讲反了，应当是我老婆子多谢你们，你们都肯舍命打日本仔，保护乡亲，我们拿出几个钱算什么？"

回应五婆的是"哗啦啦"的一阵阵热烈的掌声。

虽然大家倾力捐款，但也是杯水车薪，司徒俊德只能弄来几把短枪和少量弹药。司徒忠、司徒煦等一点也不敢怠慢，带领着后生仔在做工耕种之余开展训练，枕戈待旦。

虽说大家都倾力捐款，但数量有限，战乱年代，即便你找到门路购买，价格也是奇贵，自卫队很快捉襟见肘，连训练的开支都难以支撑了。

正当自卫团队陷入困境之时，忽然传来了令人振奋的消息：旅居美国的致公堂的创始人——洪门大佬司徒美堂带着在美国华侨中筹集的款项回国支持抗日救亡！

司徒美堂是司徒氏族人的骄傲与榜样。富兰克林·罗斯福任总统前，在他的致公堂当法律顾问，他一身傲骨，锄强扶弱，除暴安良，主持正义，成了在美华人的领袖。他曾大力支持孙中山的革命活动，1911 年 4 月，黄花岗起义失败后，国内同盟会电告孙中山，急需革命经费十五万美元，孙中山一时难以筹措，司徒美堂知道后，提议将多伦多、温哥华、维多利亚等地四所致公堂大楼典押出去，终于筹足了款项。1924 年初，孙中山在广州组织革命政府，财政拮据，当时司徒美堂又发动华侨捐款予以支持，并以美洲洪门致公堂名义，发表竭诚拥护国共合作的通电。后来，孙中山多次发动针对军阀的战争，司徒美堂都一马当先，积极筹款。为了支持国内的反袁、反日斗争，旧金山、波士顿、纽约大部分致公堂成员不仅捐出了自己的全部积蓄，还捐出了商埠中一半的"铺底"。

1931 年，日本发动"九一八"事变，四个多月后，又在上海制造"一·二八"事变，以蔡廷锴、蒋光鼐为首的十九路军奋起抗击。司徒美堂立即组织洪门成立筹饷机构，为十九军募捐。淞沪会战结束后，司徒美堂又亲自率领华侨代表，万里跋涉，回到祖国，带着美国侨胞捐献的款项和物质，慰问十九路军将士。

"七七"事变爆发后，司徒美堂辞去所有公私职务，专门负责"纽约全体华侨抗日救国筹饷总会"的工作，全身心投入到抗日救国筹饷活动中去，给中国人民的抗日活动以极大的支持。

1933 年，李济深、陈铭枢、蔡廷锴等人在福建成立人民政府，联共反蒋抗日，失败后遭蒋介石派遣特务追杀。司徒美堂得此消息后，把蔡廷锴接到美保护起来，并亲自充当其贴身保镖，同时，在《纽约五洲公报》登出严正声明："谁敢动蔡将军一根毫毛，就把谁捣成肉酱！"确保了蔡将军的安全。

司徒美堂回来给大家以极大的鼓舞！

这一天终于到了，历尽艰险，取道香港，坚决拒当日本人的维持会会长，避过了日本特高科头子矢崎追踪，回到了家乡。七十多岁的司徒美堂身材魁梧，一袭唐装，腰杆笔挺，双目炯炯，美髯飘飘，他在保镖、弟子、司徒氏族长司徒尚允、中股乡乡长司徒程南及司徒俊德、司徒友白、司徒忠、司徒煦等众多自卫队员、乡亲的簇拥下走进了司徒氏族务总部司徒氏图书馆。

所有的眼球都聚焦在这个从家乡走出去的传奇人物身上。

"父老乡亲们，得知家乡成立自卫队抗倭寇，保家国，老朽深受感动，老朽自觉还能为我中华之抗日尽绵力，今日，老朽是带着美国华侨的捐款回国支持抗日救亡！自卫队的后生，都是我司徒氏族的好儿郎，乃中华好儿女！中国人无论走到哪都要无愧于炎黄子孙之称谓！海外的华人也时刻心系祖国之命运，同胞之安危！老朽在南洋作抗日宣传之时，有机缘认识了著名巨商司徒懿接公之曾孙司徒煦，为了驱逐倭寇，司徒煦放下家族生意，不但自己捐出巨款，还在南洋发动华侨捐款，积极组织人员回乡抗日，前段时间他已组织起二十多名爱国青年回到祖国、家乡，壮大了我抗日之力量！你们皆为我司徒族好儿郎，中华好儿女！"

"谢谢前辈夸奖！国难当头回乡杀敌是每一个炎黄子孙义不容辞的责任！"司徒煦抱拳向司徒美堂致谢。

"哗啦啦……"热烈的掌声经久不息。

"阿煦，好兄弟！"司徒俊德、司徒忠等都禁不住激动地唤了声，司徒忠还轻轻锤了司徒煦一拳。

司徒美堂只作短暂的逗留，对自卫队的训练和拳术、博击招式作了具体指导，言传身教，留下一笔款子，同时发动了经济实力雄厚的中股乡乡长司徒程南等乡绅捐出巨款，作自卫队抗日资金。

自卫队利用司徒程南等乡亲捐赠的资金，购置了大量枪械弹药，也不知司徒忠哪来的神通，居然弄来了一挺轻机枪，队员们像是注入了兴奋剂，日夜加强训练，积极备战，严阵以待。

从此，司徒忠、司徒煦等带领着自卫队员在耕种之余开展训练。司徒煦也想办法弄来了几把短枪，又托回国的华侨从国外买回了一挺德国油浸式机枪和一批弹药，他们枕戈待旦，给日寇迎头痛击。

终于，日寇来了，驻守赤坎的三千国民党正规军在广阳防线总指挥李江的带领下，以比兔子还快的速度实行"战略转移"，实则逃到本县最边远的山区大沙夹水"避难"了，从大沙蕉园到夹水的公路两旁，密密麻麻地驻满了国军，在当时也可算是奇观了。三埠沦陷，周围许多乡镇相继落入敌手，赤坎成为日寇虎视眈眈的目标。

"来了，来了！日本仔奔赤坎来了！"在外围警戒和打探敌情的自卫队员急匆匆跑回来报告。

"突突！突突！"日寇开着巡艇、气垫艇趾高气扬地来了！他们眼里赤坎已是囊中之物、嘴边之肉。

这边，司徒俊德、司徒忠、司徒煦他们的"腾蛟自卫团队"做好一切"招待"

鬼子的准备：潭江边、芦苇、水草丛中，用砂包、草皮垒起了一个弧形阵地，枪手们埋伏在草丛中严阵以待。

司徒煦忽然想起什么似的对司徒俊德说："大队长，听派去掩护乡亲撤退的队员回报说，现在还有一些群众不肯撤离，一些师生嚷着要留下来打日本，说什么都不肯走，日本仔来了非常危险，你和司徒新积都擅长做群众工作，你俩赶紧回村里动员、掩护乡亲和师生们迅速撤离吧，这里交给我们就行了。"

司徒俊德说："好的，你们千万要小心。"

司徒忠、司徒煦说："放心吧，我们坚决守住南楼，人在南楼在！"

一会儿，潭江水面上由远而近传来汽艇"突突突"的马达声。

近了近了，终于，敌人在射程之内。"打！"司徒忠一声令下，"嘭嘭嘭"岸上三炮齐鸣，"叭叭叭"草丛中机枪、短枪、鸟枪、土铳齐发，三艘气垫船被击中起火，连船带人随即沉没，溺毙敌军不计其数。"嘭！轰！"又一艘木巡艇被击中，一百多名日伪军随着翻沉的船只葬身潭江，龟缩在没有翻沉船只上的日军也在我自卫队猛烈的扫射中鬼哭狼嚎，狼狈逃窜。

首战告捷，极大地鼓舞了士气。

此后日军多次来犯赤坎，都被自卫队击退。日寇只得退守三埠各个要冲，再也不敢轻易出兵侵犯赤坎。赤坎就在日寇的眼皮底下过了些稍为太平的日子。

回想这段岁月，司徒忠感慨地说："长辈们想得比我们长远哪！建学堂，办教育，盖图书馆，这才是庇护子孙、福泽后世的宝贵财富！可现在让日本仔闹的，孩子学上不了，图书馆毁了，狗日的日本仔，他们怎么就看我们中国人好欺负吗？这次我倒要让他们瞧瞧，中国人究竟好不好欺负！"

司徒忠很少激动，但是现在他突然激动了。

司徒煦、司徒遇两人不再说话，他们知道，队长平和的外表下有一颗不平静的心。他的仇恨是藏在心底的。今天，一定是他俩的话触到了他的痛处。他的大女儿就是日寇第一次进入开平时，在学堂里死于日本仔的铁蹄之下。

司徒煦打破沉默："队长，我们要主动去找关文周聊聊，好好谈谈，协调好作战计划，不要留下空当。还有，我们司徒和关族两家自卫队加在一起也不可能堵住四面来敌，越是这种时候越不能轻敌，敌人很可能分好几路进攻，那样的话，我们怎么办？"

司徒忠点点头，又摇摇头说："日本仔的目的是打通潭江水路往广州北上，不会耗那么大精力非要打下赤坎吧?"

"不,队长你想想,日寇不打下赤坎,特别是南楼等战略要点,不拔掉开平、新会等地的钉子,他们怎么跑?赤坎和南楼是一体的,敌人不可能只打南楼或潭江一线。"

"你说得对,我这就去找乡公所!让乡公所再与国军沟通,作好部署。"

"等等!队长,算了……"

"嗯?"司徒忠疑惑地望着司徒煦。

司徒煦茫然地盯着斑驳的墙壁看了半晌,低沉地说道:"算了队长,我昨天从族务委员会和乡公所那里来,乡公所也没有办法,他们已经求过广阳守备区总指挥李江了,没用,让我们自己做好应对准备,我们还是抓紧时间做些有用的事吧!"

7

自卫队员们陆续回来后,司徒忠和司徒煦商量了一下,决定利用一上午时间分配物资,主要是食物和水,再有就是一些衣物、药品。司徒煦检查了南楼的所有武器弹药,然后对司徒忠说:"最好再往南楼顶放一门小钢炮,现在楼下的三门土炮射程太近,楼上只有三挺机枪,威力有限,另外,弹药还要增加,弹药不够,怎么打?"

"最死的是前段国民政府和国军下令把民间的枪支弹药都借去了,现在前方战事吃紧,水路、陆路都不通,去哪里弄到枪支弹药?"司徒忠有些为难地看了看其他队员。

"南楼不能丢,就是其他据点都失守了,南楼也不可以失守。到各中队调剂一些过来吧,否则南楼丢了,什么都是白搭!"司徒煦说。

"好,粮食、饮用水也要增加一些,对了,多准备些石灰石块铁钉,做好最坏的打算。"司徒忠吩咐道。

上午,司徒煦和队员们分配完各种物资,然后又里里外外仔细检查了一遍南楼。司徒忠满意地看着这位搭档,长长出了口气。司徒煦一回来,他心里踏实了不少,司徒煦有时候想到的,自己都不见得想得到。

吃过午饭,司徒煦安排老成持重的情报员司徒昌去三埠打探消息。司徒遇凑过来轻声问司徒煦:"伯母和韶儿走了?"

"走了,估计现在已上船了吧。"

"你呀！唉，也真放心，一老一小，还要通过日本仔的据点，真有你的。我要是早知道就把她们拦下了，你这人啊，平时挺缜密的，可轮到自己的事，怎么就糊涂了？"

司徒煦不由得一激灵，他半张着嘴回头盯着司徒遇看了老半晌，抬头从小窗向外看去。潭江江面异常平静，前两天喧闹的船只销声匿迹了。他的心里突然涌上一种不祥的感觉。

司徒遇后悔自己说话太莽撞了，连忙安慰道："不过今天有消息说，三埠一带潭江还是走得通的，日本仔虽然戒严了，只是搜查得紧，现在他们忙着做进攻赤坎的准备，也是多一事不如少一事，基本都放行了。你看吧，日寇封锁潭江航道的时候，就是他们进攻赤坎的日子了。"

司徒煦默默站起来，他满心后悔，当然不是后悔回到自卫队的选择，而是后悔不该回来得这么晚，后悔没有早点送母亲和表妹回南洋。可是现在……

他长叹了一声，缓步向楼上走去。

"副队长，有人找，是关家少爷。"一名队员跑进来冲楼上司徒煦的背影喊。

司徒煦愣了一下，关少爷？是关玉瑄？他来了？他来干什么？司徒煦停下上楼的脚步，转身又走下来。

一个穿着学生制服的少年站在门口，他有点焦急地盯着上楼通道，一看到司徒煦，忙跑过来叫道："煦哥！"

"阿瑄，你来了！有事吗？"

"嗯！"关玉瑄气喘吁吁，看来是跑着过来的。他家离这里不是很远，这么慌乱肯定有急事，"是……是我姐！"

本来镇定自若的司徒煦在听到关少爷来时，心头就乱了一下，有些紧张，不知道关玉瑄来干什么，是关文炳关大老爷找自己有事，还是……现在关玉瑄刚说了"是我姐"三个字，他心头就像有锤子猛击了一下，看他慌乱的样子，关沁荷出了什么事？

"什么？"他不由攥紧了拳头，脑袋发热，脸也涨红起来。

关玉瑄不由退后两步："你怎么了？我姐让我把这个给你，她……"

"她怎么了？"司徒煦没有看他递来的东西，却一把抓住他的肩膀，紧张地问。

关玉瑄疼得龇了一下牙，往后退着说："我姐没事，就是让我送这个给你。吁！好疼！"

司徒煦讪讪地松开手，低头接过关玉瑄手上的东西。那是用一块月白色洁净的手帕折成的布包，右下角用青蓝丝线绣着两朵含苞待放的并蒂莲。

司徒煦轻轻用手捏了捏，柔软光滑，东西很轻薄。他呆呆地望着这轻飘飘的小包，张了张嘴，却什么也没有说。

关玉瑄疑惑地看了他一眼，转身边跑边说："我们要走了，我姐让你小心，还有，还有让你——反正她说你看了东西就明白了。"

"你等等！什么？你们要去哪里？"司徒煦如梦方醒，可是关玉瑄已经跑远了。

司徒煦紧紧攥着手帕小包，望着关玉瑄远去的方向，他从来没有像现在这样烦乱过，就像无数钢针从头到脚一点点扎进去，一点点开始疼。你要走了，你要走了吗？他喃喃自语，他感到一种无望的悲伤，突然想举起机关枪狠狠地扫射！

"煦哥？"司徒遇拍拍他的肩。

嗯？他猛然清醒，我这是怎么了？她走了，我还要在这里抗日，待她回来的时候，要给她一个和平安全的家园，我怎么能消沉？司徒煦把手帕迅速塞进衣袋，拍了拍衣袋，向楼上走去。

8

司徒煦想一个人静一静，他太需要静一静了。

他并不是沉闷的人，在战场上，他狂怒生猛的身姿和他平时有些病态的外貌很不匹配，似乎他就是为战场而生的，只有枪炮声才能激起他的斗志，才能让他热血燃烧。平时，他宁愿和弟兄们说笑打闹也不喜欢一个人安静地待着。有的人是在思考中规划、总结，有的人是在行动中完善。而司徒煦基本上属于后者，但是又不全是。他在做每一件事之前，头脑中很快会有一个比较成熟的计划，不用多想，也许就是一瞬间形成的，但是却很牢固，做了就不会后悔。如果让他瞻前顾后，那不是他的性格，他也不可能那样做。所以他的勇往直前和坚决果断的态度决定了他就是个为战斗而生的人。

然而今天，此刻，他突然有了种心神不定、彷徨无措的感觉。倒不是对抵抗日寇动摇了，不，他抵抗日寇的决心一丝一毫都不曾动摇。是他脑海中不停地掠过一丝丝虚空不宁的思绪，不可阻止，那是关沁荷的离开把他的心也掏去了。他趴在六楼窗口，任江风吹着脸颊，过了好一会，他火热的脸颊才稍稍感到了些许凉意。

刚才，司徒遇的话让他不安，关玉瑄的话又让他烦躁。在这紧要关头，他不想被儿女私情控制了身心，他不是没有儿女情长，更不是铁石心肠，他也有七情六欲，也有爱有恨，有亲情、爱情。

司徒煦用手轻轻触碰了一下口袋里的布包，心跳又加快了。他拿出布包，慢慢打开。里面是一块折叠成心形的杏黄色丝绢手帕，司徒煦疑惑地把手帕拿在手里，细细地看着，没有什么。他又小心地打开，一缕青丝突兀地出现在眼前。青丝用一截鲜艳的红头绳扎着，一股熟悉的味道扑面而来。

她？司徒煦一把把青丝握在手中，就像握住将要飞走的心。一个清白的女子，将她最珍贵的头发送来给自己，意味着什么？还有比这更珍贵的东西吗？他眼眶瞬间湿润了。

司徒煦把手帕完全展开，几行娟秀的小楷呈现出来：

煦哥：

　　见信如面！自上月一别以来，妹无一日不牵挂。今忽闻归队，知你夙愿为杀敌，妹唯求苍天佑英雄。青丝一缕，今生无他，等你归来！

妹荷
即日

短短的手帕留信，语短情真。司徒煦久久地反复咏读，不由心潮澎湃。信中丝毫未提关家要离开的话，而且语气坚决，这让他不由心存侥幸，难道刚才听错了？

其实就在此时，关文炳关大老爷家已乱成了一团糟。

关大老爷有一颗经商的大脑，他充分利用华侨胞弟的资源，在赤坎镇开了三家商铺。他最厉害的地方还不是这些，他有了钱不是做个守财奴，而是利用钱打通各种关节、门路。首先，他为他的大儿子关玉琢在县政府谋了个差事，他与县长走得很近，据说县长来他家吃过好几次饭。其次，他继续投资，他的产业不仅在开平遍地开花，甚至把捞钱的手伸向了广州。连他海外的弟弟都对他佩服得不得了。

抗日战争全面爆发后，关大老爷对局势有过几次不同的判断，根据这几次判断，他选择了不同的做法。第一次，是日寇发动全面侵华战争并节节胜利之时。那时，他以一个商人的角度审时度势，不断往海外转移财产，所以现在他的绝大部分财产也都在海外。他没有举家迁到海外的原因不是他不想走，主要原因有两个：一是他的老母亲哭着在床上打滚，死也不肯走；再就是当他好不容易说通了老母亲，但为时已晚，水陆交通已经十分不安全了。日寇一路南下，国军节节败退，日寇逐渐控制了全国大部分交通干线。关大老爷犹豫了，他一个人走没什么，可是要是拖家带口，携带大量金银财宝，那就不好说了，乱世啊！除了日寇，还有土匪强盗，坐上邮轮也不安全，兵荒马乱的，船上什么人没有？到加拿大——那么遥远的路途，老娘能经受住颠簸吗？那里适合自己驻足吗？而让他哪怕放弃一张钞票逃跑，简直就是要了他的命。关大老爷头一次徘徊不决起来。一来二去，随着日寇战线拉得越来越长，日寇对地方的控制已有些力不从心，关大老爷发现，有些事并不像一开始想象得那么可怕，他终于决定稳坐钓鱼台，静观事态发展。他也就继续开着自己的绸缎庄、当铺，财产也不再转移，路上有个什么闪失更加得不偿失了。第二次，鬼子在南京的大屠杀的消息传到他耳朵里的时候，他着实吃了一惊，他盘算了自己在海外银行存的黄金，心想不如就不要身边这些东西了吧？出去也是饿不死的。可是这时候发生了一件事，他的大儿子参加了关氏自卫队，还带着关氏族务委员会办事处人员来家里动员他捐款，开平县长也亲自登门，县长以往趾高气扬的样子变成了称兄道弟的客气，还封他做关氏自治委员会会长。他大骂了儿子一顿，却无可奈何，同时也小小地满足了一下他的那份虚荣心。于是，他在日寇还没有踏入这片土地的时候，捐了一些钱，暂时忘记了逃亡的事。

1941 年，日寇的铁蹄终于踏破了这座古城的安宁。南粤陆续沦陷，开平也不能幸免。关文炳大老爷的眉头从此没有舒展过。他也不想当亡国奴，更不想所有财产被日寇侵吞，更为可怕的是，日寇在各地烧杀抢掠的种种残暴行为不断传到他的耳朵里，令他心惊肉跳。

不仅是他，赤坎镇早已人心惶惶，大户人家急着购买枪炮，买回来又收拾金银细软准备逃亡国外，可收拾好了又迟迟下不了外逃的决心。而这个时候，海外华侨们有的纷纷回国参战抗日，有的捐款捐物，组织抗日自卫队，使原来准备逃亡海外的人感到了羞愧，爱国爱家乡的激情也被点燃。但像关大老爷这样的人依旧犹豫观望，他们知道，捐出去的钱财只能有去无回，这对于他这个爱财如命的人简直如割肉一般疼。

让关大老爷更闹心的是，家里的几个败家子处处和他作对，不仅大儿子参加了关氏自卫队，就连上学的小儿子也参加游行，甚至报名参加自卫队，要不是年龄小，差点就成为自卫队员了。关大老爷眼看着自卫队独立支撑，枪短炮缺，一开始还有的一点点信心渐渐消失。更要命的是，他原本最放心、听话文静的女儿关沁荷竟然和冤家对头的儿子司徒煦好上了。他的头当时就膨胀得如水桶一般大了，他把太太叫来商量，看着太太躲躲闪闪的眼神，不由暴跳如雷：全家都知道了，就瞒着他一个呢！当得知女儿在司徒煦去南洋前两人就好上了，简直就要晕过去了。平时蛮横的关太太看着气鼓鼓红头涨脸满屋子乱转的丈夫，也吓得不敢出声。

"我宁愿打死她也不让她嫁给那个王八蛋！"他狂怒地吼着。

关大老爷由此似乎忘记了鬼子的威胁，女儿的事成了头等大事。四年来，这个看似柔弱的女儿让他操碎了心。三埠沦陷那年，他下定决心不能再等了，就是死在路上也要离开这个让他头疼的地方，他也看开了，什么家产，鬼子一把火什么都没有了。大儿子过着刀口舔血的日子，女儿默默反抗他的逼婚，不走，不是被鬼子杀死就是被几个小冤家气死。

大儿子铁了心不走。"就当没生这个逆子。"关老爷咬牙切齿道。他怎知道关玉琸在战火洗礼中有了自己的人生观，在血与火中写就了家国情怀。他终于第一次和父亲吵了架。

"滚！你给我滚！"关大老爷几乎是歇斯底里地咆哮。

"走就走！哼！"关玉琸轻蔑地哼了一声，转身就走，他觉得自己和这个只知道搂着钱财过日子的老头已经没有了任何关系。

而这个老头听到门"砰"的一声关上，就像被抽了筋一样瘫坐在椅子上，想哭哭不出来，想骂没人可骂。

最终第三次他又没走成，他万万没有料到，胞弟从南洋回来了，带着自己几乎一半的财产回来抗日了。这是1944年的夏天，鬼子在开平进行疯狂扫荡，关家仓皇逃到乡下碉楼躲避。老太太本来就多病，这么一折腾，加上惊吓，没几天魂归西天。一连串的打击使老爷子再也支持不住，病倒在床上。这一病就一直挨到第二年春天才慢慢恢复过来。

病榻上的关大老爷，看着女儿进进出出端茶送药，心底不由发出无奈的叹息。他以为自己将不久人世，悲哀地想，儿女们的事，由她去吧！

自卫队南楼一战，击退了日寇的进犯，赤坎暂时恢复了平静。关大老爷回到关家骑楼，看到门窗被砸碎，桌、椅在灰尘中七倒八歪，布满灰尘的沙发静静躺着，一派荒芜、萧条的景象。关大老爷心灰意冷，日本仔就要完了，可是我待在这里有什么意思？更何况鬼子在垂死挣扎中什么事做不出来？关老爷默默望着自己亲手建立起来的家业，如今可能会毁于一旦，心里隐隐作痛。

接下来的日子，他向关姓族务委员会办事处捐出了一些银两作抗战资金，然后收拾简单的行李准备出国避难。这时候，传来了鬼子将要进攻赤坎的消息。

　　"难道苍天与我作对，要让我这把老骨头葬在这里吗？唉——"关大老爷仰天长叹。身后，一家老少纷乱仓皇，手忙脚乱地收拾东西准备逃亡。

第二章

1

司徒煦不想害了关沁荷，曾经的海誓山盟还在耳边回响，那时两人远隔万水千山，彼此却那么坚定不移，可是世事沧桑，他今天再不是昨天那个无忧的少年，他想得更多的是战争、现实的残酷和沁荷的未来。自己已经不再年轻，而沁荷，她也二十七岁了，她该有一个好的归宿，而不是跟着自己天天担惊受怕，甚至面临死亡。

对司徒煦而言，要放弃自己所爱的人，是一个非常艰难的过程。然而，他深知，身处乱世，身陷豺狼中，你不把豺狼赶跑、消灭，你就保护不了自己心爱的女人，你就给不起她一个家！

遥远的地方，战火在蔓延，也许明天，也许后天，也许就在眼前此刻，炮声就会响起。司徒煦微微叹了口气，他对自己变得多愁善感有些不可思议。他想：如果没有战争，我也许和她在花前月下许下相爱相守的诺言，然后平平静静平平凡凡地过着所有人都该过着的日子，上山打猎，生儿育女，奉养父母，再然后，直至白发苍苍安然老去，静守岁月，静守着人生平凡的幸福！然而，这一切，被这乱世烽烟湮没！沁荷，我只有归隐在没有你的寂寥天地里，与这碉楼为伴，方可唤起我男儿血性，让我不忘责任，无牵无挂，把全副身心精力都用在抗日，直至赶跑侵略者！而现在国难当头，我不应该沉溺于儿女情长中。他这样想着，可是似乎又有一个声音在耳边不停地萦绕，那是沁荷常常在他身边深情地唱着的歌声：

> 万里天涯远，
> 行人暗自算，
> 飘零湖海御风寒，
> 回忆高堂肠九转，
> 挂心肝，益发情难断，
> 报效劬劳归莫缓，
> 少者怀之老者安。
> ……

一只手搭在肩上，司徒煦回头一看，是司徒遇。

"煦哥，这可不像你啊！"司徒遇望着阴沉沉的江面，故作轻松地调侃道。

司徒煦无言地看了看这位从南洋就一直陪在自己身边的兄弟，只是拍了拍他的肩膀。

两人默默地望着平静的潭江，许久没有说话。

"沁荷是个好女孩，你不要伤了她的心。"司徒遇打破了沉默。

"抗击日寇，我已经把生死置之度外，万一我牺牲了……她这一辈子怎么办？"

"但伤了她的心，一辈子也修复不了！"

司徒煦看了司徒遇一眼，这句话让他心里一紧，他又何尝不明白，自己活着，沁荷不会嫁给别人；自己死了，沁荷难道就会忘记？就会嫁人吗？如果真的为她好，必须能忍常人所不能忍——割爱！唯有割舍才能给她生的希望，让她在爱的思念里活下去，这是最坏的境遇里最好的结果了吧！

司徒煦突然一阵轻松。他明白了，解脱了，不是从爱情的缠绵里解脱，而是对爱情有了更通透的认识。那是和平年代无法理解的爱情，用生命的代价给对方一生的爱，带着硝烟的浪漫，没有眼泪，只有坚强，不是殉情，是爱的信念给了战斗的勇气。

在这个风雨如磐的年代，太需要坚定如铁的信念去爱人，去战斗，去对抗危险、死亡。

"张秀和孩子们都好？"司徒煦问司徒遇。

司徒遇回答道："都好，前几天捎信来说已经到娘家去了，那里比较偏远，安全些。她不想走，是我坚持，为了孩子们也得避一避，她哭着走了。"

"张秀对你很好，是一个贤能淑德的好老婆！"司徒煦说着，往事如潮水般涌上脑海。少年时的这些伙伴，如今都已为人父母。

"是呀，我觉得，自己很幸运！"司徒遇脸上泛起幸福的微笑。

"噢?"司徒煦望着他，那眼神分明是愿闻其详。

"我有理解我支持我的家人，无论贵贱生死，我们永不相弃。用不了多久，日本仔会被我们赶回老家，我们的家乡就会和平安宁。那时候，我会很骄傲，是我，和我的兄弟，和所有抗日的战士们一起，把日本仔赶出了中国，让我们这片土地能重享阳光，自由呼吸。你说，我是不是应该感到幸运?"

"是啊——"司徒煦紧抿着嘴唇，他望着司徒遇坚定而深邃的目光，从他身上看到了一个新的司徒遇，感受到一种悲壮激奋的力量。这种力量足可以使他们不后悔过去，也不恐惧未来。

滚滚潭江，承载着多少往事，又将迎来怎样的血雨腥风。午后的江风带来潮湿的热气，空气中弥漫着江风、泥土和青草混合的腥味，这让人浑身燥热粘腻。两人都脱掉外套，只穿了小褂，敞着怀。司徒遇喜欢喝酒吸烟，烟瘾上来了，从口袋里掏出一个方形小铁盒装着的烟丝和黄白色的长方形小烟纸，说了句"要提提神了"，就躲到楼台另一角去吸烟。司徒煦肺不好，闻不得烟味，以前他也常和朋友喝到烂醉，从去年养病以来，一直滴酒未沾。也许正是因为这近一年的清静，让他的性格多了份沉稳和思考，少了年轻时的轻狂与浮躁。

"但愿母亲和表妹都平安地坐上了船。"他心里默默祈祷。即将要打硬仗了，战前的紧张气氛使他亢奋，可是他内心又多希望这场战争从没有发生过！前段时间在南洋时为了抗日东奔西走，宣传抗战和保家卫国的道理，募捐医药、衣物和款项寄回祖国支援抗日战争，但是这些是他基于一名中国华侨本能的爱国心。而回到了祖国，亲眼目睹了日寇给家乡带来的深重灾难，看着自己的国土任人践踏，看着熟悉的同胞一个个在鬼子的屠刀前倒下，让他明白只有拿起枪杆子，反抗才是唯一的出路！亲自参加了抗日战争，才真正明白，在国家最危难之时挺身而出，为国家、民族兴亡而战，是每一位炎黄子孙义不容辞的职责，落后就会挨打，积贫积弱的祖国需要的不仅仅是勇士，更需要团结，需要自强，需要民族的精神和灵魂，需要民族的振兴。他希望和平早一天到来，所以他甘愿拖着病躯投入战争，他不想现在的孩子们长大后依旧被人欺负！

“咳咳……”司徒煦忍不住又咳嗽起来。

“煦哥，不要让江风吹了，呵呵，留着精力打日本仔。”司徒遇在墙上摁灭了烟头，走过来说道，“下去休息一下吧！”

2

司徒煦却不知道，此时他的母亲和表妹韶儿在新会已经失散了。

她们在开平倒是没有受到什么阻碍，鬼子在开平水陆都设了岗哨，但是没有完全戒严，故意造成一种平和的态势。关雨兰和韶儿都穿了一身粗布衣服，首饰大部分没有拿，早晨也不洗脸，显得邋里邋遢的样子。但是过关卡的时候，包袱里的几块大洋和韶儿平时戴的几件手镯耳环还是被搜了去。好在藏在关雨兰内衣里的盘缠还在，行李让鬼子翻了个底儿朝天，也胡乱收拾了一下赶紧走。

过了开平，一路向东还好，没有见到鬼子，所有船只里都坐满了人。快到新会的时候，远远地就看到江面上停了一大片船。

这里难道也有鬼子戒严？大家纷纷紧张地张望着。

关雨兰和韶儿坐在舱后，韶儿年轻，好奇心重，不时想站起来挤过人群看看怎么回事，都被姨妈制止了。她噘着嘴，伸长了脖子透过人群向舱外看，却只看到前面还是密密麻麻的船只和乘客。

船在一点点往前挪，大约过了有一个多时辰，船终于靠了码头。船突然剧烈地晃动起来，韶儿紧张地低呼了一声，伸手紧紧搂住姨妈的胳膊。她听到了“咚咚”的脚步声，两个穿着国军军装的兵痞冲了进来。他们用脚随便踢着船板上的东西，左看右看，一直走到后舱，然后翻转身向外走去。刚走了两步，后面那个左脸有颗黑痣的兵又站住了。他歪着头，淫邪的目光在后舱几个妇女身上扫来扫去。

“走吧走吧，一伙乡下人！”另一个催促道。

长着黑痣的兵却歪着嘴坏笑了一下，径直向韶儿走来。关雨兰立刻站起来挡在外甥女身前，紧张地叫：“长官？”

黑痣兵用枪托一拨拉，关雨兰一个趔趄。后面那个面善一些的兵也走过来，和黑痣兵一起盯着韶儿看。

“他妈的还藏了个怪俊的小妞呢，注定老子艳福不浅，嘿嘿！”黑痣兵蹲下来，伸手在韶儿脸上拧了一把。韶儿尖叫了一声，本能地一边向后退一边伸脚踹了过去。那家伙没有防备，咕咚一下竟然坐在了船板上。他瞪着眼睛骂了一句，兴致却更高，爬起来，两眼放光，像很久没饭吃的饥人见到美食一样，眼流泻出的尽是馋、贪、急、邪之光，张牙舞爪的要扑过去，就听外面突然嚷了起来："造反了！造反了！不许动——再往前冲开枪了……"接着就是"啪啪"两声清脆的枪声。

黑痣兵愣了一下，只得不情愿地收起爪子，向外冲去。只见外面的码头上黑压压的人群已经骚乱起来，人们咒骂着冲向哨卡，妇女孩子大声尖叫哭喊，一个军官模样的人举着手枪跳着高声喊叫，可是很快就被人群淹没了。

关雨兰回头找挑行李的本家亲戚，可是已经不见了人影。

"韶儿，韶儿！"她高声喊着韶儿，准备俯身拉坐在地上的外甥女起来。可是身边几个惊叫着的妇女抱着孩子拖着行李直冲了过来，她一下子被冲倒在地上。韶儿挣扎着想起来，可是她的右脚不知被谁狠劲踩了一下，一阵钻心的疼痛使她又跌坐在船板上。

后面船上的人也跳上他们的船向码头狂奔，很多人已经冲过哨卡，那个军官被挤在人群里拼命吹哨，声嘶力竭地吼着："给我堵住！妈的！开枪啊！"

黑痣兵和其他几个当兵的举着枪在人群里狠命地砸，几个站在一旁的兵举起枪却犹疑着，他们一点点向后退，却始终没有开枪。国军在这里设了个哨卡，美其名曰监防日军，可这么多天无非是向逃难的老百姓收取一些过路费。面对已经愤怒的人群，这些当兵的谁也不愿开第一枪。在这个充斥着流血、屠杀、恃强凌弱的时代，那几个敢违抗军令不向老百姓开枪的国军士兵，彰显了中国人的良知与人性的最后坚守。

后面的人越来越少，关雨兰好不容易爬起来，她来回张望寻找着韶儿，却吃惊地发现，韶儿不见了。船舱里丢满了鞋子、包袱、垃圾，争先恐后的人群随着人流往前跑，什么也顾不上了。她跌跌撞撞跑上码头，颤声呼喊着韶儿。

等到城里的国军部队接到通知赶来支援时，大部分人已经过了码头逃奔到了四面八方。十多个受伤的乡民靠在路边，黑痣兵还在指着他们骂骂咧咧。"莲儿，莲儿呀，你在哪呀？快点应妈妈呀！"一个三十出头的妇女跌跌撞撞地拨开人群，呼天抢地地哭喊着，她的只有五岁的女儿不见了。好几个被挤得掉进江里的老百姓湿漉漉地趴在船上，他们喘着粗气，空洞的眼里塞满了慌乱。

还有好几十口人被后来赶到的国军部队挡在码头这边。关雨兰嗓子已经喊哑了，她绝望地瘫坐在地上，欲哭无泪。一个满脸灰尘的老妈妈俯身安慰她说："不要哭了，没在这里就是进城了，一会儿进城打听吧，不会有事的。我儿子也不见了，唉——"

好几十人被集中起来，那个黑痣兵带着几个兄弟负责看守。他一脚踹向一个对他怒目而视的年轻人，骂道："让你他妈的跑！老子在这里为你们站岗放哨，你们还打老子，都活腻了？"

"有种打日本仔去，和我们穷百姓横什么蛮?！"年轻人不服地嘟囔。

"你他妈的……"黑痣兵举起枪托正要打，就听见有人惊呼："有人淹死了！"

所有人都脸色煞白地向江边跑去，关雨兰感觉手脚冰凉，想跑却怎么也迈不动脚步。

"不许动，不许动！他妈的！"黑痣兵拼命嚷着，兴趣枪杆威吓着，可还是阻止不了慌乱的人们。

"儿啊！啊——"透过人群，关雨兰远远地看到刚才安慰她的那位老妈妈跪在江边，凄厉地悲号着。

满以为已经顺利通过日本人哨卡的人们，后面的行程将一帆风顺，怎么也没有料到会在以保卫乡民为借口的国军哨卡前，妻离子散，家破人亡。

而此时的韶儿，正昏沉沉地躺在新会城外一处茅草房内。朦胧中，她仿佛又回到了八九年前那段难忘的时光。

3

1936年中国农历春节刚过，南洋婆罗洲，年仅十四岁的韶儿依旧处在激动与兴奋当中。不仅仅是因为她过了一个快乐的新年，得到了新年亲人的祝福，还有一个重要原因，那就是表哥就要来了。

表哥司徒煦在她心中一直是一个英俊洒脱的偶像，她从小生活在家乡，七岁的时候随母亲来到南洋，七岁前的记忆里，到处都是表哥的影子。她就像个小跟屁虫，天天缠着表哥带自己上山打猎，表哥却一次也没有答应过。她跟在表哥他们一帮十多岁的大男孩身后，东跑西颠，爬树下河，玩鸟斗鸡，没少挨母亲的骂。

韶儿和司徒煦两家在南洋开了一个金矿，司徒煦父亲司徒尚锦还继承了上辈留下的一家丽和兴银号，自己还开了一家药材铺，在开平也置下了一些商铺，家里总得有人管，司徒煦渐渐长大了，就让他帮着照管一下在开平的商铺。可是二十多岁的年轻人，总还是定不下心来，他从小衣食无忧，养成了大手大脚自由散漫的脾气。父亲不在身边，母亲总是疼儿子，所以他一直没能走上经商的正轨。眼看着儿子已经快二十六岁了，还是一天没个正经事干，成天就是和一帮狐朋狗友打猎玩鸟，婚姻的事情也是拖着，关雨兰忧虑地写信告诉丈夫，丈夫司徒尚锦恰巧生了一场病，身体每况愈下，就决定让儿子来南洋帮忙打理生意。

司徒煦在赤坎司徒氏中名气不少，倒不是因为会经商或做了什么惊天动地的大事，主要是他闹腾的动静大。他走到哪里都会聚集一帮兄弟，虽然不去扰民，也没什么正事干，年纪轻轻的他，一副少爷的做派，架着鸟笼，牵着猎狗，出手大方，一掷千金。司徒煦最出名的是打猎，他天生就是和枪打交道的命。开平是个注重读书和教育的地方，当司徒煦十多岁的时候，有条件的家庭都送儿子进了学堂，他却经常瞒着母亲偷偷跑出来上山打猎玩。十八岁时背着母亲买了一支心爱的猎枪，不到二十岁已经练成了远近闻名的神枪手。他闻名首先在他打猎的装备：猎枪、望远镜、手电筒、小猎刀。要知道，行头在当时可是稀罕物，一般人别说是玩，如果不是司徒煦带着这些配置打猎，相信许多连看一眼的机会都没有。他闻名更因为他打猎的本事：他到了山上，看看地上的痕迹，循痕迹追踪，常打到兔子、果子狸，甚至是蟒蛇。开平大部分地区属丘陵地带，山不高，没有大的猎物，猎获最多的还是鸟类：白头翁、麻雀、斑鸠、野鸭、鹧鸪、长尾雀等。他的枪法那个准呀，一看猎物就知道了，这些鸟大多数是头部中枪的。

这些猎物他一般不会拿回家，因为妈妈见了要唠叨大半日。大多数是让同去的伙伴拿回家里加菜，有时送给特别贫困、吃不起肉的人家，让他们老人小孩子增加营养。也有时候，他们拿猎物在野外野炊。他们分工合作，偷偷回家，分别拿来锅、米、油、盐等，就在秋收后的田野上，把犁翻的土坯垒成一个简易的灶，捡来树枝把锅支起，把蟒蛇剖开，剥皮去肠，熬蛇粥。用荷叶把山鸡包起来，涂上稀泥，埋进土坯里"煨叫花鸡"。不多久，田野上就香气四溢。这几个"顽猴"则狼吞虎咽，好不欢快！如果有谁闻香而至，一律慷慨相请，共享美味，齐齐来解馋。

司徒煦家里房子多，完全可以在家里煮，关雨兰虽说有时嘴上唠叨几句，却是典型的慈母，许多事情还是由着他。然而野外烹制、共享猎物，更自由，更能发挥创造力，充满野趣，显然更吸引着这群年轻人。他们打猎的目的并不在获取猎物的多少，而是享受狩猎、追逐的乐趣，并将战利品变成家人滋补身体的营养品。在一定程度上也弥补了司徒煦不时的"为了正义"打了人家的鸡狗的过失。

这里民风淳朴，"顽猴"们的狩猎游戏有时还颇受欢迎。每到深秋，豆子、稻谷成熟时，禾花雀成群结队赶来享受秋天的盛宴！农民们一年的辛劳在欢快的吱吱喳喳声中化为乌有。尽管大伙在田里扎上稻草人，或用两根棍子撑起一件破衣裳、一顶破草帽，用以吓唬禾花雀，但收效甚微。这些假冒伪劣的农田警察，很快就被饥饿的雀儿识破，它们照样欢快地就餐，吃不了的，啄得满地都是，反正吃不了，也兜不走，咱们下一顿换个地儿换换口味，嘿，我是禾雀我怕谁。被光顾过两次的田地，基本上就没有收成了。

这时，狩猎队可受欢迎了。乡民们争相请他们猎雀，狩猎队这群有特长的闲人，被重用非但乐意，而且很得意。但他们这时的捕猎却不用猎枪，准备了大网、哨子、竹竿，每人用小树枝榕树叶等编个帽卷套在头上，悄悄埋伏在田地的四角。在雀儿大快朵颐之际，埋伏在一头的人吹起哨子，挥舞着树枝，另一头迅速用长竹竿支起大网，哈，此时你才见识到什么叫自投罗网！雀儿们到此刻该知道，在赤坎一带的乡镇，它们应该怕一个叫司徒煦的人，可惜为时已晚，英雄们收起网，带着一群活蹦乱叫的雀儿凯旋。哪家的小孩、老人身子虚的，分他一些雀儿，好让他们熬粥或炖汤，这东西滋补呢，小孩吃了晚上不尿床！保住了庄稼，又让大家品尝了野味，狩猎队得到隆重的认可。当然，他也不忘记留一些给妈妈炖汤，这时候关雨兰是不会责怪他的，他们为乡民做了好事，立了大功。

开平不仅注重文化，也注重习武，因为侨民要自卫，修了碉楼要保护家人和财产，司徒煦虽读书不算出色，但他不读死书，不认死理，加上擅武这一特长得到了老人的首肯，更让年轻人羡慕不已，他自然也就成了年轻人的首领。

他到了结婚的年龄，提亲的人越来越多，他的家世和家族财富让不少女子动心。他母亲在众多女子当中相中了一位端庄的本家姑娘。年轻的司徒煦却不愿意结婚，他天天考虑的是怎样到外面闯荡一番事业，而不是娶妻生子，走上像父亲一样的经商之路。婚姻，会改变一个人，会束缚住他的手脚。他不愿过那种衣食无忧饱暖终日的庸碌生活，既然如此，何必害一个无辜的女孩。

司徒煦想好了，于是他大胆地拒绝了母亲的提议，不结婚！母亲跪在祖宗的牌位前低声啜泣，儿子大了，不再听话了，可是传宗接代的大事，怎么能由他呢？一向脾气柔和的母亲第一次强硬地哭着要求儿子，不管他以后做什么，家一定要先成了。

司徒煦郁闷地坐在自家居楼楼顶，望着远处的山峦，心里乱极了。他想：哼，我就是不结婚，看你们怎么办。可是他这样想却阻挡不了母亲的行动，她吩咐下人合了两人的八字，接下来就开始准备聘礼。司徒煦看着家人进进出出忙碌，心里越发焦躁。镇上两家图书馆钟楼整点报时的钟声同时响起，钟声袅袅的语音在空中飘荡。关氏钟楼高一些，司徒煦望着关氏钟楼，他明白，自己不想结婚还有个更重要的原因，他想，要不就对母亲说了实话吧。

司徒煦受不了这样安静而忙碌的氛围，他悄悄溜了出来。

司徒煦漫无目的地在乡村田间小路上溜达，司徒遇嘻嘻哈哈地从后面冲上来搂住他的脖子，司徒煦烦躁地把他拨拉开。司徒遇虽比他小四岁，在男女方面可比他开化得早，已经早早订了婚，用不了多久就要做新郎了。

他嬉皮笑脸地说："煦哥要娶新娘子了吗？也不和我们玩了，好几天看不到你的影子，看到了也不给个好脸色啊！"

"去去，你等着娶老婆去吧，别烦我！"

司徒遇在司徒煦面前动作敏捷地翻了两个跟头说道："烦啊？走，兄弟陪你到镇上逛逛，找个靓妞就不烦了！"说着，他调皮地眨眨眼睛。

司徒煦趁他不注意，一个扫堂腿，司徒遇啪唧摔了个嘴啃泥。司徒煦笑着说："在我面前摆显耍嘴皮，你差远了。滚一边去，要找你自己找去！"

司徒遇哼哼唧唧爬起来，一边拍打身上的泥土一边嘟囔："不去别后悔啊！人家可是望眼欲穿呢！"

司徒煦呆了一下，是她？如烟似雾的双眉，水汪汪的大眼睛，袅娜曼妙的背影，她的笑声，她走路时轻摆的辫梢都那么清晰地浮现在眼前。当那次他在观看元宵花灯的人群中第一次看到她从轿中下来的时候，他的心脏"砰"的一下瞬间仿佛停止了跳动，还没有哪个女子让他有这种感觉。他清醒过来后，好像脚底生风似的冲动地跑过去，挤到了她身旁，由于速度过快刹不住脚，不觉撞了一下她的腰，眼睛定定地不停地瞄着她！直到女孩回过头来羞红着脸看了他一眼，起身走了。他无比兴奋，他分明看到她的眼里是羞涩的笑意。

司徒煦很快打听到，她是镇上关氏第一大家族关文炳的女儿，叫关沁荷。确实是国宝级美女啊，有着倾国倾城的美貌，司徒煦呆呆地想。他似乎忘记了关文炳是司徒氏第一对头，成天跑到人家大门前，望着关家高高的骑楼胡思乱想。

"别发呆了，你去还是不去？"司徒遇凑到他跟前问。

"去就去，还怕你啊！哼！"司徒煦闷哼一声，已经不由自主抬脚向镇子方向走去。

第一次相遇造就了一段生死爱情，两人一见钟情。司徒煦英俊不羁的身影一样让怀春的少女心跳不止，这是她心目中的男人，不算魁梧却健壮结实，不算斯文但清俊爽朗，虽然举动张狂可眼睛里却透着善良和温和。她一眼就认定，这个男人是可以依靠的男人。有时候爱情真的很简单，默默无言的一眼，彼此的心就连在了一起。而此后的司徒煦，他狂放的性格多了一丝细腻的情愫，玩鸟打猎次数明显减少，他喜欢远远地站在关家大院外的大树下，痴痴地望着窗帘那边人影婉约，斑驳的树下斑驳的光影碎片，都是温暖细微的抚慰，甚至于有时候会一个人傻笑起来。他开始并没有想太多，只是陶醉在相思的甜蜜中，直到母亲为他张罗婚事，他才清醒地意识到，他和关沁荷的爱情很可能会被扼杀。非但自己的父母不会同意这门婚事，关文炳那一关更是过不了。

4

关沁荷内敛文静，却对外面的世界充满了向往。自从在春节舞狮会上见到了司徒煦，她又多了一层心思。她站在卧室窗前，通过骑楼小小的窗子看着在门外痴痴守望的司徒煦，心再也无法平静。终于，在一个无人的黄昏，她悄悄走出了骑楼。她只是走出了大门，他也只是热烈地望着她，就在那么一瞬间，彼此的心都已经明白。

没有不透风的墙，养在深闺的小姐和一名青年男子来往，很难不被发现。关太太终于发现了女儿的异常，年近二十岁的女儿已经到了谈婚论嫁的年龄，可是最近和她透露这方面口风的时候，一向温顺的女儿反应却出奇强烈，表现出明显的抵制情绪。当母亲的总是很敏感，她悄悄观察了女儿两天，没发现什么异常情况。于是她又嘱咐沁荷身边的丫鬟，随时汇报她的一举一动。

当被告知女儿真的和一个男子来往的时候，她先是吃了一惊，在自己眼皮底下，女儿就敢做出这样出格的事，她简直不敢相信。更要命的事还在后头，当她跟踪女儿发现这个男子竟然是关姓的对头司徒氏家族子弟司徒煦的时候，差一点一头栽倒在地上。冤家啊！关氏家族和司徒氏家族世代不来往，两个家族都咬着牙定下规矩，永不通婚。祖上的事说不清楚，家族的恩怨也许起初并不大，可是一代代相传，隔阂越来越深，彼此已经不知道为什么要把界限划得这么分明，反正就是拼命的竞争，连关家的狗见到司徒家的狗都要掐一架。

司徒煦对于关家，那可更是冤家加仇家啊！先不说他那放浪不羁的公子脾性，最主要的是他父亲司徒尚锦与关文炳曾经还是商业对手加情敌。不仅在几宗大买卖的竞争上关文炳输给了司徒尚锦，就连娶老婆上也是输得一塌糊涂。两人当年同时喜欢上关文炳的表妹关雨兰，但最终司徒尚锦抱得美人归，打破了关姓与司徒氏互不通婚的惯例，使温柔美丽的关雨兰变成了司徒煦的母亲。关雨兰自从嫁给司徒尚锦后，关家与司徒氏的矛盾似乎更激化了，关雨兰一次也没有回过娘家。关家村前浅浅的交流渡河水，恍如滔滔太平洋，一水隔天涯。关文炳情场失意，忧郁之中娶了另外一个势力很大的关家大小姐。对于关太太来说，一想起司徒煦的母亲，就恨得牙根痒痒的。如今她的儿子居然敢打起她关家女儿的主意，哼，做梦去吧！可是她太小看自己女儿了，她没想到沁荷面对她的坚决反对竟然是用沉默来反抗。关太太放下架子，亲自找媒婆提亲，女儿沁荷哭着说："除了煦哥，我谁也不嫁，你们要是再逼我嫁给别人，我现在就从这楼上跳下去！"

关太太毕竟是女人，她看着女儿一天天憔悴也心疼，不敢再强逼她嫁人。于是她想到了从司徒家司徒尚锦的太太关雨兰下手："好你个狐狸精，当初勾引我男人，现在你儿子又勾引我女儿，敢情你们全家尽是狐狸精转世的！看我如何收拾你们娘儿俩！"她越想火越大，坐上轿子就向树溪司徒煦乡下的家奔去。

而此时司徒煦正坐在关家对面的酒楼里喝闷酒。他和司徒遇来到镇上，却见不到关沁荷。沁荷前一天让司徒遇捎信见面，可是现在关太太已经亲自锁上了女儿卧室的门，安置两个丫鬟在屋里守着，怕女儿寻了短见。

司徒遇一边劝司徒煦不要喝酒了，一边想办法给关沁荷通个信。就在这时，一名小兄弟急匆匆跑上楼来，上气不接下气地说："煦哥不好了，关……关太太去……去树溪你家了，都走到半路了！"

"啊！"司徒煦一惊，连忙起身冲下楼去。

等他气喘吁吁跑回家的时候，还没有进门，老管家就迎面跑来，看见他就急急喊道："少爷啊！不好了，快去看看吧，那母老虎正撒泼呢！"

司徒煦一股火上来，蹬蹬蹬冲进楼。只见关太太坐在客厅正中，满头珠环乱颤，眼泪把脸上的脂粉糊成了泥水，一道黑一道白。她一声长一声短地哭诉着："你今天不给我个确定话，我就死在这里。呜呜呜……我今生就遇到你这个丧门星，我是造了哪辈子孽啊！你自己不要脸，养个儿子也不要脸，我们清白人家的女儿，就这么让你们司徒家给毁了啊！如果你知道世界上还有个'羞'字，就管好你的流氓儿子……"

关雨兰阴沉着脸站在一旁，他看到儿子司徒煦回来了，厉声喝道："孽子，你给我跪下！"

司徒煦倔强地怒视着关太太，他真想上前一把揪住她的头发扇她两个嘴巴，她这样污蔑自己的母亲，怎能让人受得了。可是转念一想，毕竟是关沁荷的母亲，他强忍着怒火没有动。

"你要气死我才心甘啊！"关雨兰指着儿子，身子摇晃了一下，眼泪从脸上滚落下来。司徒煦赶忙上前去扶她，她反而一甩手"啪"地打了儿子一记响亮的耳光："今天我不教仔，别人会替我教仔！我打死你好过被别人打死！"

见此状况，关太太的哭声戛然而止，关太太有点讶异地从手帕里抬起头来，望着脸色煞白、手脚颤抖、身子摇晃的关雨兰，心里痛快得很。她撇着嘴角阴阳怪气地说道："不要做样子给人看，你这儿子，你要是管不了，趁早带着他回南洋，交给他爹管去，省的在这里祸害人！"

司徒煦涨红了脸，两眼喷火，指着关太太一字一句地说："我敬你是沁荷的母亲才不为难你，现在请你马上就走，否则不要怪我不客气！"

关太太不由身上一哆嗦，眼睛里透出胆怯的光。她站起来，装腔作势地嚷着："哎哟呀，仗着人多欺负我一个女流啊，别以为这是你们的地盘能把我怎么样，我占着一个理字还怕给你们吃了不成？"

"滚！"司徒煦终于忍不住吼道。他深爱着沁荷，但尊严也不容挑战，作为男儿，情须留一点痴，骨还存三分傲！

关太太不由打了个趔趄，关雨兰瞪了儿子一眼，上前扶住她，缓缓说道："关太太放心，我的儿子我清楚，我会管好他的，从今往后，绝不会再让他和你女儿来往了！"

关太太哼了一声，甩开关雨兰的手，趾高气扬地走了。

关雨兰看着关太太不可一世、趾高气扬的远去的背影，心阵阵绞痛。关雨兰自嫁进司徒家后，由于关家与司徒家不共戴天的矛盾和世仇，她半步都没有再踏进娘家的村子。

夜晚，司徒煦家居楼内，司徒煦跪在母亲面前。他不想让母亲伤心，可是沁荷，唉，男子汉大丈夫怎么能做负心人。

关雨兰用手帕抹去眼角的泪珠，轻声说道："我劝你什么你也未必能听到心里，唉！好吧，也许关太太说得对，你也该去南洋了。"

"妈——"司徒煦惊讶地抬起头。

"你父亲来信了，他秋天时得了一场病，最近精力不大好，让我们去南洋，帮他照顾好生意。你趁着这段时间处理一下商铺的事，家里就不要管了，等过了年我们就动身。"

5

司徒尚锦生病并不是关雨兰的托词，他确实病了。从去年秋天，他就不断咳嗽，妻儿都不在身边，他勉强挣扎着在矿上和银号、药材铺之间来回奔跑，精力一天不如一天，最后彻底病倒了。那时，他瞒着妻儿，幸亏有韶儿一家照料，在医院住了大约一个多月才算稳定下来。他接到妻子的信时已是年底，得知儿子近况，他锁紧了眉头。本来回家定居是他多年来的夙愿，可是现在看来，他思索良久，最终决定全家暂时在南洋团聚，好让儿子收收心，断了对关家小姐的念头。最主要一点，根据对时局的判断，他觉得中国正处于日寇入侵的动荡之中，还是先偏居异国保险一些。

亲情最终牵系着司徒煦。司徒煦姨父的一封信再一次摆在面前。这时除夕将至，古老的小镇充满了辞旧迎新的气氛，人们忙着打扫卫生，挂灯笼，家家门楼里飘出各种食物的香味。但南洋司徒煦家却一片愁云。司徒尚锦年前拖着虚弱的身体到店铺上盘点，当地几名地痞流氓乘着华人春节找名目来收保护费，双方争吵了几句，司徒尚锦憋了一肚子气回来，晚上饭也没吃就睡下了，早晨起床就感到头晕，咳嗽了几声，竟然吐了血。关雨兰看过信，脸色苍白，双手发抖，努力克制住自己的情绪把司徒煦叫来，默默地把信递给他看。

司徒煦默默看完信，没有说话。

他回到屋里，从墙上取下猎枪，仔细地擦拭着。提着野鸡山兔，领着一帮朋友雄赳赳气昂昂胜利归来的场面仿佛就在昨天，他心爱的人，温柔的沁荷就在不远处等着他们，她是悄悄跑出来的，只为了看一眼流着汗扛着猎枪英姿勃发的司徒煦。

商铺已经托付给老管家和叔伯侄子帮着照看，这些都没什么了，这一走，什么时候能回来呢？

夜晚，司徒煦来到关府骑楼前。冬日的寒风中，大门上一对红灯笼来回摇晃，灯光忽明忽暗。楼上那熟悉的小窗透出淡淡的烛光。此时，他多想见上沁荷一面，哪怕只说一句话。他不知道沁荷现在怎么样了，也不知道她是否得知自己将要远走他乡。他的心就像被匕首洞穿一样，风从伤口刮进去，把心掏空，呼啦啦生疼。

他简单地写了一封信交给司徒遇，嘱咐他一定要想办法把信交给关沁荷。信中，他诉说自己不得已而走南洋的情况，同时用坚定的语气告诉沁荷，他一定会回来的，这一辈子，非她不娶。这就是司徒煦，热血的司徒煦，可以承受却不会妥协放弃的司徒煦。

大年初一的早晨，在迎新的鞭炮声中，司徒煦一家乘船离开了赤坎古镇。潭江岸边，南楼在晨曦中高高矗立，司徒煦立在船头，望着渐渐消失在雾气中的南楼，任江风呼呼吹乱了头发。

"进来吧，外面风大！"关雨兰在船舱里轻唤。

"嗯！"司徒煦答应着，迈着依依不舍的步子向船舱走去。

6

韶儿站在港口，她的心跳得格外剧烈，表哥来了，那"不见合欢花，空倚相思树"无法诉说的说不清道不明的苦日子结束了！她在想，七年不见，表哥会是什么样子了呢？那个有时候调皮有时候又一本正经的少年，如今已经快二十六岁了，他再不会故意逗自己哭鼻子了吧。想到这里，韶儿不由扑哧笑了一声。

韶儿的母亲，司徒煦的姨妈关氏嗔怪道："成天也没有个姑娘的样，总是这么疯疯癫癫的，叫你不要来非要来，快把外套扣子扣上，敞着怀像什么样子！"

韶儿撒娇地偎在妈妈身边，娇嗔地说："妈，人家不冷，里面又不是没穿衣服，嘿嘿！"

"瞎说！"关姨妈轻轻拍打了她后背一下。

船到了，人流陆陆续续进入码头。韶儿眼尖，一眼看到司徒煦搀扶着姨妈随人流走在踏板上。虽然七年没见，分别时她还是个小丫头，可是小时候的记忆太深刻了，况且表哥除了黑了些瘦了些也没什么大变样，倒是对大姨妈的记忆不是很清楚了。她兴奋地拽着妈妈往前跑了几步，扬起一只胳膊高声喊道："表哥！姨妈！这里呢！"

"你看看你，大呼小叫的，还像姑娘家吗？"关姨妈一边训斥女儿一边迎上前去。

老姐俩见面，不免唏嘘感叹，说些你老喽气色还好家里怎么样等等。关姨妈又拉住司徒煦的手细细端详一翻："大个仔啦，瘦了，不是小时候那个小胖墩了。"

韶儿抢着说："表哥本来也不是胖墩，帅呆了，是吧，表哥？"

司徒煦"哦"了一声，然后规规矩矩叫了一声"姨妈"。司徒煦对韶儿的印象还停留在那个梳了一个小辫子的小丫头上面，面对已经长成大姑娘高挑活泼的她有些不知所措。

关姨妈雇了三辆人力车，她吩咐下人把行李放好，然后招呼大家上车回去。韶儿非要和表哥坐一辆车，关姨妈拗不过她，只好随了她。她欢快地自己跳了上去。司徒煦有点拘谨地撩起长袍也上了车，他不太习惯和女孩子坐在一起，显得有些别扭。

一路上，韶儿叽叽喳喳不停地说话，她杂七杂八地问这问那也没个主题。司徒煦本来就不是个安静的人，很快也就习惯了这个爱闹腾的小姑娘。

司徒尚锦和连襟通过多年的打拼，挣下了一份不菲的家业，在距海不远的地方建了两处洋房，虽然不大，却很精致。司徒煦不太习惯地穿过院中的小道，两边即使在冬季也绿草如茵，几株椰子树围绕在房子周围，和他生活了二十多年的山村骑楼截然不同。

一仆人才打开门，韶儿就往里面高声喊道："姨父，姨妈、表哥来了。"

司徒煦对父亲的印象已很模糊，从小只见过他几次面，而且每次都是来去匆匆。近几年由于公司扩展更加忙碌，已经六七年没有回家了。司徒煦看到父亲拄着拐杖从椅子上站起来，他脸色蜡黄，头发灰白，眼睛里含着泪花，半天说不上话来。司徒煦觉得自己心里有股潮水霎时往上涌，冲撞得心口硬硬地生痛，他快步冲上前去，扑通一声跪在地上："阿爸！"

司徒尚锦颤巍巍俯身摸着儿子的头发，关雨兰赶忙上前扶住他："你，坐下吧，老爷！"

司徒尚锦望着已经来到身边和自己团聚的妻儿，不由激动万分，他无法控制自己的兴奋，止不住咳嗽起来。关雨兰实在没有想到才五十多岁的丈夫会病得这么严重，眼眶不由红了，她一边轻捶丈夫后背，一边悄悄抹去眼角的泪珠。

关姨妈安慰着大家，一边吩咐司徒煦起来，去换件衣裳，洗个澡，一会儿好吃饭。然后又让下人把行李都拿进来。显然，南洋的生活让这个本来羞涩的乡村女人成长为干练的家庭主妇。她想起什么似的对韶儿说："给你父亲打个电话，说我们到了，让他过来吧！"

韶儿答应着跑向电话机。

司徒尚锦停止了咳嗽，他缓慢地询问着妻子乡下家里的情况，路上是否顺利，说了一会儿又咳嗽起来。

关雨兰心疼地说："我们已经来了，说话的时候长着呢，你还是先回屋里休息一会儿吧，刚好些，不要累着！"

司徒尚锦"好好"地答应着站起身，司徒煦赶忙上前扶住。从一进入这个也属于他的家，他路上的思虑无奈和踌躇就全都消失了，一瞬间，他感到了一种责任，这个家需要他来支撑。

7

时间过得飞快，转眼间，司徒煦和母亲来到南洋已经大半年了。

由于妻儿的到来，再加上司徒煦很快融入当地华人圈，开始使银行和金矿走上正轨，司徒尚锦心情变得轻松愉悦，身体也恢复了很多。

司徒煦天生就是适应能力很强的人，他虽然出生条件优越，可以说就是个富家少爷，但是他喜欢冒险，喜欢打猎，喜欢枪，其胆识与生俱来，这就注定了他不会在安乐窝里享乐，而是在创造和开拓中享受战胜困难的快乐。他不喜欢经商，但是喜欢交朋友，正因为如此，他能够在异乡的华人圈中逐渐凸显出来，成为一个中心。有了良好、广泛的人脉，他的经商之路自然顺当起来，一切显得顺理成章而又轻松。

司徒煦认识的朋友基本限于华人圈子，那倒不是他不愿意和当地人交往，主要是华人在印尼非常受歧视。这也是个贫穷的国度，有钱人大多都是外国人或与外国人有关系的大家族，这里的不少中国人凭着自己的勤奋和节俭，由最初的底层华工艰难积累财富，终于开办起了商铺银行金矿，成为有钱人。然而，虽然有了钱，政治地位却没有相应提升，依旧得不到应有的尊敬，走在街上，就连衣衫破烂的乞丐，对华人的施舍都不屑一顾，连声"谢谢"都不说。

以司徒煦的个性，他不会降低自己与他们套近乎，要是你惹了他，他也会让你知道，中国人是不可随便欺负的。

有一次，司徒煦和朋友到一家酒馆喝酒。这是一家华人开的酒馆。中午客人很多，挨着司徒煦他们的是四五个当地青年，吆五喝六地喝酒，毫不顾忌旁人的感受。这也不算，酒足饭饱后，把前来要求结账的小二踢翻在地。司徒煦怒目圆睁，双拳紧握，正要站起来教训这几个地痞，司徒遇却按住他，俯在他耳边悄声说："这几个人可是当地的老大，强龙不压地头蛇，多一事不如少一事，我们还是换张桌子吧？"

司徒煦不听这个还罢，一听这话，一股火"腾"地窜上脑门。父亲病情加重不就是因为当地地痞流氓到矿上闹事引起的吗？今天就要教训一下这群人，好为华人出一口恶气。

"我倒要看看他们能怎么着，就在这里了！"说完他把一椅子搬过来横在小伙计与打手之间，一屁股坐下来，一只脚踩在凳子上，故意斜睨着这群人。

店老板是一个四十多岁的中年人，他看到这一幕，连忙上前悄悄劝司徒煦："少爷，不要惹他们吧，我这店也是本小利薄，各位请进里面，里面清静。"

"少爷我就喜欢热闹！"司徒煦大声说。

"煦哥，不要冲动，听老板的话，别在这里给老板添麻烦。"司徒遇劝道。

老板对着他们中的老大点头哈腰，请他们多多包涵。老大叽里咕噜骂了句什么，然后抬起那粗黑的大脚重重地踢在老板肚子上。老板痛得弯下了腰。司徒煦看到这一幕，再也忍无可忍，嗖地抄起一个酒瓶子，大步走上前去，厉声问道："黑鬼，吃霸王餐还耍横！付了账再走！"

黑老大打着晃挨近司徒煦，眯着眼瞅了半天，指着他的鼻子骂道："华狗，滚远点！"

喽啰们都跟着吱哇乱嚷。司徒煦来的时间不长，还不太听得懂他们的语言，不过他依旧能从他们轻蔑的语气和肆无忌惮的笑骂中感到了侮辱。他猛地挥起左手，一酒瓶子砸在那颗硕大的黑脑袋上。

酒瓶子碎了，血顺着那家伙的脑门缓缓流下来，他像是愣了一样，伸手在脸上抹了一下，还放到眼皮底下看看，凑近鼻子闻闻，似乎还不相信他真的挨了打。所有人在一瞬间都安静下来，也就是那么几秒钟，挨呃的老大第一个"哇"的一声嚎叫起来，糊着满头满脸的血扑向司徒煦，所有的跟班也都叫喊着围上来。司徒煦挥舞着半截酒瓶子，酒瓶子的断茬在阳光下闪着锋利的光芒。

司徒遇等人一见这阵势，看到身边有什么也就抄起什么，冲上去开打。

混乱中夹杂着路人惊慌的叫喊，有人趴下了，有人跑了，店老板带着哭腔喊："不要打了，警察来了，警察——"

当警察真的来了时，双方都已经遍体鳞伤。司徒煦他们没有让对方占到便宜，积存了多年的怒火一旦爆发，锐不可当。那帮混混有几个抱头鼠窜地跑了，剩下的趴在地上直哼哼，看到警察来了，更是装模作样趴着不起来。

司徒煦也受了伤，混战中对方的刀子划中了胳膊，很深的一道口子，鲜血已经染红了白色的衬衣。其他人还好，不同程度受了一点轻伤，都不碍事。

警察把所有人都带到警察局，询问事情缘由。店老板一五一十地还原事情的经过，警察冷漠地听着，然后又转向那帮人。那个大哥用衣服包着脑袋，眼睛已经肿成了一条缝。他冲着警察哇啦哇啦嚷，大意是说这些中国人喝了酒闹事，故意找茬，他们没有责任。

司徒煦刚想说话，警察却拿腔拿调地对他说："滋事斗殴，把人打伤了不说，还严重影响社会治安。看你们都还年轻不懂事，也不深究了，对方同意私了，看你们是私了还是公了吧！"

"私了怎样？公了又怎样？"司徒遇问道。

"私了嘛，该赔钱赔钱，该治伤治伤，自己商量着解决，只要伤者满意了就行。打架斗殴，扰乱治安，不追究你们责任就不错了。"

"什么？是他们挑起事端的，反过来要我们赔钱?!"司徒煦额头青筋暴露，对这个警察怒目而视。他手臂上的鲜血"滴答滴答"落在地板上。

司徒遇拦住他接着问："那公了呢？"

那警察一拍桌子，几乎是嚷着说："按照法律办事啊！寻衅闹事，扰乱治安，罚款拘禁，视情节而定啊！"

"我操……"司徒煦几乎失去了理智。

"表哥，真是你。啊！你受伤了！"韶儿惊慌的喊声传来。司徒煦惊讶地回头一看，母亲在韶儿搀扶下走进门来。由于走得急，她老人家气喘吁吁，满脸通红。她焦急地跑过来，看到儿子，眼角立刻溢出了泪花。

"阿三说了我还不信，你怎么老闯祸呀！哎哟！这么多血！快，快去医院包扎，这怎么行！"她有些语无伦次地说，双手颤抖着抚摸儿子裹了布条的胳膊。然后又转向那个警察，带着恳求的口吻说道："我们初来乍到，不懂规矩，我的儿子不是故意的，请长官高抬贵手！"

"妈，不要求他，我们又没有错！"

关雨兰瞪了他一眼，看看那一帮幸灾乐祸的地痞，犹豫了一下，没有拿出准备贿赂警察的钱。她只是委婉地说："长官，我们是老实本分的生意人，做点小本生意，做个买卖不容易，请长官主持公道，我们虽然没什么钱，该花的还是要花的，千万别为难孩子们，只望大人明鉴！"

关雨兰的父亲关老太爷是一位宿儒，他的两个女儿从小就读书，关雨兰又很早就一个人主持赤坎的家业，也是个见过世面的女人，她很快从刚才的慌乱中镇定下来，说话也不再语无伦次。

警察经历这种事太多了，凡是涉及华人的官司，那意味着生财的时候到了，从关雨兰的话中，他们知道这是"识做"的主，当然不放过这么好的机会。他斜睨了关雨兰一眼，慢条斯理地说道："你这儿子太不懂事，不肯认错，我也不好从中斡旋啊！看你是个明白事理的人，我可以同伤者商量一下，要是没什么大碍，适当给他们一点补偿就好啦！"

司徒煦怒气冲冲地说道："什么？他们吃霸王餐还使横，却要我们给他们补偿？我倒要看看，你们是怎么欺负中国人的，动武，我奉陪；要钱，一分也没有！"

警察铁青着脸对关雨兰说道："这不好办，依法办事，该拘禁的拘禁，该坐牢的坐牢！"

"孩子不懂事，不要和他一般见识。"关雨兰急忙说道，"可不可以先放我儿子回去，我留在这里协商？我们当家长的来协商总比孩子好！"

警察沉吟不语，偏转头看向那帮人。那个领头的大哥，似乎明白了什么，摸着下巴没说什么。

警察终于点点头，他们知道，留下关雨兰能满足他们的口袋。但警察还是装腔作势地喝道："司徒煦，念你初来乍到，年轻不懂事，就允许你先行治伤，由你母亲代你在这里协商解决问题。双方各派两名代表留下，其他人散去！"

"我不同意！"司徒煦激动地大喊，"妈妈，是他们找茬闹事，不要理他们，看他们能把我们中国人怎么样！"

"哼！试试看！"警察扬了扬警棍，阴冷地刮了他们一眼，关雨兰打了一个冷战。

关雨兰赶紧给司徒遇使眼色，司徒遇会意，立即带着一帮人连推带架把司徒煦弄了出去，走出老远，还听到他在愤怒地喊叫："放开我，我妈妈还在里面，放我回去……"然后是韶儿带着哭腔地请求："表哥，有遇哥在没事的，你先去包扎，你的伤口崩开了，不要这样使劲啊！表哥！"

关雨兰和韶儿过度焦灼的目光，让司徒煦不再坚持了，在韶儿和朋友的扶持下离开。

司徒遇陪着关雨兰留在了警察局。

结果不得而知，本着息事宁人的原则，关雨兰忍气吞声给了警察和地痞一大笔钱，让他把事情压了下去，那帮人本来就理亏，得到了自己想要的钱，也捂着脑袋抬着胳膊哼哼着走了。

8

司徒煦暂时被关在家里，母亲关雨兰哪里也不让他去。他躺在床上，一股无名火一直在心头乱窜。那几个地痞小混混张狂的样子让他实在受不了，他明显感觉到他们看自己的眼神是轻蔑，是侮辱。华人在南洋很能吃苦，靠着勤劳、节俭，一步步拼到今天，可以说每一分钱的原始积累都能攥出几分汗水，实在不容易。而当地人却认为华人抢走了他们的饭碗，他们倚着是地头蛇，恃强凌弱，想不劳而获，时常有人挖空心思来找乱子，趁火打劫，华人华侨业主的商铺、工厂很多时候门都不敢打开，时不时有华商遭绑架、撕票，有的华商甚至莫名其妙被灭门，华人常常提心吊胆，战战兢兢。

"表哥，你都躺了一天了，起来坐会儿吧，要不，我陪你说说话。"韶儿轻手轻脚走进来，俯在司徒煦耳边细语。

司徒煦翻身看了表妹一眼，问道："你不用上学吗？"

"表哥，正要和你说这事呢。今天不上课，我们华人学校今天来了个大人物演讲，你去不去呢？"

"什么大人物？"

"知道致公堂吧？"

"知道啊！听说致公堂南洋也有，我一直想见识见识，可是没有机会。"

"这次来演讲的就是致公堂大佬司徒美堂先生。"

"是吗？那现在就走，快，阿爸睡了，一会儿阿妈回来我就出不去了。"司徒煦兴奋地一骨碌爬起来，一不小心碰了受伤的胳膊，"哎哟"了一声，不由咧嘴吸了口凉气。

"看你，一点都不小心。哼，我带你去，等姨妈回来又该说我了。"

"好妹妹，是我叫你带我去的，不关你事，责任都在我身上！回头，我带你去打猎好不好？"

"说话算数啊！"

"嗯！"

韶儿在门口探头探脑地张望，然后向后招招手。司徒煦一身中山装打扮，戴了一顶礼帽，显得英俊潇洒。他悄悄跟在表妹身后往大门外走。

"少爷要去哪里啊？"

两人一怔，立定脚，缓缓回头一看，原来是佣人张妈正好从厢房出来。

韶儿给表哥使了个颜色，随即淡定从容地说："嗯——张妈啊，那个，表哥去我家散散心呢！我爸要他过去坐坐。"

"哦，是吗？太太可是嘱咐过的，不让少爷乱跑。"

"没有乱跑的，是吧表哥，就是去我家嘛！"韶儿一边说一边用手拨拉司徒煦，两人慌里慌张就往外走。

"唉，哎！"张妈疑惑地追了两步，看他们跑远了，只好回来。琢磨琢磨又不对劲，啊，是了，怎么姨太太家在东边，他们往西边跑啊！赶紧又追出去，可两人早没了踪影。

这是一所华侨自己投资兴办的学校，当地华人子弟一般都在这里上学。一开始是分为女校区和男校区的，近几年随着开放办学，虽然形式上还是两个校区，不过很多公用设施都男女共用，比如礼堂。

学校礼堂不是很大，因为学生本来也不十分多。虽然这次司徒美堂来演讲十分低调，没做什么宣传，只是因为校长关文澜的私人关系，趁司徒美堂路过南洋，邀请做一次演讲。即便主办方调子再低，可主讲人是司徒美堂，他是著名的爱国侨领，早已是华侨的精神领袖，所谓酒香不怕巷子深，有麝自然香，礼堂里仍然座无虚席，有的人还在后面和过道站着，不仅仅学生和老师来了，许多华人社会名流、学生家人也都来了，人们的脸上无不流露着尊敬、兴奋、期待之情。

演讲预定时间是 10 点整，司徒煦他们虽然来的时候才 9 点多点，可是已经坐满了人。韶儿急得到处找座位，这时，一位戴着眼镜、满面和蔼的中年人走过来。韶儿高兴地叫："校长，您好啊！您看，这就是我表哥。表哥，这是关校长。"

司徒煦平时听表妹说起过这个关校长，也是赤坎人，估计和关文炳、关文周他们是一辈的。对于关家，司徒煦天生没有好感，不过在这里，礼貌是要讲的，表妹的面子也是要给的。他微笑着优雅地鞠了个躬："关校长好！"

"真是一表人才啊，年轻人敢想敢干，你来南洋不久，我们都已经久仰大名了，哈哈！"关文澜开朗地握住司徒煦的手摇了摇，哈哈大笑。

"惭愧！惭愧！"司徒煦不由红了一下脸，关文澜的大手温暖湿润，有一种穿透内心的力量，让他不由心头一热。

"小丫头，你父亲没来吗？"关文澜转向韶儿。

"哼，忙着挣钱呢!"韶儿噘起了嘴。

"不要这样说你的父亲吆，全靠了他们啊! 要不，我们拿什么办这学堂呢，呵呵!"他又转头来回看了看说，"来这边坐，不要怠慢了你表哥呢! 我去后面看看，老人家快来了。后生仔再见，过后有机会咱们聊聊，很高兴认识你。"

"嗯，好的，您忙。"司徒煦连忙点头回应。对于这个关文澜，他有种莫名的亲切，一瞬间，什么家族两姓纷争，都不存在了。关文澜身上就有这样一种魅力，他会使你突破了你原来的思想，超越了私人的感情。是啊，在异乡他国，本来都是中国人，再大的隔阂又算什么呢?

9

在万千期待中，司徒美堂走上讲台的时候，礼堂里爆发出一阵热烈的掌声。

霎时，所有的眼球都被吸引到台上。老先生穿着中式长袍，步态沉稳，长须飘然，精神矍铄。与一般人的演讲不同的是，他不用稿子，像聊家常一样开了口。那浓浓的开平口音，声音不高，却底气十足。

"……各位乡亲父老，这是我第二次来婆罗洲，这里有我的老朋友，也有新朋友。尤其是看到很多后起之秀，我满心宽慰……"

司徒煦集中心思地听着，在他印象中，除了小时候上学堂，已经很多年没有这样安静地坐下来聆听。现在，就像上课一样，认真、庄重，却又比上课要激动，这种感觉使司徒煦感到十分有趣。司徒美堂的演讲没有任何浮华的辞藻，就是聊天一般娓娓道来，中间还夹杂一些上了年纪的老人惯有的叹词和腔调，这些都让他觉得亲切、新鲜。原来不是他想象的那样啊! 他还准备好了听不懂就睡觉呢。他扭头看看韶儿，只见她睁着一双水汪汪的大眼睛，盯着台上的司徒美堂，好像一眨眼人就飞走了似的; 她竖起了两耳，要把每一句话都装进脑袋，生怕一不留神，就会漏掉一个字。

"我们中国人都是吃苦耐劳的，我们辛辛苦苦，出大力，流大汗，以智慧，用劳力，为美国、加拿大、南洋……创造了无数财富。可是啊! 我们还是抬不起头来，我们华侨在外面受尽了侮辱，这是为什么呢?"

司徒煦不由支起耳朵凝神聆听。

"因为我们国家不够强大! 就连学了我们老祖宗东西的东洋人也反过来到我们的土地上指手画脚，作威作福，我们的东北三省被他们占领了，他们在我们的国土上烧杀抢掠，还美其名曰建立什么大东亚共荣圈。"

"学生哥哪，乡亲们呀，所有的炎黄子孙，只有国家强大了，我们这些华侨在海外也才能被看得起啊！国家的强盛，靠什么？要靠人！靠你们，靠年轻人！我们都要有一颗中国人的心，不管什么时候，先要自己看得起自己，现在我们是在给后代铺路，路铺得结实了，一代一代下去，不信中国强大不起来！"

"我老了，致公堂这么多年也算为国家为民族做了一点事，这是我很欣慰的。现在致公堂发展越来越壮大，已经成为我们华侨的一面旗帜。国内军阀时代已经过去了，致公堂的任务也要转变，我们要尽力支持国家和平民主发展，支持国内教育、医疗和商业，踏踏实实做一份事，使我们的国家尽快强盛起来。只要我们国家强大起来，只要我们心中都尽一份炎黄子孙的责任，就能把日本侵略者赶出中国，所谓天道好还，中国有必伸之理，中国有必胜之日！"

"对，把日本侵略者赶出中国，中国必胜！"司徒煦激动地带头高呼。

"中国必胜！中国必胜！……"

司徒美堂的演讲一次次被掌声打断。司徒煦不停地使劲鼓起掌来，这是他第一次听到这样激动人心的演讲，他忽然之间像是明白了什么，他的情绪一下子高昂起来。

"后生仔，你叫什么名字？哪里人？"司徒美堂走到司徒煦面前，微笑着问道。

"我叫司徒煦，广东开平赤坎人。"司徒煦答道。

"哈哈，后生仔，我们还是同乡呢！"司徒美堂兴奋地说。他面对一张张年轻气盛的脸庞，好像年轻了十多岁，本来预定的时间很快超了，他又多讲了十多分钟。

关文澜看到老先生连水也不喝，一口气讲了一个多小时，连忙上台悄声询问。老先生微微笑着说："我已经忘记了疲劳，忘记了饥渴，哈哈，我看到这些后生仔，就像自己当年一样，我也充满了朝气。不过，听校长的，话就先讲到这里，再说肚子就抗议了。改日再聊，再聊。"

大家全体起立，持久的掌声在礼堂里经久不息。

司徒煦很想再找个时间拜见司徒美堂一面，再聆听这位老乡侨领的教诲，可惜司徒美堂来去匆匆，听说下午就乘船北上了。这使他不免感到失望。

司徒煦回到家中，父亲正在客厅坐着，他的气色看上去还不错，但是依旧没有精神，走不了几步路就气喘。关雨兰担心丈夫转成痨病，请了医生来家里看，医生们都说只要不劳累，就没什么大碍，开了一大堆花花绿绿的西药片。司徒尚锦吃了西药腹部总是胀胀的，吃不下饭。关雨兰就想请个好中医，可是在国外哪里有好中医？只好照丈夫说的到自家的中药铺执了几剂中药煲水喝了。这病就这么拖了下去。

司徒煦给父亲请了安，韶儿怕姨父责怪表哥，黏在他身边撒娇。

"姨父，今天想吃什么？我给您做，您呀，试试我的手艺，怎么样？"

"哈哈，什么时候学得这么乖？别是又有什么事瞒着我了吧，你这小丫头。"

"哪有啊！姨父精神好了，我妈说叫您过去打几圈牌散散心呢。"

"也好，好久没有到外面走走了。咦？刚才你俩去哪里了？"司徒尚锦反应过来，儿子这两天一直老老实实在家待着，难得一见的老实，现在见他们满脸兴奋地从外面进来，不由感到疑惑。

"阿爸，没去做什么，我和韶儿到她学校走了一圈。"司徒煦实话实说。

"去学校？你这么大一个大人莫要吓到人家学生仔，哼哼，你该在学校读书时不好好读书，现在去学校做什么？"

"姨父啊！您太看低表哥了，您这对表哥不公平！他走在学校里，那是出类拔萃的，校长还喜欢得不得了呢。是我看表哥闲着发闷，就领他去散散心。"韶儿忙不迭地维护她的表哥。

"嘿嘿，校长还喜欢他？他吊儿郎当贫嘴贫舌的，人家关文澜校长是个斯文人，受得了他？咳咳……"

话说得多了，司徒尚锦咳嗽起来。司徒煦连忙上前轻轻拍击他的后背。韶儿冲他扮了个鬼脸，倒了杯白开水递过去。

"咳咳……唉，没事没事，话说多了，有些气促。阿煦啊，你来了也有半年了，我一直想和你商量一件事，来，坐下。"

"阿爸，不要劳神了吧，很重要的事吗？"

"唉，我现在还有精力，不要等到我起不了床，也没法和你商量了。你大个仔了，我也做不了你的主。听你阿妈说，你看上了关文炳的囡囡？不要急，听我说。那囡囡我也见过，是个好女子，不过，你也知道，就是我同意，关文炳也不会同意。你不小了，我这病久久不见好，家里还指望你撑起来呢！你自己思想思想，尽快有个了断，然后好收收心，成家立业。"

司徒煦默不作声，父亲的话让他猝不及防，他不知该怎么回答。

一边的韶儿咬紧嘴唇，她盯着表哥的脸，观察着他的表情，心里涌动着说不上来的情绪，只感到心里酸溜溜的，有委屈也有失落，这么多年"不见合欢花，空倚相思树"的日子不好过呀。如今，表哥在自己身边了，他的心却不属于自己！表哥，你果真有了心上人，那个她是什么样子？比自己漂亮吗？

"阿煦，好男儿志在四方，你很小的时候就懂得这句话，我希望你不要被儿女情长拴住了手脚。你该成家了，不过不应该是和关文炳的女儿。"司徒尚锦接着说。

听姨父这么说，韶儿心里掠过一丝喜悦，满怀期待地听表哥的答话。

"为什么？阿爸，就因为她是关氏族人？无论她是谁的女儿，我是真心喜欢她的！"司徒煦忍不住说道。

司徒尚锦看了儿子一眼，看到他倔强地绷着嘴唇，不由叹了口气："我说过了，有些事是不由人的，我同意，关文炳也不会同意，你们要耗到什么时候？咳咳……"

一阵激烈的咳嗽，司徒煦不敢再吭声。

"我是真心喜欢她的。"这话像一把尖利的锥子，插进韶儿的心里，那尖利的疼痛，"嗙"的一声狠狠击在她心脏中央，并从心脏迅速蔓向全身，她不由得一阵痉挛，紧咬着嘴唇，攥紧双拳，唇破了，手指甲几乎嵌进手掌，渗出血丝，她全然不觉，疼痛使得她的痛感神经麻木了。

韶儿终于控制不住自己的眼泪，表哥的话，击落了她所有的憧憬，也击碎了她的心！她怕被人看到，慌乱地向外面跑去。关雨兰两姐妹刚从外面回来，看见红着眼睛急匆匆跑出去的韶儿。"韶儿，韶儿，你怎么啦？"老姐妹连忙追出去唤道。哪里唤得回，老姐妹俩看着韶儿的背影，面面相觑，疑惑不解。

司徒煦虽不敢顶撞父亲，但是内心却不以为然，他心里暗暗发誓决不辜负关沁荷。如得伊人心，白头不相离，若娶到沁荷是我司徒煦几世修来的福气！但是父亲这一关并不易过，他想不出更好的办法。他也不是傻瓜，看得出纯真活泼的表妹韶儿喜欢自己，可是他一直只把她当妹妹，平时的言谈举止不敢有一丝暧昧。但是现在父亲的谈话她都听到了，他知道表妹会伤心，不过知道了也好，及早斩断情丝，对她未尝不是一件好事。

接下来的日子，父亲没有再和他谈终身大事的问题，他也怕父亲突然又开口说这些，就尽量避免和父亲单独在一起。好在过了一段时间，母亲对他也放松了，他又可以到外面去了。韶儿好几天没有来看他，他心里不免有些担心，很想去看看她，向她解释，安慰安慰她。可这能解释得清吗？此时的安慰说不定是火上浇油，伤口上撒盐，还是自然冷却的好，但愿时间是最好的疗伤剂。

表妹，对不住，你可以打骂表哥，只愿你不要伤自己的心。

这段时间，他大多数和司徒遇一起。关雨兰反复嘱咐司徒遇一定要好好看紧司徒煦，免得他再生事。关雨兰对儿子越来越不放心，他的性格太张扬了，简直就是一匹烈马，他需要一个人来管束。儿子也老大不小了，得赶紧给他娶个老婆，好让他收收心，再过个一两年，生个一男半女的，也许那样会拴住他。到时，他还不是像父亲一样，勤勤恳恳地打理家里的生意，好好地养家活儿。

这么想着，关雨兰行动一点也不怠慢，加紧了给儿子办婚事的步伐，她来到南洋后，结识了一些老乡，婆罗洲的华侨很多，大部分都来自广东。她通过这些老乡打听有没有合适的靓妹。"拜托大家帮帮手啦，不需要家世怎么好，家里穷点也不要紧，脾气好性格好，会持家，模样周正就可以了。"关雨兰频频对老乡、老姐妹说，"大家有什么好人选告知我一声，我会感谢的。"

"噢，你不出声我都想问你呢，我侄女呀跟你儿子就挺配的。"

"我也有个外甥女，还读过书的呢，我看可以。"

"我朋友有女儿，是长女，能干，会持家。"

嘿，想不到儿子还是个香饽饽。关雨兰的心放下来了。接下来的日子就忙着为儿子相亲了。

姑娘一个个被领到关雨兰面前：张姑娘长得粗壮，看样子是个干活的好手，但一起喝茶（广东人早上或晚上喜欢到酒楼泡一壶茶，吃些点心）时只顾自己拼命吃，唯恐吃少了，太粗俗；李姑娘穿着时髦，大小姐派头，脾气也十足；冯小姐脾气倒好，礼节也周到，但那弱不禁风的小模样叫人担心……

一段时间折腾下来，竟然找不到合适的，这事就这么拖到了年底。

"是将就点儿找个媳妇，还是回国内找呢？我这儿子能将就吗？"关雨兰心里也焦急，"找个合适的机会，回家托人找找，我就不信找不到合儿子心意的。"

当然，司徒煦是不知道阿妈瞒着自己在找儿媳妇的，他最近更忙了。

他频频进进出出，却并不是生意上有多忙，说出来别人都不相信，司徒煦到学校上课呢。而且不是一时头脑发热，他天天上课，不亦乐乎，且感到了从未有过的充实。这位一向不怎么爱读书的公子哥为什么要上课呢，莫非他转性了？而且，他在上什么课呢？

原来，自从听了司徒美堂老先生的演讲，司徒煦突然觉得自己的生活找到了目标。现在他才明白，以前一直在迷茫中虚度啊！虽然他犹如在茫茫大海中找到了航向，但是大海的深邃、神秘他还没法了解，他还有许多疑惑，甚至不知道究竟是什么问题感到疑惑，太需要有个人好好给自己讲讲，把司徒美堂老先生讲的那些话再详细讲一讲。于是他想起了关文澜校长。

司徒煦不敢去找表妹，自己迟迟疑疑甚至有些忸怩地来到学校。司徒煦平时不管是生意上的事还是到哪里去，从来都是雷厉风行的，除了在和关沁荷相爱的事情上有过苦闷和彷徨之外，这还是第一次紧张心慌去见一个人，犹如丑媳妇要见公婆一样。

他手心渗出了汗，他的忐忑不安来自于两方面：这位关校长会不会接见自己？将会怎样看待自己呢？他毕竟是关氏家族的人，两个家族一直以来的恩怨人家不可能不知道吧？不可能没有一丝心理阴影吧？他是和自己以前一样有家族偏见，还是豁达大度放下以前的恩怨？是敷衍自己，还是热情相待？看他是那么和蔼的一个人，应该是个心胸宽广之人，再说了，人家从小就来到南洋谋生，不会像在家乡土生土长的赤坎人那么计较家族恩怨吧？

我是怎么啦，变得如此婆婆妈妈的，竟然如此自卑地去面对一个人，真是破天荒头一遭啊。说到底还不是自己没有好好读书，文化不高，粗俗浅薄，心里没个底？这么一想，他反而不再犹豫了，迈开两腿，大踏步朝关文澜的办公室走去。

不过他真是多虑了。当他犹豫着敲开关文澜的办公室门时，对方一下子就认出了他。"哟，阿煦，快进来！"关文澜热情地握住了他的手。一股温热从那宽厚的手掌传到司徒煦掌上，这温热使司徒煦感到关文澜不是虚伪的应酬，而是真诚的欢迎。一瞬间，他内心深处的胆怯和顾虑都消失了，自信而洒脱的司徒煦又回来了。

"早就想让你表妹邀请你来学校一聊。你来南洋不久，就大名远扬了啊！大家都说你为华人争了口气呢！"关文澜为司徒煦沏了杯茶，亲切地说。

司徒煦环视了关文澜的办公室一下，一张床，一张办公桌，床边立着一个大书橱，书橱旁是一把木质椅子。床头柜上放着一本书，书边有些毛糙，一看就知道那是不断翻阅的结果。整个屋子简陋而又不失整洁，连地面也是一尘不染。

司徒煦一边打量一边客气地说："冒昧造访，打搅您了。我的大名？呵呵，我一个粗人，成天不务正业，见笑了！"

"你可是华侨中的英雄啊！敢想敢干，不怕邪恶，做生意也是正直诚实无私，好多华人都想结识你呢！年轻人有闯劲有魄力还懂得谦虚，难得啊难得！坐，随便坐，我这里比较简陋，书倒是有一些，想看什么书自己随便挑得了。"

司徒煦暗叫惭愧，自己活了二十多年，打猎斗鸡，玩鸟喝酒，成天不闲着，可就是不爱读书。

司徒煦坐在木椅子上，觉得自己和文化人的差距很大，他想：他要是和我谈书论道可就惨了，我是一窍不通啊！他不由得脸红起来，微微低着头。

关文澜像看透了他的心思，微微笑了一下说："每个人都有自己的爱好和特长，社会是个大课堂，许多人在这个大课堂中尝到的东西远远超过学堂里学到的，没必要自卑。再说了，人的一生长着呢，慢慢学，赶上去。"

司徒煦感激地望着关文澜，他有一种冲动，想上学，想学知识。他激动地站起来说："关校长，我想做您的学生，可以吗？"

"当然，欢迎你随时来。"关文澜也热情地说。

接下来，关文澜询问了司徒煦的近况，关心地问："你二十六了？还没有结婚？哦，呵呵，你那表妹对你……"

"啊呀关校长，不要提了。"司徒煦难为情地红了脸，"她是我表妹，还很小，她，是我的妹妹，您想多了。"司徒煦有意把"妹妹"两字加重音，以强调他们的关系。

关文澜孩子一般调皮地笑了："那你红什么脸？没什么嘛，年纪小，可以等几年嘛，韶儿是个很不错的女孩子，不要错过哦！"

"您真会开玩笑，嘿嘿，我暂时还不想自己的事，我现在可以说一事无成，心里空空荡荡的。我想利用这几年长些见识，做一些有意义的事，以后再考虑自己的问题吧。"司徒煦低头一边说一边看着床头柜上那本书，灰色简单的封面，书名是《学生问题》。嗯，关校长肯定要看这方面书的。司徒煦随手拿起来翻看，掩饰自己提到韶儿后的尴尬。

"说得好，做一些有意义的事，好，现在我们国家正是多事之秋，外敌入侵，动荡不安，你能这样想，对个人对国家都是幸运。"

一张黑白照片从书中滑落，掉在地上。关文澜和司徒煦连忙同时弯腰去拾。就在两人的手都触到了照片的时候，司徒煦不由呆住了，照片上两个偎在一起的小姑娘正冲他甜甜地笑着，右边那个他不认识，左边的分明就是关沁荷。虽然看上去她那时也就是十来岁的样子，可是容貌和现在没有太大差别，一定是她。

"这是我女儿，"关文澜指着右边的女孩子说，"左边这个是我侄女，我女儿小时候在我兄长家长大。"

"您是？"司徒煦脑袋嗡的一声，关文澜，啊，难道关文澜就是关文炳的胞弟？

"哦，忘了和你说，我也是赤坎人那！你肯定认识我阿哥关文炳。"

"嗯。"司徒煦还没有回过神来，世界这么小，他怎么也没想到将要做自己思想向导的老师关文澜会是关沁荷的阿叔。

"你以后有空就到这儿来，你可到课室里和学生们一起上课，也可到我这儿来，我给你讲讲中国历史，中国人应该熟悉我们自己的历史，掌握好自己的文化，记住自己是中国人，才不会亡国灭族。"关文澜发觉司徒煦的细微变化，转换了话题。

"太好了！"司徒煦兴奋起来，"我什么时候可以来上课？"

"随时，明天就可以上课。"

从此，国语课上经常多了一位旁听生。这学校是由华侨捐资建立的学校，学生也以当地华侨的孩子为主，国语课是学校的主要科目。华侨大多重视子女的教育，一是望子成龙，所谓"万般皆下品，唯有读书高"，也就是现在所说的寄希望于"读书改变命运"；二是传承祖国的传统文化，远赴异国他乡谋生实属无奈，却不能忘本，若忘记了自己的文化、语言，就会忘记自己的祖宗。

对于儿子爱上学这一突变，司徒尚锦夫妇自是十分欢迎，十分惊喜的，这样一来儿子既能学些知识，又可以避免与那些小混混发生冲突，他们夫妇也少了许多担心。"说不定还可以在那儿认识一个知书识礼的好姑娘呢，还说不定是有了心仪的姑娘他才爱上学的呢，要不，为什么儿子到了这年纪了才突然爱上学的呢？最能解释的就是自古有言'书中自有颜如玉'，学校的颜如玉更多呢。"关雨兰这么一想，心里就充满了甜蜜的期待。关雨兰虽内心高兴，然不露于声色，只表于行动。她每天早早地起来，不让佣人动手，亲自为儿子准备好早餐，儿子就在她慈爱目光包围中用餐、出门。

对司徒煦来说，这是一个很有吸引力的全新天地。但绝不像关雨兰想的那样，他像一块巨大的海绵一样，如饥似渴地学习着，心无旁骛。令他最着迷的是关文澜校长与他"聊历史"。关校长只要在学校，司徒煦下课后总跟他聊一聊中国历史。

关文澜校长是一位学养深厚的人，中华民族五千年的历史在他的娓娓叙述中，还原了一个个场景，激活了一个个历史人物。

"匈奴未灭，何以家为？"霍去病万里奔袭，匈奴惊恐退却。霍去病这位年青的将领一生四次领兵漠北，痛击匈奴，皆大胜回师，灭敌十一万，降敌四万，开疆拓土。

"壮志饥餐胡虏肉，笑谈渴饮匈奴血。待从头、收拾旧山河。"岳飞冲冠一怒，收襄阳六郡，长驱伊洛，克复商虢，加兵宛叶，兵进蔡州，横扫中原，破虏似虎。

"拔剑舞中庭，浩歌振林峦！丈夫意如此，不学腐儒酸！"于谦，这位书生，在国家危难之际挺身而出，力挽狂澜，以少胜多，打退了气势汹汹的蒙古兵。

"鞠躬尽瘁，夕死无憾!"戚继光先打元兵，再打日寇，练兵东南，横扫倭奴，驱逐胡虏，"先后南北、水陆、大小百余战，未尝一败"。

"主权利益岂可他国染指，中国断不可一味退缩!妥协安可换就疆土安宁?"年近七旬的左宗棠回击李鸿章后，抬着棺材，一路呐喊，一路呼啸，越过戈壁，跨过天山，横扫千军如卷席，收复被俄国占领多年的伊犁，给后人收复六分之一的大好河山，留下任我驰骋的广袤疆场!

关校长就这么娓娓道来，一段段荡气回肠的故事，一个个可歌可泣的英雄，使司徒煦热血沸腾。在这些英雄中，他最崇拜的是戚继光，他率领的戚家军与日本侵略者，大小八十余战无人可挡，侵略者闻风丧胆，远远望见戚家军的旗帜，就吓得屎滚尿流的，最后滚回老家，在戚继光有生之年都不敢侵犯中国!"日本侵略者此刻正占我国土，杀我同胞，掠我资源，祖国，需要戚继光呀!"关校长的话语撞击着他那颗年轻的心，他心里暗暗说："校长，您放心，我们中国的戚继光是不死的，我愿意当戚继光。"

第二个是左宗棠。在晚清王朝的大厦将倾之时，在沙俄军队已翻山越岭，入侵我国的新疆之际，左宗棠力驳李鸿章"徒收数千里之旷地，而增千百年之漏卮，已为不值"的谬论，全然不顾病魔缠身，已近七旬，风烛残年，以一种老骥伏枥的决绝气概领兵出征，一路雄风浩荡，一路所向披靡!

想起左宗棠，司徒煦脑子里总会出现这样一幅图画：残阳如血，大风卷起了那中间绣着一个大大的"左"字的帅旗，威风凛凛坐在战马上的左宗棠，手握战刀，注视着敌人仓皇退走的方向，目光凛然，浩气荡胸，朔风吹起他花白的胡须，尔后，他缓缓地回过头来，久久地望着自己夺回的这一大片国土，浩瀚戈壁，茫茫大漠，雄哉!壮哉!老将军不由感叹!只是这辽阔的荒漠，气候干燥，毫无生气。终于，他下了马，和他的将士们一起，在这片重新回到祖国怀抱的大漠上植上柳树，于是，戈壁万里，大漠万里，绿柳万里。

"大将筹边尚未还，湖湘子弟满天山。新栽杨柳三千里，引得春风渡玉关。"听着关校长吟诵晚清诗人杨昌浚的诗句，司徒煦心潮澎湃。"我也要回去打日本仔!"他突然激动地对关校长说。

"好!"关校长激动地握住司徒煦的双手。

"煦哥，昌哥回来了。"司徒遇急匆匆跑上楼顶。

"哦，走，下去。"司徒煦的思绪从遥远的南洋回到了现实，和司徒遇一起蹬蹬蹬

71

跑下楼。

看来司徒昌赶得很急，满头大汗没顾得上擦一把，把头埋在瓢里，"咕咕"地喝起水来，活脱脱一头久渴的大水牛。"咕咕"的喝水声响了好一会，终于停了下来，司徒昌抬起头，嘴角、下巴都挂着水珠。他这才发现，队员们围在他身边，静静地望着他。司徒忠坐在对面，几位司徒氏德高望重的老先生不知什么时候也来了，神色凝重地坐在那里一言不发。大家都在等他说上午到三埠探听到什么消息。

"有什么情况吗？"司徒煦问道。

"还好，暂时还没有发现日本仔出兵的迹象。"司徒昌又擦了擦额头的汗水说，"三埠没有戒严，河道还畅通，城里和平时差不多，没有什么异样。哦，对了，日本仔据点挺安静，应该说，比以往都安静。"

"哦？"司徒煦皱起了眉头，"没有敌人集结的动静？和前几天正相反，突然安静了？其中有猫腻。"

"是啊！我也觉得不对劲，突然静得可怕！"司徒忠点点头。

"唔，突然静下来，是要作特别的部署？敌人正在改变策略？是要搞突袭？如果要搞突袭，就会制造一种假象，让我们麻痹大意。"司徒煦沉吟着。

"有可能要搞突袭，这狗娘养的日本仔，太阴湿（当地方言，阴险的意思）了！"

"来就打，难道还怕他日本仔不行？"

"对，怕他个球！日本仔来多少我们就杀多少，杀个痛快！"

"那我们赶快布置，做好准备！"

大家七嘴八舌地议论着，语气中透着一丝要打硬仗的兴奋与紧张。

"还有什么特别情况吗？"一直在默默听着大家议论的司徒煦转过头又问司徒昌。

司徒昌想了想说："对了，新会那边今天上午有消息说，国军戒严，逃难的人群冲破关卡，引起一场骚乱……"他猛然打住，因为司徒遇正站在司徒煦身后冲他使劲打眼色。

司徒煦心里一紧，但是他什么也没有说，不露声色地靠在墙上。

"指导员回来了。"司徒丙蹦跳着跑进来。

大家脸上凝重的神色，不由舒展一些，不约而同地起身向门口走去。司徒丙说的指导员也姓司徒，名新积，和关姓自卫队的关文周、邓世英一样，是主动从正规部队下来，到地方上担任乡民自卫队指导员的，同时和国军有联系。他今天还运来一些补给和机枪，这是他送一些捐款到国军广阳总指挥李江那里后，与国军协商的成果。后来才知道，司徒新积的真实身份是中共地下党员，他的家乡是南楼对面的一个堡垒村——下股乡高咀村。1942年初，中共中区特委再迁往开平下股乡高咀村，刘田夫隐蔽在司徒新积家中，积极保存和发展组织力量，坚持抗战。当时刘田夫积极利用司徒新积在高咀村的威信，支持并批准他担任下股乡国民党乡长兼高咀村保长，控制了整个乡村政权，有利于特委机关的隐蔽，"建立'白皮红心'政权，保存党组织"。其间，刘田夫积极团结和争取地方势力，坚持抗战。如在三围、思始、密冲一带通过统战工作，安排四名中共地下党员和四名进步分子分别担任当地的保长，并发动群众选举中共地下党员余和俊为三思乡乡长，直接掌握了该乡政权。刘田夫通过统战工作，派中共地下党员黄斗桓、周仲荣等人进入新会国民党十五区区队任职，掌握了武装指挥权，团结国民党爱国官兵。为保存和发展党组织的力量，为坚持抗战作出了重要贡献。共产党领导的华南抗日游击总队珠江纵队、中区纵队、广阳支队、广东人民抗日解放军有关领导等到开平开展抗日活动时，都曾住在司徒新积的家里和他工作过的黻国学堂（现永坚小学），中共开平地下党组织领导也在司徒新积家里住过。司徒氏四乡抗日自卫团队成立前，曾通过司徒新积的关系，与共产党领导的抗日游击队领导刘田夫联系过，是否公开打出共产党抗日游击队的旗号，以团结更多的民众参加抗战。共产党领导的抗日游击队从抗日大局出发，认为国难当前，如今国共联合抗日，还是打司徒氏四乡抗日自卫团队的旗号好些，以宽阔的胸怀做通了司徒氏四乡相关族绅的工作，才有了司徒氏四乡抗日自卫团队的成立。

司徒新积迈着稳健的步伐走进南楼，他后面还跟着一个人，戴着一副近视眼镜，一脸祥和，神态和蔼。司徒煦不由一惊，是他？是他！他敬重的老师关文澜校长！

司徒新积一走进南楼，大家就热情地围上来，刚才紧张的气氛一扫而光。"同志们好啊，大家辛苦了！"司徒新积乐呵呵地和大家打招呼，"来来，大家都坐到一起来。"大伙一下子都拢了过来，把司徒新积和跟来的那人围在中央。"我给大家介绍一下，这位是刚从关氏自卫队办事处过来的著名爱国华侨关文澜，我们司徒氏自卫队收到的不少海外捐款，也是关先生亲力亲为发动华侨募捐的。"司徒新积郑重地介绍道。

一阵稀稀拉拉的掌声响起，队员们没有表现出十分热情，看样子对来人也并不十分欢迎。

司徒新积和来人似乎并不介意大家的反应。司徒新积淡淡一笑："我们司徒氏自卫队衷心感谢关校长的大力支持!"

司徒煦在人群后看着关文澜,他还是那么随和儒雅,面对司徒氏自卫队队员,他自然地一抱拳:"各位兄弟,大家辛苦了,我代表南洋的华侨和致公堂向大家表示感谢!"

"哼,说的好听,你先去管好你那阿哥吧!"有人低声嘀咕。

"来,快坐下歇歇。"司徒忠招呼道。司徒遇立马搬过两把椅子。

这时,司徒新积一眼看见了人群后的司徒煦,连忙上前握住他的手:"我就知道你会来的,好啊,你来了,我们又多了一员虎将。打硬仗怎么能少了你呢?正好,等一下我要和你好好聊聊。"

司徒煦哈哈一笑,面对司徒新积,不由恢复了嬉皮笑脸喜欢调侃的本性:"司徒新积,带来什么最高指示没有啊?"

司徒新积也调侃地说道:"这不,最高指示来了,你们还装模作样什么啊?又不是新媳妇见女婿,还肚里藏着脸上憋着,还要避开我们才亲热呢?"司徒新积说完,又用眼睛瞟了瞟司徒煦和关文澜。

司徒煦和关文澜都笑了起来,除了司徒遇和司徒旋等几个对司徒煦南洋经历知根知底的之外,别的队员都听得一头雾水。

"关校长——"司徒煦突然一个立正,绷着脸一本正经地行了个标准的军礼。

"嘿嘿,你小子,岁数越大越不正经了!"关文澜重重地在司徒煦的肩膀上拍打了两下,被他逗得咧嘴直笑,"南洋一别,六年多了,还不把我这老朽给忘了?怎么,我回来快半年了,你也不来看我?"

"冤哉枉也!"司徒煦模仿着关文澜的语气,一脸苦相,"我真不知道您老人家回来了呢!"

"阿煦最近身体不大好,养了好几个月病,现在还是带病坚持要参战。"司徒忠在旁边解释道。

"哦!"关文澜点点头,"怪不得看你脸色不好,要注意休息调理啊!唉,你认准的事我也没法劝,不过你也要明白,你还有阿妈,还有沁荷……"

"我明白,关老师。"

"咦,胡子长这么长了?多久没有剃了呀?"关文澜饶有兴趣地端详着司徒煦下颔的一缕胡子,忍不住揪了一下。

"呵呵,"司徒新积笑着说,"您可别小看这把胡须!他从南洋回国抗日,立下誓言‘不灭日寇，绝不剃须’。嗯，看来剃须的日子不远了，日本仔猖獗不了几天了。”说着，他习惯性地用力挥了下右臂。

10

南楼楼顶，司徒煦和司徒忠、司徒新积、关文澜等人席地而坐。

司徒煦望着关文澜——这位曾给予自己人生重大影响的老师，不禁百感交集。关老师老了，头发已经花白，脸色显得有些憔悴，一定是事务过于繁忙所致吧。

在关文澜面前，司徒煦就是规规矩矩的学生，不敢像平时一样口无遮拦谈天说地，反倒是关文澜和他总是开一些玩笑，还故意老提关沁荷，他几乎坚定地站在了他们的爱情一边，甚至为他出谋划策，他的亲哥哥关文炳呢，倒成了封建强权的代表，仿佛他哥哥是手执天条戒律的王母娘娘，他是那搭鹊桥的喜鹊；他哥哥是那出尔反尔见利忘义的相国夫人，他是那打抱不平为张生与崔莺莺牵线的红娘，还真颇有古代大侠之风。

几位司徒氏老人由于对关氏家族的偏见，没有上楼，他们见司徒煦如此敬重关文澜颇为不满，“呸”了一声，气冲冲地拄着拐杖走了。这些反应，似乎早在关文澜的意料之中，他只是淡淡一笑，不气不恼。关文澜有一种独特的人格魅力，言谈举止之间，让大部分队员发现，他和他那个一毛不拔的缩骨精（“缩骨精”，当地方言，自私吝啬的人的意思）根本不是一类人，渐渐的，大家不但对他没有了敌视，反而很想与他亲近，仿佛他身上有一股磁力，也许是他的博学，也许是他从容大度吧。反正，不到半日工夫，除了放哨的，都陆陆续续上来坐在他周围。

“关老师这次回来还走吗？”司徒煦问。

关文澜俯视薄雾下的赤坎镇，沉吟半晌回答道：“暂时不走了，等打败了日寇，我就在赤坎办一座学校，新式的学校。司徒美堂老先生也支持我这么做，他认为，赶走了日本仔，第一件事就是要抓教育，让我们的后代个个拥有强健的体魄，智慧的头脑，学先进科学，掌握先进的技术，那样才能更好地建设国家，发展工商业，我们的祖国才能更加强大。只有国家强大了，我们才不受欺负，才有安稳的家，才有做人的尊严。”

“嗯，明白了，难怪我们不少华人在南洋虽然生意做得老大，有了钱，可是一点地位没有。因为国家积弱，我们华人，失却了强大的后盾，在国外才受人欺侮呀！我们华侨要想在海外直起腰来，先要让国家强大起来，国家强大，需要我们少年一代强大起来。"司徒煦激动地说道。

司徒新积用力挥着他的右臂说道："司徒煦说得好啊！真是士别三日，当刮目相看呢！"

"这都是关校长教我的。"司徒煦被表扬得红了脸。

"这是梁启超先生说的：'少年智则国智，少年富则国富，少年强则国强，少年独立则国独立，少年自由则国自由，少年进步则国进步，少年胜于欧洲则国胜于欧洲，少年雄于地球则国雄于地球。'"关文澜校长激动地说。

"对，办好教育，强我少年，强我中国，是一个已经很紧迫的问题，日本侵略者的末日已经来了。可是，打走了日本仔，如果我们国家还是这么贫弱，那么也许美国人、英国人还要来侵略我们。我们一直被外国人叫做'东亚病夫'，我们必须想办法甩掉这个帽子！"司徒新积激动得高昂头，挥舞着双臂，像在发表演说，"关老师主张战后办教育，从后代抓起。这当然是个好设想，可是，大家想过没有，日本仔入侵之前，也有很多仁人志士提出抓好教育的问题，结果呢，社会还是一团糟，大家也许没有到过北方，那里的情况更糟，军阀混战、水灾、旱灾、蝗灾……到处是饿死的难民……我们国家，四万万同胞，有多少人现在还吃不饱饭啊！解决吃饭问题，让百姓安居乐业，这才是首要的问题啊！"

"可是，司徒新积，您说的那是政府考虑的事。"司徒遇插话道。

"对！这就是问题关键。政治上没有保障，百姓就没有出路，温饱尚无法解决，发展教育、发展工商业往往就是一句空话啊！关老师，您说呢？"

关文澜一直静静地听司徒新积说话，司徒新积把话题转向他时，他也只是微微一笑，问道："司徒新积，您是要我们放弃搞实业而从政吗？依我浅见，还是教育救民，实业救国最实际呀。"

"哈哈！关老师是故意和我抬杠呢，你是揣着明白装糊涂啊！致公堂一直在海内外致力于和平民主，为祖国实业发展呕心沥血，你看得比我清楚。实业必须发展，政治也不能不关心吧？呵呵。"

"说得好，还是先说眼下的事吧。"关文澜笑道，"我这次来一是又为两支自卫队募捐了一批物资，都在关氏办事处呢，阿煦一会儿带人去搬回来就是了。再就是我代表关氏自卫队来和兄弟们通个气，打起来互相有个照应支援，别各自为战，让敌人钻了空子。那个老关，哈哈，抹不开面子，还不好意思来，我老脸皮厚，就来啦。别说大家是乡亲，单凭大家都是中国人，能有什么深仇大恨呢？我们共同的敌人是日本仔，我相信大伙都是明事理、晓大义的人。"

他的话让队员们由惭愧到释然最后热血沸腾，司徒遇说："是啊！关老师您能这么说，我们断不会像乡下女人一样小肚鸡肠了。煦哥刚才也说，准备去见见关文周队长，和他通通气，没想到您倒走在前头了。"

关文澜摇着头一本正经地说道："咦！你这话可就不对了，怎么女人就小肚鸡肠了？我们家关大小姐连你们司徒煦队长都敢嫁，还不够心胸宽大？"

大家哈哈大笑，司徒煦心里不由暖融融的，似乎是关沁荷在他嘴里放了一颗朱古力，甜蜜立即在口里化开，在胸口荡漾。

接下来，在轻松的气氛中，队员们你一句我一句表明自己打日本仔的坚定信心，一起商量战术。

司徒煦再次表态："南楼是关键，各方牵制日本仔，实在不行其他地方只有撤退保存有生力量，但是南楼不能放弃！"

"好，就这样。北楼和南楼互相呼应，一定要把日本仔们挡在那里过不去。司徒新积，你看呢？"关文澜回头问道。

司徒新积紧锁眉头，缓缓说道："大的部署是这样，我们还要落实一些细节，比如暗号、人员布置、撤退方向等。关键是先安排好乡亲撤退，我认为除建立一支补给队外，其他乡民马上组织疏散。赤坎是个好地方，周围有山丘有江水，有田野有碉楼，适合隐蔽。"

"嗯，你想得真周到，不愧是正规部队出来的。"关文澜点头赞道。

"时间不早了，关老师你就回去与关氏自卫队沟通好，让他们也尽快把准备迎敌的事情落实好，有什么要求我们这边照应的，回头再派人通知我们。"

"行！"

关文澜临行前走到司徒煦面前，没有说什么，只是抓住他的双肩使劲握了握，然后转身大步下了楼。司徒煦眼眶猛然一湿，他望着关老师的背影消失在楼梯口，一种无法言说的情绪涌上心头。那使劲的一握就像是一种诀别前的叮嘱，让他面对战场与死亡褪去了怯懦，充满了慷慨豪情！

11

进入 1937 年的夏季，司徒尚锦又熬过了一个春天，虽然又瘦了许多，但是还没有什么大碍。司徒煦成天忙于社会事务，对生意却不怎么上心了，本来他就对经商不感兴趣，这下更是有一搭没一搭的，基本上全仰仗连襟四处周旋，使药材铺和金矿得以正常周转。

自从接触了致公堂，司徒煦才明白自己以前眼界有多么狭窄。他看到了积贫积弱的祖国在世界上是多么没有地位；知道了虎视眈眈的日本仔盘踞在东北，随时想吞并全国；更知道一个软弱、没有血性的民族只能任人欺凌，一个散沙般不懂得团结的民族只能由人宰割。但是，他更意识到，所有中国人都憋着一股气，只要有一个领头人站出来振臂一呼，他们就会义无反顾地冲上去，为了民族大义牺牲性命也在所不惜。

司徒煦如饥似渴地聆听指导员司徒新积和关文澜及其他爱国民主人士的教诲，脑海里泛起一些少年往事。他想起了赤坎的红楼和适庐，那里驻扎的是一些以吃苦为乐，为着一个崇高的理想奋斗的人群，他们有着火热的激情，有着钢铁般不可摧毁的信念，即使冒着丢脑袋的风险，也无声地进行着他们的事业。他们说过的话和现在自己听到的是多么相似啊！不，似乎还不一样。司徒煦突然非常渴望见一见那些人，他已经知道，他们的名字叫中国共产党，领导人是以毛泽东为首的一大批革命者，现在在中国陕北建立了根据地。但是他不可能知道得更多，官方报纸这方面消息不多，即使有，也是一些负面新闻。

就在司徒煦正满怀豪情准备投身到华侨事务中的时候，一个惊人的消息传来，刺伤了所有远离祖国的华侨的赤子之心，在华侨中激起了更大的愤慨：1937 年 7 月 7 日，卢沟桥事变爆发，日本悍然发动了全面对华侵略战争。

司徒尚锦是在 7 月中旬才听到这一消息的，之前全家人怕他身体承受不住，一直没敢告诉他，当他靠在躺椅上闭目养神时，还是从下人们聊天中听到了这一消息。他的脸色瞬间变得煞白。他无法想象这是一场怎样的战争，但是无比担心，他直觉可怕的事情将要发生。

"来人，叫太太来！"

不管如何做心理安慰，都抵不过事实的存在。司徒尚锦担心的事终于发生了。从淞沪会战到徐州会战再到武汉会战，国军虽然进行了浴血奋战顽强抵抗，可是还是没有阻挡住日军一路南下。1938 年 10 月，日军占领广州。日军在国内的种种暴行不断漂洋过海传到人们的耳朵里，司徒尚锦脸色一天比一天难看，他已经起不了床了。这段时间，从家乡逃难来到南洋的华人突然多了起来，很多在南洋有亲戚有关系的人们都通过各种渠道来到这里，印尼、马来西亚、菲律宾等国政府虽然对入境华人进行了严格控制和打压，可是还是阻挡不住源源不断的逃难人群。这种情况一直持续到1941年太平洋战争爆发。而到了那时候，华侨又成为南洋一支有力的抗日队伍，为南洋诸国的抗日战争胜利无私奉献出财富与热血。这是后话。

终于有一天，一位逃到婆罗洲的中年人叩开了司徒家大门。他狼狈不堪，疲惫面容掩盖不了他的伤心，他是司徒尚锦家赤坎丽和兴银号忠实而得力的掌柜司徒南。

"老爷呀……"

他一进门就号啕大哭，丝毫不顾及几位女眷惊讶的神情。

司徒煦没有在家，从日本侵华以来，他更加忙碌，经常忙得连饭也顾不上吃。他并不是忙生意，而是忙更重要的事。他参加了华侨抗日救国会，每天奔走在华侨当中，做演讲，搞募捐，宣传抗战、保家卫国的道理，募捐了大批医药、衣物和款项寄回祖国支援抗日战争。夜以继日的奔忙加上对日寇的满腔怒火无处发泄，最近他常常感到胸口憋闷，身体发虚，但是他没有在意，抗日救国会中他依旧是那个最勤奋最活跃的人。司徒煦是个性情中人，也就是那种疾恶如仇、大喜大悲之人，这样的人情绪容易大波动。虽然司徒煦在后来严峻的形势磨炼下克服了易冲动的毛病，但是却又常常陷入忧患的境地，他抛弃了个人的情感忧虑，抛弃了生命与财富的患得患失，把所有的心思投入到更大的事业中——抗日救国！最近，南洋各国都在自发组织各种回国抗日志愿队、战地服务团、救护服务队等，司徒煦萌生了回国抗日的念头，只是看到父亲身体一天不如一天，所以还没有下定决心。

掌柜在大哭之时，司徒煦正在市中心一家华人会馆门前募捐演讲。而掌柜不了解老主人已经病入膏肓，扑通一声跪在地上，一把鼻涕一把泪地哭诉起来。

司徒尚锦控制着自己的情绪，勉力支撑着听他哭诉，关雨兰一边用手帕擦眼泪，一边偷眼观察丈夫，生怕他有个闪失。

"老爷啊，我冤屈啊！呜呜……我老婆儿子都死在日本仔手里了……"

"南掌柜不要伤心，坐下来慢慢说，唉！"关雨兰上前扶起南掌柜。

"夫人哪，当下广东乱得很，"南掌柜缓了缓，终于止住哭泣，"我是从广州来的，那里已经是日本仔的天下，唉！开平也没几天安稳日子了，现在都乱了，乱了！"

关雨兰忙向他使眼色，可是他像没看见一样继续说道："有钱的人家通过各种渠道买枪支弹药准备自卫，或者转移财产，或出国避难，没钱的收拾好细软，随时准备逃跑，镇上乱成了一锅粥，一些盗匪乘乱抢劫。哎呀！日本仔没有来，自家倒先打起来。主家在的商铺还勉强支撑着，没有主家的大多关了门。咱家的伙计们都跑了，就剩我孤零零一个人……老婆让我来投奔主家，我打听了好久，在广州找到一艘货船，人家钞票都不要，给了白货才答应让我们藏在船里的。没想到在半路途中……我老婆儿子都被没人性的日本仔杀害了……"

好不容易才止住了眼泪的南掌柜鼻子还在不停抽动，又要哭出来。关雨兰见他越说越伤心，害怕他说出更要命的话来刺激了丈夫，连忙站起来说："南掌柜辛苦了，一路劳顿，伤心事先不要提了吧，免得更增烦恼，先请回房休息一下，事情已经发生，请节哀顺变吧！"说着，她用手帕擦了擦眼角。

关姨妈也上前劝说，南掌柜一边抽泣一边说："老爷太太小姐，失礼了。"趔趔趄趄随仆人张妈向后面的客房走去。

关雨兰缓缓对司徒尚锦说道："老爷也回房休息吧？坐的时间不短了。"

司徒尚锦灰白的脸颊抽动了几下，颤巍巍站起身。突然，他的身体猛地往前一倾，关雨兰和关姨妈、韶儿都吓了一跳，慌忙上前搀扶。司徒尚锦晃了一晃没有摔倒，他极力支撑着，慢慢推开扶着自己的太太："我自己……"话还没有说完，一口鲜血从嘴里喷了出来。

12

自从这次口吐鲜血后，司徒尚锦身体严重恶化，他经常不知不觉地晕倒，昏迷中一直微弱地念叨着一句话：回家……回家……

在日本仔进入开平之前，重病垂危中的司徒尚锦对家乡仍然时时带着无尽的担忧和牵挂。

心力交瘁的关雨兰几次昏厥过去，她没想到才和丈夫团聚了两年多，丈夫就重病垂危，生死难卜。连襟协助司徒煦打理司徒尚锦的生意，关姨妈招待来探望的亲戚朋友，只有韶儿这段时间一直陪在她身边。司徒煦紧锁眉头，暂时放下救国会的事务照顾生命垂危的父亲。第一次面对生离死别，他显得异常平静。倒不是他对父亲没有感情，而是突然间感到了更大的责任，还有很多事需要他去做，他必须坚强。

司徒南像得了病一样开始反复向司徒煦道歉，他满心愧疚，又想找些理由填补自己的亏欠，同时受到妻儿惨死的打击，常常不停地念叨他的悲惨遭遇。

"我不该留她们独自在船上，我的阿辉啊！他才六岁……"

船开之前，司徒南上岸买些食物，恰巧鬼子这时到船上检查。日本宪兵还没有从南京大屠杀的疯狂中清醒过来，用残忍与施虐来满足自己变态的快感，广州及其周边地区陷入了水深火热之中。司徒南的老婆孩子就在此时遭遇了几个喝醉酒的日本禽兽。他的老婆在被他们无耻凌辱之后投河自尽了，可怜的孩子阿辉，成为禽兽刺刀上的玩具。当司徒南返回来的时候，看到的是一个血淋淋的场面，他的儿子躺在几具尸体当中，肚子被剖开，肠子流了一甲板。不止他一家，遇难的还有另外几个逃难的乡民。他们被残酷杀害的原因只不过是有人在日寇搜查的时候进行了反抗。

"男子汉大丈夫，怎么像个妇人一般，有种的收起眼泪，回去杀死几个日本仔，为你老婆孩子报了仇，才不枉为男人，才不枉活在世上！"司徒煦面对司徒南神经质般的念叨，厉声说道。

"我？我杀日本仔？"司徒南像真的见了鬼一样满脸恐惧。

"怎么？日本仔难道有三头六臂？你怕成这样？煦哥，你组织吧，我要回国参加抗日救国队，杀日本仔，报大仇。南叔，你呢？"说话的是司徒遇。最近他常来司徒煦家里，他的满腔怒火正被燃烧着，他的岳父一家因为日寇入侵，准备逃到暂时未受到日寇侵害的赤坎腾蛟村避难，没想到在路上遇到一队日本仔，他们一家子往山里跑的时候，岳父不幸被流弹打中遇害，岳母受不了这个打击，再加上一路上担惊受怕，很快一病不起，不久也命归黄泉。司徒遇收到信已是几个月以后，悲愤加上对妻儿的牵挂使他寝食难安，恨不得插上翅膀飞回去。

司徒煦拧紧眉头，最近他觉得很疲乏，真想好好休息一下，但是他知道，真正考验自己的时刻到了，他不能休息。

于是，他坚定地对司徒遇说道："对，我和你一样，现在就想回去杀敌。战火已经烧遍了大半个中国，我们怎么能在这里苟且偷生？我已经想好了，我们组织一支回国抗日志愿队，你现在就开始去联系，做好宣传，要自愿，不强迫。我去找关校长商量一下。"

司徒煦刚踏进关文澜的办公室，关文澜就把一张报纸递给他，说："你看看，你看看，这群禽兽，禽兽！"他说话的声音，由于气愤过度而发抖。

司徒煦拿起报纸一看，是日文，看不懂，但他看到一张照片：照片上两个高昂着头的日本军人，并肩跨立，军刀驻地，脸上挂着日军式的骄横狂笑。

"这是朋友带来的《东京日日新闻》，标题是《百人斩，超纪录，向井：106——野田：105，两少尉进行延长战》，是这两个畜生在南京大屠杀中进行杀人比赛，成了'百人斩'英雄！这群杀人狂魔在南京持续六个星期的大屠杀，使三十万同胞遇难，每十二秒，就有一个中国人惨死在日军屠刀之下哪！"关文澜悲愤填膺。

"日本仔真是惨无人道！"司徒煦愤慨地说。

"阿煦，你还记得你们的马先生吗？"关文澜突然转了话题。

"当然记得！马先生是我们村的教馆（当地人称私塾为教馆）先生。"这位教馆先生给司徒煦的印象实在太深了：他是当时四邑地区最出名的教馆先生，大家都能以请到马先生执教为荣。先生可真博学，四书五经、二十五史、先秦诸子百家、唐诗宋词元曲明清小说，无所不晓，一肚子都是书。其弟子考入省名牌学堂的也特别多。这位马先生被人称为"马三怪"。

每年8月各村各乡的教馆先生都晒书（"晒"有两层意思，一是晒太阳，二是炫耀。当地私塾先生为了竞争，获得更多生源，8月开馆前都把自家的藏书拿出来晒太阳，表面上去潮防虫，实际上以藏书多来显示自己的学问，好为自己招揽学生），马先生倒好，一本书也不拿出来晒，却淡定自若地坐在太阳底下撩起衣服晒肚皮。

人们见了问："先生您怎不晒书？坐在这里干什么？"

老先生答道："吾亦晒书。"

"先生的书呢？"

先生答："在吾腹中矣！"言毕，揉搓着肚皮吟着"腹有诗书气自华"，舒舒然地离去。

马先生晒书，此为第一怪也。

马先生确实满腹经纶，当时四邑各地都争相邀请马先生教自己的子弟，但马先生却从不接富豪巨贾之家的邀请，而接受一村一族集资设馆的馆子邀请，宁愿拿更低一些的工钱。马先生的理由是：我马某所学，应授之以大众，不为某巨富之纨绔。

马先生择徒，不唯钱，此为二怪也。

马先生授课的方式很怪很特别。别的教馆先生都是紧闭馆门之乎者也的死记硬背，背不出则打手心。马先生从不打手心，他也让孩子们背《三字经》《弟子规》之类的，但更多时候把孩子们带向一个广阔的世界，如：春天，先生让孩子们带上他编的教材，跟着踏青、赏春，一边给孩子们指指点点，说说看看，一边领着他们背与春有关的诗词，如什么"春眠不觉晓，处处闻啼鸟""迟日江山丽，春风花草香。泥融飞燕子，沙暖睡鸳鸯"。先生的吟诵抑扬顿挫，孩童们的声音清脆婉转，简直是旷野中最美的风景。更妙的是，到了柳树下，诵读有关柳树的诗词，到了草地上，诵读有关春草的诗句，赏了花，便读有关春花的诗词……在田间劳作的农人，听了也跟着吟诵几句。一时间，仿佛这天地因为先生的出现而诗意盎然。

马先生讲古才真叫绝。晚上不属于先生授课时间，先生却打开馆门讲古，不论男女老幼都可以进来听。每晚7点到9点是先生讲古的时间，这个时间成了所有人最期待的时刻。还没到时间，人们就早早地来到教馆占位子，先生的案前总是摆满了村民们拿来的瓜子、花生、四时水果，或者糕点、炒田螺等等，先生呢，既不道谢也不推辞，他只抓一撮瓜子，端一杯清茶，其余的让众人分享。马先生喝了一口茶便讲开了，如"王冕自学成才""王僧孺抄书养母""朱熹十岁不让贤""徐霞客志游四方""司马迁拒玉璧""岳飞大破铁塔兵""甘罗出使"等传奇故事，就是没有神仙鬼怪、男女情爱的故事，从他嘴里出来的都是历史上确有其人其事，都是教人修身立品、励志的故事。而先生最喜欢讲的还是明朝灭亡的故事，什么崇祯皇帝、孙承宗、袁崇焕、李自成、努尔哈赤、吴三桂、洪承畴等历史人物就这么走进这乡村之夜。

末了，先生问："大家说说泱泱大明何故灭于蛮夷小族乎？"

此时是教馆最热闹的时刻，大家七嘴八舌地说开了。

"崇祯皇帝昏庸，用人不当！"

"国家内乱不止，如何抵御外敌？"

"努尔哈赤太狡猾！"

"皇帝残杀袁崇焕，自毁护国栋梁！"

马先生呢，一言不发，只是微笑着看着大家。

"是明朝上下不团结，朝廷官员喜内斗，本来羸弱的国力经不起内耗，加上洪承畴、吴三桂等汉奸卖国，内乱不止，边将卖国，明朝皇帝听信谗言残杀良将自毁长城。"年少的司徒煦高声说。

马先生赞赏地望了望司徒煦，微笑着赞叹："孺子可教也！"

说也奇怪，自从马先生讲古后，司徒族人闲暇时间，没有人聚在一起赌博了，当时没有什么娱乐，闲暇下来聚在一起赌两把，成了村村常见的娱乐。

马先生授课无偿讲古，此为马先生三怪也。

回想这些，司徒煦仿佛又回到了在教馆读书的时光。

"马先生在我们教馆执教了四五年后不是回家颐养天年了吗？他怎么啦？"

"有一朋友告诉我，老先生惨死在日本仔的刺刀下！"

"啊？什么？日本仔为什么连这样一个知书达理、恭和谦让的老人也不放过？简直禽兽不如！"

关文澜悲愤地转述马先生被刺杀的经过。

日本仔进马家村扫荡，见到马先生家大厅挂着"诗礼传家"的横匾，狂笑，取下来砸烂了，再踏上几脚。最后，他们把马先生父女及村民赶到晒谷场。日本仔小队长用军刀指着马先生威逼："你的，带领他们喊天皇万岁！大东亚共荣万岁！不喊，死啦死啦的！"

"哼，倭寇！尔践踏我国土，残杀我人民，掠夺我财富，何来共荣？尔多行不义必自毙，妄想万岁！"马先生昂头迎着日本仔的刺刀，一字一顿地呵斥。

"八嘎！"当翻译把先生的话译过去时，日寇队长气得暴跳如雷："你的，不怕死啦死啦的？"

"山河破碎风飘絮，此躯何足惜哉！"马先生一字一顿，依然如带着学生背书时那样抑扬顿挫。

当日本仔翻译再次把马先生的话译过去时，日寇队长气得脸孔煞白："我的，看你的如何诗礼传家！"

他挥舞着军刀逼着马先生当众与他的小闺女……马先生拼尽全身力量与日本仔拼命，被日本仔当场刺死，身上被刺刀刺了七八刀。该死的日本仔这还不算，架起几挺机枪对着村民，然后把马先生的小闺女与村里几个年轻的姑娘、小媳妇拉进晒谷场旁边的竹林里轮奸，村民奋起反抗，结果日寇一阵机枪扫射，当场打死二十多人。马先生的小闺女当晚投井自杀。马太太早几年去世，大闺女远嫁他乡，这小闺女刚讲好一门好亲事，女婿是马先生的得意弟子，本来即将到来的幸福，就这样被这可恨的日本仔毁了。

"日本仔简直畜生不如！不能再等了，我要立即回乡去，杀了这群践踏中国人的畜生！"司徒煦气得把牙咬得咯咯响，没等关文澜讲述完毕，就拍案而起大喊了起来。

"好，你回去组织人员，我再做一些筹备物资的工作，保家卫国，救民于水火，刻不容缓！"

很快，司徒遇、司徒浓、司徒南等人集中在司徒煦家里。

"煦哥，只要你一句话，我立马回乡参加抗日救国队，把日本仔杀个片甲不留！"司徒煦刚把意思说完，司徒遇马上表态。

"煦哥，算上我一个，这种事怎么能少了我呢？"司徒浓也慷慨地说。

"嗯，好，我这就写上去。司徒浓你肯定算一个，我早有这打算。"

司徒煦扫了司徒南一眼，司徒南浑身一激灵，他吞吞吐吐地说："我……我都快四十岁了，我……你们不知道有多恐怖，日本仔简直就不是人，就是魔鬼啊！"

"你怕什么？"司徒煦响亮的声音打断司徒南的话，"还没打，你就先害怕了，正好助长了日寇的气焰。日本仔最是欺软怕硬，正因为我们中国长久以来积贫积弱，人心散了，面对疯狂的敌人心里就害怕了，正因为我们一味害怕，一味退缩，他们才会如此肆无忌惮，在我们的国土上任意屠城放火，奸淫掳掠！只要我们中国人都团结起来，有几亿同胞，大家一人一口吐沫也淹死他们！日寇不过是外强中干，关键是不要怕，要齐心抵抗。要是人人都像你这样，软弱畏缩，中国很快就会灭亡，你的亲人，包括你自己都将永远生活在日寇的刺刀之下！"

司徒南涨红了脸："可是，我能做什么？我一个手无缚鸡之力的商人。"

"每一个中国人都是有用的，包括妇女儿童，打不了仗就是端端水送送饭也是抗日，也是对前线士兵的鼓励。你是有国仇家恨的人，更能体会到日本仔给我们中国造成的伤害，你，怎能说自己没用，怎能害怕退缩？怎能忘了你妻儿的仇恨？"

经司徒煦这么一说，杀妻之痛灭子之恨涌上了司徒南的心头，那痛那恨都凝聚为一股勇气，化为一种坚定的信念：不杀日本仔，不报此仇，枉为人夫，愧做人父。

"啊！我有用，我有用！我要报仇！那，我也能参加志愿队？"

司徒南怒目圆瞪，满脸通红，脖子上青筋凸起，看样子你不让他回去杀敌报仇恐怕他还不答应。

"可以啊，当然可以！你首先要对自己有信心！当然，失去信心并不可怕，最可怕的是失去愤怒，失去血性！你对日本仔有杀妻杀儿的血海深仇，参加了志愿队，就可以回国为惨死的亲人报仇，杀敌保国，报仇雪恨！"

司徒南激动起来，他颤抖着双手说道："我也能参加抗日！我能亲自去报仇！这些天，我只是恨啊！可是不敢想报仇的事，好了，阿煦少爷，我听你的，我也要回去抗日，妻儿都被日本仔害死了，我光棍一条还有什么牵挂？大不了一死！"

13

1939 年初夏，南洋婆罗洲的海风温和地吹着，阳光和煦，海鸥在空中发出悠远的鸣叫。三年的海外时光，使司徒煦有了很大改变，颔下新生的胡须越发显得他有些沧桑。已近而立之年的他，抛却了纨绔子弟的浮华和急躁，带上了一份刚毅、沉稳与内敛，将要踏上一个新的征途。天高云淡，异域的海浪敲打着每一个人的心灵。司徒煦久久拥抱母亲，在他内心深处，母亲是他最无法割舍的牵挂，但是从他脸上却没看到多少悲戚，只有坚定从容的微笑。谁都知道，回国不再是风平浪静，不再是寻亲访友，不再是青春的肆意挥洒、任性游戏，而是走上战场，面临烽火硝烟，面临着你死我活的厮杀，面临残酷的死亡。

但是司徒煦始终微笑着，他向在场的每一位送行者微笑着挥手。他的母亲几乎就要晕倒下去，她还没有从失去丈夫的悲痛中解脱出来，现在，又要与儿子离别。前方的路不可预料，谁也没有说保重的话，谁都明白，那是一个凶险的未来，这一去，或许就是生离死别。韶儿咬着嘴唇站在母亲身后，此时的她已经是十八岁的大姑娘了，越发靓丽苗条，一对水汪汪的大眼睛透着机灵。她沉默不语，内心却充满了无限的深情，那双明眸里流泻的尽是担忧、眷恋和不舍。

司徒煦和司徒遇等二十多名自发组成的回国抗日志愿队就要踏上回国的征途。致公堂前一天为他们举行了饯行会。会上，关文澜代表南洋致公堂向他们表达了崇高的敬意，并且将短时间内筹集的一些钱款送到他手中。

司徒煦从关文澜手中接过南洋华侨义捐的抗日救国款，感到接过的不仅仅是华侨的捐款，更是一份沉甸甸的责任。他知道，这些款来之不易。中国抗日战争全面爆发后，南洋地区的华侨中掀起了筹款救国的高潮。那些在为中国抗战捐款的众多海外乡亲中，成千上万收入微薄的劳工大众都是倾尽全力，支持祖国抗击日本侵略，特别是南洋华侨小贩——郑潮炯"卖子救国"的动人故事，传遍了整个南洋地区。从1937年到1942年，郑潮炯奔走于印尼和马来西亚一带义卖瓜子筹款，共筹集义款18万元（当地货币，下同）。在吃一顿饭只要0.3元的年代，这无疑是一笔巨额资金。他却毫不犹豫地把这些钱一分不留地捐给了南洋华侨筹赈总会。后来，当他得知家乡三十多位乡亲包括他从南洋回乡的父亲被日本人杀害的噩耗后，悲痛欲绝，国恨家仇激发了郑潮炯夫妇支持抗日救国的决心，郑潮炯对妻子钟彩合说："没有国，哪有家？救国要紧呀！自己养孩子和别人养孩子都一样，都是中国人！"最后，他们夫妻达成一致，把这个取名为社义的孩子交给了一户姓赵的人家。卖孩子那笔钱甚至都没有经过他们的手，直接捐到了抗日筹赈会。顷刻，华侨郑潮炯"卖子救国"的义举传遍了整个南洋，激励更多的华人华侨们参与支援祖国的抗日行动，浩渺的太平洋掀起了汹涌的抗日浪潮。

司徒煦守捧着沉甸甸的义款，代表抗日志愿队立下了慷慨激昂的誓言："各位兄弟，乡亲们，我们抗日志愿队要舍身救国！从今以后，我司徒煦蓄须明志，誓死保卫家乡，不打败日寇绝不剃须，也绝不回南洋！"

激情如火，带着归心似箭的心情，抗日志愿队一行二十多人风尘仆仆地踏上了回祖国、家乡的土地。

终于又回来了，三年的时光，不长也不短，三年足以改变一件事物的发展轨迹，也足以改变一个人的一生。

刚下过一场雨，天还是阴的，街道两旁的骑楼经雨水冲刷后，在清冷的空气中越发古朴而厚重。高高的碉楼在风雨中挺立，远处的钟楼依旧按时响起报时的钟声。但是小镇一片萧条，没有了集市没有了繁华，街道冷冷清清，偶尔经过的人们，也是匆匆而过，神色黯然。看到他们这些陌生人，带着惶惑匆匆走远了。

"哟，是煦哥吗？你回来了？"

司徒煦猛一回头，只见一袭长袍的关玉琼正携一位漂亮精致的女子疾步走来，他不再是三年前的翩翩少年，虽然依旧文雅，但是脸上多了岁月打磨的痕迹。

"阿琼……"看到他，司徒煦心底隐隐作痛，三年了，沁荷怎么样了呢？三年来，只是从关校长口中得知，沁荷还没有成亲，但是关文炳做主说了一门亲事，男的叫关志平。关校长说，看来他大哥竟然还不知道他们之间的事情，催着女儿嫁出去，相反他大嫂却找各种借口把婚事一拖再拖。最后，关文澜校长竟然笑着调侃道："要不我做个保媒拉纤的，当中转站，替你们传递信息？"这个老顽童，当时真是叫司徒煦哭笑不得。现在，没有等到他们通信，自己已经回来了，就站在离关家不远的街道上。

"这是我内人，这是煦哥。"关玉琼介绍道。

连关玉琼都结婚了，司徒煦觉得自己真的老了，他不由自主摸了下巴一下，胡子更长了。

关家少奶奶看到他的动作，不禁莞尔一笑。关玉琼问道："什么时候回来的？回来做什么？现在人们跑还来不及呢？"

司徒煦等人一时间有些失望，家乡的一切人和事在他们的想象中不是这样的，最起码人们还在各司其事，商铺依旧营业，可是镇上几乎大半的商铺关了门，包括自己家的丽和兴商号。还有，强盗要来自己家抢劫，甚至杀人，大家没有想到团结起来，拿起武器抵抗，竟如关玉琼所说跑还来不及呢。怎么会这样？司徒煦在失望之余有些愤怒，日本仔还没有占领这里，人们就如此惶恐，匿的匿跑的跑，小镇就如同到了世界末日，荒废了一般，日本仔的嚣张疯狂，皆因国人的胆小软弱啊！一旦日本仔入侵，岂不都做了汉奸、亡国奴不成？还提什么抗日！

"我们是回来杀日本仔的!"司徒遇气冲冲地说道。要不是顾忌煦哥,他根本懒得和这个白净文弱的关家少爷说上一句话。

"抗日?好啊!"关玉琸本来想说几句客套话就走的,一听这个反而兴奋起来。他和小弟关玉瑄同父亲完全不一样,他们读了书,懂得民族大义,知道国之不存,家将焉在的道理。他对父亲的做法很反感,同时也悄悄支持姐姐和司徒煦相爱,他们就两个家族的恩怨与父亲争论过,每次都是被劈头盖脸骂一顿。"我怎么会养了你们这两个吃枉米的蠢货!"("吃枉米的蠢货",当地方言,只会白吃饭的笨蛋的意思)父亲每每骂完了总是愤愤不平地嘟囔上这么一句。

"我们关氏正在筹备自卫队呢,书哥同我讲过,我很乐意参加,只是父亲那一关不好过。"说到这里,关玉琸又消沉下去,脸上带着少许愧色。他说的书哥名叫关玉书,是他的叔伯堂兄弟,十八九岁时也是和司徒煦一样是个天不怕地不怕的角色,两个人没少打过架,他们的打架还曾引起过两大家族的纠纷。想不到他现在也组织队伍抗日了。

虽然对关氏子弟有种莫名的带着家族传统性的敌视,但是说到组织抗日队伍,大家还是很激动,不由自主围上来:"哦,关玉书也在组织队伍抗日,不错,不错,是条汉子。"

"你们是准备单干还是和国民政府联合干的呢?"

"怎样与他们联系?"

"他们还管我们百姓吗?"

"怎么样弄到枪炮弹药?"

"你们有训练吗?"

"杀过日本仔了吗?"

"他们真的长得像牛魔王吗?"

大家七嘴八舌地抢着问,关玉琸看看这个,望望那个,张开的嘴半天合不拢,他真不知该回应谁,解答哪一个问题。

看到这么多男人围在周围,关少奶奶红了脸,一个劲拉关玉琸的衣服。关玉琸会意,连忙说:"各位,不好意思,我还有事,改天再详谈吧,到时我带着书哥去找你们。"

司徒煦本想问一下沁荷的情况,可是当着大家的面什么也没说,儿女情长,在他看来,是不能放在这种场合讲的,他在众人面前一向粗放,何况现在是一群男子汉踏上家乡的土地抗日杀敌，报效祖国的时候，正事要紧，回头吧，再抽时间去找她。

司徒煦带领二十多位志愿队员来到了树溪家中，一路舟车劳顿，他们要先休养两天，然后准备先去拜会赤坎中股乡长司徒程南和司徒氏几位德高望重的老人，再去开平县城见县长和国军指挥部长官，一来了解一下目前的情况，二来看他们怎么安排。

第二天，除了个别几个当地没有亲人的队员外，其他人都回家探亲去了。从踏上油轮的那一刻，每个人更加思乡心切，现在回来了，第一件事当然是赶紧回家看看，即使那些没有了亲人的最终也都回到已经颓败的旧屋里看一看。

趁这个空当，司徒煦准备到镇上。说实话，三年来，他对沁荷的思念有增无减，但是他这个人就是这样，对待别的人对待别的事可以无所谓，外向豪爽、大大咧咧，唯一在提到他和沁荷的爱情的时候，他一下子就变得沉默了，甚至不太愿意别人说起，在他心目中和沁荷的爱情是神圣的，不能随便拿来开玩笑，同时，沁荷的父亲是横亘在他们面前的一道坎，此刻他无法跨过，想到这给沁荷带来的痛苦，他的心就会隐隐作痛。他唯有把她珍藏于心，他把对沁荷的思念都压在了心底，唯一能和他在这方面开玩笑的只有关文澜一人。

对沁荷的思念时时刻刻甜蜜着他也烤炙着他。

就在这时，关玉琢来了，还带来了他的堂兄关玉书。

关玉书虽然和司徒煦性格契合，意气相投，外貌上却有着天壤之别：司徒煦虽然是从一个不羁少年成长为今天的抗日志士，可是他似乎没有留下不羁少年的明显痕迹，他五官周正，神态平和，甚至有点文弱儒雅的气质，丝毫看不出放荡不羁的样子。只有他的眼神，透出的那股不羁又坚定的光，令人不可对他小看。而关玉书则不同，他长得五大三粗，胡子拉碴，皮肤黑黑的，粗粗的，乍一看就像关外大汉，其实他比司徒煦还要小一岁。不过两人都有一个共同点，那就是都在成长过程中善于思考，不甘于现状，想做一番大事业，并且都遇到人生中的导师，开始奔向、融入抗日救亡的浪潮中。关玉书遇到的这个人叫余泽民，名义上是位民主人士，实际上是中共地下党员。司徒煦有印象，当年第一次国共合作的时候，就是这个余泽民与农讲所毕业的关仲等奔走在村野乡间，宣传革命道理，发动农民成立自己的农会组织。后来，开平县第一个农民协会——百合虾边农民协会成立，参加农民协会的农民有二百多人，占该村人口的百分之九十五以上，关以文当选为首任农民协会会长。百合虾边农民协会在开平抗日救亡运动中，发挥了积极的作用。这一切都离不开余泽民在后面的策动。

今天司徒煦的思想认识已经不同于以前，远非昔日可比了，不会再因为家族恩怨对关氏族人轻易抱有成见，虽然此刻初次和关氏子弟坐在一起，始终还有点别扭。关玉书是他年轻时候的对手，今天，人家已经走在了自己前面，组织起抗日队伍了。司徒煦心想：这没有什么，如今外敌当前，放下虚伪的面子，放下家族狭隘的爱恨情仇，坦诚相对，一致对外吧。

14

司徒煦暂时放下了去找沁荷的念头，他从关玉琢那里得知，沁荷一切都好，一直在等着他，她始终没有答应父母亲的逼婚，更没有给关志平一点希望。这些使司徒煦踏实了不少，他让关玉琢告诉他姐姐，让她放心，他三年来一直想着她。

司徒煦马不停蹄地去了三埠镇，按照关玉书的指点，他决定先去见一见余泽民这个人。

路上，他想象余先生也许和关文澜一样，是一位爱说爱笑的和蔼长者，或者像个老学究？少年时虽然见过他，可是这么多年过去了，他的形象已经非常模糊，只记得那时的他穿着一件粗布大褂，走路很快，风风火火的样子。

余泽民临时住在三埠镇荻海一处简陋的寓所。他曾在国立中山大学任教，有一段时间担任开平地区农民运动的负责人。1927 年之后，他离开了广东，直到第二次国共合作开始后，他再次回到熟悉的开平。

农民运动，司徒煦想起这个，又想起余先生当年一身粗布大褂，突然觉得老先生现在或许就像个农民。嘿嘿，他又在肚子里笑了，怎么可能，人家可是大学教授呢！

敲开寓所房门，迎接他的是一位看上去有些沧桑的中年人，既不像农民那么素朴，也不像学究的样子。他长着两簇浓密的眉毛，额头刻着两道深深的皱纹，就像被刀子划过一样，眉宇间透出一股英气，几许坚毅。

司徒煦连忙上前一步紧紧握住他的手，激动地说："余先生，您好，我是赤坎华侨司徒煦，冒昧打扰了！"

"请进请进，司徒煦？哦，有印象，听说过。"余泽民也热情爽朗地拍着他的肩膀招呼着。

司徒煦坐下来，开门见山地说道："余先生，是关玉书让我来找您的。我在南洋组织了一支队伍，想回来参加抗日，可是一时不知道门路在哪里，一时间也不知从哪着手准备，又没有枪支弹药，所以来找您，希望您能给指一条明路。"

余泽民紧蹙眉头，站在窗前沉思良久，手上的香烟一直燃到最后，在烟斗中慢慢熄灭。

"好，你既然来了，我想问你。"余泽民转过身来，声音低沉地问道，"你对日本仔有多少了解？你下定抗战的决心了吗？你想过怎么抗日没有？你想过随时有付出性命的危险没有？"

"这？"司徒煦面对一连串的问题，愣了一下，他满腔热忱地要抗日，要保家，要救国，还真没细想那么多。然他只犹疑了一下，"呼"地站起身，铿锵有力地说道："我是一介武夫，国家兴亡，匹夫有责。我凭着一腔爱国热血做事，没有想那么多，我就是想回来报效祖国，把这群杀我乡亲毁我家园的日本强盗赶跑，至于您提的这些问题，我还没想得那么详细，还请多多指教！"

"大家有你这样的想法，我们的国家是永远不会亡国的。"余泽民严肃的脸上展开一丝笑纹，"不过，既然要和敌人斗，就要知己知彼，方能百战不殆。我们要敢于斗，还要善于斗善于战。我们在战斗中尽力最大限度保存自己消灭敌人！一会儿给你一篇文章，回去好好读读，对你帮助会很大。日本仔侵入开平是迟早的事，到时候，首先，不能让他们顺利来，做好誓死抵抗的准备，不过如果敌我实力悬殊，你们一定要利用好这里的地理优势，特别是坚固的碉楼，和他们打游击战，以消灭日寇有生力量为主，不让他们在这里待得安逸。你看呢？"

"您说得好啊！"司徒煦兴奋地挥了一下右臂，"那我现在该怎么做呢？"

"嗯，这样吧，你先回去，组织起你的队伍，一边带着大家进行严格的训练，一边好好琢磨，建立自己的据点。上阵杀敌，英勇作战，不怕牺牲固然重要，但掌握过硬的实战技术，消灭敌人保存自己更重要。现在你们司徒氏要筹建抗日自卫队，很需要你这样的人才，不要着急，抗日不在这一时，有你干的呢！"

"好，我这就回去，谢谢您余先生。"说司徒煦虽然充满豪情，立志要抗日，但回国要怎么做还是有些茫然和忧虑，此刻，余泽民的话荡走了他内心的阴云，他犹如站在晴朗的海岸，迎着海风，随着波浪泛起汹涌的浪花，恨不得现在就飞回去。

"等一下，"余泽民转身从床铺下面小心翼翼地取出一本小册子递过来，"拿回去好好读，会对你帮助很大的。回去找司徒氏四乡族务委员会的司徒俊德、司徒忠他们，把自卫队组建好，训练好，做好一切准备。县里会派人去帮助你们的。"说完，伸出大手紧紧握了司徒煦的手一下。

司徒煦在怀里藏好小册子，怀着激动的心情往树溪东华坊村走去，久违的潭江在身边缓缓流动，午后的阳光下波光闪烁。他低头看了一眼手中的小册子，突然，他瞪大了眼睛，封面上用方方正正的宋体印着四个大字"论持久战"，署名"毛泽东"。他迫不及待地翻开，边走边读，当他读到"问：在什么条件下，中国能战胜并消灭日本帝国主义的实力呢？答：要有三个条件：第一是中国抗日统一战线的完成；第二是国际抗日统一战线的完成；第三是日本国内人民和日本殖民地人民的革命运动的兴起。就中国人民的立场来说，三个条件中，中国人民的大联合是主要的"，司徒煦忍不住拍了一下大腿，激动地喊道："好，说得太好了！"马上，他意识到自己的失态，幸亏路上没有什么人，他赶紧把书放进怀里，还用手压了压胸部，然后甩开大步往回走。

两三天之内，队员们都陆陆续续回来了。不久司徒氏四乡自卫团队正式成立，大队长司徒俊德，指导员司徒新积，其中司徒忠为驻守南楼的中队长，司徒煦为副中队长，司徒煦从南洋带回来的华侨子弟一部分也被编入这支驻守南楼的中队，负责腾蛟乡一带的巡逻放哨和镇守南楼。这一年时间里，他们参加了县政府对各乡自卫队的集训，司徒忠、司徒煦等人在集训后考入广西民团训练所。在开平风雨飘摇的前夜，他们肩负着保家卫国的重任，踏上了前往广西梧州的受训之路。

这一年还有两件事使司徒煦刻骨铭心，一件是他前往广西民团训练所受训之前，专门到司徒遇家探访，在那里见到了司徒遇的妻子。司徒遇妻子张秀是佛山人，佛山被日寇占领后，日寇大批征粮，汉奸米商乘机和日寇勾结，控制米价，导致民不聊生，饿殍满地。他岳父一家实在熬不下去了，只好到赤坎投奔女儿，不想在途中遭到日寇的飞机轰炸，命丧黄泉。司徒煦见到张秀的时候，着实吓了一跳，这个本来健美壮实的少妇，现在简直瘦成了一把骨头，她刚刚大病初愈，正挣扎着为一双儿女做饭。她的才十六岁的妹妹也从佛山逃了过来，帮她照看两个孩子。

司徒遇平时开朗乐观，总是开导这个抚慰那个，包括司徒煦。一年来，他除了协助司徒煦搞好自卫队里的事，站岗放哨，积极训练之外，还替司徒煦联系关沁荷，想办法促成他们见面。司徒煦在对好兄弟感激和佩服之余，更多的是对日寇兽行的愤怒，他默默念叨：等着吧，司徒遇兄弟的仇就是我的仇，这仇一定要报。

还有一件事，那当然就是他和关沁荷的事了。

分别三年后，一对有情人终于见了面。虽然关太太知道了司徒煦回来的消息，可是关沁荷依然在弟弟帮助下偷跑了出来。两人在南楼楼顶见了面，队员们都知趣地下了楼。

两人久久凝望，楼高风大，湿润的江风拂过他们的全身，难得的静谧，此时此刻，两人默默相对，静静相看，胜却千言万语。

"煦哥，你……"沁荷话还未出口，泪水先扑簌簌地滚落下来。

"沁荷，你瘦了。"司徒煦温柔地伸出手，抚摸着沁荷憔悴苍白的脸颊，为她拭去脸上的泪水。

关沁荷扶住他的手，低头啜泣："煦哥，你病了吗？怎么脸色这样差？好苍白哦！"

外柔内刚的关沁荷见到了日思夜想的心爱之人，她哭过之后，没有提自己经历的任何艰难，只是非常坚定地说道："煦哥，我没有看错你，你放心地做你该做的事吧！只要你一句话，我现在就愿意嫁给你！"

"沁荷！"司徒煦一把把她搂在怀里，泪水也不由泪泪地淌了下来。

这之后，沁荷一有机会就出来和司徒煦约会。她是个识大体的聪明女子，不会在自卫队忙的时候打搅煦哥，她总是让弟弟关玉琼先和司徒遇联系，知道他们没什么事的时候才想办法出来。关太太虽然也听到了一些风声，一来毕竟当娘的心疼女儿，不敢硬逼，再有她又怕老爷知道，已经隐瞒了好几年了，只好继续瞒下去吧。现在，她最大的希望就是关志平能得到女儿的认可，两人成了亲也就万事大吉了。

所以，当司徒煦到广西受训这一段时间，最高兴的当属关太太了。她抓紧时间做女儿思想工作，软的硬的一起上，还嘱咐关志平多来，好让他们日久生情。可是关沁荷对关志平正眼都不瞧，弄得关志平尴尬无措，关太太唉声叹气没有办法。

就在此时，一个惊人的消息传来：江门、新会沦陷，日寇沿潭江一线疯狂地向西杀进。

开平立刻乱了起来。

第三章

1

1941 年 2 月，日寇南侵广东腹地四邑，江门、新会相继沦陷。日寇随即兵分两路进攻开平、台山。1941 年 3 月 3 日，日军首次在台山广海及三夹海口登陆北上，当天下午侵占了台山斗山县和县城台城，另一路日军从新会乘舰船进攻台山公益和相邻的开平水口，继而占领三埠，两路日军夹击台山，很快三埠及台山不少地方相继沦陷。这时，广东人民抗日游击队的郑锦波临危受命，担任中共台山县委书记，在全县组织起十多支抗日自卫队。没多久，台城被共产党领导的抗战部队及民间抗日武装光复；不久，日伪又卷土重来，台山军民奋起抵抗，台城又被光复。在抗日战争期间，台城就这样在敌我双方之间数次反复，五次易手。1944 年台山第三次沦陷，也是台山、开平两县抗日武装与日伪的僵持斗争进入最艰苦最激烈的阶段。

但日本侵略者也是强弩之末，狂妄的日本军国主义者在 1941 年偷袭珍珠港激怒了美国，太平洋战争爆发。1944 年，德国在欧洲战场节节败退，同盟国的美国也有了足够的力量狠狠地教训法西斯日本。日本战线过长，军力不足，军需物资匮乏，穷于应付。日本加大力度在华南地区抢掠粮食等军用物资，以补充在战争中的巨大耗费。

华南地区日军最高指挥官田中久一下令到华南日占区包括台山、

开平等县大肆抢掠。为了搜刮到更多的粮食，日寇组织宣传队，到各乡村大肆宣传"大东亚共荣"，强迫村民积极配合，出钱出力捐出粮食。1944 年农历七月初一，日寇这支宣传队来到台山三八的三社乡各村进行"宣传"。三社乡包括井边、良洞、谢边等三十多条村，住有三千余人。

这支日伪宣传队从台山县城台城出发，共有十男三女，可能是平时横行惯了，这帮家伙肆无忌惮，高调宣传，沿途举着写有"中日亲善"的旗帜，高喊着"支持大东亚共荣"的口号来到了三社乡，却不承想被守卫良洞迳的三社自卫队八人截获。日伪宣传队的领队一开始非常嚣张，要自卫队识趣些，他们是皇军的人，谁敢动他们，谁就没有好果子吃。自卫队队员气愤了，刮了这狗汉奸两耳光，又对他们进行了仔细的搜查，结果从他们身上搜出了两支短枪、一个印有"巡查"字样的臂章，以及宣传"中日亲善"的许多标语。

"把这群癞皮狗押去让乡亲们看看，认清这些忘记了自己是中国人的奴才嘴脸！"一自卫队员提议。于是自卫队押着这班汉奸前行游村，当把他们押到谢边村时，乡人围观。"严惩卖国贼！""杀死狗汉奸！""打死日本仔！"群众一见这些汉奸，群情激愤，一致要求严惩，于是自卫队就在树茛山脚把这帮汉奸枪毙了，并沉尸河中。

谁料这支宣传队的人没有全部被捉到，一个名叫"豆皮达"的逃回台城，向日伪报信去了。

驻台城的日寇头子听了"豆皮达"的哭诉后，恼羞成怒，当天下午，即调集日伪军二百多人开到三社，重重包围这一带的山岭，凶残地射杀当地群众四十余人，将三十多个青壮年押解回敌营，十多人被严刑拷打致死。

翌日，日伪军又派出大队人马并带上军犬到三社，到处寻找日伪宣传队的人，临走时宣称："如不交出宣传队人员，就放火烧村！"

村民跑到深山避难，第一天，很平静，第二天，敌人没来，第三天，敌人还是没有来骚扰，村民放心了，以为日本仔只不过是恐吓一下罢了，应该不会有更大危险，不知有诈，傍晚，逃匿于附近山林乡间的人都趁着夜色陆续回家取粮食和日常生活用物，准备明早再上山躲避。

谁料当天深夜，日寇大队人马悄悄开抵三社。

七月初四天还未亮，日伪军一千多人已经把三社各村重重围住，还从三埠开来一批汽艇、船只。日军队长李璧屋在朝阳村后山，伪军师长陈子容在锦棠村后山，分别指挥实行"三光"（抢光、杀光、烧光）政策。天刚亮，敌人就疯狂地开始大屠杀。

日伪军先拉了三社乡人黄义连等十多人，在朝阳村后山斩头祭旗。

祭旗完毕，突然"嘭嘭""砰砰""突突"的刺耳枪炮声响起，日伪军步枪、机枪、大炮同时对着民房齐放，各村的房屋炮弹响处纷纷起火，群众奔走呼号，枪声、喊声、哭声震天。单单在朝阳村后山被杀死的村民就有七十多人。逃到那西山山坑中躲避的人最多，敌人惨无人道地开机枪扫射，被杀死的村民达二百多人。

日寇所到之处，见人就杀，无论老幼妇孺，一个不放过，台山的地方志记下这笔血债：

南闸村福泽的妻子背着孩子逃避，被一个日寇追上来，枪上的刺刀捅过去，母子当场惨死。

南闸村荷兰归侨黄创世，一家五口全被杀死。

井边村黄厚世和女儿被杀后，他不满一岁的外孙也被日寇抛起，用刺刀刺死。

黄福泮的妻子背着儿子走避，被一日兵追上，以刺刀一戳，母子当场毙命。

这还不算，日寇到处追逐妇女强奸，不从就杀，甚至奸了还被杀：

躲在歧简村黄韶家里的一个妇女，抗拒强奸被杀，她的女儿也被日寇踩死。

那西村一位侨妇被日寇捉住，她拼死挣扎，结果还是被五六个日兵轮奸之后用刺刀刺死。

就连良洞村一个七十多岁的老太太，也免不了被奸杀。凶残成性的日本仔还觉得不过瘾，把几十个男女赶到联安里，强迫他们脱光衣服跳舞，日本仔在一旁边看边拍桌椅击节作乐，看着看着，日本仔兽性顿起，冲上去把女人摁倒在地，当众强奸，奸淫完毕，日寇一阵机关枪扫射，把他们全杀了。上午10点，分布在各村的日伪军宰猪杀牛饱餐之后，又惨绝人寰地放火烧屋。

三社乡三十多条村有一百多处起火，烈焰冲天，浓烟蔽日，成为人间地狱！

许多藏匿在家的人被活活烧死；有的虽从火坑中逃出，却又被日寇抛进去被烧死。锦堂村黄巨庭一家十六口，黄世沽一家十一口，均被敌人推入屋中活活烧死。连堂村老翁黄传均被绑在屋梁上烧后，死状十分悲惨。遭烧杀的鬼仔忽（地名）村，十几户人家三十多人被日寇残忍杀死，这条村大屠杀后仅有三人侥幸生还。

惨无人道的烧杀抢掠自清晨开始直至下午2点，然后日寇用三十多只木船将抢掠到的物资运回台城。

被敌人烧杀抢掠后，三社损失惨重，计被焚毁房屋五百三十一间，学校三间。歧阳里二十多间屋，只烧剩五间；锦堂村十五间屋，残存三间；华安圩四五十间铺也只剩几间……

被杀死烧死的无辜村民达七百余人，还有四十多人受伤。

三社，本来是一个山清水秀的好地方，往年的7月，正是岭南佳果成熟的季节，勤劳的村民，在屋前的小园子里、鱼塘边上、后山坡上种满了各种各样的岭南水果，龙眼、荔枝、杨桃、葡萄、黄皮、番石榴……数不胜数，空气里到处是水果的香甜味儿，小溪里、鱼塘里，浮光跃金，鱼翔浅底，房前屋后，鸟鸣树颤……

然而，这一切都不复存在了，七月初四的黄昏时刻，天上残阳如血，地上血流成河，被日寇杀死的村民的血水染红了鱼塘山溪，清澈的山溪变成了血河。

浩劫后的三社乡，一片焦土，满目凄凉，哀号之声不绝，外出躲避劫难的人无家可归，露宿郊野！

策划这场惨无人道大屠杀的罪魁是田中久一，原来，村民惩处了日寇宣传队后那三天的平静，不是日本仔的仁慈，他们向在广州的最高指挥官田中久一报告了情况后，田中久一大骂他们废物，下令彻底镇压，惨剧就这样发生了。

本来就凶残成性的日寇，此刻更是"奉旨杀人抢掠"，肆无忌惮地实行"杀光、抢光、烧光"三光政策。还有开平蚬冈展村惨案，时隔今日，附近乡村的老者述说起来仍悲愤不已。

展村是当时蚬冈区横石乡的一条山村，就在小市集茅冈圩旁边。日寇来了以后，村里加派人手在碉楼警备，为了抗击日寇，保家守土，村民集资买了几条枪，派少壮男子持枪轮番在茅冈圩边上的碉楼放哨。

一天，碉楼里的岗哨发现四个鬼子在河里洗澡，一鬼子刚惬意地在河里游了一轮，站在河边指手画脚叽叽哗哗地不知对着河里的日本仔说着什么，河里的三个鬼子正在相互击水作乐。展村这几个小伙子，决意教训一下这几个鬼子，当另外三个鬼子也上了岸时，自卫队几人便从碉楼上向鬼子射击，由于距离远，只伤了一名鬼子，其他几个鬼子连衣服都来不及穿，抱起衣服便仓皇逃跑。第二天，日寇出动大队人马，进行疯狂报复，包围了展村全村，哗哗狂叫，一个个面目狰狞，逐家逐户，连喝带吼地推搡着，凶残地用枪刺、枪托插、砸着村民，将他们往外驱赶，最后，所有的人像牲口一样被赶到村前的大榕树下。村子里有几百人，他们原本都是过着日出而作日落而息的平静简朴日子。而现在，日寇把大人一圈一圈地捆绑在大榕树周围，然后当着大人的面，一个一个地把婴孩抛起，举起刺刀一刺一挑，鲜血从小孩身上喷射而出，点点血雨从半空飞洒落下，染红了乡村大地，可怜那些孩子还没来得及哭叫，便

"啪"的一声落在地上，小肠肚子流了一地！"啊——"随着一声声撕心裂肺的凄厉叫声，那些妈妈、奶奶晕厥过去。

鬼子在狂笑，他们似乎不觉得自己在杀人，而是在玩一个顶盘子、刺皮球的杂技。然后，丧心病狂的日本仔对着大人一阵机关枪扫射，集体屠杀，一个不漏。

后来鬼子到各村各乡抢掠粮食，遇到反抗，他们不费子弹了，把人全都捆在一起，浇上一桶煤油，点上一把火。灭绝人性的日本仔，像是欣赏音乐会一样听着人们的哀号，听着火光中的"嘶嘶"声。火光映照着日本仔一张张扭曲的只有兽性的脸，直到所有的人随着一缕缕青烟的飘散只剩下一堆灰烬。

日寇还意犹未尽，又下令把所有房屋浇上煤油，点上一把火，才在"噼噼啪啪"的爆裂声中带着征服者的趾高气扬神气离开。

在此之前，日寇在开平三埠新昌大肆抢掠财富，最后把大批的被劫商铺焚烧，店铺老板、小商贩、伙计杂役等死伤不下百人。尔后日本仔又在开平的金山圩把所有的商号洗劫一空，最后把所有商铺七十余间全部焚毁，死在刺刀下、火场中的百姓无数。

一个个惨无人道的消息传来，自卫队队员恨得浑身发抖，司徒煦、司徒遇等人几乎把门牙咬断了。"咚"的一声，司徒煦一拳打在墙上，墙身抖动了一下，墙上赫然出现了一个拳头大的血印。"日本仔又欠下一笔血债！一定要他们加倍偿还！"

2

不想在沉默中灭亡，必须在沉默中爆发！

为了更好地打击敌人，把抗日武装力量联合起来，1944 年 8 月，司徒煦和司徒遇往邻近的台山联络当地的抗日民团，建立互通信息、相互援助、互为犄角的抗日联盟。他们的联络工作出奇顺利，几乎每到一处，不用多费唇舌，很快就达成共识，这就是危急存亡之际的同仇敌忾吧。特别是著名爱国人士、三思乡乡团队长余和俊，拉着司徒煦的手久久不愿放开："我早就听说司徒队长是一位想打眼睛绝不会打在鼻子的神枪手，我是巴不得早日与你一起并肩战斗，狠狠打击日本仔，我也能一睹神枪手的神技！"

"哈哈哈！"司徒煦爽朗笑起来，"日本仔给我们造成的国仇家恨使我们每一个人都变成了神枪手！"可能是受到司徒煦的豪气感染，三思乡的自卫队队员们和司徒煦、司徒遇等一起豪情万丈地唱起《我们都是神枪手》：

　　　　我们都是神枪手

　　　　每一颗子弹消灭一个敌人

　　　　我们都是飞行军

　　　　哪怕那山高水又深

　　　　在密密的树林里

　　　　……

　　　　我们生长在这里

　　　　每一寸土地都是我们自己的

　　　　无论谁要抢占去

　　　　我们就和他拼到底

　　　　……

　　雄壮的歌声在山谷乡野中久久回荡。

　　在回来的路上，司徒遇意犹未尽地说："阿煦，看来你神枪手的威名远扬啊！不过，余队长说得还不够准确，就是天上飞过的鸟儿，你司徒煦要打它的眼睛也绝不会打在它的嘴巴上。到时让他们好好见识一下。"

　　"小时顽劣，打猎击鸟，想不到还练出了好枪法……"听了司徒遇的话，加上这旷野的熏风，林间的鸟鸣，司徒煦的思绪也像一只小鸟儿，飞向霞光中的童年。

　　"阿煦，打第二只！"傍晚，村后的竹林前，一群孩子簇拥着司徒煦，兴奋地指着天空中一排飞过的鸟儿喊道。

　　司徒煦漫不经心地举起鸟枪，随着"砰"的一声，排在第二只的鸟应声而落。

　　"扑棱"一只拳头大小的野水鸭从他们身边掠过。

　　"射眼睛，阿煦，快射它的眼睛！"

　　"砰！"又一声枪响，野水鸭就在他们不远处落下，年幼的司徒浓奔过去捡起鸭子，举给大家看，一颗子弹从水鸭的左眼穿入从右眼飞出。

　　"表哥，一只大鸟飞入竹林了。"韶儿突然紧张地叫喊起来，盯着竹林的两个眸子犹如黑夜里的星星闪闪发亮。

　　司徒煦早已看到，那是一只白头翁，没入竹林后就栖身在一竹枝上，两片叶子刚

99

好遮蔽它的身子，司徒煦从那微微颤动的叶子判断出它的位置。

"砰！"司徒煦的枪口一抬，竹林那边先是"叽"的一声，接着便是"咚"的一声物体落地声音。

司徒迈冲入竹林，没多久就提着一只中枪的白头翁出来，子弹从它的侧胸穿过。

这些猎物大都被他与伙伴们在野外搞野味烧烤，共同享用。有的他带回家给妈妈补身子，关雨兰一边数落司徒煦，一边把他带回来的战利品挨家挨户地送给那些家有婴孩的村民。"给孩子'坐粥'吧，或给二叔公炖个汤补补身子，我概个曳仔打的（当地方言，我这个淘气孩子打的的意思），唉……"此时，接受一方总是笑逐颜开，称赞道："阿煦这孩子多有本事呀，多谢！多谢！"

"坐粥"是开平、台山一带民间常用来为断奶后或不够奶吃的孩子煮粥的方法，在一陶罐里，装上适量的水与米，放上肉或骨头，洒上几滴香油，密封好，趁着做完晚饭灶里的炭灰还红，把炭灰扒开一个洞，陶罐放进去"坐"着，再用秕谷或木屑或草屑盖在上面，最后把锅放回灶上。这样"坐"到第二天早上，一罐香喷喷的粥就"坐"好了。没有条件买肉的人家，放一汤匙咸虾酱，第二天一掀开盖子，哇，香气四溢，几条巷子都能闻得到那浓郁的香味。他们整个村子，没有哪家的小孩没用过司徒煦打的鸟"坐粥"，对于终年吃不上几顿肉的家庭，有这"天上飞"给孩子坐粥，可真是稀罕物呢。

"阿煦，你看——"司徒遇的声音打断了他的回忆。他顺着司徒遇的手指一看：地面上几个很深的皮鞋印子，沿着窄窄的山路伸向不远处的一条小村，小村坐落在山脚，只有十多户人家。由于当时是初春，刚飘了一天的"杏花雨"，土质松软而湿润的黄山泥路上，这些皮鞋印特别醒目。

司徒煦连忙蹲下来仔细察看，说："是日本仔的，一共有三人，进了前面的小村。这种皮靴，别说山民，就连那假鬼子（伪军）都没有。前面的村子叫什么？"

"不清楚，好像是公益这一带，一个黄姓的村子。"

前面是一个依山傍水的美丽山村，村前有两口大大的鱼塘，村后是连绵的丘陵山脉。村子颇大，依着地形而建的有四五百间房屋，村子的四周被茂林秀竹围绕着。

"走，我们过去看看。"司徒煦招呼司徒遇，两人蹑手蹑脚地向村子摸去。

才进入村口，就听到村中的一巷子传来号哭声，他们从裤腿里抄出手枪，因为外出，司徒煦只带了手枪，没带他心爱的机枪，来到传出哭声的巷子，悄悄地摸过去，声音是从巷子中间相连的两间矮小的民房里传出来的。两人靠近时，只见第一间房子有两鬼子，一鬼子正在抢一袋粮食，一老太太正跪在地上双手撕着袋子，哭求着："太君，做做好心啦，我儿子媳妇去得早，这点口粮还是乡里凑给我老婆子和孙儿的救命粮啊……"墙角坐着一个四五岁光景的小女孩，正在抽泣，另一鬼子见老太婆不放手，举起枪托砸她，司徒煦举起了手枪。"呜——"墙角的小女孩突然大哭起来，鬼子警觉，举枪欲砸老太婆的鬼子倏地手腕一转，向着门外就是一枪，司徒煦连忙身子一缩，脸一侧，子弹几乎贴着他的脸呼啸而去，与此同时，司徒煦也迅速开了一枪，子弹从鬼子的肩膀穿过。

另一鬼子也迅速丢下袋子，举枪还击，借着子弹的掩护，迅速从屋里冲出来，向巷子深处跑去。同一时间，相邻的房子里跑出一个衣衫不整的鬼子，司徒煦他们走进一看，这是一对新婚不久的小夫妻，新郎已倒毙在床沿，衣不蔽体的小媳妇正在瑟瑟发抖。

"追！"他们箭一样往鬼子逃跑的方向追去。追到巷口，三个鬼子出现在他们的视线内，两个分别钻入两条巷子里，第三个连衣扣子都没扣上，衣服被风吹起，如煽动双翼的大野鸭子，他的半个身子已没入巷子，司徒煦手婉微提，"砰"的一声，鬼子应声倒地，就如当年他枪下的那只野水鸭。

司徒遇已冲进巷子追赶一鬼子去了，司徒煦走近踢了一脚，鬼子已断了气，那一枪从背部穿过心脏。

他迅速冲入一巷子，追赶另一日本仔。终于看到了鬼子的背影，由于村子依山而建，巷子由高而低，而且蜿蜒弯曲，给了日本仔很好的掩护。神枪手司徒煦也没有用武之地。就这样一直由巷头追出巷尾，巷子外头有一空地，空地后有一大鱼塘，鱼塘边一棵龙眼树，鬼子狡猾一蹦，躲在树后。不知是慌乱还是树干不够粗大，鬼子的一瓣屁股暴露在外，司徒煦似乎又看到那只在竹叶片遮蔽下的白头翁，不假思索又是一枪，子弹贴树干，嵌入那个硕大的屁股。"呀"的一声，鬼子一个趔趄，司徒煦的第二颗子弹已出堂，鬼子应声倒下，滚球般跌落鱼塘。司徒煦迅速跑过去，这时，司徒遇也气喘吁吁地赶过来。鬼子的尸体半浮在鱼塘，子弹是左耳进右耳出。

"阿煦，好枪法，碰上你，日本仔只有做真鬼了！"

"你的那个解决了？"

"解决了。我追的那日本仔是你打伤的那个，那家伙跑着跑着，被石头绊倒，我赶紧扑上前送他一粒花生米。"

可能村民被吓怕了，号哭声、枪声都没有把他们"惊动"，村子很快就恢复了寂静。

"我们赶紧把日本仔尸体处理好，别吓着村民。"司徒煦说。

他们先到刚才那两户人家去看看，那老太婆一手搂着孙子一手搂着粮袋，还在发抖，司徒煦往小桌上放了两块银元。走向第二家，小媳妇依然裸露着身子躺在床上，两眼呆滞空洞地望着屋顶，那白晃晃的肉体刺得司徒煦两眼一眯，整张脸唰的一下红了，他赶紧别过头去。还是已结了婚的司徒遇老成，他上前扯过那大红被子盖住小媳妇的身子，在她身边放下三块银元，轻声说："尽快让他入土为安吧。"便拽着司徒煦出了屋。

为了避免鬼子找村民报复，他们找了一辆小板车推着鬼子的尸体翻过几座山在离村子很远的一座山上埋了。

从此，司徒煦和他的自卫队，不再局限于固守赤坎镇。他们经常主动出击，支援附近乡村抗击日寇！在以后的游击战中，司徒煦充分展现了他的军事天赋和指挥才能。敌守我扰，敌进我退，敌追我走，敌退我追，敌寡围着打，敌众偷着打，鬼子经常被抗日自卫队搞得晕头转向！

鬼子巡逻经过赤坎附近，都不敢走在队伍的最后，因为最后一个常常冷不防被一枪毙命，待要找开枪之人时，却找不到踪影，或许人还在附近的树林中，或许在某一座碉楼中也说不定，你在明他在暗，再找下去不知是谁又回不了据点了！后来，这样的待遇不只是在赤坎镇附近才能享受到，只要他们巡逻经过乡间碉楼、山路丛林，都胆战心惊，后面两个鬼子总是举着枪倒着走路，因为后面飞来的冷枪枪法实在太好了，很多时候从后脑勺进眉心出，有时从这边太阳穴进那边出，或是左耳进右耳出……最恼火的是，枪手在暗日寇在明，枪手往往放了一枪顶多两枪就走了，你却无从找他，更多的时候是不敢找他，你不知道他躲在哪里，深入村子、碉楼或山里寻找，无异于自己找死。附近驻守的鬼子快疯了，一般他们八人组成的巡逻小队，出去时八人，回来时只有七人或六人，甚至更少。

鬼子只听闻自卫队中有一个叫司徒煦的神枪手，却不知道，他们遭打并不是每次都是司徒煦所为，司徒氏四乡自卫团队里有三位神枪手——司徒煦、司徒俊德、司徒聪，他们三人谁逮着机会谁就给鬼子一个教训，特别是司徒煦，他只要掌握情报，就会向队里交代说，出去"打猎"，那肯定会有鬼子不走运了。司徒俊德是司徒氏四乡自卫团队大队长，他的手枪也用得出神入化，听说他的手往目标斜斜一指，没见他瞄准，却见敌人倒地！司徒俊德大队长的警卫员司徒聪又被乡人称为"老虎聪"，因为身材高大，孔武有力，打起仗来不要命，如猛虎下山，"老虎聪"这个外号还颇传奇呢！有一次，司徒聪被司徒新积派往鹤山送信，回来经过址山一带时，在一条山道上与三个日本仔相遇。他当时刚办完事，正大步流星地往回赶，忽然听到前方传来的狂笑声中夹杂着求饶声、哭叫声，司徒聪机警地走上路边小山，借着树木的掩护，迅速地朝着声音跑去，只见前面一辆牛车停在路边，一对中年夫妇及车夫，跪在地上向一举着枪对着他们的鬼子叩头求情，第二个鬼子正在打开车上的包袱、箱子，把值钱的东西往怀里塞，第三个鬼子正把一个姑娘摁倒在地上欲行不轨。

"太君，你们行行好吧，我女儿刚讲了一门亲事，她还没成亲哪！"

"太君，钱、首饰你们都拿去，放过我闺女吧，求求你了！"

那夫妇跪在地上把头磕得像小鸡啄米一样，鬼子哪管这些，眼看第三个鬼子就要对姑娘施暴了，"啊！"母亲大叫一声，晕倒在地，父亲急了，"呼"地站起来，看守他们的鬼子举起刺刀。"吼！"突然山上的树林中传来一声虎啸，一条影子嗖地冲下来，接着"砰"的一声，举刺刀的鬼子太阳穴上着了一拳，脑袋激烈地摇晃了几下，倒在地上，一动也不动，他的枪已然在司徒聪手上，那枪马上如闪电般飞出，在车上搜刮财物的鬼子正惊愕地转身，飞来的步枪上刺刀刚好插在他的心脏上。趴在姑娘身上的鬼子，才赶紧提裤子拿武器，司徒聪对着他的后脑勺就是一枪，鬼子又闷声倒在姑娘身上。司徒聪快步上前把鬼子拖开，这时姑娘的父母赶紧上前扶起女儿。

一打听，这家人原是开平蚬冈人，在鹤城做点小生意，有人给女儿在家乡说了婆家，带女儿回家相亲，哪料……

幸好遇上司徒聪及时出手相救，这一家人对司徒聪自然感激不尽。"'吼'一声，我们还真以为猛虎下山呢！"车夫回家后把司徒聪如猛虎下山勇杀鬼子的事迹演绎得活灵活现，于是"老虎聪"威名远扬。

如今，鬼子被自卫队的神枪手搞得人心惶惶，他们把这情况向驻三埠的总指挥官吉野作了汇报，吉野十分恼火，决意报复。时驻荻海日军中有个叫木下次郎的狙击手，觉得大日本皇军怕了几个土游击，有失皇军的尊严，他更不相信他眼中的乌合之众能有神枪手，他回想着为了成为一名优秀狙击手他经过了怎样的一个历程：

木下次郎出生于军官世家（他的祖先大概在明朝中期曾是侵略朝鲜的一个军官），对战争、武器的激情犹如基因一样在血液奔腾。在各种玩具、武器中长大的他最爱枪，他还很小的时候，无论怎样哭闹，只要让他碰到枪，他就会安静下来，而且把玩得非常专注，真枪，是他童年的玩具。让梦想，随子弹一起飞是他的追求。

除了家庭熏陶外，木下次郎还具备与生俱来的非比常人的心里承受能力、判断力、敏锐的观察力，而且，与其他狙击手相比，他具备超乎寻常的"细心"，这一点连他的教练也自愧不如，每次行动前他都作必要的侦察，根据环境地形，再决定怎么走，怎么去，带什么装备，用什么伪装，如何通讯，行动时如遇紧急情况应该如何应对，任务完成后如何撤退，无法完成又怎样避免受到反击、伤害等，每一个细节，由开始到结束所有程序，他都认真考虑，力争做到万无一失。

　　木下次郎意志力与耐力也同样出众，他可以在严寒或酷暑中蹲守或爬行一天一夜，不吃不喝只为开一枪，无论多少蚊子叮虫子咬，他都纹丝不动。他的最高纪录是两天两夜不吃不喝不拉不睡地等待伏击目标的出现，最后残忍地射杀了目标人物。木下次郎还有一点日本鬼子也认为没法达到的"变态高度"：狙击手外出执行任务，怎么都得带上足够的干粮和水，他呢，基本不带吃的喝的。他认为食物的残余或包装都有可能泄露自己的行踪，况且，吃了自然要排泄，那更是等于给对手发信号。

　　还有一次，据他的助手说，他已伏在狙击点整整一天了，那天早上下了一场暴雨，中午阳光猛射，也许是雨后的原因，各种虫子都爬了出来，一条灰蓝色的蛤蚧爬上他的脸，它的爪子在他脸上来回地抓，高高凸起的眼珠子好奇地"瞪"着他。木下次郎硬是纹丝不动，连眼睛也不眨巴一下。那蛤蚧居然把嘴伸到他的唇上，那尖尖的小舌头试探着舔着他的双唇。助手看着耸起一身鸡皮疙瘩，正当他为他的老师捏着一把汗之际，只见木下次郎微微张开嘴，一下子就把蛤蚧吸进嘴里，嘴唇稍稍动了一下，助手从唇型判断出他在说"营养"。整个过程，助手看得汗毛倒立，然木下次郎的两眼自始至终没有离开过目标点。

　　木下次郎经过严格有素的训练。他中学毕业就进了日本陆军士官学校，他训练消耗的子弹不少于三十万发，定点打法、狙打法、跳狙打法无一不精。他与枪已成为一个不可分开的整体，到了眼到手到，手到枪到，枪到人倒的境界，任何外围因素都无法影响他射杀目标，精准射击、一枪毙命是他的特点。他在中国时间不长，倒在他枪下的抗日人士不计其数。他被从华北战场调到这里，他自认为是大材小用、英雄无用武之地。

　　木下决意会一会自卫队的神枪手。

　　日寇总指挥也想拔除他们的眼中钉，就同意木下的请求，让他带兵潜入赤坎，设法灭了这神枪手。木下只叫上他的徒弟织田秀夫和八名伪军，日寇在荻海驻军指挥官要他多带点人，并提醒他伪军的战斗力不强，他笑笑说"很好很好"，指挥官觉得木下初到此地，不了解自卫队的战斗力，自负、轻敌，用担忧的眼光看着他离开。傍晚时分，木下带着这九人悄悄地向赤坎摸来。

木下他们来到赤坎镇近郊的树溪村旁边、县立开平中学（现开平一中）后面一个土名叫"二七垯"的地方，交代徒弟带着这几个伪军进村骚扰，动静越大越好。"哈依！"织田敬了个礼，带着几个伪军进村。木下望着织田的背影，满意地笑了。织田领悟了他的意图，搞出动静，把自卫队的神枪手引出来，引到他的狙击范围内，哈，这些土神枪手全都得成为他木下的人肉靶子。

木下迅速闪到一棵树后，没多久，伪装完毕：一身灰色伪装服，应该说从头到脚都是灰的，脸部涂抹的油彩也是灰灰的。他轻捷地走进村子的小巷子，忽而不见了，与周围的灰墙灰瓦融在了一起，这完美无缺的伪装，足已让你知道什么是一流的狙击手。

他很快就找到了最理想的狙击地点，一幢三层高的小楼的楼顶，那是全村最高的房子，且它的北面是村子与学校之间的空旷地带，藏匿起来非常隐蔽，而眼前的开阔地带使他能精准击中目标。木下非常得意地笑了笑，来到小楼旁边的高大杨桃树下，提身一跃，如猿猴般在树上攀援，很快到了树巅，一个翻身，人已黏附在三楼的窗沿上，两脚往窗台一蹬，人已在屋顶，他找了个绝好的狙击点，东北角，伏在那里，可以看到每一条巷子的出口，自卫队的人不管是从这里进还是从这里出，都将成为他枪下的亡魂。他伏下架好狙击步枪，披上一灰色的斗篷，只露出自己的两眼与枪口，就是大白天你也难以分辨这屋顶上埋伏着一个人，何况是黄昏时刻。

这时，司徒氏四乡自卫团队大队长司徒俊德、驻守南楼自卫队副队长司徒煦率警卫司徒聪、司徒遇、司徒芝等几个人，在司徒氏四乡巡更，巡到树溪村旁边的县立开平中学后面时，听到树溪村里传来枪声及哭喊声，几人迅速分散进入村里，只见这几个日伪军三三两两地分成几组，有的在逐户砸门，有的已进屋抢掠。这边自卫队也分成两组，司徒煦与司徒遇一组，司徒俊德与司徒聪、司徒芝一组，进入巷中寻找敌人。司徒煦他们在村子中间的一条巷子见到三个伪军，正从一户人家出来，这是一个家境殷实的华侨之家，一个家伙手里捧着一个精致的首饰盒子，另一家伙手里拎着鸡蛋、奶粉、腊肉、咸鱼、饼干等。

"这趟油水大。"

"见好就收，赶紧撤，遇上自卫队麻烦就大了。"

这时，一位中年妇女从屋里追出来，双手拉着捧盒子的伪军，哭着央求道："行行好，给我留点生活费吧，兵荒马乱的，我丈夫不知什么时候才回来，你让我一个女人怎么生活呀？"

"嘿，那大爷我就做做好心，解决你的吃饭问题吧。"第三个伪军举枪欲打，司徒煦的枪更快，伪军还没来得及开枪就腿部中弹倒在地上了。

"啊，自卫队！"另两个伪军立马丢了手里的东西，拼命地往窄小的横巷里钻。司徒遇撒腿就要追赶，司徒煦一把拉住他："阿遇，小心点。就几个伪军进村，没有见到鬼子指挥，这不正常，可能有鬼子的顶尖枪手埋伏在哪里，我凭直觉总感到气场不一般，有一股莫名的杀气。"

"阿煦，我相信你的感觉。那现在怎么办？"

"不能放过这些汉奸，但要注意安全，不要暴露在空旷地带，我们把这几个狗贼堵在村巷里灭了他们。"

"对，得想办法通知阿聪他们。"

他们借着墙角、影壁作掩护，与敌人展开巷战，转了两条巷子，他们又遇上两个伪军，司徒遇先开枪，击中了一个伪军的帽子，伪军吓得飞快逃跑。司徒煦追赶另一个，一边想着找到司徒俊德他们，提醒他们注意掩护好自己。

此时，司徒俊德与司徒聪、司徒芝也遭遇了两名挑着抢掠来的东西走在巷子里的伪军，司徒聪击毙了一名，追杀逃跑的另一位，转了两条巷子，听到女子哭喊"救命"。司徒聪拔腿跑去，只见一鬼子一伪军追赶两女子，两女子披头散发，衣衫不整，光着脚，发疯似的向巷口跑去。

司徒聪火冒三丈，一枪打死了跑在后面的伪军。但跑在前面的鬼子却狡猾异常，他左右腾跃着呈"之"字路线向前跑，司徒聪无法开枪，因为他前方还有两女子。以鬼子敏捷的身手与速度，明明一下子可以追上那两个小脚女子，他却偏偏与她们保持二三十米的距离，好像在玩一个猫捉老鼠的游戏。是的，他今天一定要把猎物引出巷口，带到老师木下的枪口下。

就在司徒聪追赶鬼子的时刻，司徒芝正在村中央的巷子里寻找敌人。"放开我，救命啊！"忽然前面屋子里传来女子凄厉的呼救声，司徒芝箭步冲到门前，只见一伪军，粗暴地把女子按在餐桌上，那狗嘴正在女子脸上乱啃，司徒芝怒不可遏，朝伪军的后背就是一枪，与此同时，司徒芝背后也"砰"地响了一枪，一鬼子从门后迅速闪出消失在巷子中。

正在奋力追赶鬼子的司徒聪没想那么多，灭了这鬼子的想法占据了他所有的神经。距离巷口越来越近，两女子冲出了巷口，鬼子冲出了巷口，司徒煦刚转到这条巷子，高声叫喊："不要出巷口，阿聪！"但来不及了，司徒聪身形太快，司徒煦喊话时他已冲出了巷口，"砰"的一声，司徒煦远远地望着司徒聪的身子慢慢地倒下。

此时已到夜晚时分，司徒煦朝枪声的方向望去，只见星光下一条灰色影子从楼上飘下，犹如鬼魅一样，瞬间融入夜色中。司徒煦知道鬼子走了，但还是朝那影子漫入的方向开了一枪，赶紧冲到司徒聪的身边，把他拉入巷子的一墙角，防备鬼子的枪手还在附近。

"阿聪，阿聪！"司徒煦抱着司徒聪呼唤着，可他再也无法唤醒他了，鬼子这一枪穿过阿聪的太阳穴，这位虎虎生威的"老虎聪"此刻就这样静静地、软软地躺在司徒煦的怀中，任凭你千呼万唤，他也不会回应了。司徒煦悲伤的热泪一滴一滴滴在司徒聪脸上，他知道，无论怎样，都无法唤回战友了。

"阿芝，阿芝呢？"司徒遇环顾身边，紧张地问。"啊！啊！啊！"就在这时，一女子披头散发发疯般冲出巷口，浑身是血，司徒遇意识到不妙，冲上去一把拽着女子把她拉回巷子，走近门前一看，司徒芝倒伏在地上，伪军倒伏在餐桌上，血流一地。

"阿芝，阿芝。"司徒遇边呼唤边把手指放在他的鼻前，人已没有气息了。他强忍悲痛，把伪军翻过来检查，已毙命，他对着伪军的尸体狠狠地踢了一脚，然后弯下腰，轻轻扶起司徒芝，对着他的耳朵轻柔地说："阿芝，我们回去吧。"那神态，像一个慈母唯恐把刚睡着的幼子吵醒了。司徒遇背上司徒芝，悲痛地对闻声赶到的司徒煦说："煦哥，阿聪、阿芝都牺牲了！"

木下从司徒聪射杀伪军的精准度，从他敏捷的身手判断，他所击杀的就是自卫队的神枪手，所以，他洋洋得意地招呼他的徒弟走了，他认为，这支土游击，能出一个这样的枪手也不错了，不会有更强的所谓"神枪手"。至于那几个伪军，大可不必管他们的死活，他们本来就是他用来钩神枪手的饵，他和织田心安理得地回到了据点。

司徒俊德也击毙、击伤各一名伪军，其中击伤的那名伪军，被一个村民推进了村前的鱼塘淹死，剩下的四名伪军见势不妙慌忙逃跑了。司徒俊德巡查了一轮，证实敌人逃跑了，就找到司徒煦这儿来了。

他一见这情形什么都知道了，英勇善战的司徒聪、司徒芝是他的左膀右臂，司徒聪、司徒芝的牺牲对他来说是断臂之痛啊！平时一向沉着、持重的他，悲愤难控。"日本鬼，我杀了你！"他双目通红，大喊一声就往巷口冲，司徒煦眼疾手快，一把拉住他："小心，日本仔有狙击手埋伏！"

"阿煦,你背起阿聪,我们要避免走开阔的大路,以防日本仔的狙击手还在附近埋伏。你们走在前,我殿后!"司徒俊德强忍悲痛,哽咽着说。他们趁着夜色撤离,返回南楼。

3

司徒聪、司徒芝牺牲后,大家非常悲愤,决意要为他们报仇。司徒煦通过各种渠道,终于得到了消息,杀死司徒聪、司徒芝的日军狙击手隶属荻海驻军。要打进去灭了他不容易,因为一旦和日寇荻海驻军打起来,驻扎三埠、台山的鬼子都会迅速增援,自卫队就会被包抄,强取的办法行不通。最好的办法是来个引蛇出洞,把敌人狙击手引出来,让他血债血偿,也为抗日队伍除去一大祸患!

如何引出来呢?

"先把日本仔的巡逻队引出来。"经过侦查,司徒煦和司徒俊德决定从荻海南山哨所入手,南山的宝国寺后有一座碉楼,叫莲塘楼,是日本仔的一个哨所,主要负责保护其荻海大本营,监视、威胁当地群众。哨所一般有五六个日本仔,且每天从荻海会有一个巡逻小队巡经哨所,哨所里的人就换岗回到荻海驻地。

鬼子在碉楼里闲着无聊,从碉楼附近经过的乡民,成了他们赌博、练枪、取乐的项目,不少乡民被射伤,附近的村民对这个哨所恨之入骨。

司徒煦潜入荻海,摸清了鬼子巡逻队的巡逻路线与时间,终于在司徒聪、司徒芝牺牲两周后实施复仇行动。

这天天还没亮,司徒煦带着司徒遇、司徒浓二人早早地埋伏在宝国寺旁的山丘上,司徒浓挑了一棵正对着路口的大树爬了上去,以便侦察鬼子巡逻队,司徒煦与司徒遇分别伏在一块大石后,架好枪对着碉楼。

没多久,天边出现一丝银边,天空也蒙蒙地开始擦亮,再过一会,银边换成了几缕的金边,天亮了,太阳要喷薄而出了。

就在这时候,有两名鬼子上了楼顶,迎着晨曦惬意地伸腰踢腿,司徒煦与司徒遇的枪口紧紧对着这两颗晃动的脑袋。

"啁啾!啁啾!"正对路口的树上传来了鸟鸣,鬼子的巡逻小队到了,司徒浓发来信号。

司徒煦向司徒遇打了一下眼色,"砰砰"两枪齐发,然这两日本仔在做操,由于距离太远，目标晃动厉害，他们开枪时鬼子正做弯腰动作，司徒遇那枪落空，司徒煦那枪应该是擦着另一鬼子的耳朵而过，因为那鬼子捂着一边耳朵大叫一声趴下。

"嗒嗒嗒！"莲塘楼里三枪齐发，子弹密集疯狂但盲目凌乱。

"砰砰！砰砰！……"又一阵枪声在莲塘楼外响起，鬼子的巡逻队到了，他们一边向四周胡乱放枪，一边对着碉楼哗哗地直叫唤。这是一支十多人的巡逻队小分队，木下的徒弟织田秀夫也在其中。

时间刚刚好！

"打！"司徒煦下令，三人同时向鬼子射击。"啊！"一鬼子的左肩被司徒煦打中，大叫一声，因为司徒煦他们要方便撤退，所以采取远距离射击，要不这鬼子就没命了。

鬼子马上反击，很快就看清对方只有三人，嗷嗷叫着扑过来。

"撤！"司徒煦唤了一声，大家拔腿就撤。"八嘎！"织田举枪便追，鬼子追了几百米，不追了。因为再往前，就是台山游击队活跃地带。中共台山县委书记郑锦波领导的共产党抗日游击队（粤中纵队二支队广阳支队七团的前身）、当地的部分国民党驻军、各乡村自卫队都积极抗日，共产党抗日游击队、当地的部分国民党驻军和乡村自卫队曾联手抗击日寇，先后五次把日寇赶出台城、五次光复台城，这是后话。

反正，鬼子无心与自卫队捉迷藏，见司徒煦他们跑了，也就回头继续巡逻，可他们刚转回身子，司徒煦率自卫队又杀了个回马枪。鬼子被自卫队骚扰得心烦不安，又追赶了一会，见他们没入山林中，就不追了，小队长看巡查的时间差不多到了，就想退回驻地，想不到司徒煦却又领着几个人回头尾随追打。这下鬼子彻底地抓狂，特别是织田秀夫，气得哗哗大叫，端着枪冲在最前面，完全忘记他的老师木下吩咐优秀的狙击手不是冲锋陷阵于前，而是冷静地找好狙击点，准确地狙杀敌人，甚至百万军中取敌将首级。

气在头上的织田领着巡逻队发誓要彻底灭了这几个土游击，追着追着，追至武溪一带的山上，鬼子很快发现上当了，进入了自卫队的伏击圈。但织田看清自卫队的人数后，哈哈大笑，所谓的伏击圈就那么一点兵力，才七八个人！他天才的脑袋立马就发现了自卫队的薄弱所在，自卫队的武器只是几支恐怕连鸟也很难打倒的鸟枪！织田心里不免得意地想，土鳖就是土鳖，这点水平还搞伏击！他立即指挥着日本仔从薄弱缺口突围。一突围，他们才集中火力对着正南方时，自卫队就吓得全部都撤了，向南逃去。鬼子小队长本来不想追赶，但织田坚持要追杀了这几个"土鳖"才解恨！由于织田的坚持，加上小队长也被自卫队戏弄得很恼火，就下令追，他们就这样追着自卫队一路向南，当追到南山一带的一条山沟中时，小队长和织田终于发现自己才是最笨的土鳖！原来那个突围缺口是司徒煦故意留给他们的，就是要诱使他们突围，当他们匆匆突围出来，还没来得及庆幸，就恍然自己钻进了真正的伏击圈，成了落水狗，既然是落水狗，自卫队自然不会放过痛打的机会！

司徒俊德两眼通红，像随时要喷出一把怒火。他的警卫司徒聪、司徒芝的牺牲给他的打击是巨大的，自从组建这个自卫团队以来，司徒聪、司徒芝一直是他最贴心的警卫员和最得力的助手，这几天他一直在断臂的裂痛中无法自拔。他要带着整个自卫大队去攻打荻海驻军，为司徒聪、司徒芝报仇。

"大队长，君子报仇不在一时一刻。"司徒煦劝说他，"你应该记得三国火烧连营的故事吧？刘备为报吴夺荆州、关羽被杀之仇，率大军攻吴。吴将陆逊火烧连营七百里！导致蜀国在夷陵之战中的惨败。如果我们贸然倾巢而出攻打荻海，别说我们的装备和力量比不过他们，枪声一响，整个三埠和临近台山的鬼子马上会围拢来增援，我们就被内外夹击了。"

"难道我们就这样便宜了日本仔？难道阿聪、阿芝的仇不报了吗？"

"我们要报仇但不能吃日本仔的亏，消灭敌人、保护自己才是我们的目的。"于是，司徒煦和他设计了这样一个引鱼上钩、连环伏击的复仇之战。

"叭叭叭！"由于报仇心切，司徒俊德忘了发令，自己率先开枪，队长开打了，其余的队员自然也不甘落后。"叭叭叭！叭叭叭！……"一连串复仇的子弹猛烈地向日本仔喷射而去。

敌明我暗，鬼子只有挨打的份了。织田敏捷，迅速闪到一树旁，寻找目标，但由于自卫队处高他们处低，加上自卫队早有准备作好埋伏，南方雨水充足，山上的狗尾草、茅根草、海石竹、红龙草、虎耳草、景天属、水鬼蕉等各种各样的草，长得高挑茂密，人伏下，很难被发现。织田不愧是木下的得意弟子，看不到目标，他朝着枪声的声源开枪，也连续伤了自卫队三人。司徒俊德认定他就是杀司徒聪的狙击手，于是满腔怒火从心中喷出，抢过司徒耀的机枪，向司徒煦打了一个眼色，司徒煦会意，两人悄悄地绕到织田左右两方，同时向鬼子扫射，在这样猛烈而密集的火力网中，就是神仙也难以逃出生天，织田很快就被打成筛子！

鬼子小队长还算镇定，拼命地向自卫队扔手雷，借着火力率鬼子突围逃跑，自卫队也不穷追。此次伏击战果不小：连织田在内，共歼鬼子九人。而自卫队只有三人受了轻伤，就是被织田打伤的三人。

而且，鬼子一直不知道这是赤坎司徒氏自卫队伏击他们，还以为是台山的游击大队，因为台山游击队在这一带也很活跃，也经常把鬼子搞得很头痛。

就这样，自卫队与鬼子周旋了一年，时间到了1945年7月。

此时，第二次世界大战的国际形势发生了巨大变化。在欧洲，随着盟军在诺曼底登陆战役胜利、在西欧开辟第二战场、希特勒德国战败投降，欧洲战场基本结束；在太平洋战场，日本绝大部分海军、空军已被美军消灭，日军在太平洋战场败局已定。当日军得知苏联红军正在加紧准备在中国东北发动远东战役、美国秘密制定"华南登陆计划"，准备从中国粤东沿海大亚湾等地登陆、对日军进行战略反击，中、美、苏军队欲对日军形成合围之势时，日军大本营立即调整战略，命令日军华南战区大部分兵力紧急调往粤东沿海、华中、华北和东北战场，在稳住华南、华中、华北战场的同时，支援日本关东军在我国东北与苏联红军、中国东北联军决战，积蓄力量后再向太平洋战场反扑。

当时驻扎在广州的日军华南战区指挥官田中久一，下令驻扎在海南、湛江、雷州、茂名、阳江一带的日军带着大量掠夺的物资调往粤东沿海、华中、华北，巩固后方，同时挥兵北上东北增援关东军。为此，他们急需打通北上沿线水陆交通要道，取道开平赤坎潭江水路要道北上广州。于是，大批日军调驻开平，打通潭江水道沿线的战略要点。日军出动兵力，从三埠水陆两路出发，直扑历史重镇赤坎。一时间三埠、长沙周边车辚辚马啸啸，尘埃不见幕沙桥。

日寇从陆路出发的三千名步兵、两百名骑兵，以绝对优势的兵力开到五龙市（赤坎镇所属的一个小圩名字），即以战斗队形散开，持枪搜索前进，不久沿途传出密集的枪声，鸡飞狗走，赤坎一带村落里的百姓携老扶少、拖儿带女，急急向百合、塘口等地走去，躲避日本仔，有的百姓甚至向西北方向逃至大沙、夹水、岗坪等地偏远的小山村，"走日本仔"成为当时用得最频繁的词语。

赤坎，犹如大地震中摇晃的孤岛，周围已经地动山摇，山崩地裂，居于地震中心的孤岛摇摇欲坠，岌岌可危，赤坎小镇和周围乡村的百姓一如震前能感知预兆的动物般惊恐乱窜。

第四章

1

关文炳再也坐不住了，咬着牙忍痛关闭了商铺，收拾好细软，在日本仔到来之前，最终赶着四辆大牛车出逃了。他不敢走水路，走水路意味着是往枪口上撞，走哪儿都不安全。他现在无比后悔，后悔自己的优柔寡断，后悔自己贪图多做几天的生意，以致此刻如此被动。他不怀疑日本人将要溃败，可是他也明白，越是垂死挣扎的敌人越疯狂，日本人的残暴他是亲身经历过的，那是一场噩梦，不堪回首。

那是使他在以后的岁月里，连白天打个盹都会被噩梦惊醒的日子。那次他往外地办货，办好货后他让伙计押货先回来，他要等另一掌柜回来，想多开拓一条生意渠道。生意谈得相当顺利，回来时经过一个小镇，恰好是日本仔屠杀后遗留的杀人现场，那是怎样一个人间地狱啊：城楼下，横七竖八地躺满了尸体，不，应该说凌乱地堆放着人的肢体。中间堆着好些无头尸，四周散落着几颗人头，无疑是从那些无头尸身上让人用刀生生的砍下来滚向四周的，有的被当胸剖开腹部，肠子流了一地，有的两个眼珠子被挖掉，留下两个幽幽的黑洞向着苍穹，似乎在诉说着这超出了人性最大承受力的惨剧。最惨不忍睹的是，就在城门的石狮子上，挂着两个婴儿的尸体，那两具小尸体让他想象出日本仔杀人时的情景——先用刺刀从婴儿的屁股眼插进去，再挑起来，举着在空中转动，然后用力往石狮子上一甩……"哗啦"

一声，关文炳犹如被人强灌了过量烈酒，晕晕乎乎，当摇摇晃晃地爬起来时，心慌胸闷，止不住地吐了起来，跌跌撞撞地逃离了小镇。在路上他听说一在街边摆卖山草药的小商贩，因日本仔的一只军犬突袭撕咬，他在躲闪中本能地踢出一脚自卫，不承想那小贩练过武术，这一脚正中军犬要害，把它踢死了！可恨的日本兵把整条街上的人都赶到城楼下，开始了他们这场杀人报复的游戏。

关文炳回来把这事悄悄地跟两个儿子说了（他不想让太太、女儿知道徒增恐惧），劝说他们远离自卫队，不要惹日本人。谁知却激起了两儿子更大的民族仇恨，誓要杀日本仔报仇，当时就差点儿没把关文炳气晕了。

关文炳平时爱吃红烧乳鸽，所以他家的厨师有一手做烧乳鸽的绝活，做出的烧乳鸽色泽脆黄，皮脆肉嫩。有一天，关文炳走进厨房，厨师正在杀鸽子，只见他拿着剪刀从鸽子的屁股插入沿着腰脊梁向上一挑，鸽子被从背部剖开，此情此景，他眼前又出现那被日本仔刺刀挑了的婴儿，关文炳大叫一声晕了过去。关太太赶紧掐他人中，着人急请医生，折腾了大半天，关文炳才悠悠地吐出一口气。从此，他再也不吃红烧乳鸽了，家里也见不得红烧乳鸽。

此后，他夜夜被噩梦缠绕，对日本仔的暴行，他当然痛恨，而他更多的是害怕，害怕得听到"日本仔"三个字就两腿打战，他只想带着他的家人远远地逃离噩梦。

他不想再去乡下躲避了，他决定去香港，一来那里有他的亲戚和商号，房子也是现成的；二来离家乡毕竟不太远，最主要还是那里是英国人的地盘，他想日本人就是再狂也不敢在英国人面前造次。可是怎么走他颇费了一番思量。最后才决定走陆路，先北上，再绕一个大弯子，到达粤东海丰坐船到香港。

光东西就收拾了两天，全府上下乱了套，大儿子连影子也见不到，他明确表示不会走，死也不会离开自卫队。大儿媳妇临盆在即，她听丈夫的，自己也不想颠沛流离，远离家乡。关大老爷简直要气疯了，女儿就是不嫁人，大儿子又成天嚷着要抗日，现在宁愿留下来抗日也不愿走，怎不叫他抓狂。关太太更是伤心欲绝，在丫鬟的搀扶下，指挥着家人收拾细软，她没有了往日的泼辣干练，一夜之间好像老了十岁，那个精明强悍的阔太太，此刻变得有些老态龙钟，力不从心，时时叹息。

关玉瑄噘着嘴帮下人搬东西，他不满父亲的决定，很羡慕大哥的果断，他想跟随大哥，一起打日本仔。所谓打虎不离亲兄弟，杀日本仔，同样不离亲兄弟嘛。可是大哥却对他说过，父母都老了，他自己做个不孝之子就行了，希望他能够陪在父母身边。

关沁荷默默坐在闺房里，一种前所未有的绝望几乎把她击倒。司徒煦远走南洋的时候，她也没有过这样的感觉。那时，她虽然在每一个孤独的夜晚，独坐闺房，看着窗外的天空，思念着与自己远隔重洋的煦哥，虽然她饱尝相思之苦，但她还有希望，她知道煦哥一定会回来的，"只有相随无别离"的日子没有离开过她的憧憬。然而，现在，她心乱如麻，不知道该怎么办。她用手轻轻拂过房间的每一个角落，留恋、惆怅、悲伤、欢乐，所有的情绪在胸中翻腾。她拉开梳妆台抽屉，取出一只红色小木盒，捧在手中，打开来，里面是一枚精致的核雕，不到寸长的桃核，一位美丽的女子站在书桌前，侧身依桌，长辫垂到胸前，正手捧书卷专心读书，神态安详，表情怡然。旁边有一行字：君心我心。这是司徒煦挑选出上品桃核请出色的匠人雕刻的，当时送给她时，她娇嗔地一把抢过来，还故意怪他轻佻。

沁荷轻轻盖上盒子，用手帕包起来，放在怀中。这是她最珍贵的东西，也许，今后的日子，这将是她思念时唯一的寄托了。

外面人乱马嘶，吵成了一片，间或还有哭闹声。关家大部分下人得到东家一些遣散费，回家避难了，只有少数几个跟随主家多年贴心能干的，准备随主人远渡香港。

"志平少爷来了……"

关沁荷不由皱了下眉头，他又来了，而且还要一起走。这个人，平心而论，家境比关家还殷实，长相不错，人还蛮敦厚的，要不关大老爷怎么会选他给自己当女婿呢？但不知怎么的，她老觉得他好让人讨厌，似乎他是在梁山伯与祝英台之间横插一脚的富家公子马文才。想到这些，沁荷更加烦躁，两家是世交，关志平家已经催了好几回了，为这事父亲几乎翻了脸，若不是日本仔刚侵入开平，关志平全家除了他都逃到了香港，也许自己真的就被迫和他成亲了。不过回想起来，她真的还要感谢关志平，他一直都尊重自己的意见，他不愿意看到沁荷有哪怕一丝丝的不愉快，于是他就在两家家长催着成亲的时候反过来劝说他们，还说他自己不着急。其实沁荷明白，他在照顾着她的情绪，他要感动她，他不只想要得到她的人，还想要得到她的心。但是可能吗？她的心只有一颗，早给了司徒煦，已经没有了哪怕一丁点缝隙来容得下别人。

"小姐，老爷叫您出去呢，要起程了。"丫鬟小翠进来禀报。

一瞬间，眼泪溢满了沁荷的眼眶。关沁荷最后看了一眼从小长大的闺房，低头缓缓向门外走去。

关志平就站在前面，关切地望着心爱的人。他看着沁荷走过来，他欣喜，她终于向他靠近了，可他的心又是痛的，她人就在眼前，距离却又是那么远，他要走进她心里又是那么难，他小心地、耐心地守候在她的心房外，等待着它对他敞开。此刻，这个女子向他走来，他的心脏狂跳着，沁荷每迈一步都像是对自己心脏的敲击，激动着，疼痛着。

车队吱吱呀呀上路了，车夫甩起长鞭，"啪！啪！"清脆的声音在空中回荡，车轮碾过石板小路，一直向北去了。

当司徒煦气喘吁吁跑来的时候，面对他的是黑漆漆紧闭的大门和门上一只硕大的铁锁。

"沁——荷——"司徒煦嘶声吼着，他紧握双拳，望着长长的冷清的街道，他爱着的人，那个令他魂牵梦萦的女子，那个让他愿意以生命来保护着不让她受一丝一毫伤害的女子，真的走了。她给自己留下一缕青丝一纸诀别信，就这么走了。

司徒煦回到南楼，神态还是和往常一样，别人看不出他刚刚经历了撕心裂肺般的痛楚。他的心底，藏着一个自动开合的盒子，他一抖头，就把所有的痛楚收纳起来封存，在夜深人静时，盒子会自动打开，所有的痛楚都会跑出来，啮咬着他。此刻，他笑着和大家打招呼，然后检查刚运来的堆在墙角的石灰、石头和小石块。石灰、石头和小石块是预备子弹打光时用的。

"煦哥，饿了吧？先吃饭吧，我们已吃过了。"司徒遇拍拍他的肩说道。

"嗯，是该吃中午饭了。"司徒煦说。

"煦哥！你怎么了？该吃早饭啦……"司徒遇担心地看着他。

"我不饿，等下再吃吧！"司徒煦拍拍手上的石灰，淡淡地说。

司徒煦是这样的一个男人，真正痛彻心扉深入骨髓的伤口，拒绝和任何人分担，拒绝任何人触碰，在他眼里，男人的脊梁应该挺得起任何的痛楚和苦难。

2

"黑云压城城欲摧"，自卫队每个人都能感受到大仗即将来临的紧张气氛，同时也有要与敌人大干一仗的豪情。

司徒俊德和司徒新积安排各分队驻守几处重要碉楼、骑楼等战略要点，重点是南楼，由司徒忠和司徒煦率一分队镇守；其次是与之呼应的北楼，北楼由司徒增带领二分队前往增援，加强防守。除此之外，还安排了一支小分队分散在潭江沿岸，主要负责放哨及侦察。最前沿关氏自卫队主动要求驻扎了一支分队，准备给来犯之敌以第一次阻击，不让日寇轻易通过。

谁都明白，这次和以往的每次战斗都不一样。以往是日寇横行中国，以胜利者的姿态出现，而这次却是他们仓皇北窜，狗急跳墙，做垂死挣扎。他们像是中了夹子的猛兽，张开带毒的獠牙作困兽斗，这是他们末日到来前最狠最难斗的时候。日寇在中国，在广东，在开平，横行霸道、烧杀抢掠那么多年，不能就此便宜了他们，让他们轻易走掉。

以司徒忠、司徒煦中队为主的自卫队员都驻守在南楼，形成了以南楼为中心互为呼应的阻击线。司徒煦在楼顶瞭望了一阵，情绪渐渐平复了下来，对司徒遇说："叫自卫中队的弟兄们上来，我有话说。"

"等一等，在南楼外面放哨和侦察敌情的司徒忠队长和司徒铎等不用叫了，还是让他们在外面执行任务吧，以防日本仔偷袭！"

"好！"司徒遇关切地望了他一眼，急急地下楼去了。

不一会儿，其他五位队员司徒旋、司徒昌、司徒耀、司徒浓、司徒丙随司徒遇一起走上楼顶。他们六人中司徒遇和司徒昌都是最早回国抗日的志愿队成员，现在志愿队的其他队员们都分散在南粤各地和福建省，为抗日胜利做着贡献。司徒遇已是一位集射击、搏击、侦察等多种能力于一身的优秀战士。关于他还有深入敌后侦察化险为夷的故事呢。

那天他接上级的通知在三埠侦察敌情，清晨他扮成进城办货的村民，很容易进城。但当他在城里作了一番侦察又与城里几个联络点碰了头摸清情况再回来的时候，已经是晌午，日本仔加强了盘查，不知是否得到情报，在城门口有好几个青壮年男子被扣在一旁，不得离开，这些人的共通点就是身强力壮，手里的东西不多，被怀疑是假赶集。看到这种情形，司徒遇又折回城里，正当他在想着脱身之法时，见到邻村的媒婆六婆挑着一大担东西，有椰子、公鸡、礼饼等，显然是成功保了媒，出来为主家办结婚用品。看样子她出来办货的时间也不短了，箩筐里的东西也不少，走路很是吃力，步履蹒跚。司徒遇立即上前亲热地招呼："六婆，我是邻村三姑的契仔，我契妈常说你人好能干呢，你是我契妈的朋友，我就是你契仔了，你干脆就当你亲儿子使唤得了。来，把担子给我。"说着，不由分说把担子从六婆那里接过来，搁自己肩上。契仔即干儿子，五邑地区，小孩身子骨较弱，父母给他认一个契妈，举行隆重的上契仪式，再起一个狗仔、牛仔之类低贱的小名，这样粗生粗养的孩子就容易长大成人。

但一般人不愿意当别人的契妈，因为契仔的霉气会传给契妈，民间有"契仔大，契妈败"之说。但媒婆都是些孤寡女人，她们百无禁忌，只要主家给一个她满意的红包，她就认契仔，媒婆的契仔往往不少。司徒遇说是三姑的契仔，六婆一点也不起疑。加上媒婆地位低，俗语说"唔做中，唔做保，唔做媒人三世好"，意思是不做中（中间人）、不做保（担保人）、不做媒（媒人），三代人的运气都好。如果人们没有什么需要，就很少搭理她们。六婆一来真的累了，二来有人主动与她搭讪还帮忙，哪有不乐意的？

"我听三姑说过她有个契仔特别有心水（'心水'，当地方言，很有心的意思），应该是你了。阿仔，我的东西还没买齐呢，阻你工夫不？"

"没事，契妈的事就是我的事。我陪你去买就是了。"就这样，司徒遇挑着担子，陪着六婆去买了红枣、花生、红糖、莲子、柿饼、槟榔等各种婚礼上需要的东西。

一路上，六婆絮絮叨叨没个停："糖、柿饼要放在新娘子奉茶给长辈的茶盘子上，取个好意头，有糖日子才甜甜蜜蜜和和顺顺；柿饼呢就是事事如意，新郎官能出仕做官；红枣、花生、莲子、槟榔呀，是撒在新床上的，这样新人婚后就能早生贵子，还接二连三地生儿子，多子多福。"

要是搁以往，性情豪迈内敛的司徒遇，对这些婆婆妈妈的事，是不会有丝毫兴趣的。这次可反常了，不但听得认真，还时不时虚心请教，乐得六婆越讲越带劲。就这样，他挑着担子，陪着六婆，有说有笑的，走了几条街，一家一家商铺挑选，一家一家比对价格，当他们把所有的东西办齐了的时候，两人配合默契，亲如母子。一路上六婆"阿仔阿仔"叫个不停，说个不停，还有谁会怀疑他们不是真母子呢？他就是这样顺利地带着情报通过了敌人的关卡。

江门沦陷后，赤坎司徒氏自卫队成立土炮队，司徒煦任队长，他们七人只有司徒旋和司徒丙稍晚一些入队，其余的都是老队员。当时还有司徒尚铎、司徒才等人，虽然现在不在第一分队，但是也一样守在南楼。看着这些新老战友，司徒煦心里涌起了阵阵暖流。

"弟兄们，我们在一起出生入死多久了？有的长一些，最短的是阿丙，也有两年多了。我近半年来在乡下养病，可是无时无刻不挂念着弟兄们。我们当中，大部分都是华侨或者华侨子弟，我们在风风雨雨中度过这些年，没有给侨民丢脸，没有给祖国丢脸，我们无愧于华侨的称号！"

"兄弟们，今天召集大家来，没有别的意思，只是惦记着大家。我刚归队，一直没有来得及和弟兄们坐一坐，喝杯酒，我想，酒就不喝了，我们等到胜利了再喝，好不好？"

"好！"队员们齐声喊道。

"兄弟们，我们这次真的要打硬仗了。敌人很可能会水陆同时进攻赤坎，他们定要消除所有障碍，打通潭江一线水路，才能顺利北窜到广州。面对这么多敌人，我们还是第一次，我们一定要狠狠地打击敌人，拖住他们，不让他们从这里通过。同时，上级也指示我们，一旦守不住，自卫队要保存有生力量，撤退转移。但是，其他人可以走，我们不能走，一分队要坚守到最后，因为守住南楼就等于在日本仔逃窜的路上埋了一颗地雷，我们这样做意义重大，一是狠狠地打击敌人，大灭他们的威风；二是拖住他们，掩护乡亲和队友安全撤退，等待大部队的到来。面对穷途末路的日本仔，我们能不能退缩？"

"不能！我们一定要坚守到最后一刻！"

"弟兄们，大家有信心把敌人打退吗？"

"有！人在碉楼在！"响亮的喊声穿透迷雾蒙蒙的天空，在潭江上空久久回荡。

"好！"司徒煦斩钉截铁地说道，"我再说一句，我们面临的是生死的考验，随时都会牺牲，大家怕不怕？"

"不怕！"

"好！我们都不是怕死的孬种！"

"可是，兄弟们，我的好兄弟们！我们不怕死也不能轻易就死，我们要努力活着，父母兄弟老婆孩子都在等着我们，我们要保存自己，多杀日本仔，我们要笑到最后，我们要看着敌人死！明白吗？"

"明白！"

"好了，记着，等打败了日本仔，我们要用大碗饮酒，好好庆祝，那才是大快人心哪！"

七个人的目光是那么坚定，豪情在这一刻迸发，他们没有丝毫犹豫和胆怯，准备迎接风暴的来临。他们不知什么时候全都站了起来，是的，他们整整齐齐地站在他面前，就像植在南楼顶上的树，是松树，刚健、庄严，书生出身的司徒旋因激动而身体微微颤抖。看到眼前的这些兄弟、战友，司徒煦不由热泪盈眶。

由于说话太多，司徒煦呼吸有些急促，脸颊微微泛红。他最近刚刚恢复一些的身体由于这两天的操劳和今天关沁荷离开造成的情绪波动而出现了反复。他有些低烧，这使他对自己不争气的身体很恼火。去年也是这样，正是在一场战斗已经部署妥当就要开始的时候，他先是低烧，然后胸闷气短，头晕头痛，紧接着竟然难以支撑了。司徒忠队长强令他回家休养，使他错过了后来许多次对敌战斗。现在，这么关键的时刻，一定要撑住。司徒煦强打精神，调匀呼吸，他不想让队员们因他的虚弱受到情绪上的影响，更不愿还没有上战场就倒在病魔的脚下。

1945 年的 7 月 16 日，潭江失去了往日的平静，浊浪拍岸，惊涛怒吼，就像预示着一场惊天动地的风暴将要来临。时光，就像这潭江水，滚滚向前，从江门、新会沦陷司徒煦由广西民团训练所返回距今已经四年了。四年来，不仅司徒氏自卫队，许多乡团面对日寇的侵略，从凭一股仇恨一腔热血奋起抗争，到利用地理优势和敌人打游击，再到不断给敌人以重创，逐渐成长起来，成为抗日战争相持阶段中国南方重要的民间抗日武装力量。

司徒煦和队员们围坐在地上，不知是谁第一个开的头，大家不约而同唱起了当地抗日民谣：

> 日本仔，矮摩摩①，
> 睇你②沙尘③沙几多，
> 一脚踢你大海蒲④。
> 不论工农兵学商，
> 抗日救亡同一路，
> 不论汉满蒙回藏，
> 同心合力共相扶，
> 不论各党和各派，
> 团结一致灭倭奴。

注释：①"矮摩摩"，开平方言，矮小的意思。　②"睇你"，开平方言，看你的意思。　③"沙尘"，开平方言，威风的意思。　④"蒲"，开平方言，用水浮起的意思。

四年的战火硝烟，在每个人心头激荡。

"天道好还，中国有必伸之理，人心效顺，匹夫无不报之仇！"这支看似弱小的乡村自卫队，已在战争中成长起来，面对强大的敌人，已不再怯懦，他们具备战胜强大敌人的信念，他们无数次从死人堆里爬起来，掩埋战友的尸体，怒吼一声，继续战斗。

3

司徒煦在日寇攻打江门、新会之际，昼夜兼程，从国民政府举办的广西梧州民团训练所返回了家乡，临危受命，担任司徒氏四乡自卫团队驻南楼自卫队副队长。在长期的战争中，他逐渐变得成熟、机敏、稳重、英勇，虽然也曾历经艰险、身陷不测之地，但他始终没有放弃过自己的信念。他这次回来，最欣慰的莫过于关沁荷，因为此时的关志平家已经等不及了，天天催着两人成亲。她是个内向的女孩子，一切都压抑在心中，慢慢地抑郁成疾，终于病倒了。司徒煦得知后，他再也无法按捺自己，现在又没有母亲在身边，担忧和激动使他变得冲动而愤怒，他只身一人来到关府。

关文炳大老爷也就是此时才惊闻女儿和这个对头已经好了五六年了，如突遭晴天霹雳，完全蒙了。

关文炳面对涨红了脸站在眼前的司徒煦，他失去了一贯的镇定自若，颤抖着手勉强平静地问："你，你想怎样？"

"我要见沁荷！"司徒煦倔强地朗声说道。

关太太很忤司徒煦，虽然这是在自己家里，可是她看到对老爷瞒了几年的事随着冤家的到来真相大白，不由胆怯了，竟然没敢到前面来，躲在女儿房间假装探女儿口风。

"你，你……"关文炳半天说不上一句话来。这个司徒煦，怎么就和他阿爸不一样呢！那个老家伙虽然处处胜自己一筹，毕竟是个性情温和的人，自己总可以摆出压倒他的气势。司徒煦就不同了，往那一站，那种不达目的誓不罢休的执拗劲，从他的眼睛里，从他的脑门喷涌而出，形成一股压倒一切的气流，那气势倒压过了自己。

他不由自主回看了看身边，只有两个下人软塌塌低眉顺眼立在那里，两个儿子呢？嗯，好像刚才还在这里，怎么一转眼都跑了！关大老爷气得脑袋嗡嗡直响，这俩兔崽子……

"您可以不让我见您的女儿，但是我请您听清楚，我要娶沁荷，也请您为自己女儿幸福考虑。"

"我早考虑好了，不用你来教训我。想娶我女儿，除非我死了。这是关府，不是你家乡下，轮不到你撒野。请出去！"

"噢！噢！"司徒煦依然保持着微笑，"关老板不必发这么大火，您的女儿我是娶定了，因为我相信这个世界上没有比我更爱您女儿的人，我今天可以不见沁荷，不过，要是有人把她逼出个三长两短，我可不管他是什么人，一定不会放过他！"司徒煦的眼睛本来就因为熬夜布满了红丝，说着说着有些失控，几乎要喷出火来。他突然大声喊道："沁荷，我在这里，你听好了，好好吃饭，保重好身体，等我来娶你——"说完，转身大踏步走了。

"妈！他来了，是他！"正闭着眼靠在床头的沁荷突然睁开眼睛，起身向外冲去。关太太吃了一惊，忙上前拉住。外面的声音传来，她也听到了。

"太太，老爷找您。"仆人在门外高声说。

司徒煦投入到一种新的生活中，这一次，他面对更强大的敌人和战场。也正是因为战斗的开始，使他再次无暇顾及私情，同时他在经过几次硬仗后，突然产生了犹豫，前面已经提到，他开始希望沁荷过一种安宁的生活，而自己的命却是悬在裤腰上，说不定哪一天就会人头落地。这样的徘徊一直持续到前天收到沁荷的青丝和短信，他悔恨自己堂堂男子汉大丈夫，还不如一个弱女子来的坚定决然，他想着渐行渐远的爱人，心中没有了惆怅，只有满腔豪情和沉默的爱情！

放下了青春少年的意气风发，把刻骨铭心的爱情藏匿于内心深处，司徒煦把所有的心思都放在土炮队，开始了一段艰苦又充满希望的跋涉之旅。

在开平沦陷之前，司徒煦率领土炮队要到开平国军指挥部，要求上前线，正好那时司徒新积被中共地下党组织派往赤坎司徒氏四乡自卫团队工作。

"新积指导员，我们土炮队做好了一切准备，随时可以上前线杀敌！"司徒煦单刀直入。

"呵呵，看你急的，有你这样的抗日救亡热情和勇敢精神，日本仔何愁不灭？不过，抗日也不一定要急着上前线呀。"司徒新积不急不慢地说。

"我那帮兄弟都急坏了，大家说，不上前线，不杀日本仔，心里不痛快！"

"我看最急的还是你吧？"

"敌后工作就不是抗日啦？谁敢说敌后战场不重要？再说啦，抗日救亡已是全民总动员，很快，许多后方也会变成前线，你们要练好本领，准备好好地杀日寇，保家乡！仗会有得你们打的！"

司徒煦信服地点点头。

"回到赤坎，"司徒新积指导员接着说，"作好部署，时刻准备痛击敌人。以碉楼为堡垒，充分利用我们靠山近水、村前村后丘陵多、碉楼多、树林竹林茂密的地理优势，坚持以游击战为主、阻击战为辅的战略原则；其次，司徒姓与关姓两大家族要消除历史沿袭下来的家族隔阂，以民族大义、国家大局为重，和关氏自卫队相呼应，加强配合，共同对敌；最后，做好宣传，广泛发动本地和邻近各村乡民，不孤立作战，建立好统一战线，发挥武装斗争的最大威力！"

司徒新积的话，使司徒煦想起了余泽民先生和他赠送的《论持久战》，他心里一激灵，莫非司徒新积指导员也是共产党员？他宁肯相信他们有过相同的经历，也不愿相信这是不谋而合。提到余泽民，司徒煦不由肃然起敬。自从第一次见面以来，他就觉得这个人不一般，他和关文澜是两种类型的人。他更像一位经过了多年革命挫折愈挫愈勇的战士，他的严肃而沉稳的神情，他额头深深的皱纹写满了岁月的沧桑，似乎都在诉说着他不平凡的经历。

自 1931 年以来，日寇已在中华大地上横行近十年，中华民族的劳苦大众，在中国共产党和其他爱国进步人士的领导下，以其坚韧的力量，在艰苦的环境下不可思议地茁壮成长，他们顽强地与肆虐的日寇进行战斗，用特殊的形式对侵略者展开了长久而不懈的反抗。日寇虽然还占据着一些重要城市和交通线，可是他们过得并不太平，由于战线过长，即使在占领区也不断受到共产党游击队或乡民自卫团队的骚扰、打击。日寇为了攫取更多战略资源，为了迅速将中国变为他们的殖民地，加紧了对占领区的扫荡和对非占领区的进攻。

但是，此时的日寇虽说不上是强弩之末，但也无法与侵华初期相比，不仅自身战线拉长，精疲力竭，而且中国人已经由初期的惊恐逃亡转为奋起反抗，带着最朴素的民族感情投入到持久的抗日斗争中去。因此日寇每经过一地，不再是长驱直入，而是备受打击。

1941 年 3 月，日寇终于打通江门、新会等水陆要道，向开平一路杀来。当时在开平赤坎驻守的负责广阳防线守卫的国军有三千人马，从力量对比上也不能说弱到哪里，可是国军广阳总指挥李江第一个想到的不是怎么阻击敌人，而是忙着打电话求救，然后抓紧收拾细软，几个姨太太围在他身边大哭小叫，怂恿他快跑。兵临城下，这位国军广阳总指挥像只没头苍蝇急得团团转，倒是共产党领导的华南抗日游击队和各地乡村组织的自卫团队展开了对日游击战。在抗日战争时期，在开平大地上进行大大小小战斗一千二百多场。

一些底层国军士兵虽然不少也胸怀保家卫国之志，但最后也只能服从命令遗憾地跟着指挥官撤退。他们坚持了两天，总指挥见援军还没有到，一声令下向本县最边远的西北山区大沙夹水乡惶惶然逃跑。当时百姓看到，从大沙蕉园至夹水一带，公路上密密麻麻的都是逃跑的国军士兵。

就在此时，愤怒的余泽民站了出来。他来到开平风采中学，面对慌乱却充满激愤的群众，决定组织群众，架起土炮，给来犯的敌人一次迎头痛击。

开平的百姓群龙无首之时，身在荻海的余泽民振臂一呼，立刻动员起来，好几百人的志愿队豪情满怀，扛着华侨捐款买来自卫的武器，还有土炮猎枪鸟枪大刀，唱着"大刀向日本仔头上砍去"走上战场。

4

三埠、荻海抗日保卫战打得极其壮烈，风采堂里血流遍地。等到各地乡团赶到支援的时候，开平古城三埠、荻海已经被日寇占领。

司徒氏驻守南楼的自卫队队长司徒忠、副队长司徒煦几乎疯了一般向荻海城门冲去，丝毫不理会日寇在城头上架起的机关枪，司徒新积和队员连忙将他们使劲拽住。队员们明白，平时很少发火，以沉稳著称的队长今天为什么这样失控，他的阿哥和阿姐两家都住在开平三埠、荻海内，如今生死未卜。

国军跑了，只留下惶恐的百姓和一座座空空的骑楼、碉楼。楼上墙面斑驳，满目疮痍，布满弹孔溅满鲜血，昭示着古城沦陷时战斗的惨烈。一队队日本宪兵从寂静的街道穿过，阴冷的天空愁云惨淡，雨落了下来，那是因为英雄的离去苍天在哭泣。

家家门户紧闭，但是受到损失的日本兵疯狂地寻找着发泄的对象，再严密的门窗也阻挡不住他们的刺刀和皮靴。这里，南方阴霾潮湿的闷热让这些生长在北方岛国的强盗们更加狂躁。没有来得及躲起来的女人成为最先遭殃的人群，每天都有大批良家妇女不堪凌辱而投河自尽，更有无数家庭被劫掠一空。

开平三埠、荻海是被敌人重创的地方，也是日寇占领后扫荡最血腥的地方。荻海最著名的茶庄潭江楼早已关门停业，主人一家跟随余泽民参加了荻海保卫战，男主人司徒华不幸遇难，只剩下女主人和小姑司徒慧一家守在楼上，无法逃离。街上的血腥和炮火还没有散去，茶楼又遭遇了更大的灾难。

天刚麻麻黑，楼下响起了惊天动地的砸门声。一家人正沉浸在失去亲人的悲痛和城里骚乱的恐慌中，被突如其来的砸门声吓了一跳。声音越来越响，司徒慧的丈夫司徒吉安慰大家不要慌，先到后堂躲起来，然后自己强作镇定下楼打开了门。几乎是在他刚打开门的瞬间，几个歪歪斜斜骂骂咧咧的日本兵就冲了进来，由于冲进来时使的劲大，差点就摔倒在司徒吉脚下。

"八嘎——"当前的一个日本兵一耳光扇过来，司徒吉不由趔趄了一下。

这群日本仔喝得醉醺醺的，后面一个看起来像是头的家伙打着嗝上前用半咸不淡的中国话结结巴巴问道："茶楼的干活?"

"茶楼已经关门停业了，没有茶喝。"司徒吉捂着脸说。

"混蛋! 马上送来最好的茶、酒，不然的话，嘿嘿，统统死啦死啦的!"日本仔那猪肝一样的脸凑到司徒吉面前，恶狠狠说道。

面对这样一群强盗，司徒吉想还是快点打发走好，于是赶忙上楼准备茶水。谁想这群醉鬼日本仔后脚就跟着上来了。他刚想阻拦，就被日本仔头一脚踢下了楼，他沿着楼梯滚下来，脑袋重重磕在楼梯上，顿时昏了过去。

躲在后面的司徒慧姑嫂和几个孩子听到了外面的动静，司徒慧壮着胆子悄悄走出来，从门缝往外一看，只见几个凶恶的日本兵正骂骂咧咧向这边走过来，一边走还一边一拳打碎一个花瓶，一脚踢倒一把椅子……

司徒慧慌忙回来告诉了嫂嫂，两个女人在这危机的关头在短暂的惊慌之后，做了一个决定，她们迅速颤抖着双手把床单撕成布条，系在两个十岁孩子的腰间，两个孩子咬紧牙不使自己哭出来。

司徒慧在把自己的孩子送到窗外的时候，不停地叮咛道："记住，到赤坎，找你们的阿叔司徒忠。路上注意安全! 阿妈……"她再也说不下去。

幸好楼不高，两个孩子在母亲们满含泪水的注视中顺利滑到了楼下。两个孩子抬头望了望楼上两扇在风中来回开关的窗子，那里已经没有阿妈的身影了。他们解下腰间的布带，哭着向远处跑去。洁白的床单撕成的布条被风吹动，像白色的旗帜一样飘飘荡荡。

日寇在这座毫无反抗之力的古城三埠、荻海施尽淫威，然后才放松管制，百姓才可以出入。也就是在这期间，高高挂在荻海城门上示众的余泽民的首级丢了。这让日军负责驻守三埠、荻海的藤原中队长非常恼火，可又一点线索也没有，只好命令手下对出入三埠、荻海的人们严加检查，稍有可疑之处，格杀勿论。

两个孩子是在一个星期后才跑到赤坎的，和他们一起回来的还有关氏自卫队副队长关玉书。他在路上遇见了两个浑身脏兮兮的孩子，一问，原来是司徒忠的外甥和侄儿，两个孩子结结巴巴讲了父母的遭遇和自己怎么在城里躲避日本仔，终于逃出三埠、获海的经过。关玉书听了唏嘘不已，于是带着他们来到南楼。

司徒忠得知兄姐两家遭际，一言未发，连日来，他已经做好了心理准备，两个孩子能平安逃出来，是他最大的欣慰。所有人都沉默着，司徒煦眼睛喷火，呼吸急促，现在，他恨不能立即冲入城去，把所有日本仔撕成碎片。

"阿煦，你看！"

关玉书把一直抱在怀里的包袱放在桌上，慢慢解开。所有人的目光都射向那里。

"余先生？！"司徒煦惊讶地看着关玉书，"是你偷回来的？"

桌上正是获海自卫队队长余泽民的首级。

关玉书粗犷的脸庞浮现出少有的悲戚："我去晚了，当时我带了一支小分队去支援余先生他们，在城外对日本仔进行伏击，想里外夹攻，可是没有成功，日本仔人太多了，火力太强了。随后我也退守到获海的骑楼上。日本仔进了城，余先生说，要守到最后一刻。在他带领下，获海自卫队几百人退守到风采中学内，没有弹药，就用火药、废铁等装填土炮，准备迎战。日本仔先占领了长沙，然后用汽艇沿潭江水道，从长沙向获海进攻，余泽民先生指挥守在炮台的群众点燃火炮向敌人轰击。当时，土大炮中充填的废铁块、铁链，被火药烧得红通通的向敌人洒去。但是这种土炮射程不远，装药又慢，无法击中敌艇。日本仔也不知是什么大炮，开始还不敢冒进。后来，日本仔明白过来，再组织进攻，在猛烈的炮火掩护下快速进攻，获海也没有守住。日本仔上岸进攻风采楼，被正面坚固的大门所阻，因为风采楼正门五米多高，用坤甸木做成，十分坚固。日本仔无奈，就动用汽油焚烧，坤甸大门也被烧毁了。当时留守学校的木伯，被日寇枪弹射中右胸而牺牲。余先生命令大家迅速分散，保存实力，我不愿走，但是他用大义用生命告诉我必须走。可是我不能就这样苟活，我还是又回去了，我宁肯死掉也不能看着余先生的头颅在那里任日本仔糟蹋……"

讲到后来，关玉书已经哽咽，再也讲不下去了。

所有人都无声地望着余先生的头颅，司徒煦心头激荡，他感动又羞愧，他为余先生的壮烈而激动，更为自己没有关玉书的义举而羞愧。"他比我强！"他这样想，"这不是莽撞，这是中国人的骨气，宁肯死去也不愿做亡国奴，是对烈士的敬重！"

5

日寇的队伍一路西进，表面上控制了南粤，实际上陷进一个泥潭，陷进人民战争的汪洋大海，共产党领导的华南抗日游击总队各路纵队和当地抗日游击队，以及各地自卫乡团高举起抗战旗帜，人们带着必胜的信念和满腔的怒火开展了对日寇的一次次反击。

日寇占领新会、开平、台山等地后，潭江一线基本被日寇控制。日寇不断对附近乡民进行扫荡，一方面抢掠补给自己，另一方面是截断游击队的补给，整个潭江水系的乡镇村落不再太平，家园被毁，本来繁华富庶的侨乡，满目疮痍。人们出行没有保障，粮食不够吃，除了个别投靠日寇的汉奸走狗领到"主子"的嗟来之食外，许多爱国商人也陷入破产的边缘。由于战争的爆发，侨眷与海外的亲人失去了联系，侨汇断绝，生活困难，甚至想远走海外避难都不再容易。部分国军和日军有过几次交锋，都以失败而告终，倒是共产党领导的抗日游击队和司徒氏自卫队、关氏自卫队等各乡团自卫队经过几次大小战斗，痛击了日寇，司徒氏四乡和赤坎一带才稍微太平，国军广阳总指挥李江却自认为指挥得当，蜷缩在赤坎镇一座碉楼里，搂着姨太太整天花天酒地。

司徒煦和司徒忠等人指挥自卫队以司徒氏图书馆为总部，以南楼为中心据点，多次成功阻击日军补给船只，令驻守在三埠的日军指挥官——刚升了职的藤原队长非常恼火和不安，他抽调近一百名日军和几十名伪军，派得力干将冈本小队长担任指挥，要拔掉赤坎这枚钉子。他们没有从水路进攻，而是抄小路悄悄地连夜开拔到赤坎，绕过南楼，直奔图书馆，意图很明显，来个偷袭突击，一举歼灭自卫队。在冈本眼中，自卫队只不过是几个乡民组成的乌合之众，此次偷袭十拿九稳。很快，他就被这群"乌合之众"狠狠地教训了，使他长了点记性。当时，南楼和北楼二十四小时有放哨士兵，街上也有巡逻士兵，当日军刚绕过南楼，突然"当"的一声，紧接着又是一声，两座钟楼同时响起报时的钟声，在寂静的夜空中久久回荡。日军被这突如其来的钟声吓了一跳，一下子没反应过来，出现了短暂的骚乱。正好司徒遇带领两个队员在此巡逻，听到这边的动静，黑暗中只见乱纷纷一群人。他低声命令队员快去报告总部，自己镇静地悄悄走到近处，借着月光一看，不由吃了一惊。他寻思了一下，果断冲天连续开了三枪，这是报警的信号。

敌军刚刚恢复的平静又被这三声清脆的枪声吓慌了，本来就对地形方位不熟，这下更乱了套，你冲我撞，不知谁先开了一枪，接着枪声大作，竟然不知道对着什么目标乱打一气。冈本顾不上隐蔽，大声喊："镇定镇定！八嘎，不许开枪！"可是根本不管用，他的叫声被嘈杂的人声和"突突突"的枪声盖过了。突然，他身边一名伪军扑通倒在地下，紧接着接二连三有人倒下。他意识到是自卫队来了，慌乱中命令伪军顶住，然后带着日军仓皇逃窜。伪军抵挡了一阵，见鬼子跑了，也跑了。乱哄哄一队人马不敢直接过南楼，而是绕道腾蛟，没想到司徒煦早算到他们会从这里经过，早早带了土炮队主力在此伏击。自卫队终于亮出了他们的土炮，在正确的时间，正确的地点，对准敌人，发出了准确的一炮。炮声轰隆隆响起，冈本看着自己的部下在火光中或倒下，或号叫着乱窜，气急败坏地挥舞着指挥刀，在部下的掩护下慌忙掉头逃出炮轰的范围……最后，他总算没有丢了小命，带着一队残兵败将回去向藤原少佐请罪去了。藤原虽然暴跳如雷，可是真的害怕了，之后好长时间没有敢再进犯赤坎。

藤原不明白他为什么一次次败给了"乡民"，败给"支那乡巴佬"，他认为这简直是雄鹰被土鸡给啄了的耻辱，他要报复，找回武士道的尊严！

藤原不是雄鹰，是豺狼，豺狼是不会抛却自己的兽性的。

累遭打击的日寇变得更加疯狂，想尽一切办法找机会进行报复。终于他们逮了个空子，乘自卫队不在的时候，对赤坎，特别是南楼一带进行屠杀泄愤。这是一次覆灭性的洗劫，日军的禽兽行为再次令人发指。南楼后面村子没有来得及逃跑的村民几乎被日寇杀尽，除了参加了自卫队的队员，只有一个进村演戏的戏班子逃生。司徒煦等人回来后，面对到处是残尸的血腥的场面和烧得焦黑的墙壁，他们没有宣泄自己的悲伤，因为他们所有能储存情绪的空间都填满了愤怒、仇恨！

"为乡亲们报仇雪恨，把日本仔赶出中国！"这样的信念越来越强烈，也让他们打越来越多的胜仗。自卫队如果论战斗力绝不是日军的对手，但他们有一样东西，是这些入侵者所没有的，信念！保卫自己家园的信念！

保卫自己家园的人总是有着无尽的勇气，因为他们明白，自己是为了保卫身后的父母兄弟姐妹等亲人而战，他们的奋战和牺牲都是有价值的。

司徒煦的土炮队名声越来越大。抗日乡团办事处提出利用地理优势和敌人打游击战，这与司徒煦的想法不谋而合，这又使他想起了余泽民。而司徒新积最近也不断灌输持久抗日压缩敌占区的思想，他越来越觉得，余先生和司徒新积肯定是共产党，要不怎么他们的想法和《论持久战》上面说的一样呢？

台山山多林密，碉楼也多，是打游击的好地方。1944年8、9月间，司徒煦带着他的自卫队二十多人，分乘三条木艇，绕过鬼子的岗哨，到达台山荻海尾，再从荻海尾进入台山三八圩，辗转在台山密涌、新宁县、三江石龙头等地与鬼子打游击。司徒煦灵活地运用《论持久战》中"敌进我退，敌驻我扰，敌疲我打，敌退我追"的游击战术，打了不少胜仗。鬼子不胜骚扰，主动出击，要拔掉这颗眼中钉。可司徒煦对游击战的领悟实在是太到位了，"敌打我避"，他决不和鬼子硬拼，他们往山沟密林、碉楼一钻，鬼子只有徒叹奈何。鬼子经常三人或五人一组，从据点出来抢掠，哈，"敌小我欺"，只要让自卫队知道了，定叫他有来无回。司徒煦最擅长迷惑敌人，他知道鬼子要找他们，他故意给鬼子一些蛛丝马迹，带着鬼子在山中绕圈子，绕过大圈子绕小圈子，绕完小圈走"S"圈，走了"S"圈改练"8"字圈，鬼子被绕得晕头转向，苦不堪言，明明自卫队就在附近，就是摸不到打不着，就像饥饿的狼闻到了肉香就是吃不到那样抓狂。

自卫队队员因为有当地的山民给他们当向导，当他们把鬼子绕晕了，鬼子疲惫了、松懈了的时候，突然杀个回马枪，鬼子反应过来组织反抗时，他们又撤了。鬼子只好守株待兔，在原路伏击他们，但司徒煦他们撤退时从不走原路，鬼子几次伏击都落空。司徒煦不图大，不恋战，见好就收，虽无大战大捷，但小战小打总有小胜，闹得鬼子噩梦连连。

鬼子决定在自卫队出山增加给养时伏击全歼之。这看来是个好方法，你总不能只在深山里窝着不吃饭吧。很好的想法，问题出在"想"的合理性上，却没有实效。

令鬼子计划落空的是附近乡村的村民。台山的群众知道这支抗日队伍是来自开平赤坎的兄弟，表现出对他们空前的热情与欢迎。队员们给他们带来了后方的信息，让他们知道目前抗日战争的大好形势，被奴役中的村民恨透了日本鬼子，三社乡大屠杀的血债，他们忘不了，鬼子在这里犯下的每一笔血债，他们都忘不了，他们给予这支队伍最热情的款待，尽管在鬼子的抢掠下，乡民们物质极为贫乏，乡亲们还是把自己省下的粮食及自养的鸡鸭拿出来款待自卫队队员，队员如果没下山，他们便组织可靠的人偷偷上山送粮食。由于鬼子一个岗哨五六人要管一乡几村甚至十多条村子，无论自卫队还是乡亲，都能想方设法钻到空子。抗日自卫队成了鬼子眼皮底下的泥鳅，他们困不住打不到。

鬼子怎么也想不到，他们在台山制造了一次又一次惨绝人寰的屠杀，没有吓到百姓，这些平常百姓还冒着生命危险支持自卫队。

狂妄的侵略者不知道，他们制造的空前的民族灾难唤起中国人民前所未有的民族觉醒和仇恨，已汇成了人民抗日的海洋，侵略者的下场必然是被这狂怒的海洋吞没。

最后，日寇获悉，深入其占领地搅得他们不得安宁的竟然是来自赤坎的自卫队，气急败坏地从日军驻开平新昌的据点派出军队截击，但司徒煦已带着他的兄弟们神不知鬼不觉地转移了，三叶轻舟已悄悄返回赤坎腾蛟，而且碉楼上架着机枪，潭江岸边的土炮让鬼子望着赤坎而不敢轻举妄动，只得恨恨滚回驻地。

当然，自卫队、司徒煦，不会只给他们制造一次噩梦。

对于司徒煦的自卫队来说，支援台山抗击日寇最难忘的就是在密冲打游击的那段日子。

与开平县相邻的台山县密冲一带，常受日寇和"保境安民"伪军的骚扰和抢掠。1944年10月，为了打击日寇的嚣张气焰，司徒煦奉命到赤坎司徒氏四乡自治委员会办事处，取足弹药、干粮，带领精悍的队员急行军到密冲打击日寇。当时，获海附近的三围、南山，迳头的牛仔山、莲塘山、狮山山顶，日寇筑起了战壕、炮楼，重点把守，保护日寇占领区三埠外围，也切断了开平与台山、恩平的抗日武装的联系，妄图对台、开、恩三县的抗日武装力量来个断外援、绝粮道，以便他们各个击破消灭这几个县的抗日武装力量。司徒煦的小分队为了不被敌人发现，取道外围，从护龙——潮境——三八圩——降冲——石龙头，最后进入台山密冲乡。路过非敌占区时，乡民们知道他们是抗日队伍，奔走相告，热情慰劳，有的递茶水，有的送熟番薯、鸡蛋。乡民纷纷说："日本仔太凶残，要狠狠地教训他们!"还有人唱起了抗日的歌谣：

> 侨乡好，侨乡好，侨乡还要大家保。
> 不论工农或当兵，不论读书做生意，
> 系侨乡人要抗日。
> 冇路走，冇路逃，走到新会终须死，
> 逃到开平就追到，任你这样走出去，
> 冇①田冇屋怎样好。
> 唔使哭，唔使嘈，侨乡还有好枪炮，
> 刷净枪炮磨利刀，守住家乡等他到，
> 一个进来一个冇，一个进来头就冇，
> 好似从前杀贼佬，侨乡人民够胆量，
> 只要学熟游击战，日寇就唔敢作槽②。

注释：①"冇"，当地方言，没有的意思。　②"作槽"，当地方言，猖狂侵扰的意思。

抗日呼声一浪高于一浪，群情汹涌，自卫队队员个个热血沸腾，齐下决心，不打败日寇，誓不为人。

进入敌占区后，眼前的一切告诉你什么是乱世，什么是兵火杀戮！所有被日寇烧杀抢掠过的村庄一片荒凉，山村的石路上布满了青苔和野草，太阳从树缝中射进一丝丝的光芒，几只乌鸦飞来跳去，时不时发出几声"叽叽"的叫声，平添了几分寂寥与凄凉。家家关门闭户，大多窗歪门破，有的门前窗前还挂着不少灰尘蛛网，有的是被日本仔杀害成了绝户，有的为了躲避日本仔的烧杀抢掠远逃他乡。留下看门的都是老弱翁妇，且不断经日寇抢掠，缺衣少食，面黄肌瘦，十分凄惶。自卫队知道敌占区景况不会好，如此荒凉却是超出了他们的想象。相比之下，赤坎，简直就是天堂，自卫队队员们把仅有的一点粮食分给已经饿得奄奄一息的乡民，然后在一处破庙——腾蛟庙驻扎。还没有来得及休整，他们就收到情报，驻在公义圩的日伪军又到村里抢掠粮食和财物。司徒煦马上命令自卫队队员爬上敌人必经的山顶，占据有利地形，准备迎头痛击。当地乡团自卫队的余和俊队长带人赶来与司徒煦汇合，余队长按司徒煦的部署，率队员赶上另一座山头埋伏。他们在敌人完全进了村之后，突然冲下山头，形成了合围。横行惯了的敌人，没想到这次被包了饺子，慌乱中只有挨打的份。但他们毕竟是正规军队，指挥官也还镇定且有作战经验，在他的指挥下，敌军很快就分散隐蔽，组织起反抗，他把日军分为三个小队，两个小队对着自卫队的埋伏点射击，另一小队借助火力的掩护走出包围，企图绕到自卫队后面包抄。司徒煦看出了敌人的企图，集中火力封死了敌人的出口，日本仔刚直起半个身子，司徒煦便是一枪，谁冒头就打谁，一枪一个准，把敌人压在包围圈里挨打。虽然敌人武器精良，但自卫队占据了有利的作战地形，有备而来，敌人没有充分的准备，一时间旗鼓相当。经过几小时激战，自卫队凭有利地形、同仇敌忾的气概，压住了敌人的火力，敌伪不少中弹倒下。公义圩的日军头子得知情况后，恼羞成怒，他们横行这一带，很少遇过这么强的打击，立即倾尽全力增援。自卫队这边，附近另外两支乡团自卫队也派人赶来支援。但毕竟敌众我寡，很快乡团自卫队腹背受敌，情况十分危急。

此时，司徒煦镇定自若，临危不乱，他看着青翠起伏的山峦，寻找突围的缺口。他知道，伪军往往是敌军最薄弱的环节，因为他们与受严格的军事训练的日军相比战斗力弱了很多，加上毕竟是中国人，很多伪军并不是心甘情愿为日本人卖命。于是，他招呼三思乡乡团余队长过来，把自己的想法告诉他，余队长一听，大加赞赏，同意按照他的指挥行动。司徒煦立即部署：机枪手只管向着敌人主力猛攻，把敌人的炮火吸引过来。余队长率三思乡乡团突然猛攻伪军部队，很快便打开缺口，突围出去。日寇想不到的是，突围出去的乡团自卫队队员却又杀了个回马枪，在他们背后一阵猛打，日寇像是鬼拍后脑勺，晕头转向。这边，自卫队机枪手的火力越来越猛，日伪主力腹背受敌，不得不撤退，一直退回公义圩老巢再不敢露头。

敌人吃了这次败仗，再不敢轻易到乡下骚扰，从密冲至新昌中山一带农村，暂时得到安宁，乡民深深感激乡团自卫队惩罚日寇，为他们出了一口气，司徒煦也成了他们心中的英雄。之后，司徒煦带着他的自卫队不分昼夜地对敌人进行了一次次战斗，司徒煦的大名从赤坎传到了开平、台山、新会……很快，潭江一线的乡民都知道有一位南洋归侨，他枪法百发百中，敌人闻风丧胆，他成为乡民们心中的保护神，司徒煦他们走到哪，哪儿的百姓就安心。也就是在这段时间，司徒煦劳累过度，积劳成疾，旧病复发，终于在一次伏击战后晕倒在心爱的土炮旁边。

没有倒在战场上的司徒煦却被病魔击倒了，他不得不暂时离开满心牵挂的自卫队，回到树溪东华坊老家养病。关沁荷一家逃到了乡下，音讯断绝，他身边连个照顾的人都没有。不过关沁荷就是在赤坎又能怎样呢？她根本不可能走出关家大院去照顾司徒煦。就在此时，关雨兰却回来了。也许是母子连心，她无法在南洋忍受思子的煎熬，总觉得儿子需要自己，于是她冒着生命危险回来了，一同回来的还有韶儿和忠实的家仆阿三。韶儿这个小精灵，偷偷藏在船舱底，直到行了一半路程才冒出来，关雨兰没有办法，只好带她一起回来了。这一路，辗转颠簸，历尽艰险。尤其是韶儿，长得太漂亮、太扎眼了，随时有可能招来麻烦。好在一路虽然战战兢兢，倒没出什么危险。

母亲回来了，司徒煦心里不知为什么，一下子踏实下来。于是在那段战火纷飞的岁月，母亲特有的母性和慈爱关怀让他享受了近一年的母子温情。

6

山道上，四辆牛拉大车吱吱呀呀缓慢地前行着，最后一辆车里坐着关沁荷和她的母亲关太太。南方人不惯于骑马，一时又雇不到更多大车，所以关玉瑄和关志平都主动要求走路，只有关文炳和太太、女儿坐在车里。

7月，正是山里最热的时候，阴沉潮湿闷热的空气让人喘不过气来，蚊虫从草丛中飞起来，在人脸上乱撞。关玉瑄从小娇生惯养，哪受过这样的长途跋涉，早累得呼哧带喘，身上的汗浸透了衣衫。关志平虽然好一些，可也热得满头大汗，山道坑坑洼洼，脚底板硌得生疼。

关文炳皱着眉头从车里探出头来，他向后看了看吩咐道：“停下来歇歇吧！”

车队停下来后，关玉瑄一屁股坐了下来，他喘着气嘟囔道：“跑，跑，跑什么跑！这不真成了丧家之犬了嘛！”

关志平连忙给他使眼色，可是他反而声音更大了：“有什么嘛！你怕我爸，我才不怕呢！哼，他就是独断专横……对了平哥，你就那么喜欢我姐吗？依我说，你就算了吧，她和煦哥两个是生死鸳鸯，拆不散的，唉！我姐……”

话还没说完，他后脑勺就挨了一巴掌。

“兔崽子，读了两天书，想造反了？”关文炳站在他身后，双眼冒火，怒冲冲骂道。

关玉瑄“啊”了一声，站起来就跑。关志平拦住关文炳一个劲劝，关太太也下车劝说：“都是你把他们给惯的！”关大老爷瞪了瞪关太太，气哼哼地转身上了车。

山道边郁郁的竹林里，阴凉潮湿，关玉瑄跑进竹林，感到一阵沁骨的凉意，有说不出的舒服。他坐在地上，摸摸后脑勺，委屈地噘着嘴。一路的劳乏让他有了倦意，不由自主靠在粗壮的竹子上睡着了。

关志平来到沁荷坐的车旁，低声下气地说道：“荷妹下车歇歇吧，车里闷得慌。”

好半天，车里才有了动静。沁荷从车的另一边探出头来，唯一跟着的丫鬟小翠连忙伸手搀扶。车那边的关志平尴尬地伸着手，却只看到沁荷从另一边下了车，走到路边阴凉地方。小翠将一方干净的手帕铺在一块石头上，沁荷慢慢坐下来，她感到很疲惫，脸红扑扑的，出了不少汗。

关沁荷呆呆望着山下，一缕愁思在心底萦绕。远远望去，山下的赤坎镇已经掩映在一片绿色中，只有几处高高的碉楼还若隐若现。潭江像一条碧绿的丝带，缠绕在青山之间。迷蒙的薄雾在山里飘荡，带着青草野花的芳香。这一切，都是这样亲切，这是家乡的土地，家乡的山水。沁荷眼睛里也起了一层雾，她仿佛看到那个身影，就站在远处冲着自己微笑。

“这里真是高啊，开平县城也望到了。”关志平讪讪地没话找话，“荷妹，我知道你的心在他那里，可是，可是你就要去香港了，即使你看不上我，也要为自己想想……”

“我早想好了，关志平，我生是他的人，死是他的鬼，就这话，你听明白了吧？”沁荷语气舒缓却坚定不移。

"你——"关志平无奈而伤感地说道，"荷妹，有些话也许我不该说，可是我还是要说，你就是不为自己考虑，也要为两位老人考虑吧。唉！我知道我比不上他，可是我却更能让你过上安稳的日子。我对你的心你应该明白，你放心，我会把你失去的加倍补回来，我不会让你受一点苦的，你……"

"关志平，你错了。你不想想若没有他这样的人在拼命地打日本仔，我们谁也没有安稳的日子过。再说，你以为你让我过贵妇人的安稳生活，享受着绫罗绸缎山珍海味就是享福？你以为你所谓的体贴就能让我幸福？不，你根本就不懂，因为你不配，你只知道赚钱，在国难当头家乡遭到荼毒的时候仓皇逃跑，你拿什么和他比？你不过是个懦夫！"沁荷眼里溢满了泪水，她激动的声音越来越大。

"沁荷——"关太太带着哭腔喊道。

关文炳却阴沉着脸一语未发。

关志平的脸瞬间变得苍白，他嘴唇抖了抖，什么也没有说出来。

沁荷脸色微红，眼睛望着远方。太阳正从阴霾中努力露出脸来，竹林上空雾气氤氲，山路弯弯曲曲，通向遥远的不可知的远方。

休息了一会儿，几个车夫吃过早饭，催促主人尽快上路，要不到了中午更加走不动了，越过这座山还有一座山才能到一个叫苍城的小镇，要想天黑前赶到新兴，必须抓紧。等走出山区，后面的路会比较好走，一天能多走几十里，路上也太平些。

关志平受了刚才沁荷的一顿抢白，心下先灰了一半，突然之间赶路的兴头都没了。这样匆匆逃命究竟是为了什么？他沮丧地想。也许，就是为了得到沁荷？可是适得其反，现在不仅没有得到，反而自取其辱。

"我是懦夫？我是吗？"关志平恼火地甩了一下头，"我怎么就是懦夫了？我父母在香港等着我，他们就我这一个儿子，他们的家业需要我来振兴，他们需要我来养老，难道只有上了前线才不是懦夫了吗？我又没有做汉奸，我只不过……"这样想着，他心里不禁有些气馁，他不得不承认，现在真的就像丧家犬一样，惶惶然出逃，真是没什么可光彩的。

"阿瑄，上路了！"关太太高声冲竹林喊。

好久，关玉瑄才懒洋洋地从竹林走出来。他睡着了，睡得很香甜，以至于醒来身上被露水打湿了一大片。林中阴凉的空气风干了他身上的汗水，但是醒来后头却发紧，并没有感到舒服。

"阿妈，头有些痛。"

"你看你，一身汗就进去，别是受了冷阴，快上车吧，不要走路了。"关太太心疼地说。

"我不和阿爸一个车。"关玉瑄执拗地大步向前走。关太太无法，只好叹着气上了车。

越过两座山，已经是中午时分，所有人都是浑身黏腻，连牲口也呼哧呼哧打着响鼻。天气实在是太闷热了。

这次和关家一起前往香港的下人只有关玉瑄的奶妈和丫鬟小翠，再就是仆人老刘，他们都是家养的，在赤坎没有什么亲人。几个车夫一路抱怨，嫌工钱给得少，关志平只好私下里又塞给他们几块大洋，他们才住了嘴。到了苍城，关志平和老刘忙着找客栈打尖休息吃饭。其他人在路边等着。街道上冷冷清清，和这闷热的天气极不相称，偶尔有行人匆匆走过，奇怪地望着他们。

不久，关志平和老刘急匆匆跑回来。

"怎么这样慌张？"关文炳探出头问。他比较胖，汗水顺着脸不停地流。

关志平喘息着俯在车旁急慌慌地说道："快走吧伯父，据说日本人要从这里走过，镇子上没什么人了，店铺都关了门。"

"哦？怎么这里也不安稳？真是乱了啊！"关文炳一边叹气一边吩咐，"那快走吧，先忍一忍，到了新兴再休息。"

关志平犹豫了一下说道："伯父，我看还是不要走新兴了吧，日本仔都是从大路来的，现在他们是要往广州汇合了。这样走，随时会遭遇到日本仔。"

"那你说怎么办？总不能返回头再回去吧？不要说我这老脸没处搁，就是回去能太平了？日本仔摆明着是要吃了赤坎的，拔掉这颗钉子，好让他们的大队人马从水路上逃跑，他们快完了，会更加丧心病狂，那是屠城的架势啊！"

关志平扭头看了后面的大车一眼，现在的他，全然没有了早晨上路时的坦然，心下纠结得很。他有时候真想回去，不过是一死，何必这么被人瞧不起地逃跑。沁荷在山上的一番话，让他不仅心灰意冷，更看到了自己的懦弱。被爱的人看不起，他觉得有失尊严。但是他还是矛盾，他从小就是个本分听话的孩子，他不想让父母伤心。

"伯父，这样吧，我们不走大路，还是从山路走，天黑也能赶到新兴。那里想必日本人也就是路过吧。他们着急逃跑，也顾不上别的，我想到了城里就安全了吧？"

"也好……"关文炳自己也彷徨起来，失去了大家长的威严，只好听从这个后生的安排，所幸这个后生厚道稳重，他很庆幸自己的眼光，心里直怪女儿不知好歹。

7

与此同时，苍城山道上，有一位女孩正沿着弯弯曲曲的山道跌跌撞撞地向前跑，尽管她已汗流浃背。她后面，默默跟着一个黑黑的后生。他们正是韶儿和谭阿宝。

谭阿宝最终没有回老家，他放心不下执意要回赤坎的韶儿，虽然对自己的这个决定一直怀疑着，可还是一路陪着小丫头走了过来。

他们先进城打探关太太的消息，打听到城北的难民营里有两天前码头闹事的人。他们悄悄跑去找（谭阿宝怕被发现），遇见了几个同船的人，甚至见到了阿三，他当时跑上码头，回头看不到主母，就只好一个人先进了城。韶儿想了想，她吩咐阿三就在这里等着，伺机寻找关太太，自己现在马上返回赤坎。说不定老人自己又回去了，毕竟新会离赤坎不远。

"我姨妈是见过世面的人，不会慌慌张张瞎跑的。就怕她发现我不见了，再折回去找我，这样就麻烦了。阿三靠得住，在城里等她，我回去找她。"韶儿对谭阿宝说。

谭阿宝佩服地看着镇定自若的小丫头，点头表示同意。

可是令人没有想到的是，就在两人沿陆路往回返的时候，正好一对日本仔从开平沿陆路开到新会，要占据新会要道。目前，除了新会，江门、开平这些潭江沿线重要城镇大都还在日本人控制之下。在日寇前后夹攻之下，国军中本来没有谁愿意来新会驻扎。倒是乡团、游击队给了日寇几次重击，使开平到新会这段路比较太平，国军这才派了一些乌合之众来这里驻守，他们没起到对日寇的威慑作用，倒是把中国老百姓骚扰了个乱七八糟。也正因为这段路当时比较安全，司徒煦才敢放心让母亲和韶儿坐船到新会再转陆路，没想到竟然发生了这样的事情。

韶儿和谭阿宝突然遭遇日本仔，惊慌之下，赶忙向山上跑。于是他们就绕道顺山路来到了苍城，准备从这里再返回赤坎。

沿着崎岖的山道爬行，韶儿经受了出生以来最大的煎熬。一开始她还拍打蹭在身上的泥土，到后来脸也花了，汗水浸透了衣衫，鞋子上沾满了泥，还有一道一道绿色的草汁。她本来高烧刚退，身体虚弱，这样辗转奔跑，早已经吃不消了。可是韶儿是个倔强的女孩，一来记挂表哥和姨妈，二来在这荒山野岭不走能怎么样？再有，她还不想让后面那个黑仔笑话。

"大中午的，你不要命了？"谭阿宝在后面不紧不慢地说。

韶儿抬胳膊抹了一下满脸的汗水，回头白了他一眼说："又没求着你来，你现在回去还来得及。"

"你就嘴硬吧，等我一走了，你该咧开大嘴哭了。你看看，前不着村后不着店，等一下窜出一只老虎来吃了你。"谭阿宝故意吓唬她。

"要吃先吃你，你的细皮嫩肉好吃。"韶儿毫不示弱。

"你怎么知道？你吃过吗？"谭阿宝反讥。

"呸呸，我又不是老虎。"韶儿说到这，一想不对，拾起一块石头扔过去，"你个黑仔，占我便宜，等着我表哥收拾你！"

谭阿宝紧跑几步，凑到韶儿身边嬉皮笑脸地问："哎，你每天表哥表哥不离口，他到底是你什么人？"

韶儿怒着举起小拳头装作要狠狠捶打谭阿宝的样子，骂道："狗嘴里吐不出象牙，我不理你了！"

两人就这么斗着嘴，倒也不知不觉翻过了一座山。远远的，他们看到一处村镇掩映在苍翠的群山下面。谭阿宝抬头看了看天空，午后的太阳藏在云层中，若隐若现。

他心口像是被什么撞击了一下，这个村子他很熟悉，虽然不知道名字，可是却不断出现在他梦里，缠绕着他，让他不得安宁。这里就是他曾经见过的日寇和黑痣兵杀死了一家人的那个村落。

"我们不要进去了吧？"他闷声闷气地讲。

"干吗不去？有日本仔吗？没有就去，我很渴了！"韶儿半带撒娇地说。

谭阿宝忽然烦躁起来，他大声吼道："笨蛋，山里的路你看着近，走过去要一个多时辰。那是向北方向，现在摆脱日本仔了，回赤坎得往回返了。去那里，去那里万一有日本仔怎么办？"

他看看委屈地嗷着嘴的韶儿，又叹了口气缓缓说道："放心，我们往南走，不远就是苍城，挨一挨，马上就到了，到那里到处都是水，让你喝个饱。"

"好了好了，哼，不要说水了，越说越渴。就依你吧！"韶儿嗷着嘴说。

"我带路吧，跟好了，别丢了。真不知道你是怎么长大的，还要我这个外乡人领路。累了说话，不要撑着。累出个好歹那个表哥该和我算账了。"

韶儿扑哧笑了："你个黑仔，一句正经话也没有。走吧走吧，我不累。"

两人一前一后走着，那个安静的村庄渐渐模糊了。公路就在前面，顺着公路往南就能到开平。很快他们听到了哗哗的水声。韶儿立刻精神起来，她蹦跳着跑到前面去，身边的杂草荆棘划到身上也不顾了。

"傻子，跑什么。离得远着呢！还在山下呢！"谭阿宝使劲喊也叫不住她，只好苦笑着由她去了。

韶儿跑上山坡，眼前立刻一片开阔，弯弯曲曲的公路东面，一条清澈的河流向东南方向哗哗流去，一直流进宽阔的潭江。

突然，她发现远处有东西在移动，仔细一看，原来是几辆大车向这边行进。她心里惊疑，这么浩浩荡荡的车队是干什么的？从东南来，那就是从开平那边过来的，难道是逃难的？这是要逃到哪里去？正想着，她隐约又听到轰隆隆的声音，是水声吗？她又仔细听了听，部队，啊！好像是汽车的声音。

韶儿心思灵活，不由打了个冷战，这么沉重的响声，不止一辆车，不会是日本仔吧？这么一想，她连忙顺着山坡往回跑。刚跑了两步，想起那几辆大牛车，犹豫了一下，咬了咬嘴唇再次翻上山坡。她顺着公路向那几辆车跑过去，一边跑一边喊："快藏起来！快啊！有日本仔——"

牛车似乎停了一下，接着又吱吱呀呀走了起来。轰隆隆的声音越来越近了，毫无疑问，这是好几辆卡车组成的车队，不管是不是日本仔藏起来比较好。韶儿急了，她更快地向牛车跑去，上气不接下气，怎么也喊不出话来。忽然，她身边嗖地掠过一个人影，原来是谭阿宝。他亮起洪亮的嗓门吼道："躲起来，日本仔来了！"

对方这次似乎听清楚了，猛然间停下来，接着看到几个人下了车，却张皇失措地依旧立在原地。

谭阿宝一拉韶儿，迅速躲进一旁的竹林。

"他们躲进来没有？"韶儿小声问。

"不知道，这几个人，笨到姥姥家了。"竹林郁郁葱葱，遮挡了视线，根本看不到外面的情况。

良久，他们听到外面轰隆隆汽车过来的声音，接着是几声刺耳的刹车声。韶儿的心一下子提到了嗓子眼。刹车？她惊恐地看着谭阿宝，谭阿宝竖起食指，"嘘"的一声示意她不要出声。韶儿感到心跳得厉害，好像不用手按着就会从嘴里蹦出来似的。

外面乱糟糟一片，几分钟之后，汽车"轰"的一声启动了，接着向东南渐渐远去了。韶儿长出了一口气，扑通一下坐在地上。刚坐下，又烫着了似的跳了起来。

"你听！"她睁大眼睛，悄声示意谭阿宝。

竹林外面隐约传来叫嚷声和哭骂声。两人对视了一下，蹑手蹑脚走到竹林边，向外张望。只见不远处，四辆大车散了花，四头牛瞪着眼睛躺在地上，脖子汩汩冒着血，只有出的气没有进的气。男男女女几个人或跪或站，叫的哭的骂的乱成了一片。

一个个子高高瘦瘦的青年指挥几个人收拾散落在地上的东西，一位弱不禁风的小姐倚在路边的一棵竹子上，望着东南方向面无表情，似乎这一切都与她无关。

"伯母，不要哭了，东西损失了没什么，人没事就好。"高高瘦瘦的青年安慰那位跪在地上号哭的妇女。

"万幸吧！他们看上去有任务，要不有车在道上，进林子一搜，谁都跑不了。"谭阿宝蹀到他们身边说道。

那青年过来感激地说道："刚才是你们报信吧，谢谢了，要不人都来不及躲藏，那可就麻烦大了。"

正帮着收拾东西的一个年轻人咳嗽着跑过来，他兴奋地叫道："韶儿，是你啊！你怎么在这里？"说着，他疑惑地看了看谭阿宝。两人形象反差太大，任谁也会感到疑惑的。

"阿瑄？"韶儿瞪大了眼睛。

司徒煦在乡下养病期间，司徒遇正忙着打游击，他和关沁荷的联系全靠关玉瑄。所以他经常到乡下去找司徒煦，也就认识了韶儿。

韶儿瞬间明白了，这是关文炳一家在出逃，而那位依竹而立的女子就是司徒煦的心上人关沁荷。想明白了这一层，她不由多看了沁荷两眼。她的侧影那么美丽，楚楚动人，让人看了不禁心生怜惜。

"不对，啊！"沁荷突然一脸慌张地转过头来。

所有人都被她吓了一跳。

"什么？"关志平关切地问。

"日本仔行动了，这是往赤坎运兵呢！水陆夹攻，煦哥！"沁荷喃喃自语，一行泪从脸庞缓缓流下。

"表哥！"韶儿接着唤了一声，泪水也簌簌地往外流。

8

天色渐晚，浓云密布。

南楼里，司徒煦等人刚得到情报，日军一支骑兵队，已经整装待发。终于要来了，司徒煦把枪擦了又擦，像对老朋友说话一样说道："日本仔出动了，伙计，今天就看你发威了！"

有第一支分队就会有第二支，司徒煦料到敌人不会小打小闹，不拼个鱼死网破不会善罢甘休的。骑兵队打前哨？敌人怎会如此大张声势？司徒煦心里一颤，猛地警醒，敌人不仅多路进攻，骑兵队打前哨，更是心理上给对手的震慑，是为后面布下迷魂阵作铺垫。

"阿煦，是不是应该在路上埋伏一支队伍进行伏击？"司徒忠脸色凝重。司徒煦把自己分析的情况一说，两人一致认为：一、要把主要精力放在江上；二、公路上有关氏自卫队布防，应该是关玉书在米冈，司徒氏自卫队还是不插手的好。夜晚的赤坎，不会是骑兵的天下，打草惊蛇反而会使敌人乘乱在夜色掩护下从水路或其他方向攻进来。

司徒煦的推断没错，日寇已经悄悄在三埠集结了三千名步兵，另有骑兵二百，由藤原队长统一指挥，但是有一点他却没有想到，就是驻扎在阳江的日军也已经接到命令，随时配合驻开平的日军，从西面进攻赤坎。

藤原接到上级命令，务必在五天内打通从恩平、开平到新会沿潭江一线的水路交通要道，否则就剖腹以死向天皇谢罪。藤原一接到命令，冷汗霎时就流了下来。他立即召集各队队长，匆忙部署，不惜一切代价进攻赤坎。冈本小队长凑在他耳边嘀咕一气，他不停点头。

"嗯，呦西呦西，冈本君您担任骑兵队队长，今夜您打前哨，动静要大大的！哈哈……"

"哈伊！"冈本一个立正，转身出去行动了。

没有月亮的夜晚，空气沉闷而黏黏，江面上黑漆漆一片，只听到哗哗的流水声响在耳畔。镇上的人有的逃到了海外，有的去了香港，有的跑进山里暂时躲起来。但是还有一些人不愿离开，他们守在自家骑楼里，默默祈祷。有的人把粮食和衣物、能当武器的所有东西都收集起来，准备在不得已的时候放手一搏。这些人家基本上都有子弟在自卫队。

起风了。潭江浪涛汹涌，越发不平静。

浪涛翻滚，不停地拍打着江岸，南楼上空乌云密布，一场暴风雨就要来了……

"嗒嗒"的马蹄声在夜空中响起，杂乱的蹄声打破了夜空的宁静。坐在南楼门口的司徒丙一下子跳了起来："来了？"

"不要慌……"司徒煦摸摸他的头，他不好意思地笑了一下。

司徒忠向大家摆摆手说："没事，魁冈前面有关文周他们，不要乱了阵脚，注意潭江水面上的动静！"

赤坎魁冈文林学校内，关氏自卫队在关文周、邓世英等人率领下，已经安排妥当，就在学校后背山地布防，由关文周亲自指挥。指导员邓世英带领剩下的队员分成几队隐蔽在日本仔进赤坎必经的东西要道，其中就有关玉琼。

队伍迅速行动，关玉琼突然心慌起来。傍晚时分，他再一次动员妻子离开赤坎未果。倔强的妻子说什么也不离开丈夫，何况她临盆在即，也无法经受颠簸。他只好把妻子托付给关文澜，关校长叫他放心去打仗，后方就交给他。

当时，驻扎在赤坎的国军正规部队有三千兵力，装备也不错。国军广阳总指挥李江曾夸下海口，说有他在，日本仔就不敢从此地经过。然而，激战前夕，却没发现他有什么动静。毕竟几千人的部队在那里摆着，赤坎乡老寄希望于他们能保卫赤坎平安。甚至乡团自卫队和乡团办事处人员也认为自己是辅助，真正的硬仗还要靠正规军。

也许正因如此，留在镇上的人们并没有过分惊慌，比起四年前日寇第一次进赤坎时平静了许多。而关玉琼更侥幸地想，日本仔是为了打通交通要道，即使抵抗失败，也不至于遭受什么侵害吧。抱有这种心理的不在少数。

可是今晚，关玉琼突然心慌起来，他很想回家看看，他总觉得有什么事要发生。不过他最终没有回去，一是时间不允许，再就是每个人都牵挂家里，自己没有理由特殊化。他带着满心的忐忑出发了。

而关家大少奶奶在婆家今早举家出逃后就在丈夫和叔父关文澜的劝说下，搬到了关文澜的住所。关文澜本来的一座骑楼和一座碉楼基本上都成了公有财产，关氏自卫队办事处就设在他家的碉楼里，而他自己却住在一处不大的两层小楼内，这座小楼以前是他的一间绸缎庄，抗战开始不久就关了门。随同他一起的只有一位上了岁数的老头，给他做做饭买买东西。早上关大少奶奶搬了过来，也只带了自小就跟着她的奶妈黄妈，也是五十多岁的人了。关文澜自己很忙，又是叔父，照顾起来也不方便，就把自己的一个远方堂妹接了过来照料大家。他这位堂妹四十多岁，一直没有结婚，独自住在关氏自办的光裕小学中做些杂活，她手脚勤快，热情周到，把学校打理得干净整洁，镇上人们都亲切地称她梅姐，孩子们叫她梅姨。

梅姐一直没有离开过学校，即使1941年日本仔最猖狂的时候，她也一个人坚守在学校。好人命大福大，她多次逃过了日寇和伪军的搜查，每天坚持清扫校舍，把窗子擦得干干净净。她相信，总有一天，打跑了日寇，学校就复课了。

关文澜把她接过来，彼此都有了照应，他也可以分身到办事处工作了。天刚麻麻黑的时候，关文澜还在办事处没有回来，梅姐和黄妈做好了饭，打发谢老头去打听打听，看有什么动静，先生几时能回来。

黄妈劝大少奶奶先吃饭，关少奶奶一者实在没有胃口，再者不想一个人先吃，要等着叔父。她也是心慌意乱，怎么也坐不住，站起来挺着大肚子在屋里转。

天黑透了，关文澜还没有回来。他们正着急，一个自卫队员打扮的青年敲开门说关先生今天不回来了，让带个口信，嘱咐大家晚上小心，不要出去，日寇开始行动了。几个人听到这个消息，都有些焦急慌乱，倒是梅姐稳住情绪，安慰大家不要紧张。

坐在饭桌前，谁也没有胃口。突然，寂静的夜空中传来"啪"的一声清脆的炸响。

"枪声！"关少奶奶猛地站起来，接着她捂住肚子"哎哟"一声轻唤。

"怎么？"黄妈吃了一惊。

"肚子有些痛，怕是……"关少奶奶说。

"这——"黄妈连忙扶住她，突然的情况让她手足无措，不由哽咽着哭出声来。

"不要哭，快进去躺下。老谢！唔，算了，我去吧，医院现在暂时做了战时医院，我去看能不能找到接生医生。"梅姐说着，披上一件外衣就走。

外面的枪声炮声密集起来。

"梅姐，小心！"关少奶奶呻吟着说道。

9

关文周他们与日寇先遣骑兵队交上了火。

几十人的敌军骑兵队气势汹汹冲了过来，目标直指楼冈圩。提前埋伏在楼冈要道旁边的关玉书等自卫队员和碉楼里的队员们在黑暗中听到马蹄声越来越近，渐渐看清了，一百米，五十米……

"打——"关玉书一声令下。同时碉楼里"轰隆"一声炮声响起。冲在最前面的几匹马"咴溜溜"几声长嘶，抬起前蹄在原地打旋。其中一匹马扑通一下跪在地上，显然是中了枪。

"隐蔽，隐蔽！"冈本挥舞军刀咆哮着。

几十匹马瞬间隐藏到路边树丛中和土岗后面。

"不要浪费弹药，瞄准再打。"关玉书眼睛一眨不眨，紧盯着前方下命令。

日本骑兵队藏在暗处，他们看不清对面自卫队有多少人，只看到一座黑魆魆碉楼矗立在道旁。

几分钟的安静过后，"轰隆"一声，敌人开炮了，他们的迫击炮和榴弹炮要比自卫队的土炮先进得多，射程远，威力也大，虽然黑暗中准头差了一点，可还是击中了碉楼，立时土屑纷飞，烟尘漫天。

关玉书暗叫不好，他咬咬牙，轻轻一挥手，果断带领四名队员迂回过去，他决定从后面包抄敌人，打他个措手不及。夜色是最好的掩护，但这里不同骑楼林立的街道，地势开阔，自卫队巷战的优势发挥不出来，武器又不如对方，射程不远，一开始就处于了劣势。他们慢慢绕到敌人后面，勉强瞄准射击。

敌人突然背部受敌，人叫马嘶，顿时乱了起来。碉楼那边乘机开炮，可是射程不够，火力不猛，只起到威慑作用，却没能毙敌。

"八格，几个土八路。第一分队向后转！"狡猾的冈本很快意识到自卫队人数不多，弹药有限，立刻叫嚣着分成两队，一前一后背靠背，噼噼啪啪地开起枪来，密集的枪炮压住了自卫队的枪声。看似腹背受敌的日本鬼子，立即就占据上风。

"妈的！"关玉书红着眼骂道。

"轰隆！轰隆！"赤坎沙赤路北面也突然传来炮声。关玉书心中不由一凛，敌人从北面也开始进攻了？他不是个莽撞后生，他清楚敌人会从不同方位集中火力攻打赤坎，却不知道究竟会从哪些方位攻打。他们和司徒氏一样，主要精力放在了水路，陆路大道的把守寄希望于国军，小道和关键路口自卫队小队埋伏。现在，已经有两路敌军出现了。关玉书知道，以他们几个人，是不可能阻挡住这几十名日本骑兵的，可是明知如此，他也要放手一搏。

"这狗日的鬼子，杀一个是一个！"他红着眼睛，发狠地举起唯一的机枪，对准前方几个黑乎乎的影子"突突突"地一阵扫射。

激战持续了十多分钟，北面的枪声也越发激烈。这时，不远处的碉楼上空，手电光闪了一下，接着又是一下，这是弹药打完，要求撤退的信号。关玉书垫了垫手中的机关枪，看看弹夹。身旁的队员悄声说："没有子弹了？""是，打完了！"他估摸日本仔也没占到便宜，该是撤退去支援学校那边了，于是一声令下："撤！"几个身影迅速先向南移动，尔后再折向西北。

楼冈再次被日寇占领了，但是日寇也付出了代价，死了几个日本兵，再次行军都变得胆战心惊，稍有风吹草动就滚下马来，生怕再有埋伏。

就在此时，梅姐正一次次失望地奔跑在街道上。街上一个人也没有，没有月光的夜晚，石板路黑漆漆的。她跌跌撞撞跑到医院，可是只有两名年轻的医生和几名护士，又不敢走开。梅姐知道他们有重任在身，打起仗来需要救治伤员。她知道的几个稳婆（"稳婆"，当地方言，即接生婆）都逃难去了，怎么办？她想了想朝腾蛟方向跑去，她记得腾蛟村那里有一位六十多岁的稳婆，接生技术很好，镇上许多司徒氏人家生孩子都请她。然而，当她已经跑到南楼附近的时候，猛然惊醒，腾蛟几年前遭遇日寇洗劫，老人在那次劫难中被日寇枪杀了。

远处的天空中红光闪动，枪炮声就在耳边，仿佛炮弹马上就要在身边炸开。梅姐望了望似乎安安静静的南楼，转身就往回走。

她刚一踏进门，就见黄妈急慌慌跑了出来。

"怎么样？"梅姐着急地问。

黄妈朝她身后看了看，失望地摇摇头说："没有接生婆吗？孩子生到一半就是出不来，凭我的经验，恐怕难产啊！"

梅姐三步并作两步跑进房，只见关少奶奶满头大汗不停呻吟，但是明显已经没了力气。

"三埠城区已经去不了了，只有靠我们自己了。黄妈，去把热水端来！"梅姐镇定地指挥着。

这时，外面传来敲门的声音。

"谁？"老谢耳朵贴在门上小声问道。

"我是医院派来的护士。"

老谢大喜过望，连忙开了门："谢天谢地，你真是上天派来的活菩萨啊，快进来吧！"护士走进来，对迎接她的黄妈说："我在教会医院做过半年助产士，医生让我过来看看，现在产妇不要紧吧？"

……

午夜，钟楼的钟声敲响时，一声嘹亮的婴儿啼哭在这家简陋的小院响起。

"是个男孩，少奶奶。"黄妈抹着泪高兴地对昏沉沉的关少奶奶说道。

"产妇很虚弱，有可能还是尽快送去医院吧，否则……"护士面色凝重地说道。

"怎样？您尽管说。"梅姐望着几乎昏迷的关少奶奶，担心地问。

"不好说，生孩子，本来就是鬼门关走一遭。她原本身体就虚弱，生这个孩子几乎耗尽了她所有体力。你们抓紧时间把她送医院吧，不要耽搁了。我先走了。"

"轰——"一声巨响，窗棂哗啦啦抖动起来。

"等一下，您还是先不要走了，这样出去危险！"

"战斗打响了，抗日救护站那边急需人手，没事的！"这位年轻的护士笑了笑，拉开门，一闪身投入到漆黑的夜色中。

"阿琸——"关少奶奶凄厉的呼声突然从身后响起。

"少奶奶！"黄妈扑过去。

"拜托，孩子……"关少奶奶苍白的脸颊微微牵动，似乎是在微笑。

"哇——"孩子张开嘴大声哭起来，他摇着小脑袋，是在寻找母亲的乳房。

枪声更近了。

第五章

1

天空中飘起了细细的雨丝，憋了好几天的雨终于下了起来。斜飘着的雨丝渐渐变成垂直的雨绳，雨滴越来越大，越来越密，最后轰轰烈烈成滂沱大雨，雨雾也成了雨幕。本来就昏暗的光线在狂啸大雨的遮盖下，一片漆黑。

雨倾泻在潭江上，在江面荡开了无数个涟漪，涟漪又交结连接在一起，在江面上起合翻卷。停靠在江边的几只小船，船篷已经破败，在风浪的冲击下摇摇摆摆，随时会被这狂涛吞噬。

日寇第一路骑兵穿过雨幕，鬼魅般越过了楼冈向腾蛟方向前进。

与此同时，北边激战正酣。藤原在派冈本骑兵队袭击潭江南面楼冈同时，派了更多部队沿沙赤路进发，与从苍城紧急运过来的四车一百多名日本仔汇合，气势汹汹向塘口镇杀来。鬼子刚到楼冈，就遭遇了关氏自卫队的伏击。自卫队员早已埋伏在那里，他们浑身湿透，雨水顺着头发、睫毛往下流，使人睁不开眼睛，身子泡在泥浆水中，时不时被一些不知什么的虫子咬一口，弄得胳膊腿麻辣辣地痛，那滋味真不可受。可大家却纹丝不动地伏在指定的地点，毫不退缩。雨声夹杂着马蹄声，由远及近，日寇到了，大家的心跳不由得加快了。近了近了，终于日军到了自卫队的射程之内。"打！"队长关玉书一声令下，"叭叭叭"所有的枪口都对着日本仔开火。枪声一响，日寇的战马嘶叫着，在雨中乱转。但由于雨太大了，影响了射击的准确度，加上日本仔骑着战马在奔突，射击的难度又加大了。即便这样，自卫队队员们还是顽强作战，他们明白，他们的身后都是自己的父老乡亲，娇妻幼儿。日本仔很恼火，他们想不到被这群自卫队员给粘住了，前进不得，他们发狠地用机关枪拼命地向自卫队扫射，好几名队员中弹受伤。激战了一个多小时，有几位队员向关玉书报告，子弹用光了。关玉书检查一下自己的弹匣，子弹也快用完，其他没有用完弹药的，也是所剩无几。"撤退，先撤到文林学校！枪里还有子弹的和我一起殿后，其他人快撤！"队员向着文林学校且战且退。楼冈被日本仔占领。

然而，真正的强敌还在后面。

大兵压境，此时的国军驻扎在赤坎镇的广阳防线部队总指挥李江刚从梦中惊醒。他不是被枪炮声惊醒的，而是被急促的敲门声和外面的喊声惊醒。半夜，指挥部已经被许多人围住，这里面有司徒氏和关氏乡团和族务办事处人员，也有镇上德高望重的老人，最引人注目的是由十多位妇女组成的华侨家属请愿团。他们来到这里，急切要求总指挥尽快部署部队，日本仔已经打到了家门口，再晚就来不及了。

其实他手下的一些官兵也是很着急的，可迟迟不见长官有什么行动。李江也早已得到消息，知道日本仔必定要从赤坎经过，他却很不以为然。既然人家都撤退了，让他退不就平安无事了吗？他妈的费那么大劲干吗？为什么非得弄得鸡犬不宁你死我活？乡巴佬就是没有见识，只知道打啊杀啊的，对自己有什么好处？他气定神闲，安之若素依旧整天花天酒地。那些乡团办事处的人来了，他就吩咐给他们一些枪支弹药，打发走了完事。这样也好，办事处知道他在这方面挺大方，就接二连三去和他要军用物资，后来他烦了，竟然索性搬出公馆，住到一处小碉楼里，外人一概不见。可那个叫关文澜的，简直就像狗皮膏药，李江去到哪粘到哪，还有那个司徒煦，就像个催命郎，这几天来了两次，竟给他布置起任务来了。

"李指挥，敌人将会由荻海、长沙、恩平三路包围赤坎，我们如不及早部署好，赤坎危矣！"司徒煦一见到李江，就开门见山直陈利害。

李江脸色一沉，慢吞吞地说道："这不明摆着敌强我弱吗？我也得到情报，日本人从雷州半岛往回撤，要经两阳和四邑，过四邑后就水陆两路并行，一路赶往粤东，另一路以粤汉线为归路，经华中、华北，赶往东北。日本仔只是借道而已，让他们顺利通过不是可保自己平安无事吗？"

"李指挥，您怎么这样糊涂啊！这几年日本人的禽兽行径还见得少吗？禽兽来了，您还想平安无事？您再想想，敌人一定要经过台（山）、开（平）、恩（平）、新（会）四邑地区北进，那么驻在三埠的日本仔，必须要及时打通赤坎之通道，且要拔除潭江水路北岸腾蛟南楼之坚强据点，才能畅通无阻，接应阳江、阳春之日寇。他们有可能带着笑容跟我们扬手说声'莎优娜啦'，然后和平离开？"

"你们撤离南楼，让人家顺利通过，不就平安没事了吗？"

"恶狼来了还会平安没事？烧杀抢掠鬼子哪样落下过？再说，让他们顺利地带着物资增援华中、华北、东北战场，使华中、华北、东北形势逆转，华中、华北、东北的抗战成果守不住，他们很快又会打回来了！"

"那你说我们能怎么样？"李江恼羞成怒。

性格爽直的司徒煦却没有意会李江的恼怒，还真以为说服了这位总指挥，他向他讨主意呢。他一下把李江拽到他办公室那幅一直当摆饰的作战地图前，比划起来："从荻海来的日寇将会沿着公路，经过三围、五围、岗美圩、五堡、鼠山朱冲环、米冈、腾蛟，而朱冲环与米冈之间，公路两旁是土丘小山，且竹林茂密，可在那伏击；从长沙来的日本仔要经过米冈，在那设下埋伏；我们还可在赤坎镇西面的入口两公里处再埋伏一队人马，专门歼灭由恩平而来的日本仔。同时，我们还要在日本仔的必经之路埋上地雷或拉上绊马索。日寇在荻海的驻军是骑兵，我们在天黑时于朱冲环与米冈之间拉上绊马索，国军和自卫队以数倍兵力合歼日寇骑兵。"

"特别是南楼，"司徒煦顿了顿，加重了语气，"南楼是重中之重，您看，南楼在这，不单陆路上一夫当关，它楼高七层，又临江而立，更可断日寇的水路，阻击从两阳、恩平锦江顺流而下到潭江的日寇船队。您安排一支钢炮队，再派几个重机枪手和我们一起驻守南楼，再在南楼附近设下伏兵。这样，在南楼的东南西北四个方位都安排好重机枪手，居高临下，扫射敌船，打乱敌人阵脚，日本仔突然挨打自然会乱，我们在岸上的伏兵刚好可打他个措手不及。您看，我们上下夹击，日本仔上来一个我们就打他一个，来两个就打他一双。我们整个部署首尾呼应，静待敌人的到来，定能把日本仔消灭在这里！"

司徒煦说完，充满期待地望着李江，这样的部署，稳操胜券，应该能打动眼前这位总指挥吧，他好歹是个中国人。

李江回避着他的眼光支支吾吾道："我暂时按兵不动，日本人主要是借道经过，我们不惹日本仔，他们不会把我们怎么样的。"李江的话把司徒煦气得发抖，俗话说，兵熊熊一个，将熊熊一窝。面对这样的熊将，还能指望他什么？司徒煦只好气冲冲地离开。

"乡巴佬，不知天高地厚！"李江摇着圆圆的脑袋骂道。

不知天高地厚的乡巴佬却知亡国恨！

此时，门外站满了愤怒的人群。平时征粮收钱不惜亲自往乡下跑的"饭桶"总指挥，现在怎么缩在碉楼里头也不露了？日寇大兵压来之时，最需要国军的保护，可是国军去哪了？那些平时趾高气扬的长官们又在干吗？乡团队员手拿简陋的武器装备，面对数十倍于自己的敌人，拼死抗击在前线，而这些官老爷们呢？放着好几千号人马在那里摆着，任由小日本仔出入如若无人之境，这使众多乡老无比愤懑。大家都知道，我们的据点守不住，鬼子进入赤坎，就不是路过也不是一般的打仗，而是屠杀与被屠杀了！前方激战正酣，司徒、关氏两姓办事处挤满了人，大家你一言我一语，要求办事处到国军指挥部请愿，尽快行动，把敌人阻击于赤坎之外。办事处工作人员安慰众多乡亲使之稍微平静一些后，临时开了个会。他们一致认为，虽然现在有许多工作需要做，可是与国军正规部队加强联系，彼此呼应共同联防是头等大事，于是决定顺应民意，到李江的临时指挥部看看情况。

这一看可不要紧，不仅乡民们怒火中烧，就连办事处人员也实在无法控制自己。这么激烈的枪声炮声，居然没有惊动指挥大人，门口的哨兵竟然说长官正在睡觉。不远的军营看起来并不平静，乱纷纷的人影来来去去，隐约有嘈杂的喧哗声传来，这哪里像大敌当前的样子！关文澜气愤地冲上前就拍门，门拍得山响，哨兵吓得想阻拦，人群一哄而上，一起拥在门前，哨兵挡了这个挡不了那个，索性也就哭丧着脸不管了。

人们常说，林子大了，什么鸟都有，可像国民党驻扎在赤坎负责防卫广阳地区的军队这片林子，只有一种鸟——混鸟，这样的林子还真不多见。

李江揉着惺忪的睡眼从床上爬起来。"妈的，吵什么……"他嘴里骂骂咧咧。但是立刻激灵一下打了个冷战，外面纷乱的砸门声里还混杂着别的声音，天哪，是枪炮声！此时，楼冈阻击战已经基本结束，只有楼冈那边自卫队还在苦苦支撑，枪声明显稀了不少。但是在这寂静的晚上，每一声枪声都是那么清脆，虽然距离这里还有十多里，但是听来仍然清晰。李江的大脑瞬间短路了，他愣怔着，这是什么情况？日本仔真的来了？这群乡巴佬还真是和日本仔干起来了？

他躺在被窝里的老婆伸出胖胖的胳膊搡了搡他，嘟嘟囔囔地骂道："死鬼，门都要被撞破了，大半夜的，什么人这样大胆？你杵在这里做什么？还不去看看。"

李江和他老婆是住在碉楼的第二层，一层住着他的勤务兵。一个服侍他老婆的小丫头就在旁边打了个地铺，此时也是傻乎乎站在旁边，惺忪着睡眼，不知发生了什么。他的姨太太不愿来这阴暗的碉楼受罪，和一个老妈子住在公馆里。

"长官，外面很多人……"

勤务兵其实已经在门口站了一会儿，见长官醒了才上前回话。

"妈的，什么人?"李江稍微平静了一下，涨红了脸气冲冲问道。

"看不清楚，好像……好像很多人。"勤务兵战战兢兢回答，"他们喊……喊话，说让您出去，要您快点指挥部队抵抗日军。"

"放屁，我是总指挥还是他们是? 滚出去，告诉他们老子自有安排，用不着他们操心!"李江心虚地叫嚣。

勤务兵打个立正，转身出去了。可是他只是站在门前扒着门缝往外看，他没那个本事让大家伙走开。他心里嘀咕:你老人家都不敢下来，我一个小卒算什么。

外面雨越来越大，嘈杂的叫喊声不仅没有消停，反而好像更大了。李江心里也打怵，不仅仅是因为外面来了这么多乡民，还有他听着枪声，明白日本人真的打过来了，这让他莫名地心慌。

"该死的日本仔，逃跑都这么气势汹汹的，妈的……"

实在没有办法，他穿好衣服，走一步停一停，终于走下楼来。

2

平时凶巴巴的李总指挥今天也不敢怎样，面对已经愤怒的群众，面对关文澜等办事处人员，他也只好用软话安抚，还说他已经做好了部署，马上就要行动。

办事处有许多事情要办，关文澜无法在这里和他耗时间，便把自卫队的行动和战术大致告诉了他，要求他带领乡团完成阻击任务。见他点着大脑袋满口答应，而且当时就吩咐勤务兵去把手下的几个连长排长参谋都喊来，说是进行战术安排。办事处的人也就疑疑惑惑地带领请愿人员走了。至于他们走后李江究竟做了些什么，就不得而知了。

此时的南楼，正在高度戒备中等待大战的到来。

当时的司徒氏自卫团队人员并不全部在此，有一部分在敌占区没能及时赶回来，在那里，他们配合当地乡团，也在进行艰难的对日阻击战。驻守赤坎的队员虽然人不多，但是都经过了多年战火考验，经验丰富，敏锐机智。有几个和司徒煦一样，练成了百发百中的神枪手，其中就包括司徒遇。

经过分工，司徒氏自卫团队分成四部分，一部分赶赴北楼，支援驻守北楼的自卫队；一部分在潭江沿线巡逻和部署土炮，由司徒长负责，人员包括司徒尚铎等四位炮手；一部分赶往赤坎镇和司徒氏四乡发动百姓撤离；主力约十多人驻守南楼，由队长司徒忠、副队长司徒煦负责，居高临下，坚守南楼。

哗啦的大雨砸在江面，平时波平如镜的水面，被雨点砸得千孔百疮，像一个巨大的筛子。能见度更加低了。负责放哨的队员不敢有丝毫大意，每隔两分钟就向南楼传递一次信息。办事处打来电话，告诉他们国军准备行动，在大路阻击右路楼冈方向过来的敌人，在西边也驻守了部队。这一消息令司徒忠和司徒煦稍稍松了一口气，他们最担心的就是恩平敌人突然从西路进攻，自卫队人少武器落后，那样必然腹背受敌，南楼虽不致一时就陷落，但赤坎镇就不好说了。到那时，南楼只能孤军奋战，绝地抗击。现在好了，李江最终还是行动了，虽然他没有按照司徒煦与他商榷的进行部署，但他总算行动了，这无论如何多了一份力量啊！外号"杀人王"的李江，但愿敌人到来的时候，能对得起他这个称号。

"难道我们估计错了？难道敌人真的要反其道而行之？不可能！"司徒忠听着南北两面的枪声，踱来踱去，自言自语道。

"不会的！"司徒煦斩钉截铁地说，"不会的！绝对不会！一来夜晚雨天江面能见度低，大队人马不易发现，二来船只便于运送枪炮辎重，还有，现在已经有两支队伍从南北两端陆上进攻了，但是听昌哥说总共也就二三百人，这就更能说明还有一支大部队紧接着就要出动了。"

"那怎么现在还没有动静？楼冈已经失守，说不定敌人依然会从这条路大批攻进……哦，不会不会，这一路应该是占领江南，保南路畅通，那么，啊！是了，只有南楼是潭江水路的要冲，阿煦，你说得对！敌人不会大费周折，从南面渡江。"

司徒煦微笑着点点头说："队长，其实，不管敌人从什么方向攻入，他都是势在必夺，一旦赤坎失守，南楼四面八方都是敌人，我们就孤掌难鸣了。现在只能盼望李江的国军能阻住一路，那样就好办了。"

两人正说着，司徒昌急匆匆跑进来，低声对二人说道："来了，老远有船的影子，这鬼天气，望远镜也看不太清，大概有四里多，黑魆魆的，不知道有多少。"

这时，楼顶的司徒遇也跑下来说道："绝对是，我看到了旗子，船挨得很近。看不出有多少。不过，据我估计，应该不下二十艘。"

司徒煦和司徒忠不由对望了一眼。司徒忠倒吸了一口凉气，接过司徒遇手上的望远镜，蹬蹬蹬向楼上跑去，司徒煦也拿了司徒昌的望远镜紧跟在后面。

虽然站在楼顶，可是不用望远镜还是根本望不到江面上有什么动静。雨幕遮挡了视线，即使用望远镜也比平时大打折扣。两人看了半晌，都默默放下望远镜没有作声。

一边下楼，司徒煦一边说："队长，需要增加土炮。我马上去找指导员。"

司徒忠还没有说话，就听楼下"哈哈"的笑声传了上来："不用找了，哈哈！我来了！"原来是新积指导员从族务办事处回来了。

两人高兴地冲下楼，只见新积指导员正在用毛巾擦拭头发，他一边擦一边说："知道你们着急了，这不赶紧回来。雨是越来越大了，不过大雨又不是下给咱们一个人的，日本仔更遭殃，不是吗？哈哈！"

看新积指导员的样子，倒不像如临大敌，而是要赴一场盛宴，什么是豪气？这种临危不惧的大气就是豪气。

新积放下毛巾，习惯地挥舞着右臂说道："先派两个人出去帮下忙。"

"帮忙？"司徒煦疑惑地问。

"你们现在缺什么？快出去看看吧！"新积指导员笑眯眯地说。司徒煦不由一喜，啊！他兴奋地突然原地嗖地翻了个筋斗，第一个冲了出去。

一座用油纸裹得严严实实的钢炮正蹲在门口，两名队员刚从牛车上把它抬下来，正准备抬进碉楼。司徒煦疾步上前，高兴地说："我来我来。"

这是一门小型狙击炮，正适合碉楼试用。几个人把炮一起抬上了楼顶，这里有空阔的地方。新积指导员微笑着说："这可不是一般的土炮啊！你们看看，正规的狙击炮。我们刚从李江那里回来。那小子正睡得香，好多乡民去请愿，没办法他答应两路布兵防守。我和老关不放心，死磨硬套一人弄了一口钢炮。"

司徒煦激动地抚摸着钢炮油黑的炮筒，嘿嘿傻笑着。只有这家伙下的蛋才够分量喂饱鬼子！

"好，这下子让他们来吧！日本仔，就用这小钢炮喂饱你！"司徒煦咬牙狠狠地说道。

司徒忠连忙向新积指导员汇报说："日本仔已经从江上过来了，现在已经不远了。"

正说着，一直在外面监视的司徒昌和司徒尚铎等人跑上来说，敌人越来越近了，大概距离腾蛟河岸不到一千米了。

司徒煦一听，就像上了镗的子弹一样，"噌"的一下就蹿起来："妈的，挺快啊！新积指导员，这就打吧？"

"呵呵，一说打仗你就兴奋，我看哪，你就是为打仗而生的。抗战胜利以后，你入伍吧，国家还真是需要你这样的虎将。怎么样？信得过我跟我走。"新积指导员没有直接回答，反而开起了玩笑。

"不行了，我老了，以后就是他们年轻人的天下了。"说着，他拍了拍司徒丙圆乎乎的小脑袋。

"你这是大器晚成，哈哈！再说，我还没说老呢，你怎么就老了。邓世英、关校长，你比他们哪一个老了？"

"嘿嘿，指导员就不要开我的玩笑了，说正事吧。"

"这可不是开玩笑，说真的，以后你一定会大有作为。呵呵，说正事说正事，不要急嘛！你的土炮能打一千米？阿昌，让外面的弟兄们加强监视，不要让他们在别处钻了空子，随时汇报，紧急情况开枪报警。"新积指导员收起笑脸，有条不紊地安排。

司徒忠接着说："阿丙，去通知司徒长，加强第一防线的巡逻，务必阻止日本仔上岸。"

"是！"司徒丙答应着抬脚就走。

"等一下，"新积指导员沉吟了一下说，"如果司徒长他们抵挡不住，不要死拼，叫他们退回南楼。"

"嗯！"司徒丙看了两位队长一眼，转身出去了。

3

就在赤坎已经被围的情况下，有三个人影乘天黑悄悄摸进了赤坎上埠。

这三个人中其中两个就是韶儿和谭阿宝，另外一个竟然是关沁荷。他们怎么会一起回了赤坎呢？

韶儿和谭阿宝两人白天在路上遇到了关沁荷一家，在那里他们耽搁了很长时间，但是韶儿也和关沁荷聊了很多。她是决心要回赤坎的，虽然从关玉瑄和关志平嘴里没有听到关太太回了赤坎的消息，可是既然已经走到了这里，那就先回去再说，关太太不是个没主意的人，再说新会那里有阿三，等日本仔退去了再去打听也不迟。

可是既然遇上了，韶儿倒暂时不着急了，最主要的是她对关沁荷充满了好奇。然而关家在这时候发生了分歧。关太太和关老爷吵了起来，当然焦点还是去留的问题。

"我是不走了，要走你走，哎哟我的脚啊！"刚才急匆匆往竹林里跑，关太太的小脚扭了一下。

关老爷铁青着脸查看了散落在地上的东西，那些金银细软基本上都没了，只剩下一些换洗的衣服。好在他藏在牛车最下面的一口大皮箱没有损失，估计日本仔赶路赶得急，没顾上撬开。他长出了一口气，那可是他几十年的心血啊！里面不仅有许多玉石珍宝，更有几件价值不菲的名人字画和古董器玩，抵得上他在开平的那几家商铺的价值了。

"这么点小挫折就不走了？什么叫逃难？玉瑄，收拾好东西，这么多人，扛起行李，先往前走着，等到了前面村子再雇车。"他不理夫人，自顾自指挥道。

关太太突然坐在地上号哭起来："天哪！我的命好苦啊！呜呜呜……"

"嚎什么嚎？一会又把日本仔招来了，看你还嚎?!"

关太太吓得一下子住了声，惊恐地东张西望。那几个车夫本来正心疼自己的马，看到这两口子如此吵架，都不由得咧嘴笑了一下。但是他们很快便吵着要关老爷赔马。

关志平和他们说着好话："几位辛苦一下，牲口钱少不了大家的。前面不远是四九圩，那里就是出牲口的地方，到那里给诸位买最好的牲口。现在大伙帮帮忙，先到村里。"

他这话不假，四周村镇乡民买牲口，基本都到四九圩，那里有个牲口集市，好骡子好马多的是。现在战乱就是暂时关了集市，到乡民里雇几辆大车应该不成问题。回头再赔这四个车夫几个钱，打发他们回家也就是了。

但是关太太就是不起来，她虽然不哭了，却一声高一声低地咒骂起来。她先骂日本仔，倭奴长倭奴短地骂了半天，话锋一转，矛头又对准了关文炳关大老爷："都是你个死鬼，早做什么去了？到这地步要去啥香港，你是想把我这老命丢在道上！"

关沁荷上前搀扶她，小声劝道："妈不要吵了，这么多外人在。脚很痛吗？"

"就是，没事找事，咳咳，这还没出家门呢就失了东西。"关玉瑄一边咳嗽一边气喘吁吁地说道。他先前在竹林里受了风寒，现在有些感冒了，咳嗽头痛。

"都懂个屁!"关文炳涨红着脸冲关玉瑄吼道,"滚一边收拾行李去!"

沁荷一边安抚妈妈一边对父亲说:"阿爸,休息一下吧。这样怎么走?阿妈的脚受了伤。"

"哼!"关文炳气哼哼地不搭理她。

谭阿宝俯在韶儿耳边悄声说:"不要管他们,咱们走吧。"

韶儿正痴痴地望着沁荷发呆,根本没听清他说什么。她心里在想,真是好奇怪啊,怎么见到了情敌居然没有一丝恨她的想法,反而觉得她娇柔可怜,只想和她说说话,谈谈心。难道是我爱煦哥不够深吗?也许是吧!我从来没有像书中讲的那样,因为爱情愁肠百结,寻死觅活,我怎么还是这般快乐?

谭阿宝又说了一遍,她才发了个愣怔,从痴迷中醒了过来。

"等一下。"她还是饶有兴致地看着沁荷。谭阿宝知道这小丫头想一出是一出,也就不理她了。沁荷似乎觉得总有道目光在注视着自己,猛一回头,和韶儿的目光对在一起。

这个女孩子,好机灵,眸子那么清澈,大概古诗上说的秋水盈盈就是这样的明眸了吧,但不知怎么,这对眸子里似乎有一抹熟悉的影子。关沁荷心里一颤,赶紧回转头来,她要照看母亲。

这时,关志平说道:"伯父伯母不要急,我这就到四九圩去雇车,大概一两个钟点能回来的。伯母你们先歇着,没事的。"说完,他不等别人说什么就大踏步向山下走去。

"我也去!"韶儿叫着。

大伙都吃了一惊,这个小丫头,就像个后生。关文炳最腻烦这样的女子,说不好听点,就是没有家规。他打量了韶儿几眼,没有作声。

"你去做啥?很好玩吗?真是。要我说,赶你的路要紧,别迟了,见不到你表哥——"谭阿宝口无遮拦地说着,突然觉得说这话有些不对,赶忙住了口。

"死黑仔!你说什么呢!呸呸,我做什么与你何关?"韶儿又急又恨地跳起来骂谭阿宝。

"我错了,我错了,好不?"谭阿宝见韶儿眼睛里蓄满了泪花,显得楚楚可怜,不由心中一动,连忙不停地道歉。见她还噘着嘴不高兴,一冲动就又说道:"我该死,总惹你生气,这样吧,回头让你那英雄的司徒煦表哥狠狠打我一顿,或者直接给我一粒花生米,谁让我嘴这么欠呢!"

韶儿扑哧一声笑了。同时，所有人的目光全投向他们，就连已经走出去十多米的关志平也停下了脚步。

4

关志平和谭阿宝的背影消失在苍翠的山峦中。关玉瑄本来也要去，可是他身体虚弱，只好留了下来。韶儿非要跟着去，被关沁荷一句话留下了，她说："妹妹不累吗？来坐在这里，喝点水，我们聊聊天打发时间。"

本来老刘也要去的，关志平阻止了他，让他在这里照看大家，他对那四个车夫不放心，也怕有点什么事，这几个老弱病残的怎么办。于是谭阿宝就又被这个热心的姑娘抓了差，她自己巴不得和沁荷姑娘聊上一聊。

韶儿一说出司徒煦是她的表哥，所有人都盯着她看尤其是关沁荷和关文炳，两人的眼神无比复杂。关文炳刚才对这小姑娘的一点感激之情瞬间消失得无影无踪，他与生俱来的对司徒氏的偏见使他立刻用仇视的目光对准了韶儿。但是面对这样一个天真可爱的小女孩，他又不由得心生怜爱，可一想到她是那个司徒煦的表妹，失望、排斥、愤怒的情绪不禁浮现在脸上。他阴晴不定的神色让韶儿心生惧意，赶忙别转了头。而关沁荷的眼神却是惊奇、友好、欣赏的，这让韶儿对她大生好感。

关文炳鉴于自己长辈的身份，不好意思说什么，坐在一旁生闷气。不过他尖锐的眼神一刻也没有离开韶儿，恨不得吃了她一样。见到女儿和她那么亲热，肺都要气炸了，可是又不能对人家发火，就把一肚子气撒在老刘身上，怨他一路上偷懒，也不懂前面探探路。老刘知道老爷的脾气，也不理他，把行李都归到路边，坐到一旁吸烟去了。

韶儿跑到沁荷身边，两人对视了一眼，竟像久别重逢的朋友，互相一笑，情谊就在这一刻深深种在彼此心中。

两人携手走进竹林，回头看了看气冲冲的关老爷，都扑哧笑了一下。

可沁荷马上又重重叹了口气。

心直口快的韶儿问道："姐姐叹气干吗？是为这一走怕再也难见到表哥了吗？"

沁荷羞红了脸，娇嗔地白了她一眼。

"嘻嘻，你不说我也知道。哼！要是我才不走呢。姐姐就是性子太柔弱了，我可不这样，你知道吗？我是从南洋偷偷跑回来的，拼着回去挨一顿打，先做了再说。我不会是那种只想不做终生悔恨的人。"

　　沁荷心里突然咯噔一下，这真是个天不怕地不怕的女孩，看得出，她很喜欢自己的表哥，以她这样的性格，自己又不在司徒煦身边，终究让她占了先。这样的念头一闪即逝，她马上怪自己这种想法太亵渎这么纯洁美丽的好妹妹了。

　　韶儿还在兴奋地说："姐姐，依我说，你也和我一样，偷偷跑回去。你们都这么多年了，谁也离不开谁，干吗非要弄得彼此天各一方？"

　　说到这里，她心里不由一酸。她是个爽快人，不爱藏着掖着，有主意，心里又不搁事，凡事想得开，对司徒煦虽然爱得也深，可是这几年明白人家早对沁荷情根扎得深深的了，自己根本没有希望，反倒洒脱起来，一如既往对表哥好，也不再存什么幻想。虽然有时候想起来会很心痛，她也总有排解的法子。但今天亲自给情敌出主意，为的是让她和自己深爱的人结合，还是不由心里酸痛。

　　沁荷幽幽地说："可是我很为难，你看我妈，已经操劳到这种地步，都是为了我。"

　　"你真傻，等太平了，你们一起去给伯父伯母磕头赔罪，自己的亲妈还会和你记仇不成？再说，到那时你们给她们抱回一个胖外孙去，他们喜欢还来不及呢！"韶儿说着，嘻嘻笑个不停。

　　沁荷涨红了脸说："你这人在外面学坏了，本来看你是个好人和你说说烦恼事，你却总是打趣我，不理你了。"虽然这么说，她却真的动了心，想想也是啊！可父亲能让她回去吗？她硬要回去，关志平还会一路照顾她的父母吗？她忍不住嘤嘤啜泣起来。

　　"对不起姐姐，啊！都是我不好……"

　　"不怪你，妹妹，是我……妹妹，你听我说，我在家里，没人能和我说个心里话。你知道的，现在战事这么紧，煦哥不仅不顾惜身子，还时时处在最危险的境地。他……他要是有个三长两短，我……我真不知怎么办……"

　　沁荷泪眼蒙眬地望着苍翠的竹林上灰蒙蒙的天空，心头激荡，她什么都不想隐瞒了，她需要一个知己来听她诉说。她接着说道："煦哥不分昼夜地打日本仔，我必须让他安心，要不他怎么能做好自己的事？他看出了我的心思，对我第一次发了火，他答应我一定活下来，抗战胜利了就娶我。可是我从心里还是不放心的，战场上，子弹是不长眼睛的。我白天黑夜地睡不着觉，我都快撑不住了。"

　　"唉！姐姐心思也太重，放宽心，表哥福大命大，不会有事的！"

"妹妹，你不知道。我也由不得自己。从他回来进了自卫队，我就没睡过一天好觉。我想，他要是真的不在了，我怎么能活？他在密冲那段日子，你不知道我是怎么熬过来的。可这些我又不敢对他说，怕他分心，我们好不容易见一次面，我都是高高兴兴的。煦哥怎么会看不出来？他后来突然逼我立个誓，要我答应他。"

"答应什么？"韶儿好奇地问。

"他让我答应他，他万一牺牲在战场上，我不能做傻事，必须活下去。我不让他说这话，可是他逼着我立誓。我心一横，就说，要想让我有活下去的念头，那也行，我们生个孩子吧！"

韶儿羞得一下子捂住了脸。

"我说，煦哥，我生是你的人，死是你的鬼，我们难道还要囿于礼法吗？我宁愿背负一世骂名，也要和你做夫妻，也要为你生个孩子。何况，在最坏的打算下，有个孩子，我以后也可以有活着的意义！"

韶儿抬起头来，她脸上已经没有了羞涩，她敬佩地望着沁荷，心里在想："如果是我，我能做到吗？我可以为了表哥抛却生死，抛却名誉吗？"这个柔弱的女子骨子里是如此勇敢，韶儿对眼前的女子充满了敬意，暗暗叹服表哥的眼光。

"我有了！"关沁荷脸上泛起幸福的红光，一只手下意识地轻揉着肚子。

"啊！"韶儿捂着嘴低呼，"那你更应该回去了，一则你这样长途跋涉，哪能受得了？再则，这时候表哥也最需要你，你走了，他又什么都不知道，你想他该多么绝望！"

沁荷呆了一呆，没有作声。她自己知道，心中唯一牵挂的唯有母亲，但是想想韶儿说的也对。她有些彷徨，不由向赤坎方向望了望。突然，她站起来，坚决地说道："妹子，我和你们回去，刚才过去了那么多日本仔，说不定今天就要开仗，我心里七上八下不踏实。就是走，也要等到打完了仗再走！"

"嘻嘻，那那时候还需要走吗？"韶儿笑嘻嘻地问。

"死丫头，就你多嘴。"沁荷放下了心里的石头，打定了主意，一下子感到无比轻松，也开起了玩笑。

5

眼看着太阳渐渐偏西，关志平和谭阿宝还不见回来，大家都有些着急。韶儿和沁荷讲了她在新会的遭遇，两人一边等着谭阿宝回来，一边悄悄商量怎么脱身。沁荷偷偷看着靠在路边闭目养神的母亲，心头不由一酸。几年的工夫，母亲老了许多，头发已经花白，走路不再精神，手脚时常发抖。唉，不孝女又要对不起您了。想到这里，沁荷眼泪又扑簌簌落了下来。

老刘起身到山下灌了两壶水，上到半山，看到关志平和谭阿宝从远处走来，后面跟着两辆牛车。他高兴地跑上山告诉了关文炳，大家听了也都挺高兴，一起站起来向远处张望，连关太太也忘了脚痛，在小翠搀扶下急急忙忙跑过去看。

不一会儿，关志平走到近前。他气喘吁吁地说："四九圩遭了日本仔的劫，牲口市场没了，牲口也少得可怜。有牲口的家也不愿跑这么远的路，好不容易买了这副骡子车，我想老刘也会赶车。一辆不够，正好这个后生说他无父无母就一个人，愿意送咱们到香港，只要到了那里给安排个事做就行。"

关文炳看了看这后生，见他长得憨憨实实，也有几分喜欢，想了想也就同意了。

好在关文炳极吝啬，怕放在车上不安全，就在身上背了许多金条和银元，虽然沉甸甸的，倒也避免了丢失。关志平身上也还有一些银元和纸钞。那四个车夫只要银元，只好额外多给了他们五十块大洋，打发他们回去了。

一行人把行李放在车上，关太太和儿子女儿坐在一辆空车上，由老刘赶车，关文炳坐在另一辆装了行李的车上，由那个叫荀力的后生赶车。都坐上了车，关文炳见韶儿对沁荷不停地使眼色，就不快地说："这位姑娘，多谢刚才报警，目下我们要上路了，您请自便吧。"

这不客气的话令谭阿宝十分不快，韶儿却无所谓，她脆生生地说道："救人要救到底，我们再送送伯父伯母，黑仔很能干，让他推推车扛个东西都行，有了坏人他还会功夫。"

韶儿低头扑哧一声轻笑。谭阿宝不乐意地盯着她看了半天，这小妞，又想哪出呢？韶儿悄悄冲他眨眨眼，要他不要作声。

关文炳哼了一声也没有办法。关玉瑄倒是高兴地拍手欢迎，差点没说出让他们一起去香港的话。

上路了，关文炳吩咐荀力快点走。关太太刚才虽然哭闹了一场，其实她也就是发泄一下，让她再返回去她心里也不情愿。韶儿和谭阿宝走在后面，一直与面朝后的关沁荷脸对脸。沁荷几次叫她一起来坐车，她不肯坐，倒不是坐不下，主要是她想和谭阿宝商量一下。

谭阿宝听说关家大小姐要半路逃跑，吃惊地瞪大了眼睛。他斜着眼打量着韶儿，啧啧啧不停。

"怎么了你？牙疼啊！真是。"韶儿白了他一眼。

"你这家伙，你知道你干吗呢？你这是帮助人家私奔呢！"

"什么话，这哪叫私奔。再说了，就是私奔怎么了，不和你讲了。"

"哎，哎！"谭阿宝忽然嬉皮笑脸地说道，"你是聪明是傻啊，她走了不是你的天下了？你又帮她回来，你还高高兴兴的，是不是你们达成协议了？"

"嗯？什么协议？"

"她做大的，你做小的。"

"呸呸，放你的狗臭屁！"韶儿笑骂着。

"不成体统，哼！"关文炳在车上看着一路上说说笑笑的韶儿和谭阿宝摇着头说。

阴天夜晚来得比平时早些，黄昏的时候，天色已经相当阴暗，好在关家这一行人也到了龙胜镇。这里倒还太平些，本来不是敌占区，这两天过了两队日本仔，急匆匆的也没有受到骚扰。一天没怎么吃东西，现在到了一个太平的地方，不觉肚子都咕噜噜叫起来。在一家不大不小的客店住下了，吃过饭，韶儿就迫不及待地给沁荷使眼色。

沁荷和妈妈住在一起，关太太劳累了一天，又受了点惊吓，早早躺在床上昏昏沉沉打盹。沁荷为她除下鞋袜，让小翠也去休息，把她支开。看着满脸风尘的母亲，沁荷的泪又流了下来。她为母亲揉着伤脚，内心在煎熬和挣扎。终于，她轻轻为母亲盖上被子，转身走出了房间……

到苍城的时候，天黑透了。沁荷已经走得很费劲，韶儿虽然身体底子好，可毕竟身体刚恢复，又走了一天的路，腿也像灌了铅，每挪动一步都十分沉重。谭阿宝很着急，他让两人等一下，竟然找到一个看似比较富有的人家，悄悄从墙头翻进去，偷了一辆架子车。他让两位姑娘轮流坐在车上，自己咬牙坚持拉着他们上了路。沁荷有些不好意思，觉得这样偷东西实在不够好，韶儿反而感到很有意思，像是小时候做了什么调皮的事一样兴奋不已。

在黑夜中摸索前进，就在三人都筋疲力尽的时候，远处的天空闪烁起点点亮光，接着他们听到了隐约的枪炮声。这时雨淅淅沥沥落了下来，越下越大。

他们不知道这一路紧赶慢赶已经过了沙塘镇，再过去就是塘口镇了。

6

赤坎东北面楼冈落入敌手，紧接着是塘口镇，敌人一路向赤坎挺进。从南边陆路来的日寇过了楼冈，占据潭江以南，直接威胁腾蛟村。与此同时，水路日寇大队人马也到了。

韶儿三人到达塘口的时候，自卫队刚与日寇打完了一仗，空气中弥漫着浓烈的火药味。谭阿宝警觉地停下脚步。

"不能进去，这里被日本仔占领了！"

"你怎么知道？"韶儿好奇地问。

"你忘了，刚才过的那个村子（指楼冈），明显经过一场激战的样子，你看这痕迹，一直延伸到这里，显然是自卫队撤退了。"

"怎么不能是日本仔撤退了？哼！"

"你小丫头懂什么？我当过这些年兵，总也有些经验，还是不要进去的好，你看这脚鞋印布鞋或是赤脚踩出来的，不是鬼子的皮鞋，"他举起一片蓑草，"这蓑衣上掉下来的蓑草，是我们的，鬼子用的是军用雨衣。我们绕一下路吧！"

韶儿撇了撇嘴嘟囔道："神气什么！还有经验呢！有逃跑的经验罢了！"不过说归说，她还是跟在他身后向东绕了过去。

雨还在不停地下着，架子车早扔掉了，三个人深一脚浅一脚地摸黑前进。三人对地形都不熟悉，又是雨天，只能凭感觉向东走了老远，又看到有一条像是向南的小路，就又顺着小路走。谭阿宝把粗布小褂脱下来，默默递给关沁荷，沁荷犹豫了一下，接过来穿上了。她身上已经全淋湿了，从客栈走得急，没带雨伞。她现在唯一担心的就是害怕走这么远的路，又被雨浸个透湿，肚子里的孩子，要是出点差池，怎么对得起煦哥。还好，虽然很累，她倒是没有什么异常的感觉。

正一步步艰难地在黑漆漆的雨幕中穿行，忽然远处红光冲天，撕开了沉沉的黑幕，接着是一声沉闷的响声，就像闷雷一样轰隆隆滚过。三人不约而同停下了脚步。

"那是什么地方？"谭阿宝问。

韶儿不好意思地摇了摇头，虽然别人看不到。沁荷吞吞吐吐地说道："像是……像是南楼方向，不过，我不敢确定，我很少出来，不知道这是哪里。"

正说着，又是一声炮响，接着又是一声。枪炮声连成片，虽然离得远，可还是听得清清楚楚。

枪炮声正是来自南楼。

日寇大队人马从水路向腾蛟村前进，浩浩荡荡的三十艘大木船越来越近，队员们有些坐不住了，地面的三门土炮和楼上的一门狙击炮都已架好对准江面目标，机枪装好子弹，瞄准敌船，就等一声令下，枪炮立刻开火。

自回国以来，司徒煦从保卫赤坎到去密冲等地打游击，多次和日本仔直接交锋，每次都充满信心，豪气冲天，而且每次都能化险为夷，打了不少胜仗。可是今天，他知道和以往任何一次战斗都不同，这次，不仅关乎民族气节，更是复仇之战。然而，他更明白，对于日本军队，也是困兽犹斗，狗急跳墙，他们不仅仅是垂死挣扎，打通南路干线，更是要在离开华南地区之前进行最后疯狂的扫荡。对付小小的赤坎，劳师动众，煞费苦心，足见日本高层指挥官对这条贯穿南北通道的重视。

司徒煦凝视江面，沉默而坚定，他对身边的司徒忠队长说："走，去近前看看。"

司徒忠点点头，此时此刻，他也是心怀激荡，仇恨的火焰迅速燃烧，今天，他终于可以和日本仔面对面决一胜负，他无法克制激动的心情，甚至说话都有点发颤，这和平时沉稳的他简直判若两人。

"好，你们小心，这里我看着。"司徒新积说。

两人解开一条小艇，悄悄从左边向敌船划去。在大概距离敌船几百米的时候，他们看到了船上的膏药旗，虽然雨中看不太清，但是确定无疑，甚至连俯在甲板上穿着日本黄军装的日本仔和架在船头的机枪火炮都分辨得出来。由于视线不好，再加上几十艘大船远远看去密密麻麻的，两人约略数了一下，大概在三十艘左右。接着，他们看到有三分之一的木船向右岸靠拢，像是要停靠上岸的样子，另外的船只依旧向南楼前进，而且速度似乎突然加快了。

司徒煦和司徒忠对视了一下，马上调转船头，迅速划回岸边。

司徒煦急速跑到炮手司徒尚铎身边，司徒尚铎正眼睛一眨不眨地盯着日本仔的船只，竟然没有发现司徒煦副队长过来。

"尚铎叔，日本仔想上岸。"

"嗯，看到了。来吧，日本仔！"

"等一下。"司徒煦又迅速离开他站起来向前跑，他看到所有队员都已经凝神戒备了。

"好，到射程了，开火！"他大声吼道。

"嘭——"司徒尚铎瞄准最前面一艘船开了炮。不愧是老炮手，第一炮正中目标。接着另外两门土炮也一个接一个发射，水面上炸起大朵浪花，敌人"哇哇"的叫嚷声传来，船队乱了套，有的想改方向，船身刚一偏转，"砰"的一下又和旁边的船撞在一起。

岸边的三门土炮一开火，司徒长带领巡逻队也开了枪，连续的火力马上阻挡住想靠岸的那几艘木船。敌人突然遭到袭击，手忙脚乱，黑暗中又看不到目标，只好冲着岸边瞎开枪。严阵以待的炮弹不断落在船旁，溅起的水花泼了这些日本仔一身，他们满头满脸都是水，慌乱中有两个日本仔竟然一脚踩空，扑通扑通掉下水，当水鬼去了。

司徒煦满意地咧嘴微笑了一下，向南楼跑去。与此同时，南楼楼顶的探照灯突然亮起，强烈的光柱照射在潭江水面上，队长司徒忠和新积指导员指挥南楼上的自卫队员趁着灯光开火。机枪手司徒遇瞄准快速冲过来的敌船"突突突"猛烈射击，崭新的狙击炮已经装好炮弹，司徒忠亲自瞄准，"嗵"的一声，一道红光从炮管冲膛而出，向敌船飞去。

"好！"新积指导员兴奋地一挥右臂，把望远镜递给刚上来的司徒煦。司徒煦拿过来一看，也不由开心地大叫一声。只见冲在最前面的第一艘木船正在慢慢歪斜，司徒忠一炮击中目标，狙击炮威力巨大，射程又远，直接击穿了甲板。船上的日本仔吱哇乱叫着向船的另一侧涌去，可是船倾斜度越来越大，终于翻转过来沉了下去。日本仔喊叫着，有的直接跳进江里，瞬间不见了，有的想跳到别的船上，可是距离又远，也大多掉进水里去了。

"哈哈，日本仔，再喂你一串花生米！"司徒遇咬着牙，一梭子子弹过去，有两个已经爬上别的船的日本仔扑通扑通又掉进江里直接见阎王去了。

7

这一仗打得太振奋人心了，是役，击毙溺毙日伪不计其数，日本仔三次冲锋都被打退了。

司徒丙小脸涨得通红，每打一枪都高兴地喊一声。自卫队中，他和司徒旋经历的战斗最少，两人一开始都紧张得要命，可是一打起来，似乎一切都置之度外了。司徒旋此时不仅负责装炮和楼上楼下联系，还主动跑出南楼，帮外面的队员把伤员抬进南楼。

日本仔不甘心这次进攻失败，退出五百米之外不再后退，停在江面上观察情况。狡猾的藤原并没有在这些船队里，他此时正在开平指挥部里喝着红酒，等待胜利的消息。而船队指挥副队长山口大尉有心就此撤退，可是他一来不甘心，二来怕回去交不了差，可是现在这情况，怎么办？对方火力太猛了。他心里暗暗骂藤原：他妈的你躲在碉楼里喝酒，让老子来拼命，还说什么对方都是些土枪土炮，成不了气候。成不了气候你来试试？

骂归骂，作为一条久经厮杀的老狼，他很快就琢磨出来，对方看来也不敢到江面上来追击，人数和武器他们都不占优势，不过是凭着南楼和岸上的有利条件。想到这里，他胆气又壮了几分，他暂时收起狼牙，检查了损失，有两艘船被击沉了，除了掉到江里的，其他船上伤亡并不大。

山口沉着脸，掏出怀表看了看，正要下令继续进攻，一阵风刮来，雨雾扑在脸上，他猛然呛了一下，大声咳嗽起来。一名日本仔过来递给他一块毛巾，他夺过来胡乱擦了一把脸，再次露出他的獠牙，发出狼嚎："八嘎！集中火力，不要管南楼，先灭了岸上几个刁民！"

二十八艘木船避开南楼的火力，急速朝岸边冲来，而且还伴随着"嗒嗒嗒"的机枪扫射的声音，子弹落在近岸的水面上，溅起一朵朵浪花。

已经发现日本仔意图的司徒煦吃了一惊，他吩咐司徒遇等人不要动，守好南楼，然后和司徒忠带了几名队员扛上机枪、步枪迅速跑出南楼去支援外面的队员。

刚出门，司徒昌就急匆匆从西面跑来。司徒忠让其他人先走，自己等司徒昌过来。

"队长，不好了。"司徒昌气喘吁吁地说，"刚得到消息，从阳江、恩平方向来的日本仔已经到了百合镇，分三路从西面包抄，赤坎被围了。"

"啊！"司徒忠倒吸了一口凉气。

"兵来将挡，水来土掩！来就来吧！"司徒煦不知什么时候站在了旁边，"不要想其他的了，现在关键是打退眼前这些日本仔！"

司徒忠沉吟着点点头，疾步跟上了司徒煦。

新积指导员听了司徒昌的汇报后，点上一支烟，从瞭望窗口望着外面江面腾起的硝烟，很久没有说一句话。烟烧到了手指，他猛地将烟头扔在地上，用脚碾碎。回头突然发现楼里的几位队员都在望着他。

他明白，队员们虽然打仗勇敢，可是毕竟大部分是没有经过正规训练的乡民，即使像司徒煦这样的，也只是经过短暂的集训，真正的大规模阻击战还没有经历过。今天突然遭遇日本仔这种大举围攻，心里难免忐忑不安。他们需要定心丸，需要鼓劲。

"兄弟们，"他顿了顿，缓缓说道，"大家说，敌人为什么发动这么大的力量，就为了攻打一个小小的赤坎？"没等别人说话，他就接着说道，"这说明他们心虚！对，就是心虚！日本仔在中国横行霸道的日子不远了，各地抗日的浪潮越来越猛，他们只好狗急跳墙，一条路，逃！大家记住，日本仔是丧家之犬，要在失败的时候垂死挣扎，反咬一口。我们偏不让他们得逞。大家知道吗？八路军、新四军已经对日寇开展了全面反攻，他们猖狂的日子不多了！"

"可是现在，赤坎处于一个包围圈里，我们不是成了孤军奋战了吗？"司徒旋问道。

"怎么能说是孤军奋战呢？你们没看到，多少乡亲、华侨群情激奋，冒雨到国军指挥部请愿，医院医生护士不休息做好了救治伤员的准备，这深夜里，腾蛟的乡民都没有休息，他们在等着我们胜利的消息。就是国军，也都做好了战斗的准备，只要所有人都拧成一股绳，再凶猛的敌人也不可怕！"善于做思想工作的司徒新积深知士气不可失之理。

"是！指导员说得对，不就是几个日本仔吗？我们赤坎只要没走的人都联合起来，他们就是攻进来也成不了气候，中国人是杀不完的，指导员，请放心，我们人在楼在，要让这枚钉子一直插在日本仔的心脏里！"司徒遇斩钉截铁地说道。

新积指导员点点头，拍拍司徒遇的肩膀说："好！我们要有信心打败日本仔，阿遇，你们几个机枪手留下，其他人跟我去支援司徒煦他们。"

"是！"众队员背起枪，迈开强悍的步伐去迎接敌人的进攻。

这一次，在自卫队强烈的炮火下，日本仔船队不仅无法靠近岸边，甚至只能在江中心打转。进攻的失败使这些日本兵心理上无比恐慌，他们不知道对方是些什么人，虽然山本一个劲叫嚣："给我冲，对方只是一些游击队，不要怕！"可是谁也不愿在黑暗中无缘无故送了性命。他们就趴在船头，冲着岸上炮火激烈的方向拼命扫射，船摇摇晃晃，射击的准头更偏了。蓦地，有一艘木船被炮弹击沉，船上的日本仔哭爹喊娘地叫着乱纷纷跌入水中。潭江江面风雨交加，浪花翻滚，掉入江中的日本仔瞬间就被江水卷走，消失得无影无踪。

看到敌人乱成了一团，队员们兴奋地高呼庆贺。司徒煦端起机枪，每扫射一次都会弹不虚发，子弹有限，他不愿做无用功。

山口终于撑不住了，他阴沉着脸站在船头，大雨把他浇了个透湿。副官过来让他进舱躲雨，他突然一脚把副官踹了个嘴啃泥。他还不想撤退，可是他身边的木船都已经乱了，有的不等命令就自行掉了头。他哇哇吼叫着掏出枪来，冲天开了两枪。可是在风声枪炮声中，他这两枪太渺小了，根本阻挡不住船队的颓势。

"啾——"一颗子弹突然擦着山本的耳朵飞了过去。他吓得扑通一声坐在甲板上，那个刚爬起来的副官连忙过来扶他，冷汗和着雨水从他脸颊上流下来。

"撤!"还没来得及爬起来，他不由自主喊出这个字。

8

南楼这边日本仔开始进攻的时候，关氏自卫队也遭遇了劲敌。

米冈和楼冈相继沦陷，敌人一路向塘口进发折而向南包围赤坎，一路过楼冈接应水路直接威胁腾蛟自卫队。而关氏自卫队在经过一系列阻击战后，不得不集中兵力，退守塘口魁冈的文林学校。

关玉书带领小分队乘小艇返回根据地，上了岸，他们冒雨急速前进。这时，他突然想知道国军在干什么。好几千人的国军队伍，他现在没有看到一个士兵，街上没有，江边没有，他有些愤怒，难道这群王八蛋又要像当初放弃三埠一样放弃赤坎？

他关照其他队员马上回文林学校做好战前准备，自己披着蓑衣折向西，他不看看李江和他的部队在干什么心里实在不踏实不痛快，但是自己也明白，即使看了又能怎么样？不过危难当前，他还是心存一丝丝侥幸。

赤坎就这么大，没多久他就到了兵营。让他惊讶的是，兵营里就像遭了抢劫一样，一座座营房空空如也，有的大敞着门，里面被褥、臭鞋满地都是，显然走得匆忙，有人根本顾不上收拾东西。更说明之前他们就没有丝毫抗敌的准备，有的正在睡大觉，突然要行军了，才匆匆忙忙爬起来就跑。他又来到兵营旁两处碉楼，这是李江和他的几名手下住的地方。门都没有锁，轻轻一推就开了，里面黑咕隆咚，什么也看不清。关玉书刚迈了一步，一脚踢在什么东西上面，差点被绊倒。他从怀里摸出一盒火柴，擦了好几下才擦着。借着微弱的火苗亮光，他低头看了看，是一只竹编枕头。

关玉书悻悻地扔掉火柴，转身走了出来，他明白，里面根本没人，兵都跑了，当官的还会在吗？

"哼！"关玉书绕着李江住的碉楼转了一圈，轻蔑地骂道，"孬兵，贼兵！"

他不愿在这里多待，走出兵营，快步向文林学校跑去。

跑了不远，突然发现前面影影绰绰好像有好多人，好奇心陡起，朝那边跑过去。

"哎呀！"他一拍脑门，"那不是李江的临时公馆嘛，原来他们在这里。"他凑了过去，远远地看到那些兵穿了雨衣散乱地站在街面上，有的在抽烟，有的找个避雨的空门面所在屋角避雨。而李江临时公馆的大门敞开着，两个士兵一左一右站在门口放哨，还有好几个当兵的进进出出，抬着一箱箱东西往外走。一个打扮得妖里妖气的女人站在门口，旁边有小丫头给她打着伞，她摇头摆尾地不停地骂着什么。

关玉书什么都明白了，他愤愤地骂道："他妈的，又要逃跑了，只会搜刮民脂民膏的贼兵！"

换作以往，以他疾恶如仇的性格，绝对要找李江理论一番，或者暗地里给他搞个破坏。他和司徒煦一样，从小就调皮捣蛋，胆子大主意多，不知道给多少他看不惯的人家半夜里点炮仗，路上挖陷阱……可是现在，他摸摸背上的步枪，真想瞄准那个肥头大耳的家伙开上一枪，可惜那家伙面都不露，或许正躲在屋里和他的胖老婆收拾金银细软呢！

先把这笔账记着！关玉书恨恨地往回走。

回到学校，关玉书把他见到的告诉了大家，人人义愤填膺，纷纷主张去拦住李江。关文周一拍桌子站起来，气冲冲就要出去。

"站住！"一声断喝，所有人都站在当地。只见邓世英走到关文周面前，语重心长地说道，"老关啊！先不要冲动，国军逃跑我们是阻挡不了的，可我们必须要做好自己的事。我们当前最主要的任务是什么？是阻止敌人占领赤坎。你们这样子，都去找李江算账了，如果我们先与李江打起来，只会便宜了日本仔！"

所有人都点点头，各回各位，一时屋里无比安静。

关文周气哼哼地埋头坐在桌边不说话。邓世英走过去拍拍他肩膀说："老弟，怎么对从来没有希望的人失望起来了。我们打了好几年游击，却越发没出息了？还得靠自己啊！大家说是不是？何况这么多好兄弟跟着你呢！"

"是啊队长，在这方面，不光是打日本仔那么简单，也是考验我们关氏子弟的时候啊！不能让人家笑话。"关玉书说道。

"对，李江那胆小鬼，老天自会惩罚他的！"

"队长，指导员说得对啊！"

"我就不信我们齐心协力打不赢萝卜头！"

大家七嘴八舌，越说越亢奋，所有人都从刚才的愤慨中解脱出来，斗志更加昂扬。关文周被大家感染了，他抬起头，望着眼前振奋的队员，再次狠狠地拍了下桌子。他要带领自己的队员迎接强敌的到来。

强敌就在眼前。

队员们的情绪刚刚平复下来，三分队队长关俊民就跑进来报告道："报告队长，日本仔已经过了楼冈，现在兵分两路，一路坐船往芦阳方向去了，一路沿公路向这边来了。"

关文周叉腰站在当地，粗大的眉毛一掀，问道："关利回来了吧?"

关俊民回答道："回来了，他们给敌人迎头痛击，打得日本仔晕头转向，又在路上撒了好多钉子碎玻璃，然后就急速撤回来了。只是芦阳那边……"

邓世英不慌不忙地说道："不要紧，那边炮楼很坚固，弹药够支撑一阵，关英伟，现在就带领你的分队，马上急行军到芦阳，赶在敌人到达之前支援芦阳炮楼，务必阻挡住那一路敌人，否则那是敌人插向南楼的一枚匕首。好，我们还按之前的作战方案进行。老关你安排吧！"

关英伟答应着连忙去做准备，从文林学校到芦阳要比从楼冈到芦阳远很多，想提前到达必须以敌人两倍的速度前进。好在他们熟悉地形，可以抄小道。不过在这雨天从从林茂密的山间小道穿过去，只凭勇敢还不行，必须胆大心细沉着冷静。关玉书本来是合适人选，可是他的分队刚经历一场激战跑了十多里路回来，而关英伟也是个心细的人，考虑问题比较全面，做事也果断，所以邓世英派他去很放心。

"嗯！"关文周瓮声瓮气地布置道，"我们还是在学校背后布防，关键要给日本仔一个措手不及。老邓，这里就由你负责，带领阿利和玉书两支分队。俊民负责炮楼，我和文官负责打前哨。"

"怎么每次都是你们俩打前哨，我也要打前哨，让玉书守炮楼吧，他们正好歇歇。"关俊民嚷嚷道。

"哈哈，你以为守炮楼就是休息了？你的责任大着呢！可不要掉以轻心啊，俊民。就这样吧。"邓世英笑着说道。

"是啊！大批日本仔一来，全靠你们呢！千万不要麻痹啊！行了，时候不早了，文官咱们走。"

关俊民发牢骚不过是想多打几个日本仔，他虽然想打前哨，可是自己也明白，之所以让他守炮楼，主要还是他的分队是自卫队土炮队，四门土炮有三门在他的队，现在都已经在碉楼前朝潭江方向架好，只等日本仔往炮口上撞了。

第六章

1

　　文林学校位于魁冈村，在塘口的西北方向，从塘口到赤坎，除了过芦阳、樟村一线，再就是经魁冈直接折向西南直达赤坎中心。这两条都是公路，否则只能过密林穿河岔翻丘陵。日本仔的目的是扫清撤退路上的障碍，要扫清障碍，就要消灭游击队。然而，要消灭这些游击队也并非易事。

　　要知道，这些游击队从来没消停过，专挑小股日本兵来打。只要不是大部队出动，游击队见了日本兵就打，打了就跑，让他们十分头痛。不但如此，游击队在多次与他们的周旋中，一个个从浅陋的农民脱胎换骨成为成熟的战士，枪法变好了，战术也越来越成熟，常常你在明他在暗，黑暗中、丛林处，冷不防就是一冷枪，一枪一个准。更可恶的是，他们打了就撤，占了便宜就走。日本仔反应过来反击时，他们往山里一钻，就如山里的钻地鼠一样，瞬间即逝。立在日本仔前面的，只有南方那密密的树木、竹林，影影绰绰，在风中簌簌作响，使他们有一种草木皆兵的惊悚。

　　日本仔不明白，为了征服中国人，他们凶残的屠杀抗日分子，甚至屠村，非但没有让中国人完全屈服，反而招来了更大的反抗。

　　日本仔明白，如今要顺利撤退，游击队不可能不阻击他们，他们就必须先歼灭游击队。

于是，日本仔出动大量兵力，一路上浩浩荡荡、气势汹汹。

战略、战术已成熟的游击队，并不是那么好对付。这次几支自卫队布防非常得当，凡是日本仔要经过而又适合伏击的地方都有自卫队阻击，让敌人十分头痛。

然而，敌众我寡，敌人武器装备多而精良，而自卫队仅有为数不多的土枪、土炮，很难与敌人持久抗衡，沿路许多阻击点被击破。

日寇早已占领楼冈，但是过了很久塘口那边才传来枪声，说明敌人到了塘口。当塘口那边枪声停下来后，关氏自卫队又听到了南楼方向的炮声，知道那边的敌人也开始进攻了。

奇怪的是，塘口枪声停止后，过了很长时间也没有见到日本仔的身影。天上挂着一张巫婆的脸，黑沉、阴冷、变化莫测，周围没有一丝风，湿滞、沉闷，使人窒息、狂躁，有种要把这天空撕开一个缺口的冲动。

"妈的，是不是情报有误？日本仔不来了？"

"日本仔知道我们准备了花生米等着，缩回去了。"

"丢！吾窝在这了，冲出去，找日本仔搏过，撕了那狗日的，再回来冲个冷水凉！"

"痛快点，去把日本仔连窝端了！"

有些队员焦躁起来，特别是打前哨的队员，不停地伸长脖子观望，有的把枪举起又放下，放下又举起，有的把背后的枪挪到胸前又挎到背后。

"对，找到日本仔，先打他一锅！"关文周也有点沉不住气了，当他抄起枪时，肩上被一只大手按了一下，他回头一看，关文官站在他身后轻轻摇头示意。关文周虽然脾气暴躁，性子急，可是他有个很大的优点，就是不独断，也能自我剖析，这就很让大家服气。他为了能克制自己的急躁冲动，每次都是让关文官和自己在一起。关文官是他的本家，比他大两岁，平时不爱说话，遇事冷静，当关文周冲动的时候，他总能适时提醒，关文周马上就能意识到该怎么做。很多时候，关文官一个眼神就能让关文周平静不来，对文周来说，文官的目光就像早起迎到的第一缕阳光，总让他感到温暖和信赖。再加上两人从穿开裆裤时就一起玩，后来又一起上黄埔军校，一起参与组建自卫队，一个是队长一个相当于参谋，那默契，简直是绝配。

现在关文官发觉关文周有些坐不住了，悄悄靠过去，及时制止了他。他用胳膊肘撞了他一下问："文周，现在几点了？"

"嗯？2点20。"关文周掏出怀表瞄了一眼回答。

"兄弟们，还早呢！按正常速度，日本仔不走弯路从楼冈直接到学校最快也要半个多小时，进塘口过桥的时候又受了一次阻击。何况他们是惊弓之鸟，一路上提心吊胆，一步两探头，两步三回头地防止埋伏呢，这样，少说也走要四十多分钟。现在距楼冈沦陷也就是一个小时，日本仔也要休息要部署，对吧？大家少安毋躁，做好准备，一会把日本仔打进阎罗殿！"

大家很快就平静下来，各就各位。

关文周有点脸红，他嘿嘿笑了两声，突然想起关利在路上撒钉子的事，更是不由自主嘿嘿笑个不停。

正在这时，一队人马跑了过来。虽然雨停了，可是天依旧很黑。队员们举起枪，随时准备开火。

"等一下，好像是自己人。"关文官低声说。

他猛地大声喝道："什么人？口令。"

"是我们，塘口自卫队。"对方一着急，竟然把事先约定的口令给忘说了。但是关文官和关文周都同时听出了对方的口音，正是塘口自卫队胡队长。

"这老小子，怎么还这么毛毛躁躁的。"

"刨萝卜丝。"（日本人被叫作"萝卜头"）胡队长尴尬地重复了一遍口令。

"蒸萝卜糕。"关文周回了令，笑呵呵地奔过去迎接他们。

"那边怎个情况？"关文周没等胡队长定下神来，一把拉着他的袖子急切地问。

胡队长把枪往腰间一插，两只大手往脸上一抹，便讲开了。

原来，日寇占领楼冈后，直接向塘口杀了过来，塘口北接马岗、沙塘镇，西与恩平沙湖镇接壤，是丘陵地带，同连着山，丛林茂密，山间小路纵横交错，做向导的一个伪军在楼冈见了阎王，雨越下越大，雨点砸在日本仔的头盔上叮咚叮咚地响着，他们的皮鞋吸饱了水沾满了黏黏的黄泥两脚特别的沉重，踩着泥水咯吱咯吱地响，黑暗中滑倒的日本仔又绊倒了紧跟在后面的日本仔，他们在羊肠小路上走岔了，走到一条小溪前，这山脚小溪本来不算宽，但这大半日的暴雨，使溪水暴涨，加上山洪夹带着山泥冲下来，水流湍急，溪水浑浊，不知深浅，日本仔不敢蹚过去。这帮日本仔像没头苍蝇一样乱转了半天，也搞不清楚走的是哪个方向，耽误了有半个多小时才找到一座桥。没想到过了桥不远竟然就是塘口。这样一来反倒可惜了关利撒的钉子，关利这道美妙的"关氏钉子炒猪蹄"特色菜炮制不了了。

"日本仔过桥的时候，"胡队长接过关文官递过来的水壶，脖子一仰，咕噜咕噜地喝了半壶，抹了一把嘴，接着说，"我们已在桥头两旁埋伏了好一阵，专等日本仔这帮咸家铲（方言，骂人的话，即铲除全家），他们一到我们的射程内，我们就狠狠地打，看着平时不可一世的日本仔一个个倒下，爽！吓得不少日本仔趴在地上不敢起来，狗日的日本仔指挥官挥舞着军刀'八格八格'地叫着，他们很快分为左右两队，向我们还击，机枪发疯地扫射，散落在我们周围的子弹像雨水一样密。幸好雨大天黑，我们埋伏在河边的芦苇丛中，敌明我暗，我们损失不大。这样，我们一直坚持着，直打到雨停时，日本仔回过神来，他们人数是我们的十倍，最终还是挡不住，让那狗日的过了桥。"

"后来呢？后来又怎样？"关文周急急地插话。

"后来，后来……"胡队长又重播着那情景。

"老胡，日本仔一路上不断遭受打击，又是在黑漆漆的夜里，肯定改变策略要推迟进攻时间了，我们是否也采取相应的措施？"王副队长说。

"对，我们先摸摸底，掌握情况，主动出击，给日本仔一个下马威。"胡队长同意王副队长的分析。

"胡立、李果过来。"胡队长对着队员招呼道。

"报告队长，胡立、李果到！"两位瘦削但干练的小伙子站在胡、王两队长面前。

"你们到日本仔那边摸摸底，小心点。"

"报告队长，保证完成任务！"话还没说完，他们便消失在夜幕中。

"呵，派这两个鬼灵精怪侦察没问题。"王副队长由于一弹片擦伤了腰，说话时两手扶着后腰。

果然没多久，胡立、李果回来了。"报告队长，日本仔抢占了两处骑楼，安营扎寨，吃饭睡觉去了。但日本仔的警备很严谨，除站岗放哨的，还有三五人组成的巡逻小组在营地巡逻。"

"哎，老王，我们要不来个偷袭敌营？"胡队长向王副队长提议。

"这种天气本来适宜偷袭，日本仔雨里泥里滚爬了一天，也困顿。但问题是我们只有二十多号人，对方却是二百多人的部队，到时候想再撤退就很难了。况且日本仔也警惕得很，睡觉也是轮流睡，骑楼外站了一排放哨的日本仔，还有巡逻小组，估计还设有暗哨，此时偷袭有点莽撞了，老胡。"

"你说得对，偷袭有点莽撞，我看我们与关氏自卫队汇合，壮大力量，怎么样？"

"老胡，这主意好。"

"老王，我看看你的伤怎么样。"胡队长话到手到，说话间已经揭起王副队长的衣服，只见王副队长腰间伤了巴掌大的一块，由于伤口没有及时得到很好的处理，又在雨水中浸泡了一天，伤口化脓，老胡轻轻一触，感觉到那身体像烧火棒一般烫手，伤口发炎引发发烧。"你一定要找个地方好好养伤。"

"皮外伤，不碍事。"

"别啰唆，带着受伤的兄弟跟我走，给你们找个安全的地方养伤。"老王只好跟着老胡走，他知道拗不过这位老伙计。

胡队长带着大伙来到一座碉楼前，用力拍门，四楼先开了一扇窗，一股手电筒的光柱照过来。

"周伯，是我，老胡。"

在响了好一阵咚咚下楼的脚步声后，年逾六旬的周伯打开了碉楼那沉重的大铁门，胡队长向他说明来意，周伯爽快地答应了。周伯把他们让进屋里，先拿出面包、碘酒、消炎药粉给队员们，大家确实又累又饿了，不管三七二十一，抓起面包狼吞虎咽起来，受伤的队员也赶紧处理伤口。周伯是新加坡归侨，原在新加坡开了一个面包店，日本侵华前携妻归国。抗日战争全面爆发后，他们唯一的儿子在新加坡参加游行被日寇杀害，老太太去年也病逝了，只剩下周伯孤独一人。由于自己生活，他很少做饭，总是做很多面包，一天三顿都啃面包。他家里不仅有碉楼，而且还挖了个很隐蔽的地窖，以供不时之需。如果日本仔来搜查，伤员们就躲在地窖里。胡队长安顿好伤员后，就奔文林学校去了。

塘口的自卫队队员后撤与魁冈自卫队汇合后，关氏自卫队和一部分塘口自卫队队员基本全部集中在文林学校，在这里，他们将迎接日本仔的到来。

凌晨3点左右，文林学校接到芦阳电话，芦阳炮楼完胜，偷袭的一小撮日本仔被击退，向西北方逃跑了。

"好，留下原来守芦阳炮楼的队员，英伟带领你的队员回来吧。"邓世英放下电话，对关玉书说："进攻芦阳的日本仔也向学校这边来了。"

"来吧！来越多越好。"关玉书咬牙说道。

两人马上把芦阳炮楼胜利的消息告知所有队员，大家听了，也是士气大增。

天空依然阴沉黑暗，但是黑夜终究要过去的，东方已经有了微微的亮色。

2

已经凌晨4点了，还是黑沉沉的。

关氏自卫队队员们轮流打了会儿盹，熬了一夜大家都很疲乏，可是到了现在，正是关键时刻，谁也不敢睡得太死，即使睡觉也是坐在地上抱着枪。

守在炮楼的关俊民一夜没有休息，看看外面天亮了，走出炮楼透透空气。他瞅了瞅队长他们埋伏的地方，什么也看不到。他笑了笑，心想，埋伏得真好。他没有过去，而是向另一个方向走了几步，伸了个懒腰，在灌木丛里撒了泡尿。清晨潮湿清凉的空气使他清醒了许多，他吹着口哨一边系裤带一边下意识朝前面看了一眼。突然，他似乎看到前面树丛里有个人影闪了一下。关俊民警觉地摘下挎在背上的步枪，俯身蹲在灌木丛后面。

不错，确实有人，而且是两个。关俊民看清楚了，是两个穿着便衣的陌生人。

一时之间，关俊民无法判断这是两个什么人。看那偷偷摸摸四处张望的样子，绝对不是什么好人，只是不能确定是否是日本仔派来的探子。那两人猫着腰又往前挪了一点，伸长了脖子往炮楼和学校瞅。关俊民心里很着急，如果是日本仔侦察兵，说明日本仔大部队就在后面，一旦他们从这个方向攻来，完全出乎大家的意料，兵力薄弱，防备不严。想到这一层，他不由出了一身冷汗，日本仔实在太狡猾了，几百人的部队突然向炮楼突袭，炮楼虽然各个方向都有瞭望口，可是面对黑魆魆的丛林，待你发现时，敌人已经靠过来了。

不过关俊民立刻冷静下来，他也明白，敌人要想改变线路和方向攻打文林学校，势必要走很长一段山路，部队带有枪炮等辎重，绕这段路也不是容易的。又下了好几个钟头的雨，丛林浓密，要是没有带路的，很可能就走岔了，说不定还会摔死一两个。

"哼，狗日的，这两个要是探子，那绝对是他们带路，今天就叫他们见了阎王，日本仔山里头转去吧。"关俊民这样想着，放下心来。这时，他看到那两个家伙掏出一把亮闪闪的匕首，在身边最粗的树上使劲刻着。他猛地大喝一声："什么人？"

突如其来的断喝，把那两个人吓了一跳，匕首"当啷"一声掉在地上。另外一个唰的一下从腰间抽出一把驳壳枪，急速藏在树后。这一下更确定了关俊民的判断，他果断朝天开了一枪，他开这一枪时想了很多，枪声一响，无疑是对炮楼和前哨队员的报警，更是对对方的威慑，还有一点，他猜测如果敌人距离此处不远，听到枪声也许会误认为自卫队已经发现了他们，致使他们的诡计破产。

两个探子一听枪响，以为自卫队已经发现了自己，吓得哧溜一下坐在树底下。关俊民又是一声断喝："什么人？不说话开枪了！"

"前面的游击队听着，日本皇军已经把你们包围了，快投降吧，否则死路一条。"树丛中传来歇斯底里的呼喊，喊声中还带着颤音。原来是两个伪军。

接着，那个端着枪的家伙从树后面探出头来，他一眼看到不远处的炮楼里跑出两个自卫队队员。他狡猾地转了转眼珠，悄悄瞄准跑在前面的一名队员。他没想到他的这些小动作被关俊民看在眼里，他举起步枪，迅速开了一枪。"啪——"清脆的枪声响过，那个伪军脑袋一歪，不动弹了。另外一个伪军一见这情况，嗖的一下站起来转身就跑。天刚蒙蒙亮，雨后雾气弥漫，又有浓密的枝叶掩盖，这一下关俊民反而失去了目标。他急忙起身追去。突然斜刺里一条黑影穿过，几个起落就超出自己很远。

"队长！"关俊民佩服地喊了一句。

"啪——""哎哟！"随着枪声和尖叫声，关俊民知道，队长打中了敌人。

不一会儿，另外两名队员也跟了上来，他们看到队长关文周提着那小子的后衣领，就像拎小鸡一样把他拎到炮楼前，一把摔在地上。

"说，日本仔部队一共有多少人，离这里有多远？嗯？"关文周厉声问道。

这个伪军哼哼唧唧答道："我……我……"他努力想坐起来，可是这一枪正打在他腰间，他"啪唧"一下又躺倒在地上。

"妈的！还不老实，快说，不然一枪崩了你！"一名队员踢了他一脚。

"三百……三百……我……我……"他的声音突然微弱下去，后来几不可闻。关文周一探他的鼻子，已经停止了呼吸。

"妈的，本来想抓个活口，这家伙蹿高蹿低不老实，一枪打偏了，伤了要害，唉！"关文周懊丧地说，"他刚才说三百？估计日本仔部队有三百多人，可真不少啊！俊民，现在哨探被我们报销了，你看日本仔会怎么办？"

"队长，没有了领路的，凭日本仔自己从这个方向攻过来可能性不大，我看还是按计划行事，不过这里可以放一两个哨兵，一有动静来得及回撤阻击，你看呢？"

"好，就这么办！"

这时候，文林学校那边的关玉书也带着关玉琭和其他两名队员跑过来了，他听说了情况，也同意关俊民的观点，关玉琭和另外两名队员主动留下来当哨兵。

自卫队这边一切按计划进行。日本仔那边什么情况呢？日本仔部队从楼冈到塘口，不断遭受挫折，占领塘口后，一边休息，一边轮流到镇上各处扫荡。好在后半夜街上没人，否则不定有多少百姓遭殃呢。他们看到街上空空荡荡，就不断砸开房门。经过多年与日本仔的周旋，乡民们早明白了日本仔一来就会挨家搜查，早提前躲了出去，大部分都是一些空屋子，只抓到十几个没来得及逃走的乡民，逼问他们镇上游击队在哪里，在刺刀威胁下，有的说在仙人大座山，有的说在魁冈炮楼，其实他们也不知道游击队在哪里。周伯也被抓了来，他始终一言未发。看问不出什么，日寇队长一挥手，十多个人都被拖到一间空屋子里，日本仔把门一锁，在窗口架起一挺机枪，"突突"地往里扫射，直到所有的人都倒下了，才打开门进屋检查有没有漏网。没被打死的，两日本仔用刺刀一具一具地挑开叠在一起的尸体，当他们翻开上面的尸体时，一中年妇女在血泊中蠕动，绝望恐惧的眼神里还有一丝求生的哀求，两把刺刀同时刺向她，日本仔面无表情，动作利落而坚决，好像地上流血的女人不是人，是厨房里待烹调的菜，必须被割取、切碎。白发苍苍的周伯到死也没有说一个字。日本仔搜不到人，就把屋里乱砸一气。这样把镇上糟蹋得差不多了，天也快亮了。日寇队长集合队伍正准备开拔，从芦阳逃跑的那一小撮日本仔也狼狈不堪地到了塘口。虽然打芦阳炮楼死了八九个，可还有五六十号，这一下，日本仔人数达到了三百多人。从镇中心到魁冈也不过五六里路，但是狡猾的日寇队长怕中埋伏，想来个突袭。他让十多个伪军打前哨，找了两个当地的伪军带路，鬼鬼祟祟地向魁冈进发了。

　　不出关俊民所料，当日本仔距离魁冈不到一公里的时候，日寇队长命令原地休息，然后派那两名认识路的伪军去打探一下，没想到哨兵被自卫队发现了。关俊民和关文周打死两个伪军，虽然粉碎了日本仔突袭的企图，可是也暴露了目标。正在休息的日本仔立刻确定自卫队就在魁冈炮楼。但是路虽近却不知道怎么走了。日本仔们踩着泥泞，一步一滑地瞎绕，两个拖着炮车的伪军累得气喘吁吁，不由开口骂了一声"娘"。"八格！"身边一名日本仔骂了一句，一刺刀捅进一个伪军肚子里，当场把他捅死，吓得别的伪军再不敢开口说话。

　　其实，当时日本仔和自卫队前哨只相差不到五百米。日本仔在菠萝山附近瞎转，自卫队在龙和岔路那里埋伏。天快大亮的时候，日本仔终于又摸到了大路上，这样反而离自卫队的埋伏圈远了一些。

　　终于看到日本仔了，近了，更近了。关文周回头看了关文官一眼，两人默默互相点点头。关文周悄声命令身边的队员："不要动，让日本仔过去。"

打前哨的伪军过去了，紧接着十多个骑马的日本仔也过去了。三百多人有一半经过包围圈的时候，关文周一挥手，关文官第一个扔出一颗手榴弹。

"嘭——"手榴弹在敌群中炸开，紧接着是机关枪"嗒嗒嗒"的声音，子弹向敌人飞去。

"散开！爬下！"日寇队长连忙指挥。日本仔们慌忙向旁边的树林跑去。

说也奇怪，丛林中每一棵树每一丛茅草似乎都成了精兵猛将，窜进去的日本仔很快又抱着脑袋窜出来。

"轰隆——轰隆——"前面路上、丛林里都不约而同传来爆炸声，尘土石块飞得老高。

"哼哼，狗日的踩上地雷了。给我狠狠地打！"关文周兴奋地喊道，同时对准最近的几个日本仔一梭子子弹打了过去。

3

也不知过了多久，泥泞的小路还没有走完。三个人突然发现四周一片安静，枪炮声也骤然停止了。

韶儿喊道："黑仔！还走吗？"

"不走干吗？这荒山野岭的，连个避雨的地方都没有。"

"雨什么雨，你看看雨都快停了。"三个人这才发觉雨已经小了很多，但是天还是阴沉压抑，说不定什么时候雨又会下起来。

"沁荷姐姐，你没事吧！"

沁荷感觉自己已经快要虚脱了，她挣扎着站稳，摆摆手说："没事，咱们从塘口走了多久了？"

"有一两个钟点？"

"没多久，"谭阿宝说，"我真是倒霉，脱了火坑，又遇上你们两个……"

韶儿气冲冲地问："什么？什么？怎么不说？你个黑仔，哼，都是你不好，反赖我们。"

"你讲理不讲理？不是你想一出是一出，能现在这样没头苍蝇一样瞎转吗？你这么急着往回跑，还不是不放心你那个神通广大的表哥吗？"谭阿宝心里有气，不由口不择言起来。

"你……你……"韶儿急得眼泪汪汪,突然"哇"的一声大哭起来。

沁荷从和司徒煦相爱,她眼里心里都是一个他,念念不忘的还是他,即使在他得病时知道他有个小表妹从南洋回来了,还和他们住在一起,她也是放心的,她的煦哥只爱自己,那个表妹不过是个小丫头罢了。可是见了韶儿之后,她心里却总是酸溜溜的,尤其是刚才谭阿宝的话,让她心里不由一动。"看来,韶儿喜欢煦哥并不比我浅,她可以为了表哥从南洋偷跑回来,可以为了表哥深夜甘冒风险而义无反顾。只要是煦哥的事,她可以什么都不在乎。要是换了她是我这样的情况,是不是早已经脱离家庭嫁给煦哥了呢?"

一瞬间,沁荷想了很多。她突然有点晕,勉力支撑着说道:"韶儿,不要怪谭大哥,是我不好……"话没说完,突然眼前一黑,倒了下去。

沁荷迷迷糊糊中,感觉自己走在一条四周开满鲜花的小路上,花香沁人心脾。啊!是春天来了,她从来没有这样高兴过,她蹲下来采花,她要采好多好多,来布置自己的新房。可是煦哥呢?他就在不远处,笑眯眯地站着看她采花。突然,枪声响起来,一对日本仔从山下冲上来。煦哥把她使劲一推,她顺着山坡滚了下去,鲜花撒了一地。她看到煦哥站在山上,昂首挺胸,敌人的子弹从他胸膛穿过,鲜血滴在地上,染红了娇艳的花朵和青翠的绿叶。

"煦哥!"她惊叫着睁开眼睛。

"醒了,没事的,就是太累了。"

这是谁在说话?怎么声音这么熟悉?渐渐地,她看清楚了,正关切地看着她的是梅姐,她的梅姑姑。

"梅姑姑?我怎么……这是在哪里?"她发觉自己躺在干燥温暖的床上,四周是淡雅洁净的蚊帐。

"啊呀!你可算醒了姐姐,吓死我了!"韶儿蹦跳着凑到眼前。

沁荷恍恍惚惚,惊疑不定。梅姐轻抚她的额头,轻声安慰她,她慢慢放松下来,终于明白,自己是躺在叔叔家,但是又是怎么来到这里的,她一无所知。

不等她问,韶儿就叽叽喳喳说个不休。好半天,她终于弄明白,当她晕倒后,是谭阿宝背着她深一脚浅一脚摸索着继续赶路,后来终于到了一个小村子,其实那里已经距离树溪不远,他们却不知道,好在那时雨已经停了,找了一处比较干燥的草棚歇脚,顺便打听路怎么走。村子安安静静,又是后半夜,家家关门闭户。何况似乎不远的地方,依旧不断有枪炮声响起,想敲开一家人的门太难了。正当他们彷徨无措的时候，一队男男女女快步向这边走来，他们是赤坎和塘口乡民自发组织的战地服务团其中一支小分队，此时正准备前往魁冈慰问并接治伤员，看到韶儿他们便上前询问，一问才知道，这里面一个是司徒煦的表妹，一个是他的恋人、关文澜的亲侄女。这些人当中有一个就是刚给关少奶奶接生过的那名护士，她自作主张和一位男队员把他们带到了关文澜的家。其实出了这个小村子，向西南走不到五里路就进了赤坎镇，要不是他们，三个人还不知道要瞎蒙瞎撞到什么时候呢。

黄妈走进来，端着一张托盘，上面放着三个冒着热气的碗。黄妈把托盘放在床边小几上，先端了两碗递给韶儿和谭阿宝，低声说道："喝碗姜汤暖暖身驱驱寒。"

梅姐吩咐她："黄妈你忙去吧，这里有我呢，我来喂沁荷。"

黄妈答应着往外退，韶儿眼尖，她惊讶地问："黄——嫲嫲，你的眼怎么了？"

"没什么？"黄妈转身出去了。

其实沁荷早已发现黄妈满脸愁容，眼睛红红地肿着，显然刚刚哭过。一种不祥的预感袭上心头。她吃力地抬起上身，梅姐给她后背支了一床被子，让她靠着舒服点。

"梅姑姑，黄妈怎么了？咦？我嫂子呢？她睡了吗？哦，已经凌晨了，我都糊涂了。"

梅姐扭过头，眼圈瞬间红了。

"梅姑姑，有什么事吗？"沁荷觉得心在往下沉。

"哇——哇——"突然，隔壁传来婴儿的啼哭声。

"是嫂子生了吗？怎么不早告诉我，我这就去看她，还有我的小侄子。我也当姑姑了呢！"沁荷兴奋地挣扎着要下地。

梅姐一把拦住她："不忙，黄妈在那边。"

沁荷慢慢松开正在掀开被褥的手，她盯着梅姐，想从梅姐的脸上看出什么。

孩子的哭声总也不停，韶儿说道："我去看看，兴许孩子和我亲，看到我就不哭了呢。"

"你还是孩子。"谭阿宝嘟囔道。

快手快脚的韶儿连蹦带跳地跑出门去。说也奇怪，没过几分钟，孩子的哭声真的停止了。

"这个韶儿，还真有办法哦！"梅姐微微苦笑着说。

沁荷的红糖姜水刚喝了几口，韶儿嘻哈笑着又闯进来，她一进来，屋里立刻就热闹了。

"我说嘛，我一抱就好了。好靓的小宝宝，就是没有奶，喝了几口米汤哭起来没完。梅姑姑，她妈妈怎么不在——"

她的话还没有说完，连忙住了口，她看到梅姐在一个劲给她使眼色。

"梅姐，不要瞒我，告诉我，发生了什么？"沁荷语气颤抖，她直视着梅姐的眼睛。

梅姐站起身，她再也无法控制自己，踉跄着走了出去。

4

凌晨，西线日寇过了百合镇，黑压压地向赤坎压了过来，包围圈在不断缩小。

而此时的李江，却早已经收拾停当，拉着几大牛车财物，准备逃跑了。他晚上骗请愿乡民离去后，就抓紧时间集合队伍来到他的临时公馆收拾东西。他是有名的"逃跑司令""杀人王"。作为广阳防线的总指挥，只要日本人到了哪里，他就马上挪出个窝给日本人，自己另觅安乐窝。他想：反正中国那么大，我李江天南地北地转了半辈子，都还没转悠得了，还愁找不到一个窝？与日本人叫什么劲呢。广州、江门、新会、开平、阳江，他全待过，后来又跑到新会，凭着多年流窜练就的敏锐嗅觉，他很快就判断出台山也不会太平了，终于躲到了赤坎这个小镇上，他对自己的算计颇为得意，说什么良禽择木而栖，良将择地而居。

别看他杀日本仔不行，杀老百姓可眼睛都不眨一下的。每到一个地方，他总会借抗日的名义搞一些花样，比如前几天新会戒严，没戒住日本仔，倒是把中国老百姓弄了个妻离子散。还有募捐什么的，说是募捐，其实都是强迫性的，出不起钱就出人，说白了就是抓壮丁。在负责广阳防线这几年，没见他和日本仔打什么仗，队伍人数却嗖嗖见涨，发展到三千人左右，竟然还得到上司的表彰。俗话说，兵熊熊一个，将熊熊一窝，有什么样的官就有什么样的兵，他的手下借抗日募捐和组织乡团训练等名目搜刮民脂民膏，多少乡民逃过了日本人一劫，却在李江手里被弄得家破人亡。

李江的凶残在广阳防线一带已经出了名，他的凶残传染给下属，就出了好多像黑痣兵那样的兵痞子，杀人不眨眼，一心只想靠当官发财。像谭阿宝这样有点正义感的兵反而受到排挤。谭阿宝得以逃出部队，实在是一种解脱。现在他和韶儿在关文澜的临时住所里，听着外面不间断的枪炮声，心里也是七上八下。他知道李江就在赤坎，他的部队这两天大部分也都集合到了赤坎，说不定他和黑痣兵所在的连队也从新会撤过来了呢。他不知道，可是也怕他们真的在，万一遇到自己就惨了。别看当官的看到日本仔就像夹着尾巴的狼一样，逃得飞快，可是对待他这样的逃兵，狼尾巴唰的一下就竖起来了，不枪毙了你你也得脱层皮。

得知大嫂难产去世的消息，关沁荷差点又晕过去。她跌倒在床上，好久才缓过气来。她突然悲从中来，放声痛哭。一直以来，沁荷把所有委屈都压在心底，即使哭也是小声啜泣。她突然大放悲声，让梅姐和所有人都吃了一惊。但是安慰的话都是苍白的，梅姐拍着她的背，自己的眼泪却无法控制。

"哭吧，哭出来就好受了。"梅姐哽咽着说。

沁荷活了二十七岁，第一次像现在这样无所顾忌地痛哭。嫂子的死是个导火索，引出了她无数的伤心和难过。她想到嫂子这样温柔可亲的一个人，竟然在战乱中死去了；想到阿弟还不知道妻子的死讯，在前线枪林弹雨中穿梭；想到父母偌大年纪依旧颠簸在逃亡的路上，而他们突然发现女儿竟然私自跑了又该怎样伤心欲绝呢；更想到自己和煦哥的事情终无了局，煦哥现在又是面临如此强大的敌人……她不敢再想，可是又忍不住不想，她感叹世事艰难，痛恨日本仔残暴，一腔幽怨无处诉说，只好通过这悲伤的哭泣来发泄。

不知过了多久，沁荷哭累了，沉沉睡去。

梅姐愁眉不展地站起来，发现外面已经天亮了。谭阿宝和韶儿靠在床前的椅子上昏昏欲睡，他们太疲倦了。

"我昏了头，两位快到这边来休息吧。"梅姐歉疚地说。

"哈——"韶儿打着哈欠站起来，用同情的眼神看了看睡着的沁荷，轻声叹道："真是可怜，唉！"

刚随着梅姐走了两步，她突然说道："梅姑姑，让我去和小宝宝睡吧！我来照看他。"

"不不，你先去休息，怎么能让你来照看小孩子呢?"

"我喜欢的，梅姑姑，我真的喜欢，孩子也好像天生和我亲。"韶儿是这样一个活泼精灵的女子，任谁见了都喜欢，在这里，梅姐压根没有想到什么司徒氏关氏，她对韶儿也是一见就很喜欢。她犹豫了，孩子一出生就没了妈妈，爸爸还在打仗，以后谁来照料他？况且这孩子对黄妈和自己好像天生不喜欢，怎么哄也不乖，倒是这小丫头，一抱就不哭了，真是有缘分呢。

想到这里，梅姐不由心里一动，她看着韶儿，个子不高，身段苗条，皮肤白皙，眼睛大大的好像会说话，虽然活泼好动却透着亲切和可爱，真是个不错的孩子。

"韶儿，你先去好好休息一下，明天来吧，黄妈确实弄着很费劲，真是有劳你了。"

"不要这样客气啊！梅姑姑，嘻嘻——"韶儿快乐地笑起来。

身边的人谁也没有因为在少奶奶新丧的时候她笑意吟吟而责怪她，反而倒是她的笑传染了别人，大家突然觉得压在心头的大石头轻了许多，连满脸哀愁的黄妈都咧嘴笑了一下。

5

"打了一夜，也不知道日本仔退了没有，哎哟，你听听，还打着呢！"黄妈絮絮叨叨说着，习惯地挎起篮子。

"黄妈，你去干吗？"梅姐不解地问。

黄妈"哦"了一声，悻悻地放下篮子，叹道："唉！一点菜也没有了，只有白米，大人没什么，孩子不能总喝米汤啊！"

梅姐想了想说："我去一趟大哥那里吧，他那里还有很多食物，顺便看看能买到奶粉什么的不。"

"我去吧。"

梅姐惊讶地转过头，看到谭阿宝走出屋子。

"你？你不要去！你人生地不熟的……"

"您告诉我在哪里，我去吧。外面危险，这些事还是男人来做吧。"

"这——"梅姐犹豫了。

"哇——哇——"孩子又哭了。

睡眼惺忪的韶儿趿拉着鞋从二楼跑下来，急急忙忙冲进隔壁房间。

"总是吃不饱，怎么好啊！"黄妈摇着头也进了屋。

"这里老的老小的小，你还是不要离开，我去吧！"谭阿宝坚决地说。

街上出现暂时的宁静。东北方还有稀稀拉拉的枪声响起，不知道那边的仗打完没有。他想起了路过的那个村庄，日本仔劫掠过后的凌乱在暗夜中不用看都能感受得到，就是那队日本兵吧，现在还没有打过来，好像枪声反而更加远了。

从关文澜的临时住所到关文炳家需要经过两条街。当时赤坎街面上都是店铺，真正的住所一般反而不临街。人们不愿住在招摇的地方，住的骑楼都比较偏僻。

不过关文炳家骑楼很好找，一来他有钱，骑楼修得明显高大精细，占地也广，还兼具碉楼的风格和作用。再有，他的骑楼是楼套楼，前面是小的，后面是大的，方圆一百米内也就他这一家。谭阿宝睡了两个钟头，年轻人精力恢复得快，他迈大步子，很快就看到这座特殊的骑楼。

突然"嗒嗒嗒"的马蹄声和着尖锐的汽车鸣笛声传进他的耳朵，再一细听，还有"啪嗒啪嗒"杂乱的脚步声，而且听起来人还不少。

"是日本仔?"谭阿宝吃了一惊，连忙快步向骑楼奔去。

刚一躲进楼门，杂沓的行军声已经转过了墙角。谭阿宝好奇地探出头去，一瞥之间，他简直不敢相信自己的眼睛，原来是大队国军正在匆匆赶路。一辆吉普车开在最前头，不用说，里面坐着李江和他的老婆姨太太，后面几匹高头大马，几位穿着黄军装的当官的蔫头蔫脑地坐在上面昏昏欲睡。兴许是没怎么睡觉的缘故，所有的人都是蔫蔫的，那些当兵的有的衣服都没穿利索，敞着怀，拖着枪，摇摇摆摆跟在后面。

"哼，肯定是又要跑了，看吧，好几牛车东西，不用说，是'杀人王'搜刮的民脂民膏。"谭阿宝愤愤地想。这一刻，他真想自己手里有一把枪，瞄准车窗来上一枪，为乡民们除去一害。谭阿宝越想越激动，就好像已经真的打死了李江一样。他现在非常后悔逃跑的时候没有带上枪，当时趁着混乱溜，哪想那么多了，再加上还背了个韶儿，恨不得插上一对翅膀。

"不好了，日本仔打进来了——"西边街道上突然跑过几个乡民，一边跑一边惊恐地嚷着，"老乡们听着啊! 快躲起来，日本仔来了——"

国军部队立刻骚乱起来，吉普车"吱"的一声停住，李江探出圆滚滚的脑袋，朝后面怒吼道:"快上，给老子顶住!"

李江的脑袋刚缩进车里，汽车一打方向，直接顺着北面崎岖不平的小路开了过去。那些骑马的，跑着的，都站在原地犹豫。西面终于响起枪声，但是并不激烈，而且枪声越来越近。很可能是百合镇退下来的乡团在边撤边打。本来自卫队期望李江能把部队部署在西边公路要道，可是他不仅没有部署，甚至连日寇部队的影子都没看到就逃跑了。这一下，日本仔简直如入无人之境，迅速从西边公路大摇大摆进入赤坎。

站在大街上的国军部队眼看着李江的车越开越远，终于，不知是谁开的头，几千人马一下子全部向北边跑去，跑在后面的推着前面的，有的鞋都掉在地上也顾不上穿，都恨不得爹妈多生出几双脚来。

躲在门后的谭阿宝无奈地摇了摇头，他正想转身进屋，突然看到一个熟悉的身影，是黑痣兵。那家伙比谁跑得都快，几乎要追上前面的马了。

谭阿宝哭笑不得，他想，如果自己还在军中的话，也许也会这样惶惶如丧家之犬吧，唉！也怪不得大家，当官的都跑了，自己卖什么命啊！

谭阿宝进了屋，只见里面乱七八糟，早晨主人刚刚离开，现在已经充满荒凉的气氛。走进厨房，案子上堆满了锅碗瓢勺，菜刀插在圆圆的厚木墩上，刀刃泛着寒光。谭阿宝揭开锅，里面竟然还有小半锅白米饭，想必是早晨吃剩下的。

"哼，这些大户人家，真是糟蹋粮食，现如今买米这么难，还这样浪费。"谭阿宝嘟嘟囔囔，用手抓起一把米饭塞在嘴里。他又胡乱把一些蔬菜装进口袋，看看还有半袋大米，也扛在肩头。他不知道没有奶的孩子该吃什么，转了好几个房间，只找到燕窝银耳莲子什么的，竟然还有老大一株人参，他都塞进了口袋里。

他听到枪声似乎已经近在咫尺了，而且过半天才有一两声枪响。他不敢再多停留，连忙背着沉甸甸两口袋食物向门外走。走到门口，他像是想起什么似的又转身来到厨房，他提起那把菜刀，看了看别在腰间，这才慌忙出门向关文澜的家跑去。

6

早上6点多，西路日本仔呈扇形占领了赤坎西边，主要部队暂时驻扎在了赤坎关氏图书馆旁边的碉楼里。狂妄自大的西路军指挥吉田中佐历来和藤原不和，这次他首先攻进赤坎，而迟迟不见三埠日军，得意非凡，准备见到藤原后好好炫耀一番。

此时，镇上只要没走的人家已经都知道日本仔打进来了。谭阿宝走在街上，看到许多慌张的人们，这些人轻易不愿离弃自己的家，直到最后一刻，还一步三回头地张望。有的人干脆根本不走，有个老太太倚在石砌的门柱上，手指死死扣着门柱，凄凄惶惶地哭喊着："让天杀的日本仔来杀了我吧！我不走，我都活了六十多岁了，我也活够了，呜呜……"

谭阿宝心头发紧，他加快了脚步，怎么就这么远呢？刚才来的时候怎么不觉得呢？他感觉虚汗冒了出来，心咚咚跳得厉害，他不知道韶儿他们现在在做什么，他希望他们已经离开了，躲到山里去，越远越好。

他不知道乡团办事处在哪里，他想，这个时候，关文澜会不会回去呢？除了很老的老谢外，家里连个顶事的男人也没有，他不由升起一股豪气，觉得这时候正是他们需要自己的时候。

确实，此时的关文澜虽然忧心忡忡，可是他无法顾及家里的那些妇孺。赤坎沦陷在即，所有乡团办事处的人员都上了前线。关文澜是个文人，没有摸过枪，岁数又大了，大家劝他和几位德高望重的宿儒一起到马冈躲一下，可是他说什么也不去，他要和年轻人一起拿起枪，奋起捍卫自己的家乡。

关文澜只派了一名队员通知梅姐，赶快转移，向北走，那里有关氏自卫队，还没有被日本仔占领，况且在百立山很隐蔽的地方关文炳修了一处碉楼，他叮嘱他们先躲到那里去，轻易不要出来。此时，他还不知道关家少奶奶已经难产而亡，关沁荷随韶儿和谭阿宝跑回来也在他家。

梅姐到了现在反而异常镇定，她让那名队员告诉关文澜，家里一切平安，会按照他吩咐的马上就走。但是有一件事她十分为难，就是怎么处置少奶奶的尸体。她怕万一日本仔来了会丧心病狂地烧房，虽然混凝土和石头的骑楼十分坚固，可是屋里的东西难免毁于一旦，更别说少奶奶的尸体。即使不烧房，日本仔什么事都做得出来，梅姐不想让死者灵魂都不得安宁。

"有个地窖就好了。"梅姐喃喃自语。

"有，有的。不在这里，在大老爷的商号里。"老谢突然说道。

"是吗？是哪一家商号？不远吧？"梅姐高兴地问。

"不远，就十多米外，斜对面大老爷的那家当铺。"

梅姐听了，连忙叫过来黄妈，让她快点收拾东西，等谭阿宝一回来就走。她亲自和老谢把少奶奶尸体处理妥当。

当他们收拾好东西，少奶奶的尸体也放进了当铺的地窖。梅姐顺便往地窖里放了一些生活必需品，她也是为以后打算，那地窖虽然小，但尽够放，还有，地窖阴凉，尸体放两三天还不至于腐烂。大家都等在院子里，听门外不时有人急匆匆走过。可是谭阿宝还不见回来。

"快走吧梅姐，日本仔已经打进镇里了！"门外有人敲了敲门，然后是急速远去的脚步声。

梅姐果断地站起来："走吧！"她背起包袱，黄妈抱着孩子，老谢背了一些吃食，都举步向门外走去。沁荷迷茫地望了一眼韶儿，她不想走，虽然只是去不远的自己家乡下碉楼，可她还是不想走。她离开父母跑回来就是为了她的煦哥，可是在这生死关头她还得再一次逃离？这是她不愿看到的。

韶儿明白她的心思，她微笑着轻声说："现在不是你一个人，姐姐，走吧。"

"哦！"沁荷像惊醒一般，"那好，走。"

韶儿却依旧微笑着坐在石凳上，她没有拿关家任何东西，却默默攥着一只小巧的荷包。那是她前几天在树溪司徒煦家里刚绣好的，一只给了司徒煦，一只留在自己这里。司徒煦不知道，这只荷包上绣的是四个字：海角天涯！

"咦，你怎么不走？"沁荷奇怪地问。

"我等他……"韶儿突然有些伤感，她自己都不知道，这个他说的是谭阿宝还是司徒煦。

"快点吧！他兴许跑了。"黄妈着急地催促。

"不会的，"韶儿站起来，她的脸涨得通红，"不会的，他怎么会自己跑掉呢？"

就在她们无法决定的同时，不仅赤坎，周边所有村镇都处于一种极度恐慌之中。老百姓一方面对日本仔恨之入骨，一方面又对日本仔的荼毒无比害怕。他们躲的躲藏的藏，在纷乱的逃命中不停地诅咒着。一部分没有提前出逃的商贾，为此前的侥幸心理而不停地后悔，同时在骂日本仔的时候不忘骂李江："兔崽子，平时大把大把地敛财，说好了日本仔来了让我随部队一起走的，他自己悄悄跑了，白送了他十多根金条……""你才十多根金条，我祖上的玉鼻烟壶都被他坑走了，那是无价之宝啊！说好会保护我老小的，这可如何是好啊！"四五家大商户聚在一起，简直成了没头苍蝇。李江在得了他们的好处后信誓旦旦说会保证他们的安全，现在人家拍屁股悄悄溜了，剩下他们拖家带口，又舍不得这舍不得那，吵了半天也没个结果。

"我看还是找关文澜吧，这当头，只有自卫队或许还可以保护我们。"有人提议。

这也实在是没有办法的办法，虽然平时他们巴结李江要多过自卫队，可是关键时刻还必须找自卫队了。

"把我们自己看家护院的枪支弹药都捐给自卫队了吧，否则人家凭什么保护咱们呢？"

"要捐你捐，我这就走了，性命要紧哪老兄。"

谭阿宝背着许多东西急急忙忙赶路，其实也就是一条街的路程，不到二里路，他自己都觉得走了有一年那么长。要命的是，走在密密麻麻的骑楼和纵横交错的街道中间，他竟然在离关文澜家只有几十米的时候迷路了。他走到了那几个正在商量却总商量不出结果的商人家中。唉！这里的骑楼好多都一样，也怪不得他，再有，梅姐也犯了个错误，她这时应该出来迎接一下，而不是坐在家里死等，明知道他是外乡人，很可能走错路的。

看到这些人，谭阿宝傻了眼，难道走错了？

"那个？请问关文澜家如何走？"他支支吾吾问道。

有个自作聪明的老头子看谭阿宝好面生，黑黑的，穿着破破烂烂，还背了好多东西，关键是腰里还别着把菜刀，说话吞吞吐吐，马上怀疑他不是好人。

老头壮着胆拉着长声说道："关校长家吗？你走的方向反了，在堤西路，哦哦，说了你也不知道，就往回走吧，好大一座骑楼，写着'关府'。"其实他也没说错，他说的是关文澜真正的家。

谭阿宝却更加疑惑，好大的骑楼？怎么可能。当他看到对方戒备的眼神，明白他是在骗自己了。谭阿宝很无奈，他想说明自己的情况，可是过来一个老佣人，请他出去，他只好出来。但是他临走时突然想起一件事，连忙说道："各位老乡，日本仔已经进了赤坎，马上就到这里了，各位还在这里干什么啊！"

"不劳后生费心，我们自有主张。"那个老头子不耐烦地说。

谭阿宝奇怪地看了他们一眼："什么自有主张，废话，说不定还是内奸，就等着日本仔上门呢。"谭阿宝不再理他们，急忙出了门。

这一耽搁，时间过去了有十分钟。现在，每一秒钟都十分宝贵，谭阿宝定下神向四周看了看。蓦然发现，街道上已经空空荡荡没了一个人，一会儿的工夫，人们都跑远了。他茫然地抬头看看天，阴沉沉的，哪里有太阳。他一时有些转向。一年前他进驻新会的时候从赤坎街道走过一回，可是那是急行军，直接从大路穿过去的，根本没理会镇子里面这曲里拐弯的小巷。刚才还是大路，怎么自己转眼间就钻到小巷里来了？

他正踌躇不决，就见那几个老商人走了出来，他们向那个说话的老头抱拳告别后，就匆匆忙忙向四面八方走散了。那个老头指挥家人赶出一辆牛车，上面早坐了四五个女眷，都抱着包袱，几个男家人或背或挑，也不知都是些什么东西，反正看着就沉甸甸的。一堆人乱糟糟叽叽喳喳嚷着顺着小巷不一会儿就跑远了，那老头锁好门气喘吁吁追了上去。

谭阿宝无法，也就跟在他们后面一路小跑。他存着侥幸，走不远就能看到那个二层商铺，或者，或者……他不愿想这个结果，但是隐约又希望最坏的打算也不过如此，那就是梅姐他们都已经走了，包括韶儿，自己怎么样也就无所谓了。他这样想，心头不由一酸，哼，你个臭丫头，不等我，算了，我又不是你什么人，我怎么能和你煦哥比，你回来本就是找你煦哥的。

谭阿宝五味杂陈，也不知想些什么。出了小巷，那伙人拐了弯，也不知是什么方向。谭阿宝站定了，他想，无论如何也得回去啊，否则万一他们还在等自己，自己这样子就跑了，那不是把他们都害了吗？

想到这一层，他准备追上老头，说什么也要问出个结果来。猛然间，他看到一个人影向这边跑来，那苗条小巧的身影太熟悉了，长辫子在背后甩来甩去，不是韶儿是谁？他心头一阵激动，连忙迎上去。

"我就知道你找不到家了，转过这条巷就到了，在家门口找不到家，笨死你！"韶儿红扑扑的脸蛋上淌着汗，"快走吧，梅姑姑他们先走了，我们到百立山汇合。他们老的老小的小，估计也走不远。"

谭阿宝眉开眼笑，他不知道说什么好，第一次没有和韶儿抬杠，他只是觉得心里受用得很，浑身也充满了力量。

7

西路日军占领赤坎后，驻扎在三埠的日军藤原队长也终于按捺不住，亲自出动了。兵分三路进攻赤坎，满以为会很轻松就拿下，没想到同样遭受了不同的挫折。日军突袭楼冈的骑兵队虽然一路挺进，按计划占领楼冈，抵达潭江岸边，可是也是损兵折将，连冈本都受了伤。北面的更别提，现在还被关氏自卫队挡在魁冈文林学校。至于水路大部队，更是让他没有想到，竟然大败而归，损失了三艘战船，被打死淹死了上百个士兵，连岸都没有登上。

藤原把山口副队长骂了个狗血淋头，骂够了也没有办法，总不能让他剖腹自杀吧。上面一会儿一个电话，要命一样，他不敢再缩在三埠不动弹，亲自率领船队，再一次向南楼杀来。

距南楼不远的地方，藤原下令原地待命。他站在甲板上望着雾气昭昭的江面，沉吟半晌，叫过来山口，命令他带领两艘木船到前方打探消息，乘对方不备，发信号弹突袭。

山口没有办法，硬着头皮带领三十多人的船只向南楼进发。

此时的司徒煦等人经过一晚上的巡逻放哨和激战，已经十分疲惫。尤其是司徒煦，他本来身体已经十分虚弱，激战起来什么都忘了，现在稍一松懈，立刻感到头晕目眩，但是他强忍着不让别人看出来。

新积指导员安排了几个沿岸放哨的，吩咐大家抓紧时间休息。他巡视了江边一遍，回到南楼。刚一进来，他就看到司徒煦倦怠地靠在桌前，眉头紧缩，很痛苦的样子。

"又不舒服了吗?"

"没事。"司徒煦咧嘴笑了一下。

"不要硬撑着，这里有我和阿忠，你快休息休息。"新积指导员关切地说。

"都熬了一夜，您先去休息吧。"

"不要推辞了，时间紧，等下日本仔来了谁也没法睡觉了。"新积指导员严肃地说。

"好吧!"司徒煦苦笑着向楼上走去，在楼上睡觉有点动静都能听到，他不愿在楼下睡得太死。刚走了几步，他想起什么似的问道："指导员，两个受伤的队员怎么办? 现在只是简单包扎了一下，镇上办事处电话打不通，阿占还好，阿绪伤得不轻，现在开始发烧了。"

"哦!"新积指导员说道，"你放心吧，我已经派阿昌去医院了，顺便看看办事处什么情况。"

"嗯。指导员，不管怎样，我们都不会轻言放弃!"司徒煦坚定地望着新积指导员，一字一顿地说道。

二楼相对来说比较干燥，司徒煦在地上铺了一条褥子，躺在上面闭上眼睛。身边窸窸窣窣有声音，他微微睁开眼，见是司徒浓也躺在了身边。

司徒煦又闭上眼，可是根本睡不着，他有些头痛。脑子里过电影一样闪过许多不成片段的影像，安静下来，许多事情又钻进脑子里。

"煦哥，在想什么?"身边的司徒浓突然闷声闷气地问道。

"阿浓，没有睡着吗?"司徒煦答非所问。

"躺下了脑袋是清醒的，我总想起我儿子。"

司徒浓说得平平淡淡，司徒煦却情绪动荡。他说想起了他的儿子，可是他何止是想起了他的儿子。司徒浓只有儿子阿壮这一个亲人了，就是在日本仔对腾蛟南楼一带洗劫那次，司徒浓一家，包括他的父母、老婆和大女儿都丧生在日本仔刺刀之下，只有他的小儿子阿壮被母亲匆忙中藏在猪圈里才躲过了一劫。后来他们到台山密冲打游击，司徒浓就把儿子寄养在基督教堂（赤坎许多华侨及家人都信仰基督教）。近一年来，虽然一直没有离开过开平附近，可是司徒浓很少去看儿子，他不是不想，一来四处打游击，二来他怕见到儿子被牵绊住，无法全身心和日本仔战斗。但是此刻，他说得平淡，心里对儿子的思念已经无法遏制。

"你儿子，三岁了吧。"

"三岁四个月零十天。"

司徒煦又是一惊，在司徒浓沉默的外表下，谁能想到他每天都在掰着指头数着儿子生长的日子。

"煦哥，你又挂着你的心上人了吧，还有……你阿妈……"

司徒煦不由将手伸到怀里，里面装着沁荷的青丝和信，装着她的一颗心。突然，他的手碰到了一个小小的柔软的东西。他掏出来一看，原来是韶儿上船之前送给他的那只荷包。

阿妈怎样了？司徒煦心头一凛，好几天过去了，不知他们到了广州没有？唉，这事自己处理得太莽撞了，不该在这节骨眼上让阿妈和韶儿冒险回南洋啊！新会码头事件让他怎么也无法安心。新积指导员曾瞒着他派人去打听，可是得到的都是不好的消息，回来也没有对他讲。

"煦哥，伯母不会有事的，你放宽心！"司徒浓说道。

司徒煦笑着擂了他一拳："你这小子，不声不响的，好像什么都知道，简直就是人肚里的蛔虫……"

两人有一搭没一搭地说着话，不知不觉都迷糊起来。突然"轰隆"一声巨响，两人不约而同跳了起来。一个迅速冲向架在窗口的机枪，一个飞快向楼下跑去。

"日本仔又到了吗？"司徒煦一边快步向西堤跑一边问，他也不知道是问谁，也没有听到谁的回答，已经跑出十多米开外了。

西堤上，司徒才和六七名队员正在向潭江猛烈射击。司徒忠先他一步赶来了。

江面上雾气弥漫，但是还是能看到两艘插着太阳旗的木船正在拼命调转船头。

"想逃？没那么容易。"司徒才俯在地上，却迎来机关枪的一阵扫射。"哎哟！"他突然一声大叫，捂着头滚倒在一旁。司徒忠连忙上前一看，原来一颗子弹正打中他耳边头部，也不知伤得深不深，鲜血从他指缝间溢出来，"吧嗒吧嗒"滴在地上。

"阿捷你快扶阿才回南楼，这里有我和阿煦。"

"是！"司徒捷答应着上前背起司徒才向南楼跑，他刚跑过堤岸，司徒煦一挥手喊道："停止射击——"

正在掉头的日军猛地发现游击队停止了射击，也不再掉头，等了片刻，见岸边静悄悄没有一点动静，忽然急速向西顺风飞驶而去。

司徒煦一惊，他举起步枪，稍一瞄准，"啪啪啪啪"连开四枪。

"轰隆！"腾蛟庙前阵地那门咸丰年造的大炮也发威了！

"好！打中了！"队员们一片欢呼，只见敌船立刻减缓了速度，刚从船舱一露头的山口副队长吓得扑通一声爬倒在甲板上。他歇斯底里地狂吼："快，快！游击队，死啦死啦的！"瞬间，炮弹在司徒煦等人附近开花，沙尘滚滚，弹片横飞，加上船上敌人的步枪、轻机枪等一齐射击，子弹像雨点般飞来。队员们赶紧俯在堤后。

"不好，阿煦你看！"司徒忠探头向江面望了望，回头喊道。

司徒煦顺着司徒忠手指的方向看去，只见江面上浩浩荡荡一片船队沿着潭江南岸正急速向西行进。

"想绕过南楼上岸，做梦！"司徒煦提起机枪，"跟我来！"

此时，后面的藤原乘着打前哨的山口和自卫队激战的时刻，迅速跟了上来，向西驶去。岸边司徒尚铎等人连连向敌船开炮，炮弹在江面上炸起几米高的浪花，敌船摇摇摆摆，有的甚至在江面上不停打转。可是依旧有敌船在陆陆续续通过炮火封锁。南楼里，队员们的炮火也十分猛烈，有的敌船被击中，不断有日本仔掉进江里。可是日本仔船队太庞大了，还是一艘接一艘从激烈的炮火中穿过。

司徒煦带领六名队员迅速沿着潭江北岸急速向西进发，很快就抢在敌船前面到达天然里，刚架好机枪，敌船已经进入视线。

"打！"一声令下，枪声大作，子弹向敌船飞去。

然而敌人太多了，日寇的大炮机枪射程又远，自卫队的枪声立刻被压了下去。日寇船队离岸边越来越近，司徒煦心里十分着急，可是他明白，如果自卫队大部分从腾蛟撤过来阻击敌人，这里的力量是增强了，但南楼那边却会因力量空虚容易被敌人攻下，一旦南楼失守，那一切计划都将化为泡影。就是战到最后一刻，也不能丢了南楼。司徒煦这样想着，举枪瞄准，弹无虚发，又是两个日本仔去见了阎王。

眼看着敌人马上就要上岸，虽然司徒忠又带了几名队员过来，可是司徒煦明白抵抗也是枉然，连忙下令撤退。日本仔从天然里、均安等地陆续登岸，同时汇合楼冈渡河从夏岚登陆的敌寇，气势汹汹分两路向镇中心杀去。日本仔没有直接进攻南楼，他们知道驻扎在腾蛟的司徒氏自卫队不是好惹的，先要占领赤坎及附近地带，把腾蛟自卫队孤立起来，把自卫队困死在南楼。藤原的如意算盘是，一个小小南楼，就算打不下来，饿也要把你们饿死。

当时，赤坎镇上百姓基本上已经跑得差不多了，但是腾蛟乡民却大部分都留了下来。一来经过那次日本仔洗劫，现在很多都是当年死去乡民海外的亲人，还有部分存活下来的乡民，他们都对日本仔有着刻骨的仇恨，他们不愿做逃亡之人，宁肯与敌人同归于尽。还有很多人是自卫队家属，自卫队就在这里，他们也不会只顾自己而逃命。所以当司徒煦转回到南楼的时候，惊讶地发现，许多华侨侨眷和其他乡民聚在这里，正在帮着照顾伤员，端茶递水。医院和办事处组成的医疗队在日本仔彻底封锁小镇之前，一队凌晨去了北面关氏自卫队，另一队刚到了腾蛟，现在正给司徒才等人包扎。

8

但是司徒煦得到了一个非常不利的消息：赤坎镇在水路来的日军登陆之前已经沦陷了。虽然他做了最坏的打算，可是实在没有想到，国军广阳防线总指挥李江率领的三千兵力，这次竟然一枪没放，连装个样子都没有就逃走了，一溜烟逃到了开平最偏远的西北山区夹水。西路日寇乘船从锦江（潭江上游恩平境内的河段叫锦江）向潭江（开平河段）长驱直入，提前占领了赤坎镇。这一消息不免让人担忧，新积指导员没说什么，只是上前拍拍司徒煦的肩膀。

担忧只是暂时的，司徒煦很快就恢复了斗志。他就是这样一个人，哪怕只剩下他一个人，只要有敌人在，他的斗志就永远不会消亡。

自卫队员经过刚才的激烈战斗，都已经饥肠辘辘，端着乡民们送来的食物狼吞虎咽地吃着。这时候，医疗队已经到了南楼，对司徒才等几名伤员进行了简单处理。司徒才不愿去医院，最后医疗队只把司徒占和司徒绪抬走了。

司徒昌一脸尘土地跑回来了，他去了医院，得知医疗队已经来了南楼，就松了口气。但是后来打听到的消息越来越不利，他匆忙回来向队长报告："听说关氏自卫队已经从文林学校撤退了，具体撤到哪里我也不知道，镇上电话都不通了，关氏和司徒氏两个族务办事处现在也是人去楼空，关校长带着十多个人保护着一些乡民往北面撤走了。现在镇上已经完全被日本仔占领了，我没敢走大路……"

司徒煦打断他的话："老关他们应该已经完成任务，要是我就撤到仙人座，那里正好牵扯敌人。好了，别的不讲了，现在就看看我们怎么办吧，大家有什么好的建议都可以说一说，三个臭皮匠赛过诸葛亮嘛。"

司徒昌却犹豫了一下又说道："阿煦，还有件事，我去关校长家了，本来想向他打听些情况，可是我看到了……看到了韶儿和……和……"

"谁?"司徒煦这一惊吃得可不小。

"是她，没错的，她正要走，看到了我。你养病的时候我去过两次，没有认错的。我也很纳闷，她怎么会在那里。"司徒昌说到这里突然刹住话头不说了。

"怎么?"司徒煦奇怪地看着他，其他队员也都好奇地凑过来。

其实司徒昌一直在犹豫说不说这事，不说吧，韶儿是司徒煦的表妹，两人关系非同一般，关键是她还说关沁荷也回来了。更让他担心的是，和她在一起的那黑黑的后生一脸痘子相，时间紧，韶儿只是简单说了下自己很好，让表哥放心，他们在百立山。但是他一旦说了这些，势必牵扯出关沁荷，最主要的，这一下说明关雨兰根本就没有走成，那不是让司徒煦更不放心了嘛。但是现在已经说出韶儿回来了，那么关雨兰的事是包不住了。

司徒煦其实一听到韶儿在赤坎，第一念头就是想到妈妈也回来了，反而松了口气。可是看到司徒昌闪闪烁烁的眼神，心头不由一紧，他马上明白，妈妈并没有和韶儿在一起。

大家都明白了这一层，司徒遇笑着说："昌哥辛苦了，快吃点东西。"

"嗯，昌哥先吃东西，吃完了好好和我聊聊。"司徒煦说。

大家心都是一沉，司徒昌连忙说道："阿煦，其实，韶儿对我讲，关伯母和阿三在一起，应该没事，详细的她没顾上说，那时日本仔已经进了镇子，她们着急走，只是叮嘱我要你放心，自己保重。"他没敢再说关沁荷的事，至于关家大奶奶的事他也没再提，他是个聪明人，不想再在这个话题上纠缠下去。

其实当他遇到韶儿的时候，他和韶儿、谭阿宝两人一同走了很长一段路，一来可以保护他们一程，二来自己也必须从北边绕道，否则根本出不了赤坎。这么一来，韶儿对他讲了很多。

韶儿乍一见司徒昌，第一个念头就是要和他一起去找表哥。她兴奋地蹦跳到司徒昌面前，脸上看不到一丁点慌张和疲惫的表情，她一惊一乍地嚷道："昌哥，带我去吧，我也去南楼，嘿嘿，想想都刺激，和日本仔面对面打仗，我也让表哥给我一把枪，打死日本仔!"

"哼! 你以为过家家呢! 还刺激……"谭阿宝撇嘴皱眉说道。

"就你行，逃跑大王！"韶儿用手刮着脸，一边说一边凶他。

司徒昌看出韶儿和谭阿宝几乎没什么顾忌，感到很奇怪，不知道这样一个充满痞气的后生怎么就和任性的胡大小姐走到了一起。

"韶儿，你怎么又回来了，关伯母呢？怎么没和你在一起？"

于是韶儿就简单把她们在新会失散的经历说了一遍，讲到谭阿宝救了自己时也不忘调侃他一两句，谭阿宝也就不时回敬两句。她接着又说了关家少奶奶生了一个男婴，但是自己不幸难产身亡。

韶儿语音清脆，吐字清晰，虽然挺曲折复杂的事情在她嘴里也变得像听音乐一样受用。但是说到关少奶奶的死，大家还是唏嘘不已。末了，她故意压低声音对司徒昌说："我姨妈家的事可先不要告诉表哥，至于沁荷姐姐嘛，你就说，说什么好呢？算了，不说也罢。"她的脸突然晕红一片。

谭阿宝说道："不想让我听到我躲开好了，稀罕你呢？"说着，真的快步走到前面去了。

"嘻嘻，死黑仔，不是怕你听，是我说不出。昌哥，你就说我们一切都好。唉，我也不知道该不该让他知道这些事，怕他分心，都不说也好吧？我也不去南楼了，我不过是说说而已。"韶儿语气逐渐低沉下去。

司徒昌明白韶儿姑娘为什么这样语无伦次，他也不知道该不该告诉司徒煦，走了一路还在矛盾，但是最终他还是说了，虽然说得不全。

分手的时候，司徒昌叮嘱他们路上小心，不要耽搁。他又怕两人不认识路，详细告诉他们到百立山的路线。此时，大部分乡民在办事处人员组织下，该躲的已经都躲起来了，路上一个人也没有，走了老远也没有看到梅姐他们的影子，韶儿心里有些打鼓。不过她还是干脆地说："没关系，我们认识路，您放心，回去让表哥也放心。哦，忘了，还是不要告诉表哥我回来了。梅姑姑说好在岔路放标记的，他们也会慢慢走等我们。您一路小心。"

司徒昌知道谭阿宝会照顾好她，就挥挥手折向南边而去。

9

雨又下了起来，而且转眼就成了瓢泼大雨。

韶儿和谭阿宝顺着司徒昌指点的路走，偶尔也能看到梅姐留下的标记。他们很快

194

走到了山里，但是大雨又把一切冲刷得干干净净，标记看不到了。

韶儿虽然小时候在赤坎长大，可是她七岁就随母亲去了南洋，表哥去年养病她回来，到现在也有半年多时间了，却一直陪在表哥身边，只偶尔到附近转转，也没有走太远。这里对于她来说简直就是个完全陌生的地方。谭阿宝更别提了，还好他方向感不错，遇事还冷静，在大雨中不至于张皇失措。

"只要有房子就好，先不要想那么多了。"谭阿宝抹了一把脸上的雨水，大声对后面的韶儿说。

"废话，问题是没有房子！哎哟！"

"怎么了？"谭阿宝返身下意识一抓，却抓了个空。连忙回头一看，见韶儿竟然不见了。

"啊！姑娘，你……"谭阿宝连滚带爬往回跑。

"笨蛋，往哪儿跑？我在这里呢！"身边传来韶儿的喊声。

谭阿宝扭脸一看，又不由得想笑。原来刚才韶儿只顾着往前走，不小心一脚踩空，摔进一个大坑里。这里的山脉地质结构和土壤与北方的不同，缺少岩石，土质疏松，由于雨水多，很容易出现塌陷和滑坡，韶儿就是掉进了一个不大的塌陷坑。她满身泥泞，狼狈不堪。

谭阿宝憋着笑伸出手，韶儿费劲地爬在坑边，两只手努力够到谭阿宝的手。谭阿宝"嘿"地一使劲，她就贴着坑边嗖一下被拽了上来。谭阿宝使得劲猛了，两人一起跌倒在草丛里。

韶儿软绵绵的身体一下子压在谭阿宝身上，他不由脸一红，下意识推了她一下。路滑草密，韶儿不仅没有站起来，反而顺着他这一推又仰面朝天躺在地上。

"死黑仔，你还嫌我身上泥少吗？你这家伙，一点没安好心！"

谭阿宝不作声，他发现自己的手还拉着韶儿的手，连忙不好意思地松开。

韶儿也意识到什么，假装掩饰地一边往前爬一边接着雨水擦脸上的泥泞。

此后，两人一路上都不好意思再说话。不知为什么，谭阿宝竟然无法集中精力，韶儿就在身后，刚才，她柔软的小手被自己握着，她窈窕的身躯扑到了自己怀里……谭阿宝觉得自己有些龌龊了，怎么这样心猿意马起来。

"阿宝？阿宝——死黑仔！"韶儿大声喊。

"嗯？"谭阿宝愣愣地回头。

"前面，你看前面。"韶儿向前努嘴。

前面不远处的竹林里隐隐露出一些碉楼和民舍的影子，好像还有轻微的烟雾在雨中飘散。很明显，那是一个小村庄。

"这是什么村子？"谭阿宝问。

"我怎么知道，反正赤坎周边山里好多小村落，这就是了。有人家就好，累死我了！"

两人高兴地向村子走去。他们不知道，他俩早已经走过了百立山，而且顺着山道一路偏向东北走，竟走到了自力村。这里碉楼林立，在赤坎独树一帜，是当时开平碉楼最多的一个村落。现在，北路日本仔有一部分一百多人已经占领了这里，正在一间空置的乡民房子里生火做饭。韶儿他们看到的烟雾就是日本仔做饭冒起的炊烟。

而就在两人进了自力村的时候，梅姐正打着伞，站在百立山下的中和村的池塘边上焦急地等待着他们。

10

不提韶儿和谭阿宝如何寻找百立山，现在的赤坎镇已经鸡飞狗跳，乱成了一团。

赤坎是个繁华的古镇，最热闹的时候曾是开平县城所在地，后来县城才挪到三埠。抗日战争全面爆发后，虽然集市零落，商业萧条，但是密集的商铺和旧时的痕迹依然可见镇中当日的繁华。日本仔早就看中了这块风水宝地，多次想抢占都被自卫队击退，于是就疯狂地报复，不仅制造腾蛟屠杀，还组织了伪军到赤坎附近乡下扫荡、抢掠，造成开平一带多处敌占区民不聊生，土地荒芜。

现在，赤坎彻底成了日本人的天下，日本仔肆意作践着这座有着几百年历史的古镇。

藤原和吉田两部分汇合后，彼此虽然内心不和，但表面上还是互相恭维一番。吉田长着一副马脸，眼角下垂，显得阴险狡诈。他不无得意地炫耀自己不费一枪一弹就攻下赤坎的功绩，而藤原因为经过多重阻击，伤亡惨重才勉强进了赤坎，目前北边三千人的国军军队去向不明，南楼依旧在自卫队手中，怎么说都没有光彩可言，他阴沉着脸，越发怒火中烧。

藤原的军队驻扎在赤坎镇堤东路12—13号，也就是司徒氏图书馆旁边一座名叫"素庵祖"的三层高中西合璧骑楼，"素庵祖"楼是司徒氏家族为纪念该族在赤坎的开基祖先素庵祖而兴建的。司徒氏家族在赤坎的开基祖先有两个，是两兄弟，"素庵祖"是司徒氏家族赤坎的开基祖先之一，另一个是"素直祖"。藤原的军队刚驻扎下来，就立刻下令：全镇戒严搜查，一个人都不能放走。当时，虽然镇上仅存的一少半乡民在自卫队办事处动员和组织下，坚壁清野，提前向外地转移了，可是仍有一些妇孺病人老人无法行动或没来得及走，只好藏在家里隐蔽之处，不免大部分被搜了出来。敌人狡猾得很，特别派了十多人到医院，把正在医院的好几个医生护士抓了起来，其中就有为关少奶奶接生的那位护士，现在我们知道她来自上海，还是一名志愿护士，姓岳。

日本仔搜查医院的目的很明确，寻找自卫队伤员。岳护士本来准备去魁冈的，后来在半路遇到韶儿他们，就亲自将他们送回关文澜家。当时正是日寇猛烈进攻的时候，关氏和司徒氏自卫队都有几名队员受伤送到医院，她马上参与到抢救伤员的行动，没有离开。那几名伤员行动不便，仓促间被抬到一处山坳的破庙，藏在了破庙的废旧柴房里。刚藏好伤员，日本仔就来了。

所有人都被押着来到司徒氏图书馆前的空地上。

吉田老狐狸没有在图书馆旁边驻扎，但是他也来到了现场。虽然由于国军广阳总指挥李江带着队伍提前北撤逃往西北山区夹水，他不费吹灰之力先于藤原从北面进入了赤坎。可他忙着让队伍休息，并处处暗地和藤原较劲，他想，占领赤坎只是第一步，后面的路长着呢，他要养精蓄锐，再说了，他也不过是配合行动，不愿处处高调行事，此时还是看看靠真刀真枪攻进赤坎的藤原老大的表演吧。

藤原在人群面前来回踱着步子，不时向人群中瞄上两眼。时间一分一秒过去，吉田双手搭在腹部，端坐太师椅不作声。藤原转了几遭也和他并排坐下来，然后冲山口摆了一下头。山口"咯吱咯吱"走到人们面前，"哼哼"冷笑两声，满脸横肉急促地颤抖了两下。

他张口说道："老乡们，今天请大家来，没别的意思，皇军也不会为难大家，皇军是你们的朋友，是来建设'大东亚共荣圈'的，只要你们肯合作，马上送大家回家。"

翻译官把他的话翻译出来，乡民们有的低垂着头，有的目视着日本仔，没有一个人说话，但人们的表情分明是：日本仔，休想从我们这儿得到任何关于自卫队的消息，哼，自卫队一会打回来，就让你带着你的鬼话到阎王那说去！

"嘿嘿，很简单，谁知道游击队伤员藏在哪里？游击队平时活动地点在哪里？和游击队有关系的现在主动站出来，皇军既往不咎。说了，好处大大的！"

"我知道!"一声脆生生的童音从人群中响起。大家都吃了一惊,一看,见是一个只有四五岁的小男孩。他眨巴着眼睛看着山口。

"你胡说什么!"孩子的奶奶佝偻着腰,惊慌地呵斥道。

"我没胡说,细佬仔吾讲大话(当地方言,小孩子不讲假话的意思),我叔叔……"老奶奶一把捂住他的嘴。

"小孩,你的大大的好,你叔叔是谁?"山口兴奋地走过去一把推开奶奶,弯下腰问道。

"我叔……"

"啪!"他奶奶快步走上前就是一巴掌拍过去,孩子"哇"的一声大哭起来,哭喊道:"打我干吗?叔叔就是自卫队小队长呢!呜呜……"

"哟西!"意外的收获让藤原脸上一亮,他瞥了吉田一眼,微微笑了一下,吉田朝山口挥挥手。

山口又朝身后一挥手,两名日本兵把男孩和他的奶奶拉了出来。祖孙俩惊恐万状,奶奶双手颤抖着搂住孙子往后退缩着,还是被日本兵拉扯着拖进图书馆去了。

山口冷冷盯着众人,"嘿嘿"冷笑着,他们现在更加确定镇上肯定藏有自卫队,这些人中也不只那祖孙俩和自卫队有关系。这时,人群中突然扑通一声,一位头发花白的老妇人摔倒在地上。岳护士连忙上前去扶。

"您没事吧?您的腿?"

"没事,多年的老毛病了。"老人挣扎着想站起来,岳护士抱着她的后背小声说:"您不要动,就坐着吧。"她脱下身上的白大褂铺在地上,让老人坐在上面。

一个日本兵上前狠狠踹了老人一脚。山口摆摆手说道:"下去,不要这样。老太太,你的腿怎么了?来人,把老太太抬到屋里去。"

老人抬起头来,她虽然和乡下老妇人一样的打扮,可是神态气质无不体现出高贵端庄,她眼睛明亮,脸色平静,在岳护士搀扶下缓缓站了起来。人们都吃了一惊,在惊慌失措中谁也没有理会她,现在才发现原来是关氏名门关国创的遗孀。说起关国创,那在关氏家族可是数得着的人物,他家世代积累了大量财富,海外华侨子弟众多。近百年来,关国创家为赤坎河西发展不断捐款,辅助教育,兴修街道。到了他这一代,大部分子弟都在海外,他本来也已经移居美国,可是抗日战争全面爆发后,他和妻子毅然回国,为抗日奔走捐款。关氏自卫队的创建离不开他,是他和邓世英、关文周等人一起组织起自卫队,他还自己出钱购进机枪、弹药等,充实自卫队力量。

关国创后因病英年早逝，他的遗孀林太太并没有离开，而是继承他的遗志，一直尽自己力量为自卫队提供物资帮助，几乎变卖了赤坎所有商号。谁也没有想到，老人竟然没有在这最后关头离开。她的腿已经接近瘫痪，行走十分困难，她强迫身边人赶紧逃走，自己穿戴整齐坐在屋里，从容安详，好像即将到来的不是恶狼般凶残的日本仔，而是相约造访的客人。

"老夫人……"岳护士看着林太太艰难地走向图书馆大门，轻唤了一声，但她的反应已引起了山口的注意。

山口盯着她看了一会，走过去，伸出戴着白手套的右手，轻佻地勾了她下巴一下。岳护士怒不可遏，冷不防抡起胳膊，一巴掌扇在山口脸上，五个鲜红的指头印立刻清晰可见。

"八嘎——"山口一脚踹在岳护士肚子上，她踉跄几步坐在地上，嘴角慢慢溢出一丝鲜血。但是她依然斜睨着眼前这群恶魔，眼里满是轻蔑和倔强。

藤原也猛地站起来，停了片刻，又缓缓坐下。

"拉进去！"山口恼羞成怒地吼道。

岳护士被拖进了图书馆大门。不一会儿，一声惨叫尖锐地划破天空，所有人都脸色苍白。天空乌云密布，雨滴又落了下来，雨越下越大，顷刻间变成狂风暴雨。

"哈哈哈哈——"山口狞笑着，"把门打开，都押进去，都不老实，可以参观参观！"

岳护士平躯在一张长条凳子上，下体与胸部裸露着，两乳被切除，她两手垂吊着，头发凌乱，两只眼睛睁得又圆又大……

"咚！咚！"雨中，又有两个妇女晕倒在地上……

第七章

1

除了腾蛟及其附近几个村落，赤坎基本上全部落入日本仔手中。日本仔不仅对赤坎镇中心进行了扫荡搜捕，而且派出几支小分队对附近村庄大规模搜查、抢掠，一时间，"喀嗒喀嗒"的皮鞋声，把赤坎镇与附近的乡村连成了一片，冷森森的刺刀晃得空气中寒气丝丝地流动。每个日本仔的脸都像是被狂躁与凶残堆砌而成的，好像即便掘地三尺也要彻底消灭各乡自卫队和一切抗日队伍。

面对着来势汹汹的日本仔，村民中出现了两种情绪。经历过几年前那场灾难的一些腾蛟乡民，无法忘却那悲惨的经历，他们这次又选择了留下来，刻骨的仇恨已经代替了曾经的恐惧，已成为对日寇满怀深仇大恨的怒汉，家仇国恨就是他们勇敢面对凶残、无惧死亡的最好理由。与其任人宰割而死，还不如与日本仔对抗到底！他们只有仇恨与复仇，才是唯一的选择。没有经历过那场灾难的乡民只想找个避难的地方，借自卫队保护他们度过危难。怀着这两种不同思绪的人都陆续来到南楼，来到腾蛟自卫队总部，一种是一定要报仇杀敌的，另一种是要求躲进碉楼求得庇护的。

司徒煦现在一心一意在考虑怎么对付敌人，对于突然涌过来的大批乡民，他先是意外，再是有些烦躁，他们不该进入南楼这样的军事要地，很快就要与敌人拼命了，那时哪里还能分心来管他们，那还不乱了套？司徒新积不急不躁更不烦，笑眯眯地与各位老乡见了面，然后带领他们来到队部。这时候，总部房间里已经聚满了人，熙熙攘攘老人孩子都有。

"父老乡亲们，"司徒新积沉吟片刻说道，"我知道大家信任我们自卫队才到我们这里来，不过这样乱纷纷的不好解决问题，我看留下几位代表，剩下的请回吧。乡亲们哪，这里很快就是与日本仔拼的战场，子弹无眼，刀剑无情，大家不必在这作无必要的牺牲，特别是我们的孩子，赶跑了日本仔后，还要靠大家重建家园，建设一个新中国！再说，大家都在这里，反而让我们的队员分心……"

"哦，新积说得在理啊，我们帮不上忙也不能在这添乱呢。"

"好！"

"既然司徒新积说了，那我们就走吧！"

"孩子爸，你专心打日本仔，不用惦念我们几仔乸（当地方言，母子几人的意思），打败了日本仔立马回家！"

"阿仔，爹妈这就回去了，要小心，见到子弹来就闪一闪，爹妈在家等你。"

人们吵吵嚷嚷一阵子，大部分都走了，只有六七位平时德高望重的人留了下来，包括乡长司徒程南。但是一些乡绅却没有在，他们在李江庇护下早在前一天就收拾家底跑了。人们不由又骂了几句，认为这些家伙平时收这收那，为中饱私囊而巧立抗日名目，现在却跑得无影无踪了。

不过骂了几句还是得言归正传。目前，主张马上转移撤退的已经占了上风。虽然仇恨在人们心中植根，可是人们都知道，凭自卫队这点实力，和日本仔打起来简直就是以卵击石。几位白发苍苍的老人一脸忧愁，日本仔的气势多多少少给他们不小的震慑，他们更心痛自卫队这些后生们，这些都是乡里最好的后生仔呀。还是避避，不要跟日本仔拼命。另外两位中年汉子却认为，日本仔没人性，避得过初一避不过十五，要生存要保家园就得和他们拼。

于是，还没等司徒新积发话，意见不同的两派人自己又吵了起来。

"依我说，不要和日本仔再耗下去，咱们自卫队就这么点人，都是些土炮土枪，人家正规国军都跑了，留下我们做什么炮灰？还是快撤了，也不至于都丢了命。"一位主张弃楼逃跑的老乡绅说。

"您老人家活糊涂了？国难面前怎么这样说话？这不是长他人志气灭自己威风吗？日本仔有什么可怕，拼了这条命也不能让他们这么轻易就跑掉。何况人家是单单跑路吗？他们是来屠村啊，您看看现在赤坎又要糟秧了！"一个中年汉子气愤地说。

"你倒是拼了命了，你没有老婆孩子，别人呢？"

"您，您……我老婆孩子都是日本仔杀了呀，您还要让那日本仔跑掉？！"

司徒新积见众乡亲说话越来越一发不可收拾，眼见得火药味越来越浓。他上前把激动得满脸通红的中年汉子按在椅子上坐下，说道："不要急，咱们现在是商量怎样对付日本仔，自己先吵起来，还怎么商量？"

那老头也站起来说道："日本仔一定得打！我的意思就是要保存实力，等待援军……"

"援军？你看国军总指挥都带着队伍溜到偏远的山区夹水去了！哼哼——"中年人拉长声轻蔑地冷笑。

司徒新积看了看另外几个人，他们也都垂着头呆呆地望地板不说话。

"乡亲们，我们不必悲观，也不必恐惧。我问你们，大家知道日本仔当前是个什么状态呢？"司徒新积问道。

大厅出现了短暂的沉默。很快，一位中年人昂头侃侃而谈："我看新闻纸，日本仔不自量力到处挑衅，连美国都敢惹，现在全世界都在对日本仔宣战，所有的权威分析都认为日本仔失败的日子不远了。我琢磨着也差不多，要不这多日本部队急着往回撤干吗？唉，真要是撤走了也太便宜日本仔了，说来就来说走就走，杀了人抢了东西我们还得恭送啊？还不辱没祖宗？"

"真他妈窝囊啊！"刚才与老者争辩的中年人立即接过话茬。

一位白发苍苍的老者张了张嘴，没有发出声来。

司徒新积点了点头说："说得好！不过还有一点大家没想到，侵略者是什么？是狼！是狼不可能变成羊，日本仔虽说想撤退，现在他们还没有全面溃败，还在垂死挣扎，我们都吓跑了，就如狼群周围没有了猎人，狼还会走吗？我们不又成了狼口之猎物吗？日本仔是否真撤，起决定性作用的还是我们的态度啊！"

"您的意思是说我们现在更得抵抗？不抵抗日本仔还会更加嚣张，会更肆无忌惮地在我们的家中杀人抢掠？"

"对！你说得很对。全世界都在反对日本法西斯，可是我们中国的抗日战争归根到底还要靠我们自己，要是我们不抵抗，日本在世界上都败了，不就在咱们中国更加横行霸道了吗？日本仔躲在我们国家一天，我们就一天不得安宁啊！"

第一个激动的中年人又站了起来，说："您老看看，司徒新积说得多在理，都像您那样，我们永远被人骑在脖子上拉屎！"

大家一时沉默起来。这时候，门开了，司徒煦走了进来。他在南楼等了一阵子，见司徒新积还没有回来，有些焦躁。司徒昌回去又把几位乡老的意见和他一说，他气往上冲，立刻就来到了总部。

2

司徒煦一屁股坐在正中一把太师椅上，他扫了几位乡老一眼，突然问："新积兄，有烟吗？给我一支。"

司徒新积看他脸色不好，明白他为这里的情况心情郁闷，他笑呵呵地说："我没有烟，有也不给你吸。想打日本仔就首先要保护好自己身体。"

"可是我打日本仔是为了什么？"司徒煦无法克制自己，"我们不怕流血牺牲，我们记住自己是中国人，中国人就该有中国人的血性，没有了血性，忘记了自己是中国人，日本仔才欺负我们！我们只有把日本仔的狗皮膏药从我们中国的土地上全部拔掉，我们才有太平日子过，我们才能在自己的国土上有尊严地挺直腰杆！"

几位老人瞬间红了脸，那位领头的还想开口，司徒新积冲他摆了摆手，"咳咳，咳咳……"司徒煦说得激动，剧烈咳嗽起来。

司徒新积连忙递给他一杯水，拍拍他的背低沉地说道："对，要有中国人的血性才证明我们是中国人！我们都不是为了自己。我记得前两天我们一起讨论过，那时关校长也在，我们畅想打走日本仔以后干什么，分析为什么我们总是被人家欺负。你说得多好，要做新时代的先驱。现在打日本仔就是把侵略势力赶出中国，为那个新时代扫清障碍。胜利很快就要到来，不过也会来得艰难。遇到困难不是退缩就是急躁，都这样怎么行？阿煦，你对目前情况分析得那么透彻，为什么不对几位老人讲一讲？老人们也是着急，他们还不是替自卫队考虑？要不还耗在这里干什么？多少人都跑了，就只有腾蛟村民大部分都还在，因为他们信任我们自卫队，也愿意和我们一起抵抗日本仔。可是他们不了解情况，不了解为什么要死守南楼，难道你还不了解？老乡情绪波动说明我们工作还未做好，你说是不是？"

司徒煦低下头好一阵不说话。等他抬起头来，脸上已经没有了刚才的烦躁，他叹了口气说道："我这脾气，唉！对不住了，各位乡亲，容我说几句话，我说完了，大家一起考虑我说得有没有道理，那时再作打算。"

"好，你说吧！"大家都齐声说道。

司徒煦望着窗外阴沉的天空，心绪亦随丝丝凉风飘飞，飘向远方，又使许多久远的事情不停地往脑子里钻。他努力想摆脱这种不集中的思维，缓缓说道："记得我刚参加自卫队的时候，余泽民先生告诉我，要做好和敌人做长期斗争的准备，这几年来，我也经过了许多大大小小的战斗。说实话，一开始我也提心吊胆，咱们不了解敌人啊！俗话说，知己知彼，百战不殆，可是日本仔在中国横行无阻地长驱直入，一说起日本仔来，咱乡民们都是惊慌害怕，好像日本仔是不可打败的神怪，打过几仗以后，我心里有了底，我们自卫队都有了底，日本仔也不是刀枪不入金刚不坏，我们一样多次打败他们。正像司徒新积、余先生和关校长他们说的，只要我们所有中国人团结起来，日本仔没有什么可怕的。现在，他们不是像丧家犬一样在逃跑吗？不过，这条恶狗在跑之前还想狠狠地撕咬我们几口，这我们怎能答应？我们总不能剜下自己的肉乖乖地送到它嘴边吧。所以，我的意思就是不放弃。前几年，日本仔势力正强，我们的目的就是不让他们安稳地在我们自己的土地上横行霸道，要做好长期斗争的准备，直到把日本仔的气血耗尽。所以自卫队化整为零，进山打游击，搞偷袭。可是现在不同了，现在是日本仔耗不下去了，撑不住要逃跑，大家说，我们还能缩起来让他们痛痛快快跑掉吗？如果现在还偷偷摸摸地打游击，无疑是长敌人的志气，灭自己的威风，自卫队岂不是名存实亡吗？乡民对我们还有什么希望？"

　　司徒煦声音越来越高，几乎是慷慨激昂。他一开始不能集中的思绪在讲话中集中起来，他说了很多，所有人都专注地听着，几位乡老不由自主默默点头。

　　一位老人犹豫着问道："可是，就目前形势，这种抵抗最终也会失败，意义何在呢？"

　　"意义？这次阻击敌人，不管失败与否，就是要给敌人一次迎头痛击，让他看清楚，我们中国人不是好惹的，想逃，也没那么容易！即使失败，甚至我们都为此送了命，也给后人们做了一次榜样，让所有人明白，我们这些华侨也是宁可站着死，不愿跪着生的血性汉子！更何况，有南楼在，敌人不可能一时就能突破，坚持下去，与日本仔周旋到底，就有胜利的希望！"

　　两个中年人听到这里，激动地说道："阿煦，你说得对，我们宁可站着死，也不愿跪着生，我们虽然没有枪炮，可是我们有力气有热情，我们同意你的想法，坚持到底！"

　　司徒新积点点头说："我的意见，还是坚壁清野，老乡们最好转移，最起码妇女儿童要尽快离开。避免无谓的牺牲。至于自卫队，司徒煦已经说得很透彻了，我就不再重复，我只补充一点，只要南楼不失，日本仔就一天也睡不安稳，所以目前别的就不管了，集中精力守住南楼。对了，我差点忘了告诉大家一件事，司徒美堂老先生听说日本仔想从潭江一线撤退，要攻打南楼，知道有一场恶战要打，所以他特意指示致公堂募捐资金购买了一批弹药，派人从广州想办法送到赤坎来。从目前形势看，开平外围已经封锁，这批弹药不知道能否送到。我们不是在孤军奋战，全世界的华人都在支持我们，我们没有理由放弃！大家说是吗？"

几位老者听到这里，也纷纷站起来表示："司徒新积和阿煦的话让我们很惭愧，我们真是老朽了，既然自卫队要与敌人周旋到底，那么我们也不能袖手旁观，我们也要尽一分力。"

"呵呵，"司徒新积笑着说，"老先生这样说，我先代表自卫队感谢大家，不过大家还是先请回，马上收拾东西，该藏的藏，让日本仔来了扑个空，这也是对日本仔的打击。"

司徒煦也说："我们自卫队的任务就是保护家乡，保护乡民，乡亲们的心意我们领了，时候不早了，我们还要回去准备迎战，也请各位回去吧，非常时期，抓紧时间转移。"

两位中年人说："阿煦，新积，让我们也加入自卫队吧，我们年龄是大了些，可是人多力量大，我们也想亲自上阵打日本仔。"

司徒新积说道："老哥啊！不是我不要你们，目前不是人多人少的问题，说实话，您几位就是进了自卫队也没有枪炮给你们。照顾好乡亲，也是支持抗日。我们自卫队还要安排一些队员掩护乡亲撤退呢，您几位就协助自卫队照顾和掩护乡亲们撤退吧！好了，其他的不多说了，各位还是抓紧时间转移吧！"

几位乡老见司徒煦和司徒新积态度坚决，也就没有再说什么，只是默默地抓住司徒煦和司徒新积的手摇了摇，陆陆续续走了出去。

3

司徒新积和司徒煦回到南楼，已经接近中午。他们匆匆吃了口饭就坐下来研究下一步的行动。

司徒旋有些愤然说："要是外围能有支队伍就好了，那个李江真他妈的不是东西，如果他们肯留下打外围，日本仔入不了赤坎。王八蛋溜得比泥鳅还快，我们只有硬扛了。"这个平时温文尔雅的小伙子，平时听到人家说粗话都脸红，今日却自己说得相当顺溜，看来是非常愤怒。

司徒新积笑着说："不要泄气嘛！我们刚才和腾蛟父老乡亲们聊过了，乡亲们情绪都高昂得很，有老百姓支持比什么都强。"

"可是……可是乡亲们没有武器，又没有打过仗，能帮什么啊！"

司徒煦坚定地说道："我们自卫队就是保护乡亲的，还要乡民反过来保护我们？阿旋，真正考验我们的时候到了，别忘了我们的誓言，打败日本仔后再开怀喝酒，痛快杀敌，再痛快畅饮！你是个文化人，懂的道理比我们多，我们自己不倒，日本仔就不容易打得倒我们。"

司徒旋低下头沉闷地说："道理我懂，我也有血性，我会拼到底。只是……只是我心里怎么也憋屈得慌，就是想不通……"

一直沉默的队长司徒忠说道："想不通就不要想了，世上本来就有许多事是想不通的，你使劲想，那是跟自己过不去，我们现在做的事不只是做给别人的，自私点说，我们还不是为了自己？日本仔来了，我们谁没有受到作践？阿旋，要不是因为日本仔侵略，你或许早到大学堂读书去了，说不准已经留洋了。还有，日本仔来了，害得亲人朋友成天东躲西藏不说，几年间被日本仔害死的人比以往一百几十年还多……"

"不要说了队长，我明白您的意思。"司徒旋红着眼睛说道。

"大家都不能消沉！"司徒煦大声说，"我们和日本仔之仇不共戴天！我们现在就是一个目标，把日本仔往死里打，杀敌报仇！"说着，他握紧拳头，"咚"的一声捶在桌上。

中午，短暂的宁静，谁都知道，腾蛟已经处于三面包围之中，可是整个村落却和往常一样，没有惊慌逃窜的人群，人们似乎就在静待敌人的到来。南楼、北楼的队员们留下放哨的都沉沉睡去，他们太疲惫了，需要睡个好觉，迎接更激烈的战斗。就在这时候，几位从自卫队总部回去的乡绅老人已经发动村镇乡民为自卫队捐东西，并且说服大家尽快转移。住在高耸而坚固的碉楼里的大户人家，购买了枪支弹药，雇了一些家丁护院，以求自保。还有很多有钱人，贵重物品早已转移，有的在日本仔来到之前都转到了海外，现在家里也不过几件粗笨家具。

不论是谁，不论贫富，此时此刻想法完全一致：不能让日本仔在自己的家园横行霸道，让那狗日的日本仔滚回日本去！于是，纷纷捐出许多粮食或资金给自卫队购买弹药，谁都明白，自卫队若挡不住日军，自己留这些东西又有什么用呢？有的人家甚至把鸡鸭都宰了堆在手推车上，准备送到南楼。

那两位中年人主动组织起八九个人，沿村转巷收集了大量物资，用油布裹得严严实实，赶了三牛车浩浩荡荡往南楼走来。

他们忙活完这些事已经是午后三四点钟了，雨也小了许多。刚走上大道准备向东转弯的时候，他们就看见西边远处似乎有人走过来。潭江沿岸草木茂盛，这些人一会儿被树丛挡住了，一会儿又现了出来。

他们站住仔细瞧，越瞧越清楚，那也不过是五六个人，但是从带点罗盘腿的走路姿势看就不像当地村民。再说了，现在村民们都躲起来了，谁还这样光明正大无所顾忌地满大街乱晃。

"是日本仔，你看，有枪！"

"是，那不是穿着黄军装？戴着哭丧帽？"

"啊！快躲起来，这些东西让他们看到就糟了！"

那个单身的中年人说："你们进林子里藏好了，我从山道穿过去告诉自卫队……"

"你小心！"有人叮嘱着，慌忙往回赶牛车。

中年人跑到南楼的时候，队员们陆陆续续睡醒了，司徒煦虽然也打了一会儿盹，可是一来他身体不好，再者心里惦记着许多事，总也睡不安稳。虽然他已经很累了，可也只能躺下来舒展一下，根本不可能像别人那样踏实地睡上一觉。

得到这一消息，一股热血直冲脑门，司徒煦一把抓起步枪，冲司徒遇喊道："带上两个人跟我走，找死的日本仔！"

"等一下。"司徒新积和司徒忠追上来，"不要莽撞，看情况行动，尽量抓活的，就几个日本仔，很可能就是来打前哨侦探的，不要打草惊蛇。"

"我明白，放心。"司徒煦一挥手，司徒遇、司徒耀和司徒丙跟上来。

在距南楼只有一里多路的地方，有一处残败的房屋隐藏在路边丛林中，司徒煦四人就隐藏在屋后。等他们刚藏好，五个日本仔就鬼鬼祟祟摸了过来。他们东张西望，端着枪挺起刺刀还不停地往旁边的草丛乱刺，好像路边每一丛草，每一块石头都是与他们作对的自卫队队员。雨还没有完全停，他们沉重的皮靴踩在泥地上，啪叽啪叽直响。他们边走边骂骂咧咧，也不知道骂些什么。

很快，他们接近了破屋。司徒煦抬起手，等他们刚一超过破屋，胳膊猛地一挥，"啪——啪——轰——"手枪步枪立刻向敌人开了火。手榴弹炸开花，两个日本仔立马见了阎王。剩下的三个日本仔溅了一身泥水，乱了阵脚，哇哇乱叫着滚在地上。

司徒煦绕道他们身后，一个箭步冲上去，用枪抵住了一个日本仔的脑袋，厉声吼道："举起手来！"

两个日本仔一惊，不由自主扔掉枪，举起了双手。另外一个还想反抗，抱着枪打了个滚想爬起来，司徒遇一抬手，一弹出膛，像一只调皮的火蜻蜓，倏地从日本仔的太阳穴钻进他的脑袋，"噗"的一声，软软的倒下，就像抛下的一个布袋子。

另外两个日本仔再不敢有什么举动，乖乖地举着手站起来。司徒丙捡起丢在地上的三支新式步枪，牢牢地抱在怀里，两手轻轻地抚摸，那神态像是抱着初恋的情人。司徒煦与司徒遇相视一笑，拍拍他的肩膀，轻声说："该回去啦。"

南楼里，两个日本仔叽里咕噜交代，司徒旋懂得一些日语，他勉强翻译过来，说已经有三十多个日本兵来到腾蛟了，不过都是分散行动，目的有两个，一是打探情况，了解自卫队状况；二是对村民和自卫队进行一定骚扰，扰乱民心，让腾蛟乱起来，想方设法把乡民吓得在外面四处乱跑，这样自卫队与他们打起来的时候投鼠忌器，无法实施战略部署。日本仔非常明白，自卫队怕误伤老百姓，日本仔却没把中国百姓当人看待，这样一开战，不熟悉地形的日本仔就占了有利形势。

"死日本仔，是狐狸和狼下的崽，凶残又狡猾！"司徒煦骂道。

"管你是狼崽子还是狐狸崽子，我们照样宰了你！"司徒煦不解恨似的又补上一句。

司徒新积略加思索，迅速安排道："司徒忠队长，南楼绝对要保证人数和武器，但是敌人的阴谋也不能得逞，你马上带一支小分队去支援北楼，我带几个人到村里做工作，安抚村民，让大家明白日本仔的阴谋，赶快躲起来，没有躲开的，也要在家里闭门不出。现在村民不能乱，我们不能自己钻进日本仔的圈套。阿煦，南楼就先交给你啦！一定要注意南面潭江上的情况，敌人很可能乘机从水上进攻，别忘了，日本仔的战船和好几百主力还在三埠呢！水路是他们最好的选择！"

司徒煦点点头，他当然清楚，敌人把多年掠夺的财富、军备辎重带走，最便捷的方法是直接走水路，因为赤坎处于全县的正中，东西南北交汇于此。水路上接恩平、阳江，下通江门、广州，楼冈冲、滘口冲、镇海水等主要的支流，与干流潭江构成了赤坎镇一带的河网，赤坎的水路交通四通八达。司徒煦知道，不但三埠的日本仔会走水路，日本仔从恩平、阳江方向过来的大队人马也会走水路在这儿汇合。自卫队没有战艇，只能凭借南楼的有利位置居高临下控制河面。

美丽的潭江将要变成与日本仔拼杀的主战场，司徒煦心里很是痛惜。潭江，是他多次往返南洋的通道，那时，他体会到的是水路的悠然，江面上大大小小的帆船有的翩然逆江而上，船夫划桨时整齐的吆喝声划过江面；有的飘然顺流而下，舟子双手叉腰在船头迎风而立，自得地朝拼命划船而上的大小船只"嗨哟，嗨哟"地呼叫。他们粗犷的嗓音，穿越两岸茂密的竹林，不时引来村童调皮的应答和姑娘们的嬉笑。时常有几只野鸭从河边的芦苇丛中飞出，掠过清澈的江面，水牛漫步田野，田埂上成群的鸭呀、鹅呀在小孩的棍棒指挥下，嘎嘎地叫着，颇为自得地扭动着它们椭圆的硕大的屁股，一摇三摆地向村里走去，村落炊烟袅袅……

这一切已被残酷的战火撕破！

"该死的日本仔！"司徒煦想着想着不由得又恨恨地骂了一声。众人虽不知所骂所由，却是骂出了大家的心声与情绪。

形势紧逼，大家没顾得上情绪交流，投入战前的准备。

当司徒新积和司徒忠队长分头行动的时候，几十个日本仔已经在村里乱窜。村民没想到日本仔会来这招，一时慌了手脚。有些人家门还没有关好，等到发觉日本仔到了，门也来不及插，只好赶紧躲在床底下或柴草堆里，反正是有个隐蔽的地方躲起来就好。那些大户人家一个劲跺脚，后悔没有尽快跑了，后悔大部分枪支都捐了，恨不能多给日本仔几枪。住得比较偏的人们得到消息时见日本仔还没有过来，腿脚利索的人们什么也顾不上拿，抬起腿就往山里跑。

这几十个日本仔在腾蛟张狂无比，动静闹腾得比一支大部队进来还要大。北楼的司徒增带着三名队员刚巡逻回来，远远地就看到有两个穿黄军装的日本仔在楼前拐角处鬼鬼祟祟地张望。他大吼一声："什么人？"那两家伙朝这边看了一眼，转身就跑。司徒增跟着司徒煦打游击也跟着他学了一手好枪法，也成了有名的神枪手。他抬手一枪，跑在后面的日本仔应声而倒，前面的转过一个弯不见了。

北楼里的队员闻声跑了出来。"妈的，有日本仔偷袭，跑了一个！"司徒增说道。

大家迅速跑进北楼商量，司徒增主张马上派人到南楼队部汇报情况。正说着，司徒忠带人赶到了，一听司徒增汇报，证实了他们刚才的分析，日本仔真正的目的是要打探自卫队情况，好在南楼那一小撮日本仔已经被消灭了。

他吩咐司徒增一定要小心行事，不要轻率行动，密切注意北楼周围情况，防止敌人靠近，尽量做到虚虚实实，不让敌人打探到真实消息。然后，他带领队员在北楼附近展开搜索。

不一会儿，腾蛟村上空响起稀稀拉拉的枪声，一时东边一时西边。看来，司徒新积带人也赶到了，他们力图在最短时间内将进入村子的敌人消灭，但是这又谈何容易。敌人已经分散，最多的不过五六个一伙，目标太零散，且村子里的小巷子、小院子、门前的影壁、院子的树木等，都成了日本仔最好的掩护，自卫队员人数又少，这一下反而处于劣势。司徒新积也把队员分散开，不在一处固定，到处寻找日本仔。他行动灵活，很快就消灭了两个张狂的日本仔。在一处二层小楼里，司徒新积和两名队员又与敌人交上了火。

　　三个日本仔在小楼里抓住一名抱着孩子的妇女，他们淫笑着把孩子摔在地上，合围着妇女。这个女人看到自己的孩子被摔在地上连哭的声音都没有了，登时晕了过去。司徒新积他们正好路过这里，听到里面传来日本仔的叫嚷声，抬腿一脚，踹开了门。

　　那女人已经苏醒，正在拼命哭喊。门"当"的一声突然打开，日本仔一惊，还没有反应过来，"啪"的一声，站在最外面的一个日本仔已经悄无声息地倒了下去，"啪啪"又是两枪，司徒新积弹无虚发，三个日本仔还没有弄清怎么回事就见了阎王。

　　两名队员高声欢呼，司徒新积"嘘"的一声，连忙走过去，只见小孩子已经脸色乌青，眼见就没气了。女人"啊"的尖叫一声，扑在孩子身上痛哭起来。司徒新积正要安慰女人，突然听到门外传来跑步声，一听就是皮靴踩在土地上的声音。

　　"不好，暴露目标了，快隐蔽！"司徒新积一把拉起女人，迅速藏在小小的窗户下面。另外两名队员也藏在另一侧窗下。

　　司徒新积微微探头向外面望去，只见小楼外巷子对面的一座破房子后面，露出一排六七个钢盔，远处还有几个日本仔也正向这边跑来。司徒新积考虑了一下，从这个窗口没法对远处的日本仔造成威胁，心里暗暗着急。果然，那五六个日本仔也很快跑过来隐蔽在房子后边。

　　司徒新积心想，这样硬拼，除非在短时间内把十多个日本仔全部撂倒，否则没有必胜把握。可是这也是不可能的事，不如就耗着，不轻举妄动，少开枪，节省子弹，等到别处的队员到了就好办了。

　　再说司徒忠，在北楼附近巡逻几圈后，也发现了几个零星日本仔，打死两个。这时，他听到西南方向传来尖锐的哨声。他不由一愣，然后马上意识到，这很可能是敌人集合行动的号令，没准就是要撤退。

　　果不其然，日本仔像上了发条，迅速朝哨声跑去。

司徒忠果断下令向哨声方向跟进。

刚走不远，前方就传来一通密集的枪声，不到两分钟又停了下来。司徒忠心里莫名有些烦乱，他深吸了一口气，加快了脚步。突然，他看到了十多个日本仔藏在一处土地庙后面正向一座小楼瞄准，右边一块土台子下面也伏着两个日本仔。这里原来住着一个戏班子，旁边的土台子就是他们临时搭建的一个小戏台。日本仔血洗腾蛟后，他们侥幸生还，这里已经被烧得只剩残垣断壁，只好借村里的一处破庙安身，再后来就不知道哪里去了。

不好，司徒忠暗叫一声，连忙一挥手，队员们迅速找到掩体隐蔽好。他们就在日本仔身后大约一百来米的地方。司徒忠想了想，招招手，大家跟着他悄悄迂回前进，终于距离敌人只有四五十米远了。

"打！"司徒忠低声喝道。

枪声在日本仔身后骤然响起，正全神贯注面对前面自卫队的日本仔万万没想到身后会遭到突袭，他们后面门户大开，一时周围又没有可躲藏的地方，一阵枪声过后，已经有三个日本仔倒在地上。

日本仔"哇哇"叫着跑开，有的向东有的向西，全乱了套。司徒忠乘胜追击，打死了一半，有几个还是跑掉了。司徒忠等人还没有进入小楼，就听到里面传来几声焦急的呼喊："指导员！司徒新积！"

司徒忠心里咯噔一下，连忙加快脚步。还没有进去，就见一名妇女披头散发冲了出来，她一时哭一时笑，原来已经疯了。司徒忠来到屋里，只见黑暗的小屋地上，一名队员正搂着司徒新积带着哭腔低声呼唤，一名队员止替司徒新积包扎伤口，一颗子弹从司徒新积的左臂穿过。

"怎么回事？"司徒忠俯身问道。他看见司徒新积脸色苍白，双唇紧闭，左臂殷红一片，血从腋下一滴滴滴落下来，滴在漆黑的地板上。

"司徒新积！"司徒忠脑袋嗡的一下，"还不快抬回总部，那里有医生！"

队员们如梦方醒，就要背起司徒新积跑。"我自己能走，我伤的是手，而不是脚。"司徒忠跟在后面，刚出了门，队员背上的司徒新积突然轻声说道，"等一下，等……"

背着他的队员急忙停下了脚步，司徒忠走上前问："新积，有什么话回去说，不能耽搁了！"

"不，听我说！"司徒新积气喘吁吁说道，"有一个人送我回去就行了，你带人……带人继续搜索，务必……把日本仔肃清……"

"好好，新积，我明白，你就放心吧！"司徒忠不由哽咽起来，"我们不会放过一个日本仔的，回去处理好伤口，发炎就麻烦了，况且，你也该回去看看南楼那边怎么样了。"

"好，这里就先交给你，我是该回去看看南楼的情况。"

司徒新积和队员走后，司徒忠从另一名队员口里得知，原来刚才敌人几次想迂回包抄小楼都被司徒新积识破并打了回去。就在双方对峙的时候，那个女人突然疯了，她哭喊着向门外冲去，司徒新积情急之下上前去拉她，也就是几秒钟的时间，他的身体暴露在大门口……

司徒忠忍着悲痛和焦急，带领队员们将腾蛟搜了个底朝天，直到黄昏时分，确定日本仔已经撤退，才又嘱咐了司徒增几句话，就匆匆向南楼赶来。幸好自卫队来得比较及时，腾蛟村没有受到什么大的损失，乡民们受到这次骚扰，又有一大部分人扶老携幼躲藏到西面山区，只剩下几十个誓与腾蛟共存亡的乡民在那两个中年人带领下，坚持留在村里，并且为自卫队做些后勤保障等力所能及的事情。

4

谁也没有想到，傍晚，在时停时下的小雨中，一个瘦长的青年正浑身湿漉漉地艰难地走在通往文林学校的路上。他就是关志平。

关志平怎么会回到开平呢？这要从前一天晚上说起。当日晚上关沁荷偷偷和韶儿跑了，关太太一路劳顿，又受了一点惊吓，一晚上睡得昏沉沉的。直到日上三竿，在小翠不停的敲门声中，关太太才迷迷糊糊醒来。睁开眼，女儿却不在身边，当时她也没有多想，以为女儿早起来出去了。

吃早饭的时候，一家人都陆续走出房间坐下来。

关志平随便问道："沁荷还没有起床吗？"

关太太吃惊地问："你不是一大早就起来了吗？没有看到她吗？小翠，你也没有看见小姐吗？"

"没有啊？太太，少爷咳嗽了一夜，我一早就过去服侍少爷了，这不才过来，小姐难道没有和太太在一起？"

"哎哟！一准又和那个鬼丫头在一起，小翠去叫她。"

小翠走到韶儿的房间，使劲敲了几下，没有动静，又敲了几下，高声喊道："小姐，吃早饭了！"还是没有动静。使劲一推，门却自己开了。她张头一望，里面空空如也。

"不好了！"小翠惊慌地叫嚷着跑过来，"里面没人，那位司徒小姐也没在！"

"啊！"关文炳站起来，顾不上说话，嗵嗵嗵地走到门外。很快他又转了回来。他脸涨得通红，嘴里不停地骂着："拐了人了！拐了人了！我一看那小子就不是个好人，都是你们，还让他们跟着……"

"老爷！"关太太摇摇晃晃站起来，结结巴巴问道："那个，那个黑脸后生也没在？"

"柴房空着，就没有人睡过的痕迹，应该是昨晚就跑了！我，我……"关大老爷在地上转来转去，却转不出个所以然来。

"啊——"关太太一声长号，扑通一下坐在椅子上，嘴张得老大，竟然没有半点声息。小翠和关志平连忙上前又是捶背又是揉胸，关太太终于"哇"地哭出声来。

旅店里立马乱了套，几位散客和店老板都出来了，听到情况，纷纷议论：

"这年头，兵荒马乱的，一个姑娘家，早不知被拐到什么地方去了。"

"是啊！说不定，那个小姑娘也是被拐卖的呢？"

"胡说，哪有被拐卖了还那么欢天喜地的？"

"拐卖嘛，一准甜言蜜语许下好处骗了去的。"

人们七嘴八舌，说得关文炳更加烦乱，转几圈跺跺脚。关太太更是哭得上气不接下气，几乎晕了过去。

关志平上前团团一揖，说道："各位乡亲请回吧，这不过是我们家里人的一点小误会，一大早，惊扰大家了，对不住！对不住！"

店老板也一个劲劝说，众人才陆陆续续散去。人们走了，关志平吩咐老板给准备一些清淡的早点，把他也打发走，才又转回头安慰两位老人。

一家人正乱着，关玉瑄咳嗽着走过来，扑哧一笑，坐下来端起茶杯喝茶。刚喝了一口，几声猛烈的咳嗽响起，茶水喷得到处都是。小翠连忙上前给他擦衣襟。老刘问要不要去找找，关文炳瞪了儿子一眼，叹了口气："去哪里找？生这么个女儿，不要也罢。"

"这是你做老子的说的话吗？还不都是你逼的？"关太太突然疯了一般冲上去要抓关文炳的脸。关文炳赶忙躲开，小翠和关志平又把关太太拖住。

"咳咳，急什么啊！我姐又丢不了。"关玉瑄稍稍平复，突然插了一句。

"什么？"关太太猛地停止哭泣，"你说什么？"她几乎扑到了儿子的脸上，急切地问。

关玉瑄往后闪了闪，慢条斯理地说道："我姐肯定是回赤坎了，那还用问？"

"她，她……"

"不要问了，"关文炳说道，"回就让她回好了，就当我没养这个女儿，她愿意去找那个流氓土匪就让她去吧，我们走！"

其实刚一发现沁荷不见了他就预感到女儿肯定是回赤坎了，包括关太太和关志平，也都是这样想，只是不愿这样想，也就不说，现在关玉瑄说了出来，大家一时都沉默了。

一大清晨，都坐着不说话，关文炳主张这就走，不管沁荷了，可是关太太哭着不走，一来他看到太太如此憔悴也于心不忍，再者心里也着实放心不下沁荷，所以催得也不坚决。一直快到晌午了，还没个结果。

当关文炳再次催促上路的时候，关志平说话了："伯父伯母，你们不要急，沁荷不会有事的。现在在这里待着不是办法，我想请教伯父伯母，您二老打定主意要去香港吗？"

关太太抬起红肿的眼睛，看了关志平一眼，张张嘴，又看了关文炳一眼，仍然低下头啜泣。关文炳沉着脸答道："你这话什么意思？我难道还会返回去吗？"

"不是伯父，"关志平说道，"既然如此，那就还得走，我的意思是伯父伯母你们先上路，慢慢走着，过了龙胜再往北，等到了肇庆再向东走水路……"

"这我知道，你什么意思？你不和我们一起走？"

"我——"关志平低声说，"我想回去找沁荷，我放心不下她，我回去，不管她跟我走不走，一定给两位老人带回她平安的消息。"

关太太眼睛一亮，停止哭泣，用感激的目光温存地看了关志平一眼，抬起头盯着关文炳征询。

关文炳有些矛盾，他这一路上很松心全是因为有关志平在，他也一大把年纪了，许多琐事不想操心，可是要让他真的这么绝情，不管女儿一走了之，也真是狠不下心，心想这也倒是个办法。他迟疑不决地说道："那你……"

"放心伯父，我年轻，身体好，会很快赶上来的。"

于是，这事就这么定了。关志平帮着收拾好东西，又嘱咐了老刘和苟力几句，看着他们上了路，自己也转身顺来路向赤坎方向走来。

然而，关志平自己也没有想到，就在他往赤坎急匆匆赶路的时候，赤坎早已经沦陷在日本仔手中。他回去的道路注定充满荆棘。这一次转身，也就此改变了他一生的命运。

5

关志平本来设想自己年轻，腿脚快，走得快一些，应该午后可以走回赤坎，运气好的话，搭辆牛车就更快了。没承想一路上和昨天景象大不相同，人遇到不少，都是慌慌张张往北面山区走的。他一打听才知道，日本仔已经包围了赤坎，现在百合、塘口、赤坎、沙塘等地都打起了仗，根本进不去了。

关志平倒吸了口凉气，他踌躇不前，思索良久，终于还是决定回去。虽然沁荷对自己说了非常绝情的话，可是他终究放不下，即使沁荷不爱他，他也不可能不牵挂担心她。何况昨晚赤坎战火烧起，一个年轻的弱女子，现在情况怎样，实在让人揪心。

关志平在路边稍稍歇了歇就又继续赶路。越往南走雨下得越大，快中午的时候，他到了沙塘芙岗村，本来他想到村里找一处人家躲躲雨吃点干粮，可是进了村却看到家家户户大门上锁，村子里一个人也看不到。他苦笑着摇了摇头，收起伞，在村外荒弃的田地边找了一处看田的破草棚，钻了进去。走了半天，脚有些肿胀，他脱下鞋子，揉了揉脚，望着外面淅淅沥沥下个不停的雨发愁。他的袜子已经湿透了，还沾满了泥浆，他犹豫了一下，脱掉袜子就着外面的雨水洗了洗拧干放进衣袋。

关志平从口袋里掏出从旅店带的几块饼，见已经被雨水浸湿了，他叹了口气咬下一块，里面却是又干又硬。他突然有些心酸，低下头使劲咀嚼着。关志平本是个富家公子，从小衣食无忧，没受过什么苦。长大后在广州念了学堂，文化高，是个文弱书生，这两天的遭际于他来说简直就像做梦一般，以前想都不敢想的。

吃了几口饼，他实在咽不下，反而觉得肚子肿胀，不舒服得厉害。他站起来看看天，似乎雨小了一些。他走出草棚，忍着脚痛想继续赶路。没走两步，就望见远处走过来一群人。一开始他吓了一跳，以为是日本仔，赶忙又要躲进草棚。可是再仔细一看，却是一大群穿着破烂的乡民。

关志平让到路边，看着这群人慢慢走近从身边过去。这些人面无表情，衣衫褴褛，有老人也有小孩，有男人也有女人，老老小小好几十口似乎又彼此不熟悉，很自然地三三两两一伙走在一起。这是一群难民，兴许是一个村集体逃难的。关志平这样想。

等到这些人快从面前走过的时候，关志平突然想问问他们从哪里来，前面情况怎样。他看到走在最后的是一位穿着粗布衣服，拄着一支木棍的老女人。她似乎走得很吃力，与前面的人群落下一大截，她又好像挂念着什么，走几步还回头向后面望一望，走得踌踌躇躇。

关志平猛然觉得这个老妇人有些面熟，但是却想不起来在哪里见过。他正要上前搭话，却看到老人一转身又向来路走了回去。

关志平紧追几步赶上老人。老妇人似乎有些吃惊，她警觉地看了关志平一眼，没有说话继续走路。但是雨后的山路实在难走，刚走两步，老人就是一个趔趄，关志平急忙上前扶住。

"谢谢你！"老妇人冲关志平点点头。

"老人家怎么一个人？您这是要去哪里呢？"

"哦？"老妇人看看关志平，似乎关志平和善的面容和语气消除了她的一些戒备，她反问道，"后生仔怎么也返回来了？"她以为关志平也是这些逃难人群的一员呢。

"嗯？"关志平一时没有反应过来，想了想才苦笑着说，"呵呵，我就是往这边走啊！我是从北边过来的，要回赤坎。"

老妇人突然站住了，她仔细打量着关志平，然后迟疑着说道："你是姓关吗？"

"是。"

"你是——关国雄家的小公子吗？"

"我是！您老……"关志平惊讶地问。

"你小名好像叫阿平？呵呵，都长成大后生了，我说面熟呢！还是你十多岁的时候见过，后来你去了香港，再后来你回来了，我们又去了南洋。"老妇人慈祥地微笑着说，"你肯定是不记得我了，关氏、司徒氏争斗了几十年，争得老死不相往来，住得虽近，见面机会却少。你父母为人大度，不太计较这些家族之间的恩怨。所以我们以前有些来往，不过那时你还小。呵呵，看我唠叨起没完，司徒煦你知道吧？我是他阿妈。"

"啊！"关志平不由低呼了一声，他实在没想到这位一脸憔悴、风尘仆仆的乡下女人打扮的老人竟然会是司徒煦的妈妈。昨天从谭阿宝嘴里他知道了有关关雨兰和韶儿在新会的大致遭遇，却说什么也没有想到会在这里遇到她。

216

关雨兰问道："孩子，你这是到哪里去？看样子你也走了不少的路。"

关志平就把关文炳一家出逃及路上遇到韶儿和日本兵等事情简单说了一遍，说到关沁荷失踪，他没敢说是和韶儿他们回了赤坎，本来这也是猜测，他不好妄下结论。他只说沁荷不愿走，晚上跑了，他要回去找她。

关雨兰听了忧喜参半，喜的是有了韶儿的消息，知道她现在肯定是回了赤坎；忧的是这丫头做事莽撞，赤坎正是战事吃紧，她回去又让人把心揪了起来。更何况，从关志平话里看来，那个关沁荷准是和她在一起，还有个什么谭阿宝，关雨兰双手合十念了一句"阿弥陀佛"，但愿吉人天相，保佑这几个孩子平安无事。

她转过头对关志平说道："阿平，赤坎现在是进不去了。我在新会城郊难民营待了两天，新会被日本仔占领后，我又随着难民跑到了共和圩。唉！那里虽说到处是国民党的兵，一样待不安稳，给不了百姓任何庇护，到处兵荒马乱的。我惦记阿煦和韶儿，就跟着人流又往回走，可是赤坎被包围了，根本进不去，只得又继续走，还不知道往哪里去呢。我实在放心不下啊！就想，死也和儿子死在一起吧，我还是准备回去。可是阿平，我劝你不要去了，你还年轻，没必要冒险。"

关志平听了，沉吟了好一会，最后下了决心，说道："伯母，我和您一起回去。"

"孩子，你——"

"走吧，伯母。"

关志平扶住关雨兰的胳膊，坚定地迈开步伐。不知为什么，此刻，他的内心突然无比激荡，让他有种历尽一切艰难也要前进的动力，他不知道是为什么，只是觉得，不管怎样，都要回去，甚至，不再离开。

6

由于乌云低垂，大雨倾盆，天早早就黑透了。

天气不好，加上日本仔不断进村烧杀抢掠，让每个人心头都无比沉重。虽然打死了好多日本仔，粉碎了他们的计划，可是这些都抵消不了大家悲愤的情绪。好在还有一个好消息传来，关氏自卫队上午在仙人座大山重创日本仔，牵制住二百多名日本仔，使其被困在周围山里出不来。日本仔死伤惨重，藤原没办法，只好又组织了一支一百多人队伍去支援，最后才终于撤退出来一部分。这些残兵败将暂时驻扎在塘口自力村和附近一处华侨的私家园林立园，立园的园主谢维立在1937年抗战全面爆发时，就携家眷"走日本仔"逃到美国去了。

腾蛟乡民送来许多粮食和鸡鸭鱼肉蔬菜等，还有几坛子家酿的老酒，司徒忠吩咐厨师大锅炖肉，晚上吃饱喝好准备更大的战斗。

"大哥，"司徒煦拉着领乡民送物资的中年汉子的手诚恳地说，"我想拜托您一件事，行吗？"

"行，别说一件，再多也行！"

"我们有一位队员受伤了，麻烦您带他转移到山里并照顾好他，拜托！"司徒煦没有说出指导员的身份，怕万一走漏消息，让敌人知道有一个当官的，不单指导员有麻烦，老乡也有麻烦。

"行，能照顾好抗日英雄是我们的荣幸，您放心好了！"

"大哥，您照顾好我们的伤员，也是抗日啊！"司徒煦说完就将司徒新积背出来放在送粮食的板车上。

"不，阿煦，我还能打，我要留在这和兄弟们一起打日本仔！"司徒新积挣扎着要坐起来，稍稍一动，痛得他又躺下。

"得了，你以为我是要你去休养啊，你跟老乡们一起，指挥他们隐蔽好，组织、带领好他们，做好安抚工作，做群众工作是你的长项，你去最合适。同时，又不用我们为你这个伤员分心，解除后顾之忧。"

"哪位伤员要转移后方呀？"司徒新积的声音突然在司徒煦身后响起。

"你还是进山边与日本仔周旋边养伤比较好。"

"我头脑清晰，腿脚灵活，发枪敏捷，算不得伤员。"司徒新积举着手枪说道。

"报告！日本仔正从三个方向向南楼压来！"一个在前方侦察的自卫队队员急急走进南楼。

"哪三个方向？"司徒煦问。

"一路从潭江水路扑来，另外两路分别从东南、西北两个方向偷袭而来，从三个方向对赤坎、南楼形成包抄之势！"

"轰隆！轰隆！"腾蛟庙前阵地的方向，断断续续传来土炮发炮的声音。一会儿，土炮声停了。

过了十多分钟，忽然一名守卫腾蛟庙前阵地的自卫队队员上气不接下气地跑到南楼阵地的司徒煦跟前急报："报告队长！守卫腾蛟阵地的大炮炮管裂开冒烟了，怎么办？"司徒煦知道，那咸丰年造的大炮，历经岁月沧桑，也为打鬼子拼尽最后一分力

218

了。但此刻容不得他多想，他果断下令："通知守卫腾蛟阵地的弟兄把剩下的弹药搬来南楼阵地，马上撤出腾蛟阵地！""是！"这位自卫队员立即跑回腾蛟阵地复命。

司徒新积说："形势危急！赶紧应对！我率小分队在南楼坚守，司徒俊德大队长、司徒忠中队长各率一支队伍掩护乡亲们撤退！"

司徒新积话音刚落，从赤坎镇方向奔跑而来的侦察兵气喘吁吁地跑进来。

"报告！广州沦陷时撤退到赤坎的广州国华中学（现广州第十中学的前身）等六所中学的师生，还有附近地区沦陷时撤来的几所学校的师生，听说日本仔来了，群情激愤，纷纷要求前来参战，怎么也不愿撤退！"

"报告！上下股乡的乡亲也不愿离开，特别是那些老人家，说死也要死在村子里！"一位在村里做乡亲思想工作的队员跑进来。

"他们留在这儿，白白牺牲不说，还给我们带来负担，怎么就不明白道理呢？"司徒遇焦急地说。

司徒煦说："大敌压境，大家听我一言。俊德哥是大队长，影响力大；新积哥知书识礼，满腹经纶，擅长做群众工作。两位大哥各带两支队伍分头做学校师生和上下股乡亲的思想工作，掩护乡亲撤退最合适！司徒忠队长行伍出身，我也在团练参加过军事训练，打仗是本行，还是司徒忠队长和我留在南楼，凭楼阻击，掩护大家撤退吧！"

"看来我不服从你安排不行啰！"司徒新积说，"你们要小心，今晚敌人一定会来偷袭！"

司徒俊德说："好，有道理！我同意！"

司徒新积说："我也同意！"

司徒煦说："你们两位大哥的任务更加艰巨！学校的师生，是我们的宝贝，打跑日本仔后，国家要靠他们来恢复来建设来发展，他们是祖国和民族的未来！上下股等司徒氏四乡的乡亲，都是我们大家的父母姐妹！他们的生命胜过我们的生命！拜托两位大哥和掩护群众撤退的弟兄们了！"

司徒忠说："大家赶紧分头行动吧！"

司徒俊德说："一中队的弟兄们跟我来！"

司徒新积说："二中队的弟兄们跟我来！"

司徒煦说："南楼中队的弟兄们，我们跟着司徒忠队长，做好防敌应战准备！"

司徒煦目送司徒俊德、司徒新积他们离开后，转身站在南楼前大声对队员们喊话："弟兄们，今晚日本仔敢再来，我们就狠狠地打！打得那狗日的满地找牙，打得他有来无回！听到了吗？"

"听到了！"吼声在潭江上空回响。

"那好，今晚大家放开肚皮吃喝，这些东西都是乡亲们送来的，我们吃了痛痛快快打他妈的日本仔！走，到队部拿酒去！"

"走啊！"队员们情绪被调动起来，纷纷呼喊着。

司徒忠悄悄对司徒煦说："白天敌人来探情报，目的是为了扰乱我们，不要中了敌人的奸计！"

司徒煦"嘿嘿"冷笑了两声说道："队长，你想日本仔能有什么奸计，无非偷袭。现在不管他们用什么办法，我们也是孤军奋战。日本仔真要杀进来也好，那就拼个你死我活！"

"阿煦，你怎么能这样想？司徒新积平时总说，打仗要靠脑子，他临走前还反复叮嘱你，你以前不是这样的，怎么……"

"队长，你放心，我不会莽撞的！"司徒煦咬牙狠狠说着，"现在我们队员最需要的是士气！士气！狭路相逢勇者胜，英勇善战的军队靠什么，士气！士气！日本仔动不动就杀人，动不动就屠村，如果我们被这种恐怖气氛震住，这仗还怎么打？我们的士气必须盖过日本仔！现在就是个杀敌的好机会，绝不能让日本仔从我们眼皮底下跑掉！"

"那就好，你和兄弟们好好吃喝，我去安排好岗哨。"

"谢谢你，队长！"司徒煦突然热泪盈眶，紧紧抓住司徒忠的双手摇了摇。

与此同时，赤坎的日军并不好过，自以为顺利攻下赤坎的老滑头吉田本来还得意洋洋，寻思会得到嘉奖，没想到等来的是一顿臭骂，骂他在恩平、百合等地有辱皇军体面，竟然惶惶然如丧家之犬一路逃窜。吉田那叫一个委屈，因此总想在赤坎有所作为，一改开始的按兵不动，反而比藤原部队还要疯狂地扩大范围在赤坎搜索劫掠，甚至于不顾外国人的抗议，强行进入基督教堂进行搜查。基督教堂里设了一所孤儿院，里面住着十多个孤儿，其中大部分都是日本仔在各乡村屠杀后遗留下来的孤儿，包括司徒浓的儿子阿壮，还有司徒忠的侄子海城和外甥女小昭。日本仔冲进来的时候，神父在前面和日军交涉，两位修女乘机带着大部分孩子从后门逃跑了。但是残暴的日军很快推开神父，把教堂砸了个稀巴烂，几个正在前院玩耍的孩子没有来得及跟随修女逃跑，藏在后面碉楼里，都被日军搜了出来。藤原也没有逃过上级的责难，对他攻打赤坎付出惨重代价进行了严厉责骂。两个老家伙再也没心思钩心斗角，各自捧着上级的命令皱着眉头发愁。

吉田抓了一堆小孩子，威逼利诱没有什么结果，因为这些孩子本来就没有掌握什么信息。恼羞成怒的他把他们和之前的那些赤坎乡民关在一间黑屋子里。而林太太还有那祖孙俩却不知关在了哪里，生死未卜。

藤原不愿落在吉田后面，他首先派出大队日本仔到附近村庄搜索，然后召集部下紧急开会商量下一步行动计划。会开了一中午，等走出门，藤原脸露得意的微笑。他先派几十个日本仔到腾蛟去打前哨，然后电话通知驻在三埠等待命令的五百多名日本仔具体行动方案。对于他来说，这些未实施的方案都还不值得他这么高兴，他心里并没有底，让他高兴的是开会期间，在赤坎扫荡的手下有一项重大收获，他们在教会医院附近的一处破庙里搜到了五名伤员。

藤原顿时觉得自己有了在吉田面前炫耀的资本，又在院内开始了审讯伤员的闹剧。可是审讯才刚刚开始，陆续就有衣冠不整的日本仔跑进来，这是那些到腾蛟打前哨的日本仔溃逃回来了。藤原的气一下子从脑袋顶泄到了脚后跟，沉着脸转身进了屋，审讯伤员的事也就暂时不了了之。

但是，不管藤原怎样泄气，他布置好的计划不会不实行。而且审讯伤员也不会真的罢休，他不过是悄悄进行罢了。还别说，到傍晚的时候，他又笑眯眯走出了房间。

"重大收获啊！哈哈！"他一摆手，山口赶忙凑过去。他对山口一阵耳语，山口也是眉开眼笑，答应着出去了。不一会儿，那祖孙两人就被带了进来。

"老人家受惊了，请快坐，小娃娃的吃糖。"藤原皮笑肉不笑地装腔作势说道。

老人一脸戒备，使劲搂着孙子。

"老人家，这是个误会，误会，懂吗？我们的，皇军的历来善待乡亲们，只要你们放弃抵抗，合作的，大大的有赏！"

老人想不通与这个日本仔军官怎么成了乡亲，她紧闭双唇，不说一句话。

"老人家，您的，是游击队关玉书的妈妈？这是他的侄子？"

犹如晴天霹雳，老人一阵眩晕，差点倒下去。小孩立起眉毛，破口骂道："我叔叔就是关玉书，他是英雄，就杀日本仔的！"

山口上前就要打孩子，藤原微笑着制止住，伏下身子把一把五颜六色的糖块放在孩子手里，抚摸着孩子的头，笑眯眯说道："小娃娃的，你叔叔真的是关玉书？"他对关玉书印象太深了，当年余泽民首级被盗，城墙上就留下一行血淋淋的大字：自卫队关玉书！他当时写下这六个大字，本意是为了避免无辜百姓受到牵连，同时也是一时激愤。没想到之后几年，他成了日本仔在开平的头号通缉犯。现在，他的母亲侄子就在藤原手里，藤原怎么会不兴奋呢？

"是！是专门打你们日本仔的英雄！"孩子响亮地回答。

"是呀，你叔叔是英雄，我们都敬重你叔叔呢，嘿嘿，你能带我们去找你的叔叔吧？我们要拜会他！"并把一堆花花绿绿的糖果塞到孩子手里。

老人浑身一阵哆嗦，一把将孩子搂在怀里，拼命摇头。孩子"哗啦"一下把糖扔在藤原的脸上，涨红着小脸骂道："哼，你要杀我叔叔，我才不会带你去呢！"

"八嘎！死啦死啦的有！"藤原再也控制不住，他抬起手来，凭空挥了一下，没有打下去。他气恼地退了一步，掏出怀表看了看，命令山口先把祖孙俩拉下去单独关押起来，然后转身走出房间。

7

就在藤原抓紧部署行动的时候，这边司徒氏自卫队已经在南楼地上摆开酒菜，司徒煦开了一坛子酒。酒香四溢，飘出南楼，整个南楼都被裹在酒香中。司徒煦今晚准备破例喝上半碗酒，他们就像诀别的勇士，准备在酒中挥洒壮士的豪情。

司徒忠带了十多个队员提前在队部吃了饭，他们披上蓑衣，悄悄分头守在潭江一线，密切注视着江面上的动静。司徒忠通知北楼司徒增注意北面敌人，自己亲自带领两名队员把守西面路口，以防敌人陆地偷袭。

时间在一分一秒地过去。南楼里，每个人面前的大碗里都只倒三分之一的酒，因为开战在即，只能用酒来壮胆气，用之来激豪情，但大敌当前，不能醉饮。大家端起碗，谁也没有喝，都望着司徒煦。

司徒煦缓缓端起酒碗，举过头顶，朗声说道："弟兄们，这酒咱们先不喝，先敬为保卫我们的祖国和人民英勇牺牲的抗日先烈！"说完，他猛地一挥酒碗，一股清冽的酒柱洒在地上。众人也纷纷把酒洒在地上。

司徒煦又倒了一小半碗酒，端起来说："这酒我敬弟兄们，但是我有一句话，那就是喝过这酒，一人吃一碗米饭，然后各就各位，剩下的酒和肉我们等一下打败了日本仔再喝再吃，那时我们喝个痛快！"说完，他抬起头，咕咚咕咚把酒喝了个底朝天。

司徒遇担心地望着他，给司徒丙使了个眼色。聪明的司徒丙连忙倒了一碗水走过去，可是奇怪的是，司徒煦喝过酒并没有咳嗽，他气定神闲，反而好像没有了病一样。其实谁又知道，他此时胸口正经历着火一样的烧烤，但是他强自忍耐着，不露声色地看着大家。

队员们一起端起酒，全部干了下去。喝过酒，每人盛了一碗饭，大家一边吃一边纷纷议论：

"今晚日本仔会来吗？"

"是从潭江还是陆地上来？"

"我看八成又是要四面偷袭！"

"这次日本仔倾巢而出，他们有足够的兵力四面包抄。"

"你不看司徒忠队长都亲自去放哨了吗？一准会来。"

司徒煦只吃了几口菜就不吃了，他皱了皱眉，尽量用平静的语气说道："根据当前形势，我们也估计敌人可能晚上偷袭，现在赤坎电话早已经不通，昌哥说咱们自卫队总部已经和司徒氏族务办事处一起撤到北边山里了，现在只能靠我们自己。我们对外联络基本上被封锁了，今晚宁可谨慎些也不要因为喝酒误了大事。我估计，敌人要行动也不会太晚，否则天亮了对他们也不利。好了，大家快点吃吧。阿才你受了伤，今晚在楼里，让阿遇暂时替你。走，阿遇，和我出去外面看看。"

雨时大时小，连日下雨，潭江水位涨了一大截，江面上波涛翻滚，平日清澈的江水也变得浑浊不堪。雨夜的腾蛟在平静的外表下，正在酝酿一场更大的风暴。

大约二更天，队员们早已守在各自的位置。守在腾蛟庙第一防线的是司徒尚铎和司徒遇等人，他们检查了一下土炮和炮弹，防止被雨水淋湿，看看都没有问题，两人聊起了家常。

司徒尚铎（司徒铎）原来是省渡新联和的护航炮手，由于全面抗战爆发，三埠至广州的省渡停航，他回到老家，参加了自卫队，司徒煦见他对掌管大炮有经验，任命他为炮手。他曾多次立功，在战斗中击沉敌艇数艘。他虽然已五十多岁，但为人老练、持重、沉重，绝对服从命令，深得司徒煦和自卫队员们的尊敬。

司徒尚铎平时沉默寡言，做事却处处体谅人，今日却一反常态，主动与司徒遇聊了很多，聊着聊着就聊到了家里情况，问道："阿遇，等抗战胜利了你准备做什么？"

"呵呵，我没什么抱负，老婆孩子在家等着我呢，家里还有点地，这几年都打日本仔去了，全靠我老婆张秀一人支撑，也真难为了她。我只盼快快地打败日本仔，回家种地去，好好陪着老婆孩子过安稳日子。您呢？"

司徒尚铎叹了口气说：“我一个亲人也没有了，以前在船上护航，脑袋系在裤腰上，家里又穷，哪家妹子愿意嫁给我呢？就有个老妈。前两年日本仔扫荡，在山里待了十来天，得了伤寒，不久去世了，说来我老妈也是被日本仔间接害死的啊！”

“铎叔，快看！”这时，一名队员指着远处江面喊道。

司徒遇和司徒尚铎停住话头，一起向江面望去，只见远处江上有微弱的灯光一闪一闪向这边移动。

“嘘——”司徒尚铎让大家安静下来，他侧耳倾听。

“是汽艇的声音，不会错。”司徒尚铎果断地说道，“快，去通知南楼的队员，汽艇速度很快，盯好了，土炮的有效射程是五百米以内，敌船一进入射程立即开炮！”

正如司徒尚铎所说，转眼间，第一防线的所有队员都听到了汽艇马达的轰鸣声，隐约还有击打水花的哗哗声。南楼顶层的探照灯在江面上扫来扫去，敌艇的方位基本确定。司徒尚铎抬起手来，随时准备下令开炮。

“开炮！”随着他的一声怒吼，第一防线的三门土炮轰隆隆向敌艇轰去。当时南楼自卫队除了司徒新积前一天带回来的一门阻击炮外，还有从腾蛟庙请出的那三门清朝时的土炮，虽然这些土炮射程不及正规大炮钢炮，可是威力也不小，炮弹是用生铁铸成的大圆球，再用火药、散沙、生铁碎压实，一旦爆炸，杀伤范围很大。钢炮的炮弹少，司徒煦叮嘱要留在最关键的时候用。

这里的土炮刚开了炮，司徒忠和司徒煦等人就赶到了。他们一边指挥土炮进攻，一边命令机枪、步枪和短枪扫射。南楼自卫队有一门钢炮、三门土炮、三挺机枪、几十支“七九”步枪、几支短枪，还有一些鸟枪。土炮装弹的间隙，机枪、长短枪就“嗒嗒嗒”地跟上来，机枪要上子弹，土炮就“嘭嘭嘭”轰击，如此密集的火力扫射下，敌人的汽艇无法前进，立刻也向岸边开枪还击。可是南楼探照灯死死罩住了他们，自卫队的枪炮目标非常明确，日寇就像进了如来佛手掌的孙猴子，东窜西窜就是逃不出去。敌明我暗，形势非常有利。

“给我狠狠地打！”司徒煦一梭子子弹扫过去，敌艇上的一个机枪手脑袋一耷拉上了西天。

队员们看到敌人几乎没有还手之力，火力更加猛了。日本仔来时还做着轻松地灭了这群乌合之众、一路畅快而行的美梦，在他们眼里，自卫队再厉害也不过是几个农民而已。日本仔哭爹喊娘，上不着天下不靠岸，想转回头跑，情急之下连方向都弄错了，反而又向西边前进了许多，他们自己的船在相互碰撞，如罗盘一样在河中打转。

司徒煦敏锐地觉察到汽艇是日本仔的薄弱所在，立即集中火力打日本仔的汽艇。"嘭！嘭！嘭！"三艘汽艇中弹。"嘶嘶嘶……"汽艇往外喷气，趾高气扬的汽艇就像掉光牙的老太婆的脸颊，干瘪深凹，全是皱折，并慢慢下沉。吓得日本仔们什么也不顾了，有的扑通扑通跳进江里，立刻被咆哮的潭江水卷走了。剩下的日本仔不敢再跳，举枪对着岸上瞎打，做着垂死的抵抗。顷刻间，三艘汽艇沉没于潭江中。剩下的几艘，舢板上的日本仔为了躲避机枪的扫射，抱着头拼命往船舱钻。"八嘎，顶住！"日本仔指挥官连杀两名逃向船舱的士兵。"八嘎，还击！逃跑死啦死啦的！"虽然镇住了不少四处乱窜的日本仔，但日本仔却是无的放矢，举枪乱放，日本仔指挥官眼见无论如何也阻挡不住败势，再僵持下去，非但占不了便宜，还会全军崩溃，只得收拾残兵败将，终于瞅准方向，惶惶然靠着潭江南岸，向东边的三埠老巢飞快逃去。

8

与强大的日寇正面交锋，干净利落地击退了敌人的进攻，自卫队高声欢呼。

"水上的敌人暂时不回来了，他们晚上偷袭不成，再来肯定是天亮以后了。"司徒煦对大家说，"替换岗哨，加强监视，其余兄弟和我回南楼。"

司徒忠高兴地看着司徒煦带领队员们前呼后拥走向南楼，又到东西两处陆路防线看了看，换了岗哨，叮嘱一番，也回到南楼。

这时候，刚才吃剩下的饭菜都凉了，司徒忠吩咐伙夫将鸡鸭鱼肉和饭菜在大锅里热了一下，南楼里立刻又是香气扑鼻。经过一场激战，队员们都饥肠辘辘，等到饭菜端上来，坐在地上，人人都盛满饭，狼吞虎咽地吃起来。司徒忠安排人给各处防线的哨兵盛了一些饭菜送去。

司徒煦也和队员们坐在一起一边吃一边商量下一步行动。司徒忠总有些不放心，他不时出去看看。此时外面突然打起了雷，雨也越下越大。

"这么大的雨，日本仔不会再来了吧？"司徒丙问道。

司徒煦拍拍他的小脑袋瓜笑着说："这可说不准，日本仔不会那么傻，明明有足够的兵力，可以来个水陆大夹攻，其他的日本仔干什么去了呢？很可能就是个迷魂阵。不过我也奇怪，要是水陆一起进攻，怎么还不是同时同步的呢？"

"煦哥，你不明白的事，我更不明白。"司徒丙挠挠头皮，憨笑着，"难保日本仔真的被我们打傻了呢？"

"要是有这么简单就好办了。"司徒煦拍拍司徒丙的肩膀说。

事实正如司徒煦所担心的，日本仔没那么简单！

这边司徒煦等人正在吃饭，那边赤坎过来的敌人其实已经到了腾蛟村。确实，藤原不会那么傻，只让水路进攻。他盯着赤坎的地图看了半天，与几个军官白天开了半天会，最后他把手指定在南楼，说："要拔掉这钉子，来个四面突袭，三埠总部从东面和南面进攻，北面和西面我亲自带队进攻，这样一来，南楼的几个乡巴佬，就如他们支那人所说的，成了瓮中之鳖！哈哈哈！"

"哈哈哈！"他身边那几个军官也跟着狂笑。

可是人算不如天算，三埠的日本仔不知为什么弄错了时间，进攻时间提前了一个时辰，等到藤原从西方听到南楼枪炮齐鸣的时候，还没有出发。等到大队日本仔摸进腾蛟时，他们从三埠出发的汽艇早已经被自卫队击退了。

"八嘎，田中这个蠢材，比支那猪还要笨！"藤原暴跳如雷。

藤原立即组织反击，兵分两路，一小队向北楼前进，一路从大路直捣南楼。藤原知道，北楼战略地位仅次于南楼，和南楼遥相呼应，如果不先除掉它，在进攻南楼的时候很可能会腹背受敌。所以他派冈本的骑兵队先去进攻北楼，自己随后出发。快到腾蛟的时候，突然雷雨交加，藤原不怒反喜，让部队原地待命，派了十多个日本仔先去探探风头。

电闪雷鸣中，南楼里热火朝天。刚才的仗打得太长士气了，再多的鼓动也抵不住一次大胜仗，不好好庆祝不足以释放激情，队员们高兴得几乎手舞足蹈，喝酒猜拳好不热闹。

"阿煦，今日高兴，小半碗酒不够喉（'不够喉'，当地方言，酒不够，喝得不过瘾的意思）！"有人对司徒煦说。

"酒，当然可以尽情尽兴地喝，但不是现在。"司徒煦回答。

司徒煦看看时候不早了，站起来高声说道："弟兄们，大家静一静！"

很快，大家安静下来。

"今天，我们打了一个大胜仗。我刚才说了，打退敌人我们该好好喝酒吃饭，现在，大家吃饱了吗？"

"饱了！"

"酒喝好了吗？"

有的队员说好了，有的说量太少，不过瘾。司徒煦哈哈笑了，他继续说道："酒是个好东西，喝好了长斗志，喝不好，喝醉了就成了他妈的软蛋了，哈哈！我看，今天就浅尝即止。日本仔不甘心失败，这一晚上不会平静的，待我们彻底消灭了日本仔，再放开肚皮喝个痛快，不醉无归！大伙同意吗？"

"同意，同意！"队员们齐声嚷道。

有的人大声喊："日本仔早吓怕了，晚上还敢来吗？哈哈！"

司徒忠说："我们不能大意失荆州，现在还不到四更天，我们收拾一下，加强警备，不要让敌人钻了空子。"

"好，好！听队长的。"队员们纷纷站起来，有的似乎还不尽兴，顺手抄起一只鸡腿一边啃一边向外边走。

"雨大，不容易发现目标，都警觉点。"司徒忠嘱咐道。

"放心吧，队长。"司徒耀调皮地行了个军礼，转身向楼上跑去。

第八章

1

自卫队第一道防线布在腾蛟庙前潭江岸边，第二道防线在庙中间。南楼旁的河边建有庙宇七间，总名为腾蛟庙。腾蛟庙是滘堤洲的乡民于明末清初建成的，从江边一字儿排开，分别为圣母庙、三灵宫、北帝庙、敦义祠、敦武将军祠、司徒福相祠、至富宫。南楼是1912年腾蛟乡民和旅外华侨为防盗贼抢掠、骚扰而集资兴建的，在至富宫后面，与福相祠相连。

风雨交加的夜晚，使本来漆黑的夜晚更加漆黑，化不开的浓黑使整个空间变成一张黑幕。漆黑成了偷袭最好的掩护，却给防守带来极大的迷惑。江面上能见度几乎为零，第一道防线容易发生疏漏。最主要的是，必须多加几道防线，防止敌人从陆路偷袭。

司徒煦和司徒忠走出南楼，沿着江边巡视一番。第一防线的司徒尚铎从前一天晚上到现在基本上没怎么休息，毕竟已经是五十多岁的人了，刚刚才结束一场战斗，司徒煦就让他上楼休息了，如今是司徒长在放哨。司徒煦和司徒忠又到第二防线看了看，是司徒庭和司徒庭亨兄弟俩在放哨，他们不敢在庙里待着，藏在庙门口密切注视着雨中的一切，这两兄弟支棱起耳朵，努力辨别着雨声中有没有别的声音，像两只警惕的大灰兔。

司徒忠和司徒煦满意地点点头，一边往回走一边商量敌人再来肯定会增加兵力，到时候怎么打。他们刚走到南楼门口，突然听到身后隐约传来"啊"的一声，虽然大雨哗哗的响声掩盖了许多轻微的响声，但是这样悲惨的一声嘶喊两人都听到了。两人对视了一眼，不约而同转身向腾蛟庙跑去。刚跑了几步，又听到一声清脆的枪声，接着就见第二防线的司徒庭急匆匆跑来，跑到近前气喘吁吁地说道："庙后发现十多个穿着乡下人打扮的可疑人，鬼鬼祟祟的，正向这边摸来。"

"快去南楼，通知有情况，做好战斗准备！"司徒煦命令。他和司徒忠没有停留，抽出短枪，闪在路边，迈开碎步迅速向庙后摸去。

庙的周围静悄悄的。司徒忠俯在司徒煦耳边小声说："看样子阿长遭了毒手，庭亨不知道怎么样，估计也是凶多吉少。进去摸清楚到底是个什么情况。"

司徒煦一把拽过司徒忠，悄声说："队长，我们不能冒进了，有多少敌人我们根本不清楚，陆地上不同于江上，现在是我们在明处敌人在暗处，还是先回南楼吧！"情况危急反使司徒煦分外冷静。

"嗯。"司徒忠也同意他的观点。两人一前一后又迅速向南楼撤了回来。

原来，就在自卫队酒酣耳热之际，敌人的先遣小分队已经悄悄进入村子。但是经过侦查，他们发现自卫队布了好几处岗哨，基本上通往南楼的道路都有人把守。

"哈依！"冈本对着藤原敬了个礼，"藤原君，支那人的布防很严密，怎么办？"

藤原却踌躇满志地用手轻轻地把军刀一挥，吟起了诗来："黑夜啊，我美丽的黑色女神！你让黑色的眼睛成了摆设，黑色里闪耀着皇军的光辉！"

冈本听得丈二和尚摸不着头脑，心想：长官是否被上司几巴掌教训训出了问题，竟然在这个时刻诗兴大发，吟出这样莫名其妙的句子。藤原并不理会他，转而下达命令："冈本君，你带几个人到支那人的家里，找十多套衣服迅速换上出来见我！"

冈本似乎开窍了，响亮地回了一声："哈依！"领着十多个日本仔出去了。

不多一会，从几间民房里走出十多位"村民"，在黑暗中，看不出他们与普通村民有什么区别。"哟西！"藤原满意地点点头，然后逐一仔细检查每一个人，对他们作了一些训导，然后让他们把长枪换成短枪，把枪与匕首藏好，挥手让他们出发，这群"村民"很快就没入黑暗中。

黑暗中，十多个"村民"就这样大摇大摆地一直向南楼走来。

自卫队队员们正在回味着胜利的喜悦，并没有意识到危机正在到来。自卫队队员毕竟大部分都是没有经过正规训练的，即使参加过训练的，在国军那里很多时候也就是走个形式，所以他们虽然个人能力都不错，枪法准，不怕死，也不缺像司徒煦这样优秀的指挥人员。可是他们却有个共同的缺陷，那就是战略意识不高，容易被小胜利冲昏头脑。虽然司徒煦和司徒忠也意识到了敌人不可能只从江上进攻，也安排了哨兵防守，但是安排的力量太薄弱了，本来第一防线有三个哨兵的，现在只安排了司徒长一个人。即使在岗的哨兵面对这黑漆漆的夜也没引起警觉，心里反而觉得这样的天气，敌人又是刚刚战败，不会这么快就又杀到。问题就出在了这里。一个细节的失误，一丝轻敌的意识，都可能输掉一场战争。

司徒长在南楼喝了一些酒，吃了好几碗米饭，来这里替换下上个哨兵。他起初打醒十二分精神，过了好一会，也没见什么动静，一切的动静都被这黑暗平息了。后来，他靠在庙门上望着天，寻思敌人不会来了吧。正胡思乱想，他看到远处有一些影影绰绰的人影。他急忙端起枪，藏在门后。这时，一道闪电划过夜空，司徒长清清楚楚看到是一群乡民冒雨正向这边走来。他第一个念头就是乡民们知道他们打了胜仗又来慰问了。"老乡们也忒够意思！"他高兴地放下枪，推开门走了出去。

人群越来越近，司徒长几乎已经能隐隐约约看到他们的面容。突然，一道寒气袭向眼前，司徒长愣了一下。这是什么？寒气来自这些人，来自一双双虎狼般的眼睛，透着阴冷的寒气。他希望这时候再来一道闪电，可是老天似乎在和他作对，再也没有闪电了。也就是在他思忖的短暂时间里，那些人已经走到了距他十多米远的地方，并且呈扇形包围了他。

"什么人？"

司徒长猛醒过来，与此同时，他看到了对方有的手里已捏着匕首，有的手正伸入怀里摸枪。"不好！"司徒长迅速举起枪，想朝天放枪示警，可是一切都晚了，他还没来得及开枪，一只手已经捂住了他的鼻口，接着感到后脑一震，便无声无息地倒在地上。

此时处于第二防线的司徒庭、司徒庭亨两人也听到了响声，他们向庙前面一张望，就看到几个人影正向这边跑来。"不好，"司徒庭连忙说，"我去报告。"就迅速往回跑。司徒庭亨见自己寡不敌众，也只好藏进庙里。但是敌人很快就搜了过来，司徒庭亨藏在门后，对准一个打头的日本仔开了一枪，日本仔闷哼一声倒在地上，日本仔显然是训练有素，这边枪一响，其余的日本仔连忙分散到路的两旁，借着草木的掩护，迅速靠过来。司徒庭亨把门打开一些，又瞄准一个日本仔，一扣扳机，"啪嗒"一声，竟然是颗臭弹。他愣了一下，有些慌，手忙脚乱又拉栓开枪，但是此时敌人已经到了面前。

一柄长长的日本军刀沿着半开的大门捅进了司徒庭亨的腹部，司徒庭亨下意识拿枪一挡，刀尖偏了准头。紧接着，好几柄刺刀捅过来。

"操你祖宗，死日本仔——"司徒庭亨狂吼着迎着刺刀扑了上去。日本仔惊呆了，他们万万没有料到司徒庭亨会扑上来，一时之间纷纷后退。但是司徒庭亨的脸上、头上、胳膊上都被刺中，鲜血狂喷出来，他摇晃了两下，倒在地上，鲜血染红了流着雨水的土地。敌人以为司徒庭亨已经死了，把他扔在江边堤岸上，命大的他后来被村民发现，被救了下来。

2

日军先遣队越过了自卫队的两道防线，立刻派人回去通知后面的大部队。藤原骑在马上，兵分两路，得意洋洋地带领大队人马气势汹汹向南楼杀来。

此时的北楼已经处于岌岌可危之中。

司徒增带领他的小分队一直守在北楼，这两天相对平静。可是就在南楼击退江上敌人进攻后不久，一支五十多人的日军骑兵队沿村道向北楼逼近。就在化装成乡民的日本仔偷袭南楼的同时，骑兵队架起机枪，对北楼展开了猛烈轰击。

惊天动地的枪声突然响起，这让刚刚准备迎击来犯敌人的南楼自卫队防不胜防。北楼方面烟尘滚滚，枪炮声连成了片。

刚才还庆祝胜利的南楼队员们大为慌乱，手里端着枪却不知道该怎么办。司徒煦此时和司徒忠跑了回来，看到大家这样，连忙大声吼道："弟兄们不要慌乱，马上各就各位，敌人不熟悉地形，这样的天气，一时不会怎么样的。阿遇，带好咱们的队伍和我出去，其他人守在楼里，架好机枪，时刻戒备，如果日本仔来了，用机枪扫射，我们居高临下，又有坚墙护体，吃亏的是日本仔！"

看到正副队长都镇静地站在面前，队员们很快稳住神。司徒遇背起机枪，对司徒旋、司徒浓等土炮队队员一声令下，六个人迅速冲了出去，司徒煦对司徒忠说了一句"这里就交给你啦"，然后也跟着冲了出去。

果然不出司徒煦所料，日本仔虽然已经过了第二道防线，可是由于风雨交加，天色漆黑，分不清东南西北，瞎绕了半天也没有找到楼门。司徒煦等人冲出来，一眼就看到几个黑影正在不远处徘徊张望，似乎发现了这里，用手指着却不敢靠近。

司徒煦毫不犹豫地举起手枪，"啪啪"两声，立刻有两个日本仔倒在地上。司徒煦从小打猎，似乎天生就是神枪手，双枪齐发，弹无虚发。司徒遇等人佩服地望了他一眼，也都纷纷瞄准目标射击。日本仔没有料到突然会有子弹飞来，等反应过来，才发现人就在对面十多米处。他们有的马上趴下，有的四周转想找个能隐蔽的土方，才发现他们所处的地方平坦得连一块石头都没有。一眨眼的工夫，几个日本仔就稀里糊涂上了西天。

别处的日本仔听到枪声，迅速向这边摸过来。黑暗中，司徒煦他们也不容易发现目标。他低声命令："撤回南楼，关门！"队员们应答着迅速回撤，"当啷"一声，两扇沉重的大铁门关得严严实实。也就在他们回楼关门的时候，敌人摸清了楼门方向。他们不敢出来，依旧躲在暗处等待大部队到来。

南楼进入短暂的相持阶段，北楼那边仍然枪炮声连天。

司徒忠焦急地在地上来回踱步。他刚才派了四名队员去支援北楼，现在一点消息也没有。南北楼之间的联系被切断，本来很镇定的他也开始不安起来。

看到司徒煦他们回来了，司徒忠上前一步说道："怎么办？攻打北楼的敌人不少，如果北楼丢了，我们就更孤立了，到时候四面受敌，唉！"

司徒煦皱紧眉头，过了好一阵，他缓缓地说道："队长，我有个建议。"

"你说。"

"这次敌人是全面进攻了，南楼就是再坚固，一旦被封锁，老乡也不可能送来粮食，总有弹尽粮绝的时候。队长，趁着目前敌人大部队还没有到，你还是带一些兄弟们赶快突围，同时掩护还没有撤退的乡亲紧急撤离，另外，尽量通知北楼若守不住也不要硬撑着，保存有生力量吧！"

"阿煦！"司徒忠和身边的队员都吃惊地望着他，"那，你呢？"

"司徒遇！司徒旋！司徒浓！司徒耀！司徒昌！司徒丙！"司徒煦大声喊着土炮队队员的名字。

"到！""到！"……六个人响亮地回答。

司徒煦走到司徒丙面前，为他系上敞开的领子。一字一顿地说道："各位兄弟，大家还记得前天我们的誓言吗？"

"记得！"

"好！今天就到了我们和日本仔拼命的时候了，日本仔大队人马来了，我们该怎么办？"

"打死他们！消灭他们！"怒吼在楼里回响。

"对，要消灭日本仔！但同时，消灭敌人，保存自己，才是我们的目的！"司徒煦大声说。

"刚才喊到名字的队员，留下来跟我坚守碉楼；没念到名字的队员，跟司徒忠队长掩护群众撤离！"司徒煦说。

"不！"司徒忠摇着头说，"不行，不能只留下你们，人多力量大，我们生死要在一起！"

"队长，不要再讲了，剩下时间不多了！"司徒煦对站在周围关切地注视着这一切的队员们抱了抱拳，朗声说道，"各位弟兄，我们谁都不是孬种，都有和日本仔血战到底的勇气，但勇者并不意味着作不必要的牺牲。我们现在这些人被困在楼里，出不去，我们也不可能出去。为什么？敌人不就是想打下南楼吗？只要楼里有一个人在，他们就休想！南楼是一夫当关，万夫莫开，人多了反而使不上劲，大家说是不是？大部分人突围，不仅可以避免不必要的牺牲，留下力量再打日本仔，还可以节约弹药粮食和水，保证死守南楼队员的供给。队长，不管怎样，突围出去也是胜利，出去了你们想办法去请外援，有我们兄弟七人在，南楼就在！南楼在，日本仔就休想从这里经过！"

楼里一时静悄悄的，谁也没有说话。

"队长，快行动吧，不能婆婆妈妈了，等日本仔大队人马到了，想突围也不成了！"

"是啊！"

"队长，快行动吧。"司徒遇等人纷纷催促。

这时，北楼枪声逐渐稀了下去，有零零落落的枪声从西北方向传来，又过了一会儿，枪声停止了。

敌众我寡，敌强我弱，枪声停止了，在很大程度上可以判断是自卫队的阻击停止了，事态危急；也可能是北楼的自卫队突围出去了，撤出了战斗。

"好！"司徒煦一拍桌子，"司徒增他们应该突围出去了。队长，不要犹豫了。西北山区易守难攻，而且敌人力量薄弱，你们从那里突破转移。关氏自卫队现在在仙人座，争取和他们汇合，两股力量相加，战斗力就加强。以后，没有什么关氏司徒氏之分之争，我们都是共同抵抗侵略的中国人！"

司徒忠强忍住内心的激荡，缓缓握住司徒煦的手，使劲摇了一下，沉声下令："除留下刚才副队长点到名字的六人坚守南楼，其他队员立即集合，突围！"

3

正如司徒煦所料,司徒增带领的小分队在经过顽强抵抗后,敌人进攻越来越猛,北楼很快就支撑不住了。弹药越来越少,再不突围只能束手待毙了。北楼已经被围,无法与南楼取得联系,司徒增万般无奈下,下令趁着夜色突围。

司徒增带着队员从西北边敌人比较薄弱的地方突围出去。在经过激烈战斗后,打头阵的两名队员牺牲了,他们的牺牲换来了五名队员的顺利突围,他们迅速向西北山中转移,后来与南楼撤出的自卫队汇合,这是后话。

就在南楼里商量怎么突围的时候,自卫队总部的部分队员已经和敌人火拼了。留守总部的队员本来不多,基本是由负责腾蛟外围的队员驻守。敌人四面合围,腾蛟外围的队员大部分都撤回了总部,日本仔的合围不断推进,自卫队总部的空间不断缩小,藤原已经到达了南楼腾蛟庙。藤原双手拄着插在地上的军刀,一副胜券在握的自得神态。"据可靠情报,前面就是自卫队总部,灭了它,就是灭了自卫队的灵魂!"

藤原军刀一指,日本仔开始了对自卫队总部的攻打。自卫队总部力量比较薄弱,面对日寇的攻打,却也非常迅速地集中起来十多名队员顽强抵抗。藤原见总部的力量这样薄弱,留下一小队兵力对付总部的自卫队队员,自己骑着马督战去。

失去北楼,意味着南楼只能孤立作战,腹背受敌在所难免。好在北楼在突围时牵扯走一部分敌人队伍,南楼北部是敌人力量最弱的位置,而且还能和总部队员对中间的敌人进行夹击。司徒忠决定就从这里突围。

乘着天黑雨大,几十名队员悄悄摸出了楼门。他们只带了短枪,没有带多余的子弹,他们要把弹药尽可能多地留给司徒煦他们。沿着墙根,他们悄悄向楼后面转移。他们听到了不远处总部方向的枪炮声,心里难免很焦急,不知道那边情况怎么样了。敌人的先遣队藏在庙里等藤原,不时悄悄溜出来打探情况。当队员们快要全部撤出南楼的时候,还是被敌人发现了。

"快开枪,自卫队要跑!"日军小队长正洋洋得意地寻思会得到怎样的嘉奖,听了汇报着急慌忙下令。

几十个日本仔躲在暗处,不敢靠得太近,向南楼大门这边扔起了手榴弹。手榴弹在楼前炸开,溅起十多米高的泥水。剩下的几名队员被阻挡在楼前无法前进。

"奶奶的!"司徒煦冲到楼顶,顺着探照灯寻找敌人的影子。可是日本仔太狡猾了，他们藏在庙的周围不出来，只是一个劲扔手榴弹。

司徒煦拧紧眉头，必须有两个人去把敌人吸引开，他这样想着又来到一楼。

这时，司徒旋从楼外跑了过来，他着急地说道："煦哥不好了，尚铎叔去了腾蛟庙，还有司徒庭。"

"啊？什么时候？他们不是和队长在一起吗？"

"他们又返回来了，说要去把敌人引开。"

"这真是胡闹，怎么能让他们去呢，我正要叫阿耀去引开敌人。快，阿耀，跟我过去，掩护尚铎叔。"

两人还没有走出楼门，却听到外面敌人手榴弹爆炸声突然熄灭了。怎么回事？司徒煦一惊，他迅速冲出去，外面只有带着潮湿气息的火药味。敌人停止了攻击？

"快走！"司徒煦命令。他不知道敌人那边发生了什么，只好乘着这个空隙赶紧让剩下的队员迅速撤退。

他不知道，就在此时，悄悄摸到敌人身后的司徒尚铎突然现身开枪，这让敌人一时发了蒙，以为自卫队从身后包抄过来了，慌忙转身寻找目标。司徒尚铎老人本来和司徒忠走在队伍前面，脱离了火力的袭击，可以安全撤离。可是敌人一向南楼开火，他就主动要求回来偷袭敌人，以便引开敌人。司徒忠不同意司徒尚铎的意见："不行，还是我带个人回去把敌人引开，你带大家继续撤离！"

"队长，兄弟们还得你来带，我不能看着我们这些好后生都死在日本仔的手里，我都那么大岁数了，活够本啦，再拉上两个日本仔垫背，就赚啦！"说完，并不等司徒忠的意见，一转身就往回走。司徒忠止想再派一个队员跟着，司徒庭冲了上去，他不放心自己的兄弟。但是司徒庭没走多少步就被弹片划伤了大腿，鲜血喷涌而出，他被后面掩护的队员拖了回来。

敌人很快发现他们身后只有一个人，立刻叫嚣着冲上去。司徒尚铎的短枪里只有五颗子弹，但是夜色中只打中一个日本仔，就被团团包围住了。他看到所有日本仔都聚到了自己跟前，知道自己的目的达到了，对着身边的日本仔轻蔑地笑了，语言是交流的障碍，笑容绝对是交流的桥梁，日本仔完全读懂了这笑声的内容：放心、欣慰、轻蔑。从这笑容中，他们知道上当了，这人要牺牲自己，掩护他的队友安全撤离。

南楼里面，司徒煦清点储备物资：米粮三十多斤，饮水一缸，火柴一盒，机枪子弹一千多发，步枪配弹一百多发，手枪子弹三十多发，手榴弹十几颗。

司徒煦指着这些东西对大家说："兄弟们，今日起，粮食与水要省点用，子弹也要用好，最好每一颗子弹都能打在日本仔身上。"

大家神情凝重地点点头，他们谁都知道，他们是孤军作战，不可能有任何物资、武器的补给。

司徒忠带领大部分队员顺利离开了南楼，向总部进发。而几乎与此同时，藤原的大部队全部到达了腾蛟。自卫队总部岌岌可危，与南楼不同，队员们在普通碉楼里，没有很好的屏障，碉楼已经千疮百孔，很快就要被攻破了。藤原骑着高头大马，兴冲冲带领大部队向腾蛟庙杀来。

当他来到庙前，正看到日寇抓住了司徒尚铎。

"八嘎！抓个老头子干什么？"

"队长，这是个狡猾的游击队，从后面偷袭……"小队长连忙解释。

"偷袭？"

"是！他是为了掩护自卫队逃走！"

藤原一把抓住小队长衣领："你说什么？逃走？自卫队逃走了？"他此时突然非常矛盾，他希望自卫队赶快撤离南楼，这样他就等于说完成了任务。可是他又觉得事情不会这么简单，自卫队怎么会轻易就放弃南楼？何况，自卫队就这样在他眼皮底下跑了，他觉得面子上实在过不去。

"八嘎！"藤原一把抽出军刀，"给我上！"他一挥军刀，刀光在雷雨中划出一道寒光。

日寇仗着人多武器精良，不再躲躲藏藏，举着枪向南楼冲来。

"敌人杀到了，弟兄们，顶住啊！"楼顶的司徒煦高声喊道。

"突，突，突……"楼上的机枪突然响起，冲在最前面的两个日本仔哼都没来得及哼一声就见了阎王。后面的日本仔吓得抱头鼠窜，又退回了庙里。

"妈的，你不是说敌人逃跑了吗？"藤原对小队长劈手就是一耳光。

"长官，是，不是……"小队长捂着火辣辣的脸颊不知该说什么。

"哼哼！"司徒尚铎不由冷笑起来。

藤原盯着他看了半天，又绕着他来回走，低头不住沉吟。这时，山口走进来，看到他这个样子，欲言又止。

"你？"藤原看到他愣了一下。山口负责攻打自卫队总部，怎么和自己前后脚就到了腾蛟庙？难道这么快就攻下来了？

"敌人很狡猾，后面有大批游击队，我们只好撤退。"山口小心翼翼地说。

"游击队！死啦死啦的！"藤原盯着司徒尚铎，咬牙切齿地低声咆哮，从旁边一个日本仔手中抢过带刺刀的步枪，凶狠地刺向司徒尚铎。

鲜血猛然从司徒尚铎身上喷射而出，染红了身旁的竹林。

4

天快亮的时候，雨停了。腾蛟处于暂时的平静中。

司徒忠带领大部分队员从南楼顺利撤退，并且从敌人后面偷袭得手，与总部队员汇合向西北山区方向转移。至此，腾蛟落入敌手，只有司徒煦和他的六名队员孤守南楼，开始了与日寇艰苦卓绝的浴血奋战。

藤原暂时不敢再进攻南楼，他不知道碉楼里有多少人。因为碉楼的每一个枪眼都会有子弹射出。原来，司徒煦为了迷惑敌人，指挥队员从一个枪眼打一枪或几枪就换到另外一个枪眼射击，甚至跑到碉楼另一层射击，所以复仇的子弹不停地从各个枪眼射出，日寇始终弄不清碉楼里面究竟有多少人在把守。

藤原费了大半天劲，虽然包围圈一步步缩小，可是关键的是南楼还没有拿下，这让他十分恼火。现在，自己损伤了大批人马，自卫队大队人马竟然不费吹灰之力就跑了，南楼里的情况还不了解。他越想越烦躁，坐立不安。

"给我搜，把腾蛟翻个底朝天，谁敢抵抗格杀勿论！"藤原咆哮着。

日军迅速散开，他们早就巴不得长官下令了，不用贴近南楼送死。藤原又转着眼珠了想了想，命令把受伤的司徒长押到庙前来。面对不远处的南楼，敌人不敢靠近，把司徒长挡在前面。司徒长刚刚醒过来，脑袋上鲜血直流，他双手被绑在身后，虽然疼痛难忍，依旧坚持站着。

山口叫来翻译，拿着个喇叭对准南楼喊道："楼上的游击队听着，你们已经被包围了，快快投降吧，缴枪不杀。否则，这个人就是你们的下场！"

后面一个日本仔立刻上前一刺刀刺向司徒长的小腿。司徒长"啊"的一声惨叫，单腿跪地，痛得浑身哆嗦。

楼上的司徒遇怒火中烧，他抬起机枪，估摸了一下射程，食指却有些颤抖。敌人的前面是自己生死与共的战友，他无法不顾及他的安全。

司徒煦沉静地对他摆了摆手，突然抬起手枪，对着敌人"砰"就是一枪。司徒丙低声惊呼："队长，不要……"他呼声未落，却见子弹正打在司徒长前方一米多处。

司徒遇立刻明白了队长的意图。果然，敌人惊恐地向后退了十来步，却把司徒长依旧留在原地。司徒长挣扎着又站起来，忍着剧痛，趔趄着向前跑。敌人没想到司徒长会来这一手，一拥而上，想要抓住司徒长。就在此时，一阵机关枪的扫射从南楼传来，日本仔们猝不及防，五个日本仔中弹倒毙，还有两个受了伤，日本仔哇哇惨叫着，没受伤的日本仔拽着司徒长仓皇逃回腾蛟庙。

不管敌人怎样气急败坏，南楼里的七位队员都乐开了花。司徒丙像个小孩子一样跳了起来，高兴得手舞足蹈。刚才开枪的是司徒遇和司徒浓，两人对自己的成果还比较满意，司徒遇笑着说："哈哈，我们现在打死五个日本仔了，就是死也值得了。"

司徒煦说："我们怎么能轻易死呢？我们要活着，藤原老鬼没死，我们就不死！"

队员们齐声附和。虽然大家这样说，可是每个人心里都清楚，这场仗，如果没有外援，只有与南楼共存亡这一条路了。不过这些念头并没有阻挡任何人的斗志，没有退路，也就没有了顾虑，唯有以死相拼。当一个人抱着必死的决心时，其勇气与能量都是超越常态的。

天亮后，日军驻三埠水路部队在腾蛟登陆。会同搜查腾蛟庙周围的日军扩大搜查范围，对整个腾蛟村和上下股乡、中股乡都展开了搜索。其时，腾蛟乡民大部分已经转移，但是仍有少部分没来得及离开的老弱病残。敌人破门拆墙，不管三七二十一，只要有人就开枪射击，腾蛟乡民再一次面临洗劫的危险。

敌人把打死的乡民尸体拖到腾蛟庙前，很快，庙前堆了十几具尸体，雨后泥泞的地面立刻被鲜血染成黑紫色。这些死去的乡民大部分都是些老人和妇女，还有才几个月的婴儿。

南楼里，七位队员牙根都快咬碎了。他们不怕打仗，不怕牺牲，可是却无法面对这些无辜的百姓因为自己而惨死。虽然即使此刻南楼拱手让给日军，残暴的敌人依旧会洗劫腾蛟，可是，敌人用残杀同胞来威胁，让他们不能安宁，他们的心在滴血。

"队长，我出去。"不善言辞的司徒浓握紧拳头，他的眼睛几乎冒出血来。

"不！"司徒煦强行克制着自己的冲动，他知道队员们都在看着他，他虽然没有更好的办法，但是他必须冷静。"你出去只有白白送死，敌人要的就是我们出去。我们出去，南楼丢了，乡亲们就白死了。我们要让日本仔血债血偿！"

他的话让大家稍稍安定一些。但是司徒浓红着眼睛大声问："队长，你说，我们这样做值不值得？我们死不足惜，可是……值得！就一个理由，我们是中国人，我们宁可站着死，也不会跪着生！"

"你说得对，宁可站着死，也不要跪着生！"司徒煦坚定地说。

司徒煦的话像一枚炮弹在众人耳边炸响，又一次引起了大家的共鸣。这就是理由，值得牺牲生命的理由：越是危难之时，越是要保持一个人的气节和尊严！谁也没有再说话，司徒浓望了队长一眼，默默走到窗口，他喃喃自语到："亲人们，我一定给你们报仇！"

5

关志平本来和关伯母一起回赤坎，可是他们进入塘口地界的时候遭遇了日本仔。那是在魁冈文林学校遭到关氏自卫队伏击后撤退的日本仔。

躲进密林，利用地形和敌人捉迷藏是这些年来当地人对付日本仔的办法，乍一看到十多个日本仔，两人想到的都是这一层。可是关太太脚已经磨起了血泡，刚一钻进林子就一个趔趄摔了一跤。日本仔已经发现了他们，叫嚣着冲过来。

"孩子，你快走吧。不要管我了。"

关志平听着身后越来越近的日本仔叫声，心里抑制不住地害怕。他使劲扶起关太太说："我背着您走。"

"不要，不要，这样谁也跑不掉。好孩子，你快走吧，你，还有沁荷等着呢。"关太太着急地说。

关志平苦笑了一下，这一刻，他突然觉得死也没什么可怕了，死了就没有烦恼了，死了对谁都是个解脱，沁荷也可以痛痛快快嫁给他心中的英雄。可是，我死了，算什么？他真想大哭一场，管他什么死活。

关志平就像木偶一样呆了，他忘记了自己要做什么，在什么地方。突然间，他感到自己腰间被猛地推了一下，身子一下子腾空起来，他顺着山坡滚了下去，下面就是滚滚的潭江支流。

十多个日本仔冲进林子，刺刀对准了关太太。关太太面对穷凶极恶的敌人，微笑着站起身，她不愿受辱，心中在想怎样可以死得痛快一点。她的从容引起日本仔头目的注意，他正愁着不知路怎么走呢，抓个老太太正好带路。

还好，日本仔见关太太一大把年纪了，谅她也跑不掉，就没有绑她。关太太被他们押着一路向赤坎走来。她知道自卫队都在腾蛟，她也知道儿子正在南楼抗敌，于是她把这群日本仔领到了腾蛟，她心里有了主意，要亲眼看着这些日本仔被自卫队消灭。

关太太带着一队日本仔进腾蛟的时候，天早已经黑透了，那时候正是打探消息的日本仔逃走而水路敌人还没有进攻的时候。风雨交加中，日本仔觉得不对劲，用枪押着关太太找自己人，找了半天找不到就砸开一家民房进去躲雨。后来自卫队炮轰敌艇，总部迎敌，南楼撤退，关太太有心把日本仔引到南楼前，可又不知道南楼情况，她不敢轻举妄动。这些日本仔听着外面的枪炮声也心有余悸，直到凌晨，有搜查的日本仔过来，他们才押着关太太走出来。

经过两个多小时的搜查，日本仔什么也没有搜出来，他们杀红了眼，不仅杀人还杀牲畜，死羊死马死鸡遍地都是。杀了一部分抓了一部分，藤原还不解气，又把抓来的十多个乡民全部押到腾蛟庙，这其中就有关太太。

藤原估计，南楼里剩下的游击队人数不会太多，面对极少的对手，他更不愿下血本攻打，那样即使打下来自己也没有丝毫面子。他眼珠子一转，阴森森地笑了两声，相信南楼里这些人很快就会自己乖乖地出来。

十多个乡民有的怒目圆睁地怒视日寇，有的面无表情地站在庙前空地上，妇女占了一多半，几个还抱着怀里的孩子，还有几位须发皆白的老人。被俘的自卫队员司徒长也被一起押了过来，司徒长由于失血过多，刚才又被砸了几枪托，脸色苍白，额头冒着冷汗，依旧被押在最前面，但是已经被五花大绑。

对于司徒长，藤原一开始抱了很大的希望，寻思这样一个干瘦老头子，会很容易从他嘴里得到自卫队的秘密。所以，藤原亲自审问，也没有上刑逼供，谁想到，就这么个老头，不管你问什么，都是一副可怜巴巴的模样，不停地说："太君，我什么都不知道，我就是个种地的，也是被自卫队抓来的……"

后来，藤原失去了耐心，命令山口下去好好审问。山口对老人先来软的，想套出自卫队的行动秘密，南楼里的人员情况，有多少武器弹药和粮食。可是司徒长还是那几句话。见软的不行，山口就开始了严刑拷打，老人背上被皮鞭抽得血肉模糊，索性一言不发。山口不由真的有些相信，这大概就是个老实巴交的农民老头，他真的没有信息可透露吧。

现在，他和司徒长站在人群面前，他们打定了主意，宁死也不让敌人阴谋得逞，他们怕的是司徒煦为了乡亲放弃抵抗，这样所有努力就白费了。更要命的是，走过人群，司徒长突然看到了关太太。他心头不由乱跳，连忙悄悄移动了几步，正好挡在关太太身前。

南楼里，队员们望着外面这一切，强压着怒火，他们真想冲出去和敌人拼个你死我活，可是不能，不能啊！脾气暴躁的司徒耀怒骂着："日本仔，狗娘养的畜生，我杀了你！"一边骂，他一边举起一把匕首，狠狠向墙上刺去，仿佛那就是一个残暴的日本仔。

司徒煦从墙角拿起一个酒坛子，摇了摇，说道："来，弟兄们，这里还有半坛子陈年老酒，我们喝了它！"说完，他举起酒坛子，对准嘴咕嘟咕嘟灌了好几口。然后一抹嘴把坛子递给司徒遇。

七个人默默传递着酒坛子，当再次回到司徒煦手中的时候，已经只剩了一个底儿。他垫了垫坛子，猛一挥手，哗啦一声，坛子飞出，摔碎在楼门口。

司徒煦没有说话，他不想多说什么，兄弟们也不需要再说什么，大家都明白该怎么做。他知道，他们可以冲出去，为了乡亲的生命牺牲自己的生命，那样，没有谁会说什么，他们成了保护乡民的英雄。可是，直面流血的同胞，而且是因为自己而被杀的同胞，却死守着一座碉楼，他们的声名会怎样？这一刻，他想了很多，但是，他最终决定坚守。

在楼顶，司徒遇跟在他身后。

"你是理解我的！"司徒煦转过身来，他痛苦的双眸盯着司徒遇。

"我理解，我们都理解，所有人都理解！"

"阿遇，原谅我的冷酷。我们一介草民，本来可以在南洋安稳地生活，可是，我总忘不了司徒美堂老先生说过的话，我们的根在祖国，根在家乡。天下兴亡，匹夫有责。我读的书不多，可是我一直想，人的生命是什么都换不来的，不过，还有比生命更贵重的东西，那就是人的尊严，民族的尊严！活着，就要挺直了腰杆！你说是吗？"

"是，煦哥，你现在就像个哲学家，呵呵……"司徒遇故作轻松地说道。

司徒煦苦笑了一下接着说道："从这些年的战斗，从司徒美堂老先生、关校长、余先生和司徒新积这些人那里，我学到了很多东西。今天，我做的这一切也许不被人理解，但终有一天，我的决定会被承认！当今的中国，需要英雄，需要流血，需要我们做先锋。这些乡亲，他们的血，不会白流，他们用血的事实，告诉后人，他们告别了屈辱和怯懦，挺直了脊梁，他们流的是英雄的血！阿遇，你想想，四年前，乡亲们是这样无畏地赴死吗？不是。你还记得司徒南吧？他的妻儿惨死在日本仔手中，他却只知道哭泣逃跑，根本不敢回来报仇，日本仔在当时百姓眼中就是洪水猛兽，几个日本兵就可以屠杀好几百没有捆绑的中国人，他们却不反抗，就像一群跪着待宰的羔羊，那是多么悲哀，多么麻木啊！还有，我们刚组建自卫队的时候，除了我们这些华侨子弟，很多商家、乡民都躲得远远的，我们那时候是多么孤立。我的话可能有些极端了，阿遇，可是我告诉你，流血也许不是坏事，它会让沉睡的人惊醒。即使，我的母亲，我的母亲一样在楼前被杀害，我……"司徒煦说着眼圈变得红红的，一滴眼泪突然从他脸上滑落，清晨的江风很凉爽，他觉得自己就像站在万丈深渊上，背后透心地凉，心在下坠，身体却有一种精神顽强坚守着。

"你？"司徒遇吃了一惊，"你说什么？"

"没什么，我们下去吧！"司徒煦缓缓向楼下走去，他感到脚步是那么沉重，沉重得几乎抬不起来。当敌人刚把乡民押到南楼前的时候，他从望远镜里一眼就看到了自己的母亲。

6

关太太被捕，关志平呢？关太太在关键时刻把他推下了山坡，他顺着山坡一直滚到坡下茂密的灌木丛中。他的衣服被划破了，脸上也是一道道血痕。可是他在短暂的眩晕过后，又清醒过来。他听到了山上日本仔的吼叫，却什么也看不到。

关志平流着泪咬牙爬上山坡，但是什么也没有了，寂静的山中，松涛和竹吟齐鸣，在空旷的山林回荡，仿佛唱着一首悲怨的歌。

关志平就像失掉了灵魂一样在山路上行走，他内心曾经的平和良善在这一刻棱角尖锐，他曾经的避世和自保的思想在这一刻坍塌，他一路无法控制自己的眼泪，他头痛欲裂，不知道自己的方向在哪里。

到了文林学校，到处是战斗过后的废墟。大雨冲刷着一切，清晨的硝烟已经散去，小小的魁冈，又恢复了往日的宁静。

关志平现在没有了目的，他不知道自己要往哪里去，他记得自己是要找关沁荷的，可是沁荷在哪里？赤坎已经陷落，沁荷，你在哪里呢？他不知道该不该继续前行，同时更失去了面对沁荷的勇气。他明白了沁荷为什么如此深爱司徒煦，从司徒煦母亲那里，他看到了一种伟大的力量，那是他最缺乏的男子汉的勇敢和担当。

想到这里，他不由暗自惭愧。为什么就不能勇敢一些？可以不做英雄，但是不应该懦弱，他深吸一口气，抬起脚，坚定地向通往赤坎的公路走去。

在自力村和魁冈村之间有一个小村子，叫草坪村。关志平走到这里的时候，天已经快黑透了。雨伞刚才滚到山底了，他只能冒雨赶路。好不容易到了一处有人家的地方，他想先找个地方避避雨，雨小一些再走。

他敲了几家门，不是没有人就是人家从门缝里张望一下就退回去了。关志平很失望，他从小生长在富商之家，养尊处优，虽然说不上大富大贵，可是也三茶六饭有丫鬟伺候着，从来没有经历过这样的苦楚，长到二十多岁也是单纯得很。现在，就这么两天的工夫，他从身体到心里都经历了他一生中难以忘记的折磨。人情世态，社会冷暖，战乱无助，此时，他甚至开始绝望，刚才仅有的勇气瞬间又土崩瓦解。

关志平失掉了信心，他走近一处低矮的民舍，犹豫着不敢再敲门。他靠在门板上，身心疲惫。远处闪电划过长空，瓢泼大雨浇下来，他简直想放声大哭。

这时，身后的木板门活动了一下。他连忙移开身子。门开了，一位满脸皱纹的老太太端着一盆水吃惊地望着面前这位不速之客。

"老阿婆，我……"关志平像抓住了救命稻草，连忙说道。

"啊呀！这样大的雨，后生仔淋透了，快进来避雨！"老人一边把水泼出去，一边敞开大门。

关志平心头一热，老人什么都没有问就这样相信自己，让自己进屋避雨。他哽咽着说："谢谢阿婆，我避避雨就走。"

"哎哟哟！这说什么话，尽管待着，外面世道乱，日本仔到处搜查，你就在这里吧。没有好吃的，先将就喝碗热粥。"老人冲里屋喊道，"阿云，端碗粥来，有客人。"

"嗯，马上来。"随着脆生生的回答，一个穿着土布衫褂的女子从里屋走了出来，虽然乡下女子不施脂粉，可是她自有一股俏丽的神情，体态袅娜，举止大方。

阿云为关志平递上热乎乎的米粥，微微一笑回身又进了里屋。

老人在灶上烧水，一边忙一边唠叨："这世道，造孽呀！我一家五口都被日本仔杀死了，就剩了我这老婆子和孙女，唉，你们这些后生仔后生女也是跟着遭罪，可怜哪！"老人在叙述这些悲惨事情时，情绪倒是平静的，或许是这样的悲剧天天发生，老人在无奈中习惯了。

水在大锅里翻腾，关志平不知道她烧这么一大锅开水做什么，心里充满疑惑。

就在他胡思乱想的时候，屋里突然传出一声尖锐地喊叫："不要拦着我，让我死，让我死啊！"

老人蹒跚着跑进去，关志平一呆，怎么刚才还好好的，她孙女现在要寻死？他不知道该不该进去，虽然人命关天，可是他一个陌生青年男子，怎么好进去呢？

"你又做噩梦了，快不要这样，谁没有经过日本仔糟践？哪能就这么白白死掉。"老人慢声细语劝慰道。

"阿婆，我梦到阿宝了，我一闭上眼就是血，一闭上眼就是那些禽兽的面孔，阿婆，我要走，我要回去，我要回赤坎，去找我表哥，我要报仇啊！"

"啊！"关志平手中的粥碗"当啷"一声掉在地上摔得粉碎。

老阿婆的孙女阿云撩开里屋帘子惊讶地一探头，关志平已经站起来，正慌乱地向这边张望。他向前走了几步，又站住了。

"你要做什么？"阿云警觉地问道。

"里面是韶儿？是，她怎么会在这里，她怎么了？"关志平像是回答阿云的问话又像是自言自语。

"阿嫲啊！这人认识这位姑娘。"阿云转回头喊。

"是的吗？这没什么奇怪，都是逃难的人，四邻八乡的，认识值得大惊小怪？"阿婆平静地说，"那就进来吧，这年月，也没什么避讳的。"

阿云突然红了脸，她撩起帘子让关志平进去。关志平惶惑地走进里屋，一眼就看到披头散发的韶儿正裹着被子紧缩在床脚。她的眼神涣散，充满绝望和仇恨。关志平站在她的面前，她只看了一眼就突然"哇"的一声大哭起来。她就像看到了久违的亲人，扑上去一把抓住关志平的双手，丝毫不顾及刚才阿婆给她擦洗身子现在只穿了一套内衣。

阿婆摇摇头叹息道："唉，哭出来就没事了，可怜呀！"

7

多年后，在自力村的那些经历一直是韶儿的噩梦，在那里，她失去了自己最宝贵的东西，失去了全世界最珍爱她的人，失去了少女的欢乐，从此，她背负着仇恨和内疚生活了六十多年。随着时间的流逝，她忘不了表哥，可是曾经纯真的爱恋就像另一个世界的画面，偶尔出现，那么朦胧虚幻。她把表哥的相片放大挂在墙上，她一个人的时候，静静望着，那照片就不很真切，似乎不再是表哥，而是那个人，那个默默喜欢自己的痞子兵。

从进了自力村的那一刻，韶儿和谭阿宝谁也没有想到，就是进了魔窟，进了万劫不复的地狱。她不愿回想，可是脑海里接连不断总是那些画面，她甚至不敢闭上眼睛。

他们看到了炊烟，饥饿和劳累使他们对那些炊烟充满向往。他们快步向那几处民居走去，但是就在距离那里只有几米远的时候，他们看到了一个日本兵从门里走了出来。韶儿整个巴掌都捂在嘴上，她把一声惊呼硬生生憋回肚里。

"什么的干活？"日本兵端起枪指着两人大声问道。

"快走！"谭阿宝立刻反应过来，一拉韶儿转身就跑。

"站住！"日本兵在后面喊道，"不站住开枪了！"

总共只有不到十米的距离，两边又没有可以躲藏的地方，谭阿宝知道没法逃跑了，他寄希望于只有这一个日本仔，可是很快又觉得自己的想法真是可笑。他只好站了下来，慢慢转过身，他把韶儿拉在身后。

转回身的一瞬间，谭阿宝完全绝望了，他看见还有三个日本仔端着枪从屋里冲出来。他倒退着，悄悄对韶儿说："姑娘，我挡着，你快跑！"

韶儿是第一次这么近距离地看到日本仔，她感到自己手脚冰凉，有关日本仔糟蹋妇女的传闻似乎活生生出现在眼前，她强迫自己冷静，可是手脚就是不听使唤地发抖。

"没法跑啊！"她下意识地用手使劲拽住谭阿宝的衣服下摆，"他们有枪，怎么办？"

谭阿宝能感到韶儿紧靠着自己的身躯在发抖，他咽了口唾沫，嗓子火辣辣地发干。他一时不知道该怎么办。这时候，日本仔已经慢慢呈扇形包围过来。

"花姑娘，哈哈……"日本仔突然放声大笑起来。刚才离得远，雨下得越来越大，他们没有看清，待走近了一看，原来是两个手无缚鸡之力的老百姓，女的虽然满身泥泞，可是容貌俏丽，体态婀娜，于是都放松了警惕，淫邪地大笑起来。

就在这一瞬间，一条黑影穿破雨幕疯子一般冲上来，他手中挥舞着一把锋利的菜刀，在四个日本仔中间胡乱砍着，一边砍一边大声吼叫："快跑！快跑！"

韶儿和日本仔一样，根本没反应过来，她没想到谭阿宝会突然冲上去和日本仔拼命。日本仔一时手忙脚乱，忘记了开枪，也忘记了韶儿。可是韶儿在反应过来后却怎么也迈不开脚步，她想哭，抑制不住地想哭。

"笨蛋，快跑啊！啊！"谭阿宝怒吼着，也夹杂着痛苦的惨叫。日本仔一边躲闪一边用长长的刺刀捅向谭阿宝的身躯。他的菜刀太短了，根本够不到敌人。

雨水混着泪水从韶儿脸上往下流，她明白谭阿宝的心思，她知道这时候应该跑，否则谭阿宝就白白牺牲了自己。可是这第一步就是那么难迈开，这时候，她又怎么能丢下他不管自己逃跑呢？

不知从哪里生出来的勇气，韶儿弯腰抱起一大块石头，石头锋利的棱角几乎划破她的手指，可是她忘记了疼痛，走上前去，对准背朝自己的一个日本仔的脑袋奋力砸去。血从日本仔脑袋上流下来，日本仔缓缓回过头，带着不可思议的表情看着身后这个小姑娘。谭阿宝几乎是拼尽了全力，举着菜刀扑过来，一刀砍在这个日本仔的后脑勺上。日本仔一翻白眼瘫倒在地上。

但是谭阿宝的后背同时被三把刺刀深深刺了进去。

"啊！"韶儿扑上去，"阿宝！你——"

"不要管我，你……快跑啊！"谭阿宝的嘴角慢慢淌下一道鲜血，他倒了下去。

韶儿茫然地看着谭阿宝倒下，她想上前扶住他，可是却迈不开步子，她几乎晕了过去。

瓢泼大雨中，韶儿被两个日本仔摁倒在地上。她拼命反抗，但是泥泞中，她感到自己被拖着在地上滑行，荆棘杂草石子刮得她背脊生疼。她的衣服被撕破了，她听到了几个日本仔无耻而淫邪的狞笑，眼泪不由自主夺眶而出。她在地上使劲翻滚，想挣脱日本仔的辖制，甚至希望地上长出几把利刀把自己给刺死。可是不成，她既没办法挣脱，地上也没长出利刀，几乎筋疲力尽。她突然感到身体从一个陡坡滚了下去，一团泥水溅到脸上嘴上，几乎呛到肺里。她想咳嗽，却只是憋气，咳嗽不上来。她终于迷迷糊糊晕了过去。

等韶儿醒来，她恍惚觉得自己像是做了一个长长的梦，梦见自己在南洋的大海里游泳，可是怎么游也游不到岸边。大海黑沉沉的，风浪向自己头上铺天盖地涌来。

"阿妈！咳咳……"韶儿使劲挥舞双手，努力睁开了双眼。她感到下身钻心的疼痛。她撑起上身，看到了自己泡在泥水中的赤裸的双腿，也看到了泥水中点点鲜红。

"啊！呜呜……"韶儿号啕大哭。

不知哭了多久，她挣扎着穿上散落在一旁的衣服。她在哭的时候，大脑一片空白，不知道该怎么办，只是认为自己完了，被日本仔毁了。反反复复在她脑海里只有一个念头，死了算了，死了还能保留自己的清白。于是，死的决心越来越坚定。

但是，就在她停止哭泣的瞬间，她立刻改变了主意："我为什么要死？我不再清白，死活都不再清白，我为什么要死？我要报仇，不报仇，死也是白死。我不干净了，我也不会再对表哥存有什么幻想。我不死，我要报仇！"这样想着，韶儿坚持着挣扎着站了起来。

这就是韶儿，永远和一般的女人不同，她顽强地自我调节，终于擦干眼泪，蹒跚着走出这片充满屈辱的沼泽。她努力回忆被日本仔拖走的那个地方，她要寻找谭阿宝，她记得谭阿宝为了救自己被日本仔打倒了，不知道现在是死是活。

韶儿艰难地走着，又走向了那个魔鬼存在的地方，但是她现在已经没有了恐惧，她只想找到谭阿宝。她浑身酸痛，一步步挪动，就在这荒凉的小村小道上走着。她不知道，现在敌人已经撤离自力村了。

韶儿抹了一把脸上的泥水，此时的她和一天前的韶儿完全不同了。那时，她还是一个爱美爱干净的小姑娘，走在山道上都尽量避开草上的露珠，流了汗，用手帕仔细地揩干净。现在，现在，她心里只有两个字：报仇！这就是她活着与前行的理由！眼里只是盯着前后左右，她忘记了自己的存在，不停寻找，甚至有短暂的思维中断，忘记了自己这样走着究竟要干什么。

当一个血腥而残酷的场面定格在她眼前的时候，她立刻恢复了神志，扑了过去。

这是让她一辈子在梦中惊醒的画面。血，到处都是泥水和血的混合物，被雨水稀释的鲜血贮满一个个低洼的小坑，像从地底下涌上来的一个个暗红色的泉眼。一条深深的泥水痕迹一直拖向前方，顺着这条痕迹，她看到了不远处的谭阿宝。

韶儿冲过去，跪在谭阿宝身边，颤抖着双手去扳他的身体。谭阿宝趴在地上，身上到处是泥水和血水的混合物，也看不清哪里有伤。她使劲抱着他的身体，想把他翻过来。好不容易把他翻过来，韶儿一屁股坐在地上。

谭阿宝紧闭双眼，满脸都是泥浆，右手还紧握着那把菜刀。韶儿呜呜痛哭起来："黑仔，死黑仔，你不要吓我，你不能死啊！你死了我怎么办？死黑仔，睁开眼啊！"

她一边哭一边使劲扶起谭阿宝的上身，让他靠在自己怀里。也不知哭了多久，韶儿觉得所有心血都随着泪水流干了。她精疲力竭，简直就想这样躺下来睡了吧，睡了就一百了了。但是不能啊！谭阿宝死了，临死前都坚持爬了这么远，他是在找自己啊！他是不希望我死的。想到这里，韶儿刚止住的泪水又流了下来。

谭阿宝左手紧紧攥着，韶儿看到了指缝间露出的一条红绳。她心里一动，掰开他的指头，看到了手心里是一把生满了铜锈的钥匙。

谭阿宝在新会城外茅草屋里的话在韶儿耳边回响："我当兵走得匆忙，妈妈来不及给我准备什么，只把家门钥匙塞给我，叮嘱我不管怎样一定不要忘了回家。"

韶儿把钥匙捧在手里，已经泣不成声："阿宝，黑仔，你睁开眼啊！黑仔，我和你一起回你家，你妈还等着你呢。黑仔，我和你一起回去……你怎么不听你妈的话，你妈还在家等着你呢！"

韶儿不知道自己坐了多久，她已经没有泪可流，只是心口不停地痛。然后，她把钥匙揣进怀里，一声不吭地站起来，拖着谭阿宝的尸体走。她不知哪里来的一股气力，一直走到村外。她找了一处干净的竹林，找来一根枯枝，她花了一个多时辰挖了一个浅浅的小坑，又把谭阿宝的尸体放进去，然后掩上湿润的泥土。没有痕迹，谭阿宝很快和大地融为一体。

韶儿望着眼前低矮的土丘，咬紧牙关，终于一甩头发，转身走了，再没有回头。

出了自力村，她没有方向没有目的，心里只有一个念头，去找表哥，参加自卫队，杀日本仔！

她走着，任暴雨浇在脸上身上，直到再一次看到一个村庄的轮廓，她又晕了过去。

<h1 style="text-align:center">8</h1>

梅姐快后悔死了，她出来进去，心慌得难受。这样挨到傍晚，看看雨不仅没有停反而更大了。沁荷此时出奇地冷静，她坐在小侄子床前，看着孩子熟睡中的脸，不知道在想些什么。

"大小姐，去休息一下吧。"黄妈小心翼翼地问道。

"嗯？"沁荷抬起头来，"黄妈，给我拿一把伞，我要回去找他们。"

"你疯了吗小姐？这样大的雨，外面还在打仗……"

沁荷站起来往外走，一整天，她都在自责，她无法原谅自己的懦弱和自私，如果不去找到他俩，就这样干等着对她是一种生不如死的折磨。

梅姐推门进来说："沁荷，你不要去，我去，你要是再有个三长两短让我怎么……"她哽咽着说不下去了。

梅姐坚持让沁荷留下，可沁荷死活要亲自去找。她就是这么一个外表看似柔弱，拿定主意却十分固执的人，梅姐实在没办法，可是看看天都快黑了，她急得几乎发了火。

三个女人在这里争执不下，孩子突然哇哇大哭起来。黄妈连忙把他抱在怀里，她一边轻轻摇晃一边说："孩子老是饿，唉！还是先顾孩子吧，不行让老谢去，他毕竟是个男人。"

梅姐沉思了一下，平复下情绪说道："沁荷，你是个识大体的女儿，从小懂事体贴人，可是你的脾气我也了解，认准的事九头牛也拉不回来。不过你仔细想想，你自己路都不认识，别说找不到他们，你再有点什么事，让你父母怎么活？这里需要人手，还是我去吧。"

沁荷呆了，想到父母，她内心无比酸痛。她强忍着泪水说道："您说得对，梅姑姑，我不是个不懂道理的人，我只是觉得早晨我们不该……好，梅姑姑，我不去了，不过您现在也不要去，您看雨太大了，天也黑了，就是现在去找也没有目标，已经等了这么久，再等一等吧。"

梅姐等人想想也是，就又都惶惶不安地坐下来。晚饭也没心思吃，听着外面电闪雷鸣，后来似乎还有轰隆隆的枪炮声，他们的心吊在嗓子眼，竖着耳朵张大眼睛盯着门口看。

老谢主动到外面附近转悠，顺便看看周围情况，有事可以提前通报。

也不知道过了多久，漆黑的山里，大雨滂沱，更显得寂静可怕。这时，突然听到老谢在门口慌张惊喜地喊叫："姑小姐，快，快来！"

三个人几乎同时跳了起来，梅姐一把拉开门，只见老谢正搀着一个人跟跟跄跄冲进来。一股冷气夹杂着雨水迎面扑来，梅姐闪了一下，但是她立刻发现，老谢竟然搀着关大少爷关玉琼。

"啊！"她吃惊地喊了一声，不仅是关玉琼让她吃惊，更令人惊讶的是紧跟在后面的两个狼狈虚弱的人竟然是韶儿和关志平，再后面跟进来的是一个高个子大眼睛的农家姑娘。

大家手忙脚乱地把关玉琼扶到床上，他腿受了伤，流了好多血，现在伤口周围红肿，已经有些感染。他就是因为受伤，在和敌人周旋的时候掉了队，自己咬牙避开敌人搜索来到这里，想暂时躲一躲，等伤好一些再去找队伍。

彼此一见面，都是惊喜交加喜忧参半。关玉琼没想到姐姐会在这里，他不及细问又发现了婴儿，所有这些都出乎他的意料，让他几乎喘不过气来。

目光呆滞，紧咬下唇的韶儿和一脸惶惑的关志平突然一起出现，更让所有人不知道该先问什么，只好忙着烧水找衣服，又吩咐黄妈去做饭。

梅姐疑惑地看着那位陌生姑娘，关志平连忙介绍道："梅姑姑，这位是阿云姑娘，就是她和她阿嫲救了姑娘，我回来找……找沁荷，遇到日本兵，恰巧在她家里遇到了姑娘。姑娘说你们在这里我们就过来找。阿云姑娘怕我们不认识路非要送我们。"

"唉，正担心呢！都是我不好，不该丢下你们先走，让韶儿姑娘受这么多周折。对了，那个谭阿宝呢？"梅姐还不知道韶儿的遭遇，以为她只是迷了路，费了一番周折，所以放下一大半心。

阿云忽闪着大眼睛盯着关志平看，她来送他们，很多是因为私心。人就是这样子，你不得不相信一见钟情，她看到关志平的第一眼就一下子喜欢上了这个瘦高清秀的年轻人，他看上去有股书卷气，呆呆憨憨的，和那些乡下的后生多么不同啊！所以，当她一听说他们要到百立山，就自告奋勇给领路。阿婆似乎对她的行为也不怎么阻拦，只是叮嘱了一番。他们不知道，小丫头从小在山里长大，像个假小子，前两年差点女扮男装参加了自卫队，现在经常帮自卫队带路，组织村里妇女为自卫队送饭做衣服，这点事还不是家常便饭？

他们一行三人快到百立山的时候遇到了关玉琸，就这样，四个人一起来到了关文炳家的山里碉楼。

9

关少奶奶的死已经无法对关玉琸隐瞒，韶儿也强忍内心的屈辱简单说了自己的遭遇，说到谭阿宝，她几乎又要失控，阿云轻抚她的后背，努力使她镇静下来。

再次提起关少奶奶的去世，关玉琸悲痛的情绪让大家心情无比沉重。关玉琸抱着儿子，没有欢喜，眼泪吧嗒吧嗒掉在孩子的脸上、身上，他不明白，才三天没见面，怎么就和爱妻阴阳两隔了呢？

韶儿不愿多讲那段噩梦般的经历，讲一遍就是划开胸脯，在心口上撒一把盐。但是所有人都听明白了事情的经过。沉浸在刚才关少奶奶悲痛中的梅姐和沁荷不仅为韶儿的遭遇而伤心悲愤，更为自己的行为陷入不可原谅的自责中。

关玉琸有点发烧，喝了碗姜汤昏沉沉睡去了。韶儿经历了这么多，头痛欲裂，却无法入眠。阿云说要回去，梅姐劝她天亮再走，她正巴不得呢，也就顺水推舟陪着韶儿到另一间屋子休息去了。

房间里只剩下关志平，他不想吃饭，勉强吃了几口。沁荷一直没有看他一眼，就好像他不存在似的，这使他很伤心。当梅姐问起他的时候，他嗫嚅着说不放心沁荷，就回来找她。这样说着，一边偷眼看沁荷，见她轻拍着床上的孩子，侧着脸不知道在想什么。

关志平接着就说到怎么一路坎坷，又怎么遇到了关太太，以及后来关太太被日本仔抓住了。这一切简直就像天方夜谭，令人不能相信只是一天来发生的事情。梅姐张着嘴，简直不能呼吸了。

听到关太太被日本仔捉去时，沁荷"啊"的一声轻呼。她停止了对婴儿的轻拍，手停在半空，微微颤抖。她的脸色变得无比苍白，扭过头来，满眼蓄着晶莹的泪珠。

当沁荷把一颗心全部倾注在司徒煦身上的时候，她的眼里心里都是这个人，他的一切都会引起自己无比的牵挂。虽然她并没有和关伯母接触过，但是那是司徒煦的妈妈，她的生死安危对司徒煦充满了极大的影响。沁荷心里乱成了一团，落入日本仔手里，那只能是凶多吉少，一旦敌人知道了这就是他们的大对头的妈妈，他们会怎么做？沁荷不由一个激灵。

确实，当司徒煦看到自己的妈妈被日本仔抓住后，他几乎无法自持，内疚、悲痛和激愤同时折磨着他，他觉得整个胸膛都要炸裂了。妈妈步履蹒跚，几天不见瘦了许多，头发乱蓬蓬的，满脸憔悴。司徒煦不敢和大家在一起，他怕自己不正常的情绪影响了队员们的斗志，可是，司徒遇还是有所察觉。司徒煦实在无法控制情绪，几乎说了出来。他只能用酒和激昂的话语掩盖，同时也是对自己、对所有人的一种鼓舞。

好几天没有见到的太阳羞怯地躲在云层后面，终于肯露一露脸了。雨后的空气变得潮湿而黏腻，南楼里也是热气蒸腾。日本仔押着众乡民不断向楼里喊话，要自卫队投降。自卫队员们脱掉上衣，从窗口望着外面大骂，骂日本仔，骂天气。

山口看着这群乡民，又看了看站在前头的司徒长，自作聪明地认为这老头肯定就是个老实巴交的农民，而且他还不是自愿加入的自卫队，从他身上做做文章倒是可以的。这样想着，他笑眯眯来到司徒长身边，假惺惺地说道："老人家，你不是自愿加入的游击队，你是大大的良民！"

司徒长假装点点头。

"好，那么现在你去劝劝楼里的游击队，皇军不希望流血，你要是能劝说他们放弃抵抗，都是有功之臣，好处大大的，明白？"

司徒长盯着山口看了半晌，终于又点了点头。

山口兴奋地让老人自己向南楼走去。司徒长缓缓走着，在距离南楼不到十米的地方，他站住了。他抬头望着高高的南楼，又满怀深情地回头望了一眼滚滚潭江，大声说道："楼上的兄弟们，日本仔迫我劝你们投降，我想你们一定不会投降的！投降等于自寻死路，千万不要上当受骗，就算死也要死得有骨气，一定要坚持到底！"他又回转身冲乡民们喊道："乡亲们！不要信日本仔的鬼话，日本仔是秋后的蚂蚱，快要完蛋了……"

"啪——"清脆的枪声响起。司徒长老人身子摇了摇，仰面倒地。

山口万万没有想到这个看似忠厚老实的老头竟然说了这样的话，他慌张地举枪向老人射击，但是人群纷纷鼓噪起来。他气急败坏地指挥日本仔们把乡民们先押回去，他也等着回去再挨一顿臭骂。南楼七位自卫队队员望着静静躺在楼前的司徒长，谁也没有说话，只是咬着牙关，紧紧握着手中的枪。

上午，三艘木船从三埠方向驶来，上面坐满了日本兵。司徒煦说："日本仔真看得起我们啊！又增兵了！"

等到船靠岸，自卫队的弟兄们都看清楚了，除了一大片日本兵以外，他们还从船上抬下了三门大炮。

"看来敌人真是急红了眼。"司徒遇说。

"好吧！那就看看是他的大炮厉害，还是我们的机枪厉害！"司徒煦说。

只见那些刚上岸的日本仔中有一个军官模样的人来到藤原面前，叽里咕噜不知说了些什么，藤原一个劲鞠躬点头，毕恭毕敬。接着，他们就进了腾蛟庙。

敌人增援部队刚来不久，日本仔突然从腾蛟庙周围向南楼冲了过来，看来，这是上级很不满意，又给了藤原什么指示或命令，他要孤注一掷，对南楼发动攻击了。

站在楼顶瞭望台的司徒昌向楼下大喊："敌人冲过来了！"

早已做好准备的队员们对准目标开始还击，冲在最前头的日本兵立刻有几个倒在地上。后面的日本仔不敢再前进，躲在远处冲南楼开枪，子弹打在墙上，墙皮往下落，一时硝烟弥漫。

这次进攻只持续了半个多钟头，也许藤原意识到这样进攻效果不大，立刻命令部队撤回。但是还没等南楼队员们喘过气来，后面又有一批日本兵冲上来。

"奶奶的，还敢来！"司徒耀端起枪就要扣动扳机。

"慢着！"司徒煦大喝，"不对，不对……"他的声音发颤，脸色苍白。

队员们顺着他的眼光往远处仔细看去，也不由呆住了。只见大批乡民又被押在日军最前面，两旁和后面的日本兵一边往天上开枪，一边吆骂着，赶着乡民快速向南楼前进。

"又来这套，这是要拿乡亲们当挡箭牌啊！"司徒遇气愤地说道。

"怎么这么多乡民？"司徒煦喃喃自语。

司徒煦不知道，就在刚才，藤原已经下令把所有在赤坎镇和邻近乡村抓来的六七十位乡民都集中到了腾蛟庙，再押来南楼，他要用这些善良的中国百姓的血肉之躯去打开南楼的大门，在藤原眼里，这是开启南楼大门的钥匙。

第九章

1

近了，更近了。

乡民们被日寇的枪逼着往前走，稍有反抗的就遭到枪托毒打。就这样，敌人靠几十位乡民的血肉之躯开路，把南楼团团围住。

司徒煦咬碎了牙，七个人的枪口就对着下面，可是谁也没有开枪，面对好几十口无辜的乡亲百姓，他们几乎失去理智，但是他们能做的只有等待。

司徒遇等六勇士全都认识司徒煦母亲关雨兰，这么近的距离，他们都看到了，看到关雨兰、司徒友白的太太和丫鬟、关玉书母亲等几个女人被押在最前面。大家无比吃惊，现在各自守着自己的位置，无法互相交流，但是都明白，队长早已经知道了，他们瞬间明白了队长早晨异常的举动。

关雨兰望着南楼，那里有她的儿子，她引以为傲的儿子。她握住关玉书妈妈的手，关妈妈搂紧了小孙子。在关雨兰温暖的手的鼓舞下，关妈妈心跳逐渐平稳。她欣慰地向遥远的大山望去，那里有她的儿子，她的儿子一样令她骄傲。南楼前被日寇枪杀的司徒长和前一天被日寇刺至重伤，最后牺牲了的几位自卫队伤员还让人记忆犹新。但是大家已经从恐慌中走了出来，不再害怕和胆怯，他们像一群无畏的战士，面对敌人的屠刀，从容引颈就义。

这是藤原没有想到的。他从进入中国，进入广东，尤其是在开平这四年，见到的很多是仓皇而软弱的中国人，他从来不曾预料，现在这些人的骨头怎么就变得这么硬，而且还只是一群老幼妇孺，在日寇的眼中，支那人只会忍受也只能忍受他们的折磨甚至屠杀。然而他们却不知道，他们的兽行超出了正常人的心理承受力。当恐惧与否都得面临杀戮，那就不必恐惧了！当愤怒到了极限，当生存也成了奢望时，反抗是唯一的出路，当他懂得反抗时，他的骨头就硬起来了。

楼下的日寇开始让翻译喊话："南楼游击队听着，你们已经被包围了，负隅顽抗只有死路一条，明智之举是赶快放弃抵抗，与皇军合作，合作前途一片光明，否则，这就是死亡的代价！"

旁边一名日本仔随着喊话，举起军刀，一刀下去，一乡民颈项鲜血喷涌，扑通一声栽倒在地上。几个妇女尖声惊叫，有的顿时晕了过去。人群中一名受伤的壮汉目眦尽裂，像一头暴怒的狮子，拖着伤腿冲向那个举着滴血军刀的日本仔。还没等日本仔反应过来，他已经一口咬住了他的左脸。那家伙疼得"哇哇"直叫，轮开军刀对着壮汉的背上直砍。后面又过来几个日本仔，也把刺刀深深地捅进壮汉的身体。在这混乱之际，只听一声清脆的枪声，被咬住脸的日本仔带着一种不可思议的表情僵在那里，一丝血从他脑门流下来，越流越多，他瞪着眼睛，身体一歪倒了下去，浑身是血的壮汉也跟着倒在他身上。至死，壮汉都没有松开咬着日本仔脸的牙齿。

一缕青烟在司徒煦手上的"七九"步枪枪筒中缓缓飘散。

司徒煦望着外面，看着壮汉壮烈的死去，也看见母亲正向他这里望过来。他不知道母亲看到自己没有，他希望母亲没有看到自己。

敌人瞬间骚乱了，举起枪冲着南楼瞎打，子弹打在南楼坚硬的墙壁上哧哧直响，冒起灰色的烟尘。

"大家跑啊！"不知谁喊了一句，乡民们如梦初醒，他们不顾子弹纷飞，一起向南楼外围的地方跑去。除了几个身强力壮的中年人之外，大部分老弱妇孺都没有被捆绑，日本仔一时没有想到，等明白过来，顾不得对南楼开枪，连忙去追这些逃跑的乡民。

几乎一半的乡民一下跑散了，因为不远处就是已经空空如也的民宅，他们绕过南楼，跑进腾蛟村里，利用地势地形和曲折的街道和敌人"玩捉迷藏"，不少村民终于躲过了一劫。关玉书的侄子从小失去父母，是他这个叔叔一手教导长大的，他很崇拜叔叔。关妈妈腿脚不利索，和关雨兰等人很快被日本仔追上了。一颗子弹从关妈妈背后穿了过去，老人在最后关头一把把孙子搂在怀里，向前扑倒在地上。

被抓回来的和当场被打死的乡民都是些实在跑不动的老人儿童，再就是被捆绑了双臂的，这其中就有关雨兰、司徒友白太太和她的丫鬟。

关国创遗孀娴林太太不愿受这份屈辱，根本就没有跑，她也跑不动。在一片混乱中拾起刚才死掉的那个日本仔的军刀，自刎而亡。

鬼子也没有占到什么便宜，他们在抓乡民的时候给南楼以反击机会，三个日本仔被南楼射出的子弹击毙。队员们怕伤及无辜的乡民，开枪非常谨慎，否则会打死更多鬼子。

藤原暴怒了，他万万没有想到，每次行动怎么都会输得这么惨，在他眼中，强大的武力绝对的暴力，对付一群乡巴佬，应该是一场体面的轻而易举的胜利，在他的观念中，世界上没有强大的武力与暴力合力解决不了的问题，此刻的腾蛟、南楼，是对他理念的否定，他不仅为久久攻不下南楼而恼火，就连抓来的老百姓还又跑了一半。主要是上司田中久一已经给他下了最后通牒：日军大队人马将要通过潭江水路北上，时间紧迫，军令如山，如果 20 日之前拿不下南楼，不仅是他这个队长不用当了，他还要剖腹向天皇谢罪！

藤原把火都撒在了负责人质的山口身上，瞪着血红的眼睛，狠狠地扇了山口一巴掌。撒完火，还是没有办法。

这时候，冈本走进来报告说，赤坎找的那个翻译司徒占带到了。

"让他进来！"藤原气哼哼说。他想：这个司徒占，倒也不是没有用处，昨天认出了关玉书母亲和侄子，可是今天让这祖孙俩就这样轻易死掉了，他妈的，一群笨蛋！不过他现在把司徒占找来是另有用处，他想利用他的身份骗取南楼信任，然后让他们自己乖乖把南楼大门打开。毕竟，这软骨头为皇军服务的事南楼应该还不知道。

想到这一层，藤原又松了口气，咧嘴奸笑了一下。

2

藤原计划让司徒占去骗取自卫队的信任，可是这件事本来就没有把握。即使他骗得南楼打开大门，可是楼门前无可隐蔽，日军无法迅速冲进去，司徒占一个人进了楼又是势单力薄未必得手，毕竟里面的人不好糊弄，里应外合也不容易。关键是现在南楼里究竟还有多少人他根本就不清楚。他本来有自己的打算，就这样围困，断了南楼的粮食和水，看他们能撑几天。可是一则大部队已经等不得了，现在由于水路受阻，大批日军从陆地北上，行动缓慢，影响了军需物资火速援助华北战场的整体部署，驻扎在广州的日军华南总指挥官田中久一已经多次来电催促，现在更是从广州调来三门大炮，还派来特使专门传达命令，必须两日内拿下南楼；驻扎在三埠直接指挥攻打南楼的日军指挥官崛本武男接到特使专门传达的命令后，马上命令藤原和山口如两日内拿不下南楼，就自行剖腹向天皇谢罪。藤原和山口急得如热锅上的蚂蚁，他们现在不仅要全力对付南楼，还不得不提防后面遭到袭击，毕竟撤离了不少自卫队队员，谁也不敢担保他们不会重整旗鼓，杀个回马枪，更麻烦的是，潜伏在四邑地区的共产党抗日游击队很活跃，等他们都赶来支援时，他们就会成为被痛打的落水狗。

藤原和山口的担心还真不是多余的。中午，日本仔生火做饭的时候，腾蛟北部外围的日军起了骚乱，随着激烈的枪声，有日本仔慌张地跑来报告：北面出现自卫队。

藤原狂吼道："给我顶住，消灭他们，不要放走一个!"

北面自卫队是关玉书的小分队。他所在的关氏自卫队大部分已经撤退到仙人座大山，在那里牵制了一批日本仔，打起了游击。只有关玉书的分队留了下来，这也是他自己要求的，他要留在赤坎协助南楼。他在塘口附近埋伏了一天后，于18日临近天亮，乘着敌人全力攻打南楼的时候，悄悄潜进赤坎。

他的分队和司徒忠带领突围的司徒氏自卫队没有相遇，他甚至不知道司徒氏自卫队大部分已经撤退了。他是个英雄气概很浓的人，这一点和司徒煦非常像，他不愿就这样放弃，他要与敌人做最后一搏。于是，他又来到了腾蛟，他要和司徒煦并肩战斗，这两个从小就互不服输的人，从各自组建自卫队的那一刻就惺惺相惜，现在又想到了一起。

到了腾蛟村，从躲在山沟里的乡民那里得知，现在司徒氏自卫队也已撤退了，只剩下司徒煦的土炮队还在坚守南楼。关玉书不禁对司徒煦肃然起敬，他下定决心要从外围袭击敌人，即使战死也要和战友一起保留最后的尊严。否则，让日本仔从这里顺利通过，想来就来，想走就走，一个泱泱大国的尊严在哪里？一个民族的尊严在哪里？

抱着同归于尽的心理，关玉书带着自己的分队冲入敌阵。让他这样拼命的原因还有一个，就是当他回到赤坎悄悄去看望母亲的时候，却发现大门敞开，屋里空无一人，一片狼藉。队员们安慰他说也许老太太带着孙子跑了，可是谁都清楚，老人凶多吉少。

关玉书的父亲去世得早，他的父亲和关文澜、关文炳是堂兄弟，早年也到过南洋。他还有一个亲姑姑，一家都在美国定居。他的兄嫂当年撇下年幼的儿子阿钊到美国投奔姑姑，没想到船在海上失事，两人命丧大海。小侄子从此对他十分依赖，他也一直没有娶亲，对这个侄子就像自己儿子一样呵护。

母亲和侄子的失踪更激起他内心的仇恨，关玉书像一头暴怒的狮子，利用腾蛟地形和巷道，同敌人周旋。他的目的很明确，要把敌人引过来。

司徒煦不知道北面发生了什么，但是他听到了枪声，感觉到了敌人的慌乱。他估计肯定有人在敌人后方搞袭击了，但是他们却无法对敌人造成前后夹击之势。一来他们人太少，一出南楼等于羊入虎口，他不能莽撞。再有，他们出去了，南楼怎么办？现在守住南楼、阻击日寇大队人马从潭江水路通过才是关键。所以，大家只能干着急，眼睁睁看着敌人在远处窜来窜去，要打，不在射程之内；不打，遗憾、痛惜。

关玉书他们只有八个人，他们把日本仔引入一处处山沟丛林，引进村里曲折的小巷。八个人分头行动，把上百个日本仔戏耍得突突乱转。但是，日本鬼子太多了，自卫队伤亡不少。当关玉书他们在芦阳汇合的时候，只剩下四名队员。

关玉书果断让余下的三名队员撤退，向北走，去找大部队。三名队员无法违拗已经红了眼的队长，含泪离开了。关玉书把仅剩的五颗子弹推进弹膛，他望着远处高高的南楼，决然向那里走去。

关玉书凭着他的敏锐和机智，躲过一次次敌人的围追堵截，终于进入腾蛟村中心。他看到被日本仔洗劫过的腾蛟满目疮痍，有些民居被大火烧毁，残败的墙垛上还冒着一缕缕黑烟，街道上到处都是血迹，死牲口遍地都是。关玉书咬着牙悄悄前进，他甚至已经看到了远处穿着黄军装走来走去的日本仔。

这时，一声细微的叫声传入他的耳朵："阿叔……"

关玉书一愣，顺着叫声看过去，只见一处被烧毁的民居墙后，一个孩子正睁着两只乌溜溜的大眼睛惊恐地向这边张望。

"阿钊，啊！是你吗？"关玉书一个箭步冲过去，孩子从墙后钻出来，扑到他的怀里。

"阿嫲死了，呜呜……"

关玉书的母亲在最后关头把小孙子压在身下，机灵的孩子等敌人离去后悄悄爬起来藏起来，终于躲过了一劫。

3

司徒占还没来得及完成藤原交给他的任务就一命呜呼了，他是跳进潭江淹死的，而且是先疯后死。但是他的死却掩盖不了自己的罪行，正因为他还有一点良知，才无法承受心灵的煎熬，终于疯了，这是后话。

司徒占一来到腾蛟，藤原就把他叫过去对他讲了让他混进南楼的计划，他听了不由腿肚子打战。他战战兢兢地说道："太……太君，这个……这个，我怕不行啊！那个司徒煦就是个人精，他要是在，我就完了，完了……"

"八嘎！"山口从后面狠狠踢了他一脚。

藤原对山口摆了摆手说："司徒占君，如果你不肯为皇军服务，我们也不勉强你，如果你离开皇军的庇护，你的乡亲会剥你的皮唉你的肉！好吧，你可以先休息一下，好好想想。"

司徒占弓着腰，缩着脖子，战战兢兢不停点头答应着退了出去，一边退一边偷偷观察藤原的神色，见他脸色阴沉，眼神阴鸷，不由打了个寒噤，心头突突直跳。

藤原把临时指挥部设在距腾蛟庙不远的一处骑楼里，山口带着司徒占出了骑楼向腾蛟庙走。路过第一座圣母庙的时候，庙门敞开着，司徒占看到里面或蹲或站着几十个人，大都是些老年人。他们有的还被反绑着，一看就是些普通乡民。司徒占本身就是腾蛟人，他只是这么慢慢走着往里瞟了几眼，就发现了几张熟面孔，他不由站住了。

山口在后面骂了一句什么，然后又问道："有认识的？"

"有，哦，不。"司徒占语无伦次地说道。

"嘿嘿，不老实，到底有没有？"

"有。"

"呦西，进去，劝说这些老顽固，不要再和皇军对抗！"

司徒占一个劲摆手："这个不行，太君，我不行，他们会把我打死的！"

"妈的，有皇军在，谁敢动你！胆小鬼，走吧！"山口有些不耐烦地骂道。

他们这一嚷嚷，里面的人都听到了。两个看守跑出来对山口啪的一个立正，乡民们也纷纷抬起头向这边张望。这一下，所有人都看到了司徒占，而他也清晰地看到了这些人的面庞。里面没有自己的亲人，他先松了口气。但是一个人的脸突然定格在自己眼前，那是，是司徒煦的母亲！他以为自己看错了，又揉了揉眼睛，没错，肯定是。老太太虽然穿着破烂，披头散发，可是那种气度不是一个普通乡下老太太所有的，他不会看错。司徒占是自卫队首批队员，司徒煦养病期间，好多队员都抽空去看过他，而且他的家几乎就成了自卫队临时驻点，一些伤员也到那里去养伤，所以大部分队员都见过关雨兰和韶儿，对她俩并不陌生。

司徒占不由一阵兴奋，他几乎站立不稳，也不知道是怎么离开的，迷迷糊糊就回到住处。他被日本仔搜到的时候，心里虽然害怕，可看到别的队员都大义凛然，也咬牙坚持。藤原是何等厉害的人物，一眼就看出了他的软弱，当着他的面残忍地杀害了一名队员后，他彻底崩溃了，一下子瘫倒在地上。

现在，他已经骑虎难下，他不停地在后悔和烦躁中煎熬。他知道出卖战友、乡亲后的下场是什么，可如果不出卖他们，他现在就得死，面且会死得很惨。他后悔不该当汉奸，不该去医院治伤，想今后怎么办。他也知道，日本仔利用完他后还不知道怎么样呢，想想这些他不由就害怕。他想逃走，可是走到哪里都有日本兵跟着，再者，以后也不可能再在老家待着了，不，这片土地上都将没有他的立足之地。他成了什么？汉奸啊！他抱着脑袋，不由呜呜呜哭起来。

哭了一阵，他又咬牙想，反正也是这样了，只能破罐子破摔，一条路走到黑吧，活过今天再说。但是想想要进南楼和司徒煦打交道他心里就发怵。不能去啊！他焦躁不安地坐下，唉声叹气。突然，一道灵光一闪，他想出了个主意，对，只能如此。他咬咬牙，心想：无毒不丈夫，我也是被逼的，没办法啊！煦哥，对不住了！想到这里，他大声喊道："太君，太君，我要见藤原长官！"

藤原听到司徒占的报告，一时没有回过神来，又问了一遍："不会看错？你的，确定？"

"不会的，不会的！"

"呦西，"藤原开怀大笑起来，"大大的好！哈哈！"他暂时忘记了刚才的计划，立刻叫来山口，对他吩咐了几句。山口答应着出去了。

南楼里，司徒煦中午几乎没有吃饭。没抓的乡民大部分逃跑了，可是也死了好几个，还有十多个又被抓了回来，这其中有他的妈妈。他在瞭望口又看到妈妈蹒跚着被押走了。

司徒煦对自己做的事情不会后悔，可是他心底的歉疚和伤痛不可遏止。二十多岁之前，他不知道愧疚是什么，他也从来没有对谁愧疚过，他自认是个大丈夫，大丈夫行事无愧天地间。可是这些年来，不管是国事还是家事，他都无法原谅自己。他不能辜负沁荷，却也因此让父母伤心；他要做英雄，精忠报国，可是终将断送幸福的家庭。这些他都可以放弃，可是母亲，他挚爱的母亲，也因他而遭受生死煎熬。他无法释怀。

整整一下午，雨后的空气燥热难当，气氛出奇平静。敌人暂时停止了攻击，或许是在打什么其他主意。司徒煦躺在草席上休息了一下，其实他根本睡不着。队员们轮流休息以后，他和司徒遇检查了一下弹药和补给，粮食省着点大概还可以吃四五天，水还有一缸。子弹虽然看着充足，可是也不敢浪费，最主要的是那门小钢炮只剩下三枚炮弹了。

"煦哥，敌人要是强攻，我们不好守啊！"司徒遇小声说。

司徒煦说道："没事，南楼十分坚固，就是没有了弹药，他们想攻破也不那么容易，我们只要死守窗口，顶死大门，这就是一夫当关万夫莫开。没有了弹药，我们还有石灰，还有石头！再说了，日本仔也怕死，现在逃命还来不及呢，谁想送死？藤原老家伙要是靠牺牲有生力量强攻下南楼，他自己的日子也不会好过，明白吧？"

"明白！"司徒遇笑了。

4

第二天一早，司徒煦站在楼顶望着南面浩浩潭江出神。

站在高处，能看到腾蛟的大部分。远处那些被烧的民居已经不再冒烟，残垣断壁中，隐约有人的身影。晨雾朦胧，看不大清，也许是偷偷从山里回来打探消息的乡民。腾蛟庙这边依旧平静，看不出敌人有什么动静。

过了一会儿，司徒煦突然发现有人陆续从腾蛟庙走出来，三三两两，趔趔趄趄向村里走去。怎么回事？司徒煦拿起望远镜仔细看，啊！就是昨天的那些人质，藤原把他们放了？

虽然被建筑物或土丘树木挡住了部分视线，可是司徒煦大概数了数也有四五十人左右。他疑惑起来，同时又心头暗喜，那么如果是真的话，妈妈也在这些人里面了。他恨不能伸出手去把漫天的雾拨开，他想看到妈妈的身影。

但是他没有看到妈妈的身影。

日本鬼子对司徒煦那是害怕和仇视并存的，他们怕司徒煦就在南楼，又莫名地希望他就在南楼，抓住或打死司徒煦那可是大功一件啊！所以当藤原从汉奸司徒占口中得知抓来的那个老太太就是司徒煦的母亲的时候，他简直控制不住自己的情绪，眼皮和脸腮的赘肉一阵抽搐。他和冈本、山口等人商量了一下，认为这是个最重的筹码，有了老太太，不管司徒煦在没在南楼，一样可以对南楼形成威胁，司徒煦在司徒氏自卫队威望太高了，谁敢不拿他的母亲当回事？何况，凭他和司徒煦打了这么多年交道，对这个对手，藤原也是相当清楚，他不会离开南楼的。

早晨，藤原假惺惺对乡民们训了一通话，说什么不会伤及无辜百姓，以后要与大日本皇军好好合作……说完话，就把他们都放了。乡民们很纳闷，不过捡回一条命总比什么都好，于是也不再多想就赶忙离开了这个是非之地。

关雨兰随着人们正要离开，却不料藤原出现了，并且满脸堆笑地站在自己面前，做了个请的手势。往南楼，就这老太太一人就够了，余下的乡巴佬且又是以老弱妇孺为主，留着也没用。

为什么司徒占当时没有出卖司徒友白太太呢？是不认识她吗？不是，只是司徒友白不是自卫队队员，也没有被困在南楼，友白太太在司徒占眼中价值不大，同时担心司徒友白随时找他算账，司徒友白太太才逃过一劫。

话说回来，关雨兰随着人们正要离开，藤原满脸堆笑地站在自己面前，做了个请的手势。关雨兰心里一惊，她站住了，不知道日本仔肚里打什么算盘。看看别人都走了，只剩下自己，她一颗心在往下沉，不过事已至此，她不愿多想，她现在就是一个普通的乡下老太太，谅日本仔们能把她怎么样。

这样想着，她坦然地捋了捋耳边散落的头发，看了藤原一眼，走了过去。穿过腾蛟庙，来到藤原临时指挥部。

"请老人家上楼！"藤原显得毕恭毕敬。

关雨兰扫了一眼房间，这本来是一处比较富裕的乡民的骑楼，没什么特殊之处，可是关太太似乎嗅到了一股味道，那是阴谋和残暴的味道。她突然发现一楼一个房间虚掩的房门后有人在偷偷窥探，藏在门后的人，像受到惊吓的老鼠，一双眼睛从门缝里透出惊恐的光。

"司徒占，你的出来！"藤原对那个人喊道，"见见你队长的母亲。"

这句话对于关雨兰和司徒占都如同一记闷棒。司徒占在出卖了关雨兰后，并没有因此而感到轻松，相反，他陷入一种极大的恐慌中，藤原让他待在这里。他有种不祥的预感，他不停地说："千万不要让我见她，千万不要……"可是当关雨兰刚一进到这屋子,藤原就高声喊他出来,他心跳立时加快,脑袋发晕,觉得整个房间都在旋转。他定了半天神,当藤原再次发话,他才慢吞吞打开门走了出来。

关雨兰听到司徒占这个名字,心里立刻咯噔一下。名字很熟悉,但是想不起来这个人什么样。不管想起想不起,她立刻意识到有人出卖了自己的身份,她明白了,什么都明白了,敌人已经知道她是谁了。她身体微微发抖,努力做着深呼吸。当司徒占走出房间,她仔细看了他两眼,没错,见过,就是自卫队的,她什么都明白了。她慢慢平静下来,知道了怎么回事,她反而不再紧张,她抬脚向楼上走去。

司徒煦觉得自己从来没有这样紧张过,他几乎无法呼吸,不停地咳嗽。司徒遇等人担心地望着他,不知道该怎么办。

这时,年龄最大的司徒昌犹豫着走上前,他待司徒煦咳嗽停止才说道:"阿煦,你向来不是这样,说出来,弟兄们可以和你一起分担。"

"是啊煦哥,不是日寇已经放了人了吗?你就不要担心了!"

司徒浓突然说道:"我冲出去,去把伯母安置好!"

"你给我站住!"司徒煦对提起枪就要出去的司徒浓喝道。他咳嗽着站起身说:"谢谢弟兄们,我没事,就是身体确实有些吃不消,日寇已经放了人,我们可以无所顾忌了,接下来就可以好好打一仗了。"

"那你就抓紧时间休息一下,不要这样耗着了,有情况我们通知你。"大家齐声说。

"好,那我去休息了,有情况随时通知我!"司徒煦转身上楼,他不能以这种状态面对大家,他必须调整一下。现在,他心里无比烦躁。看到日本仔们放了人,他没有放松的喜悦,反而更加烦乱,他不知道这是为什么,或许是因为没有在人群中看到母亲的缘故?他的脚步重重地踏在楼板上,心也随着这脚步不断下沉。他做事历来是随心所欲,桀骜不驯又能理智面对任何事,可是今天,他几乎乱了方寸,不祥的预感越来越强烈,以至于他不敢去想,脑子里就形成了一些破碎的片段。

队员们担心地望着他的背影,司徒昌欲言又止。司徒遇碰了碰他的胳膊问道:"你有什么话要说?怎么今天这么不痛快。"

司徒昌说:"阿煦为什么会这样心事重重?我看是担心母亲吧?敌人什么花招都有,一大早突然放人,确实奇怪啊!唉,还有一件事我一直憋得难受,又不敢说,你们知道吗?其实沁荷姑娘没有走,她就在赤坎呢!"

"真的?"大家都惊喜地问道。

"嘘！小点声。"司徒昌小声说道，"我还不知道该不该告诉他呢。赤坎兵荒马乱的，他要是知道了，那不更担心了？还是不说的好吧！"

"嗯！"司徒遇说，"暂时不说吧，看情况再说，其实沁荷一直是煦哥心里过不去的一道关呢！"

5

早饭少做了一些，南楼里现存粮食还不足四十斤，敌人封锁南楼，乡亲们已经不可能再送来粮食。水也是节省着喝，要想和敌人耗下去，就要做好长远的准备。

饭做好了还没有吃，楼上站岗的司徒丙就大喊道："快来啊，日本仔出来了！"

众人往楼上跑，可是在楼门口却看到了司徒丙慌张的脸。

"怎么了？你又不是第一次见到日本仔，还这样慌？"司徒遇问道。

司徒丙嗫嚅着说道："不是啊！你们看看去！"

众人从瞭望口向外一望，只见十多名日本仔正向这边走来，而且走得有恃无恐，根本不像前几次那样缩头缩脑。但是当大家看到走在最前面的那个人时，都不由呆住了，虽然距离很远，虽然视线不是很清晰，可是谁也知道，那就是煦哥的母亲！

"狗日的，我说呢，日本仔怎么会这么好心放人，原来如此！"司徒遇恨恨地骂道。

司徒旋问道："怎么办？要不要告诉煦哥？"

"怎么能瞒得住？或许煦哥早已经想到了！咦？难道日本仔已经知道伯母是煦哥阿妈？"司徒遇疑惑地说道。

"也许根本就不知道，就是拿人质要挟！"司徒耀说。

"不可能，人多了更好要挟，干吗单单留下伯母一个人？"

大家猜测着，眼看敌人押着煦哥的母亲越走越近。老人步履蹒跚，花白的头发被晨风刮得飞飞扬扬。所有人的心都提到嗓子眼，手中紧紧握着枪。

"都不要聚在这里了，分散开吧！"司徒煦平静的声音从后面响起。众人却似乎被吓了一跳，一起转过身来，关切地望着司徒煦。

司徒煦面容沉静，看不出他的紧张和担忧。他来到窗前，一言不发地望着外面，母亲就在几十米外，她能看到自己吗？

在距离南楼只有不到五十米的地方，日本仔们停了下来。藤原亲自现身，站在老

264

人身边，得意地示意山口给关雨兰松了绑。他用蹩脚的中国话喊道："南楼的勇士，你们看，这是谁？司徒煦，你的母亲在我这里很好，放心，我不会亏待老人家的！中国讲究孝道，我想你比我清楚，看在老人这么大岁数的份上，你忍心让亲生母亲受罪吗？你忍心对自己的母亲也见死不救吗？"

"呸，放你妈狗屁！"司徒耀咬牙骂道。

司徒煦缓缓拿起话筒，他看到母亲抬起了头，她极力张望，是在寻找自己的儿子。他开口说话，声音不大却一字一顿："藤原队长，谢谢这么抬举我，竟然把我母亲搬了出来。我相信，你们日本仔想做什么，一定会不择手段。天下哪一位老人不想晚年幸福？哪一位老人愿意自己的儿孙过刀口舔血的日子？就是你们这些无耻的侵略者，让我们不得不过这种日子，你还有脸说孝道，想让我的母亲不受罪，你为什么不放了她？你们杀了千千万万中国人，什么时候又变得仁慈了？你不要做什么千秋大梦，我们中国人不是任你摆布的！"

"好！"藤原眼中杀机一闪而过，"说得好！既然如此，你是不管你母亲的死活了？"

关雨兰突然大声喊道："儿啊！阿煦，不要管我！阿妈老了，没几天活头了，你不要因为我做傻事啊！"

"哼！"藤原气哼哼想，这个老太太也学会戏耍皇军了，昨晚点头答应劝劝儿子，现在一翻脸又一个腔调！他却不知道，老人已萌死志，昨晚日本仔看得紧，才决定今天拼命一死，让儿子了无牵挂打日本仔。

藤原料不到慈柔的关雨兰会这样无所畏惧，他气急败坏地吼道："司徒煦，你看好了，这可是你的母亲，你难道没有一点心疼？好，你只要答应我一个条件，我立刻放人！"

"答应你什么？"司徒耀大声问。

"只要司徒煦出来，我们就可以放了老人，想想吧，不要意气用事，不要成为不孝之子，断送了老人的幸福，断送了自己的前程……"

"日本仔放你妈的屁！"脾气暴躁的司徒耀跳着高骂。

司徒煦放下话筒，他看着在风中摇晃的母亲，心在滴血。他扫了身后几位队员一眼，慢慢说道："我是自私的！我曾经说过的话，抵不过我的自私。对不起了，兄弟们！"

众人一惊，可是他们无法阻挡。换做是自己至亲的人，谁又能狠下心肠？

司徒遇脑袋一热，大声说道："煦哥，你昨天刚说的，人活着还有比生命更贵重的东西，那就是尊严！你不是一个人活着，你忘了吗？你这样出去，有什么意义？只会中了敌人圈套，到头来，到头来……"

司徒旋悄悄使劲拉司徒遇的衣角，让他不要再说了。

司徒煦把手枪从腰里拔出来，轻轻放在桌子上，然后拿起一颗手雷别在腰间。他回身抱了抱拳，突然笑了，就像以前大家在村里搞了恶作剧一样痞痞地笑着，他说："南楼交给你们了，我先走一步！"

他大踏步向楼下走去，众人追了下去，可是每个人心里都十分矛盾和痛苦，他们不知道该怎么做，他们不想他就这样出去，他这是去和敌人同归于尽啊！可是，随着他的脚步向大门迈近，大家的心在一点点下沉，整个人都被虚空塞满了。

"煦哥，沁荷，沁荷姑娘……"司徒遇突然说。

司徒煦站住了，略作停顿，他又迈开了步子。

"沁荷回来了，她在赤坎！"司徒遇说出这句话，心头就像被一把尖刀剜了一下，他说的时候顾不上想太多，可是说完了，那种复杂的情绪一下子包裹住他全身。不是后悔，就是一种说不上来的难受，他甚至觉得自己很卑鄙无耻。他想，如果外面是自己的阿妈或是自己的妻子张秀，他会怎样？他不知道，但是他竟然在这样难于抉择的时候两次阻拦司徒煦，他说完这话，转身蹲下去，他觉得自己无法面对煦哥。

司徒煦再次站住了，他缓缓转过身。这世上，让他最牵挂的人就是母亲和沁荷，一个正在外面成了日本仔的人质，而另一个，一位永远不会再见面的那个人，回来了，她还是回来了！眼泪溢满了他的眼眶，他努力抬起头，不让眼泪流下来。

"让她保重！"司徒煦沙哑地说道，然后一转身，使劲拉动厚重的大门，大门"吱呀"打开了，一缕阳光穿过渐渐淡薄的晨雾，射进阴暗的南楼。

外面的日本仔就像得到口令一样，齐刷刷扑倒在地上，举枪对准了站在门口的司徒煦。

6

司徒煦在门口一出现，母亲关雨兰愣住了。她抱着必死的心来到南楼前，心知儿子为了大义可以牺牲亲情，但是如果真是那样她又会无比难受，不管怎样，她都想在死之前见见儿子最后一面。可是当儿子真的打开门出现在眼前的时候，她不由得又非常失望，她心底埋怨儿子上了敌人的当。

关雨兰身体已经十分虚弱，昨晚又没怎么睡觉，她一阵阵晕眩，越是激动越晕得厉害。她使劲咽了口唾沫，嗓子火辣辣疼，她想喊，张了张嘴，却发不出音来。她着急地望着一步步从南楼走出来的儿子，示意他回去，可是儿子似乎根本没有看到。关雨兰急火攻心，突然一头栽倒在地上。

司徒煦走下台阶，猛然站住了。母亲突然倒地，他的心也提了上来。但是他不动声色，望着前面匍匐的日本仔，又扫了南楼两侧一眼，低声命令跟在他后面的司徒遇："回去，关门！"

司徒遇踌躇着。

"回去！"司徒煦再次低声怒吼。

司徒遇转身进了楼门，南楼的大门再次缓缓关闭。

"放了我阿妈！"司徒煦抬起头，不屑地盯着藤原说道。

"可以，司徒煦队长没有带武器吧？"藤原兴奋得红光满面，对身边的山口示意了一下，山口向司徒煦跑去。日本仔很狡猾，他们是要搜司徒煦的身。

司徒煦抬起双手，然后用右手一指山口，猛然喝道："你给我站住！"

山口吓了一跳，不由自主站住了。

"藤原先生，先把我阿妈送过来。"

藤原与司徒煦对视着，时间慢慢过去。南楼里的所有队员都紧张地注视着这一切，司徒遇吩咐司徒昌和司徒耀在一楼门口守着，门不要插死。他和司徒浓两位神枪手架好机枪，对准藤原和山口等日本仔，一有变动立刻开枪。

司徒煦知道自己是孤注一掷，为了救母亲，他甚至违背了一贯的宗旨，他知道这样的举动是自私、轻率的，但是母子感情让他无法控制自己。他不知道南楼没有了自己能坚持多久，但是有一点他是确信的，那就是楼里的六名队员都是真汉子，都不会向敌人低头的。他决定和敌人同归于尽，他甚至对救下母亲没有丝毫信心，可是他想，要是能够把藤原老贼"报销"了，他们母子二人死得也值了。

藤原终于低了头，他一挥手，身边过来两个日本仔，架起地上的关雨兰，把她拖到了距司徒煦五六米远的地方，往地下一放，又退开了。虽然这么多日本仔面对的只是司徒煦一个人，可是他们竟然有些心虚，心虚到不敢离他太近。

司徒煦警觉地扫了日本仔一眼，几步走过去。关雨兰已经苏醒过来，她努力支撑起身体，并且拼命冲司徒煦摆手，让他不要过来。司徒煦也早已发现敌人跃跃欲试，但是他看到憔悴的妈妈，还怎能顾得了许多？

关雨兰拼尽全身的力气站起来，她看到同样苍白憔悴的儿子就站在眼前，她伸出手去，想抚摸儿子的脸庞，但是没有，她嗓音嘶哑地低声说道："回去，是我的儿子就回去！"

司徒煦一把揽过母亲，急忙说道："我没事，阿妈，快绕过南楼，进村，快！"

"真是母子情深啊！哈哈……"藤原狂笑着，笑过之后，他眼露杀机。

楼上的司徒遇等人一直密切注意藤原的动向，见他突然狂笑，然后右手下意识摸了腰中军刀一下。司徒遇心中一凛，果断命令："开楼门！"

就在藤原将要抽出军刀的瞬间，南楼大门突然打开，他愣了一下，所有日本仔都一时没有反应过来。司徒煦往身后推了母亲一下，大踏步向藤原走去。躲在旁边的山口悄悄举起枪，对准了司徒煦。

"儿啊！"关雨兰不知从哪里生出一股气力，冲到司徒煦面前，背对敌人，紧紧抱住儿子，"阿煦，你快回去，阿妈……"

"啪！"枪声同时响起。司徒煦站住了，他看到母亲疼爱地看了自己最后一眼，缓缓闭上眼睛。

"啪，啪……"随着枪声，南楼楼门后突然闪出两个人，几个箭步冲到司徒煦面前，紧接着楼上机关枪对准藤原开了火。

"快抓住他，打死他……"藤原语无伦次地叫喊。他躲在日本仔身后，趴在地上不敢动。埋伏在庙周围的日本仔慌忙冲了出来。

司徒煦忍着内心巨大的悲痛，抱着母亲迅速趴倒在地上，他拔出手雷向日本仔甩了过去。轰隆一声，浓烟四起。司徒昌借机弯腰背起关雨兰，司徒耀断后，四人眨眼间退回南楼门口。

眼见到手的鸭子飞了，藤原暴跳如雷，大喊大叫："给我冲，冲！"

大批日本仔冲了上来，司徒煦等人刚一跑进楼，还没来得及关门，子弹嗖嗖飞进楼来，打到墙壁上，烟尘飞舞。楼上的机关枪阻挡了敌人的进攻，藤原灰头土脸，眼见不仅没有抓住司徒煦，反而连手中的筹码也丢了，无名火无处发泄，啪啪抽了护在身前的山口几巴掌，转身往回走去。

枪声停止了，敌人渐渐退去。楼里的队员们却都低头不再说话。司徒煦阴沉着脸盯着躺在床上的妈妈出神。

"对不起！煦哥！"司徒遇等人围在他身边，司徒丙忍不住呜呜哭了起来。

司徒煦低沉地说道："你们不该为了我，为了我的阿妈冒这个险，你们，你们……"他重重叹了口气，"都怪我，是我不该任性行事。要是南楼出了什么差错，我还有什么脸面见父老乡亲！"

"好了煦哥，不要自责了。我们都不是完人，你，也不要太伤心，这里有我们，你去歇息一下吧。"司徒遇拍了拍司徒煦的肩膀说。

司徒煦沉吟片刻说道："我没事，重任还在后头，我怎么能够倒下！"他双手捂住脸，使劲抹了一把，像是要抹掉最沉重的东西，然后又说道，"昌哥的伤怎么样了？"

"没事，胳膊被子弹擦伤了，就是皮肉伤。"司徒昌故作轻松地说。

"好了，都休息一下吧，硬仗还在后头，阿丙，男子汉大丈夫哭什么，快擦干眼泪。看把脸都哭花了！"司徒煦站起来，揉了揉司徒丙的圆脑袋，抬脚向楼上走去。众人望着他的背影，感觉队长每迈一步，都是那么沉重。

7

藤原回到住处，第一个想到的就是把司徒占叫来，这是他最后的筹码了，再不行，只能强攻了，而明天就是总部给的最后期限。大炮已经运来，炮台正在修筑，估计要到下午才能使用。现在还不到中午，多半天时间，他还是想试一试司徒占这枚棋子。

令他没有想到的是，去带司徒占的冈本不一会儿就匆匆跑了回来，他带来一个消息：司徒占疯了。看守他的日本仔被他咬伤，他自己跳进潭江淹死了。

司徒占就这样死了。

藤原失去了所有可以使南楼放弃抵抗的筹码，他觉得自己已经输了，他想不通，当初南下广州，进驻开平，是那样一帆风顺，怎么现在就这样束手束脚，处处不顺呢？他摆摆手让冈本出去，叹了口气，手握军刀坐在椅子上望着窗外。远处的南楼高高耸立，他似乎看到了一双嘲笑的眼睛，他腾地站起来，挥舞着军刀，向虚空中狠狠劈下去。

司徒煦似乎没有因为母亲的去世影响到自己的情绪。队员们都知道他把剧痛埋在心底，怕他看到老人的尸体伤心，乘着夜色偷偷把尸体运到南楼外暂时掩埋了。他们都觉得这样做是对老人的不敬，可是没有什么办法，权宜之计吧。

司徒煦没有说什么，他知道大家都是为他着想，虽然他不愿看到母亲暴尸荒野，可总比停放在南楼里强。他强迫自己忘掉一幕幕伤心的回忆，努力把思维调整到现实中来。他看得见敌人正在筑炮台，马上就要筑好了，他必须想好应对措施。他和司徒遇、司徒浓观察了半天，不敢保证机枪的射程是否在范围内，何况敌人很狡猾，炮台不是正对南楼，在南楼西南方向，这样，南楼要想瞄准敌人也有一定难度。

不过司徒遇认为机枪能够打到离炮台不远的地方，只要日本仔打完炮上前观察，就有希望进入射程之内，而且瞄准也不成问题。司徒浓和司徒耀也信心百倍，他们三个机枪手这些年练就了神枪本领，没有把握的事是不会瞎说的，司徒煦心里有底，司徒旋等人也放了心。

司徒煦再次清点楼内储备物资：饮水大半缸，火柴三分之二盒，机枪子弹约一千发，步枪配弹近百发，手榴弹十几颗，大米不足三十斤，手枪子弹不足三十发。

"兄弟们，这些装备也足够日本仔受得了！"司徒煦清点完后与大家开了一个战时会议，"我们有三挺机枪，轮流守住东南西北四个方位，另三人每人一支'七九'步枪，同时负责三挺机枪送子弹。最后一人可打打盹，稍作休息，抽抽水烟，提提神，因为日本仔将会轮番进攻，我们就这样轮换着休息一下，保证我们的精力体力足以与日本仔抗衡。我们的机枪从三楼到六楼不断地变换枪眼，这样可以避免日本仔对着目标定点射击伤到我们。兄弟们，明白吗？"

"那就是说我们谁都可以当机枪手，是吗？"司徒丙问。

"是呀，我们谁都学过机枪，我不是教过你吗？"司徒昌摸摸他的头说。

"手榴弹又是什么时候用？"司徒旋问。

"往日本仔扎堆的地方扔，见到日本仔扎堆挤到射程内就扔！"司徒煦答道。

"我们还是趁这空档好好休息一会儿吧，待会儿日本仔发起进攻时就得连续作战了。"司徒遇提醒道。

"不如我们按照阿煦的部署演练一番再休息。"司徒耀提议。

"我觉得阿耀这个提议好，上下楼梯时要做到左上右落，这样走起来也不乱。"司徒浓赞同。

"也好，开始吧！"司徒煦随即拿起他那心爱的"捷克式"轻机枪指挥起来，"各人抄家伙，三楼！"各人抄起自己的武器各就各位，司徒煦居中守正北方的窗口，司徒遇在西方，东、南两方分别是司徒昌和司徒浓，司徒旋、司徒丙分别在他们两两之间负责送子弹换弹匣，司徒耀暂时轮空。

"轮空的人到做饭时间，就做饭。"司徒耀说。

"好，四楼。"司徒煦下令。大家转身向四楼走去，司徒丙不小心撞了司徒遇一下。

"阿丙，转换时要讲究秩序，左上右落，不能乱。"司徒遇提议。

司徒煦点点头道："西、北两方先动，东、南两方在原地继续射击；待先行动的两方已就位开打，你们再上来。"

他们就这样演练了两轮，轮换起来有条不紊，觉得不错，司徒煦宣布休息。

下午，队员们不敢休息，严密注视着敌人的一举一动。果然，山口和冈本等人从庙里出来了，后面还跟着八个日本仔，他们向炮台走去。

藤原故意把炮轰南楼的时间选在了下午2点左右，他想，这时候正是人最犯困的时候，在他们无休止的进攻骚扰下，碉楼里的几个人此时应该睡觉休息了吧，老虎都有打盹的时候，何况凡人？时值大雨过后，太阳出来了，好像是为了弥补前两天的缺席之憾，阳光晃得人睁不开眼睛，毒辣辣地烤着大地，地上滚烫的暑气袅袅上升，闷热潮湿。"嘿，碉楼里的几个人肯定更难受。"藤原抹了一把脸上滚珠似的汗水，得意地想着，"碉楼里的人肯定不会像平时那样及时发现我们的行动。"

他估计得没错，南楼里也确实闷热难受，这座水泥钢筋的碉楼在太阳底下成了蒸笼，加上除了几个射击口和瞭望口外，其余的门窗都紧闭着，这就更加闷热了。队员们都脱了外套，光着膀子，即便是这样还是汗流浃背，每个人的背脊和胸前都成了不会断流的汗溪。

"要是能痛快地冲个冷水凉多好啊！"（"冲凉"，当地方言，洗澡的意思）司徒丙喘着粗气说。大家都不说话，因为那点水还要省着喝，做饭已不洗米了，哪还有冲凉的奢豪？

司徒煦看到司徒丙他们实在熬得不行，让他们先到一楼睡觉。一楼虽然比较闷热，可是那是最安全的地方。他用望远镜仔细观察，发现敌人炮口基本上对准的是三四楼的位置。

日本仔出现之前，司徒煦和司徒遇正坐在三楼窗口，一边观察敌人动向一边聊天。

司徒煦突然问道："阿遇，是不是你们早就知道沁荷回来的消息了？"

"不是，我也是昨天刚知道，昌哥一直没敢说，他不知道怎么对你说，怕你担心！"

司徒煦叹了口气说道："阿遇，我一直在想，如果我生在和平年代，我会是一个什么样的人呢？我从小就不安分，或许就是个游手好闲的二世祖，呵呵！除了打仗，我什么都不会，整天游手好闲，你说沁荷看上了我什么？"

司徒遇笑了："你也太高估自己了。不是沁荷姑娘看上了你，是你看上了人家，你不停地骚扰人家，人家没办法，只好答应了吧！哈哈！"

司徒煦也笑了，他似乎看到沁荷羞涩的笑脸，看到她坚定地对自己说：我等着你！瞬间，他忘了失去母亲的痛苦，幸福的感觉充溢全身。

"她为了我牺牲得太多了，如果我能活着，后半生，我不让她再吃一点苦！"司徒煦喃喃自语。

司徒遇忧郁地望着司徒煦，他不忍打断他这片刻的幸福遐想。

午后的阳光从小小的窗口射进来，斑驳的阳光把楼板分割得支离破碎，但是却一扫几天来的阴霾。司徒遇轻轻哼起歌来。

"快看！"司徒煦用手往前一指。

两人都看到了山口等日本仔从庙里出来鬼鬼祟祟顺着墙根向炮台方向走去。

8

楼下，司徒丙和司徒旋躺在地上，两人只迷糊了一会儿就不约而同醒了。

两个最小的队员此时嬉笑着打闹，他们总是这么乐观，悲伤担忧也只是一会儿的事。司徒丙笑着对司徒旋说："哎哎，文化人，给做首诗吧，好久不见你作诗了！"

"哪还有心情有时间作诗呢。"司徒旋白了他一眼。

司徒耀也凑过来嬉皮笑脸地说："这时候才更应该作诗啊！写一首杀日本仔的，你以前那些卿卿我我的东西没心情听了，快来一首打仗的吧！"

司徒旋不好意思地说："好吧，让我想想。"

他抱膝坐着，望着前面的楼梯，过了片刻，他低声吟诵：

潭江上空的雷雨啊，
是敌人进攻前的风暴！
这风暴，
带着最后的疯狂，
要把世界颠倒！

江水咆哮，

吹响战斗的号角！

我们是不屈的华侨，

拥有中国人的骄傲！

拿起长枪，

如同长城不倒！

坚守南楼的壮士，

任风浪怒号，

誓死守卫毫不动摇！

　　他朗诵的声音越来越大，到最后，他站了起来，激动地几乎挥舞起双臂。楼下的五人都醒了，其他四人聚上来用热切的眼神望着他，沉浸在战斗的想象当中。

　　"轰隆隆——"一声巨响，地板在巨响中晃动，桌沿的一只杯子"砰"的一声掉在地上摔碎了。

　　"日本仔又开炮了！""什么？"司徒旋等人迅速起立向楼上冲去。刚到二楼，就从窗口看见滚滚浓烟腾起。紧接着，又是连续几声惊天动地的炮声，就像在身边炸响一样，感觉整座南楼都在打战。

　　司徒煦在三楼楼梯口冲下面喊道："不要上来，守好楼门！"

　　大家又应答着退了下去，只有司徒耀守在二楼窗口。

　　浓烟包裹住了南楼，山口命令暂时停止开炮，几个日军炮手纷纷站起来观望。日本仔也许是惊魂未定吧，筑炮台的时候不敢离南楼太近，而且更不敢正对南楼，所以射程和目标都不好掌握，以至于几颗炮弹都没有击中南楼，只是在南楼周围炸开了花。但是浓烟滚滚中，山口等人以为这么威力巨大的炮弹早把南楼炸平了。他不等浓烟散尽，兴冲冲地跑得离南楼更近了一些，拿起望远镜不停地看。

　　冈本要比山口稳重得多，他站在炮台后注视着渐渐散去的硝烟。

　　待到烟尘变淡，巍然屹立的南楼又浮现出轮廓，这让站在最前面的山口大吃一惊，他没有料到南楼竟然毫发无损。别的日本仔对这样的结果也是大吃一惊，刚才还得意忘形，现在一下子像斗败的公鸡，全泄了气。

　　"再装炮弹，继续轰炸！"山口气急败坏地喊道。

他的喊声刚落，就听见几声尖锐的子弹呼啸声突如其来，他还没来得及反应，一颗子弹正打中他的脑门。

看到扑通栽倒的山口，其他日本仔都吓得慌忙卧倒在地，有一个日本仔反应慢一些，也挨了一颗枪子，瘫倒在地上。冈本一边往后退一边嚷道："撤啊！快撤！"

这一串精准的射击来自于司徒遇，当他再次准备开枪的时候，却发现敌人吓得溜走了。他恨恨地砸了墙壁一拳骂道："便宜你了，妈的！"

队员们高兴地冲上来，搂住司徒遇，纷纷向他道贺，问他这两天打死几个日本仔了。他被问得有些不好意思，摸着后脑勺不回答。司徒丙又兴奋地把刚才司徒旋作的诗念了一遍，他没有司徒旋读得那么抑扬顿挫，可读起来依旧让众人情绪亢奋。

司徒煦说："好！阿旋，以后多写一些这样的诗，很鼓舞人！"

司徒旋没想到自己随口想到的一首小诗能得到大家的赞赏，给大家鼓舞，不由激动地连连点头。

敌人第一次炮轰不仅没有见效，反而把藤原的得力助手山口的小命也搭上了，这对藤原又是一个不小的打击。

接下来藤原彻底疯狂了，从当天晚上开始，一直到 20 日下午，他一共又发动了两次大规模进攻、一次偷袭、一次炮轰，却都没有一点实质性进展。面对一个小小的南楼，他真的困惑了，那里面的人难道就是铁打的？他们到底有多少人，到底准备了多少粮食？

"哼哼，就是铁打的，也要吃饭喝水，我看你们能坚持多久！"藤原暗想，他忘记了，自己是耗不过南楼的，他被规定拿下南楼的最后期限马上就要到了。

21 日凌晨，藤原刚从睡梦中醒来，冈本就来报告，驻扎广州的日军华南总指挥部来电！藤原一个激灵，连忙拿过电报一看，如同三九天一瓢凉水兜头浇下，他从里到外都凉透了。电报上写得明明白白，鉴于藤原连日来攻打赤坎失利，尤其是在拔除南楼的行动中，不仅不能迅速攻克南楼，还不断损兵折将，撤销他驻三埠日军总指挥职务，改由吉田中佐代行总指挥一职，同时广州总指挥部特别派来一名参谋，协助吉田不日内迅速攻克南楼。

很快吉田和新来的参谋就到了。藤原仰天长叹，他垂头丧气地望着意气风发的吉田，坐上车回广州复命去了。至于他以后怎样，也就不得而知了。

9

关玉书救下小侄子阿钗，经过短暂的思索，还是觉得先把侄子安排到一个安全的地方合适。于是他带着阿钗又返回赤坎，他首先想到的就是基督教堂，毕竟那里是外国人的地界，日本仔多多少少要有一些顾忌。他还不知道，教堂也在前一天被日本仔扫荡了。

关玉书带着小侄子，从小路绕回赤坎，径直往教堂走去。刚到教堂门口，他就看到三个人影一闪，晃进教堂里面去了。

"那是谁？"他疑惑地想。有两个好像是女人，背影好熟悉却没有看清楚。他让侄子躲在身后，悄悄掩在大门后面向里张望。里面黑乎乎的什么也看不清楚，外面没有躲藏的地方，他只好拉紧侄子的手向里面走去。他尽量把脚步放轻，穿过教堂正门和外面大门中间的一片小广场，他发现今天教堂格外安静，往常这里总有许多孩子在玩耍，还有一些当地的教民进进出出。他更加疑惑，难道教堂那些神职人员看到日本仔来了都跑了吗？应该不会，就是日本仔刚攻进开平，扫荡腾蛟那几年，也没有敢动教堂分毫。何况他们自卫队撤出赤坎的时候还特意看过那些孤儿，神父还郑重承诺让他们放心。

他这样想着，已经走上那几级台阶，也看清楚里面的一些物事。他发现里面一切都乱糟糟的，一排排的椅子东倒西歪，碎玻璃散落一地。这是怎么回事？关玉书吃了一惊，三步并作两步冲进去。里面的景象更是让他没有想到，教堂怎么成了这样？不仅窗户洞开，玻璃打破桌椅倾倒，就连正中的耶稣像也被撕毁，不，不是撕毁的。关玉书走到近前，他看到了弹孔，看到了鲜血，看到了刺刀划破的长长痕迹。他彻底愤怒了，双手紧握成拳头。

"阿叔！"小手被握得生疼的阿钗带着哭腔叫道。

"嘘——"关玉书突然蹲下身子捂住阿钗的嘴，他听到楼上好像有动静。

他让阿钗藏在角落里不要动，然后顺着旁边窄小的楼梯向楼上走去。

"走吧，这里不会有人了，日本仔来过，有谁还能幸免！"一个带着愤怒的清脆的女人声音。

这声音怎么这样熟悉？关玉书不由停顿了一下。他猛然想起，怪不得刚才觉得背影熟悉，原来是她！

关玉书不再放轻脚步，"咚咚咚"向楼上走。

"是谁？有人！"是另外一个惊恐的女声。

然后是一阵杂沓的脚步声。当关玉书刚在楼梯口一出现，一道长长的黑影突然从旁边向他头顶掠了过来。关玉书一惊，但是他眼疾手快，他先是往后一仰头，身子迅速后移，双手紧抓楼梯扶手，一脚踏着楼梯，飞起另外一只脚向带着风声的那道黑影踢去。

"不要啊！"随着叫声，两个女子一前一后跑了过来。但是关玉书的脚已经踢中，那是一根被折断的椅子腿。椅子腿飞了出去，落在不远处的木地板上，发出"砰砰"的声音。

"关队长，是我们！"

关玉书站稳脚跟一看，只见两个大姑娘红着脸站在自己面前。前面一个他太熟悉了，是一直吵闹着要参加自卫队的阿云姑娘，后面那个正是他刚才通过声音想起的韶儿，十几天前他去探望司徒煦还见过她。只是不到半个月，小姑娘瘦了不少，神情举止和那时完全不同，原来清清亮亮的全是女孩子的调皮、单纯的一对明眸，失去了以往的灵气，却多了一丝丝沧桑与恨意。

还有一个瘦高的青年，就是刚才挥舞椅子腿偷袭自己的那个人，此时正尴尬地站在那里不停地搓手。仔细一看，他更加认识，关志平！他虽然比自己小几岁，但他们都是关氏子弟，彼此十分熟悉。

关志平和关玉书虽然年龄相差不多，两家住得也不远，但是两人也只是认识而已，彼此没有什么交集。一来关志平在赤坎读过小学就去了香港，一直在香港读完大学回到赤坎，然后一门心思帮父亲打理生意，很少与关玉书他们这些热衷时事的人来往。再有，关玉书家境一般，关志平家却是当地有名的华侨商人，两家一直交往不多，也造成彼此的生分。

阿云见是关玉书来了，首先兴奋地嚷嚷道："怎么会是你呢关队长！哈哈，真是太好了。"

关玉书喜欢和这个后生一样的女孩子开玩笑，他大咧咧地笑着说："疯丫头不陪着你奶奶到处瞎跑什么！你就疯吧，看明天谁敢娶你。"

以往他这样开玩笑阿云就会上前打他，或者也嬉笑着开他两句玩笑，今天却只是羞涩地红了脸，不好意思地白了他一眼背过身去不再说话。

"吆喝！转性了！"关玉书虽然在战场上是个粗中有细的人，但在生活中却真的和他的长相一样，豪爽粗犷，对女孩子心思更是不会去揣摩的。

他看着更加凌乱的二楼，对阿云三人说道："看来这里也没有逃过日本仔的黑手，可是那些孩子呢？神父他们呢？"

"我们也是刚来，进来就是这样，一个人也没有见到。"关志平低声说。

关玉书说："仔细找找，不会连尸体也没有吧。没有尸体就又希望，也许他们跑掉了。"他说完下楼把阿钊叫出来。

韶儿一直沉默着，这让关玉书很奇怪。这只百灵鸟今日嘴里含珍珠啦，怎么不开声呢？不过，他也无暇探究这些了。

几个人楼上楼下找了一通，没发现什么。教堂后面有两座不起眼的骑楼，分别是神父和两位修女住的。还有一位负责洗衣做饭的杂工也和神父住在一起，那些孩子们和修女住在一起。关玉书在教堂里没发现什么，就和关志平一起去后面骑楼里找。阿云和韶儿依旧留在教堂，看看能不能发现什么线索。

韶儿感到很疲倦，她一直不能从一种近乎恍惚的状态中恢复过来，虽然她努力让自己忘记一切，可是又怎么可能？她坐下来，呼吸沉重，不时咳嗽两声。

阿钊看着她，走过来轻声问："韶姑姑，我见过你，你不舒服吗？"

韶儿勉强笑了一下说："你是阿钊？去过煦叔叔家吧。姑姑没事，就是有点累。你阿嫲呢？"

阿钊哭了起来："让日本仔打死了，呜呜……"

"哦，乖，不要哭！"韶儿轻轻将阿钊揽在怀里，她抱着阿钊久久没有说话，眼泪却扑簌簌从脸颊滚落下来。

10

教堂里所有可以藏身的地方阿云都翻了个遍，壁柜和衣柜都是敞开着的，都空空如也。不一会儿，关玉书和关志平也回来了，他们脸色不太好看。

"怎么？没人吗？"

关玉书点上一支烟抽了起来，关志平低声说："那个杂工死了，还有两个孩子。"

"啊！禽兽。"阿云咬牙骂道。

过了片刻，关玉书说："事已至此，这里也不是久留之地，我们还是走吧！"

"去哪里？镇上都是日本仔。我们本来想教堂安全一些，就先来了，没想到……"关志平问道。

关玉书把烟扔掉，正要说话，却想起个问题。他疑惑地问："阿云，你们三个怎么会在一起？韶儿姑娘不是回南洋了吗？还有，关志平是吧？你不是和沁荷他们一家在一起吗？"

关志平脸红了，他突然觉得逃跑是件很可耻的事，被别人提起来心里不舒服。

阿云气冲冲地说道："就你那么多问题，你管人家呢，真是的！"

关志平连忙阻止阿云不要再说了。虽然相处时间不长，可是阿云火热的性格深深打动了他，他本身就是个敏感细腻的男人，不会看不出阿云的心思，可他却另有所属，虽说阿云性情豪爽，但姑娘家总不至于主动挑明，干脆来个揣着明白装糊涂吧。

关志平对关玉书说："这事说来话长，唉，这样吧，韶儿姑娘累了，我们又暂时没地方可去，在这里歇歇吧？我想日本仔既然走了短时间不会再来了吧？"

关玉书想了想说："也好，应该不会了，现在他们集中精力打南楼呢。"

"啊！"韶儿突然脸色变得苍白，低呼了一声。

细心的关志平连忙让阿云扶着韶儿上楼休息，韶儿顺手拉着小阿钊一起上了楼。她在听到南楼处于敌人包围中的消息后，已经无法控制自己的情绪，她觉得自己就要爆发了。上楼，上楼，她踩在楼梯上，心在往下沉。她现在不知道是担忧还是无望，总之在无可名状的烦乱中，她感到了人生的无常，她甚至有了瞬间的犹疑，这一切难道都是命中注定？这个不信命的乐观的女子，第一次产生了宿命感。

楼下，关玉书和关志平站在破损的窗前，关志平望着外面院中一棵婆娑的木棉树，讲述了韶儿和关太太的遭遇，讲述了谭阿宝，也讲了关沁荷和自己。他语调平缓，可是每一句话都像一把锤子敲向心脏。他讲完了，额头流下汗水。

关玉书沉默了。

当楼上有了动静，阿云和韶儿再次出现在楼梯口的时候，关玉书像刚刚睡醒一样，他惊讶地问道："为什么你们不在百立山待着，来这里干吗？你们……"他看到韶儿憔悴的脸颊，突然觉得喉头发紧，他不知道怎么说下去了。

"百立山，百立山……"韶儿痴痴地盯着前方，喃喃自语。

关玉书本想安顿好侄子后就马上返回南楼，他要和司徒煦一起战斗，可是眼前的一切让他无法狠心一走了之。虽然他看不起关文炳，可他的儿女都是好样的，尤其是关沁荷，为了司徒煦，可以放弃父母，放弃家庭。韶儿又遭受了如此重大的打击，现在他们身边需要人来保护。关玉书悠然升起一股豪气，他决定先处理好眼前的事。

他问关志平："你们回赤坎做什么呢？现在什么打算？"

关志平像是回忆一件久远的事情一样慢慢讲述着。原来，在百立山碉楼里大家相聚后，天一亮，韶儿就一心要回赤坎找表哥，她已经抱着必死的心去参加自卫队，打日本仔。阿云是个大大咧咧的女孩子，不知道怎么劝她。这时候，沁荷进来了，她没有多说什么，只是把韶儿搂在怀里，斩钉截铁地说了一句话："我和你一起回去！"

两个女人，没有哭泣，相扶着站起来。阿云赶忙跑去告诉了梅姐，梅姐等人过来劝不住，一直不说话的关志平突然说道："好，我也回去，在这里，苟且偷生，更是一种痛苦！"

梅姐几乎要哭起来，黄妈哽咽着拖住沁荷的衣角，不停地说："不要啊，不要……"

打定了主意的三个人谁也无法挽回。沁荷回到卧室，她低头亲吻着熟睡中的阿曦（关玉琸刚给儿子取的名字），泪水溢出眼眶。关玉琸了解自己的姐姐，他此时不仅是悲伤，更有种家破人亡的感慨。他背对着姐姐，不想让自己绝望的感伤影响了姐姐的情绪。但是他无法劝说姐姐，他只能眼看着她走向一个绝境。如果他阻拦了她，她的后半生将永没有快乐。

"那好，我去送你们。"梅姐擦了擦眼睛说道。既然无法挽回，她不想路上让他们再有什么差错。

"我也去，我路熟！"阿云不想离开关志平。

沉默不语的韶儿突然对沁荷说："你不能回去！"

所有人都吃惊地望着她，她拉住沁荷的手，又把沁荷的手轻轻在她的肚子上蹭了一下，然后说道："你是个明白人，你不能回去。就在这里等着你的煦哥，照顾好你的侄子，姐姐，为了你们的承诺，为了他，你留下来。"

沁荷陡然怔住了，她望着苍茫的群山，许久许久，她轻轻点了点头，转身进了屋不再出来。她宁肯忍受生的煎熬，为了司徒煦，为了他们爱的结晶，她愿意忍受。

众人虽然疑惑，但是都不再多问。沁荷不回去，关志平产生了片刻的犹疑，但是他想到关太太，想到这一路的遭际，决定回去，很大原因在于他不放心韶儿。最终，老谢主动代替梅姐送关志平和韶儿，阿云也坚持和他们在一起。老谢把他们送到教堂，自己回去了。

关玉书听他们讲完，问道："那么现在，你们什么打算？"

韶儿坚定地说："去南楼，打日本仔！"

关玉书摇了摇头说："姑娘，到现在我也不知该怎么劝你。南楼现在已经被包围，根本进不去，我们一个分队都被打散了。而且，一旦被日本仔抓住，你们就是人质，只会让司徒煦分心，日本仔已经抓了好多人质在威胁自卫队。依我说，现在我们有一个地方可以去。"

"哪里？"阿云问道。

"树溪。"

韶儿来赤坎的目的就是要到南楼，关玉书的话让她万分失望。此时，她宁愿和日本仔拼个你死我活也不愿如此屈辱地活着，她心中仇恨之火在燃烧，那烧起来的热量使她觉得自己有对付日本仔的能量。可是所有人都在看着自己，她不愿让别人为自己担心冒险，只好委屈地点了点头。但是她打定主意，到了树溪，她就自己去南楼，她想，到时候宁可死了也不能让日本仔抓住。

第十章

1

　　有些事就是这样，根本不按你计划的来，你想怎样，偏偏就会发生点别的，把你的计划打乱，甚至影响你的一生。韶儿遭遇码头暴乱，沁荷遇到韶儿，关志平遇到关太太……这些意外不断改变着他们的人生走向。但是不管怎样，任何意外的发生都离不开人的性格信念。司徒煦执着的爱国情怀和"好男儿志在四方"的豪放性格决定了他生命的走向；对爱情的执着，沁荷就是遇到谁也不会改变原来的目的。

　　韶儿也是如此，她的遭际是乱世的偶然，但是又因为她的坚强和执着而发生了改变。她今后的人生道路怎么走，还在于她自己。今天，就是她的又一个转折，她从此不会为她的选择而后悔。

　　关玉书、韶儿、关志平、阿云、阿钊五个人，穿过曾经热闹的圩市，穿过空无一人的小巷。他们没有遇到日本仔，他们也不去想那么多，就是往树溪方向走。

　　快到树溪东华坊的时候，他们遇到了教堂的两位修女。让人欣喜的是，孤儿院的大部分孩子都和修女在一起。修女带着孩子们逃出来以后，没地方去，就藏在这里的乡民家里。此时，他们听说日本大部队都去围攻南楼了，就想返回教堂，刚一出来，就在路上遇到了关玉书一行。

教堂里，关氏和司徒氏两族子弟不再区分开，他们有些是失去了父母的，有些是父母参加抗日自卫队无暇照顾的。孩子们从小在教堂的孤儿院里一起玩耍，情同手足。修女嬷嬷对他们也很好，总之，他们在日本仔抄教堂之前，可以说是生活安稳的。然而现在，他们无家可归。

修女和关玉书、关志平都认识，关志平一家本身就是虔诚的基督教徒。当修女告诉他们准备返回教堂的时候，关玉书连忙阻止。

"可是，孩子们怎么办？让他们去哪里？"一名修女问道。

"那么，神父呢？他在哪里？"关玉书反问。

两位修女结结巴巴你一句我一句，大家费劲地听了半天，才终于弄明白，神父被日本仔羞辱一番后，六十多岁的老人家看到充满自己心血的教堂被糟蹋，长叹无语，和修女在一起又不方便，先行北上去了上海。修女也准备安置好孩子们就走。

关玉书得知这一切，沉思片刻，看了看其他几个人说道："这样吧，不要回教堂了，那里现在不安全。你们既然要走就现在走吧，不然过几天路上恐怕会更不安全。这些孩子就交给我们吧，放心，我们会好好保护他们。等战争过去，欢迎你们再来。"

修女正发愁不知如何安置这些孩子，听了关玉书的话，高兴得连连点头，用生硬的汉语连声道谢："谢谢，谢谢你们！"

分别的时候，孩子们和这两年与自己朝夕相处的嬷嬷依依不舍，年龄小的孩子得知将要和嬷嬷分别，放声大哭。关玉书连忙提醒，小心日本仔听到，他们才强忍泪水，将嬷嬷送出去老远。

这样，十多个孩子站在了他们四个人面前。刚才还拍着胸脯保证的关玉书，现在突然变得有点手足无措。好在孩子们大部分都和他挺熟，尤其是司徒忠的侄子和外甥女，是在逃离开平的时候被他救下来的，本来就对他抱有很深的感情，所以孩子们都睁着乌黑的大眼睛盯着他看，好像在问：关叔叔会把我们带到哪里去呢？

关玉书望了韶儿一眼，他有心想把孩子们暂时先安置在司徒煦家里。他表面上看起来五大三粗，其实内心很细致，一来这些孩子现在确实没处去，再有，司徒煦家深宅大院，房间多，有足够的地方安置这些孩子，最重要的是，他感受到韶儿有一种和日本仔同归于尽的仇恨之火，他想打消她这个念头，最好的方法是让她有所寄托有所牵绊，才能阻止她冒险，对于一个充满仇恨的人，任何劝说与道理都是苍白无力的，唯有责任与爱才能把她留住。他对韶儿的同情一直没有表现在语言上，他只想让这个纯真善良的女孩子从阴影中彻底走出来。

韶儿何等聪明，她看到了关玉书投来的目光，那目光充满关怀和深意，她哪有不明白个中的用意？这群可爱又可怜的孩子也确实使她爱怜。她没有说话，只是蹲下来，轻轻搂住阿壮，在他圆嘟嘟的小脸上亲吻了一下。关玉书长出一口气，他笑着招呼孩子们快走。

小孩的心性都是天真无邪的，虽然经历了家破人亡，经历了颠沛流离，可是他们小小的心胸装不了太多的悲伤，很快他们就嘻嘻哈哈笑闹起来。小昭和另外两个小女孩还在路边采了几朵漂亮的野花，送到韶儿和阿云面前，非要给她们在头上戴一朵。

"我们大人无法像孩子一样总是这么无忧无虑。"关志平像是自言自语道。

韶儿在鬓边插上一朵纯白的小花，她不知道这是什么花，只有指头肚那么大。可是她很喜欢，同时，她想起了死去的谭阿宝，她戴上一朵白花，或许是从心里对他的一种怀念吧！

2

熟悉的碉楼，熟悉的小花圃，熟悉的田边阡陌和翠绿的竹林。韶儿面对这一切，她柔肠寸断，才几天工夫，已经物是人非。

她打开竹篱小门，孩子们一拥而入，小院立刻热闹起来。

关玉书像是自言自语又像是对关志平等人说："我们应该向孩子们学习，看他们多快乐！"

"是啊！有时想，人长不大才好，没有忧伤、顾忌，只有真真实实简简单单的快乐！"关志平说。

关玉书笑着说道："文人就是这个样子吗？"

"什么样子？"阿云不满地问他。

"很酸呢！哈哈！"

关志平微微红了脸，也笑了。韶儿痴痴地看着满地奔跑的孩子，忘记了去开楼门。

"慢一点，妹妹，小心摔倒！"稚嫩的童音响起。韶儿一惊，她顺着声音看过去，只见小昭正顺着竹林小道跑着，她的哥哥海城在后面一边追一边叫她。

韶儿的泪不由又流了下来。她掩饰着从衣袋里掏钥匙开门，可是这时她才发现，钥匙早不知在什么时候丢失了。

关玉书想从院子里找到一把劈柴的斧头砍断锁头，韶儿想了一下轻声说："不要，表哥从来不带钥匙的，他的房间或许有。"

他们推开司徒煦住的平房，一股潮湿的气息扑面而来。一连两天大雨，关门闭户，屋里空气憋闷，让人喘不过气来。韶儿把窗户打开，一缕阳光照进屋子，屋里立刻明亮了。屋里陈设非常简单，只有一张桌子，两把椅子，一张木床，桌旁竖着一个木质衣架和一个方凳，凳子上放着一个洗脸盆，墙上挂着司徒煦心爱的猎枪。

韶儿拉开桌子抽屉，里面是香皂牙具等用品。她又拉开另外一个抽屉，只见里面放了一本书，还有一摞信笺。

"不用说，这些都是沁荷姐姐写给表哥的信。"韶儿叹了口气，拿起书和信，钥匙果然就在下面放着。

虽然几个人都稳定下来，孩子们玩累了吃过饭也都静静地休息去了，可是面前的一切又让人一团乱麻。关玉书做主把孩子带到这里，现在他真的不知道下一步该怎么办。让他出主意打仗行，让他上战场拼杀更没问题，可是面对一大群叽叽喳喳的小孩子他可就头大了。他本来想的是安置好阿钊就去南楼，后来又想把一群孩子安置好就去南楼，这可倒好，让他怎么离开啊！阿云总不能老留在这里吧？韶儿经受重大打击，自己还需要人照顾，只剩个关志平，看他一副文弱书生的样子，在家就是个大少爷，让他照顾一群孩子？唉！

关玉书有点鄙夷地瞅了关志平一眼，随口问道："你准备回去吗？"

"回哪里？"关志平疑惑地问。

"百立山，或者，去香港。"

关志平的脸唰的一下涨得通红，他狠狠瞪着关玉书，一言不发，关玉书伤了他的自尊。

关玉书被他激烈的反应吓了一跳，不知道他为什么如此激动。

阿云看到心爱的人像是受了天大的委屈，不由得没好气地对关玉书说："就数你能耐！怎么说话呢！有你这样赶人的吗？真是！"

阿云的帮腔反而使关志平更激动："是，我曾经是个懦夫，她……她也这么说我，可我告诉你，我既然回来了，就没打算再走。我回来就是要上前线的，我会用行动改变所有人的看法。我不是懦夫，不会成为任何人的累赘！"

说完，关志平红着眼睛转过身去。他心里确实委屈，他不明白，为什么人们都这样看他，似乎自己就是个养尊处优，只会逃跑的软骨头。他要用行动证明，他，关志平，在这乱世中也是铮铮硬汉，他，也能保护他心爱的女人！

心直口快的阿云突然想起什么似的说道："玉书队长，你刚才说回百立山？"

关玉书正为自己刚才的话而后悔了，见阿云还在这上面纠缠，不由恼火地瞪了她一眼。

阿云知道他误会了自己的意思，也不恼，接着说道："我的意思是我们都回去，去百立山。只是不知道梅姐和沁荷姑娘同意不？还有，这要是让关文炳老先生知道了，那可不妙。"她说着，想到关文炳吹胡子瞪眼睛的模样，不由扑哧一乐。

所有人听到她叽叽喳喳的说话都不由看向她，韶儿似乎也被她感染了，脸上露出难得的笑容。她轻声问道："你是说我们都回去？带着这些孩子？"

"是啊！"阿云睁着亮晶晶的大眼睛说，"听我说完，你看，在这里还不是很安全，日本仔说不定什么时候就来了。"她看到韶儿想说话，连忙说道，"当然，我们大人不怕他们，谁不想亲手杀几个日本仔，我一家人都是被日本仔们杀害的，我恨不得剥他们的皮削他们的肉。不过，现在有这么多孩子，不能把他们给搭上吧？"

韶儿怔怔地望着阿云，低下头去。

关玉书说道："阿云说得对，现在情势和上午不同了，我们既然接手这些孩子，就要对他们负责。说实话，我本来准备把你们送到这里，安置好阿钊就去南楼的，看来这个想法不可能实现了。除非现在有可靠的地方可靠的人照管这些孩子。"

韶儿抬头看了他一眼，发现他正瞅着自己。

"所以我说去百立山嘛！"阿云可没耐性等他们瞅来瞅去拿不定主意，大声嚷道，"这里虽然暂时没事，就算日本仔不来，这么一大群孩子吃什么喝什么？关大老爷的碉楼就不同了，人家那里不知道存了几辈子的粮食呢！关志平你说是不是？"

关志平红着脸点了点头，他也想回到沁荷身边。

关玉书听到这里，果断地站起来说道："那就走吧，还等什么？实在不行，我们先暂住，吃的用的记账日后还他。"

"你这人，说话就是这么让人不爱听，你怎么知道人家就不乐意。再说了，关玉璋现在在那里养伤，他还做不了这个主？"阿云说道。

"哦？走！"关玉书抱起阿钊，两眼望着韶儿。

韶儿站起来拦住他说道："你什么也不用说了，我懂你的意思，我和你们一起走，孩子们到了那里梅姑姑一个人怎么忙得过来？走也不在这一时，都累了一天，明天一早再说。"她说完话，眼里已经蓄满了泪花。

关玉书默默地放下侄子。

3

第二天，天还没有大亮，韶儿就起来忙着准备众人的早餐。她在家时从来没有做过什么家务，从小就读书，对女红、做饭一类的活计也是生疏得很。所以她做起这些来笨手笨脚的，幸亏阿云很快也过来帮她了。阿云手脚麻利，不一会儿就整治出一大堆饭菜。她一边煮饭还一边打趣说："我们今日就放开肚皮好好地吃，不要留下这么好的米粮便宜了日本仔！"

她这样说，韶儿却一阵心酸，她想到表哥，不知道现在怎么样了，以后表哥还是要回来的，姨妈也是要回来的。这里还要把一切东西保存得好好的。

吃过早饭，四个人带着一群孩子向附近的小山走去。开平本来就处于一片原野和丘陵群山之中，开平的村镇就像珍珠一样散落在原野和丘陵大山的各个角落，掩映在绿树河湾中，原野丘陵之上，还有一千八百多座碉楼散落其间，星罗棋布。盛夏时节，原野上的庄家植物茂盛，山上苍松翠竹，加上灌木丛生，如果是外乡人很容易就会迷路。所以日本仔在开平多年，大多时间是盘踞在三埠、荻海几个据点，对开平的乡村原野、丘陵大山，尤其是对乡间原野和河边、村口矗立的碉楼充满恐惧，因为他们多次在这些地方吃了亏，被游击队、乡村自卫队打得落花流水。而当地乡民也正是利用这些优势，在乡间、碉楼和山里与日本仔捉迷藏，有钱人家修建碉楼（比如关文炳自家修建的碉楼），当日本仔进村扫荡的时候，跑到山里躲起来，不至于受到太大损失。

他们走在乡野间隐蔽的小路上，阿云走在最后，防止孩子们调皮走失。韶儿身体底子好，经过这两天休息，从心理到身体都明显恢复了不少。她走在中间，手牵着小昭。小昭这孩子，从第一眼见到她就喜欢和她在一起，早晨还缠着她给自己梳头，现在更是和她寸步不离。

他们是带着忐忑的心情来到百立山的。可是一切都出乎他们意料，梅姐和沁荷听关玉书把大致情况说了之后，二话没说，赶紧张罗着给孩子们做好吃的。关玉琸和关玉书相见，也是分外欣喜。他的腿伤有点严重，里面进了弹片，已经有些感染化脓。关玉书几乎成了这些老弱病残的总管，这豪爽汉子暂时搁下了自己的计划，变得细致体贴，处事周到，现在又盘算怎样送关玉琸到医院。赤坎医院肯定是不能去的了，他决定冒险去开平医院。现在开平三埠的日军总部只有为数不多的日本兵驻守，而且医院条件也好。

关玉书想到这里，不由灵光一闪，他一拍大腿，兴奋地喊了一句："就这么办！"

"怎么办？"关玉琸问道。所有人也都瞧向这边。

"我糊涂了，只想着怎么解除南楼之围，忘了围魏救赵这个计策。我们与其在山里和那几百个日本仔转圈圈，还不如给他们在三埠的据点来个突然袭击，让藤原那个老狐狸措手不及！"

关玉琸也高兴地拍着床喊："好啊！好啊！"

他们动静太大，睡在一旁的小阿曦被惊醒了，哇哇大哭起来。

关玉书用手点着婴儿粉嘟嘟的小脸，哈哈笑着说："你个小妞妞，就知道哭，这么个小家伙，什么时候长大哟？还指望你长大打日本仔呢！"

沁荷轻声轻语地说道："看玉书哥说笑话呢，我相信你们很快就能把日本仔打跑了，给这些孩子一个和平的成长环境，让他们自由玩耍，好好读书，好好地成才、成人。"

"哈哈，是啊！哪能等到那时候。来，阿叔抱一下。"关玉书大笑着伸手去抱孩子。

阿云一把推开他说："看你再把孩子吓到，张飞似的！"

大家说说笑笑，一扫之前的阴霾。关志平却凝眉沉思，不久，他缓缓说道："我有个想法，不知该说不该说？"

关玉书大声说道："说，说，不要吞吞吐吐！"

阿云瞪了关玉书一眼，他讪讪地笑了笑。

关志平说："刚才关队长说突袭三埠，我想，要么必须一举成功，如果久攻不下，后面增援的日军一到，那就是腹背受敌。还有，即使打下了三埠，我们怎么守？敌人完全可以先集中兵力拿下南楼后，再反过头来打三埠，三埠可没有南楼这样的屏障啊！那时候，日军兵力比我们多几十倍……"

"你怎么长他人志气灭自己威风？哼，怪不得我阿姐不……"关玉琸打断他的话。

"阿琸！"沁荷脸色苍白地叫着他，阻止他继续说下去。

"我觉得志平少爷说得对，打仗也不能白白送死，志平少爷文化高，见识好，你为什么不好好听人家说？"阿云挺身而出，指责关玉琸。

关玉书默默听着，用手不断摩挲粗糙的下巴。他看了看关志平，问道："还有吗？"

关志平点点头接着说道："关键是你们现在在山里还牵制了许多日本仔，你们一走，这些日本仔又该祸害乡民了，那正好是随了他们的意。更怕的是你们前面打三埠，他们后面来个螳螂捕蝉，黄雀在后。"

关玉书饶有兴味地点点头，问道："那你说我们怎么办？就这样在山里打游击吗？"

关志平刹不住话头，滔滔不绝地说道："打游击是一方面，现在三方自卫队已经汇合到一起了。打游击可以分散开，日本仔在山里地势不熟，有三十几个人就能把他们牵制住。剩下的可以在陆路骚扰敌人，还有一部分在腾蛟外围搞偷袭，不让日本仔安稳！"

"好！"关玉书双掌一拍，大声说，"不愧是读过书的，有两下子。我现在就进山，和文周他们商量。志平，你不是想参加自卫队吗？"

沁荷惊讶地看向关志平。

关志平脸色凝重而决绝，他重重地点了点头。

阿云一脸崇拜地痴望着关志平，关志平此刻在她眼中简直是智慧与勇气的完美化身。直到韶儿端着米汤要她帮忙喂婴孩，她才回过神来，但她脸上羞赧的飞红，没有逃过沁荷的眼睛。

4

关志平终于还是和关玉书一起进山了。离开的那一刻，他不是没有想过香港的父母，还有正在路上颠沛流离的关文炳一家。他答应关文炳很快会赶回去的，可是现在，他不得不失信。他宁肯失信，也不愿再如仓皇的丧家犬一样逃亡。等到抗战胜利吧，到那时，他回香港找他们。他的心一阵酸痛，他知道，从此，他和沁荷终究天各一方。

世事不可预料，后来又经过许多波折，每个人经历不同，命运不同。关玉琛暂时在家里养伤，直到南楼战事结束才得以进医院治疗，所幸没有大碍。此后，他把幼儿阿曦暂托姐姐沁荷，又回到自卫队。抗战胜利后，关氏自卫队和司徒氏自卫队被国军正规部队收编，关文周、关玉书、关玉琛、司徒忠等人都参加了国军。解放战争时期，司徒忠生病退役回到家乡，于"文化大革命"中受到不公平对待，"文化大革命"后平反，后全家移居美国，2000年开平建南楼七壮士纪念公园时，他积极捐款，2005年去世。关玉琼在1949年随国民党撤退的部队去了台湾，从此杳无音讯，直到改革开放后他才辗转从台湾回来探亲。唯有关玉书在解放战争中随部队起义，后在江门政府工作，"文化大革命"时期受到冲击，"文化大革命"结束后去世。

与关志平匆匆别后，关文炳不得不亲自张罗路上的一切事物。玉琯病情越来越重，开始只是有点咳嗽，后来竟然发展到低烧。一路上，越是市镇越有日本兵驻扎，关文炳不敢进去，只好白天赶路，晚上在村里找个人家借宿。关玉琯的病情就这样给耽搁了。等到辗转到了广州，那里已经驻满了日军部队，他只好返回佛山，在佛山待了几天，总想不出去香港的方法。眼看着儿子的病一天天沉重，关文炳心里后悔，关太太在旁边唠叨边哭，他感到烦透了。

那个荀力看起来倒忠厚老实，又年轻力壮，一路上承担了大部分苦差事，关文炳对他越来越依赖。到了佛山，那里经过日本仔糟蹋，市场萧条，粮食奇贵，才住了几天客栈关大老爷就心疼起来，照这样下去，不等到了香港，所有家底也败光了。荀力就主动天天出去找门路，看怎么可以到达香港，哪怕绕路也行。

那次遭遇日军后，关文炳身上的现钱已所剩无几，现在口袋里更是空空如也。他只好打起那箱子宝贝的主意。这一天，店老板又来催缴房钱，儿子的药也喝完了。关文炳狠狠心，咬牙打开箱子，取出一串翡翠佛珠交给老刘，让他看看街上有没有当铺，当几个钱应急。他还是不敢把这差事交给荀力，老刘他是放心的。

关文炳一再嘱咐："这个可是上等翡翠，你看看这纹理，你看看……唉，算了，不要争价钱，是现大洋就好，否则兵荒马乱的，被歹人盯上就糟了。"

老刘去了一个时辰回来了，珠子当了五十块现大洋。关文炳叹着气，他可惜那上好的翡翠。

"路上没人看见吧？"他问老刘。

"没有，就是荀力问我去干什么，我告诉他去找当铺，当铺还是他告诉我在哪里的。"

"哦？他怎么知道当铺在哪里？"关文炳疑惑地问。

老刘唯唯诺诺地说："这个，我没想过。"

关文炳摆了摆手让老刘出去，不知为什么，他心里很烦躁，总觉得要发生什么事。他变得敏感而小心翼翼，时不时打开箱子看上一看。

很晚了，关文炳还睡不着。他从床底下拉出箱子打开查看，箱子里珠宝的幽光映照在他的脸上，看起来苍白中泛着蓝光。关太太翻了个身，迷迷糊糊睁开眼睛，猛然看到床前挂着一张鬼一样的脸，吓得"啊"的一声大叫，竟然晕了过去。

关文炳没料到老婆会醒来，这一声惊叫也吓了他一跳，他急忙站了起来。刚一起身，就发现窗外似乎有条人影一闪。他顾不上晕过去的老婆，急忙打开门，外面明晃晃的月亮挂在天上，院里静悄悄的，人们都睡了，什么也没有。

"唉，是我看花眼了？"关文炳忐忑不安地回转身，但是他心跳得厉害，"无论如何这里不能住了，天明就走，再待下去，人会疯了。"

"咳咳……"西厢房传来关玉瑄剧烈的咳嗽声，关文炳长叹了一口气，又想起老婆还在床上晕着呢。

关太太夜里受了惊吓，天亮时发起了烧。关文炳干着急没办法，只好打发荀力和老刘四处找大夫。大夫找到了，关太太和儿子一起吃药调养，这一下就是一个多星期过去了。关文炳急得要命，幸好，这一星期倒也没什么事。但他心里总是不踏实的。

关太太病还没好利索，关文炳沉不住气了，匆匆上了路。此时，广东到处都是退败下来的日本部队，逃难的老百姓有时候就和他们挤在一条路上跑，丧家犬一般的日本兵也顾不上骚扰百姓，低着头匆匆赶路。关文炳心里暗暗欢喜，看来这一路应该没什么意外了。

就在关大老爷放松警惕的时候，他早忘了，在这乱世之时，到处都是强盗土匪，专盯着他这样的有钱人。荀力说他雇了一条船，可以从佛山到香港，关文炳想也没想就同意了，他现在一门心思就是快点到香港，别的都不考虑了。

事就出在这里。这个荀力本来也不是什么正经后生，他从小是个孤儿，十多岁就到广州闯荡，加入了新会很有名的黑帮大天二。后来大天二内部分裂，荀力随一小撮人来到佛山，打家劫舍，干尽坏事。日本仔进来后，佛山这帮土匪大部分被收买成了汉奸，荀力总算还有点良心，回了老家。没想到这次到了佛山，他竟然遇到了几个以前的兄弟，这些落魄的家伙听荀力说给一个很有钱的老爷当车夫，不由起了歹心，一起撺掇荀力里应外合劫了关文炳。初时荀力还不为所动，架不住这帮人软硬兼施，他也动了心，想想自己就是到了香港也不过还是个下人，有什么出息？关文炳视箱子如命，无意中漏了底，荀力偶然间发现了箱子的秘密。那一箱子宝贝啊！几个人分了就是一辈子不愁吃喝了。荀力下定决心，干他娘的！

于是，那帮土匪搞来一只船，荀力骗关文炳一家上了船。

后来的事就不用多讲了。船行到荒僻之处，扮成船夫艄公的土匪把船靠了岸，隐藏在岸上的土匪一拥而上，抬走了那个大木箱子。关文炳做梦也没有想到，他养虎为患，栽在荀力的手里。他眼睁睁看着自己毕生心血毁于一旦，疯了一般冲上去。荀力冷冷地挡在他面前，另外一人一脚把他踹倒在甲板上，然后打开箱子，从里面随便抓了一把东西扔给他，骂道："老东西，冲着荀力的面子饶你一家性命，有这些做盘缠也够你到香港了，小心老子一枪崩了你！"

"你真他妈的好运气才遇上我们这样有良心！"另一土匪瞪了他们一眼，骂道。

土匪转瞬间消失了，关文炳张大嘴，许久都像做梦一般。关太太再一次受到惊吓，躺在小翠怀里只有出的气没有进的气。

"快来啊！少爷不行了！呜呜……"船舱里传来关玉瑄奶妈凄厉的哭喊声。

5

7月21日，吉田接替了藤原，从水陆两路同时进攻，动用了三千多人来对付赤坎对付南楼，他已日夜不停地轮番炮轰，却不奏效，他的炮火一停，即有一串串复仇的子弹从碉楼射来。而且，明明见子弹从三楼射出，调好炮口对着三楼时，子弹又从五楼喷出，待再调整，四楼又喷出一梭子子弹，就这样反反复复，他这边穷于应付，水路非但无法前行，还被击沉了两艘汽船。

吉田终于理解了藤原的苦处，也终于明白了藤原把指挥权交给他时，无奈的表情中含有一份如释重负的轻松。怎么办？他心里也没有底。他也只得和藤原一样，困死自卫队。可是日军驻华南总指挥官田中久一的一道道命令不停地催促着，让他无名火腾腾地蹿。吉田知道，田中久一之所以这样催促他，是由于日军已处在生死存亡的关头。如不迅速打通沿途水陆交通要道，让田中久一属下华南战区十万兵力紧急调往华中、华北和东北战场，争取时间往日寇在华中、华北、东北的部队和日本本土运送大量从中国抢掠的战略物资，补充给养，稳住华南、华中、华北战场，阻击美军在华南登陆，并支援日本关东军在中国东北与苏联红军决战，则日军必败无疑！

此时日军正从广东西南雷州半岛快速向广州撤退，从南路的湛江、阳江、恩平北撤的日军一部分已抵达开平潭江水路上游，准备通过赤坎水路北上广州，再开往粤东大亚湾和华中、华北、东北。赤坎是广湛交通线的重要通道，此刻，南楼里的自卫队却控制了潭江水道，完全阻碍了他们的计划。虽然陆路撤退线路基本打通，但是行军缓慢，沿路又不断有游击队骚扰袭击，所以必须打通水路，从水路分流一部分部队。从雷州半岛一路过来，日军总指挥怎么也没有想到在开平南楼这个不起眼的地方会被绊住手脚。日军整个撤退行军计划被打乱了，广州方面的日军华南总指挥官田中久一怎么能坐得住呢？他只有不断给吉田施压，以求尽快拿下南楼。

而此时，南楼里的七位勇士除了严密监视敌人行动以外，还必须和干渴饥饿对抗。坚持了这么多天，粮食没有了，水缸也干了。正是暑伏天，雨后的太阳像是要弥补前两天的缺席一样，一大早就拼尽所有的能量往外喷，好像要把这潮湿的大地一下子烤干才行，毒辣辣的，晃得人睁不开眼睛，外面温度急升，南楼里空气黏腻潮湿，队员们每天大量出汗，却又喝不上一滴水，起初觉得口里黏黏的苦苦的，慢慢的舌头那的黏滑也没有了，变得干枯，嘴唇开裂了。大家张大嘴巴呼吸，期待多吸进一点水汽，肚子也没进过一粒粮了，有点头晕，四肢发软。尤其是司徒煦，他连日劳累，睡眠不够，感到头晕眼花，早晨一起来气短胸闷，尽管他不断地努力压抑着咳嗽的声音，但咳嗽的频率却在加快。

他坐在椅子上想一些问题，可是脑子里嗡嗡作响，他知道现在的状况比一年前还要糟糕。可是他不能倒下去，弟兄们都在看着他，他只有撑下去。

他想到了沁荷，那些思念的日子，那些快乐的时光。沁荷终于还是回来了，她抛却了父母家庭，以一个弱女子的身躯，不顾一切地回来了。司徒煦靠着椅子，望着黑魆魆的天花板，隐隐约约，沁荷温柔端庄的脸庞似乎就在那里对着自己微笑。

这辈子，我还是负了你。司徒煦喃喃自语，有你，是我的幸运，没有我，你以后如何生活？他坚硬的心被酸楚和温柔包裹，暂时取代了失去母亲的悲伤。他想起沁荷曾经说过，要给他生个孩子，如果他牺牲了，那是他们爱的结晶，更是她活下去的希望。孩子？司徒煦猛然坐直了身子，我心爱的姑娘，你为了我，放弃比性命还重的声名，以未婚妻的身份，冒天下之大不韪……司徒煦狠狠揪自己的头发，他不知道沁荷现在怎么样了，在这短暂的安静时刻，他被纷乱的情爱纠缠。他已经决定了与敌人同归于尽，可是，留下未婚先孕的沁荷怎么活？他不该如此自私，应该让沁荷以清白的身躯嫁给关志平。他曾经对关志平充满鄙夷，可是现在看来，他才是沁荷可以托付终身的人。

"我自私！我浑蛋！"司徒煦一拳砸在桌子上。

司徒遇和司徒丙从楼上下来，关切地望着他。司徒遇最了解他，上前把手搭在他肩上，叹了口气说道："儿女情长，英雄气短！"

"什么?"司徒煦抬头望着他。

司徒遇笑着说:"队长,问你个问题,你觉得韶儿怎么样啊?"

"嗯?怎么突然问这个?韶儿当然是个好姑娘!"

"那你考虑过她没有?一个小女孩,千里迢迢从南洋来伺候了你一年,现在,奔波在山里,她是为了什么?"

"这个……"司徒煦呆住了。

"还有,煦兄,你是个天才,这谁都不能否认。可是你太容易陷入感情的旋涡不能自拔。现在只有咱们三个人,我想再问你,你知道阿丙的阿爸阿妈现在在哪里?你知道阿浓是怎样思念他的儿子?……"

"啊!"司徒煦没有等他说完,就站了起来,"你不要说了,我是太自私了,太自私。只想着自己了,没有考虑到大家,我们都在这里,谁都是一样的,相比较之下,我这点事算什么!"

"不啊!"司徒昌不知道什么时候也走过来,"队长,你不要自责,你已经做得够好了!阿遇,不要提这些了!"

"不不,阿遇说得好,他提醒了我,我们应该给家人留下什么了。"

"你是说遗言?"司徒丙疑惑地问。

司徒遇连忙说:"煦兄,我们离死早着呢,忙那些做什么?我说这些,不过是想提醒你,你自己说过的,既然我们选择了守南楼,就不后悔,不管对什么人什么事,想得再多都没有意义。我们唯一要做的事就是守好南楼,想多了耗神。能活下去固然好,你想的这些不就是瞎想了吗?死了,一切都会过去,时间会改变一切,想也是白想。"他说到这里,也长长叹了口气。是啊,在他心里,又怎能不牵挂家人,牵挂妻子和一双儿女呢?

司徒煦再也无法控制,捂住胸口剧烈咳嗽起来。他明白,司徒遇怕他陷入儿女情长中不能自拔,意在让他知道,天底下不只关沁荷,还有很多人很多事让他牵挂,他要是这样忧心忡忡,身体受不了,又怎能专心打好日本仔?这些司徒煦又何尝不明白,只是,他也是个有七情六欲的人,在安静的时候,他无法控制那种自然涌来的思念和伤心。

6

到了中午饭的时间,大家感到肚子更难受了,这几天来,无论是体力、脑力、心力都是高消耗，司徒煦望着这些兄弟，心里特别焦急，他们都到了最能吃的年龄啊，这日本仔把南楼团团围住，出不去，进不来，怎么办啊？他这几天消瘦得厉害，颌下的胡子也变得苍白，猛一看上去，他倒像四十多岁的样子。

"阿煦，"司徒昌不知什么时候站在他身后，"我们想办法告知乡亲们，看大家有没有办法送一点粮食和水。"

"怎么告知啊？"司徒煦很焦虑，"你看日本仔这样团团围着我们，苍蝇都飞不出去。"司徒煦提高了声调，"不过，自从拿起枪打日本仔，我就预备了随时把命拿出来，死，没什么可怕，死也不放过日本仔！"

"阿煦，我们都不怕死，如果我们不是和你一个想法，能跟随你这么久？但我们不能白死，能活多一天，就多杀一天日本仔！"司徒昌拍拍正在咳嗽的司徒煦的背，继续说道，"你还记得吗？我们这里的风俗是不是不能把饭碗倒扣？"

"当然，倒扣了就意味着没饭吃，记得小时候我顽皮，有一次全家我第一个吃饱饭，想让妈妈表扬我吃饭乖，把最后一口扒进嘴里，顺手把饭碗反扣在桌上，大声宣布，我吃饱了！不料却招来父亲一阵好打，从此长记性了！"司徒煦说着，嘿嘿地笑了一下。

"所以，我们……"

"啊，你是说用这种方式告诉乡亲们我们断粮断水啦？"司徒煦恍然大悟，但这点兴奋随即消退，"即便乡亲们知道，也送不进来呀。"

"昌哥说得对，我们不怕日本仔，也不怕死，但不能轻易地死去，日本仔，我们还没杀够本呢！我这就到厨房拿个大海碗反扣在楼顶，让乡亲们看到，知道我们断粮的情况，只要有一线希望，我们都要做！"司徒遇不知什么时候在他们身后，说完就往一楼走去。

没多久，司徒遇就拿着一个大海碗上到四楼。"我和你一起上去看看。"司徒煦说着走在司徒遇前面。

司徒遇把碗倒扣在正对着村庄的位置。"把这个也摆上！"司徒丙稚气未脱的脸从司徒遇身后挤出来，说着就把一个大大的茶盅倒扣在大海碗的旁边，"这样，大家就知道我们连水都断了，送粮时也带上水。"

"好，阿丙聪明，乡亲送粮时会带上水来的！"司徒煦摸摸司徒丙的头。

站在楼顶，司徒煦望着远处偶尔闪现的鬼鬼祟祟的日本兵，知道对方又在耍什么花样了。果然，不一会儿，他看到几个日本仔抬着两门大炮走向腾蛟东侧。日本仔开始挖地筑炮台，安装大炮。这次，为了能立即奏效，藤原和吉田都不惜把最好的大炮运到这里来。这是两门射程能达到两公里的迫击炮，黑洞洞的炮口直指南楼北墙。

除了司徒遇，司徒浓、司徒耀等人也上来围在司徒煦身边，看着敌人匆匆忙忙筑炮台。司徒遇说："又换了位置，正面不行就从侧面来，哼，日本仔，我看是你的大炮厉害还是我的炮弹、子弹厉害！"

司徒煦问道："我们还有几颗炮弹？"

司徒浓低沉地说："只剩下两颗了。"

"两颗就两颗吧，不要轻易发炮，留在关键时刻。现在都下去，我和阿浓在这里就可以了！"

司徒遇问："我们都下去吗？"

"都下去吧，敌人不进攻，都在这里也没用。"

司徒煦话是这么说，其实他是担心。据他多年的经验判断，敌人炮口角度正好对着三、四楼，一旦开炮，很可能对三、四楼北墙造成威胁，所以大家还是隐蔽到楼下比较安全。

时间在一分一秒地过去，敌人的炮台筑得差不多了。司徒煦轻声问司徒浓："阿浓，等打败了日本仔，你有什么打算？"

司徒浓憨憨地笑了一下说："第一件事去看我儿子，别的没想过。"停了一阵，他又说道："我们能活下去吗？"

司徒煦一时不知道如何回答他，从一开始他和兄弟们选择了坚守，他就知道这意味着生还的希望非常渺茫。可是他不愿绝望，哪怕有一丝希望他也要争取。和敌人拼到底并不意味着求死，谁都想活着，可是真的需要他们用生命去换取尊严，他们会义无反顾。

司徒煦拍了拍司徒浓的肩膀问道："阿浓，你怕死吗？"

"煦哥，我从进了土炮队，就没有怕过死！"

"好样的阿浓，不只你，我们七个人谁都不怕死。现在我在想，如果真到了守不住的时候，我们怎么办？"

"煦哥，我不会说话，不过我一直在想，真要是守不住了，我宁可和日本仔同归于尽，也不做俘虏。"

司徒煦点点头说："对！阿浓，还有，阿丙和阿旋都还小，他们的父母就他们这一个儿子，我们在关键时刻一定要保护好他们，能活一个是一个！"

司徒浓激动地说:"什么都别说了,煦哥,我懂!"

司徒浓脱掉上衣,露出结实的上身,他的肩膀后背好几处伤疤像蚯蚓一样隆起,那是他多年来疾恶如仇的记号,还有打日本仔留下的印记。他从小沉默寡言,家里又穷,没有哪个姑娘愿意嫁给他。可是他最终还是娶了一个才貌双全的好姑娘,这件事在当年是腾蛟的一大新闻。腾蛟一位著名的华侨商人有个女儿,司徒浓偶然见到她后,心里就害起了单相思。那年闹土匪,姑娘被土匪劫到了山上,司徒浓冒死组织了几个年轻后生上山从土匪窝硬是把姑娘救了下来。他九死一生终于换来姑娘的芳心,两人终成眷属。在岳父的帮衬下,他的生活有了起色。抗日战争全面爆发后,司徒浓参加了自卫队,妻子支持他,把家里安排得妥妥帖帖。然而就是在那次腾蛟灾难中,除了小儿子,他一家人全部遇难。

司徒煦知道,这个最不爱说话的兄弟内心的情感世界无比炽烈,他现在唯一的亲人就是三岁的儿子阿壮,但是他什么都不说,他把一切仇恨都集中在枪里,对准了日本仔狠狠地打。

待在楼下的弟兄根本坐不住。司徒昌习惯性地拿起水烟筒,摸出烟末,右手的食指与拇指熟练地团成一个小小的烟球放在烟筒嘴上,点燃了一支香放在烟团上抽了起来,谁知烟筒里没有水,浓浓的烟呛得他剧烈地咳嗽起来,他只好叹了口气,放下烟筒,其他人忍不住又都上了楼。

司徒遇说:"煦兄、阿浓,下去休息一下吧,这里我和阿耀先顶着!"

司徒煦看了司徒浓一眼说:"也好,敌人炮台马上就筑好了,现在是关键时刻,很可能会乘我们中午休息的时候搞突袭,一旦敌人开炮,不要硬顶,马上撤到楼下,明白吗?"

"明白,放心吧!"司徒遇回答。

7

吉田顶着毒辣辣的太阳,举着望远镜对着南楼,豆大的汗珠不断地从额头滚过脸颊流在他粗短的脖子上,但有两滴却沿着他的眉心掉进他的眼睛里。"八嘎!"他骂了一句,连忙把望远镜移开,交给旁边的翻译——汉奸关子良,连连揉搓着眼睛。

关子良受宠若惊地接过望远镜,对着南楼望了望,身旁的司徒弘范眼巴巴地看着他,涎着脸,也想沾沾皇军望远镜的光。

关子良把望远镜交给了他。他们现在没有关姓、司徒姓两族之分，因为他们都是被人唾弃的汉奸，日本仔入侵赤坎，这两人组织人列队欢迎皇军建设"大东亚共荣"，他们知道，他们一旦离开日本人的庇护，他们就是过街老鼠，他们此刻唯有同病相怜，抱团取暖。

"太君，太君，好消息，大大的好消息呀！"司徒弘范突然兴奋得双手发抖，连连呼叫。

"什么好消息？"吉田问。

"太君，您看楼顶……"司徒弘范点头哈腰毕恭毕敬地把望远镜交到吉田手上。

吉田迅速把望远镜对着南楼楼顶。

"太君，您看到一个倒扣的大海碗和倒扣的茶盅了吗？"

"嗯，那算什么好消息？"

"太君有所不知，这是暗示南楼里已经断水断粮，是求救信号。我们这里的风俗，倒扣着碗表示没饭吃，同样，倒扣着茶盅表示没水喝了！"

"天大的好消息！断水断粮，你看他们还能坚持多久！"

"呦西！弘范君，你的功劳的，大大的！"吉田满意地拍着司徒弘范的肩膀，司徒弘范哈着腰谄媚地笑着，一边的关子良恨得牙根痒痒的，真后悔自己心地太"善良"了，忘记了与司徒氏的界限，现在不能让这个司徒小子把风头全抢了，得赶紧补救。于是，他紧跑两步，弯着他那在日本人面前永远缺钙的腰，谄笑着说："太君，一枪把那碗与茶盅打了，让他们报不得信，渴死饿死他们，南楼这堡垒就不攻自破了！"

"不不，"吉田得意地摆摆手，"留着，大大的有用！"

"太君是用它来钓大鱼，把自卫队一网打尽？高！高啊！"司徒弘范哈着腰对吉田竖着大拇指。

吉田阴冷地笑了笑，关子良更是恨不得剥了司徒弘范的皮，心里恨恨道："好小子，你得意吧，老子会让你好看的！"

乡亲们远远看到南楼顶上倒扣的大海碗和茶盅，很快就知道南楼断粮断水了，许多人想送点过去，可是南楼已被日寇团团包围着，过不去，也只能干着急。韶儿与沁荷最心焦，每一分钟对她们来说，都是把心放在烘炉里烤炙。终于，她们不约而同地奔向米缸，韶儿拿米袋，沁荷从米缸里盛米往袋子里倒。装到一半，韶儿说："先装这么多，再多我们也背不动。快，装水。"她们转过身来，却见梅姑姑已装好了四葫芦瓢的水摆好在桌上。"我知道，劝不了你们，但你们要小心，日本仔把守太严的话，不能强闯，赶紧回来再想办法。"

她们点点头。韶儿背起米袋，沁荷把四个葫芦瓢系在腰间，韶儿又把桌上的几个咸煎饼放进怀里，沁荷也把厨房里几个咸鸭蛋包好放进怀中，两个女子四只眼睛继续在房中搜索。"我的姑奶奶，别再装了，就这些你们能送到就阿弥陀佛了。注意安全，早去早回，不能莽撞。"

两人收回目光，急急脚地往南楼走去。她们步履匆匆又小心翼翼，终于来到藤蛟村，南楼就在眼前了，可日本仔太多，岗哨太密了，两人躲在一房屋后面，一时不知如何是好。

正在这时，两日本兵推搡着一中年男人到了吉田面前，男人背着半袋子粮食。

吉田的军刀往袋子一挑，白花花的大米倾了一地。

"你的，给自卫队送粮的干活？"吉田用边刀指着中年男子。

"太君，我家断粮了，我刚从亲戚家借了点粮食回家，老婆孩子在等米下锅呢。"

"你的，说谎的，大大的可恶！"吉田说着，突然举刀往男子胸脯一插，手腕一转，刀子一抽，一股鲜血从男子的胸膛喷射而出，男子仰天倒下，四肢抽搐了一下，就不动弹了。两汉奸在旁边看得直哆嗦。

"啊！"沁荷还没啊出来，嘴已被韶儿捂住了。在周围远远地观望希望能找到机会援助南楼的村民也迅速地走了。吉田杀一儆百的目的达到了。

很快，这方圆两里内都不见人影了。有两个纤细的身影却借房子、菜园子、竹林的掩护，慢慢向南楼靠近过来。

"韶儿！"

"沁荷！"

正当她们在一墙角探头出来时，司徒弘范、关子良两汉奸同时叫了起来。

"太君，韶儿是司徒煦的表妹。"

"关沁荷是自卫队员关玉琸妹妹。"

"她们肯定是送粮来了！"两人异口同声地指着关沁荷她们藏身处向吉田汇报。

"快追，抓活的！"吉田大叫道。

五个日本仔马上追来，两汉奸又不约而同抢先跑在前面带路。韶儿赶紧把米袋扔进草丛，拽起沁荷拔腿就跑。

吉田"抓活的"的命令，使她们多次在日本仔的射程内却又避免了当枪靶子。关沁荷平日就没运动，加上怀有身孕，跑不快，眼看日本仔就要追上了，此时她被韶儿拖着像狸猫一样在巷子左闪右突穿插，最后，从一条窄窄的横巷穿过，居然暂时摆脱了日本仔。

韶儿拽着沁荷回到司徒煦家。一进家门，韶儿立即把趟门栊拉上，插好保险栓。气还没喘定，日本仔也到了。原来是司徒弘范这个汉奸带的路。

"锦韶，你快点开门，皇军要请你做客，不会为难你的!"司徒弘范叫道。

"沁荷妹子，皇军最讲道理，你好好跟皇军合作，皇军对你哥哥的事既往不咎!"关子良喊道。

韶儿在厨房抄起一把刀，她看了一旁瑟瑟发抖的沁荷，把刀插在腰间。

几个日本仔拼命拉趟门栊，紫檀木趟门栊纹丝不动。他们要砸锁却找不到，因为趟门栊的机关在屋里，只好举起军刀乒乒乓乓地砍起门栊来。

韶儿赶紧拉着沁荷从后门抄小路拼命往后面竹林里跑，跑出竹林再往远处的山上跑，韶儿只有一个信念，自己就是拼了命，也要保护好沁荷姐姐，保护好表哥的骨血。

"哗啦"一下，门栊终于被五个日本仔合力砍断了，他们进了屋里，韶儿沁荷也跑得无影无踪了。

"八嘎!"吉田打了领队的小日本仔一巴掌，气冲冲地叫来狙击手，"砰砰"两声，把那个大海碗和茶盅给打了下来。

"我再放一个上去!"听到枪响碗碎的声音，司徒遇立即起身要重新把碗摆上去。

"别去了，"司徒煦阻止他，"乡亲们已知道了，他们也没办法靠近。我们还是留点力气对付日本仔吧!"

司徒遇又坐了下来。

"要是忠哥和文周队长他们杀个回马枪，灭了日本仔就好了。"司徒丙喃喃道。

还真让司徒丙说对了，司徒忠与关文周组织人员两度向南楼推进，希望能解南楼之围。但寡不敌众，无法靠近。关氏自卫队大队长关文周是临危受命担任关氏自卫队队长的。原自卫队队长关伯汉率领关氏自卫队的三个小队与各地村乡的自卫队相互配合，多次击退日本仔的进犯，保证了村民的生命财产安全，但关伯汉染上了吸食鸦片的恶习。到了1945年7月中旬，日军为了使从粤西南雷州、湛江、海南向粤东、华中、华北和东北调动的十多万军队顺利通过开平、新会到达广州，长期盘踞在江门、新会、台山、三埠的日本仔倾巢而出，分水陆两路向赤坎压过来。国军广阳防线守备区指挥官李江、广东省第一区专员兼保安司令黄秉勋、副司令彭济义等领着政府俸禄、手握兵权、拥有精良的武器装备、自诩为"国之柱石"的人，却以最快速度率领自己的部下慌忙逃往边远山区大沙夹水，以致从夹水到蕉园一带都驻满了国军部队。后来，李江得到消息说日本仔要扫荡大沙，连忙把部队从大沙蕉园至夹水圩一带撤退至夹水山区躲避，后来证实只有三个日本仔，就从三埠一直打到大沙，把三千国军正规部队吓得躲进夹水山区，这就是开平抗战史上令人不齿的"三军逃夹水"。

此时的关氏自卫队也不稳定，关伯汉逐渐被鸦片勾走了魂，不理队务，多次与日本仔遭遇都显示出贪生怕死的特性，族人认为他不能胜任大队长一职，自卫团队负责人关以舟认为要化解眼前的危机，要请关文周出山，因为他为人正派豪爽，有胆识有担当。他找到关文周说明来意后，关文周却认为担不担大队长一职，一样都是抗日，自己才疏学浅，不能堪当重任。

"文周，你这话有失大度。"关以舟开导着他，"我们都不怀疑你坚决抗日到底的信念，但现在国难当头，需要你团结大伙的力量，共同抗日，为国出力！"

"你说的我都明白，我不一直在自卫队打日本仔吗？不一定当队长。"

"越是危难的时候越是需要一个振臂一呼，群起响应的人带领大伙渡过难关。你具备这样的魄力和能力。经关氏父老关能创等人研究，认为现任队长关伯汉沉溺于鸦片，贪生怕死，不能胜任大队长一职，大家一致推举你担任大队长。"

关文周本是豪爽之人，关以舟说得诚恳，他自己也觉得，大敌当前，以民族大义为先，不必忸怩作态，于是欣然临危受命，挑起了抗日保家的重担。

关文周也不负众望，关氏自卫队在他的带领下战斗力大增，打退了敌人几次小规模的进犯。大军压境，赤坎沦陷，外无援军，关文周始终与司徒忠保持联系，利用熟悉地形的优势，与日本仔打巷战、游击战，巧妙地与日本仔周旋，牵制了日本仔，为周围各村乡亲赢得进山避难的时间。

日本仔备受打击，疯狂报复，三埠的日本仔指挥田中久一亲自率一支日军对郊外进行扫荡。关文周率关氏自卫队退守魁冈文林学校。

"关利、关生你们两个小队在仙人大座山埋伏好，随时准备伏击日本仔。"关文周在作部署，"我带英伟他们几个在文林学校阻击日本仔，你们利用我们牵制日本仔的时间，尽快把还没有转移好的乡亲转移，迅速布置好第二道防线。"

"大队长，你带人布防第二道防线，我在第一道防线牵制日本仔，你是我们的总指挥，少了你不行。"第二小队队长关生说道。

"别争了，我和日本仔周旋到差不多时间，估计你们布置好了，就把他们引入包围圈，那时，你就给我好好地杀那狗日的日本仔！"

于是，关文周就带领关中坚、关俊民、关文官等人在文林学校碉楼打头阵，其余队员在第一、第二小队长关利、关生的带领下于仙人大座山埋伏。

关文周刚布置停当，日本仔就到了文林学校，指挥官是三埠的守军队长叫北村，凶残狡猾，双手沾满中国人民的鲜血。他在学校前两里的地方停下来，派遣一伪军一日本仔两人前往侦察情况，田中久一这样安排有其用意，他对伪军不信任，而日本仔又不熟悉本地情况，这样让他们能取长补短。

两个家伙装扮成本地百姓的样子鬼鬼祟祟向碉楼摸来，还没到达，就被碉楼外草丛中大树后的两个哨兵同时发现，被捉拿了。关文周审了一阵，只知道敌人已靠近，别的什么也审不出来，想不到这伪军还是个铁杆汉奸。关文周派两人把他们押到第二道防线继续审讯，两家伙却死赖不走。

"文周，这俩家伙留着也是个累赘，怎么办？"关文官问。

"怎么办？毙了！省得不留神给跑出去通风报信！"关文周果断地一挥手。

关文官、关英伟手起枪响，两家伙闷声倒地。

那边北村久等不见两个家伙回来，知道其凶多吉少。没有了这两耳目，他对前面的情况不了解，不敢轻易冒进，但也不能这样耗着，只好咬牙指挥日军向前推进。

"打！"日本仔一进入射程，关文周就下令，"突突突"关英伟的轻机枪马上扫向日本仔，其余的队员也立即向敌人开火。

碉楼的四周是平地，没有掩体，鬼子成了居高临下射击的队员的靶子。吃了大亏的鬼子，停止前进，用迫击炮对着碉楼不断轰炸，关文周这边沉着还击，这样僵持了个把钟，估计第二道防线也布置得差不多了，日本仔在强大的炮火掩护下快要对碉楼形成合围之势时，关文周果断地下令："撤！快！"

他们向着日本仔投了几颗手榴弹，借着烟雾的掩护，迅速撤出碉楼。北村见从碉楼里走出来的只有五六人，对自己被几个乡巴佬阻击不得前行，气得七窍生烟，不假思索带兵追去。

关文周他们且战且退，终于把日本仔引到第二道防线，他们灵巧地往仙人大座山两边的丛林一闪，人就不见了。正当日本仔四下寻找目标之际，突然两旁枪声齐发，十多名日本仔还在蒙然之际就中弹倒地。

北村气得暴跳如雷，马上组织日本仔反攻，他久经沙场，从枪声的密度判断出自卫队的兵力在三十人左右，武器装备远不如他，他们只有两挺轻机枪，几支步枪和短枪，其余的是土铳。自己一百多正规军要灭这三十来个土鳖还不是大象踩踏蚂蚁？他顿觉轻松了，立即兵分三路，两路分别对付两边的自卫队员，一路想借着炮火的掩护冲上去占领主阵地。关文周从北村的调遣中马上知道他的意图，迅速把关英伟等两名机枪手调来对付中路的日本仔，密集的火力压制着日本仔动弹不得，两旁长短枪、手榴弹齐发。日本仔虽然人多，由于地形不熟，又处于被包围的恐慌中，被北村如此这般逼着冲了三次都被自卫队打了下来，日本仔死伤二十多人，时间已到了傍晚将近6点钟，再不攻下仙人座，恐怕他北村要剖腹谢罪了。

北村发狂了，把轻迫击炮（又称"小钢炮"）、中迫击炮全都对着小小的仙人座轰炸，他狂叫道："把这小山夷为平地，把那些个土鳖炸成齑粉！""嘭！嘭！"连续两炮在关良俊左右炸开，他旁边的关文官赶紧过来施救，但已晚了，关良俊牺牲了。日本仔的炮更加疯狂，关炳星、关广甘、关伯强、陈德相继中弹牺牲。

看着这些亲如兄弟的队友牺牲，关文周异常悲愤，想冲出去手刃北村为兄弟报仇，但日本仔仗着人多，轮番进攻，炮轰不断，自卫队顽强地与日本仔对抗了近六个小时，队员们非常疲惫，且弹药不多，关文周只得下令往四九圩方向撤退，关英伟、关文周用机枪殿后，掩护大家沿着山路迅速转移，在天黑时安全撤到四九圩。

摆脱日本仔的追击后，关文周领着大家在四九圩休整一晚，关氏自卫队现在只剩下二十多人，关玉书在突围时走散了。关文周见大家体力得到恢复，召集大家进行动员鼓劲："兄弟们，我们不能被日本仔追着打，要想办法主动出击打日本仔。据可靠消息，南楼被围的兄弟已断粮断水，我们得想办法救援他们！"

"他们是司徒氏自卫队，他们的人会救的吧？"有人小声嘀咕了一声。

"不能这么说，司徒氏自卫队没少帮我们。"关文俊说。

"生死存亡时刻还分什么司徒氏、关氏？我只知道我们都是中国人，中国人就得帮中国人，中国人团结一致打日本仔，我们才能有生存的希望！"关文周大声喊道。

"团结一致，消灭日本仔！"群情激奋起来。

"杀回去，救同胞！"关文俊适时领着大家呼喊。自卫队队员们都说，关文俊很会做思想工作，如果在八路军，说不定是个政委呢。

"我们得想办法打回去，我们不能眼睁睁看着日本仔把我们的兄弟困死！"平时沉默寡言的关生说。

"我们尽可能在夜晚偷袭，突破日本仔外围的防线，才有机会接近南楼。"关文周说完并作了部署。

他带着自卫队趁着黑夜悄悄地往赤坎推进，沿途不断地向从赤坎逃难出来的乡民打听赤坎的情况，听到日本仔不断地增兵赤坎，整个赤坎镇黑压压的全是日本仔，日本仔动不动就杀人泄愤，因为他们久攻南楼而不下。

从这些叙述中，起码获得两条重要的信息：日本仔增兵赤坎，南楼还在；司徒煦他们尚安全，要赶快为他们解围。

关文周原想乘日本仔不备，找其薄弱点突破，再利用熟悉地形的优势与之周旋打游击，伺机接近南楼。

可是，关文周万万没想到，此时的赤坎驻守着三千多日本仔，包括获海的骑兵，还有驻守台城的日本仔，全来赤坎了。日本仔把赤坎围得跟铁桶似的，除围困南楼的日本仔外，日寇还在赤坎设置了四道防线。关文周他们多次与日本仔交锋，只是对日本仔造成了骚扰，却连外围第一道防线都无法突破。自卫队来了，日本仔就打，追出了赤坎，他们立即停止追击，马上回守赤坎。这样来来回回几次的捉迷藏，关文周他们没有外援，弹药也用得差不多了，却始终进不了赤坎。

日本鬼子的表现，使关文周推知赤坎对日本鬼子的重要性，却不知道有十多万日本仔及无数掠夺的物资急着从赤坎过境。

司徒忠的遭遇与关文周他们差不多。原来，司徒忠得知南楼断粮断水的消息后，深感情况危急，背上一些粮食和水，趁着夜色摸到南楼附近，不料却被日军发现了，包围了上来。司徒忠与日军搏斗了近半个小时，因寡不敌众，只好从南楼前面跳进潭江，潜游过对岸，再去寻找援兵来支援。

7月22日清晨，十分平静，南楼里的七人，尽量少活动，以保持体力。司徒煦吩咐大家先闭目养神，估计鬼子中午会发起进攻。

正如司徒煦所料，敌人在中午太阳最烈的时候开炮了。

吉田也不比藤原高明到哪里去，他现在已经黔驴技穷了，唯一指望的就是重炮之下南楼土崩瓦解，或者里面的自卫队出来投降。否则，这样困下去，上司恐怕要狠狠处置他了。也许不等到把里面的人困死，他也和藤原一样被降职调回了，不，能和藤原一样是幸运的了，他的上司下了最后的通牒，再拿不下南楼，他要剖腹向天皇谢罪。他必须占据主动，必须马不停蹄地进攻、炮轰，直到南楼在他眼前变成粉化成灰。

他总结了藤原的经验和失误，选择在南楼西南面筑炮台，因为他觉得这个位置对于南楼来说最薄弱，也最隐蔽，让南楼无法反击。他有最好的迫击炮，自信南楼只有挨打的份了。

他选择了在太阳最热烈的时候开炮。

南楼里，到了午饭时间，正当大伙饿得发晕时，司徒昌一声"开饭啰——"像唱歌一样拖长音调，大伙条件反射般向餐桌走去。只有司徒旋不动，司徒丙推了推他："吃饭啦。""昌叔在画饼充饥呢，昨天已找不出一粒米了，开什么饭？"

"走吧，昌哥不是个随便开玩笑的人。"司徒煦说道，也向餐厅走去。

只见餐桌正中放着一个热气腾腾的大瓷盆，盆里是大半盆米白色的水。大盆周围摆好了七个大海碗。

"昌叔，这是……"司徒丙边咽着口水边问道。

"呵呵，我刚才发现前两天洗米做饭时没倒掉的洗米水，这是好东西啊，营养着呢。来来来，一人一碗，吃了有力气打日本鬼！"司徒昌说着，一边小心翼翼地把那米汤盛到碗里，生怕溢出一点一滴在碗外，天气炎热，那水已变味发馊，一阵酸馊味扑鼻而来。

"发酵了更有营养，对吧阿旋？"司徒昌努力挤出一丝笑容问司徒旋。

"发酵后的酵素对人体有益处。"

"阿煦，这米汤看上去像你在南洋发明的咖喱海鲜汤。"司徒遇望着这些洗米水汤笑笑，对司徒煦说。

"什么咖喱海鲜汤？肯定很滋味吧？"司徒丙咽咽口水问。

连平时斯文持重的司徒旋也望着司徒遇，咕噜咕噜地咽着口水。

"哦，这是我们队长对饮食界的贡献。话说我们在南洋时，经常一起在外面找吃的，南洋盛产咖喱，咖喱成了当地人做菜每天必用的调味料，煮海鲜、牛肉等必用咖喱。"司徒遇说完咽了两下口水，接着说，"但当地人都喜欢用虾呀、蟹呀蘸着咖喱放油里炸，完了还放许多的辣椒酱，每次都吃得我们头顶冒烟，浑身流汗，嘴唇起泡，第二天喉咙发炎，牙根出血。咖喱这东西很'野味'（方言，味道原始自然浓郁的意思），叫人吃上瘾，吃了，身子又受不了。到唐人开的餐馆里，菜式要么是中菜要么就是南洋菜，没有适合我们吃的咖喱菜好让我们解馋，于是……"司徒遇忽然卖起了关子。

"怎么样嘛，快讲快讲！"司徒丙与司徒旋异口同声地催促他。

"于是，我们的司徒煦队长就发明了咖喱的新吃法。那天，我们为抗日筹集物资后，几个人也饿了，到一中餐饮吃夜宵，我们的队长把菜单看了两遍，还没点菜。老板在他身边介绍了很多特色菜，他一概不要。最后把菜牌合上，对老板吩咐：'老板，给我们做一个鲜虾薯仔（方言，马铃薯）豆腐咖喱汤，再给我们每人一份干炒牛河。'老板说：'公子，我们这里没有这样的汤。''那你这里有没这些材料？''有。我亲自下厨做，钱照付，怎么样？'老板乐得坐一边，由我们自己折腾。没多久，一大盆鲜虾薯仔豆腐咖喱汤就做好了，热辣辣，香喷喷，那半只筷子长的大海虾，保持了海鲜的鲜美，咖喱又除掉了海鲜的腥味，豆腐既有鲜美嫩滑又带着咖喱的香辣，薯仔吸收了海鲜豆腐的鲜与咖喱的浓香，那口感真好极了，比经典的咖喱牛肉搭配还要好吃！鲜美得无法说，我们就差没有把自己的舌头也吞了进去。我们队长请老板尝了一碗，老板大声叫好，决定以后他们店推出这款汤。"

"咕噜咕噜"，一阵阵口水通过食道的声音响起。

"老板为了答谢我们，那顿夜宵不收钱，还请我们队长给这汤定个名，你猜，队长定了什么名？"

"什么名？"司徒丙急不可耐地问。

"唔，"司徒遇模仿着司徒煦的语气说，"此汤，就名中华田园高汤吧。"

"为什么叫这名字？"司徒丙不解地问道。

"豆腐，是我们祖先对世界饮食文化的伟大贡献，这汤是出在国外的华人餐馆，让做汤的和喝汤的都不要忘记自己的家园。那汤的颜色与我们眼前的汤一个样。"司徒遇继续模仿着司徒煦的语气说道。

碗里的汤在大家眼里变成了喷香热辣的"中华田园高汤了"。

其实司徒遇不必担心大家对米汤的态度，一天一夜的饥渴，这碗汤在大伙眼中已变成琼浆玉液了。司徒耀第一个端起来一口气喝了个底朝天，并大呼"美味"。

"酸酸的，解渴又挡饥，昌叔，你是不是收藏了很多，以后顿顿喝这个都成。"司徒丙擦擦嘴说。

"没有了。前天，刚洗好米，日本仔进攻，我抄起枪就冲上去打那死日本仔，泔水忘记倒了……"司徒昌尴尬地说。

"昌哥天天忘记倒才好呢。"司徒耀嘟哝了一下。

司徒昌把盆底的一勺放在司徒煦碗里，那里有淘米时流出来的几粒米，被煲开了，像一朵朵美丽的梅花浮在碗里，司徒煦抿了两口，就把碗里的分别倒在司徒耀与司徒丙碗里："我喝不下了，你们喝吧，别浪费。"说完就上楼去替换司徒遇与司徒浓，司徒耀也赶紧跟上去。

就在司徒煦刚上到三楼，还没有和司徒遇打招呼的瞬间，一声惊天动地的爆炸响起，小窗口立刻被一阵浓烟遮蔽，浓烟顺着窗口钻进来，三楼立刻烟雾弥漫。四个人被剧烈的爆炸冲击，下意识地同时趴倒在地板上。浓烈的火药味中夹杂着另一种难闻的气味，呛得司徒煦剧烈咳嗽起来。

过了片刻，司徒煦冷静地命令道："快，马上下到一楼，谁也不要留在这。"

他们迅速爬起来，急速顺着楼梯下楼。这时候，楼下的三个人正跑上来。司徒煦挥了挥手说："都下去，敌人对准的就是三、四楼，我们在一楼，烟下不来，没事。"

正说着，又是一声巨响，接着他们听到楼上传来"哗啦哗啦"的响动，似乎是什么东西掉落了。

"什么？"司徒遇惊讶地呼叫。

又是一声"轰隆"，同时，大家都感到整座楼晃了一下，就像地震一样。那只是瞬间的事情，很快南楼又恢复了平稳。

七名队员都来到一楼。他们或坐或站，没有人说话。

浓烟包裹了南楼，这次轰炸比上一次还要剧烈，而且这次似乎换了炮手，角度和位置都比上次要拿捏得好，所以每一次轰炸后，楼体都会有震荡。司徒丙担心地问："南楼会不会塌？是不是又打中了？"

司徒昌搂紧他的肩膀安慰说："不要怕，没事的，这点炮弹算什么？"

司徒煦说道："这次日本仔的炮弹肯定打中了，不过南楼是经得住考验的，他们不敢离得太近，就是打中了也不碍事。听，好像炮轰停了。"

又过了半晌，外面静悄悄的。大家纷纷站起来，司徒煦摆摆手，示意大家不要急，然后他自己向楼上走去。

"煦哥，你……"司徒遇等人叫道。

"放心，都不要动。"司徒煦果断地一挥手，脚步却没有停下来。众人默默看着他，等他消失在二楼楼梯口时，司徒浓第一个迈步向楼上走去，紧跟着司徒遇、司徒昌等人也一起走过去。

"下去！"司徒煦站在二楼楼梯口，怒气冲冲地对司徒浓吼道。

司徒浓呆了一下，站在楼梯上不再动弹。别人也都站住不动了。

时间一分一秒地过去。突然，"嘟——"一声尖锐的哨声响起，队员们像安了弹簧一样，嗖的一下蹦起来向楼上冲去，这是集合应敌的信号。

上到三楼，从窗口飘进来的烟尘还没有完全散去，浓烈的火药味呛得人睁不开眼。只见司徒煦正站在三楼北面窗口向外张望，他一手半举着手枪，另一只手按住胸膛，强行控制自己不要咳嗽出来。慢慢适应了这种环境，大家发现，北面墙上出现几个大洞，地上土屑水泥石块到处都是。

不等吩咐，司徒遇就带着司徒耀和司徒旋上了四楼，四楼比三楼情况好一点，墙体虽有残破，不过不严重。只是越往上走烟尘越浓，需要憋着气走到窗口。

"看来不止一炮打到墙上啊！幸亏往楼下撤得及时，不然很危险啊！你看看，这些桌椅都碎了。"司徒昌查看三楼情况，心有余悸地说。

司徒丙气哼哼地骂道："他妈的日本仔，把墙炸坏了，这可怎么办嘛？"

司徒煦头也不回地笑着说："哈哈，南楼墙上破这么几个洞怕什么？正好夏天凉快，就当多了几个枪口。楼体没事，以后补上就是了。"

司徒昌感慨地说："我们的先辈真是了不起啊！给我们留下这么坚固的建筑，好像知道我们今天要在这里抵抗日本仔似的。"

司徒煦说："刚才我看到日本仔炮手离开了，外面烟雾太浓，看不太清，我估计很快他们就会过来，日本仔以为这次把南楼炸倒了，做梦去吧。大家准备好，注意敌人行动。"

"煦哥，你真是料事如神啊！你看，他们来了。"司徒丙兴奋地指着前面喊道。

外面的硝烟在一点点褪去，一切又都清清楚楚进入视野。只见六七个得意忘形的日本仔正向南楼走来，更让人不可思议的是，他们竟然还扛着一门大炮，就像是炫耀战利品一样。

司徒煦不由轻蔑地一笑："兔崽子们，还挺狡猾啊！这是想离近点再补上几炮呢！阿耀，机枪瞄准，不要慌，再近一点再打。"

敌人越走越近，他们站住，把大炮放在地上，几个人指手画脚说着什么。

"打！"司徒煦一声令下。

"嗒嗒嗒……"司徒耀弹无虚发，子弹呼啸着向敌人飞去。与此同时，楼上司徒遇他们也开了枪。两名日本仔还没有反应过来就一头栽倒在地上见了阎王。

剩下的敌人顾不上大炮，吓得四散跑开，趴在地上冲着南楼没有目标地瞎开枪。

南楼子弹不多了，打死两个日本仔后，司徒煦命令停止射击。散开的日本仔打了几枪，见南楼又没了动静，也不敢再往前走了，匆匆拖着大炮滚回了腾蛟庙。

8

吉田没想到如此频繁的炮轰又没有奏效，他心想，这楼是用什么东西建的？完全征服这片土地后，让学建筑的人来这研究研究，有这样的建筑，日本人不必担心地震了。最可怕的是，这楼里的人也像用钢筋水泥做的一样，起码断粮断水一天一夜了，再加上如此频繁的轰炸，还具备这样强大的抵抗能力。这样想着，他心里慌乱起来，在屋里踱来踱去，想不出更好的主意。

"妈的，实在不行，轮番上阵，让他们白天黑夜休息不上，打不死也熬死他。几个土游击队，看你不吃不喝能撑到什么时候。"吉田气急败坏地吼着。

新来的日军参谋是个三十出头麻秆一样的家伙，一双小眼睛在眼镜后面滴溜溜乱转。此时，他四平八稳地盯着吉田冷笑。吉田被他笑得身上发毛，不由垂头丧气地坐下来。

"阁下有什么高招吗？"吉田不敢得罪这位直接从上面下来的参谋，克制着不满的情绪毕恭毕敬地问道。

瘦参谋大咧咧跷着二郎腿，冷笑了两声说道："吉田队长太小心了，对付支那猪用不着考虑太多，只要奏效，什么方式都可以用。"

吉田长吸了一口气，半抬着头，斜视着墙角几丝蜘蛛网，半天没有作声。

"您三千多大军包围赤坎，区区一个南楼，不过是您网里的一只苍蝇，捏死他还不是轻而易举？"

"可是这只苍蝇顽固得很……"吉田迟疑地看了参谋一眼。

瘦参谋哈哈大笑，他抬手扶了扶眼镜，阴恻恻地笑着说："那是您心地善良，不忍用最毒的牙去咬他，哈哈……"

吉田腾地站了起来，他咬着牙问道："您的意思？毒气？"

"您自己考虑吧。"瘦参谋背着手向外面走去。

吉田在此之前不是没有想到过这个办法，因为日军侵略中国的时候，在中国战场上曾有过施放毒气的行为，更曾在东北搞过臭名昭著惨无人道的细菌试验。但是真到了想用毒气弹的时候，吉田还是没有那个勇气的，毕竟，现在不比前几年，那时候，正是皇军最辉煌的时刻，对什么国际公约，根本没放在眼里。可是现在，日军在国际战场上一败再败，不复往日威风，如果使用毒气弹，需要向上级请示，总指挥那边会同意吗？一旦引起国际纠纷怎么办？

参谋是从广州来的，既然他说了，是不是就可以放心使用了呢？他为什么不明说呢？为了事后把责任推到自己身上？吉田不敢肯定，瞧那小子张狂的样子，他打心里不舒服，到了这节骨眼上，作为大日本帝国的臣民，忠诚变得脆弱，都开始为自己考虑。吉田一阵伤心，他当初怀着报国的热情来到这片富饶又贫瘠的土地，他想有一番作为，他在战场上勇猛无敌，杀人毫不手软，曾经是多么受上级赏识，对他委以重任驻守两阳。可是现在，他突然感到无比失落，甚至有些羡慕藤原。

这些复杂的情绪缠绕着吉田，他望着远处高高矗立的南楼，不禁犹豫彷徨起来。他突然不想在这个地方再待下去。下午，他对冈本等人交代了几句就匆匆回到了赤坎。现在，包括开平三埠和赤坎的部队都归他指挥，可是他一点也高兴不起来。冈本等人是藤原的亲信，明显对他不服，他只好先回赤坎和自己的亲信商量，顺便把赤坎自己的部队和腾蛟对调一下。

刚回到赤坎总部，广州方面的电话就追了过来。

长官的咆哮似乎要从话筒里钻出来，震得吉田耳朵嗡嗡直响："你不要给我拖延，再这样下去，你我的脑袋都别想好好待着，不管用什么方法，一定要在两日之内攻克南楼，否则，哼——"

"哈伊！"吉田手拿电话，笔直地站着，好半天都忘记放下电话。

"不管用什么办法？那么是不是毒气弹也可以用呢？看来事态紧急啊！妈的，我攻不下就小心脑袋，他藤原毫发无损回老家去了。"吉田越想越生气，自己昨天接到命令还兴高采烈呢，到头来成了烫嘴的栗子，吃又吃不下，吐也吐不出来。

吉田把手下几个队长都召集过来，把广州总指挥部的意思和瘦参谋的意见都说了一遍，让他们说说自己的看法。这些队长七嘴八舌，说了半天也没个结果。有的主张向总指挥部申请使用毒气弹，有的说申请什么，都说了不惜一切办法了，直接用毒气弹不就得了，主张申请的立刻回击，现在部队里没有毒气弹，怎么用？还有的小心谨慎，主张不能用毒气弹。

说实话，吉田真怕和总指挥那边通话，现在都在火头上，一句话不对脑袋搬家是常有的事。到现在用毒气弹的想法已经基本占据了上风，他需要一个给他吃定心丸的人。这时，他的一个得力部下叫麻生太郎的，来到他身边俯在耳边悄声说了几句话。

"是吗？呦西，把他叫来。"

麻生太郎转身出去了。吉田点了几个人的名字，让他们立刻带领自己的队伍，由副队长带领到三埠与原来的队伍交接。至于南楼那里，他反而不急了，看来毒气弹迟早要用了，还是让冈本那些人冒险去吧。

　　到现在，他一时半刻也坐不住。大约快两个钟头，麻生终于回来了，后面跟着一脸惶恐的冈本。

　　"冈本君，坐。"吉田皮笑肉不笑地招呼道。

　　冈本"啪"的一个立正。

　　"冈本君，本人一直非常器重您，可惜没有合作的机会。今天，我们终于可以一起共事，我非常荣幸！"

　　冈本面无表情。

　　"冈本君，您好像比藤原君到三埠还要早吧？攻打开平时您就在，当时还有一项重要使命对吗？"

　　冈本一低头，说道："长官，本人当时只是个小分队长，实在不知长官的意思。"

　　"哈哈，"吉田干笑了两声说道，"好吧，既然冈本君不愿意说，那我就替您说了吧。那时您和您的分队主要任务就是运输和保管一种重要武器——毒气弹，对吗？你的分队，可以说，就是毒气弹分队。可惜呀，藤原不识人才，错过大好时机。哈哈，来来，坐，冈本君不要有顾虑，我们都是为了效忠天皇而战，为了国家的利益和天皇尊严在所不惜，对吧？"

　　冈本的脸阴晴不定，他和大多数日本兵一样，对待中国人残忍凶暴，但他宁愿在战场上拼杀，却始终没有用过毒气弹，他从内心还是愿意做一名真正的军人，不想因为别的什么亵渎了他作为大日本皇军的尊严。

　　但是冈本明白，即使自己不愿意施放毒弹，吉田是自己的上级，他也无法阻拦。他干脆只好默不作声。

　　证实了三埠确实存有毒气弹，吉田不由放了一大半心，一来有现成的东西，不用硬着头皮申请了，再者，这也充分说明施放毒气弹是日军的不备之需，自己现在使用，正是时候，不仅不会被责怪，兴许还能得到嘉奖呢。

9

　　晚上，起风了。

一夜的南风使天空又变得阴沉沉的。这一晚，谁都睡不踏实。轮到司徒煦和司徒旋站岗的时候，已经是后半夜了。手电电池已经没电了，他们点上一支蜡烛，顺着楼梯往楼顶走，微弱的烛火被楼梯间的风吹得飘飘忽忽。

"又要下雨了，这刮了一夜南风了。"司徒旋跟在司徒煦后面说。

"嗯。"

"要是下一场雨，我们就能蓄水，只要有水，还可以支撑。"司徒旋说。

司徒煦点点头。

两人来到楼顶，晚风吹来，令人感到心情舒畅。天空被云遮住了，没有星星月亮，四周一片漆黑，只有远处的潭江偶尔闪动一丝波光。

他们望着腾蛟庙，那里很安静，好像敌人也都熟睡了。

司徒旋不安地问道："安静得不正常啊，煦叔，敌人会不会晚上有什么行动？"

司徒煦说："说不准，这几天炮火很猛，日本仔着急了，现在说不定想什么鬼主意呢。"

司徒煦找了一块干净的地方坐下来，司徒旋坐在他旁边。两人一时无语。

司徒煦咳嗽了两声，司徒旋关心地问："煦叔，你的病，要紧吗？这几天你又瘦了！"

"没事，我倒是担心你们，尤其是你和阿丙，从小生活环境优裕，又不像我们一直打打杀杀的。你们本应读书，做文化人，可是现在却要在这里舞刀弄枪，提着脑袋打日本仔，我有时候想想真的挺后悔，不该把你们留下来！"

"你说什么呢煦叔，我以前虽然读过两天书，可是一直没有人生方向。这个乱世，让我一直很彷徨。现在对于我来说人生才有意义，我都不后悔，你后悔什么呢？"

司徒煦扭头微微一笑，他意识到黑暗中阿旋不见得能看到他的笑，不过他还是很欣慰地笑了。经过前两天巨大的悲痛，尤其是白天的一番痛苦的反思，他此时反而内心一片澄明，他甚至在短短时间内忘掉了失去母亲的伤痛，他现在除了思考怎么对付日本仔，剩下的时间就是休息，抓紧时间休息。白天司徒遇的话对他震动很大，多年来，他一直是个随性的人，只有战场，只有面对凶残的敌人，才挖掘出他内在的男子汉的狂飙和硬性！但是，他的本性是不会变的，他依旧是个情感跌宕的热血男儿，只有这样的性情，才会说放下就放下，来得快去得也快。

但是司徒煦毕竟没有得道成仙的洒脱，他只不过是不再纠结情的羁绊，他明白，每个人在这国破家亡之际，都有痛彻心扉的经历，自己这点痛算什么？何况，情爱，并不是人生的全部。但是，他是深爱着沁荷的，只是他已经知道自己生的希望很渺茫，无法对沁荷做什么了，还有一点，他太了解沁荷，不论怎样，沁荷也不可能回头。他的生与死，对沁荷来说，都是刻骨铭心一辈子的！

"咳咳……"司徒煦咳嗽起来，他心里清楚，即使能活着守住南楼，自己的病已经治不好了。他想起父亲，现在他和父亲最后时刻几乎一样。本来得病初期他可以在南洋医院里好好治疗的，可是他选择了回国，选择了抗日。他现在唯一遗憾的不是没有娶了沁荷，他们真心相爱，婚礼，不过是个仪式罢了。他的遗憾是不能亲眼看到日本仔滚出中国。

"我多想等到那一天啊！"他不由自言自语。

"什么？煦叔。"司徒旋问。

"嗨，有什么可遗憾的，我看不到，终有人看得到。大丈夫血洒疆场，此生足矣！"司徒煦大声说。

说完这句话，他再一次剧烈咳嗽起来。他用手捂住胸膛，拼命想压制住咳嗽。可是不成，他觉得心都要跳出来了，突然喉头一甜，他连忙随手掏出怀里的手帕捂在嘴上。

"煦叔，不要紧吧，夜风凉，你还是下去吧，我在这里。"司徒旋紧张地望着他。

司徒煦掩饰地点点头，缓缓站起来，用手帕轻拭了嘴角一下，笑着说："那我去四楼，等一下阿遇来接你。"然后他转回身，一步步向楼下走去。

来到四楼，他点燃一支蜡烛，借着微弱的烛光，他慢慢张开右手，手心里是沁荷送他的素洁的手帕，那上面赫然是一片鲜红的血迹。

10

7月23日，农历六月十五，天亮前的岗哨由司徒昌和司徒耀负责。

司徒煦快天亮的时候才刚迷糊了一会儿，他刚迷糊着，就听到楼上司徒耀急切地喊道："看啊！日本仔又要发炮了！"

司徒煦一骨碌爬起来，急速往楼上跑，他第一个念头就是招呼兄弟们快躲，敌人没有另外筑炮台，目标肯定还是三、四楼北墙。

可是当他来到三楼窗口的时候，远处忙碌的日本仔让他大吃一惊。雾气昭昭的谭江岸边，日本仔身影朦朦胧胧，可是还是能够隐约看到，他们穿着和平时不一样的服装，全身包裹得严严实实，闪着荧光，一条管子从鼻口伸下来，像刚出生的婴儿，脐带却长在鼻口上。这几个长错了脐带的人正在往炮台上架比昨天小一号的大炮。

司徒耀把望远镜递给司徒煦，大声说："他们这是穿着什么？还罩着头？"

司徒煦心里"咯噔"一下。这时，四楼的司徒遇急匆匆跑下来，他看到司徒煦已经在观察敌情，连忙走上前低声说："日本仔穿上了防化服，还戴着防毒面具，这是……"

"毒气弹！"司徒煦头也不回，举手阻止他继续说下去。他看了很长时间，然后放下望远镜，缓缓站直身体。司徒遇等人焦急而不安地盯着他。

"不要紧，你们马上把所有窗板关严，然后到一楼，我留在这里就行了！"司徒煦平静地说。

司徒遇急了："那怎么行，要死一起死，狗日的，丧心病狂，竟然用毒气弹……"

司徒耀暴跳如雷地吼道："我操他狗日的，反正也是死，出去和他们拼了！"

其他人一听，也都群情激奋，不由躁动起来，一个个操起家伙就要下楼出去拼命。

司徒煦大声喝道："都给我站住，回来。怎么比我还莽撞？"停了停，他又缓和了语气说道："什么死不死的，今天刮东南风，都死不了！"

司徒耀呆了一下，不由欣喜若狂："是啊，我怎么没有想到。对，让大风把毒气刮回去，毒死这帮日本仔！"

大家放下心来，骂着日本仔纷纷关窗下楼去了，只有司徒遇担忧地看着司徒煦没有走。

"你怎么不下去？"司徒煦背对着他。

司徒遇走到他身边，望着小小窗口外阴沉的天空，叹了口气说道："煦哥，你我从小就在一起，你的心思别人不懂，我还不懂吗？"

"哦？"司徒煦扭脸看了他一眼。

"不管是从小打架，还是长大后上山打猎，再到后来打日本仔，你从来都是冲在最前面。只有伯母和沁荷，这几年才让你有些懂得瞻前顾后了。可是你的脾气怎么会改？风向是对我们有利，不过毒气弹哪是那么容易就被刮走的，何况……"

"什么？"

"万一炮弹打进南楼，什么风向也没用。退一万步说，即使这次毒气弹没有奏效，还有下一次，敌人怎么会甘心？"

司徒煦哈哈笑了起来，他一拳打在司徒遇肩头，笑着说："你小子，不是我肚里的蛔虫，是英雄所见略同！"

司徒遇苦笑着说："还英雄呢，窝在这里只有挨打的份，都快捂出毛来了！"

司徒煦长出了一口气说道："兄弟，别灰心。今天几号了？"

"23 号吧。"

"你想过没有，如果……如果我们死了，你的家业……"

司徒煦大手一挥，朗声说道："不去想它，钱财都是身外之物，自会有它的去处。倒是你，家里一双儿女一个娇妻，哈哈，不提这些了。可惜没有酒，否则今天我们一醉方休！"

他说着，又举起望远镜观察远处的情况。

"敌人要发射毒气弹了吗？"司徒遇悄声问。

良久，司徒煦放下望远镜，沉声说："撤，要发射了！"

两人弯下腰，急速向楼下冲去。刚转过楼梯，却发现五位兄弟正站在楼梯口，平静地望着他们。

"轰隆隆——"南楼震动了几下，接着又是连续的几声炮弹爆炸声，然后一切归于平静。

第十一章

1

南楼里，一楼的队员匍匐在地上，听着外面惊天动地的爆炸声。司徒煦突然想起一件事，连忙站起来，顺便伸手一拉身旁的司徒浓。司徒浓也站起来，跟在司徒煦身后，不知他要做什么。

司徒煦来到一楼角落，把尿桶提出来，往脸盆里倒出半盆，再把大家的毛巾拿来，这几条毛巾，因为只擦汗又不冲洗，早已泛黄了，发出很难闻的氨水味道。司徒煦把他的毛巾往盆里蘸了蘸，稍微拧了一下，一股刺鼻的尿骚味呛得大家都捂住鼻子。司徒煦看看大家说："大家都把毛巾湿一湿，毒气来了，都用这个捂住鼻子！"

"我刚要尿，我用自己的！"司徒旋说着就拿着自己的毛巾走进厕所。

司徒煦把余下的毛巾都往盆里蘸了蘸，拧一拧，递给司徒浓。

他吩咐司徒浓："快点给大家每人一条毛巾，捂住嘴和鼻子，防止毒气进来！同时还要准备其他防备措施！"

司徒浓佩服队长想得周到，把毛巾一人一条分了。司徒煦知道这样做真要对付毒气根本不可能，不过也算是有胜于无吧，总是一点心理安慰。

安静了一会儿，司徒煦暗叫不好，他一跃而起，把毛巾捆在脑后，尽量闭住呼吸，一步步向楼上走去。他没有见过毒气弹爆炸后的样子，更不知道毒气是什么颜色，什么味道，可是他还是觉得毒气很可能没有进来，即使进来了也不会太多，因为他没闻到什么异味，也没有觉得眼睛睁不开。他隐约知道一些毒气知识，知道大多数毒气都会使人打喷嚏、流泪、咳嗽、呼吸困难，现在他没有什么不适，虽然胸口发闷，可是他知道，那是自己的毛病。

于是，司徒煦加快了上楼的脚步。

"煦哥，煦哥……"队员们叫着，都纷纷爬起来。

"啊！不好，敌人打了半天炮，我们都躲起来，他妈的日本仔悄悄攻过来咱们也不知道！"司徒遇恍然大悟，也一个箭步冲上楼去，急忙中，他连毛巾也掉在了地上。

是啊！虽然大铁门不那么容易攻破，可是日本仔到了南楼跟前，只要往楼里扔几颗手雷，那就完了。

司徒昌最后一个站起来，他扶着桌子，似乎有些疲乏。他咽了口唾沫，大声喊道："不要慌，普通炸弹硝烟散尽也要一会儿工夫，何况是毒气弹，敌人没那么大胆子，连自己的小命也不要了。都谨慎点，风向对我们有利，就怕有打中南楼的，进来一些毒气也是致命的啊！"

跑上楼梯的队员们一听，不禁为刚才的慌乱而羞愧，真是啊，怎么这样不镇静，还是昌哥，岁数大，经历的也多，想事情周到。于是又赶紧下来，把毛巾像司徒煦一样裹好了，才谨慎地向楼上走去。

司徒昌跟在后面，他心里也很担心，尤其是司徒煦上去半天了却一点动静也没有。

众人上到三楼，只见司徒煦正用油布、旧衣服遮蔽北墙的机枪口和那几个被炮弹炸出的窟窿。外面风很大，烟尘不浓，估计已经被风吹散了。大伙一起上，找任何可以遮挡的东西去挡所有窟窿。司徒遇带着司徒耀和司徒丙上四楼、五楼去查看。就在众人手忙脚乱干这些的时候，突然听见楼下"咚"的一声响，众人面面相觑，才发现司徒昌没有上来。

"是昌叔?"司徒旋问。

"我和阿耀留在这里，其他人快去看看。"司徒煦命令道。

说话间，司徒旋已经转下楼梯了。接着就传来他惊慌的喊叫："昌叔，你怎么了。快来啊！昌叔晕倒了。"

"什么?"司徒煦透过已经关上的窗户的一道小缝隙向外张望了一下，然后也跟着跑下楼去。在二楼楼梯口，司徒旋正扶起司徒昌的上身，急切地呼叫他。

司徒煦俯下身，只见司徒昌脸色灰白，表情痛苦，但是呼吸还算平稳。

"不要紧，"他沉着地说，"不是毒气，昌哥这两天休息不好，太累了。"

他和司徒旋等人轻轻抬起司徒昌，把他抬到一楼，放在一楼唯一的一张木板床上。连日来，谁都不肯睡在床上，都觉得队长身体不好，应该他睡，可是司徒煦不想搞特殊，他就规定每天站晚上2点到5点岗的人下来在床上休息。司徒旋掐了一下司徒昌的人中，司徒昌嘴微微动了一下。

"昌哥，你还好吧?"司徒煦低声问。

司徒昌没有作声，但是他嘴唇动了一下。

2

吉田的如意算盘又落空了。他满以为几发炮弹过去，毒气弥漫，南楼里的自卫队毫无招架之力，不是死就是晕，南楼一举拿下，上司嘉奖! 嘿嘿，吉田想到灰溜溜被撤职的藤原，忍不住就想笑。

凌晨，天还没亮的时候，吉田就坐着双斗摩托车轰隆隆开进了腾蛟，他要亲自看着南楼在毒气弹下失去抵抗能力。开炮的时候，他没敢出来，躲在临时指挥部里等消息。指挥部窗口看不到炮台，但是能看到南楼，他看着炮弹炸开，黄烟四起，控制不住激动的心情，简直就想庆祝一下。他一眼看到了小圆桌上半瓶葡萄酒，是藤原没有喝完留下的。藤原这个老小子，就喜欢喝个红酒，吉田却滴酒不沾。他自信行为举止非常符合一名大日本帝国军人形象，所以从心眼里看不起有点喜欢浪漫情调的藤原。

吉田大脑兴奋，抑制不住地胡思乱想。可是当他再一次望向南楼的时候，不由呆住了。这是怎么回事? 浓重的黄烟刚一腾起就急速向西北方飘走了，啊! 吉田狠狠一拍桌子:"妈的，天气都跟老子做对，这么大的东南风!"

门开了，冈本和麻生太郎一起走进来。冈本面无表情，他啪地行了个军礼:"报告长官，风太大，炮弹都在南楼外爆炸，毒气大部分被刮回来了，是否继续开炮?"

吉田沮丧地挥了挥手说:"算了，游击队今天命不该绝，还有几颗炮弹?"

"报告，只剩三颗毒气弹。"

"先不要打了，等转了风向再说。哦，只剩三颗了?"

麻生跨上两步，低声说道:"听说江门驻军方面有一种威力更大的毒气弹，我们是否可以调用?"

冈本瞪了他一眼没有说话。吉田低头沉思了一会儿，挥了挥手，让他们先出去。他需要考虑一下。从江门借毒气弹，倒不是不行，不过他是个要面子的人，怕被人耻笑，区区一座南楼，才几个乡民，搞如此大的动作。哼哼，都是局外人，风凉话谁也会说，管他面子不面子，还是脑袋要紧啊！吉田头疼地看着南楼前很快清清亮亮，也只好打起精神盘算下一步棋怎么走了。

老天佑英雄，南风没有要停下来的意思，直刮了一天，天快黑的时候才小了一些。云层又压在腾蛟的上空，看来一场大风雨不可避免了。

黄昏时分，吉田又发动了一次攻击，在炮火的掩护下，敌人几乎攻到了距离南楼几十米远的地方。在这危急时刻，司徒煦命令开炮，两颗珍贵的炮弹打了出去，敌人在猛烈的炮火还击下退缩了。但是这一次还击，导致弹药更少了。

整整两天，大家都有赖那一碗洗米水支撑着，又经过刚才的激烈交战，每个人都感到十分疲惫。司徒昌是太累了，他身体本来也不好，加上这些年做情报员，休息黑白颠倒，睡觉吃饭都没有规律。尤其是前几年在山里打游击落下了病根，硬撑了几天，早晨急火攻心，一下子晕了过去。醒来后，挣扎着要下地，被司徒煦等人强行拦住了。

每粉碎一次敌人的进攻，司徒旋就在墙上划一道，从 16 日晚上开始算起，他已经划了八道了。

司徒煦望着他在墙上划得深浅不一的道道，陡然间豪气突生，他大声问道："弟兄们饿吗？"

"不饿！"声音嘶哑却依旧洪亮。

司徒煦的眼睛突然有些湿润，他让司徒遇报一下弹药数量，司徒遇犹豫了一下说道："只剩几发机枪子弹了。"

司徒煦点点头，他扫视了一下疲惫的队员，强忍周身翻江倒海般的难受，高声说道："兄弟们，我不想多说什么，现在我告诉大家，目前我们已射杀了敌兵共十六名，其中包括一个尉官，两个炮手，打伤日本仔不计其数。另外在日寇登陆前，还击沉了日寇三艘汽艇，毁坏三艘日寇木船，溺毙日伪军不计其数，起码有百余人，以我们自卫队一己之力，达到如此辉煌的战绩，弟兄们说，我们是不是够本了？"

"对，够本了！"大家虽然疲惫，但依然群情激昂。

司徒煦继续说："我们是中华民族的子孙，是开平抗日战争的真正男儿！我们力量虽小，今天却让日本仔看到了我们中国人团结起来的力量，狠狠打击了他们的嚣张气焰。相信以后我们会被载入开平人民的抗战史册的！现在虽然弹尽粮绝，又没有外援，日本仔对我们虎视眈眈，但我们一定要咬紧牙关，坚持到最后一刻！只有这样才对得住乡亲父老的重托，对得住历代祖先！"

司徒煦一番慷慨陈词，说得大家热血沸腾，司徒旋不由站起来高声朗诵道："人生自古谁无死，留取丹心照汗青！"

"留取丹心照汗青！"大家齐声附和。

3

南楼的硝烟依旧弥漫，百立山碉楼里，关沁荷的心早已经飞到了谭江岸边。

一群孩子的到来令本来宽敞的碉楼显得拥挤，孩子们一刻也不肯消停，就连睡觉也总是有半夜突然哭着找妈妈的，有尿了床的……韶儿和阿云不想让梅姐操劳，再说，那边还有个刚出生的婴儿，沁荷一个人照顾不过来，晚上她俩和孩子们在一起，黄妈帮着她俩。一夜下来，连一个完整觉也睡不踏实。韶儿仗着身体底子好，虽然经受了身心摧残，可还是顽强地挺了过来。没几天，她脸上有了笑容，孩子们的喜怒哀乐深深感染着她，使她暂时忘记了自己的痛苦。

沁荷却越来越憔悴。担心和思念是一方面，最主要的是她有了妊娠反应，而且非常剧烈。她脸色蜡黄，什么也不吃胃里也是翻江倒海。可是她必须强行忍耐。只有当她和韶儿单独在一起的时候她才敢放松一下，然而单独的时间太少了。

看着在树丛草堆里钻进钻出活泼好动的孩子们，沁荷心头突然升起一股母性的温柔。她望着连绵起伏的群山，手放在肚子上，感受着孕育的痛苦和欢乐。

梅姐悄悄来到她的身边，沁荷脸上一红，赶忙掩饰似的问道："梅姑姑来了？"

"我一直在你后面呢。沁荷，你脸色不好，是不是身体不舒服啊？"

"没有，我自小身子骨就弱，这您是知道的。"

梅姐满含深意地看了她一眼，轻轻拿起她柔弱的小手，叹了口气说道："唉！难为你了，从小没受过一点委屈。听玉书他们讲，南楼那边，情形不太好，你……"

"梅姑姑，我知道的。"

"那么，你有过最坏的打算没有？我们都不愿最坏的情况发生。"

沁荷眼眶蓄满了泪水："梅姑姑，您放心，我不会想不开。有件事，我想我必须和您说，我……"她低下头去，泪珠终于滴落下来。晶莹的泪珠落在衣襟上，渐渐晕成一大片。

"好孩子，不要说了，姑姑什么都知道。姑姑虽然没有经历过，可是姑姑活了一大把年纪，不是傻子。只是，你的代价太大了，你以后怎么办啊！"梅姐捂住嘴，哽咽着说。

"总能活下去的！"沁荷抬起头，用手帕拭去眼角的泪痕，轻声说道："没有过不去的坎。我们这点苦算什么？看看韶儿姑娘，我真佩服她，您知道吗？没有她，我不知道自己有没有勇气留下这个孩子，有没有勇气回来。她真的和煦哥更加合适，如果煦哥他们渡过难关，我情愿离开，我应该成全他们，对不？"

梅姐惊讶地看着沁荷，她不知道该说什么，此时，什么话都是苍白的。

过了许久，小昭跑过来递给沁荷一把野花。沁荷接过来闻了闻笑着递给梅姐：

"这是什么花？我从来不曾见过，很香。"

梅姐痴痴望着这一束最普通的杜鹃花，这是她最喜欢的花。她像是回到了少女时代，满脸红霞，她说："这就是杜鹃花，你没有见过吗？"

"啊？我只见过家养的，似乎不是这个样子，要比家里的好看。"

"是啊，它们在这群山里生长，吸收大自然雨露，自然显得朝气蓬勃。"

"梅姑姑，您怎么了？"沁荷发现了梅姐眼中的异样。

"沁荷，你知道姑姑为什么一直没有结婚吗？"

这是沁荷存在心里多年的好奇，可是她没敢问。现在姑姑自己说了起来。

"沁荷，多少年来，我们关氏和司徒氏势不两立，永不通婚。可是，都在一个镇子上住着，年轻的一辈难免会有来往，甚至彼此有了感情，就像你和阿煦。姑姑那时候，也和一个司徒氏的后生好上了，他是光裕小学的老师，有文化，会作诗。他总是给我采好多杜鹃花，他对我很好很好，可是这是不可能的事。"

"后来呢？"沁荷不禁问道。

"后来……"梅姐微微眯着双眼，沉浸在过去的岁月，"后来，双方父母都知道了，我被关了起来，他终于还是随父母去了美国，走了……"

"梅姑姑！"沁荷靠在梅姐身上，轻声呼唤。

"孩子，你比我强，有时候，活着却永远不能相见要比死的别离更痛苦。爱情有时候是不能让的，你应该把握你的幸福，你退出，韶儿和阿煦都不一定幸福。阿煦爱谁，由他自己决定，在这事上，你不必自责。韶儿确实是个好孩子，她自有她的福报。"

沁荷俯在梅姐身上，重重点了点头。但是她心里充满了悲戚，她想："我还能见到我的煦哥吗？"

4

沁荷在这里思念着她的煦哥，她却不知道，她的父母正经历着重重灾难。

关太太因受惊吓，神志开始不清晰，竟然有胡言乱语的迹象。最令关老爷伤心的是，他的小儿子，关玉瑄晕晕沉沉，已经病入膏肓。

关文炳此时才悔恨到了极点。他安抚好老婆，守在儿子身边，在这荒郊野地，关文炳叫天天不灵，叫地地不灵。小翠和玉瑄奶妈在旁哭哭啼啼，搅得他更加心烦。

"不要哭了，天还没有塌下来。"关文炳很硬气地站起来说道。养尊处优了好些年，让他失去了年轻时的强悍，这几年战乱又令他惶惶不可终日。但是，关文炳毕竟还是关文炳，他在这关键时刻又像当年一样，很强势地站了起来，他没有因此而倒下。

"已经到了这一步，也不是完全没了指望。小翠，去，看好太太。这里有王奶妈在就可以了。老刘和我去附近找找看有没有人家。"到了这种地步，关文炳慢慢恢复了平静，他说完这些话，甚至有一瞬间为自己感到自豪。

好在天无绝人之路，他们在附近村子里得到好心人的帮助，暂时安顿下来，借住在一处家境还殷实的人家。这家人了解了他们的遭遇，唏嘘不已。可是佛山是日本仔侵略的重灾区，家家都是数着米粒做饭，哪有多余的粮食供养他们？只住了一日，主人家就露出为难之色。虽然苟力还给他留了一把珠宝，关太太也还有几件值钱的银面首饰，可是现在是有钱没处买粮食。金银当不了饭吃。

这家主人老婆突然想起她的一个亲戚就是跑香港生意的，这些年和日本仔混熟了，给他们上些贡，到香港总是畅通无阻。他人还好，虽然和日本仔来往，私底下却偷偷为抗日组织捐过不少钱物，找他想想办法应该可以。

关文炳对这家人简直就要跪下磕头了，他大违本性地把关太太两件很漂亮值钱的凤钗送给主人老婆，这家人欢欢喜喜主动带他们到十多里外的一个镇子上找到了那个亲戚。

这人看起来八面玲珑，但是说话很和气。他似乎做过不少偷运大陆居民到香港的事情，听了关文炳的叙述毫不惊讶，只是沉吟了一下，说现在日军大批撤退，不比前几年，他也轻易不敢出去了，要冒很大风险的。

关文炳知道有戏，连忙把仅存的那点珠宝拿了出来，那人抬眼看看，笑呵呵装上一袋烟，吧嗒吧嗒抽着烟没有作声。关文炳狠狠心，又从怀里掏出一块做工考究、镀金镶玉的怀表递上去。

那人本性不坏，虽然和日本仔来往，目的是不要荒了自己的买卖，商人，总是唯利是图的。他看到关文炳富态的样子，虽没十成把握，可也愿意做这笔买卖。

关文炳把仅存的值钱的东西都给了这个人，这个人说道："话可说在这里，现在不比往年，我可不敢保证万无一失，路上出了什么差错——"

关文炳连忙点头说道："这个您放心，那就只怨我们命不好，怪不得您。您看什么时候动身呢？"

"有批货我已经拖了很久了，这两天日军走得比较顺利，沿途平稳了些，明天就可以上路的。"

事情就这么说定了，那人收起珠宝和怀表，笑呵呵地吩咐下人把他们先带下去休息。

第二天，关文炳一家先是随着一个领路人走了十多里路，来到一个渡口。关玉瑄和关太太实在走不了路，就雇了一辆牛车，关文炳付车费的时候，心好像都随着那几个铜板被抽走了。

等他们上了船才发现，船里已经坐了好几个风尘仆仆的人，都是箱子行李一大堆。

关文炳仰头长叹。他忽然想起了女儿沁荷，想起大儿子玉琤。他们留下来也好。这是他此时无奈的想法。此后，他们到了香港，甚至到死，这个硬心肠的老头再没有对别人提起留在大陆的这一双儿女。

一路没有他们想象的坎坷，虽然在广州也遇到了日军，可是没受到什么阻拦。在广州港口，关文炳看到大批日军在登船撤离。

"乱世啊，乱世……"关文炳叹息道。

后来，关家到了香港。虽说关文炳在大陆的财产一路损失殆尽，可是他毕竟苦心经营多年，香港还有自己入股的银行和商铺，他又是个天生精明的商人，终于又打拼出一番天地。从此，他再也没有踏入过大陆一步。关志平父母没想到亲家这样狼狈来到香港，尤其是对儿子失去消息无法接受。关文炳难以弥补自己的愧疚，两家隔阂多年，直到关志平50年代从台湾回到香港，两家人的隔阂才有所缓解。

至于关太太，虽然神志时好时坏，倒是最后寿终正寝。关玉瑄到香港时肺病已经非常严重，在香港医治了一年多保住一条命，身体终是无法恢复健康，不到三十岁就撒手人寰。这些都是后话。

不能说关文炳就是个绝情的人，为人父，他是伤透了心。他的狭隘和自私，并不全是他自己的原因。梅姐也是因为父母之命孤独了一辈子，关文炳更脱离不了封建商人的束缚，他没有觉得自己错在哪里。

而关玉瑄和关沁荷，作为子女，他们当初的决绝，注定了一辈子的愧疚和伤心。当然，他们不是为自己的选择后悔，尤其是沁荷，在她短暂的生命里，始终为自己的爱情而坚守，她没有后悔过。然而，那份对父母的愧疚，始终纠缠着她。她期待有一天可以和父母团聚，可以长跪在地，请求父母的原谅。

5

关沁荷的难以排解的思虑不断损耗着她的健康，尤其是怀了孩子以后。孩子在肚里茁壮成长，她的身体却一天天衰败，好像她所有的营养都给了孩子。

现在，她敏感的神经被南楼牵着走，甚至于夜间有时候也会突然惊醒，大声呼喊："梅姐，南楼又打炮了，你听，你听……"

梅姐爱惜地搂着她憔悴的身体，用苍白的话语安慰着她。

"韶儿，几天了？我们回来。"沁荷问韶儿。

"从哪里？我们三个人一起回来那天？"

"嗯，我和你，还有谭阿宝，我们从苍城回来。"

"四五天了吧。"韶儿在笨手笨脚缝着一条男孩的裤子，男孩子调皮，裤子破得很快。

沁荷笑了一下，轻声说："给我吧，瞧你笨的，以后怎么找婆家。"刚说完，沁荷意识到自己的失言，连忙掩饰着抢过裤子，说："来，我教你。"

韶儿随她把裤子拿过去，喃喃自语："刚一周，像一年那么漫长。"

沁荷不由呆了。

"我想，我必须去南楼，哪怕就远远地看上一眼也行。我不会到近前去，就远远的，否则，我的心一直在这里揪着，我会疯掉的。"沁荷突然急急地对韶儿说。

"南楼断粮断水了。"韶儿的焦虑溢于言表。

"啊!"针深深地插入沁荷的手指,红玛瑙般的血珠渗出。

"哎呀,痛吧?我找药油给你涂上。"韶儿急急地说着就要转身去找药油。沁荷一把拉住她:"不行,妹妹,我得去,现在就得去。我要给他,给他们送吃的喝的。"

"我知道,我陪你去,现在就去。"

"啊?"沁荷没想到韶儿会这样说,"你留下照看这些孩子,我去就行。"她不想韶儿陪她冒险。

韶儿知道沁荷的心意,但她更要保护沁荷,要和日本仔拼命也应该是她而不是沁荷。"姐姐,你一人能拿多少东西过去?再说,对付日本仔我比你有经验。"

沁荷望着韶儿,才发现她消瘦了不少,眼眸里储满了泪水,她在努力压抑着自己的痛楚,她比自己还苦啊。

她不由得拉住韶儿的手,轻抚了一下,点点头:"梅姑不会让我们去的。"

"我们瞒着她。走,我们出去准备一些东西。"

她们一出房间,发现梅姑已站在门外,眼圈红红的。"一切要小心。"她轻声说道。

谁知她们非但没有办法靠近南楼,还被汉奸发现带着日本仔追来,幸亏逃脱了。这在前文已交代。

这两个跑回来的女子,开始备受煎熬,每一分,每一秒:

"表哥,你渴了吗?你饿了吗?我多想和日本仔拼命啊,但我不能,为了你,我一定得护着玉姐姐安全回来。"

"煦哥,你怎么样啊?你的旧毛病复发了吗?你要保重好自己啊,我们的孩子还要在你的教导下成长。啊,煦哥,你放心,无论发生什么事,我都会好好地把我们的孩子抚养成人,我会告诉孩子,他的爸爸是抗日英雄,是个顶天立地的男子汉。可煦哥,你到底怎么样啦?"

南楼,空气凝重。司徒煦已经吐了三次血了。每次,他都悄悄掩饰过去,可是他的虚弱,每个人都看在眼里。他话说得更少,似乎每一句话都在抽走他的一份精力。队员们强制他和司徒昌在一楼休息,他不听,还发了火,后来他几乎是吼着说:"你们谁也不要再劝我,让我一动不动,那还不如杀了我!"

司徒丙哭了起来,他虽然年龄小,却总是乐呵呵的,很少愁眉苦脸。现在他因为司徒煦哭了,哭得那么伤心。

司徒煦轻轻拍击他的后脑勺说:"男子汉,哭什么,看脸哭花了再不是靓仔了。"

"不是就不是，你和昌叔病好了，打跑了日本仔，我变成丑八怪也行。"

"会的，你放心。"司徒煦对他点点头，深邃的眼睛里充满了坚定。

"嗯，那你好好睡觉。"

"好，我现在就睡。"

司徒煦不想让兄弟担心，躺在床上假装闭上眼睛。司徒昌担忧地坐在椅子上，他也非常憔悴，他怨恨自己，现在几乎成了大家的累赘。

然而，此时南楼最困难的时刻已经来了。粮食和水完全没有了。本来指望刮一天东南风会下雨，可只是飘了几点雨丝，他们把所有的缸、盆、桶都摆在楼顶，准备接受上天的恩赐，有了这水，就可以和日本仔再打几天硬仗，司徒丙仰着头，张大嘴，要痛快地喝几口天水，可雨终究没有下起来。别人还能支撑下去，司徒煦和司徒昌却不行。

司徒昌摇摇晃晃向楼上走去。走到三楼，他已经气喘吁吁。司徒旋看他上来了，连忙过来搀扶道："您怎么上来了。"

"下面闷得很，我上来透透气。"

司徒旋搬来一把椅子，司徒昌摆了摆手说："让我活动活动，躺了一天多，身子骨快散架了。"

他靠在窗前，望着腾蛟庙方向问道："日本仔没有出动吗？"

"日本仔胆小得很，就在外围打几枪，根本不敢靠近。"

"哼，虚张声势，不过要小心，说不定突然来个袭击，这是日本仔惯用的伎俩。"

司徒昌在三楼待了片刻，一步步慢慢挪上楼顶。刚一踏到楼顶上，一股清风吹来，司徒昌顿感舒服了不少。他惊讶地发现，司徒遇正一个人站在那里呆呆出神。

"阿遇，你在这里，你……"

"是昌哥啊！你好些了吗？"

"我好多了，你在想什么？"

"我在想，我们自卫队被日本仔挡在外围，国军又不来救援，我们很难突围了。煦哥现在病得厉害，我想，我们怎么可以弄到些水和粮食。"

"是啊，有了水和粮食，我们还可以守下去。"

司徒遇说："昌哥，你看，乡民们都在关注着我们呢。"

司徒昌顺着司徒遇的手指方向看去，果然，他看到距离腾蛟庙很远的地方，有很多乡民面向南楼，静静不动。

"乡民们不放心呢，冒死回来看我们。"司徒遇说。

"你看，地都要荒了，再不种，乡亲们今年吃什么？"

司徒遇听出司徒昌的话外之音，追问道："昌哥，你说什么？"

"地都要荒了。我们横竖一死，和日本仔拼了，一战成仁，死也死得值了。那样，乡民们也可以回来安安稳稳过日子。"

司徒遇望着远处的乡民，久久没有说话。他很矛盾，他也想和日本仔激烈地干一仗，多杀几个日本仔。可是，他从煦哥那里看到了更多的坚持，他们的目的不仅是杀日本仔，更是阻挠日本仔撤退，给前线反攻的部队争取时间。

"阿遇，我知道你在想什么，不要指望国军救援，我们没了粮食没了水，弹药只剩几发了。你看现在南楼四周全布满了敌人，这是要活活困死我们。我们死不足惜，不能在临死前便宜了日本仔，更不能因为我们让乡民遭殃。"

司徒遇点点头说："好，我现在就去找煦哥商量。"

6

虽然躺在床上，可是司徒煦根本睡不着。他想了很多，他想：已经断粮断水，弹药也只剩了几发，如果敌人大规模进攻怎么办？即使不能守住南楼，但也给敌人沉重打击，减缓了他们通过的速度，我们死而无憾了。

司徒煦突然冒出了一个念头，与其到时候被敌人俘虏或受尽折磨而死，还不如现在就死，也省得受那被辱的羞耻。想到这里，他慢慢坐起来沉思着，死，并不可怕，可是他们，如果能突围出去，是最好的结果。司徒遇，家里有妻儿老小一家人望眼欲穿；司徒耀，与二十一岁的青春少女吴东就新婚才一个星期，就遇上了这场惨烈的南楼阻击战，不能让他的儿子一出生就没有爸爸；司徒旋，有着相对优裕的家庭，可是他是家里的独子，为了参加自卫队放弃出国读书；司徒浓，他死了，他的儿子怎么办；司徒丙，他才那么小；司徒昌，他们的老大哥，他本可以在国外舒舒服服待着，却毅然回国抗日。司徒煦仰头望着天花板，刚才的念头不由动摇起来。

"煦哥！"

"嗯？"司徒煦扭转头，见是司徒遇站在旁边。"有事吗？"他问。

"煦哥，我们有个想法想请你拿个主意。"

"你说。"

司徒遇把他和司徒昌刚才的想法说了出来，然后他有些激动地说道："煦哥，我反复思考，昌哥说得对，我们反正也是一死了，与其坐以待毙，不如放手一搏。刚才我问了兄弟们，他们情绪都很高昂。南楼守到现在，等待救援是不可能的了，现在就是有救援，一时半会也打不进来，我们一样也是死。我们已经尽力了，虽然最终失败了，但虽败犹荣！"

司徒煦伸手握住了司徒遇的手，他咳嗽了两声，沉重地说："我刚才一直在想这个问题，阿遇，我不是下不了这个决心，我实在是，舍不得你们啊！"

"煦哥，不要想这么多了，你觉得谁能单独苟活？再说了，我们没了弹药，突围是不可能的了，赤手空拳，不但跑不了，还死不了，结果只能被俘，这是我们最不想要的结果。"

"你说的是，说的是。让我再考虑一下。"

"煦哥，你怎么现在这样婆婆妈妈起来了？"司徒遇生气地说。

司徒煦下床站起来，他突然觉得有点头晕，身体稍微晃了一下。司徒遇连忙上前扶住。

"我不要紧。"司徒煦推开司徒遇的手说，"我们上去，我想透透风。"

从一楼走到楼顶，他们走了十多分钟。司徒煦尽量表现得很好，想加快脚步，可是咳嗽却不由自主。司徒遇跟在他后面，担心地看着他，他是拖着两腿慢慢挪着上的。每走过一层，司徒煦都面带微笑和每一层的弟兄打招呼。他看着弟兄们虽然脸色疲惫，嘴唇干裂，可是都瞪着布满血丝的眼睛关切地注视着他，眼睛里充斥着决绝而激动的光。

来到楼顶，他看到司徒昌还站在瞭望台边缘一动不动。司徒昌听到身后的动静，转过身来。看到是司徒煦，连忙走过来。

司徒煦和他并排站着，他们向远处瞭望，谁也没有说话。

太阳从层层云雾中露出脸来，像刚洗了澡一样，红红的湿湿的，潮湿的雾气笼罩着这座青灰色的小楼。司徒煦不由舔了一下干燥的嘴唇。

他拿起喊话筒，吹了一下，然后递向司徒遇。

司徒遇迟疑地去接话筒，司徒昌说："我来吧，阿遇你下去通知弟兄们，注意隐蔽。我们这一喊话就暴露楼里的真实情况了，敌人很可能进攻。"

司徒遇明白了，他眼里闪过一丝兴奋的神色，转身向楼下跑去。

司徒昌举起话筒，对着远处越来越多的乡民高声喊道："各位叔伯婶姆，兄弟姐妹，你们安心回家吧！要耕好田才有饭吃，不要担心我们南楼内的兄弟。我们七人誓与南楼共存亡，我们所作所为，对得住祖先，我们死而无憾！"

司徒煦拿起一只粗瓷大碗，仰头望望红彤彤的太阳，突然一甩手，大碗向腾蛟庙方向飞去。瓷碗落在青石板地面上，清脆的响声打破了沉寂的空气，一片片碎瓷片闪着暗淡的白光在地面上四散滑开。

有大胆回到村里的乡民正站在巷口张望，他们看到这一切，不由失声痛哭起来。司徒煦怕日本仔听到动静出来发现巷口的乡民，连忙挥手让他们回去隐蔽，乡民们满腔愤怒，有的人端着水就想冲过来。司徒煦吃了一惊，他抢过话筒，忍住咳嗽，高声喊道："快隐蔽，日本仔来了，你们来是白白送死，根本过不来。回去，回去！"那几个乡民犹豫着，终于还是忍着泪慢慢退了回去。

驻在腾蛟庙的日本仔听到楼顶自卫队的喊叫声，踢踢踏踏跑出来一片，他们想出来看个究竟。四楼的机枪手司徒耀眼尖，大叫："发现敌人，快隐蔽！"众队员马上伏在地板上。

楼顶的司徒煦和司徒昌也发现了敌人，更加焦急，对远处的乡民喊道："不要担心我们，放心吧，敌人很快就会撤退，你们一两天后就能回来安心种地，好好过日子。"喊完话，他一阵剧烈的咳嗽。乡民们陆陆续续散去，司徒煦欣慰地望着他们的背影，竟然忘记趴下来隐蔽。

"阿煦，下楼吧，敌人发现了我们。"司徒昌拉了他一把。

这时，越来越多的日本仔从庙里涌出来，但是谁也不敢往前走，只是举着枪对准南楼，虚张声势地嚷着。

司徒耀端起机枪，机枪里是唯一的一梭子子弹。他瞄准敌人，扣动了扳机。距离太远了，狡猾的敌人乱嚷着，纷纷迅速缩回庙内。

一切又归于安静，南楼仅有的子弹也打光了。

7

在南楼前出现骚动的时候，吉田已经明白了怎么回事。他一拍脑门，恍然大悟，同时哈哈狂笑起来。之前他接到总指挥电话，电话里，他被臭骂了一顿，说他办事不力，甚至同情自卫队，不愿意用毒气弹对付他们，还骂他无能，毒气弹都浪费了也没有起作用。原来上级为了消灭中国军队，已经什么都不在乎了，自己还在这里患得患失。没有了顾忌，吉田马上申请从江门调来毒气弹，并且保证这次一定成功。

放下电话，吉田虽然有了定心丸，可是想到南楼里一群硬骨头，还是头疼不已。那个瘦参谋时刻不离身边，让他更是烦躁不安。他妈的，就会打小报告，把老子弄倒了你有什么好处。

上头已经通知了江门驻军，吉田派了一支分队去拉炮弹，虽然一路往东都是日军的地盘，可他不敢大意，反复叮嘱，要他们晚上乘着夜色从水路回来。他已经下了保证，这次可真是不能再出什么差错了。

现在，他猛地听到南楼的喊话，心头又惊又喜。惊的是，这帮游击队太难对付了，到现在还这么猖狂；喜的是原来南楼里面不过区区七个人，看样子已经快撑不住了。不过只听自卫队自己说弹尽粮绝，他还存着疑惑，谨慎一点错不了。妈的，才七个人。吉田由刚才的惊喜渐渐转入懊丧，才七个人啊！一种从未有过的挫败感在撕裂他的自尊心，在践踏着他作为军人的尊严。

"八嘎！"他心里狠狠地在算着一笔账：击沉气垫船三只，击坏木战舰三艘，溺毙一百多人；这几天围攻南楼，击毙日军士兵十六名，其中一名中尉，击伤一百多人，让三千多人无法前行，让他身后十多万人不能顺利过境往广州开拔……如果上峰给他算这笔账，他不敢想下去，只觉得背后嗖嗖地冒着凉气。

瘦参谋看着吉田阴晴不定的神情，阴险地笑了笑，凑到他跟前低声说："中佐大人，恭喜您啊！"

吉田哼了一声，没有说话。

"中佐大人，早听我一句话，也不至于等到今天。好在自卫队命在旦夕，您就等着立功吧。"

吉田火气上蹿，连声冷笑道："哼哼，立什么功，不要像藤原君那样就烧高香了，七个游击队，动用了三千多皇军，耻辱啊！"说到这里，他突然为藤原感到遗憾，面对瘦参谋，他惺惺相惜，竟然失落起来，进而对这场战争产生了厌倦的情绪。

麻生太郎走了进来，他先立正行了个军礼，然后请示道："报告长官，据侦查，敌人很可能已经弹尽粮绝，是否可以发动攻击？"

"放屁，"吉田一股火终于喷发出来，"什么侦查，人家自己不说你知道他弹尽粮绝了？滚回去给我待着，等毒气弹！"

麻生太郎吃惊地看着吉田因生气而涨得通红的脸，又看了看嘿嘿冷笑的瘦参谋，低头"哈伊"一声，退了出去。

随着太阳渐渐西斜，又一天快要熬了过去。队员们都很疲惫，只有壮得像头牛一样的司徒耀好像没有受到饿了两天的干扰，仍然不知疲倦地跑上跑下侦探敌情。

司徒煦叫住他："阿耀，不要管它，来就来吧，节省点体力。"

"哎！"司徒耀闷声闷气地回答。

"阿耀，来，告诉我们，想你老婆不？"靠在墙根的司徒遇笑呵呵地问道。

司徒耀红了脸，突然扭捏起来。

"哈哈，炮筒子也会害羞呢。"大家哈哈笑了起来。

"我要当爸爸了，我有儿子了。"司徒耀兴奋地说着。

其他人都不约而同看了司徒旋和司徒丙两人。司徒旋似乎没有听到他们说什么，正低头在纸上写着什么。一根铅笔头笔尖断了，他在地上使劲蹭了两下，又写了起来。

"又在写诗呢？秀才。"司徒耀蹲下来，仔细看他纸上写了什么。

司徒旋迅速把手背到身后："一边去，你又看不懂。"

"谁说我看不懂了，啊！伟大的祖国，母亲！我也会写，哼！"司徒耀故意摇头晃脑不屑一顾的样子。

大家都笑了，司徒旋也笑着把纸拿到前面来，不再理他，仔细看了看，对折了两下就要装进衣袋。司徒耀手疾眼快，一把抢了过来。司徒旋急了，跳起来和他抢。

司徒遇从后面拖住他，也笑嘻嘻地说："写好了给大家读一读嘛，上次你写的那首诗多好，干吗私吞了呢？"

"不是的，不是……"司徒旋涨红了脸，但是却挣脱不了司徒遇。

司徒耀已经展开了纸片，他大声读道："亲爱的阿妈，您好吗？……"他突然住了声，所有人都是一愣。司徒遇放开了手，司徒旋一把抢过纸片，团成一团，眼泪却涌出了眼眶。

司徒煦走过去，轻轻搂了搂他的肩膀，低沉地说道："写吧，我们都有自己的亲人，想说什么写下来。"

"妈的，没什么写的，秀才，你替我写一句，告诉我老婆，让她好好抚养我儿子，等他长大了给我报仇！"司徒耀说。

司徒昌笑着说："去你的吧，日本仔还能在中国待到那时候啊！那我们就白忙活了！"

"是啊是啊，现在日本仔不都在逃窜了吗？还等到你儿子那时？"坐在地上的司徒丙也撇着嘴说。

司徒耀憨憨地笑了，他摸着后脑勺傻傻地不知说什么好。

一直沉默的司徒浓突然说道："我只希望我儿子平平安安的，以后能好好读书，好好做人。不要像我们这样，生在乱世长在乱世。"

"不会的，我们的血不会白流的。我们的孩子会呼吸着和平的空气成长。"司徒煦缓缓地说。

这次谁也没有笑，司徒旋也已经擦干了眼泪。他又把纸片一点点展平，在纸片后面郑重地写上了司徒耀、司徒浓、司徒煦说的话。

8

夕阳微弱的光芒从小窗洒进渐渐暗淡的南楼里，地板上斑斑驳驳。站在窗前的司徒耀的身影被拖得长长的，在地板上晃来晃去。

南楼里一片寂静。队员们有的靠在墙壁上，有的躺在楼板上。楼上已经没有人放哨，司徒煦撤掉了所有岗哨，让大家好好休息。日本仔来就来吧，就等他上门呢。

司徒煦什么也没有写，他不是没有什么说的，他想说的话太多了。可是他不想写，既然已经舍弃了一切，那么就舍得再干净一点吧。刚才司徒耀和司徒浓的话引起他深深思索。他连自己都奇怪，怎么回国抗日这几年，自己变得越来越谨慎小心、多愁善感了？是多难的祖国改变了他，让他由一个无羁的少年成长为忧国忧民的战士。

孩子，孩子，他想起沁荷曾经说过的话："我要给你生个儿子，那是我们爱的见证。有朝一日，你真的离开了我，那也是我活下去的信念!"司徒煦心头一个激灵，沁荷，我的沁荷。他眼里蓄满了泪花，喃喃呼唤着沁荷的名字。

他到今天才明白了沁荷的苦心，她为了自己，不顾姑娘家比生命还重的声誉，不顾生命，她不是给自己留下活下去的理由，而是为了他，给他一个义无反顾的理由。司徒煦带着泪幸福地笑了，他望着渐渐消退的夕阳的光芒，苦涩而幸福地笑着。这场战争，他失去了祖辈辛苦创下的家业，失去了母亲，可是他为他的家人而骄傲，他为自己而骄傲。别人又何尝不是呢？放弃家业从海外迢迢赶回来的华侨不计其数，仅他们这七个人中他和司徒遇、司徒昌三人都是这种情况，可是谁又有一句怨言？谁又后悔自己的选择了呢？

天快黑了，敌人还没有行动。身体虚弱的司徒昌已经沉沉睡去，可他的睡姿却还是备战状态——坐在草垫子上，怀中搂着枪。司徒耀和司徒遇想把他抬到床上去，可是又怕他醒了。司徒煦走过去，他把身上的单衣脱下来，轻轻披在司徒昌身上。他看到司徒丙正靠在墙上打盹，就过去把他叫起来，让他到床上去睡。司徒丙死活不去，司徒遇说："床上可以挤两个人，阿丙，你去和煦哥睡床。"司徒丙噘着嘴含着眼泪躺在床上，可是这样一来他反而睡不着了。

"煦哥，给我讲讲南洋的故事吧。"阿丙一手托着腮帮子，睁着亮晶晶的圆眼睛，期待地看着司徒煦。

司徒煦温和地拍了拍司徒丙的圆脑袋，说道："你听外面起风了，又是东南风。"

"煦哥敷衍我，你岔什么话题嘛！"

"呵呵，起东南风是好事啊，保不准日本仔又要发毒气弹了。"司徒遇在旁边调侃着说。

"遇哥，煦哥不肯讲，你给讲讲嘛。"司徒丙像个小孩子一样又缠住了司徒遇。

司徒遇嘿嘿笑了："傻小子，煦哥不舒服，口干舌燥的，给你讲那些你不渴啊。"

司徒丙听了，沮丧地垂下头。司徒煦微微笑了一下，低声说："不管哪里也是外乡，再好的生活也过不惯，不如家乡好。"

"是吗？"司徒丙似懂非懂地眨眨眼。

"在国外，我们有再多的钱也没有地位，总是受欺负，在南洋的华侨无时无刻不在思念着家乡。"

司徒丙内心充满了疑惑，他的好奇心越来越重，他真想问个明明白白，可是他看到虚弱的煦哥，又忍住了。他抬头望着司徒遇，却见他已经走到楼梯口正和司徒浓说着什么，也只好躺平了不再作声。

司徒煦知道他的心思，他强忍胸口的难受，缓缓说道："我们国家太贫弱了，在世界上没有地位。这些我也是去了南洋才体会到。我们没有一个强大的国家做靠山，谁都敢来欺负，走到哪里都被人小瞧，被人欺侮。我们挺不起脊梁做人，读多少书我们也无法写好一个人字！你想过没有，要是我们国家和美国、英国一样强大，日本敢来侵略我们吗？他就是来了也早被打跑了，何至于让日本仔在整个中国肆意横行那么多年。"

"你这话我明白，就像过生活，你没钱没势，到哪里都抬不起头来！"

"哦，没钱没势……"司徒丙的这句话让司徒煦一时语塞，他不知道该怎么回答他。这样的例子不能说是错的，可是这又是一个多么荒谬的理论啊！虽然荒谬，却在中国一直堂而皇之地盛行着。有钱有势的人，被看成了国家的脊梁，然而，这些国家的脊梁，在祖国最需要他们的时候，折了，消失了。

司徒煦沉重地叹了口气，缓缓闭上眼睛。他不想再解释什么，他宁愿在司徒丙单纯的心里，对这世界多一份美好的留恋吧。

9

夏天，天黑得很晚。这天正好是大暑节气，虽然刮起了东风，可是空气正是最闷热潮湿的时候。南楼里空气流通不好，连日来又是燥热难耐，不仅司徒昌，就连司徒旋也开始觉得头晕恶心，明显的中暑症状。

司徒旋沉重的呼吸引起了司徒煦的注意，他抬起头，轻声招呼司徒旋。司徒旋晕沉沉地看了他一眼，勉强笑了一下。

"来这里躺着，我胸闷，躺不下，我去椅子上坐着。"司徒煦一边说一边下了床。

刚刚有些睡意的司徒丙迷迷糊糊嘟囔道："阿妈，我渴！"

司徒煦愣了一下，转过身，爱惜地抚摸着司徒丙那浓黑柔软的头发，心头一阵酸痛。

"煦叔，阿丙想他阿妈了，唉，他才十八岁。"司徒旋挣扎着站起来，司徒丙的梦呓让他也想起了自己的阿妈。他心里酸酸的，眼睛不由自主有些潮湿。但是他强自忍耐着，笑着说阿丙。

心直口快的司徒耀呵呵笑了起来："你也比他大不了多少，你也想你阿妈了吧?"

司徒煦给他使了个眼色，但是司徒旋已经低下头去："是的，我阿妈是天底下最好的阿妈，我已经两年没有见到她了。为了避难，两年前，她也去了南洋。我不想走，她支持我，说和我阿爸等着我打败日本鬼子回来。她还说，那时天下太平了，让我去美国读书，我有个表叔在美国，他们……"他越说越激动，越说越多，但是他突然停住了。

"怎么了，怎么不说了?"司徒耀催促他讲下去。

司徒煦摆了摆手说："阿旋，天底下最伟大的就是妈妈……"他猛然哽咽了一下，他无法控制突如其来的悲伤，他想到了自己，阿妈死在日本仔的手中，自己竟然无法为她安葬。妈妈，儿子就要去见您了，以后儿子都在您身边尽孝了。司徒煦咬紧牙关不使自己的眼泪流下来。他接着说："说到妈妈，谁都会想念的，可是，我们今天所做的一切，都会让她们感到骄傲，弟兄们，大家都是好样的，没有给自己的妈妈丢脸！"

"记得当年教馆的马先生给我们讲过文天祥的故事，他被元兵俘获后，无论是高官厚禄的引诱还是严刑拷打都不变节，留下了两句响彻中华历史的诗句——"

"人生自古谁无死，留取丹心照汗青！"司徒旋马上背出来。

"我能猜出意思是谁都要死，但要死得光彩。只是那汗青是什么意思呢？"司徒耀问。

"古时在竹简上记事，先以火烤青竹，使水分如汗渗出，便于书写，避免虫蛀，故称汗青。后世把著作完成叫作汗青，也指史册。"司徒旋解释道。

"阿旋真是个好先生，你一说我就明，阿旋，打走了日本仔真该到美国好好读书。"司徒浓说。

司徒旋抬起头，终于又说了下去："我一直没有对你们讲过，就连煦叔也不知道，我美国的表叔有一个女儿，我们很早就订婚了。我答应她等我去了美国就结婚。现在看来，不可能了。不知道我死了以后，她会怎么样。我希望她嫁个好人家，忘了我……"他声音低了下去，他似乎耗尽了体力，再次坐在地上，靠着墙闭上眼睛。

"阿旋，去床上睡。"司徒煦低声叫他。

"旋哥好可惜，这么有学问。"司徒丙不知道什么时候醒了，趴在床上叹息道。司徒旋和司徒煦是远房亲戚，论辈分他是司徒煦的侄子辈。所以他一直叫司徒煦为煦叔。可是别人，包括司徒丙都叫他煦哥。而司徒丙比司徒旋年龄小，又叫他旋哥，彼此之间也不在意。

天渐渐黑透了。刚刚晴朗的天空因为东南风的缘故，又被一层层乌云遮挡住，没有月亮，沉沉的夜色，伸手不见五指。

不知道为什么，本来还疲惫不堪的七个人竟然又逐渐清醒起来。或许是干渴和饥饿的原因吧，根本睡不踏实。再有，每个人都不可能不注意南楼外面的动静，都在等待着敌人的进攻。

"但愿晚上下场大雨。"司徒遇舔了舔嘴唇说。

司徒煦让司徒旋去了床上，他坐在司徒遇身边，听他这样说，也咧开嘴笑他："你应该再祈求上天，一个霹雳把日本仔们都炸死！"

"哈哈哈哈……"司徒遇大笑起来。

司徒丙一骨碌爬起来，他跳下床也凑到他俩身边："什么这么好笑？给我讲讲。"

"细佬仔（当地方言，小孩的意思），哪儿也有你，大人说话细佬仔不许插嘴。"司徒遇笑着揪他嘴唇上毛茸茸的一层胡须。他也和司徒煦一样，从南洋回国后就一直没有剃须，他的胡须很浓密，现在乱蓬蓬一大把，像杂草一样。

司徒丙气恼地躲开他的大手，低头坐在一边赌气不说话。

司徒煦说："阿丙也长胡子了，我们像你这么大的时候，正是天不怕地不怕，不知天高地厚。"

"你那时候认识了沁荷姐姐没有？"司徒丙瞪圆了眼睛好奇地问。

"没有，我成天就知道玩，除了睡觉吃饭就是打猎捕鱼，还玩鹰。"

"玩鹰？"司徒丙惊喜地叫道。

"这有什么大惊小怪的，嘿嘿，咱们队长的鹰吃了乡民的鸡，被罚一个月不许出门，他呀用裤子、被子绑着自己，从二楼把自己吊下来，愣是三天没敢回家……"

司徒煦啪啪拍了司徒遇后脑勺两下："你再说，你再说，小心我把你的糗事都抖搂出来！"

司徒遇笑着对司徒丙说："队长就是队长，从小就这么霸道，只许说别人，你不让我说是吧，嘿嘿，我让阿旋给你写个自传，让全国人都知道你的光荣事迹，哈哈——"说完，他一跳，站起来坐到了司徒煦对面。

大家都开心地笑了起来。司徒煦像是想起了什么似的自言自语道："是啊，让全国人都知道，对，对……"

10

司徒煦扫视了一下或躺或坐的弟兄们，他轻轻咳嗽了几声，大家就都向他这边看过来。

司徒煦让自己的呼吸平稳下来，声音不高却铿锵有力地说道："我有个想法，刚才阿旋给妈妈写信让我想了很多，我们应该给后人留下点什么。我从小就梦想做一番大事业，今天我们做的我不知道算不算大事业，虽然在开平，我们也为抗日尽了一份力，可是在全国来说，也许真的算不了什么。"

"什么算不了什么？他李江名义上是国军广阳总指挥，他做了什么？现在他一拍屁股跑了，他好几千人的队伍打不了日本仔？好几千的日本仔却被我们拦在这里了。要不是该死的李江临阵脱逃，我们赤坎乡亲就不会遭这罪，我们也不至于被困死在南楼!"司徒耀插嘴骂道。

司徒遇对他摆了摆手,示意他听司徒煦说下去。

司徒耀的话要是换做前两年,脾气同样火爆的司徒煦肯定也会大骂不止,甚至比司徒耀骂得还凶。可是连他自己都奇怪,现在的他竟然没有了火气,也许是无奈,也许已经看惯了这些不公的事情。但是这不代表他没有了血性,他是在战火的洗礼中不断认识,不断成长,终于明白了很多道理,他从司徒新积那里,从余先生和关校长那里,他又学到了以前从未听说过的东西。他的曾经的幻想变为实在的理想,虽然这个理想他将无法看到实现的那天,可是他希望今天的牺牲会给后人以启示和激励。

他顿了顿接着说道:"抱怨,解决不了问题。社会就是如此,我相信,不久的将来,这种现象终会改变。好了,我们不说这个。不管我们做的事是大是小,在我们自己来说问心无愧,上对得起祖宗,下对得起后人,这就足够了。也不枉我们身为男人在世上走一遭。我们做的这一切,不能就此烟消云散,我思来想去,必须让后人知道我们为了保卫南楼,为了阻击日本仔,保家卫国所做出的牺牲。我们不是邀功,更不是为了青史留名,我想,只有让更多的人从中看到希望,看到中国人奋起反抗的决心,知道中国人不是好欺负的,让后辈们得到激励,让所有人觉醒过来,不再畏畏缩缩只求自保,而是勇于抗争,敢于为人先,那样我们的家乡,我们的国家才有希望!"

所有人都静静听着,司徒旋的眼里已经蓄满了泪花。司徒昌挨到床边,使劲搂住他的肩膀,他回头感激地一笑。

司徒煦停了片刻,他需要平复一下情绪,让呼吸稳定一下。

司徒遇担心地说:"煦哥先坐下休息休息。"

司徒煦轻轻咳嗽了几声,摆摆手接着说道:"我不碍事。我以前被乡民们骂作不务正业,书读不好,生意不想做。我一直觉着这样没什么不好,即使参加了自卫队,我也还是很留恋以前的时光,认为那时候就算打鸟打猎也好,都为我今天打日本仔打下了基础。可是我接触了司徒新积他们以后才发现,自己的想法真幼稚。我们打日本仔,不是单靠有好枪法就能行的。和日本仔死拼没有个结果,日本仔武器比我们好,装备比我们优良,人也比我们自卫队多。可是我们不仅没有被日本仔消灭,反而越来越壮大。这是为什么呢?"

"是我们得到了乡民的支持!"司徒旋小声说。

"对,阿旋说得很对,得道多助,正义的战争总会胜利。不过这只是一方面,因为我们还有保家卫国的信念,有正确的战术指导。中国需要英雄,更需要智慧。人家关校长、余先生，还有司徒新积，都是从大学出来的，一介书生，投笔从戎，哪一点比我们这些在山上河里摸爬滚打的差了？没有他们，我们只会瞎撞瞎碰，根本找不到出路。唉，咳咳……咳咳，我说远了，说远了……"

"煦哥，说得很好！坐下歇一歇吧！"司徒遇把他拉到长凳子上坐下。

咳嗽了好长时间，司徒煦脸憋得通红，终于停下来。他仰头像是在思索什么，他的额头由于病痛和操劳出现了很深的皱纹，头发杂乱无章，鬓角露出根根白发。

"从现在的情况看来，突围出去的机会很渺茫，我们要做好牺牲的准备。我们在墙上写个遗书吧。大家想一想怎么写，不用写得太多，就能体现出我们视死如归、尽忠为国的决心就可以了！"司徒煦说。

司徒浓站起来，他依旧抱着已经没有子弹的长枪。但是他没有说话，只是坚定地看着司徒煦，半天才点了点头，转身向楼上走去。

"就写我们弹尽粮绝，誓死不降，和南楼共存亡，希望后来人能够踏着我们的血继续前进，杀光日本仔！"司徒遇对司徒旋说。

"有墨水没有？"司徒煦突然问。

"有，在三楼，我一直随身携带的，幸好是已经磨好的，否则没有水。"司徒旋庆幸地说。

"走，上三楼，那里空气也好。"司徒煦提议。

几个人通过黑魆魆的楼梯，慢慢走上三楼。司徒旋干呕了两下，什么也吐不出来，不过他精神尚可，跟在司徒煦后面。司徒丙搀扶着司徒昌走在最后。

三楼影影绰绰能看到一些物事，司徒浓正站在窗前，背对着他们。司徒遇从衣袋里翻出一截短短的蜡烛，擦着火柴点燃了。微弱的烛光映照着众人苍白的脸颊。他把蜡烛放在靠南墙的桌子上，司徒煦从一只木箱子里拿出自己的包裹，这只木箱子里放着他们七个人平时的衣物。

"就写在南墙吧，这面墙比较光滑，背对敌人，也不容易受到袭击。写在墙上，表明我们的决心，人在楼在，楼亡人亡！"司徒煦用手在南墙上轻轻抚摸了一遍。

"煦叔，怎么写？"司徒旋觉得有千言万语想写下来，却又不知道该写些什么。

"就照刚才阿遇说的写吧，写上我们是为国尽忠。"司徒煦说着，一股阴云却袭上心头。他竟然感到一种前所未有的憋闷，在这时候，他突然产生了一丝犹豫，就这样死吗？我们写遗书又是为了什么？我们的坚守和流血，总归不会被历史抹去，这样做是否有意义？

司徒煦沉默了，他慢慢在地上踱来踱去。但是，大家的情绪已经亢奋起来，只有司徒遇忧郁地看着他。司徒遇越来越感受到他的深沉，甚至有时候不太明白他在想些什么。

在你一言我一语中，司徒旋把大致意思写在纸片上，然后让司徒煦看。他看了一眼，说："可以，写吧。"然后就背转身，望着窗外，又陷入一种莫名的深思中。

司徒旋拿出毛笔，饱蘸浓墨，起手在南墙上竖写第一行："煦、旋、遇、昌、耀、浓、丙。"然后另起一行接着写道："我等保守腾蛟，历时四日来（注：遗书原文如此，实则自7月16日至7月23日，即农历六月十五，共八日）未见救援。敌人屡劝我投降，我们虽不甚读书诗，但对于尽忠为国为乡几字，亦可明了。现在我们已击毙敌十六名，亦已及相当代价。现在我们各同一心，于中华民国三十四年六月十五（农历），自杀于腾蛟南楼，留语族人，祈在敌人退后，将此情况发表报纸上，则同人等死亦心甘矣。"

写完后，司徒旋手腕微颤，掷笔于桌上，脸因激动而发红，眼中溢出晶莹的泪花。众人默默不语，都握紧拳头，注视着墙上笔墨未干的遗书。

"留语族人，见诸报端。"司徒煦喃喃自语。

"你累了，煦哥。"司徒遇在他耳边说。

"不，我们不能就死，我们为什么要自杀！"司徒煦突然一字一顿地说道。

所有人都惊讶地回头望着他。

第十二章

1

"我们不能就这样自杀！"司徒煦再次斩钉截铁地说道。

"煦哥你想到了什么办法？"司徒耀激动地问。

"没有。"司徒煦紧锁眉头，"不过不能自杀，我们自杀了，等于说把南楼拱手让给了日本仔，世上没有这么便宜的事。我想起司徒新积曾经说过的话，杀身成仁容易，隐忍受辱难。我们一死容易，也许会成为烈士，永远被人凭吊。但是现在我们还不是死的时候！"

"那何时才是死的时候？煦哥，你说得很好，可是我们在这里拼死拼活，有谁知道，有谁管？国军都跑了，我们几个还要徒劳地守着！"司徒耀大喊起来，他蹲在地上，第一次哽咽着流下眼泪。

司徒丙和司徒旋等人也不由低声啜泣着。

司徒煦望着外面阴沉黑暗的天空，他心里也很乱，他不知道该怎么安慰自己的战友，可是他一点点在回忆，几天来的每一次战斗，每一次与敌人的交锋都在他脑子里交织着，他又不由自主咳嗽起来，他掏出手帕，背对着众人捂住嘴。

"今天又是十五了，可惜没有月亮。"司徒昌挂着枪来到他身边，"阿煦，我知道，你不甘心。可是不甘心有什么办法？救援已经不可能来了，我们断粮断水，与其活活被困死被俘虏，还不如一死痛快！你说过的，我们已经尽了最大的力，凭我们七人之力，挡住了几千日寇的进攻，给日本仔造成这么大的伤亡，我们死也值了！难道你对我们写的遗书有看法？哪里有不妥的地方？"

"不，遗书不重要。先前一些虚荣的东西在我头脑里太多了，我从小都梦想成为英雄，到死我都想做后人的一个榜样。所以我才想写这样一份前无古人的遗书。可是，我心里总是沉甸甸的，说不上为什么。我就是觉得我们不能这样死啊，我们难道就当真已经只有死路一条了吗？"

司徒遇眼睛突然一亮，他大声说道："是啊，煦哥说得对，我们才断水断粮两天，还不至于山穷水尽啊！敌人现在静悄悄的，他们不进攻，我们为什么要自己死？"

"敌人肯定筹划着下一步大规模进攻呗，可我们有什么办法？"司徒耀摇着头说。

司徒浓突然上前在他屁股上踢了一脚骂道："亏你平时骂日本仔那么凶，到这时候怎么这样窝囊起来了？怕什么，日本仔来了没有枪炮还有手，赤手空拳也要和他们斗到底！对，我们不该这么早就放弃！"

司徒耀跳起来红着眼吼道："我不是窝囊废，你等着看，我就是死也要拉上一个日本仔垫背！"

司徒煦依旧没有回转身，他极力克制才终于忍住咳嗽，他说："今天白天，你们看到了吗？那些乡民，他们一直在关注我们。也许，我们现在自杀可以让他们平安回来过日子，可是这不是他们希望的。我们活着一天，他们就多一天的希望，赶走日本仔的信念就更坚定了！"白天那些背着粮端着水向南楼张望的乡民的身影在他眼前晃动，他声音开始颤抖，"这些天来，我也许不能像以前那样果断，是啊，我自己都在犹豫，我活了三十四岁，到今天才明明白白看清了自己。我只是一个普普通通的华侨，不是什么英雄，坦率地说，我一开始根本没有想到这样艰难。和以前打游击比起来，这才是真正考验我们的时候。对不起，我做得不好，连累大家了！"

"不，煦哥，你不要这样说，你做得很好了！"司徒遇等人大声说。

"呵呵，弟兄们，你们后悔吗？"

"不后悔！杀日本仔是我们每一个乡民的责任！"整齐而坚定的声音。

"对啊！我们守南楼是没错的，抗日是对的，杀日本仔是对的，只有打才有出路，没有半点可以妥协！我们不后悔。我们还要坚持下去，坚持下去！"司徒煦坚定地说。

"煦哥，你不要说了，我知道，你都是为了我们，为了乡亲！"司徒遇低下头，他觉得眼睛开始发酸。

"我也是为我自己啊！哈哈，我历来不就是信奉个人英雄主义吗？"司徒煦哈哈笑着说，"我们就看看，到底忍辱求生有多难，到底日本仔还有什么把戏，都一起来吧，我们等着！"

"来吧，狗日的日本仔，我们要和你拼个你死我活！"所有人都高声怒吼，他们忘记了病痛，忘记了饥渴，透过黑漆漆的夜，悲壮地望着遥远的苍天。

2

7月24日，农历六月十六。

天快亮的时候，三艘木船沿潭江逆流而上，悄悄停靠在腾蛟北岸。这是去江门拉毒气弹的日本仔们回来了。他们忙乱地从船上抬下两个钉得很严实的木箱，同时还有三门和前几次炮轰南楼不同的大炮，看来是为这种毒气弹专门配的大炮。

吉田一夜没有睡踏实，他翻来覆去听着外面呼呼的风声，心里的火气越来越大。"连天气都和我作对！"他气哼哼地想。从一开始进攻赤坎就是暴雨连天，要用毒气弹了，接二连三又是刮东南风。他妈的，他心里骂着想，那么从南面发炮行不行呢？南楼四面都有窗户，哪面也行，从南面正好顺风。他想到这里，马上大喊："来人！"

卫兵从外面跑了进来。

"传我的命令，到潭江对岸南楼西南侧筑炮台，中午之前一定要筑好！"

卫兵"哈伊"一声跑了出去。过了一会儿，瘦参谋慢吞吞踱了进来。吉田一看到他就头大，真是阴魂不散哪。

"中佐大人好像不大欢迎我？"瘦参谋摘掉白手套，伸着细长的手来回看了看，想要从手上找到什么东西似的。

"说哪里话，请坐。不知今天参谋大人有什么高见？"

"嘿嘿，高见不敢当，不过为了您一次成功灭掉南楼，我还是进献一点不成熟的意见。"

吉田看着他瘦瘦的黄脸，真想一巴掌扇过去，最好把那副金丝边眼镜扇到地上，摔个稀巴烂。他阴沉着脸说："有话就说，不必如此吞吞吐吐！"

瘦参谋咧开满嘴的黄牙笑了，他凑到吉田面前低声说道："我们都是为大日本帝国效力，没必要生气。共同对付敌人才是根本，您说是吗？"

"我生什么气，笑话！"

"吉田队长，我也是奉命行事，您多担待。"

吉田转过身去，这样面对他，他心里别扭得厉害。

瘦参谋环视了屋子一遍，看到那多半瓶红酒还在桌子上放着，就兴致盎然地取下两只高脚杯，"嘭"的一声起开瓶塞，往两只杯子里各倒进半杯红酒。

他端起其中一杯，笑吟吟地说道："吉田队长，面对快要来临的胜利，我们不应该庆祝一下吗？"

吉田恼火地说："什么胜利？彻底的失败！"

"您说什么？吉田君，什么叫彻底的失败？"瘦参谋收了笑脸，严肃地问道。

吉田猛地意识到自己说错了话，不过他很快就镇静下来。哼，就是说错了又怎么样？按他目前的情形，结果比藤原好不到哪里去。藤原好歹不用在这里受罪，他还得想尽一切办法和自卫队斗，斗到最后能怎么样，现在不过是被利用罢了，一旦南楼攻破，就地免职是好的，不弄个自杀谢罪就不赖了。他心里哼哼冷笑着，用阴鸷的目光扫了瘦参谋一眼。

瘦参谋端起酒杯，微微呷了一口，冷峻地说道："吉田君，在此时时刻，身为一方长官，应该稳定军心，提高斗志。我大日本皇军是一往无前，永远不会失败的，你今天说这样的话是什么意思？"

"呵呵，山本君给我扣的帽子也太大了吧？不用您提醒，我誓死效忠帝国和皇军，不像某些人，就知道盯梢打小报告，龌龊！"

"哼哼，您自身难保，还效忠皇军！"

吉田一愣，他不由回头看了对方一眼，却只看到山本参谋一个背影，他竟然出去了。

吉田拧紧眉头，他不由担心起来。山本参谋的话还在耳边回响，那是什么意思？他心烦意乱，顺手端起手边的酒杯，一口喝了下去。

吉田无心去看炮台筑得怎么样，他有些心灰意冷，一切都完了，皇军如丧家之犬，为了逃跑，什么都不顾了。他们这些曾经的骨干力量，开始陷入一个无法自拔的泥淖。除了藤原，他已经知道好几处驻守的日军指挥被免职，甚至送交了军事法庭。他曾经的一个得力部下，因为被追究其在台山对自卫队打击不力，最后剖腹自杀了。兔死狐悲，这无法不让吉田心下自危。南楼打了这多天还没有进展，不用说，上面早对自己无比失望了。他叹了口气，心想，管他呢，最后一击了，再不行，大不了剖腹谢罪。

正胡思乱想，麻生太郎急匆匆跑了进来，他喘息着说："报告队长，敌人发现我们在筑炮台，已经把三面窗户全部封死！"

"什么？八嘎！"

不知什么时候又悄然跟进来的山本参谋阴恻恻地说道："我刚才就对您说，想给您提一点不成熟的意见，可惜您听不进去，唉，白费了功夫。"

3

我奶奶的病日渐沉重，偶尔睁一下眼睛，眼睛迷迷蒙蒙，她似乎已经陷入一种遥远的回忆中。我二伯也快八十岁的人了，我们都劝他去休息，他突然就哭了起来。他张着没牙的嘴，不出声地哭着，眼泪流过满脸沟壑一般的皱纹，一直流进嘴里。

他的哭带得大家心情一下子都很难过。该回来的基本上都回来了，只有几个国外的还没有回来。我爸爸他们那一辈六个没有血缘关系的兄妹，我唯一的昭姑姑在"文化大革命"时病逝，其他几位都还健在。他们此时围在奶奶床前，看到二伯无声的哭泣，也都不由低声啜泣起来。

早晨去了趟南楼，潭江边只有几个晨练的老人，江水平静地流着，让人想不到曾经在这里有过那么一场腥风血雨。南楼破损的墙壁诉说着历史，诉说着七个英魂无畏的壮举。爷爷，不管是司徒煦爷爷，还是关爷爷，在我心中都无比陌生，可是想起那段历史，我自然会升起一股自豪之气。

人太多，乡下住不下，我家和二伯家都在赤坎，于是我们尽地主之谊，把他们安排在了赤坎最好的宾馆。我负责每天早晨接他们过去。这里面有一个姑娘叫关晓敏，比我还小好几岁，刚大学毕业，她是我二伯关建钊的女儿，也就是当年和我爷爷司徒煦齐名的关玉书的侄孙女。我二伯的第一个老婆和他刚结婚不久就迎来了那场"文化大革命"，我二伯被定成右派，她因为怕受牵连和二伯离了婚。我二伯后来一直单身，直到20世纪80年代才和我现在的伯母结了婚，他也可以说是老来得女，一家人对晓敏都十分宠爱。我来到南楼的时候，意外发现她竟然也在江边散步。

"司徒文，过来，过来。"她从小就这么没大没小的，从来没有叫过我哥。

"这么早？"我和她打了声招呼。

清晨的微风吹得人很舒服，我走到她身边，她身上散发出一股淡雅的香气。小时候，我们在一所学校读书，她总是跟在我身后，像个小跟屁虫，这让我想起了当年我爷爷和我奶奶。

"小丫头长大了，好几年没见，这么高了。"我调侃道。

"说什么呢！"她大呼小叫地拍打我的胳膊。然后像是想起什么似的说道："那个，你过来的时候看到那个'赤坎一枝花'没有？"

"谁？"

"你忘了？那个疯女人，天天唱戏的。"

"哦，岁数也不小了，我有一阵子没看到她了。"

"很老了，唉，还是涂脂抹粉的，真可怜，听说那个修车老人死了，没人照顾她，以后怎么办啊？"

"怎么说起她来了？"我奇怪地问。

"这地方，不由人不产生联想。我想起现在这么繁华的小镇曾经被日本仔烧杀抢掠，她不也是个幸存者嘛。"

我点点头。是啊，当时的幸存者很少了，她是，却疯了。

"哎，忘了和你说，我奶奶回来了，她说她没几年活头了，要死在家乡。"

"啊，是吗？那等我奶奶的事了了一定要去看看她老人家。"

"她就住在江门老楼，以后有你看的。我在想，要不要把韶奶奶病重的事告诉我奶奶呢！她可贼了，好像预感到什么，这两天总是让保姆给我打电话，问我在干什么，还说要回来看韶奶奶。"

"这要问一下二伯他们吧，你奶奶要是知道了再有什么好歹……"

不等我说完，晓敏抢白道："什么你奶奶我奶奶，难道我奶奶不是你奶奶？"

她说得像顺口溜一样，我一时没有反应过来，仔细一想才明白了怎么回事，不由也嘿嘿笑了起来。是啊，关晓敏的奶奶程阿云（应该是伯婆）在她爷爷关玉书（晓敏的伯公）去世后嫁给的是我的爷爷关志平，当然也就是我的奶奶了。

我挠了挠头，解嘲似的说："他们那一辈人，真是把我都搅糊涂了。"

"一点也不糊涂，你对他们的事情不清楚吗？"晓敏奇怪地问。

"我是男人，哪像你们女孩子家那么八卦，总是要把人家几辈子的事和私隐都挖出来！"我不屑地撇了一下嘴。

晓敏也不生气，她依旧大着嗓门说话，她的性格真有点像她奶奶。她说道："要不要我给你讲讲他们的故事啊？可精彩了！"

我看了一下手表，才7点多点。我的好奇心上来了，期待地看着她。

晓敏知道的还真不少，看来她奶奶（当然也是我奶奶）和我奶奶（我又晕了）

不一样，肚里存不住话，把年轻时候的事都告诉她这个最疼爱的孙女了。

当年，我的程奶奶（程阿云）回了家，她的奶奶一个人在家里她也不放心。但是这个胆子比天还大的女子做了一件惊天动地的大事。她回家看到奶奶还好身体硬朗利索，只住了一天就借口要去百立山帮忙照顾孩子又溜了出来。她没有回百立山，而是沿着山道一直向北走，她怀里揣着一双刚做好的布鞋，是她回来后一天一夜着急赶着做出来的。她是个山里长大的女孩子，从小摸爬滚打，上树下河，家里几乎把她当成是男孩子养着。她的性情也就变得很直爽，不藏不掖，想说就说，想做就做，不会顾虑太多。现在，她要去找自卫队，要去，她就没打算回来。女子怎么了，一样能打日本仔。她一直不服这口气，虽然给自卫队办了不少事，可是却没机会真正上前线，拿枪打日本仔。不亲手杀他几个日本仔，怎么对得住死在日本仔枪下的亲人？

让她下这个决心的主要还是关志平。那个人的影子已经深深嵌进少女的芳心，她赶着做出来的鞋就是准备送给关志平的。想想到了自卫队，就要见到心爱的人，和他并肩作战，她不由哼起了开平民歌。

前两天关志平和关玉书走的时候她就想跟着走，可是孩子们刚来，沁荷身体不好，韶儿还没有完全恢复过来，她不忍心就这么离开。她看关志平的眼睛越来越情意绵绵，那种情意简直流泻得满屋子都是，梅姐早就看出来了。

梅姐悄悄问她，她毫不隐瞒地点头承认了。梅姐知道关志平一直喜欢沁荷，况且现在两人还有婚姻之约。只是沁荷满腔痴情都给了司徒煦，甚至不顾一切地怀了他的孩子，关文炳一家又去了香港，此事看来只能作罢。想想阿云和关志平确实是挺好的一对，于是她就冒昧地问关志平的意思。

关志平听了梅姐的询问，立刻呆住了。他不是没有感觉到阿云的情意，况且几天下来，他也发现自己很喜欢这个朴实善良活泼大胆的姑娘，只是，他一想到这事，心头就乱七八糟的，理不出个头绪来。他觉得自己这么快就把情从沁荷身上移到一个刚认识了不到一周的姑娘身上，简直是一种可耻。

"我怎么会这样？难道我根本就没有深爱过沁荷？"他强迫自己不要去把两人比较，可是心里又不由自主总是把阿云和沁荷放在一起。

所以直到他走的那天，他还在为自己到底爱谁纠结，甚至觉得自己真是一个无耻的人。

沁荷把他们送到了门口，她低着头没有看他，只轻声说了一句："保重！"

这是沁荷这么多年来对他说的最温柔关心的一句话，他瞬间有些感动，眼眶湿润了。但是没有头绪就放下，一心一意打鬼子吧。要出发了，阿云跑了出来，脸涨得通红，含情脉脉盯着他。惹得关玉书气恼地走出老远等着他。

"你第一次去打仗，千万要小心啊，我过几天就去看你。你不要那么呆头呆脑，听到枪炮声躲着点，你看你鞋都破了，都是泥，我给你做了双新鞋，你要不过几天再走……"阿云突然失去了往日的伶牙俐齿，唠唠叨叨说起来没完。关志平感到一阵温暖，他静静听着，突然觉得这才是一种很实在的幸福。

"有完没完了，就像送老公……"关玉书终于不耐烦地走过来打断了她的话。

阿云和关志平的脸都红了。沁荷微微笑了一下，她抬起头，满怀深意地看了关志平一眼，又低下头去。

阿云把他们一直送出百立山，才恋恋不舍地回来。于是，她打定主意一定要去自卫队，她知道他们在仙人座，她要找到心上人，把新鞋送给他，和他一起打日本仔。

4

让阿云没想到的是，她千辛万苦走到仙人座大山，却没有遇到自卫队。日本仔攻打赤坎的时候，三支自卫队不谋而合，都是边打边往仙人座大山撤退，而且把几百人的一支日伪军也带了进来，把他们牵制在山里作仙人跳，好几天出不去。仙人座大山是很好的打游击的地方，丛林茂密，山沟多，弯弯绕绕，加之队员对这里的地形熟悉，在这里，自卫队队员们沉着应战，击退敌人三次冲锋，日本仔死伤惨重，可是当司徒氏自卫队撤退到这里的时候，他们已经完成任务，全体安全撤退至四九圩。

去了四九圩？那么关志平知道吗？赶上队伍没有呢？阿云在山里转了半天，不知道该怎么办。此时，还有部分日本仔在山里搜寻自卫队队员，她好几次都是和日本仔擦肩而过。后来她只好又往南返，她抱定一个决心，不管怎么样也要找到自卫队。有关玉书在，她对关志平还不是十分担心，心想，只要找到自卫队就好说了。于是她抱着一双鞋，又往四九圩赶路。

阿云从小就在山里跑惯了，一双大脚走得飞快。下午，她已经到了塘口镇四九圩。日本仔做梦也不会想到自卫队又会返回来，所以她还真的找到了自卫队。

在塘口，阿云见到了关文周等人，他们正在这里休整。她着急地向他们打听关玉书和关志平。才知道他俩在去仙人座的时候正好赶上自卫队撤退，他们俩却没有撤到四九圩，而是随另外一支关氏自卫队去了三埠，日本仔都在攻打赤坎，他们就往三埠端了日本仔老窝。

阿云有些失望，她怔怔地坐了片刻，站起来就走。从早晨到现在，她竟然没有感觉到饿，她的五脏六腑都被这个人填满了，不见到关志平，她心里永远都不踏实。

关文周等人拦不住她，对这个倔强的女子也是佩服得不行，但是叮嘱她路上注意日本仔。她根本没有害怕的念头，抬脚就往三埠赶。也幸亏她与那些三步不出围门的女子不同，平时野惯了，跟着村里卖货办货的叔伯兄弟，去过好多次三埠，熟路。

关志平真的彻底爱上这个热情的山里妹子就是在这个时候。当他得知这一切，当他看到满头大汗地抱着一双新鞋站在自己面前的阿云，他彻底被感动了，他心底最柔软的地方完全敞开。阿云在他心中的位置逐渐超过了沁荷。

后来，阿云的执着感动了关玉书和关文周等人，她真的留在了开平关氏自卫队。关志平是一介书生，在后来的几次对敌战斗中，还幸亏阿云在身边照顾他、保护他，两人才都平平安安直到抗战胜利。

一个月后，抗战胜利，关志平随阿云回到家，阿云的奶奶对关志平还满意。阿云一心想让关志平去读书，可是他却选择了继续从军，这是她没有想到的。

然而，我关志平爷爷最终却没有娶了我的程阿云奶奶，个中曲折我是知道一点的，但是不是非常清楚。反正后来他娶了我奶奶关沁荷。

晓敏讲到这里，抬手看了一下表，"啊呀"叫了一声："不早了，真是不知不觉啊，改天我再给你讲，还是快接他们去吧！"

我很想知道为什么我爷爷最终娶了我亲奶奶，只是时间确实不早了，太阳已经明晃晃照在潭江平静的江面上，像是镀上了一层黄金。粼粼的波光闪耀，就如同琵琶弹出的乐曲，清脆婉转，源源不断。我恋恋不舍地上了面包车，开向赤坎宾馆。

回到老屋，奶奶还是老样子，已经两天了，没有好转，只见越发昏沉。我刚一进屋就接到一项新任务，不仅我没有想到，连关晓敏也是大吃一惊。爸爸让我拉着她马上去江门市，负责把程奶奶平安接到这里来。

"什么？接我奶奶？"晓敏愣怔着好像没明白怎么回事。

"哦，刚才云妈妈亲自打来电话了，她说什么今天也要来看你奶奶，她好像有什么预感一样。去吧，不要问了，接来就是了。"老爸沉重地说。

这次我没有开公司的面包车，开了我自己的本田雅阁带着晓敏上了路。沿着新修的高速公路飞驰，路边的景物急速向后退去。晓敏忽然说："我们不要走高速了，走老公路吧。"

我奇怪地看了她一眼说："那要耽误一个多小时。"

"老路修得挺好，路上还可以看看风景……"她望着窗外，竟然轻声轻气地说话。

"你还有心情看风景啊！"

"唉，长了这么大，第一次觉得家乡的山水真的蛮不错的。以前不觉得，早晨给你讲了那么多，突然就有点伤感呢！现在，我有种冲动，真想去他们打过游击的地方看一看。"

"那还不容易，等以后有时间我带你去……"

晓敏扑哧笑了："就你……"

"小瞧我！我好歹也是抗日英雄的后代！"我一边说着，已经在司前镇下了高速，开上通往江门的省道。速度稍微慢了点，我立刻有一种不一样的感觉。路北是连绵起伏的山峦，群山郁郁葱葱，似乎没有尽头，路南是滚滚东流的潭江，我们处身在群山绿水包围中，我明白了晓敏为什么要走老路了。天天奔波在快节奏的城市生活中，对生活中的美已经变得迟钝，要不是奶奶病重，我可能根本不屑于到乡下，也根本没有这两天来的深切体会。

晓敏又在讥笑我了："你还是抗日英雄的后代？哼，老一辈的光荣传统都被你丢光了吧！"

"你也损我，都是八零后，你强到哪里去？"

"不要和我贫嘴，问你正经的，你自称抗日英雄的后代，你对你亲爷爷的事又了解多少？"

"你好像什么都知道，程奶奶啊，你留一点秘密好不好。"我无奈地说。

晓敏眼望着车窗外面，有点严肃地说道："我还真比你知道得多。"

本来我还想听她讲我的关志平爷爷的爱情故事，谁承想她竟然又把我的思维拉进了我司徒煦爷爷的世界。

5

司徒煦他们写好遗书的当天夜里，虽然不再设放哨的，可是晚上谁也睡得不踏实。也没有谁去摇手摇发电机了，探照灯也没开了。

司徒煦本来睡眠就不好，这一晚上基本上没怎么睡觉。天还没有亮，他悄悄起来，绕过楼梯边打盹的司徒浓，上了三楼。外面依旧在刮风，天空阴沉，云却很高。

看来这雨一时半会儿还是很难下来。站在阴暗的三楼，他面向南墙，看着墙上隐隐约约的字迹，心情十分复杂。"大丈夫生在天地间，死则死矣！无愧于父老乡亲，无愧于苍天厚土，何必多此一举？"他豪气满怀地想，但是也没有去把字迹抹掉，写就写了，做就做了，不必多想了。

晨风吹进南楼，司徒煦感到心中无比畅快。他似乎已经忘记了病痛，忘记了饥渴，只觉心胸越来越开阔，他几乎要大喊起来了。

"煦叔，这么早？"

司徒煦回过头，原来是司徒旋。由于身体不舒服，他也是一夜没有睡安稳。他看到司徒煦上了楼，也跟在后面上来。他心里有许多疑问和困惑，想和司徒煦谈一谈。

"煦叔，自从我进了自卫队，一直以为自己在干保家卫国的大事，直到现在我也不后悔。可是我就是想不通，为什么我们这样豁出命地打日本仔，那些国民党老爷们却销声匿迹了呢？国民政府天天报告好消息，哼，要是没有我们，百姓不知要遭多少殃呢！我就想，我们死了能有什么？灰飞烟灭，连个名字也不会留下！"

司徒煦用手轻轻把南墙窗子上因为炮弹轰炸掉落的碎石和土块拂掉，司徒旋的话让他刚刚开阔的胸怀又是一沉，像有块石头猛地压在胸口。他一时不知该怎么回答，却想起了司徒新积。他们的许多疑问他都可以回答。司徒煦恨自己年轻时太过于浮躁，什么也不学，什么也不懂。只有在南洋接触了致公党，认识了关文澜，他才从懵懂一步步走向成熟。想到关文澜，他又担心起来，不知道关校长现在怎么样了，也在随着自卫队东奔西走吗？那么大岁数的人了，一直在学校，能适应山里的生活吗？

"煦叔？"司徒旋推了司徒煦一把。

"啊？"司徒煦一惊，才想起还没有回答司徒旋的问话。

"阿旋，这片土地会记住我们的，乡亲们会记住我们的，我记得司徒新积说过，历史是由人民创造的，人民大众是历史的记忆！"

他本来是个不爱思前想后的人，但是形势逼迫他现在不得不瞻前顾后。但是他的老脾气改不了。他还没有想好怎么解释就脱口而出："或许，共产党才是中国未来的希望！"

司徒旋一愣："共产党？"他不是没有听说过共产党，在他的家乡，这些年一直都有共产党在活动。尤其是抗日战争全面爆发后，国共合作组成抗日统一战线，开平共产党活动由地下转入公开。开平几支自卫队里面都有共产党，有的人就是从华南抗日游击总队各纵队里抽调出来的。司徒氏四乡自卫团队的司徒新积就是其中的一个。

但是，李江任国军广阳总指挥以来，却不断对共产党进行打压，许多党员迫于形势，又由公开转入地下。司徒新积受中共开平地下党组织委派打入司徒氏自卫队后，利用各种机会教导自卫队员唱抗日歌曲，学习《论持久战》等共产党的军事思想，自卫队员潜移默化地接受共产党的抗日思想，大大增强了自卫队的凝聚力、战斗力。本来司徒新积有心培养司徒煦，可他们辗转打游击，相聚的时候不多，当他认为时机成熟时，日本仔已围攻赤坎了。司徒煦不知道，关玉书在余泽民影响下，虽然还没有正式加入党组织，却一直在为党做事。后来他光荣入党，奉命参加了国民党部队，在解放前夕成功策反了所在的一个营的部队起义。

　　"煦叔，可是，我们没有见过共产党的部队。"

　　"我们见过共产党人！"司徒煦说，"余泽民先生，司徒新积，他们是什么样的人你清楚。不要管国军李江这样的败类。司徒新积说过，一棵大树，从根已经开始腐烂，你不要指望它能长出什么样的好果子，迟早它也会死掉的。"

　　"可我们自卫队却是国民政府领导下的，归国军指挥。指挥都跑了，我们还在打啥？"

　　"哼哼，我只知道，国家兴亡，匹夫有责，其他的不去想了。人活一世，无愧于天地足矣！"

　　司徒旋低头沉吟，他是七个人中读书最多的，许多事反而就会越想越复杂。他低声像是自言自语道："这样的部队，日本仔跑了，万一别的国家来了呢？唉，想想真灰心，就是日本仔败了，好像也没有希望。"

　　"不能这么说。"司徒煦劝他，但是他自己又不知道该怎样解释，他们在日本仔进攻赤坎前还争论过这个问题，可是他总觉得自己太肤浅，国家大事，那不是他考虑的，他就考虑好怎么打日本仔就行了。现在司徒旋忧心忡忡提起这个问题，他心里别扭却回答不上来。

　　"希望会有的，怎么会没有呢？我说不出为什么，可是我也有这个信心。"又一个人的声音响起，原来是司徒昌上来了。他挂着一支步枪，喘息粗重，在阴沉的黎明微光下，脸色更加灰暗，但是眼中却闪耀着夺目的光彩。

　　司徒旋上前扶住他。司徒煦接过他的话说："我这个人太爱感情用事，到现在也是，您说的话我没说出口，其实我也是这么认为。我们都文化不高，说不出个理所当然，就是觉得中国不可能这么下去，总有好起来的一天。司徒新积说起这个，总是信心百倍的，我想，他有他的理由。"

"那就是共产党，对，共产党就是这样的！"司徒旋突然高声说道。

6

三个人站在窗前，望着外面远处朦胧的群山，那里是他们可爱的家乡。腾蛟庙在晨雾中渐渐露出轮廓。潭江对岸，几处错落的碉楼静悄悄矗立在村落里，一切都那么静谧，丝毫看不出这里已经连续经过多次炮火的摧残。

"看，日本仔！"司徒旋眼力好，指着前面高声喊道。

司徒煦和司徒昌也看到了，几个日本仔正在匆匆忙忙挖土填石筑造炮台，炮台旁边摆着三门庞然大物。

"新炮！"司徒昌吃惊地说。

司徒煦拧紧了眉头，他沉思片刻，果断下令道："通知楼下，把四面墙上的窗户全部关上堵死，只留北墙瞭望口。"

司徒旋睁大了眼睛："难道，日本仔又要放毒气？"

"以防万一！"

"迅速用尿水湿毛巾！"

一楼的队员被唤醒了，大家匆忙行动起来。窗户关上了，又用破衣服和油布把窗户缝和射击口都堵死。但是油布太少，根本不够用。怎么办？司徒煦一眼看到一楼墙角堆满了石灰，好，就用它们堵。

每人手里拿着一条蘸了尿的毛巾。

司徒煦等人的警觉给了吉田当头一棒。他万万没有想到南楼的自卫队会这么顽强，简直不给他留一点缝隙。

冈本连面都不露，吉田想咨询他一下也不行。麻生太郎自作聪明地说："自卫队只是关上了窗户，用麻袋、油布和石灰包堵住了缝隙和射击口，那是脆弱不堪的。几炮下来震也震掉了，只要有空隙，毒气就能进去，以卑职看，还是照计划行动。"

吉田用两只手指捏住下巴，像是没有听到麻生的话。他是个慎重的人，虽然觉得麻生说的话有道理，可是他还是不想轻易冒险。前几次的炮轰失败把他吓怕了，万一炮弹又都没有击中南楼怎么办？毒气进不去怎么办？一共就六颗毒气弹，一旦浪费了让他怎么有脸再向广州方面开口，那他就真的要脱下军装滚回去了，那真是他一生的奇耻大辱啊！

"不——不——"他挥着手，连他自己都觉得说话软弱无力。

山本参谋阴笑着开了口："吉田君这么聪明的人，难道让自卫队吓得失了智慧？只要敢干，有什么成不了？"

"你说怎么办？"吉田恼火地反问。

"这还不容易？区区一个南楼，你们也把它瞧得太大了。哼哼，只需四面都竖起炮台，他四面都堵住又如何？只要有一颗炮弹在楼里开了花，攻克它那还不是轻而易举之事？"

吉田愣了一下，有点不可思议地摇摇头。这次，他忘记了对山本的厌恶，竟然一时半会儿没有反应过来。挺简单的事，他为什么没有想到？难道真是在焦头烂额中思维停止了转动？他狠狠甩了一下脑袋，张开嘴又闭上了。

屋子里只有他们三个人，麻生太郎一直盯着吉田看，他不知道吉田怎么了，脸部表情奇怪而难看，就像是吞了一只癞蛤蟆，嘴一张一闭，痛苦地变换着脸色。

"山本君，"吉田艰难地说道，"本人考虑再三，实感难以胜任开平地区总指挥的职务，我决定向总部提出辞职申请，并推荐您来代替我做总指挥。本人功过得失自有定论，我绝对服从！"他低下头去，紧闭着双唇，眼睛不再看山本。

他的这番话连山本参谋也是大吃一惊，临阵辞职，和逃兵没有两样，甚至更加恶劣，简直就是对上级指示的无声对抗。但是他吉田竟然要这么做。不过他依旧不露声色，只是微微笑了一下。倒是麻生太郎，和吉田刚才似的，嘴巴张了合，合了张，半天没有吐出一个字。

吉田很快就写好了辞呈，这让广州总指挥十分恼火，这在整个侵华历史上也是不多见的，他吉田竟然敢在此种时刻不干了。吉田当天下午就被押往广州，山本参谋如愿以偿，当上了日军驻开平总指挥。他走马上任第一件事并不是着急筑造炮台，而是让冈本带着他的骑兵队返回三埠，去支援那里的总部部队。自卫队这两天在三埠闹腾得厉害，老窝不保，一样吃不了兜着走。

接下来，山本什么也没有做，就是等待。有什么可做的呢？说是四面筑炮台，三面就可以了，何况三面炮台本来就都是筑好的。他悠闲地看着窗外，看到远处一望无际的优美山川，看到一层层画一般的梯田，还有田里已经回来的三三两两劳作的乡民。他皱紧了眉头。这里再也不属于大日本帝国，或许应该这样说，这里的一切从来没有属于过他们。但他对这一切实在恋恋不舍。他看到了日本兵，看到他们冲向了腾蛟村落，冲向在田间劳作的那些乡民。他眯起眼笑了，这是他要的结果。至于南楼，已经是碟中小菜，他要在拿到这碟子小菜之前，狠狠报复一把。

7

腾蛟村在经过四五天空寂之后，乡民陆陆续续开始回来。他们实在放不下家，以后还要生活，不能不种地做活。他们惦记着南楼，惦记着南楼里的自卫队，他们是拼着自己的性命来保护乡亲的人哪，怎么能不惦记呢？可是他们没有办法，日本仔把南楼包围得水桶一样，他们进不去，只有远远看着南楼里的队员一天天虚弱，没有饭吃，没有水喝。

然而，日本仔是不甘心的。刽子手藤原走了，更加残忍的山本却又取代了相对"温和"的吉田。乡民们在猝不及防中又一次遭到日本仔灭绝人性的屠杀。

日本仔好像要把连日来在南楼遭受的挫折怨气一股脑发泄在无辜的乡民身上，当部分回到家的乡民大着胆子来到田间的时候，灾难就在此时发生了。南楼里的战士们把窗口堵好后，都十分疲惫，三三两两靠在一起休息。他们不知道敌人老窝里这两天的变化，不知道敌总指挥已经换了两次，更不知道这次换的这个比前两个更加凶残而狡诈。时间一分一秒过去，外面十分平静。他们似乎听到了自己的心跳声，窗口堵住了，空气流通更差，闷热的空气中，就像埋伏着一颗巨型炸弹，随时就会爆炸，让他们神经越来越紧张。

司徒丙感到自己的手有些哆嗦，他低头在手上使劲咬了一下，一阵疼痛传来，他稍微平静了一点。手背上出现一道鲜血的痕迹，他吓了一跳，以为是刚才咬破了。他把手在身上蹭了几下，血迹不见了，只有两排深深的齿印。他明白了，是干裂的嘴唇渗出了血珠，他咬手背的时候蹭在了上面。

司徒煦喘息着说："大家不用紧张，我们那么大阵仗都见过了，还怕这个？来，从司徒旋开始，你先给背一首诗吧！"

司徒旋不好意思地站起来，他想了想说："那我就给大家背一首外国的诗吧，雪莱的《西风颂》。"

大家都静静地期待地望着他。

请把我枯萎的思绪播送宇宙，

就像你驱遣落叶催促新的生命，

请凭借我这韵文写就的符咒，

就像从未灭的余烬扬出炉灰和火星，
把我的话语传遍天地间万户千家，
通过我的嘴唇，向沉睡未醒的人境，
让预言的号角奏鸣！哦，风啊，
如果冬天来了，春天还会远吗？

司徒旋沉浸在诗的境界里，他朗诵得那么真切而激情，甚至忘记了嗓子的焦灼，他用嘶哑却极富感染的语调朗诵完这首著名的诗句。

司徒耀却笑呵呵说道："很好听，没听懂……"

所有人都笑了，紧张的气氛一下子缓解了许多。

"我喜欢中国古代诗词，像那些什么什么……"司徒煦挠了半天头也没有说上来，大家就取笑他大字识不了几个也装文化人。他就捋着羊咩胡须不再说话。

"古时候是有许多好诗，很壮烈的，有一句'健儿宁斗死，壮士耻为儒'我听说过，但是不知道谁写的，就是觉得好。"司徒遇说。

"那是杜甫的诗，还有比这更悲壮的"司徒旋说。

"健儿宁斗死，壮士耻为儒！"司徒煦低头沉吟。

这时，外面突然响起一阵杂乱的枪声。

七个人的笑容同时僵住了，他们挣扎着站起来，趴在北墙，打开一点窗户向外张望。

"不好，"身体最壮实的司徒耀第一个喊道，"你们看，日本仔冲进村子里，啊！那边，那边……山上，田里也有……"

司徒煦眼睛像要喷出火来，他迅疾地冲上四楼，他站在窗口边，抓起地上被敌人炮弹炸掉的一块水泥，猛推开窗板，使出浑身力气扔了出去。

"日本仔你个扑街咸家铲！"（这是广东人骂人或诅咒人的话，"扑街"意思是"走路摔死"，"咸家铲"意思是"死全家或全家死光光"。）司徒煦像失去控制一样大声骂着。但是他突然感到一阵晕眩，连忙靠在墙上，慢慢蹲了下来，一直蹲了很久很久，几乎晕了过去。

8

腾蛟村周围不断响着枪声，正在田间耕作的乡民慌乱地回头张望着，他们吃惊地发现，三三两两一组的日本仔正从四面八方向他们冲来。这些年轻力壮的人们立刻明白了怎么回事，他们四散奔逃，有的朝山上跑去，有的顺着沟壑跑到隐蔽之处躲了起来。但是他们奔跑的速度怎么也没有子弹的速度快，日本仔在后面大叫着开了枪。一个五十多岁的老人腿脚不太利索，他跑了两步，又犹豫着回身捡起丢在地上的锄头，但是日本仔狰狞的面容已经看得很清，老人不再跑，握紧锄头站定在地头。

一个跑得快的日本仔踩着泥泞的田垄跑过来，跳进水稻田，绿油油的水稻被他踩在脚下，他似乎觉得皮靴在泥里陷得太深，拔出脚又退回到田垄上，忽然举起枪瞄准了老人。

老人大吼一声，举起锄头向日本仔冲去。

"啪！"随着枪管一缕青烟，老人手中的锄头掉在地上，他瞪着喷火的眼睛盯着日本仔。"啪！"这次的枪声响在老人身后，他摇晃了一下，面朝下倒了下去，倒在他辛苦劳作了一辈子的田地里。

后面的日本仔"啪叽啪叽"踩着泥水跑过来，对着站在田垄上的日本仔就是一耳光，嘴里叽里咕噜骂着。那个挨打的日本仔不敢作声，只是不停地点头。

随着几声枪响过后，除了腿脚快的，好几位乡民没来得及跑进茂密的丛林就丧生在日本仔的子弹下。看看广阔的田地里再没有一个人，这些日本仔就又窜到各处寻找躲起来的乡民。

残阳如血，阵阵熏风带来丝丝血腥味。

日寇在这里横行，留在村里的乡民同样遭了殃。那些舍不得家的乡民以为没事了，有的早上才刚刚回来，日本仔突然到来，他们没有任何思想准备。家门突然被撞破，狞笑着的日本仔们就像做游戏一样，把男人围在一个圈子里，哈哈狂笑着把锋利的刺刀捅进他们的腿、胳膊、前胸、后背。

一时间，刀剑刺入身体时那令人毛骨悚然的"嘶嘶"声从各家各户传出，鲜红的血从一个个原本鲜活的身体里喷溅而出，他们无法立刻死去，在血泊中挣扎，直到体内的血流干流尽了，才在痛苦中慢慢死去。

一个瘦小的十多岁的孩子哭叫着："救命啊！呜呜呜……"

"住嘴！"一声怒吼在身边响起，那是身上已经被捅了无数个血窟窿已经倒在地上的中年人的声音，他在垂危中听到了少年的求饶，拼尽最后一点力气喊道，"不要向日本仔求饶，挺起脊梁来……"

一把刺刀从他的胸口直穿过去，他的话没有说完，鲜血顺着刺刀喷出来，溅到日本仔的脸上，使日本仔的脸更加狰狞恐怖。

幸好大部分人，尤其是妇女儿童都还在山里躲着没有回来，要不遭殃的人会更多。但是，只要在村里的，无一家幸免。凶残的日本仔杀红了眼，见到女人就奸淫，连抱在母亲怀里的婴儿也用利刀挑死，其惨状目不忍睹，天昏地暗，哀号遍野。

司徒煦等人亲眼看着日本仔把乡民围在圈里比赛拼刺刀，他们浑身都要爆炸了。司徒耀和司徒浓红着眼从楼上走到楼下，又从楼下走到楼上。司徒煦清醒过来后，整个人虚脱一般，他的脸一瞬间完全没有了血色。他和司徒昌对视了一眼，他流泪了，母亲死的时候，他一滴泪也没有掉，但是这时候，他忍不住哭了。

"眼睁睁看着乡亲被日本仔残杀，我却无能为力，我怎么对得起父老乡亲？怎么对得起司徒氏列祖列宗啊！"内疚和仇恨啮咬着他的心。

"不要自责了，阿煦，你希望禽兽发善心，可能吗？"司徒昌同样脸色蜡黄，但是他安慰着司徒煦。

枪声渐渐稀了，直到完全静止下来。

"敌人屠杀完了。"司徒遇不知在对谁说，这话从他嘴里出来模模糊糊，就像是梦呓一样。

司徒浓不见了踪影，司徒煦一惊，他连忙问："阿浓呢？"

"在楼上。"司徒耀面无表情地说。

"昌叔，你怎么了？"司徒丙惊恐的声音响起来。

大家连忙去看司徒昌，就连楼上的司徒浓也听到动静跑了下来。

司徒昌几乎已经昏迷，他眯着眼，呼吸粗重，浑身打战。

司徒遇摸了他额头一下："这么烫，在发烧！"他回头看了司徒煦一眼，发现司徒煦脸色更加难看。他心里非常乱，他不知道该怎么办，真是没有任何办法啊！他们只好就这么看着。

"有点水就好了。"司徒丙含着泪低声说。不提还好，一提水，每个人都感到一种无法忍受的难过，断水快三天了，连尿都没了。

"啊！呜呜呜呜……"司徒丙哭了起来。

"怎么？"大家顺着司徒丙的手看去，立刻都惊呆了。司徒丙已经把司徒昌的衣袖慢慢挽了上去。他们看到的是触目惊心的伤口，黄色的脓液几乎布满整个手肘，透明的液体依旧在慢慢渗出来，伤口在发炎，而且烂得很深，隐隐可以看到白色的骨头。

"我们忽略了，那天昌哥负了伤……"司徒遇哽咽着说。

司徒煦明白，正是为了救自己的母亲，司徒昌胳膊受了伤。当时他只说是擦破了皮，谁也没有留意，却原来已经到了这样的地步。这几天来，他要忍受多大的痛苦啊！司徒煦心里一阵难过，现在，有什么办法？他恨不能自己浑身长满那样的伤口，只要昌哥好起来。他伤心地闭上眼睛。

司徒昌微微睁了睁眼睛，他恍惚看到眼前是一片关切的目光。他勉强微微笑了一下轻声说道："没事，我还能撑得住……刚才睡着了，睡得好香……"

司徒遇埋怨地说："还说没事，你看看你的胳膊。怪不得你不脱掉长褂，你是怕我们发现啊！你这个人，你……"他哽咽着说不下去了。

"你看看你们，唉！快不要这样。哭哭啼啼婆婆妈妈的，我又不是马上就死！"司徒昌脸上的肌肉微微颤动，但是他还是努力笑着。

他越这样说，大家越是难过。司徒浓突然跑了过来。

"你做什么？"司徒昌气喘吁吁挣扎。

"不要动，你就躺着，有我们在！"司徒浓沉着脸说。他不由分说抱起了司徒昌，扛在肩上，一步一步往楼下走去，把司徒昌放在床上。

安顿好司徒昌，其他人又向楼上走。司徒旋被命令待在一楼，一来他身体也比较虚弱，二来他可以照顾司徒昌，有什么事及时通报给大家。其他人还没有走几步，司徒旋就喊道："昌叔说话呢！"

司徒煦对别人摆摆手，他和司徒遇来到床前。只见司徒昌正虚弱地舔着嘴唇，喃喃低语着。

"您有什么事？"司徒煦俯下身子问道。

司徒昌努力睁开眼睛，他用坚定的意志克服着不断涌来的睡意。他断断续续说道："阿煦，我……我不想在床上，我要和弟兄们在一起……在一起，我……我不孤单，我们一起，一起……"

"好，我们上楼去……"司徒煦点点头，握紧司徒昌的手，强忍着内心的悲伤。

9

被日本仔屠杀过的村庄又归于一片沉寂。逃出虎口的乡民躲在山里不敢回来，村里偶尔传出几声狗吠，其声呜呜戚戚，仿佛在找寻它们的主人。

1945 年的 7 月，是所有腾蛟人的噩梦。除腾蛟及周边乡村外，赤坎其他地方的乡民开始陆续试探着从山里回来，他们要吃饭，要种地。但是梅姐他们没有回来。关玉琼的伤势没有太恶化，可是也总不见好，他们又不敢轻易冒险。老谢自己回了一趟赤坎，还到老房子转了一遭，里面乱七八糟，就像遭了强盗一般。但是医院空空荡荡没有一个人，他本来想请个医生的。

大部分日本仔都去围攻南楼了，只有不到一百个日本仔守在司徒氏图书馆旁边的赤坎日军司令部，他们不像南楼那样紧张，整天无所事事，躲在楼里昏昏欲睡，也无心管镇上的乡民怎么样了。本来三埠日军部队还有二百多伪军，在这次进攻赤坎和南楼过程中，死的死逃的逃，也没剩下多少。日军自己也人心惶惶，哪里还顾得上他们。这样一来，整天祸害赤坎乡民的不是日本仔，反倒是这几个伪军了。

教堂的神父回来了，两位修女去了别的地方。孤儿院没有两位修女，无法承担抚养孤儿的义务，老谢失望地回去把这一消息告诉了梅姐。梅姐没有说什么，但是她很发愁。虽然百立山碉楼存的粮食不少，可也总有吃完的时候，最主要的是不知道这仗要打到什么时候，日本仔什么时候能够撤走。即使日本仔撤了，以后怎么办？

自阿云走了以后，梅姐明显感到吃力。虽然有沁荷和韶儿帮着一起照顾孩子们。可是沁荷妊娠反应非常剧烈，她有心无力。韶儿是个聪明的女孩，她很坚强，似乎已经忘掉了自己的仇恨和伤痛，同她一起忙里忙外。不过韶儿毕竟之前什么也没有做过，所有事情都要学着来。黄妈除了做一天三顿饭，还要照顾关玉琼和小阿曦，她也十分辛苦。老谢快六十的人了，把所有重活累活承担下来，梅姐看着也心疼。她的愁没有对沁荷她们说，这是两个苦命人，不要增添她们的烦恼了。

可是她不说，并不代表沁荷她们就不想。这两天，沁荷反应得很厉害，可是她还是坚持帮梅姐洗衣服缝缝补补。她知道韶儿做这些都不在行，她还是多承担一点吧。每天身体的劳累使她反而有种充实的感觉，她依旧在担忧和思念中难以入眠，不过却不再感到空虚和害怕。她有时候甚至冒出一些念头，煦哥如果不在了，就这样生活，也是一种寄托吧。

沁荷这样想不过是一闪而过的念头，韶儿却当真认真考虑了一些事情。每当晚上孩子们都睡着以后，或者面对层层叠叠苍茫的群山，她就不由会流下泪来，她从一个活泼开朗的女孩子慢慢变成了成熟又充满心事的女子。她爬到山的最高处，望着南方，她想起婆罗洲浩瀚的大海，想起海滩上成群的海鸥。她的亲爱的父母，他们在那里等着她回家。可是，她是否可以回家？她的家又在哪里？她在那个屈辱的雨天，已经失去了少女最宝贵的东西，她在那一天，几乎流尽了一生的泪。她瞒着父母远涉重洋，她没有想到会一别成永久。因为她在考虑，是不是就要守在这里，永远不回家了。不再回家，永远不能和父母团聚。她不敢再想，这个美丽的少女把脸埋在臂弯里，她痛苦地默默垂泪，她不想和任何人说。

　　"韶姑姑，你怎么了？你哭了吗？"

　　韶儿抬起头，她看到小昭站在面前，睁着纯净的大眼睛盯着自己。

　　韶儿笑了，她擦干净眼角的泪水，站起来拉起小姑娘的小手。不知为什么，这个小女孩特别黏她，晚上睡觉都喜欢挨着韶姑姑。而她刚才考虑自己是否就要留在大陆不回南洋的想法，一方面是这些天的经历让她无法面对父母，更无法忍受身在海外身心的煎熬；另一方面是小昭曾经和自己说过的话。

　　那天，别的孩子都已入睡，小昭却翻过来翻过去睡不着。坎坷的身世使她成为一个早熟的孩子，她总是想许多和她这个年龄不相称的问题。

　　"这么晚了，怎么还不睡？"韶儿和蔼地问。

　　"我想我的阿妈！"黑夜中，小昭一双大眼睛扑闪扑闪的，那眼里过早有了忧郁和伤悲。

　　韶儿不知说什么，只是轻轻抚摸着小昭的脑袋，嘴里不由哼唱起轻柔的催眠曲。

　　"韶姑姑，你真像我妈妈！"

　　"是吗？你妈妈漂亮吗？"

　　"嗯！"孩子眼里没有泪水，她望着窗外黑魆魆的山峦，满眼都是向往和期待。"韶姑姑，我可以叫你妈妈吗？私下里叫。"她往韶儿怀里钻了钻，悄悄问道。

　　"好，好，叫吧！"韶儿搂着她，心里无比酸楚。

　　"妈妈，"小昭欣喜地低声叫道，"我妈妈每天都给我讲故事，唱好听的歌，韶妈妈也会吗？我又有妈妈了，妈妈不离开我了，好吗？"小昭的声音渐渐低下去，她睡着了。

　　韶儿在那一刻除了感动和酸楚，暗暗下定决心，做孩子的妈妈，抚养她，照顾她，永不离开她。她也想起了自己的妈妈，想起那个温暖的梦中的港湾。

10

"南楼有消息吗？谢阿公？"老谢从赤坎回来讲完那里的情况，沁荷就忍不住问道。

老谢犹豫着不知道怎么说。沁荷咬着嘴唇说："您尽管说，我早有准备的。"她侧过脸去，控制着眼泪不要流下来。

梅姐给老谢使了个眼色，老谢一边筹措着语言一边说道："我到了赤坎，那里，嗯，日军好像都在忙着赶路，不像以往那样骚扰乡民。至于南楼嘛，我没到腾蛟去，具体不是很清楚。听说，听说南楼打得很凶，日军一时半会儿拿自卫队也没有办法。我想，日本仔实在打不下也就会撤退了吧，放心，吉人自有天相，我看小姐你放宽心，听说腾蛟乡民都回去了，看来快没事了。"

"嗯。"沁荷心不在焉地答应着，她的心早飞走了，甚至都没有听清楚老谢后面说些什么。

韶儿牵着小昭的手从外面回来。小昭的表哥海城也带着一帮孩子打打闹闹跑进来。海城今年已经十二岁了，在这群孩子里他年龄最大，于是他自然就成了孩子头。他们吵吵嚷嚷跑到梅姐身边，把从山上采来的各种蘑菇、野菜堆在地上。每次都是这样，梅姐在这堆五花八门的野菜中寻找可以吃的东西，有很多就是草，根本没法吃，有的蘑菇有毒，可不能大意。不过梅姐很欣慰，这些孩子真懂事，总是抢着干事。每天没有菜吃，他们就自告奋勇上山挖野菜。看着懂事的孩子们，梅姐的心就软了，她也不想和他们分开。

沁荷一边收拾晾在树杈上的衣服，一边想着心事。她总是精力集中不起来，煦哥他们在南楼里怎样了？断粮断水的，怎么支撑？他的病，唉！她拧紧眉头，叹息着回到屋里。她无法想象，如果有一天，她等到的是那个最不好的消息，她能不能坚持得住。

现在的情况和之前不一样了，沁荷明白。要是前几天，她会提议回赤坎。听老谢讲，许多乡民都回去了，她们回去应该也不会有事。离南楼近一点，心情又会不一样。在这大山里，连枪炮声都那么渺茫，心总是揪着。可是她不敢提也不能提，现在不只是他们这一家子人，还有刚出生的外甥，有韶儿，有十多个孤儿。上次冒险送粮送水，差点儿把韶儿也搭上了。她无法自私地提那个冒险的想法。

那就再等等吧，可是要等到什么时候呢？沁荷惆怅地想。

沁荷想往好处想，她不愿意把南楼想得山穷水尽，这么大的一座楼，或许他们谁不经意间在哪个角落发现了一筐番薯，一包面粉，或许……不光是她，任何人都是这样的心思。但是他们心里又总有个魔鬼似的东西伸出利爪，把一些美好的愿望撕得粉碎。他们都在矛盾的思虑中彷徨，不能静下心来做事。有时候就连互相安慰的话语都显得那么苍白无力。

但是意志这东西非常神奇。南楼已经面临山穷水尽，队员们身体虚脱，他们在思想的徘徊挣扎中又眼见了日本仔的暴行，他们的斗志陡然间被点燃。自杀的念头不复存在，他们胸中正燃烧着满腔怒火。

在顽强意志的支撑下，除了司徒昌，所有人都站了起来。他们只手空拳，决定和敌人做最后一搏。

沉默的司徒浓轻轻抚摸心爱的机关枪，他第一次热泪盈眶。伴随了他四年的枪啊！就像他的孩子，那里，注入了他的生命和感情，让他怎能不留恋？良久，他果断地站起来，猛然间举起机枪砸在地上，他没有了以前的力气，机枪摔在地上，并没有立刻散开，只有两脚架掉在一边。他的举动令队员们吃了一惊，司徒遇大声吼道："你做什么？"

司徒浓黑着脸，张开干裂的嘴唇吐出一句话："砸了它，不能留给日本仔！"

司徒煦一听，立刻醒悟过来，他赞许地点点头，吸了口气，艰难却清晰地说道："对，阿浓说得对，都把枪砸烂，不留给日本仔。咳咳，我们留下刺刀，还有石灰，这些就足够了，日本仔来了，我们就往外撒石灰，用刺刀拼命。没有子弹了，枪对于我们没有用，反而给敌人留下武器。咳咳，咳咳……"一阵剧烈的咳嗽使他无法再说下去。

其他队员担心地望着他。他咳嗽着抽出手枪，扔在地上。

司徒遇吩咐司徒耀到楼下去拿斧子，那把斧子也不知道放了多少年了，斧刃已经磨钝了，是他们劈柴做饭用的。现在大家都筋疲力尽，还要养精蓄锐准备和日本仔拼命，用斧子砸枪比较省力气。

司徒耀先提起一把步枪，使劲往墙上一甩，枪杆"咔嚓"一声断成两截。

"留着力气对付日本仔，去拿斧子吧！"司徒遇提醒他。

大家把三楼的所有枪支都集中到一起，司徒遇把刺刀抽下来。他的手有些哆嗦，动作不是很麻利，甚至被锋利的刺刀划了一下手，一道鲜红的血珠从右手无名指渗了出来。他抬起手，把无名指整个放进嘴里吮吸了一下。

斧子拿上来了。司徒耀蹲在地上，举起斧子，一下一下砸了下去。

很快，地上只剩下凌乱的枪支残骸。砸完了，司徒耀愣愣地盯着一对废弃的金属和木块出神，斧头扔在一边，他大口地喘着气。

司徒遇从地上拾起斧子上了四楼，司徒丙和司徒浓跟在后面。他们把各个楼层的枪支全部砸了个稀巴烂，只有那门小钢炮实在砸不动，费了半天劲也没有拆开，他们只好放弃了。但是司徒浓还是在炮闩和支架等脆弱的地方砸了几斧子。

等到砸完枪支，几个人都累得气喘吁吁，坐在三楼地上休息。司徒煦刚才咳嗽了很长时间，甚至有些晕眩。他看到弟兄们这股顽强的斗志，真恨自己的身体。他喉头一阵阵发甜，知道又要吐血了，但是他咬牙咽了下去。他想起了怀里的手帕，手帕已经被血浸透了一大片，手帕上月白色的花骨朵被鲜血浸染，变成了鲜红的花朵。

那是一对并蒂莲，是他们之间爱情的象征，不管生死，他们的心永远在一起。司徒煦望着漆黑的天花板，似乎要穿透层层楼板，看到天上。天上，有父亲母亲的灵魂，有余泽民先生的灵魂。他是从来不信灵魂的，可是现在的他宁愿世上真的有灵魂存在。也许，有朝一日，不，很快，他自己的灵魂就会与他们汇合，他也会在天上望着这片土地，望着南楼，望着家乡，也望着他心爱的人。

沁荷，你要好好活着，好好的。司徒煦望着虚无的天空，心里对沁荷说着话。他又想起沁荷说过的话："我要给你生个孩子，那是我们爱情的结晶，也是我活下去的希望！"

"沁荷，沁荷，你在哪里？你回来了，可是你的父母去了香港，以后，你该怎么生活？"司徒煦心痛而幸福地想着。想到这里，他突然怔住了，又一个少女的身影仿佛就站在眼前。他几乎叫出声来，韶儿，表妹啊！他痛苦地闭上眼睛。但是韶儿少女的倩影一直在眼前跳来跳去，一种无法言说的悲哀侵蚀着身心交瘁的司徒煦。司徒昌曾经提到过韶儿和一个国民党逃兵在一起赶路，当时没顾得上细问。现在，现在无法去问。

司徒煦看到疲惫中的司徒遇，他像抓住了救命稻草一样眼中冒出光来："阿遇，你来！"

刚才砸枪的过程司徒煦没有参加，司徒遇知道他撑到现在也是靠一股顽强的毅力，所以自己主动承担起责任，让他好好安静地待一会儿。听到他的叫声，连忙走过去。但是司徒煦痛苦的表情吓了他一跳。

"你怎么了，煦哥?"

"阿遇，你知道韶儿和沁荷的情况吗? 你知道吗?"司徒煦急切地问道。

司徒遇愣住了，他吞吞吐吐说道:"这个，我……我不知道啊! 昌哥，哦……他可能知道……"他意识到司徒昌现在的状态已经无法讲述他知道的情况，况且，即使昌哥把他知道的一切都说出来，又有什么意义? 他也只是看到过韶儿，知道沁荷去了百立山，这些煦哥是知道的。

"煦哥，昌哥在叫你。"司徒丙惊喜地叫道。

司徒煦梦醒过来，他惭愧地敲了自己头一下，急忙跌跌撞撞来到司徒昌跟前。

"阿煦。"司徒昌眼睛半闭半睁，靠在司徒丙怀里断断续续说道，"你放心，阿煦，韶儿姑娘没事，她有那个当兵的照顾，那个人是好人……我，我……"

"您歇一歇，不要说了，昌哥!"司徒煦强忍泪水。

"不，你听我说，韶儿，韶儿姑娘是去找沁荷，他们在百立山，在……在关文炳的碉楼里，没事，没事的……"司徒昌大口喘着气，他闭上眼，昏昏沉沉又睡了过去。

"他发烧得很厉害。我们难道就这样坐以待毙? 煦哥，我们冲出去吧!"司徒耀愤恨地嚷着。

司徒煦慢慢站起来，他平静地说道:"不，冲出去正中敌人下怀，只要我们有一口气在，日本仔就不敢从碉楼旁边的潭江水道通过。做轰轰烈烈的英雄容易，痛快! 做忍辱负重的英雄很难，生不如死也要苦熬。我们，就要做忍辱负重的英雄!"

第十三章

1

　　我和晓敏到了江门的时候，天空又飘起了细密的雨丝。

　　"这鬼天气，一到秋天，下不完的雨。"我跟在一条长长的车链后面，缓慢地前进，不由抱怨道。

　　"下雨天不好吗？雨中的岭南风景多美啊！"关晓敏兴致却很高。

　　"我是讲究实际的人，你们女孩子就追求浪漫！"我不屑地说道。

　　"喜欢下雨就不讲实际了？哼，商人就是俗气，只知道利益。下雨天有什么不好。当初，要是一直下雨，南楼或许还可以坚持几天。说不定司徒煦爷爷他们能够活下来呢！"

　　我无话可说，和她斗嘴，我似乎只有输的份。

　　程奶奶住的地方我小时候来过，但是从我记事起就是她一个人生活，后来程奶奶随关志平爷爷去了香港，我也就再没有来过。那是两栋很老的楼房，大概是中华人民共和国成立初期盖的，当时也算作干部楼，想当初在周围一群低矮的平房中，或许相当气派。关玉书爷爷那时候在江门工作，程奶奶不喜欢住楼房，总是一个人跑回开平乡下，在乡下养了一群鸡鸭，还种菜种花，主要还是来帮我奶奶的忙。但是她又不放心老伴，只好两头跑。不知为什么，程奶奶和关爷爷没有孩子，关爷爷在解放战争中随军起义后，一直和我韶奶奶生活的二伯被接了过去。程奶奶把我二伯视如己出，我二伯虽然叫她伯母，其实他们之间情同母子。

现在，程奶奶又回来了。想想，她去香港已经十五年了，其间虽然回来过两次我却都没有见到。我觉得真是过了很久很久。确实啊！我的那么多爷爷奶奶现在只剩下韶奶奶和程奶奶，而她们都那么老了，说不定哪一天又将离我们而去。我陡然升起一股伤感。

车七拐八拐终于进入老城区，路边没有了刚才的热闹，秋雨把绿化带洗得干净苍翠，稀稀落落的行人打着伞在便道上不紧不慢地走着，显得十分悠闲。我忽然挺羡慕这样的生活，有点恍惚，有点失落，但是更多的是感动。我不知道为什么，鼻子竟然酸酸的。

"往右，往右，想什么呢？"晓敏大声嚷嚷。

我确实有点走神了。我把车停在两栋灰色的旧楼前，门口凉棚下坐着两位头发稀疏花白的老人，不知道在谈什么高兴的事，一边摘豆角一边咧开没牙的嘴笑着。她们估计和程奶奶一样，是老干部的遗孀，这样说不准确，因为也许他们的老伴都还健在。

程奶奶家在二单元二楼。以前的老住户现在都老了，二楼以上基本都出租出去，只有不多的老人不愿离开这里，还守着这片与城市景象不很协调的地方。

晓敏有钥匙，她不敲门直接就开门闯了进去，还一边大声喊着："奶奶，我回来了。"

"回来就回来吧，这样大惊小怪的！"随着洪亮的声音，一位白白胖胖的老太太从里屋走了出来。

"程奶奶。"我赶忙叫道。

程奶奶眯起眼盯着我看了一阵子，却迷茫地摇摇头，又突然神秘地一笑，然后俯在晓敏耳边低声说话。

晓敏的脸腾地红了："奶奶，看你这么大岁数了，还和小孩子一样，瞎说什么啊！这是司徒文，小文。"

程奶奶白白胖胖的脸上现出思索的表情，然后又眉开眼笑起来，她拉起我的手说："小文啊！好靓的后生，快坐，奶奶给你拿好吃的。"说完一把拉起晓敏的手往里就走。

晓敏被动地跟在程奶奶后面，一边示意我桌上有杯，渴了自己喝水。我点点头，一边接了杯水，饶有兴味地看着这位有趣的老太太。

"小文到底是谁？"程奶奶穿透力极强的大嗓门在屋里响起，我刚喝到嘴里的一口水差点喷出来。这个程奶奶，太有意思了。

晓敏也是笑得前仰后合，好半天才止住了笑，然后对程奶奶再次介绍我。

程奶奶终于弄明白我是谁了，她噘着嘴对我说："这不怪我，我都十多年没见你了，你又不来看我。你小时候总是哭鼻子，现在都有胡子了，我哪里认得出来？"

我忍不住又笑了起来。

晓敏瞪了我一眼说："快说正事吧！"

"还有正事？正事就是我想回赤坎，去看你韶奶奶，去你爷爷家的老宅住两天。"也不知道她说的是哪个爷爷，反正两个爷爷的老家离得近，现在都成了文物。

我俩对视了一眼，晓敏笑着说："那好啊！奶奶，我就知道您的心思，这两天我就是去给您收拾屋子去了，我家韶奶奶也想您了。这不，我们接您来了！"

"你就会逗我开心。现在就走？"

"您不收拾收拾？这么急？"看到老人着急的样子，我问道。

"收拾什么，你奶奶那里我的东西一直留着呢，不用收拾。阿敏，帮我提上屋里那个包就好。"

晓敏从屋里提出一个小小的行李包，我和她简直哭笑不得。

"奶奶，保姆呢？"

"我给她放了假，我未定什么时候回来呢！走吧。"

这老太太，原来早就准备好了。她还是和年轻时候一样，说干什么绝不拖泥带水，抬起脚就走，实在是雷厉风行。

2

一路上，我总想拐弯抹角告诉老人我奶奶的病情，可是张了几次嘴也没有说出来。不说吧，又怕她万一猛不防见到我奶奶的样子会受不了。怎么都不好弄啊！我甚至有点埋怨我爸，给我派这么一项为难人的任务。

回来还是走省道，晓敏说走省道车少，稳当，奶奶受不了高速上的风驰电掣。

程奶奶很健谈，一路上看到什么讲什么。她就像一张活地图，什么地方都认得，几乎没有她没去过的地方。想想也是，当年她老人家给自卫队带路送信送衣服鞋子，还亲自参加过自卫队，那还不是到处跑啊！她又是个闲不住的人，性格豪爽泼辣，和关玉书爷爷正好一个脾气，怪不得两人斗嘴斗了一辈子，谁也不肯迁就谁。倒是关志平爷爷，性格沉稳平和安静，两人性格互补，咦？我又想到了这个问题，为什么程奶奶当初没有嫁给志平爷爷？我看着谈性很浓的程奶奶，真想问一问她这个问题。

快中午的时候，我提议先吃了饭再走。程奶奶嘟囔道："你们后生仔事真多，一天两顿餐养身体。我现在不吃饭的。你们饿了那就吃吧！"

晓敏对我说："奶奶每天都是两顿饭的，下午5点才吃呢。我们以前也都随她这个习惯，我倒忘了，我不饿，你要是还能扛得住我看还是回去再说吧。下午2点应该能到吧？"

我不过是怕老太太饿着，既然她没事我也懒得找地方停车。不过我这一打岔程奶奶就又转了话题，她竟然从一日三餐说到了养生，又从养生说到了关志平爷爷。

"阿平一生就是心思太重，到头来扔下我不管，早早自己享福去了。倒是关老头子对我脾气，但吃亏在早些年身子受了损伤。"她称呼两位爷爷各不相同，分明语气里都充满了爱。

程奶奶絮絮叨叨说着，她一会儿说着关志平爷爷，一会儿又突然绕到了关玉书爷爷身上，弄得我晕晕乎乎的。晓敏捂着嘴不停地笑。

"哼，阿平人好，心地善良，吃亏也在这上面。要不是他只考虑别人，我们也不会是现在这个样子。不过，这样也好，对谁都是个交代。"程奶奶突然感叹起来。

"奶奶，你又讲你的遗憾了？"晓敏倚在她怀里，撒着娇说。

"遗憾是以前的，现在没有了。"我从反光镜里看到程奶奶眼中闪烁着少女一般羞涩幸福的光彩，胖胖的脸上还浮现出两片红晕。

晓敏高兴地紧挽着程奶奶的胳膊说："给我讲讲嘛！"

程奶奶爽朗地呵呵笑了："我们那时候哪比你们现在，没什么好讲的。世道不太平，顾不上恩爱，不过是你心里有我我心里有你，就想安安稳稳过一辈子，可是那也是不能够的。就像我和你阿平爷爷。"

我不由竖起了耳朵，真想听听他们那时候的爱情故事啊！男人很多时候也爱八卦一下的，嘿嘿。

这一次，程奶奶没有东一榔头西一棒槌地讲，她半眯着眼睛，像是陷进了回忆当中，忘记了我俩的存在，似乎又因为我俩的存在，她缓缓讲述着他们那个年代的属于他们的故事。

"我和阿平在自卫队的那段日子是我一生中最幸福的时光。"程奶奶这样开了头。

自卫队只有我一个后生女，不过我并不害羞。我和他们一起上山下河，也拿枪打日本仔。一开始关玉书那死鬼总是笑话我，后来就不笑话了。我不比他们差。阿平也是，他身体弱，不爱说笑，不过他脑子挺好使，有文化，分析起敌情来头头是道，人家读的可不是死书，不认死理，善于变通，总能化险为夷。

一个多月后，日本战败投降了。自卫队不久解散，有些从国民党部队抽出来的教员、队长什么的又回到了原来的部队，关文周他们都回部队去了。我以为阿平会选择去香港和父母团聚，那几天，我很彷徨，我愿意随他到天涯海角，可是我放不下奶奶。阿平对我很好，他却也是满腹心事，有时候还不和我说，一个人坐在江边发呆。我问他他也只是笑着说没什么。我知道他在做决定。他和司徒煦、关玉书他们不同，他文人气质太浓了，整个人忧郁沉默，做事思前想后。不过我就喜欢他，喜欢他皱眉思考的样子。

后来，他终于告诉了我他的决定：不回香港，留在部队。这是我没有想到的，但是我支持他，他不是别人想的那样文弱，他是个男子汉。

日本投降后，他的父母不断来信催他去香港，还讲了关文炳一家在那边的情况。他回信说他要做一名军人，让父母放心。他父母只得从香港回来劝他，他拿定了主意，反而劝得父母哭着走了。他父母也见了我，知道沁荷已经不可能做他们的儿媳妇，虽然觉得我有点野，或许不是心目中理想的儿媳妇，不过他们是开明的老人，儿子喜欢，就默认了。阿平把关家的情况如实告诉了关沁荷，竟然不懂得隐瞒。对了，沁荷和韶儿那时候早已经随着梅姐回到赤坎，关玉琤也回了部队，三个女人养着一群孩子，非常不容易。关文炳在赤坎的产业几乎都转让或破产了，她们就是靠着梅姑姑和关家几亩地过活。好在阿平和玉书都时常帮忙，也不至于太艰难。十多个孩子抗战胜利后有的找到了亲人，有的被人领养走，只剩下海城、小昭、阿钊、阿壮，还有阿曦，后来又有了阿默，一直在她们身边长大。

韶儿本来是可以回南洋的，她也没有走。别人都有牵挂，有事业，她在开平什么也没有，可那几个孩子离不开她，和她最亲。她从1944年偷偷一个人回国到现在，一次也没有再回去过。中华人民共和国成立前是孩子拖累着，又赶上战乱不断；中华人民共和国成立后成了爱国华侨代表，一门心思搞社会主义建设，倒是她父母千里迢迢回来探亲，也算终于团聚了一回。再后来，动乱时期，想回也回不去了。动乱结束，遥远的亲人已经不在了，回去干什么？唉！你韶奶奶是个苦命人啊!

　　扯远了,唉!有些事永远也说不完呢!我这个人没心没肺,反而活得自在逍遥。阿平的父母既然认可了我这个儿媳妇,就不断来信催着我们结婚。那时他的部队就在开平,他就回来找我商量。我当然是没有问题的。可是他去了一趟梅姑姑那里回来就脸色不好。我问他他也不说话。

　　我后来急了,就嚷道:"好,你不说话,我也知道,你去了那里,看到老情人就想着吃回头草了,哼!"我一着急,就口不择言。

　　"你胡说什么?"阿平涨红了脸对我吼道。

　　他是从来不这样吼我的。我哭着跑到梅姑姑那里告状。梅姑姑听说后,本来挺干脆的一个人也哑巴了。她只是忧愁地看着我。我知道一定有什么事,就出来去找韶儿。找来找去还是小昭领我在南楼见到了沁荷和韶儿,两个月没有见到沁荷,我简直不敢相信自己的眼睛。她比以前还要憔悴,瓜子脸蜡黄蜡黄的,眼睛有点肿,原来苗条的身段竟然显得十分臃肿。

　　我和她俩打了招呼,我这人就是这么没心眼。刚才还一肚子怨气,一看到她们竟然怎么也发不出来,久别重逢,嘘寒问暖间竟忘了自己来干吗了。

3

　　程奶奶的故事讲到一半的时候,我的电话响了,是老爸打来的。我真有些怕接电话,一接电话,就觉得有什么事要发生,心里"咚咚"直跳。

　　"喂,老爸。嗯,快了,快了,她老人家身体很好,嗯!我奶奶还好吧?嗯嗯,好的。"

　　我奶奶那边没什么事,我放了心,挂掉电话,程奶奶却不讲了。

　　程奶奶从包里掏出保温杯,拧开盖喝了口水。轻声咳嗽了一声说:"快到南楼了吗?"

　　"奶奶您糊涂了?还没进开平呢。"程奶奶哈哈大笑,她突然有点不好意思地说:"我是糊涂了,人老了总犯困,每天中午都要睡一觉,我先休息一下,到了南楼叫我。"

　　"好吧!"晓敏失望地说,"别忘了还有一半故事没讲完呢。"

"记着呢！呵呵。"程奶奶说完闭上眼，不到一分钟竟然微微打起了鼾。

快到南楼的时候，我从反光镜看到程奶奶还正睡得香，有点不忍心叫她，晓敏也在犹豫。她悄声问我："奶奶该没什么事吧？为什么要在南楼停下来呢？你说叫不叫？"

"你问我啊！你看着办吧。"

"哼！你这人，还是叫醒奶奶吧，要不会好几天不理我的。"晓敏便轻轻晃动了程奶奶胳膊两下，低声叫着奶奶。

过了好半天程奶奶才迷迷糊糊醒了，懵懂地问："我睡了好久吗？到哪了？"

"奶奶，到南楼了。"晓敏歪着脑袋调皮地盯着迷迷糊糊的奶奶。

"哦，"程奶奶一下子警醒过来，"停一下，我下去一下。"

"奶奶，五叔刚才打电话了，都等着您呢！"

"等着吧，等一下又等不死人。耽误不了多久的。"程奶奶摆起长辈的架子。但是她的话让我心里"咯噔"一下。

我停了车，程奶奶推开车门，迈着大步精精神神向南楼走去。我和晓敏赶紧跟在后面给她打起伞，心里有点着急，可是看看程奶奶突然严肃起来的表情，我们又不好说什么了。

南楼的工作人员，我已经和他们很熟了，所以直接就进去了。穿过两边种着松树的石板路，正对着南楼七壮士的雕像，周围安静得很，雨不大不小，却渐渐沥沥没有要停的意思。推开厚重的大铁门，一股潮湿的气息扑面而来。里面光线不是太好，地板打扫得干干净净，里面不是很开阔，墙角有灶台、水缸等，简单的木桌椅、长条凳，还有一张木床，这些东西基本都是照原来的样子摆设的。

程奶奶径直向楼上走去，我们俩茫然地跟在后面。程奶奶身体真好，蹬蹬蹬迈的步子很大，也不见她气喘。她一直上到三楼，站在中间望着南墙久久不出声。我们看到了墙上的字迹，那是当年我爷爷他们写的遗书。司徒旋的字端正舒展，可以想得出他这个人一定也是规规矩矩的书生模样。但是字里行间墨迹不匀，行距不正，也可以想到他当时是一种怎样激荡的心情。

"给我读一遍。"程奶奶吩咐。我惊讶地发现她眼里溢满了泪花。

晓敏清脆的声音响起："煦、旋、遇、昌、耀、浓、丙，我等保守腾蛟，历时四日来未见救援。敌人屡劝我投降，我们虽不甚读书诗，但对于尽忠为国为乡几字，亦可明了。现在我们已击毙敌十六名……"

程奶奶的泪终于掉下来，她凄然地说道："沁荷姐姐啊！我代你看他们来了……"

程奶奶性格刚强，不仅我，就连晓敏也没有见她这样过，好像她就是天生的乐观派，成天笑呵呵的。但是她们都是有故事的人，她不过是凡事看得开，从不把一些儿女私情记在心上。今天，她一反常态，一定有她的理由。

程奶奶很快止住了泪水，她用颤抖的手轻轻抚摸着三楼剥落的墙皮，蹲下来看看被炮弹击穿的窟窿，大声说道："好多年没有再这样好好看看南楼了，也不知道以后还有没有机会。"她的话本来充满伤感，但是从她嘴里说出来语气竟然毫不压抑。"能看一眼就多看一眼吧，人老了，就喜欢活在过去。"

停顿了一下，她又接着说："阿文，你不说我也知道，你韶奶奶肯定病了。唉，我早有预感啊！天天心绪不宁的，晓敏这鬼丫头还骗我，你真以为你奶奶是傻子啊！"

我和晓敏都愣住了。

"南楼啊！你们只知道你爷爷的事迹，还有好多不知道的呢。刚才你们不是还听我讲故事来着？故事就在南楼啊！就是在这里，我亲自把你亲奶奶送给了你阿平爷爷。"

4

南楼的千疮百孔本身就是在诉说一段历史，那是战争的见证，是英雄无畏抗敌的见证。每一个弹坑，每一块剥落的墙皮，都是壮士们生命的印记。

那不是故事，是一段历史的阵痛，是一首悲壮的歌！

当东方刚刚露出黎明的曙光，南楼沐浴在黛青色的晨曦中。雨终于还是没有下，太阳艰难地冲破云雾的阻挠，再次照耀在这片多灾多难的大地上。

腾蛟的乡民，一次次经受日本仔的屠杀，又一次次顽强地站了起来。虽然日本仔还在村里搜查，可是他们没有害怕，前一天逃跑的乡民，一大早又悄悄潜了回来。就是死，也不愿死在外面，何况，他们惦记着南楼。

经过前一天的屠戮，日本仔似乎累了，腾蛟庙很安静，南楼的窗户依然紧闭着。

乡民们藏在隐蔽的地方，他们很想乘现在去给南楼送些水和食品，可是很快他们就发现，这是根本不可能的。看似平静的南楼，每一个方向都有站岗的日本仔。乡民们气愤地低声咒骂着，除此之外，他们没有一点办法，只能祈祷上天保佑吧，乡民们望着南楼，好希望他们现在打开窗子，举起枪炮，向敌人猛烈地开火。一如几天前一样：敌人靠近，南楼开炮，日本仔倒下，抬走尸体，后退；再靠近，再开炮，再死人，再抬走尸体，再后退……可是南楼的这种战斗情景没有再出现了。

没有看到，期待的情景没有看到，什么都没有发生，南楼的窗子关得死死的，没有一点动静。

但是，他们看到了日本仔的动静。日本仔排着队走了出来，三队日本仔走向了三个方向。再后面是推着炮车，抬着大炮的日本仔，他们也走向了西、南、北三个方向。三面的炮台都架上了大炮。

不好，敌人又要轰炸了，乡民们乱了起来。不知是谁，突然大声喊了起来："南楼的自卫队兄弟，日本仔又要轰炸了，注意啊！"接着，其他乡民也跟着喊了起来。

远远守在南楼各个方向的日本仔听到叫喊声，纷纷哇哇嚷着冲过来。乡民们连忙躲进巷道里和他们捉迷藏。一个人也没有抓住的日本仔累得直喘气，可是今天还有重要任务，只好垂头丧气回来。

大炮都架好了，守在周边的日本仔忽然纷纷撤退，全部进了他们占领的碉楼和腾蛟庙。

腾蛟的上空好像充满了鬼魅的气息，空气稠得要把人黏住，乡民们心怀忐忑，总觉得南楼将要面临不同以往的大灾难。他们没有任何办法，只好等日本仔都撤走后远远地望着。大炮都架好了，要轰炸了，谁也不敢再走近南楼。

一群穿着生化服装，头上戴着像猪嘴一样的防毒面具的日本仔从庙里走出来。他们分别走向了三处炮台。

"啊呀！日本仔这是做什么花样？那是什么衣服啊？"

"这是不是防化服？是防毒防腐蚀的，我听人讲过。莫不是日本仔要放毒气？"

"这，这怎么办？"

乡民们骚动起来，有的乡民又大喊道："南楼的兄弟，日本仔要放毒气了！小心啊！"

其实不等乡民提醒，司徒煦他们早已经发现了敌人的一举一动。四周窗户都关死了，只留下瞭望口观察敌人。没有阳光照进来，空气流通更加不畅，队员们感到呼吸越发艰难。司徒昌一直昏迷，司徒煦和司徒旋情况也不好。大家都在等着，等待敌人的进攻。只要不死，南楼就不会落进敌人手中，这是他们现在唯一的信念。其他的，他们什么都不再想。

还有什么放不下的呢？也许需要牵挂的太多了，到了这个地步，也就没有了牵挂。也或许是身体的难受影响了思维，他们都不再说话，默默地坐着，躺着，或者望着外面忙忙碌碌的日本仔。乡民的喊声隐约传来，除了司徒昌，都听到了。大家扭头朝向喊声传来的方向，好像可以看到那些善良焦急的乡民。

司徒遇忍着因为饥饿而产生的晕眩，爬到楼顶。他努力使自己精神一点，站得直直的，然后脱下衬衣，高高举起，向乡民们站着的方向挥动。乡民看到了他，他们逐渐安静下来，都默默望着站在南楼最高处的司徒遇，他还是那么挺拔，那么强壮。乡民们放心了，南楼的壮士还在，还好好活着，他们一定能坚持住的。

"报告太君，准备好了，请下令发炮！"麻生小跑着来到山本前报告。

"哟西！"山本点头。

麻生准备发令开炮。

"慢！"在旁边的山本伸出右手的食指在面前来回晃动着："不着急，不着急。"

麻生心里愤然：不是你小子急着要用毒气弹的吗？你又玩什么花样？

山本阴冷的灰色眼睛里射出一道寒芒，叫人不寒而栗。

山本打了个响指，向身后一招手，两鬼子推出一板车，车上赫然放着一只杀好的大肥猪。冈本瞪了山本一眼，你要加菜推到庙里交给炊事班，这里就要发毒气弹了，还要搞什么名堂？你小子馋疯了吗？

山本不管他，在他眼里，冈本和他原来的两个上司藤原、吉田一样无能。山本指挥鬼子很快地搭起了两个烧烤架，被剖为两片的大肥猪很快就被架在两个烧烤架上，鬼子一边生火一边往猪肉上抹着各种酱料香料。

没多久，猪油一滴一滴地滴在下面的木柴上，发出"哔哔叭叭"的声音，香味伴着有节奏的"哔叭"声飘出，在空气中缭绕氤氲，越来越浓越来越香，引得人垂涎三尺！

这香味当然也飘进了南楼。饿得头晕目眩、四肢发软的队员们突然精神一振，继而听到喉咙剧烈蠕动的响声。

不好！司徒煦刚意识到什么，就听一阵声音传来："南楼里的朋友们，皇军给你们准备了美食，出来享用吧，我知道你们几天没吃东西了，不要为难自己啦！"

"好香的烧猪肉呀。"司徒丙喃喃着，"脆脆的烧猪皮，好香好香……"他说着说着，嘴角流下了口水。

"出来吧，香喷喷的烧肉烧排骨就是你们的啦！"

"我知道你们不怕死，饱死鬼总比饿死鬼强！"

"出来呀，香脆嫩滑的五花肉哟！"

山本指挥着翻译关子良、司徒弘范不停地喊话。

"妈的，豁出去了，吃饱了再与鬼子搏命！"司徒耀不知哪来的力气呼地站起来就要往外跑。

"啊，吃……烧猪肉！"大伙好像力气一下子回笼了一样，纷纷要站起来。

"都给我坐下！"司徒煦不知哪来的力气，沉沉地吼了一声。

声音不高，大家心还是一震，复又坐下，喉咙蠕动的速度明显加快了。

"兄弟们，这是鬼子的阴谋，他们要乡亲们看着他们是怎样击垮我们的意志的。他们要精神上击溃我们！"

"人活一口气，要活出硬气。即使死了，魂还在。我们的命快要被日本鬼子拿走了，但我们的精气神不能被拿走。如果中国人的精气神被打掉了，我们就成了没有脊梁骨的狗，只能当亡国奴了……"

司徒煦积攒了全部的力气激动地说，渐渐有点喘不上气了。

"阿煦，你放心，我们不会让鬼子得逞的。"司徒遇安慰他。

"放心，我们就算做了鬼还是杀鬼子的！"

"阿遇，老乡们没有在附近吧？"司徒煦闭着眼问道。

"有些距离，应该没事的。"司徒遇回答。

"敬酒不喝喝罚酒，本太君就让你们尝尝无敌炮弹的厉害！"山本声嘶力竭地叫嚣着，指挥鬼子把烧烤现场迅速变成毒气弹的发射现场。他原想要从精神层面也一把击溃这几个土八路，让支那人看看他们心目中英雄像狗一样趴在大日本皇军的面前。然而，他的如意算盘却落空了。

"我们唱首歌吧，阿遇，你起头。"

"唱什么呢？"

"义勇军进行曲！"

> 起来！不愿做奴隶的人们！
> 把我们的血肉，筑成我们新的长城！
> 中华民族到了最危险的时候，
> 每个人被迫着发出最后的吼声。
> 起来！起来！起来！

我们万众一心，

冒着敌人的炮火，前进！

冒着敌人的炮火，前进！

前进！前进！进！

歌声从低到高，越来越嘹亮，越来越高亢。他们似乎忘记了饥饿，忘记了干渴，忘记了伤痛，悲壮的歌声从南楼里传出，响彻云霄！

5

"轰隆——"巨大的烟尘在南楼南侧腾起，南楼立刻被浓烟包裹。

敌人北侧大炮开炮了，三门大炮轮流发炮，炮弹呼啸着冲向南楼。不过，这座炮台是吉田在的时候筑的，距离南楼比较远，位置很刁，需要很好的炮手，这几个炮手不怎么样，炮弹并没有击中南楼，全部落在了楼的附近。过了片刻，北边大炮停止了轰炸，笼罩南楼的黄烟一点点散去。

南楼的窗户很严实，司徒煦命令把瞭望口和机枪口也堵死了，没有烟尘钻进来。但是垛在窗子上的石灰包有的被震落到地板上，石灰包散开，石灰腾起一股呛鼻的白烟，司徒煦剧烈咳嗽起来。

南楼北面的大炮刚停止，穿戴着一身防化服的山本就出现在南楼西面的炮台，他对几名炮手叽里咕噜说了几句话就又匆匆返回老窝去了。山本消失后，前一天刚刚筑好的潭江南岸的炮台突然发炮，紧接着南楼西炮台有个手执小旗，军官模样的日本仔指手画脚一阵之后，把小旗一挥，三门炮也一齐向南楼开火，黄褐色的炮弹呼啸而过，直接飞向南楼。

昏暗漆黑的南楼里，司徒昌艰难地睁开眼睛，他带着一种渴望的神情望向战友们。外面炮弹的巨响使南楼里也产生了强烈的回声，炮声惊天动地，似乎有炮弹击中了北墙，窗户上的石灰包啪啪全都掉了下来，屋内石灰弥漫。但是大家没有惊慌，都围在司徒昌身边，他们抓着他的手，用战友鼓励的眼神回望着他。

"我……不能和……和你们一起战斗了……"司徒昌的眼神突然暗淡下去，他带着笑缓缓闭上双眼。

"轰——"的一声，猛然间，南楼像是被什么东西撞击了一下，大家还没有反应过来，东墙窗户一阵剧烈动荡，厚重的铁窗门"哐当"地掉了下去，随着楼里一亮，一股呛鼻的黄烟钻了进来。紧接着，又是一颗土黄色炮弹直冲窗口飞进来。

"卧倒，有毒气——"司徒煦嘶哑的吼声停滞在黄色烟雾中。

队员们迅速用湿了尿液的毛巾捂住鼻口。

炮弹在冲进窗口的瞬间爆炸，剧烈的气浪冲击着南楼各个角落，司徒煦还没有喊完就一头倒在地上晕了过去。其他人被气浪冲得站不住脚，也都摔倒了，可是一时都还清醒。司徒浓爬起来要去扶司徒煦。突然，他感到胸口一阵难受，他咳嗽了两声，眼前一黑，一头栽倒在地上。

轰炸一直持续了一个多小时。山本坐在椅子上，正对着窗子，望着远处被浓烟覆盖的南楼。他那双眼镜后面的小眼睛微微眯着，嘴边香烟冒起的青烟慢慢在他脸上飘过，他嘴角泛起冷笑，缓缓对后面的麻生太郎挥了一下手，示意他可以停止了。

南楼上空的黄烟终于消散了，太阳明晃晃地挂在天上，腾蛟的整个天空，都充斥着一股死亡的味道。寂静，还是寂静。南楼没有动静，南楼东墙三楼、四楼铁窗门都掉在地上，墙上黑魆魆一个大洞，像恶鬼的大嘴吞噬着人们的希望。远处观望的乡民无声地看着轰炸后的南楼，心在往下沉。

10点钟左右，一只载了日本仔的小艇慢慢向南楼靠近，他们是来侦查南楼情况的。但是他们只在外围匆匆看了一下就仓皇返了回去。

日寇临时指挥部，山本扔掉烟头，突然"哈哈哈"地狂声大笑。他拿起桌上的防毒面具，仔细看着，好像要找出上面的什么瑕疵。他把面具戴在脸上，仰起头又是一声狂笑，他的笑声从面具后面发出，沉闷而怪异，像是从阎罗地府发出来的鬼嚎。

一个穿着防化服的日本仔进来，行了军礼："报告长官，据我们侦察兵汇同工兵对南楼外围进行检查，南楼被轰后东边两个铁窗已炸开了洞，楼身有几处大裂缝，楼内一丝动静都没有，相信里面的人都已中毒昏迷了。请问长官，我们下一步该如何行动？"

"去吧！"山本阴沉地说。他站起来，推开门。他要亲自去看看南楼。

山本来到南楼前，他盯着墙面伤痕累累的南楼，低声命令："马上想办法进去！"

依旧心有余悸的日本仔们还穿着笨重的防化服，他们戴着防毒面具的脸面面相觑，谁也不敢第一个上前。

"八嘎！死啦死啦的！"山本抽出军刀，突然一刀捅向身边的一个士兵，手腕一转，他身边那个日本兵扑通倒在地上，抽搐了几下不动了，血从他的咽喉汩汩而出，还冒着热泡。

几个日本仔哆嗦着举着枪，慢慢靠近南楼。南楼威严地耸立着，就像一座巨大的猛兽，注视着这些猥琐的强盗。日本仔们真是被吓怕了，虽然亲眼看到了墙上的大洞，还有敞开的窗户，但是他们还是怕，总觉得有一把枪在南楼的某个角落对准着自己。他们两腿抖抖索索挪上门前的台阶，一起哆嗦着推了一下门。南楼厚实的铁门并没有被炸开，他们根本推不动。

"混蛋，撞开！"山本狂叫着。

鬼子们一起使劲推了几下往大门撞去，"嘭嘭……"几声响后，鬼子们抱着辣辣生疼的肩膀，还是没有推开，瞪了纹丝不动的大门一眼，跌跌撞撞跑下台阶。很快，他们找来一根圆木，十多个日本仔抱住圆木撞向铁门。"咣——咣——"铁门被撞得只是稍微晃动了一下，却没有被撞开。他们哪里知道，铁门不仅厚重，而且里面用好几根指头粗的铁门闩插着，司徒煦又在门后面顶上一口沉重的铁皮箱，箱上堆满了石灰包。

"一群废物！"山本恼怒地骂道，"12 点之前必须进楼，要活的，不要死的！"然后扬长而去。

麻生太郎唯唯诺诺地点着头，目送长官离开后，赶忙指挥日本仔们想别的办法，托着腮帮围着南楼转起来，撞了半天门没有动静，日本鬼子胆子也大起来，手不再哆嗦，纷纷绕着南楼转圈，寻思怎样才能进去。

6

山本中佐和吉田、藤原最大的区别在于报复的方式与程度，吉田、藤原还有一点点军人的底线，山本呢？自从踏上中国的土地那一刻起，任何一次小小的失利，他都用疯狂的杀人报复。他知道日军彻底完了，但是他不甘心，于是就拼命地报复。此时此刻，任谁也知道常规武器也能攻下南楼，虽然费事一点。但是他不，他依然使用毒气弹，而且决心要把南楼夷为平地，所以他毒弹炮弹一起上。

然而，坚固的南楼给他一个沉重打击，南楼没有被炸平，连进楼都成了费事的事情，这让他十分恼火。他再折回南楼时，又看到了让他更加不顺心的事情，有两个乡民大摇大摆正从潭江南岸走过，并且不时向这边张望。

"妈的！八嘎！马上搜查附近村子，搜到村民格杀勿论，鸡犬不留！"他瞪着阴森森的三角小眼睛，咬着牙对身边的军官命令道。

这一次扫荡对腾蛟及附近几个村庄又是一次洗劫。腾蛟村民大部分都逃往外地躲着，即使少部分没有离开的也早做好了准备，找到安全的地方躲起来，反而把鬼子绕得气喘吁吁。他们抓不到腾蛟的村民，就堵在各个路口，只要有路过的其他村的村民一律射杀。其他村的乡民得知后，吓得躲在家里不敢出门。幸好很快日军传令集合，大部分乡民才免受荼毒。

日军集合的原因是：南楼大门被撞开了，七名被毒气毒倒的自卫队队员被抬出了南楼。

鬼子打开南楼大铁门颇费了一番周折。他们先是试图从东墙炸开的二楼窗下的洞口钻进去，可是两个身材瘦小的日本仔顺着梯子爬上去后，却无论如何也钻不进去，还差点卡在洞里。他们看到楼里地板上躺着几个人，不知是死是活。

于是日军彻底放心了，又找来几把锄头，想从墙上锄开几个洞，没想到南楼墙壁太结实了，锄了半天也不过刨出一小块，能锄开一个可以进人的大洞是不可能的。"八嘎！炸药，炸药，大大的炸药，炸了的！"有的鬼子吵吵嚷嚷着上炸药炸开，他们早已失去了耐性。

麻生太郎一瞪眼："混账！炸药万一把人炸死怎么办？上面是要活的，没听到吗？"

跟在后面冷眼旁观的冈本冷笑着说："现在难道就是活的吗？这种毒气弹，两三个小时不服解毒药，恐怕要向阎王报到去了！"

麻生瞪了他一眼，没有理他。他抬头望了望被炸掉窗户，露出黑洞洞窗口的三楼、四楼，问身边那个小个子日本兵："窗户进不去吗？"

"有很粗的铁条！"

"嗯，"麻生点点头，"去找铁棍，把铁条撬开，钻进去。"

鬼子很快找来铁棍，搬来梯子。两个身强力壮的日本仔爬上去，对着二楼的窗子，用铁棍使劲一根根撬着铁条，用了大半个时辰，终于撬开两根。那个像狗熊一样的日本仔试着往里探了探头，很宽松。麻生便招呼他下来，又让几个瘦小的日本仔上去。

六个鬼子顺利地从窗户钻了进去。接着听到他们在里面沉闷的叫喊声。麻生等人吃了一惊，连忙举起枪，对准窗口，一步步向后倒退。其实他们真是被自卫队打怕了，虚惊一场，那几个日本仔不过是跳下去的时候踩在石灰包上，被腾起的石灰粉吓了一跳。等他们回过神来，一看没人，才举着枪，蹑手蹑脚地往三楼爬，他们一到三楼，看到地上横七竖八躺着自卫队队员，他们脸颊发黑，一动不动，显然是中毒已久，深度昏迷。虽然自卫队队员此刻没有任何的威胁了，但鬼子们还是蹑手蹑脚地下到一楼，几个人合力拉开大门，"哐当"一声，一缕新鲜的空气夹带着一道明晃晃的阳光窜进南楼。正在门外跺着脚的麻生，防化服和防毒面具包裹的身体和脸上汗水淋漓，他却没法去擦，赶紧一招手，一群鬼子争先恐后往楼里跑去。

当鬼子们上到三楼，见到躺在地上的七名队员，才确信把他们几千号人挡在这里的仅仅是七个人，要不是这七人弹尽粮绝，要不是毒气弹，不知还会发生什么呢！真还不敢想象。

"勇士，敬礼！"突然，麻生身后的一位小队长模样的鬼子举起手对着地上的七个人敬了一个标准的军礼，随即鬼子们趴倒在楼板叽叽哇啦地又跪又拜。

"八嘎！"麻生低吼一声，对着小队长狠狠踹了一脚，小队长猝不及防，"咚"的一声，接着咕噜咕噜地滚下楼去。

7

"后来呢？司徒爷爷他们被毒气毒死了吗？日本仔，真可恨！"晓敏咬牙骂道。

程奶奶说："我也没有亲眼见到，不过这些事开平县志里应该都有记载，我大字不识几个，从来没有看过。当时编县志的时候，你玉书爷爷是顾问，但是他也没有亲眼看见。谁也没有见到，不知道他们是怎么离开的南楼，不知道日本仔又怎样审讯他们。"

"不，奶奶，历史总会还世人一个真相，不会不知道的。"我打断程奶奶的话说道，"我看过县志，这些事日本仔又怎么隐瞒得住。不说日本仔里也有有良知的，当时还有伪军，有翻译，有汉奸，他们都见到了。"

程奶奶缓缓点点头："嗯，这些人毕竟还在中国，虽然逃不脱历史的审判，也是重要的见证人！"

"还有，日本仔在司徒氏图书馆门前审讯南楼七壮士时，有一个拐了一条腿的十三四岁的男孩，一直在旁边看着，南楼七壮士宁死不屈的壮烈事迹很多就是后来他讲出来的。"

晓敏说道："七壮士本来是准备杀身成仁的，可是却被毒气弹毒倒被俘了。这对于他们很痛苦。真正的战士宁愿死在战场上，也不愿被俘虏！"

程奶奶长叹一声，说了一句让我们琢磨了很久的话。她说："如果他们选择杀身成仁，日本仔就肆无忌惮地从南楼前的潭江水道顺利通过。只要他们活着，日本仔就不敢轻举妄动，为了多牵制日本仔一天，他们选择了忍辱负重。"

我们终究还是明白了，那段历史不可磨灭，那段历史让人不忍卒读，但是我们跳不过去，也必须拿出来展示给世人。我们从中可以认清历史，可以看到中国人的血性，可以看到中华民族的脊梁。

抗战末期的腥风血雨不同于日军侵华初期，穷途末路的日军像一群疯狗，张开滴血的牙齿，疯狂地吠叫，却又难掩内心的虚妄。他们不甘心就此撤走，总在做着美梦，梦里是侵略初期的辉煌，是屠杀后的快感。他们梦想做这个泱泱中华大国的新主人，可是中国太大了，大得超乎想象，他们对中国自认为很了解，可是根本没有想到，他们的文化侵略和扶植亲日政府却在武力入侵节节胜利的同时，一再失败。那么，怎样才能让中国人听话？那就是杀戮、威胁、军事打击。然而，日本仔再一次错了，他们没想到越是残忍的屠杀，反而激起中华民族压抑了千年的血性。也许，直到现在，日本仔仍把失败归结为美苏等大国的参战，归结为本国经济的难以为继，归结为各种外在的因素，就是不承认是中国人自己的反抗。

他们彻头彻尾地错了。即使没有任何外援，中国一样可以胜利。中华民族五千年文明能够源远流长长盛不衰，其间经历过多少磨难而不断，有多少人想过为什么？日本仔可以占领我们的土地，屠杀我们的民众，但是他们永远改变不了维系整个民族的根本，那就是流淌在我们每个中国人血脉中的民族骨气，我们的坚韧和自强。失败是暂时的，麻木和奴性也是暂时的。中国人总有醒来的那一天。没有外援，也许不是十四年，也许是二十年，但是总有一天，日本侵略者会灰溜溜滚出中国。

我的思绪像脱缰的野马，收也收不回来，连我自己都感到惊讶。我突然有了一个想法，和晓敏等人一起，定期组织学生到南楼参观，义务对学生进行爱国主义教育，甚至可以建一个爱国主义教育基地。我为自己的想法激动不已，到今天，我才真正感受到自己是烈士的后代。

"时候不早了奶奶，我们走吧？"晓敏提醒程奶奶，我也从历史的硝烟中回到现实中来。

程奶奶抚摸着每一寸墙壁，缓缓向楼下走着。她这样一个开朗的老人，总是带给人快乐，她的沉默和伤感更加让我们心情沉重。

在楼门口，程奶奶面对南楼，深深鞠了一躬。我和晓敏也跟着弯腰低头，我心里十分惭愧，带了多少游客到这里来，却从来没有想过为英雄鞠躬，何况这是我爷爷曾经战斗过的地方。

程奶奶上车之前说道："你爷爷他们被敌人抓住的第二天，我们就从开平悄悄摸了回来，玉书和阿平都回来了，我们曾想从敌人手里救出他们的。"

"啊！"晓敏低呼了一声，"那么，后来呢？是没有行动还是没有成功？"

程奶奶身体富态，她一边费劲地上车一边说道："都不是，日本仔当时攻下南楼以后，一部分撤回了开平三埠总部，还有好几百人留在赤坎，当时，关氏和司徒氏图书馆周围都是日本兵，腾蛟庙和南楼附近也都驻扎了日军。我们只有十来号人，其他自卫队队员是远水解不了近渴，国军都跑了，弹药没有供应，有的队员已经没有弹药了。可是我们还是想试一试。后来司徒忠队长带领在赤坎外围留守的十来个司徒氏自卫队队员也趁着夜色悄悄潜回南楼附近，设法援救围困在南楼里面的队员，但由于南楼周围密密麻麻地围满了日军，司徒忠队长组织的援救行动被日军发现，司徒忠为拖住敌人，留在后面孤身与日军肉搏拼杀，最后跳进了潭江。他们的行动很英勇也使我们很感动。最后，我们联合起来准备偷袭关押司徒煦等七壮士的司徒氏图书馆，可是……"

"没有成功吗？"晓敏问。

"不是，唉！我们晚上得到消息，第二天一早回到赤坎，上午和司徒氏自卫队会合后，商量了对策。可是敌人把守太严，光天化日靠近不到跟前。我们就准备晚上行动，谁承想，唉！"

晓敏张嘴正要说话，我连忙对她摆了摆手，阻止她说下去。她看了奶奶一眼，见奶奶正手撑着额头，有些疲惫地微微闭着眼睛。她也连忙住了口。

8

自卫队的营救计划没有来得及实施，这成为所有自卫队队员心中无法释怀的遗憾。其实即使他们当时实施了，成功的几率也不大。山本抓住了让吉田和藤原头疼的司徒煦等七人，没有立即撤掉驻守腾蛟和赤坎的日军，很大一部分原因就是怕自卫队劫人。他亲自坐镇赤坎司令部，琢磨怎么尽快解决这几个俘虏，这难不倒他，他是田中久一的得意学生，也是他麾下的得意战将，深得田中久一的真传。

田中久一何许人也？他凶悍狡诈、残酷成性。1938年9月，日军大本营计划进犯广东，田中久一是日寇新组建的陆军第二十一军参谋长。田中久一赴任后，命令日本空军出动飞机百余架，对广东各地进行狂轰滥炸。仅广州一地，死伤平民达十万余人，全城多处大火，哭声四起。

田中久一是个狂热的军国主义分子，他的部下残忍嗜杀。1944年7月，田中久一为获取参加"豫湘桂会战"所需物资，命令部下到台山县勒索粮食，该县第四区三社乡民众奋起反抗。日军八百多人将三社乡团团围住，杀死乡民二百四十五人，当时山本也因参与了这次屠杀而受到田中久一的嘉奖。

司徒煦等人被从南楼抬出来的时候，已经陷入深度昏迷，他们口吐白沫，奄奄一息。敌人把他们一字排开在地上，一名穿着防化服的日本军医上前挨个查看，然后叽里咕噜对麻生说了几句话。麻生太郎一挥手，几个日本仔就上前把司徒煦等六人用绳索捆绑起来，只留下司徒昌没有捆，然后抬起他们向江边走去。

江边早已经停靠了两艘木船，司徒煦等人一一被抬到船上，然后开足马力，急速向赤坎驶去。他们不走公路却走水路，也是山本的主意，这个刽子手，不仅凶残而且比藤原和吉田都要狡猾，他知道现在水路又快又安全，越是这时候越是马虎不得啊！

等山本亲自来到日军临时司令部的时候，几个手下正围在依旧昏迷的七人面前指手画脚争论不休。山本用戴着白手套的右手捂住口鼻，绕过他们来到靠窗的地方，一屁股坐在椅子上。一群日本军官连忙齐刷刷站好敬礼。

山本慢慢把白手套摘下来，扔到桌子上，然后又摘下眼镜仔细看了看，确定上面干净得没有一点污迹，然后又戴上。他摆了摆手，其他人都让到一边。他没有起身，闪着贼光的小眼睛在队员们身上扫来扫去。

他带点尖锐的嗓音终于响了起来："那个，确定死了吗？"

"哈伊，长官。"军医回答。

"算他幸运，扔到河里去吧！"他若无其事地说道，"剩下的，先给喂些解药吧，捆绑了再喂！"

"哈伊！"两个日本仔上前抬起司徒昌的尸体走了出去。

立刻有日本仔取来解毒药水，往壮士的口中灌药。药水顺着他们的嘴角流下来，但还是有一部分灌了进去。

麻生太郎自作聪明地上前说道："长官，是否把他们押往总部？"

"不必！"山本轻蔑地斜睨了他一眼说，"想邀功吗？蠢货！"

麻生唯唯诺诺地退下不敢再说话。另一名军官上来说道："那就就地正法，以免夜长梦多。现在开平和台山等地游击队活动又十分猖狂，要是他们来骚扰也不好对付。"

"还用你提醒？他们醒了再说！"山本淡淡回应道，但他心里却想，这群笨蛋，不知道什么是征服，不懂如何才能征服这个民族，今天就让他们开开眼界。

半个多小时后，司徒煦等人渐渐苏醒过来。司徒煦晕沉沉的，胸口像压了千斤巨石，每喘一口气都十分困难。恍惚中，司徒煦觉得自己做了一个长长的梦，他忘记了自己之前在做什么，突然就睡着了，然后就像掉进一个漆黑的冰窖，伸手不见五指，还充满刺鼻的味道。

他走啊走，这漆黑的通道那么长，怎么也走不到头。

他猛然想起：我不是在守南楼吗？怎么到了这种地方？这是哪里？弟兄们怎么样了？他们呢？他张大嘴想喊，可是喊不出声来，他觉得快要窒息了，他拼命跑起来，跑啊跑……

"阿煦，阿煦……"是妈妈的声音。

"阿妈，你在哪里？"

声音消失了，司徒煦感到很累很累。他坐下来，不想再跑了。他似乎听到前面有人在呼喊，喊声越来越大，那是厮杀的声音，战马嘶鸣，炮弹呼啸。

"啊！战友们在杀日本仔，我怎么在这里？"他想站起来，可是浑身酸软，他愤怒地咆哮："这是什么地方，日本仔，这就是你们的地狱，你们的牢笼吗？我不怕的，我就是在地狱里，也不放过你们，做鬼也要吃你们的肉，来啊！来啊！都来吧！"

他看到前方有一丝光明，嘶喊冲杀的声音消失了，周围慢慢一片明朗。司徒煦惊喜地发现，他就站在浩浩潭江岸边，江上船来船往，渔家妹子清脆的山歌在江上响起，随着江风飘荡在潭江上空，远处山峦郁郁葱葱的竹林松海荡起阵阵涛鸣，像是在回应这美妙的歌声。

他看到了江的那边，那里，沁荷正微笑着望着他等着他。

他伏倒在清澈的江水上，他感到前所未有的清凉。

"哦，沁荷，水……"司徒煦不由睁开眼睛，他的意识在他睁开眼之后才逐渐清醒，所以当他第一眼看到光滑的木地板和一双铮亮的皮靴的时候，一时没有反应过来怎么回事。

但是他立刻感到全身不能动弹，然后他又看到了一样被五花大绑的司徒遇等人。他们也醒来了，都在虚弱地喘息着，迷茫地望着眼前的一切。

看到自卫队队员醒来，日本军官们下意识地往后退了一步。山本是空降过来的，与这几个军官没什么交情，也不想和他们有什么交情，他从心眼里看不起他们。他哼哼冷笑着走到队员们面前，低头看了看，命令道："拿水来！"

六碗水一字排开放在六人脸前。

几个日本仔蹲下去，端起水碗掰开他们的嘴就灌了下去。"咳咳……"司徒煦的肺就像火烧一般疼痛。此时，他也终于彻底清醒过来，他愤怒地晃动着脑袋，努力摆脱敌人的控制。其他队员也逐渐明白了，他们中了毒气弹，已经被敌人抓住了。

望着凶神恶煞一般的日本鬼子，司徒煦努力控制自己平静下来，他想：不能冲动，要镇静！他感觉到身边司徒丙的身体在颤抖，努力用模糊不清的声音低声道："阿丙，不要害怕！"

司徒煦的话让司徒丙狂乱跳动的心脏一下子平静下来。六名队员挣扎着坐了起来，他们靠在一起，彼此用眼神鼓励着对方。司徒丙紧张的小脸又展开灿烂、自信的微笑，有兄长在，他什么也不怕了。

9

山本望着这几个自卫队队员，突然产生一种莫名其妙的心理。本来他想对几个人简单审讯一下，录个口供，然后枪毙掉，可是他突然有一种新的兴趣，他兽性的心理在一瞬间需要找到一个窗口来发泄。他要在中国人面前粉碎他们的英雄梦，他要彻底征服他们。

"审讯吧！"他只简单说了一句就走了，留下几个一脸茫然的日本仔军官丈二和尚摸不着头脑。

拿不定主意的麻生等人只好虚张声势地吼叫着让司徒煦他们招供，他们气势汹汹地轮番上阵，从中午到下午，经过四个多小时审讯，得到的只有沉默。麻生火了，他命令手下拿来马鞭，劈头盖脸向壮士们抽去。一边抽一边疯狂地咆哮："说，谁是队长，谁是机枪手，谁是宣传员……"

司徒煦强忍着胸口的疼痛，他几声咳嗽，一口血几乎喷了出来，但是他再一次咽了下去，一缕鲜血顺着嘴角缓缓流下来。他轻蔑地盯着这几个外强中干的家伙，微微笑了笑。

司徒煦的笑更加刺激了麻生太郎，他把马鞭沾上水，一鞭子抽向司徒煦的脸。"啪"的一声，他的脸上立刻隆起一道紫色的伤痕，血，顺着他半边脸缓缓淌下来，一滴滴滴落在地板上。司徒煦痛得晕了过去。

什么也没有问出来，麻生等日本仔只好把司徒煦他们六人关进一间上了铁栅栏的临时牢房，门外十多个日本仔轮流看守，生怕出什么意外。日本仔们累了，忘记了刚才审讯的失利，想起南楼终于打下来了，命令几个伪军从村里抢来鸡鸭鱼肉，一个个喝得醉醺醺睡觉去了。

第二天一早，山本刚从睡梦中醒来，没有戴眼镜，正耷拉着一张马脸抽烟。麻生突然急匆匆跑了进来。他满嘴的酒气还没有散尽，一开口，山本不由皱了一下眉头。麻生气喘吁吁地说道："长官，不好了，今早腾蛟哨兵来报，说发现南楼附近有可疑人员，看样子像自卫队！"

"哼！大惊小怪！"山本把烟头摁灭，带上眼镜轻描淡写说道，"见一个杀一个，不留活口就是了！"

"哈伊！"麻生答应着。

其实腾蛟的日本仔发现的那些可疑的人根本不是自卫队，自卫队是在凌晨潜回了腾蛟，可是发现南楼大门洞开，铁窗毁坏，墙体裂缝，还有被炮弹炸开的大洞，就知道得到的消息确实。他们从目击到的乡民嘴里得知，七位队员已经被日本仔用船运往赤坎镇司徒氏图书馆了。他们就悄悄去了赤坎。至于日本仔看到的那些可疑的人，实际上是一直不放心南楼的乡民，他们想进楼看看，抱着侥幸心理想探听七位壮士的消息。如此一来，却引起敌人的警惕，不仅几位无辜的乡民遭到杀害，而且狡猾的山本暗中又增加防卫，对赤坎加强搜查，致使自卫队无法行动，好多无辜的乡民还受到牵连。

"昨天审讯的怎么样？"山本阴阳怪气地问。

"这个——"麻生太郎小心翼翼地看了山本一眼，见他脸色很好，就大着胆子说道，"这几个游击队骨头硬得很，打死也不说，就是不开口啊！"

"打死也不说？那就打死好了。反正南楼已经拿下了，不愿意合作就是死路一条，那还不容易吗？"山本哼哼冷笑两声。

"这——哈伊！"麻生太郎一个立正。他见山本站起来走到镜子前系扣子，就敬了个军礼准备退出去。

"等等，"山本扭过头，若有所思地说道，"把他们提出来，我要亲自审讯。"

司徒煦夜里发起了烧，一时清醒一时糊涂。其他六个人经过毒气侵蚀，又经过一顿鞭刑，也都是浑身难受，精疲力竭。敌人小心得很，只给他们松了脚上的绳索，虽然可以站起来，双手和胳膊依然捆得结结实实。他们看着痛苦地闭着双眼的司徒煦，可是却无法伸手安抚他，都是心如刀绞。

小小的屋子空气沉闷，敌人哨兵偶尔来回走动，沉重的皮靴踩在地板上，发出难听的"咯吱咯吱"的声音。司徒遇紧锁眉头，小声唤着司徒煦。他内心十分焦急，他现在想得很多，一方面担心司徒煦，一方面对就这样被擒耿耿于怀，他觉得太窝囊了。但是他也想到一件很重要的事，敌人既然抓住了他们，却不立刻杀他们，难道还有什么花招？他担心自卫队得到消息来救援，那样只会造成更大的损失，他想，落入敌手，唯有一死，那么就痛痛快快死吧，这样可以免去许多不必要的麻烦。他着急想和司徒煦商量明天怎么办，可是司徒煦直到凌晨才稍微安稳一点。

"遇哥，昌叔呢？是不是……"司徒丙问。

"昌哥，也许已经牺牲了。"司徒耀回答。他挣扎着站起来，踮起脚尖想透过高高的窗户看看外面。可是却够不着。

"他妈的，日本仔想干什么？有种的痛痛快快杀了老子！"司徒耀对着门破口大骂。

司徒遇镇静地说道："弟兄们，大家安静。日本仔把我们关在这里，一定还想从我们这里得到什么。敌人肯定还会审讯我们，大家说，我们怎么办？"

"还能怎么办？打死也不说，什么也不说，死有什么可怕？我们已经杀了那么多日本仔，早够本了。狗娘养的，现在杀了老子吧！"司徒耀狂怒地大喊。

"对，就是这样。"司徒遇往司徒丙和司徒旋身边挪了挪，轻声问，"你们怕吗？"

司徒旋脸上露出坚毅的表情，他的身体也已经虚弱到极点，但是他咬牙坚持着，他激动地说："遇哥，你们放心，我会和你们死在一起。我不怕，现在我很高兴，真的很高兴。我觉得我能够这样死去是我的骄傲！'人生自古谁无死，留取丹心照汗青'，我能和大家死在一起，能因为抗日而死，死得其所！"

司徒耀笑着说："文化人，说的也不一样，不过意思是一样的。他奶奶的，别让我逮着机会，就是用嘴也要咬下他一块肉来！"

他的话让司徒遇想起了司徒南，那个曾经懦弱的商人，就是咬着日本仔的耳朵死去的。他的心不由一震，一股力量传遍了全身。好啊！天快一些亮吧，我们都已经准备好了，准备迎接更残酷的刑罚，再严酷的刑罚也不能让我们低头，因为我们是挺直了脊梁的中国人。

10

陆续回到赤坎的乡民得知南楼失守、七壮士被俘的消息，都沉浸在巨大的悲痛中。他们盼望有自卫队来救他们，甚至已经有乡民自告奋勇到山里找自卫队。自卫队当然没有被找到，但是这一消息很快传遍七里八乡。老谢第一个听到后，他连滚带爬跑回碉楼，悄悄告诉了梅姐。梅姐大吃一惊，她脸色顿时变得苍白。虽然内心深处一直都知道，司徒煦等人平安返回的机会越来越渺茫，可是只要南楼坚持一天就有一天的希望。现在这噩耗陡然传来，还是让她一下子不知所措。

"不要告诉沁荷。"她惊慌地对老谢嘱咐道。

"纸里包不住火啊！"老谢担心地说。

"包到什么时候算什么时候吧，有什么办法？对了，对韶儿姑娘也不要讲。"

关玉琸拄着拐杖来到楼前空地，老谢和梅姐都赶忙住口。但是梅姐很快又小心地拉住关玉琸的手悄悄说道："玉琸，告诉你一个坏消息，南楼失守了。"

"啊！"关玉琸不由惊呼了一声。

"小声点！"梅姐冲屋里努努嘴。

关玉琸压低了声音问："那么，煦哥他们呢？"

"听说被抓起来了，唉，凶多吉少啊！"

"咦？你们都在外面做什么呢？"韶儿领着小昭和几个孩子从外面回来，他们一大早就上山采蘑菇，挖野菜，还采回一大捧五颜六色的野花。他们还有一项重要任务：放羊。梅姐找遍了附近村落，在阿云奶奶帮助下，终于买到一头奶羊。小阿曦需要奶，奶羊就成了宝贝。每天早晨孩子们都跟着韶儿上山放羊，这奶羊也真争气，挤的奶阿曦吃不完，还能给几个年龄小的孩子补充营养。

梅姐等人吓了一跳，她不由自主说道："韶儿，吓死我了，怎么鬼鬼祟祟一点声音也没有！"

韶儿奇怪地问道："梅姑姑您是怎么了？我们怎么会鬼鬼祟祟？我们这么大声你们都没有发现。嘻嘻，是不是又瞒着我们给我们的饭菜加料呢？"

她这话指的是前一天，梅姐和黄妈做饭时，看到韶儿太辛苦，沁荷身体又不好，就给她们的米饭下面藏了一颗鸡蛋。沁荷吃饭比较细致，吃了几口就发现了，她没说什么，悄悄把鸡蛋夹给了阿壮，懂事的孩子又端着鸡蛋去给负伤的关玉琸叔叔吃，弄得黄妈很不好意思。韶儿吃饭没个淑女的样子，等到一口咬上去才反应过来，只好用筷子夹开，自己吃了咬过的那一半，另一半硬是给了黄妈。

这之后，一到吃饭，韶儿就抢着盛饭。单纯的她根本没有多想，只是把这事重提起来，倒让梅姐等人松了一口气。

这一天，包括后来知道的黄妈在内，四个人过得提心吊胆。梅姐抽空去附近的中和村打听了一下，那里的人们也说不出个所以然，但是还没有听到最坏的消息。最让她担心的是，不管是哪里，只要有乡民，都对这件事议论纷纷。梅姐皱着眉头回到碉楼，这怎么能瞒得住啊！韶儿和孩子们天天都要出去，又不能圈住他们不动弹，要是哪个孩子听到了，回来一嚷嚷，那还不满世界都知道了？

实在不行就说这两天日本仔又搜山了，不要让他们出去了。梅姐心想，就这么办吧。

可是她刚回来，关玉琸却向她提出一个要求，他要回赤坎找自卫队，他说，南楼失守自卫队不可能不知道，知道了就要回赤坎。他说他心里急得很，实在待不下去了。

"玉琸啊！我知道你的心情，可是你想想，你这样去了，就是找到了自卫队能打仗吗？伤没有养好，去了是累赘。再说，你怎么去？这里离不开人。"

"梅姑姑，我自己可以的。"关玉琸故意扔掉拐杖，在地上走了两步，但是他还是不由自主咧了一下嘴，虚汗从额头冒了出来。

"我看你还是不要逞强了。"梅姐赶忙扶住他，"你这样急急忙忙走，你那敏感的姐姐也要多想的。她现在身子这么弱，经不起一点折腾啊！何况，她现在不是一个人。"

"梅姑姑！您说什么？"关玉琸一时没有反应过来。

梅姐意识到自己说漏了嘴，连忙伸手按住嘴唇。

"什么不是一个人？"关玉琸不停地追问。

梅姐的眼泪突然流出来，关玉琸吓了一跳："怎么了？发生了什么？"

"唉！"梅姐长长叹息了一声说道，"这事告诉你也行，你是个通情达理的好后生，不像你那顽固的阿爸。唉，你姐命苦啊！她，她怀了司徒煦的孩子！"

"这——"关玉琸呆住了。

"是你姐自己愿意的，她似乎早知道司徒煦不能和她厮守终生，她宁肯抛掉一切也要为他生个孩子，她说这是她以后活下去的希望。唉，傻孩子！"

关玉琸呆呆地坐在床上，作为年轻的一辈，他不反对姐姐和司徒煦的爱情，他也很佩服司徒煦，但是让他面对姐姐这样决绝不计后果的决定，他还是有些想不通。

"梅姑姑，我要去劝劝我姐。"

"劝什么？劝她不要这个孩子？还是劝她忘了司徒煦？你觉得可能吗？你还不了解你姐吗？"

"我，我，唉！姐啊姐，你不该回来啊！你真是傻啊！"关玉琸痛苦地低头自语。

梅姐擦干眼泪，平静地说道："这事你也不要多想了，你就踏踏实实在这里养伤，关玉书不是说等开平稳定一些就来接你吗？你不要急，你现在去了也帮不上忙。你在这里，不要对你姐露出什么，她够苦的了。"

关玉琸不说话，他还是想走，可是姐姐和儿子又让他牵挂，他暂时听从了梅姐的建议，但是心里乱糟糟的，坐也不是躺也不是。

可是第二天傍晚，关玉书、关志平还有阿云突然来了。当他们刚一出现在碉楼门口的时候，正坐在石阶上缝补衣服的梅姐就意识到什么，缝衣针一下子扎在食指上，她却没有感觉。她站起来，衣服掉在地上，她捂住嘴无声地哭了起来。

第十四章

1

关玉书等人尽量表情平静地叫了一声梅姑姑。梅姐精神恍惚地站起来，她的食指渗出了血，衣服掉在地上也没有察觉。

"你们……回来了。"她虚弱地说。

"梅姑姑！"阿云突然扑到梅姐怀里，她哭着说，"煦哥他们被……被杀害了！"

梅姐的脸无比苍白，她轻轻拍了拍阿云的后背，颤抖着低声道："我们进去，进去说。"

关志平扶住阿云抖动的双肩，阿云转过身，偎在他的怀里低声啜泣。阿云前一天刚刚在开平找到自卫队，不久就得到了南楼失守的消息，他们急匆匆赶回来支援营救，却……她不仅有对司徒煦等人的悲伤，还有不能亲自去救出他们的遗憾。她哭得很伤心。

"阿云，"关志平不知道怎么安慰她，她看到失魂落魄的梅姐，想起一件事，连忙说，"梅姑姑，我们就在这里说吧，沁荷知道了，怕是受不了！"

梅姐一手扶住门框，紧咬着嘴唇说："也好，走，我们去那边说。"

梅姐弯腰拾起衣服，四人转到碉楼后面，在一处僻静的地方坐下来。梅姐觉得有许多问题想问，却又不敢问，她怕这么一问，问出许多不愿意听到的事情。可是，人已经死了，有什么比这更让人不能接受的呢？

关玉书一直阴沉着脸，司徒煦的牺牲，令他无法释怀。他们三个人，都对日本仔的丧心病狂和南楼失守感到愤恨和痛心，当听到七壮士牺牲的噩耗后，谁也无法接受这个现实，可是每个人心态是不一样的。关玉书是他们三人当中和司徒煦接触最多的，也是和司徒氏自卫队接触最多的。他和司徒煦一直惺惺相惜，他对司徒煦勇守南楼相当佩服，也曾想，如果换做自己又能守到什么程度。他一直想，要是能进入南楼，和他们并肩作战，也是平生一大快事。可是，转眼间，英雄离去。当他还在赤坎外围焦急地想办法营救的时候，狡猾的日本仔在对英雄百般摧残、凌辱后，把英雄杀害了，分尸后把英雄的尸体抛入潭江！

阿云也和司徒氏自卫队接触过，但是司徒煦在赤坎东南部和台山密冲一带行动多，她对关氏自卫队要比和司徒氏熟悉得多。同时，除了对英雄牺牲的悲伤，她还是个女人，女人的感情不同于男人，她会想到更多的东西。她想到沁荷姐姐，想到韶儿妹妹，她俩深爱的男人牺牲了，而且死得那么悲壮，她们怎么办？而其他壮士牺牲后，他们的家人怎么办？他们还都那么年轻，就这样死在日本仔残酷的屠刀下，她只要一想起来心口就痛得受不了。特别是下午看到遇嫂后，她的心理几乎崩溃。

而关志平，他自己也说不清是一个怎样的心理。这是他第一次见到日本仔如此血腥的屠杀，以往的一切他都是听说，前些天的遭遇令他醒悟，可是，今天的场面，让他终生难忘。他除了悲愤就是切齿的恨。不过现在，他最担心的还是沁荷，事情不可能隐瞒，但是，他实在怕，他不知道沁荷能否承受得住这样巨大的打击。

"长话短说吧，具体什么情况？"梅姐强忍悲痛问道。

关玉书低沉地说："具体的我们也不是很清楚，今天午后得到消息，说敌人先是在司徒氏图书馆前绑着七位壮士示众，严刑拷打，无所不用其极，把壮士们的皮肤剥下来，把鼻子割掉，把眼睛挖出来，把牙齿敲掉……但壮士们没有一个说出日寇想知道的秘密，没有一个投降叛变，最后气急败坏的日寇把壮士杀害了，分尸抛入潭江中……我们化装成乡民去赤坎东南和腾蛟一带的潭江河道、河岔寻找、打捞，那里已经聚了好多乡民了。"

梅姐急忙问："那么，找到了吗？"

阿云哭着说："我们来之前，已经找到司徒遇和司徒昌了，现在乡公所的人回来了，他们正组织寻找呢。还找到了这个……"阿云把一个浸透了鲜血的东西从怀里取出来，那是一块手帕，展开来，里面包着个荷包，手帕上的字迹已经看不清楚，荷包褐色的表面隐隐约约透出两个字：平安。她没敢说，这是在一只残缺却紧握的手掌中发现的。

梅姐"嗯"了一声，她接过东西，却不知道想问什么，心里乱糟糟的。她甚至还产生了幻想，或许剩下的几个人还没有死，他们从河里跑了，不久就会回来的。

"日本仔毁了南楼，杀害了七位壮士，屠杀了无数腾蛟村民。这笔血债迟早要他们偿还！"关玉书握紧拳头，狠狠地说道。

阿云也激愤地站起来说："玉书大哥，走，咱们现在就回去，与其这样偷偷摸摸的，还不如去杀他个痛快！"

"对，拼了这条命，杀一个够本，杀两个赚一个！"

关玉书失去了理智，他转身就走。阿云抹了把眼泪喊道："等等我，阿平，走！"

关志平隐隐觉得不妥，但是阿云坚定激动的态度感染了他，他对梅姐说道："梅姑姑，我们来就是把这个消息告诉您。您缓一缓再和沁荷韶儿她们讲，不要太急，我……"

关玉书走出老远，猛然又站住了，他回过头对关志平喊道："你和阿云不要回去了，日本仔应该很快就要走了，你们要保重！"

"不！"阿云倔强地说，"阿平，你留下吧，沁荷姐姐，她，她这时候需要你！"说完，她咬了咬下嘴唇，含着两汪泪水朝关玉书追去。

关志平呆住了，他的心像撕裂一般疼痛。他望着渐渐远去的阿云，两行泪缓缓淌下来。他转过身，一字一顿地说道："梅姑姑，对不起，拜托了！"然后毅然决然地大步向山下走去，再也没有回头。

2

梅姐失魂落魄地回到碉楼，她不知道自己是怎么进的屋子。山里天黑得早，屋里早已经黑漆漆的，梅姐忘记了点灯，她踢到一张凳子，凳子倒了，"嗵"的一声，反倒吓了她一跳。

屋里怎么没人？黄妈去哪里了？她惊慌地放下一直攥在手里的衣服，手心里全是汗。

"黄妈？"她颤抖着唤道。

"梅姑姑吗？正要去找您，屋里黑，您出来到我房间吧，我有事问您。"是沁荷的声音。

梅姐定了定神，深吸了口气，又抬手擦了擦脸上残留的泪水，这才举步走出自己的房间。她看到沁荷正站在二楼楼梯口，碉楼里很黑，看不清她的表情，但是梅姐心头却"咚咚咚"乱跳起来。

孩子们本来晚上和梅姐、黄妈还有阿曦住在一楼，可是几个女孩子喜欢和沁荷、韶儿睡在一起，就在二楼又腾出一间空屋子，让几个女孩子睡在那里。现在孩子们正在厨房嘻嘻哈哈帮着黄妈和韶儿做饭，沁荷把阿曦抱到楼上，孩子喝了羊奶睡熟了。关玉琢住在三楼，他刚才从窗户里隐约看到一个人影在碉楼后面闪了一下，像是关志平的样子，他疑惑地拄起拐杖想出来看看，却看到姐姐坐在一楼厅里若有所思的样子，就又悄悄返回房间。不久，他就听到姐姐叫梅姑姑的声音。

梅姐心里忐忑，不知道沁荷有什么事要问。

"沁荷，这两天感觉怎么样？还是很难受吗？"梅姐问。

沁荷点起油灯，微弱的灯光下，她柔弱苍白的脸颊没有一丝血色。她给梅姐倒了一杯水，轻声问道："梅姑姑，累了一天，休息一下吧。我刚才去厨房，他们把我推出来了，我也实在受不了厨房的味道，刚才又把中午吃的一点东西吐了才舒服些。"

"你身子从小就弱，现在又有身孕，我就担心你。你但凡心里想开些，也不会这样。"梅姐说着，眼不由又是一酸。

沁荷微微一笑说："我何尝不明白这个道理，可是我又怎能放心？这两天总是心绪不宁的，做一些不好的梦，我怕是很难坚持到那一天啊！想想肚里的孩子，我还得活着，可是身体又不争气。"

"唉！你就是心思太重，万事想开些，身体也就好了。你和韶儿在一起，有她开导，你总会好起来的，不要瞎想了，啊！"

沁荷拿起手帕了擦眼角，叹了口气说："梅姑姑你们不知劝了我多少次，可我管不住自己。我中午又做了梦，我梦见煦哥他们被日本仔杀了，我去河边找，可是怎么也找不到煦哥的尸体，到处都是血，河水都红了……"她浑身颤抖起来。

梅姐不由呆住了，她嘴唇哆嗦，说话也止不住发抖："傻孩子，你不要……"

"梅姑姑，让您费心了。我想，我还是回一趟赤坎吧，回去知道了确切消息我也就心安了！"

"不要啊！"梅姐惊慌地喊了起来。

"梅姑姑您怎么了？"沁荷奇怪地望着失措的梅姐，"对了，刚才我好像听到外面有人说话，隐隐约约的，再一听，又没了，是有人来过吗？"

"没，没有，哦，我和老谢说话，我让他明天去赤坎打听。"梅姐语无伦次地说。

"梅姑姑，您这两天精神不大好，是累了吗？您没有瞒着我什么吧？"沁荷疑惑地问。

沁荷凄楚的眼神让梅姐彻底心碎了，她一屁股坐在椅子里。

"怎么？梅姑姑，您，您怎么了？"沁荷不禁骇然，她的心扑通扑通跳得厉害，梅姐反常的举动让她不敢多想，可是又止不住地胡思乱想。

"吃饭了姐姐，你见到梅姑姑了吗？"韶儿清脆的声音在屋外响起。

梅姐就像遇到大赦一般，连忙站起身慌乱地拍打了几下并不脏的衣服，结结巴巴说道："叫我们吃饭了，沁荷，先吃饭，嗯，我……我回来也没有同他们讲，让你们惦记。男孩子太顽皮了，衣服破得快，缝起来忘了时间……"

"好吧！"沁荷也站起身。

这时，韶儿已经推门进来。她穿着一身朴素的乡下妹常穿的粗布裤褂，黑油油的长辫子垂在胸前。她在南洋的时候很少梳辫子，总是留一头齐耳短发，显得俏皮可爱。后来，她有了心事，觉得表哥不喜欢她这样闹腾的性格，就留了辫子。有时候，就连沁荷都忍不住抚摸着她的头发夸赞她头发真好。她的手湿漉漉的，显然又是洗了手擦也不擦就跑来叫人吃饭了。

"梅姑姑在这里啊！我刚才还到门口找您呢！一下午没见您，以为您不要我们自己回赤坎了呢！"

"你放心吧，梅姑姑这辈子就缠上你了，你走哪我到哪！"梅姐被她逗得心里一松，也开了句玩笑。

三个人下楼来，黄妈已经把饭菜摆上了桌。山里没处买到鲜菜，黄妈就想办法把山里的野菜蘑菇什么的变着花样做，鸡蛋已经吃完了，只剩下一些腊肉。几个小伙子正是长身体的时候，能吃得很，米缸里的米下去太快了，黄妈悄悄和梅姐说，这样坐吃山空的，再过一个星期连米也要吃完了。

今天孩子们在山下的湖里抓了十来条两寸来长的小鱼，黄妈熬了一锅鱼汤，她盛了一碗饭，舀了一碗鱼汤准备给关玉琠送上去。可是关玉琠已经拄着拐杖慢慢走下来了。这两天他感觉伤口比前几天好了一些，脓肿消了点，他坐不住，就常拄着拐杖下来给孩子们讲打日本仔的故事，有时候会逗一逗小阿曦，不免想起妻子，抱着孩子感叹唏嘘。

大家默默吃着饭，孩子们虽然闹腾，可是一上饭桌，都不再说话，这是梅姐给他们定的规矩，饭桌上不说话。但是沁荷刚喝了一口鱼汤就觉得胃里翻江倒海，她忙按住胸口，强忍着站起身跑到外面，这一吐，简直把胆汁都吐了出来。

黄妈和梅姐在后面给她捶背，黄妈一个劲唠叨："何苦来，这是何苦来……"

梅姐忧愁地给黄妈使了个眼色，黄妈叹着气走了进去。

3

疯了一天的孩子们很快入睡了。外面滴滴答答落起了雨滴，夜晚的大山里更加凉爽，夜风引起阵阵松涛竹鸣，讨厌的蚊虫嗡嗡唱着开始活动。韶儿看三个女孩子都睡熟了，把蚊帐仔细掖好，然后蹑手蹑脚回到房间。她现在和沁荷睡一个房间。这座碉楼虽然不是很大，可是住这么多人还是绰绰有余，空房间很多，但是韶儿觉得一个人睡太冷清，就主动跑来和沁荷睡。而且这里就在孩子们旁边，也方便晚上起来照顾她们。

韶儿回到房间，见沁荷正靠在床的里面，痴痴望着前方一动不动。

"沁荷姐姐，又想表哥了吗？"

沁荷不好意思地一笑，但是她很快神色凄然地说道："妹妹，我的心事只有你知道，我怕是很难熬到那一天了，可怜了孩子！"她说着又哭起来。

"姐姐快不要瞎想，你是答应过表哥的，为了他你勇敢地迈出了常人不敢想的一步，如今更需要你为了他保重身体，护好孩子！"韶儿开导她。

"正因为如此，我才坚持到现在。唉，我一天到晚做噩梦，不仅仅是因为煦哥，我还担心我阿爸阿妈。他们现在不知道怎么样了。我们姐弟三人，都这样让他们操心，你也看见了，我妈身体已经很衰弱了！"

沁荷的话勾起韶儿的愁思，她的情绪也瞬间低落下去。她想起了她的父母，她偷偷跟着姨妈跑回来近一年了，带回去的消息都是好的，她收到父母的信里除了埋怨之外，也都是好的消息。她不愿说自己的忧愁，她也知道父母不可能一帆风顺，彼此报喜不报忧，心情都是一样的。阿妈最近的一次来信说，父亲如今要照顾两家的生意，两人天天累得筋疲力尽。还说现在南洋也不安宁，日本仔在撤退，弄得人心惶惶。她说她不放心韶儿一个人在内地，这么多战乱，希望她战事平静些尽快回去。

韶儿和沁荷各自想着心事，楼下轻微的脚步声传来，脚步声渐渐来到门前。

"小姐还没有休息吗？不早了！"黄妈在门外轻声问道。

韶儿一吐舌头，冲沁荷扮了个鬼脸，大声说："就睡，您也休息去吧，黄嬷嬷！"

"都是怎么了？姑小姐也不休息，全都是钢铸铁打的不成？我去看看大少爷。"黄妈在门外自言自语地说着，脚步声慢慢上了三楼。

"姐姐，你听，梅姑姑也没有休息，她这两天怪怪的，会不会有什么事瞒着咱俩？"韶儿悄声对沁荷说。

"是啊！吃饭前坐在这里说话吞吞吐吐，脸色也不大好。我心里一直疑惑，别是南楼有什么坏消息。"

"姐姐，不要说！一说这个我心里就害怕，成天忙起来还好，一闲下来心里头就慌，各种不好的念头都来了。唉，要不是这些孩子闹着，都不知道怎么活下去。"沁荷的话触动了韶儿内心的伤痛，她说着，眼圈渐渐红了。

沁荷突然撩起被子，她推了推韶儿说："我看还是去问问梅姑姑，她反正也没有睡呢，我实在心慌得厉害。妹妹，我有种不好的预感，我……"她不由捂住自己的嘴。

韶儿惊讶地看着沁荷，见她只穿了薄薄的睡衣裤就向外走，连忙也起身跟上去。她们打开门，正看到黄妈从三楼下来。

"你们这是去哪？不早了，早点休息吧！"黄妈又絮絮叨叨起来。

沁荷没有理她，径直往楼下走。刚转过楼梯，就看到梅姐正一个人坐在厅里的椅子上，微弱的烛光映在她的脸上，她的眼睛红红的，显然是刚刚哭过。

"梅姑姑，您怎么了？"沁荷冲上前去，蹲在梅姐膝前，焦急地问道，"是南楼吗？煦哥怎么了？"

韶儿用手捂住胸口，她突然想逃走，逃回房间，她什么也不要听，她觉得腿脚发软，头发晕，赶忙扶住身边的栏杆。

沁荷的突然出现让梅姐吓了一跳，她慌乱地站起了："我，我……"她不知道说什么好。

"梅姑姑，今天下午谁来过？您告诉我，告诉我啊！你不能瞒我一辈子啊！"沁荷跪在了地上，几乎是喊了起来。

黄妈赶忙上前去扶沁荷。"哇——"一声婴儿的啼哭突然响起，阿曦醒了。黄妈又手忙脚乱地跑进房间去哄阿曦。海城揉着惺忪的睡眼走出来，他已经是个大孩子了，听到动静出来看是怎么回事。他看到沁荷跪在地上哭泣，跑过去叫道："沁荷姑姑，沁荷姑姑……"

梅姐流着泪和海城把沁荷扶起来，她知道不可能再瞒她，她说得对，难道能瞒她一辈子吗？

"沁荷，你是个坚强的孩子，不用姑姑多说，你知道该怎么做，对吧？"梅姐缓缓说道。

沁荷抬起头，她的脸上现出决绝的表情，她心里什么都明白了，她望着梅姐点了点头。

"今天阿云和志平、玉书都来过了。他们，他们说，南楼失守了。"

"啊！"沁荷睁大了眼睛，她嘴唇颤抖着，"那么，煦哥他……"

"被日本仔……"梅姐掉转头，再也说不下去了。

沁荷一动不动，一瞬间，她觉得自己的灵魂已经飞走了，她呆呆地坐着，忘记了悲伤，忘记了哭泣。

"咚——"一声巨响，所有人都吃惊地抬起头，只见一楼到二楼的楼梯拐弯处，韶儿直挺挺躺在地板上，她晕了过去……

4

壮士的离去在整个赤坎引起强烈的反应，不等日本仔撤退，乡民们就自发组织起来寻找壮士的遗体。有的乡民家里也有被日本仔杀害的亲人，可是他们暂时放下自己的悲伤，都来帮着寻找壮士遗体。当他们第一个发现了司徒遇的尸体的时候，所有人都惊呆了。面对被河水泡得肿胀的尸体，人们在悲伤之余燃烧起满腔怒火。凶残的日本仔，用最残忍的手段杀害了壮士，壮士的尸体上留有他们的罪证。

山本在下了枪毙司徒煦等人的命令后突然改变了主意，他要亲自审讯，一种带着血腥的刺激驱使着他，让他无比兴奋。

他决定在司徒氏图书馆进行一场别开生面的审讯，通过审讯，达成侵略者的最高境界——征服，彻底的征服。他的老师田中久一教给他的就是什么是征服。

"要想长久地占据这片土地，必须彻底征服支那人。什么叫作征服？粉碎他们的英雄梦，摧毁他们的尊严与信念，让他们乖乖地给我们当奴隶，让他们安心当亡国奴！要达到征服目的，必须不择手段让他们怕了你，必须把他们驯服，让他们一辈子想都不敢想'反抗'两个字！"他追随着田中久一以来，目睹了许多屠杀大场面，中国人的鲜血使他领会了"征服"的含义。田中久一作为侵犯华南日军之最高指挥官，日本投降后被同盟国军事法庭判处死刑，1947年3月27日，田中久一在广州市区游行示众后，被押往流花桥刑场执行枪决。

日寇为什么选择在司徒氏图书馆摧残、凌辱、杀害七壮士呢？因为司徒氏图书馆是司徒氏族人读书学道的地方，体现了族人奋发图强的希望，这里又是族人抗日的总指挥部，是他们精神、信念的凝聚地，日寇要在这个地方叫他们看着自己的英雄如何变成狗熊的，彻底摧毁司徒氏族人、侨乡人的精神、意志和信念。

山本踌躇满志地来到日军驻赤坎司令部二楼，这是一座很气派的骑楼，紧邻司徒氏图书馆，吉田代替藤原后，就把司令部从关氏图书馆搬到了这里，主要是因为这里距离腾蛟比较近，便于指挥。

山本今天就在司徒氏图书馆前进行审讯。他派了近二百名士兵在现场把守，而且在腾蛟村内外还设置了两道防线，防止自卫队回来劫人，同时又让村民能远远地观看。他在打着如意算盘，他自信，只要是人，都经不起他的严刑审讯，这些人投降了，支那人心中的英雄就轰然倒塌；如果他们不屈服，也足以震慑他们，屠杀就是使人屈服！

山本今天没有戴帽子，头发梳得油光水滑，他不停地用手推动鼻梁上的小眼镜，嘴角泛起阴险的冷笑。他的旁边站着一个满脸谄媚的翻译官，大厅两旁立了两排荷枪实弹的日本宪兵，一个个凶神恶煞一般。一切都准备停当，敌兵把司徒煦等人带了上来。

司徒煦早晨刚刚苏醒，他还在发高烧，但是当日本仔打开铁门的瞬间，他清醒了，他挣扎着站了起来。

每个人都面临虚脱，别说站着或走路，就是坐着都费劲，可当日本仔们出现的时候，他们和司徒煦一样，都站了起来。

六位壮士被日本仔连推带搡带到二楼大厅，六人咬牙站定，对满屋子的日本仔怒目而视。

"怎么六个人呢？不是七个吗？"山本故意装腔作势地发问。

"长官，有一个死了，遵您的命令，扔到河里去了！"翻译官自作聪明地说道。

"谁要你多嘴？"山本阴沉着脸呵斥道。

翻译官赶紧唯唯诺诺退到一旁。山本上上下下打量着六人，他的眼睛盯在年龄最小的司徒丙脸上。司徒丙勇敢地和他对视着。

"哼哼，小小年纪，误入歧途，可惜啊可惜！"山本尖锐的声音让人听了就像听锅铲摩擦锅底的声音，周身发冷。司徒丙不由打了个寒战，司徒煦向他望去，眼神充满了鼓舞和安慰。司徒丙会心地微微笑了一下，高昂起头，不再理会山本。

山本沉思片刻，侧身对翻译说道："告诉他们，皇军宽待俘虏，只要肯合作，不仅可以饶了他们性命，而且能升官发财，金钱花姑娘都大大的有……"

听了翻译官的翻译，六人不约而同把脸扭向一侧，他们不愿再看这个骄横狂妄的日本军官，也没打算和他对话。

"哈哈哈……"山本突然狂笑起来，"真勇士！我山本向来惜英雄重英雄，中国有句古话叫做识时务者为俊杰。"他紧接着把脸一沉，怒声喝道，"你们在南楼射杀了皇军十多人，伤百多人，严重影响了皇军的军事行动，本该立刻枪毙，现在就看诸位是否当识时务之俊杰。哼，别敬酒不吃吃罚酒！"

司徒煦实在忍无可忍，突然回头"呸"的一口浓痰向山本吐去，可惜他太虚弱了，离山本又远，根本吐不到他身上。但是山本还是下意识向后一仰头，右手急速抬起来挡住脸。他很快为自己这一狼狈的举动感到羞耻，他眼睛里射出狼一样凶残的光，直视着司徒煦。司徒煦轻蔑地冷笑了一下，又把脸扭向一边。

山本觉得颜面尽失，他强压怒火，深深喘息了几下说道："不要以为这样就是英雄！哼哼！告诉你们，我们皇军向来优待俘虏，念你们还年轻，不与你们一般计较。现在给你们一个机会，如果肯合作，什么都好说，若还执迷不悟，那就只好让你们见识一下皇军的手段。说吧，谁是队长？谁是机枪手？"

墙上的挂钟"滴答滴答"地响着，时间一分一秒地过去了，人厅里越发安静。司徒旋突然眼前一黑，一头栽倒在地上。其他人想扶起他，可是都被五花大绑，只能看着司徒旋前额重重磕在地板上。

山本一努嘴，麻生太郎亲自端来一盆凉水，"哗啦"一下浇在司徒旋头上，司徒旋浑身一哆嗦，缓缓睁开眼睛。他动了动想站起来，可是却不能够。麻生太郎嘿嘿狞笑着走上前，一脚踏在司徒旋头上，狂笑着问："说不说？看是你的脑袋硬还是我的靴子硬！"

司徒旋嘴里发出"唔唔"的声音，他瞪着血红的眼睛，额头青筋暴露，嘴角慢慢淌出一丝鲜血。

"住手！"司徒煦厉声喝道："放开他，我来讲！"

他镇定而威严的话语让麻生太郎不由一怔，踏着司徒旋的右脚不由自主抬了起来。

山本眯着小眼睛，仔细打量了司徒煦几眼，见他一脸病容，满脸胡子拉碴，颌下一缕胡须特别长，但是嘴角却微微上翘，显出一股桀骜不驯的神态。

"嗯，呦西，你的大大的识时务，谁是队长？"

司徒煦嗓子在冒火，他沙哑而平静地说道："我就是！"

"姓名？"

司徒煦一声冷笑："你听好了，你爷爷我就是自卫队队长司徒煦，是我指挥南楼自卫队射杀了你们的！"

山本"啪"地一拍桌子站了起来，他几乎是嘶吼着问道："司徒煦，你就是司徒煦？"

这名字太熟悉了！山本还在台山密冲一带时，被司徒煦打败过，后来他回到广州田中久一的身边，司徒煦这个名字也时时令他气恼。他来到这里，从藤原、吉田的嘴里反复听到的就是这名字，征服这里的支那人就从这人开始。

"老子行不更名坐不改姓，要杀要剐来吧！"司徒煦的吼声使山本回过神来。

山本慢慢坐下去，对麻生太郎一挥手说："录口供。"

麻生走到司徒煦面前，他和司徒煦刚一照面，心里不由又是一颤，他虚张声势地抽出军刀，张牙舞爪地吼道："你们是什么队伍？"

"我们是专门消灭日本仔的抗日自卫队！"司徒煦回答。

"你们是接受谁的指挥的？你们的人现在在哪里？"

司徒煦轻蔑地冷笑了一声，义正词严地说道："你们侵略中国，霸占我们的家乡，每一个中国人都恨不得吃你们的肉，剥你们的皮，还用谁指挥吗？告诉你们，我们这里每一个人都是指挥官，每一个人都是杀敌的战士！"

"八嘎！放肆！拖下去，给他点颜色瞧瞧。"麻生太郎举起军刀指着司徒煦的脸大叫。

"慢——"山本慢条斯理地一抬手，"呵呵，司徒煦队长，我很欣赏你的性格，你的，不像中国人，像我们日本人！"他对司徒煦竖起拇指。

"别借我们抬高你自己，我们讲究仁、义、礼、智、信，我们宽厚待人，以德服人，这些，你们有吗？你们配说像我们吗？"司徒煦把山本抢白得说不出话来。

"嘿嘿，如果你敬酒不吃吃罚酒，只会死无葬身之地！现在摆在你们面前的有两条路，一条生，一条死，何去何从，你们选择吧！"

山本说完，掏出一块洁白的手帕，掩住嘴角，轻轻咳嗽了两声，小眼睛一眨不眨地望着司徒煦。

司徒煦忍无可忍，上前一步，厉声怒斥道："放屁，日本仔你给我听好了，想让我们投降，你们找错对象了。哼，什么东亚共荣圈！侵我领土，杀我百姓，淫我姐妹，抢我财物，废我家园，何来共荣！你们不顾国际公约使用毒气弹，禽兽不如，多行不义必自败，你们的末日到了！"司徒煦字字千钧，激动得连眼睛都涨红了。由于过于激动，他突觉嗓子一甜，身子趔趄了一下，一口鲜血喷在山本面前的桌子上。山本吓得赶忙往后一跳，椅子被他带翻了，"哗啦"一声倒在地上。

"煦哥！煦叔！"司徒遇等人纷纷围了过来。

5

司徒煦等人紧紧靠在一起，怒目注视着狼狈的敌人。

山本用白手帕不停地擦着嘴，气急败坏地吼道："哼，是你们自己要喝罚酒的，不给点颜色就不知厉害！"

麻生太郎近前一步低声说："这是一群硬骨头，我看还是……"他用手在脖子上比划了一下。

"不不，"山本慢慢走近司徒煦等人，脸上露出狰狞的笑意，"死？很简单，很容易，但对付你们不能太简单！"

山本一摆头，两个日本兵上前一把把司徒煦揪了出来，司徒煦站立不稳，差点摔倒。司徒耀冲山本破口大骂："日本仔，操你妈，有种你就杀了你爷爷。"

山本一拧眉头，哼哼一声冷笑："死到临头还嘴硬，好吧，去，让他闭嘴！"

两个日本兵上前使劲摁住司徒耀，司徒耀拼命挣扎，嘴里还一直骂个不停。又上来两个日本兵，四个日本仔一起才终于把司徒耀摁倒在地。一个满脸横肉，带着橡胶手套的日本仔狞笑着走过来，蹲在地上，面对司徒耀盯了片刻，突然抽出一把寒光闪闪的匕首，探左手掰开司徒耀的嘴，把匕首伸了进去，匕首在嘴里一旋，司徒耀嘴里立刻涌出鲜血，半截舌头掉在地上。司徒耀痛得一声大叫，几乎晕了过去。但是他大睁着双眼，使出浑身力气在地上翻滚，四个日本仔竟然按他不住。他对准那个哈哈狂笑的屠夫一口鲜血吐过去，血沫溅了那家伙一脸，那家伙叽里咕噜吼叫着，从腰里抽出一把小锤，对准司徒耀的嘴敲了下去，司徒耀狂叫一声，晕了过去。

"阿耀！""耀哥！"司徒遇等人围在他身边，痛苦而愤怒地呼喊着。敌人的血腥折磨没有吓倒他们，反而激起他们更大的怒火。每个人眼睛几乎喷出火来。

司徒煦也被摁倒在地上，他平静地说道："来吧，有什么招数就都上吧！"

山本叫人提来一大桶水，放在司徒煦的面前，阴森森地笑了两声："英雄，你们不是断水几天吗？本太君仁慈，让你喝个够！"说完一挥手。四五个日本兵上前摁住司徒煦，用一抽水泵把水往他嘴里灌，司徒煦被摁得动弹不了，一桶水很快就被灌了大半桶，瘦瘦的他肚子鼓了起来，他被呛得晕死过去。

山本狞笑着走过去，对着司徒煦鼓鼓的肚子一脚又一脚狠命地踩下去，边踩边冷冷地说："皇军的水是那么好喝吗？"

"住手！畜生！"

"煦哥！"

"煦叔！"

队友们见了无不痛彻心扉，无奈他们每人都被几个日本仔摁住不能动弹。

司徒煦完全晕死过去，他的脸比纸还白，随着山本狠命的踩踏，水，不断从他嘴里溢出，从裤子里流出，他的四肢在微微抽搐着。

大伙看得眼里冒火，除了破口大骂却又无可奈何。

山本手里把玩着一把匕首，慢慢地围着司徒煦踱步，他在等他醒来。

"咳咳！"随着一阵剧烈的咳嗽，司徒煦醒了。山本一招手，两个日本仔把司徒煦架起来。

山本慢慢踱到司徒煦面前："好受不？这不过是小菜！后悔了吗？"

司徒煦浑身湿透，剧烈地咳嗽，他已没有力气讲话了，他倔强地扬起头，对着战友笑了笑，然后冷冷地看着山本，眼里流露出的是无限轻蔑与嘲弄，这眼神使山本不由自主地打了一个激灵。

没有如期地等到对手的屈服，山本疯了，咬牙切齿地说道："我看是你的骨头硬还是我的刀子厉害！"说完，揪住司徒煦的左耳，一刀下去，鲜血顺着司徒煦脸颊流了下来。山本拿着他的耳朵，仔细来回瞅了半天，血把他的白手套浸成了红色，他食指和中指来回揉搓了几下，然后把刀往地上一扔，站起来哈哈大声狂笑。

司徒煦咬紧牙关，冷汗从他额头一滴滴滑落，但是他依旧一声不吭，射向山本的依然是两道轻蔑的目光。

另外几个日本仔被血腥所刺激，野兽一样照着长官的样子使出浑身解数对司徒煦展开了残酷的摧残。他们用刺刀在司徒煦的额上横割了一块皮肉，他立刻血流满面，连眼睛也被血水遮着，什么也看不清楚。敌人仍不罢手，又将司徒煦的右耳和鼻子割掉，把牙齿凿光，顿时，司徒煦痛得死去活来，他痛苦地伏在地上，汗水和血水混在一起往地下淌，但是他强忍着疼痛，不流泪，不呻吟，过了片刻，他意识逐渐模糊，昏了过去。

此时，司徒遇和司徒旋顽强地站了起来，壮士们悲愤地看着眼前的一幕，心如刀绞。他们没有害怕和胆怯，只有切齿的仇恨，恨不能把这群畜生一个个生吞活剥。

"好了，把他先拖到一边去，让他慢慢地痛死！"山本摘掉染着壮士鲜血的白手套，似乎意犹未尽，还在看着自己的手，慢条斯理地说道，"下面该谁了？机枪手？宣传员？"

"我！我！"司徒遇和司徒旋一起高声说，"来吧，我们就是机枪手，专门射杀日本仔的机枪手。恶魔，我们就是做了鬼也要剥你的皮，吃你的肉！"

山本倒抽了一口凉气，他突然想起了藤原和吉田，他心里第一次有点发慌，感到一种前所未有的失败。他沉闷地哼了一声，对跃跃欲试的一帮日本仔挥了挥手。日本仔们蜂拥而上，把两人一起拖倒在地上，把两人的牙齿全部凿光，还丧心病狂地把二人的手指一一斩断，二壮士立刻疼痛得昏了过去。

此时，壮士司徒浓、司徒丙二人，见同伴被敌人施以酷刑，怒视敌军官，大声痛骂，日本仔们都没有想到自卫队队员这样英勇，不由心慌起来，竟然吓得倒退几步。

山本此刻无比心虚，对壮士们的荼毒也掩盖不住他内心的紧张和失落，他不由掏出手帕擦了擦额头渗出的汗水，但是他还不死心，又奸笑着说："我还想给你们一个最后的求生机会，只要你们肯投降，我保证不杀你们。"

二人昂首而立，怒骂日寇："我们再活一次还要杀你们这帮禽兽不如的日本仔！"

山本劝降彻底失败，又被壮士骂得狗血淋头，心中的恼怒无法发泄，但又实在无计可施了。他气哼哼地在地上转来转去。麻生太郎等人更是不知道下一步该怎么办，犹豫半天，麻生太郎跨前一步问道："长官，卑职认为，再审问也问不出什么，还是枪毙了吧，省得夜长梦多！"

"放屁！"山本正有一肚子怒气没处撒，正好都撒在了他身上，"什么夜长梦多，都先拖下去，愣着干什么？"

"哈伊！"麻生太郎悻悻地退到一边。

这时，司徒浓突然大吼一声，一个箭步冲到山本桌子面前，猛地俯下身子，一口咬住山本的嘴唇。山本本能地想向后闪开，可是却没来得及。他痛得龇牙咧嘴，"唔唔"直叫唤。

日本仔手忙脚乱，一起上前去拽司徒浓，可是司徒浓使劲咬住就是不松口。只听"咯吱"一声，山本的一小块嘴唇被撕咬下来。山本痛得"啊"的一声大叫，顺手操起军刀，军刀整个捅进司徒浓腹部，司徒浓低低吼了一声，抬起头来，张开嘴，使出最后的力气，向山本吐出带着他嘴唇的一口血水，然后缓缓向后倒了下去。

6

山本彻底失望了，他没有如此挫败过，嘴唇缺了一块，那将是他永久的耻辱。现在的他，觉得自己比吉田和藤原还要丢人。但是越是如此，他越不甘心，他捂着大口罩交代麻生等人，他要报复，要将所有的失落都转化成对南楼壮士们的折磨。

司徒浓死在山本的刺刀下，他的尸体也被抛入司徒氏图书馆前面的潭江。剩下的五名壮士被分别捆绑在敌"司令部"骑楼柱上和司徒氏图书馆门前的铁栏杆上示众，在麻生太郎带领下，日本仔们再次对壮士进行折磨。敌人残忍地将壮士们的皮肉一点点割下，把手指脚趾甚至手掌全部斩断，把耳朵鼻子也割下，并将牙齿全部凿光，壮士个个鲜血直流变成了血人，但是他们直到最后一刻，也没有求饶，没有呻吟。他们在就义前，仍大骂日本仔。最后，恼羞成怒的山本下令把壮士们全部肢解，抛入潭江。那一刻，天空阴云密布，山林呼啸，潭江咆哮，南楼七烈士悲壮地离去，用血肉之躯宣示了宁死不屈的民族精神，捍卫了民族的尊严！

山本原想粉碎这些壮士的英雄梦，在乡民面前摧毁他们的尊严、信念，结果却是山本的征服梦被摧毁，南楼七壮士用自己的生命告诉他，什么是真正的英雄——面对屠刀时体现出自己的民族气节，以坚强的信念超越了死亡的人！

从那一天开始，山本清楚他们最终的下场是什么，他终于明白，他们不能征服这片土地，武力并不能摧毁一切，比如信念。他一辈子没法忘记那两道轻蔑的目光。

七壮士英勇牺牲了，日寇什么也没有得到，看着被他们肢解后抛到潭江的壮士的尸体，在泄恨的同时也充满了恐惧。随后，日寇除留下一部分队伍驻守腾蛟，山本带着其他日军惶惶如丧家之犬撤离了赤坎。从广东西南部雷州半岛、湛江等地开来的日军乘着赤坎和南楼空虚，也急急忙忙坐船从潭江向广州方向开去了，但比他们原来的计划已经晚了十多天。当关玉书他们组织起队伍准备与敌人干一仗的时候，山本已经带着部队跑到江门，再也不敢在同僚面前张牙舞爪炫耀自己了。关玉书等人没有打到山本，只好沿途不断袭击北窜的日本仔。但无法为七位壮士报仇，成为他们终生的遗憾。

就是在壮士被杀害的当天下午，腾蛟的乡民不顾日本仔还没有完全撤退，又来到南楼附近，他们想进楼打探一下情况。上午日本仔抓了几个想进楼的乡民，下午好像站岗明显松懈了，甚至在南楼附近看不到日本仔的身影。

几个胆大的乡民悄悄潜到南楼大门前，他们看到千疮百孔的南楼墙体，大门洞开，知道七位壮士肯定凶多吉少了。他们不知道，此时此刻，七壮士已经全部英勇就义。

两个胆大的乡民自告奋勇进楼查看。他们一进门就闻到一股刺鼻的味道，连忙用手捂住口鼻。一楼桌凳都翻倒在地上，稻草石灰满地都是，看来是敌人搜查过的。二人壮胆顺楼梯爬上二楼，二楼空空荡荡没有人，靠窗的地板上散落了许多石灰包。他们又上到三楼，只见地板上散落了一些枪支残骸和破烂的衣服，还有一些水泥石块。他们小心地查看着，蓦然间发现了南墙上有字迹，他们也认得字，细细一读，知道是七壮士留下的遗书，不由滴下泪来。

上四楼的时候，他们发现铁梯被敌人炮弹毁坏了两级，他们小心爬上去，也只看到被炮弹炸开的水泥碎砖和爆炸后的弹片。二人不由心慌起来，他们步履困难地登到楼顶，仍不见七位壮士，知道他们肯定是被敌人俘虏了。

二人急匆匆跑下楼，告诉了外面人们楼里的情况。很快，一传十十传百，还留在腾蛟的乡民都知道了司徒煦等人被俘的消息。他们到处打探，心里充满了担忧。

就在乡民们焦急地等待七壮士消息的时候，二十来个自卫队队员正在赤坎想办法营救他们。而关文澜和司徒氏乡公所的人们也都回来了，他们不断派人去打探消息，尽快汇报。但是，从早晨到中午，消息越来越糟糕。当听到壮士们被绑在图书馆前受刑的时候，所有人都愤怒地站起来，有人激动地要去和日本仔拼命，被关文澜等人拦住了。他们内心的煎熬比乡民们更大，尤其是关文澜，他几乎不能自持，但是他还得强忍悲痛，顾全大局。现在，李江的国军躲在夹水不敢露面，靠一小部分自卫队白天去劫人只有送死。他只能祈祷壮士们能熬到晚上，自卫队劫狱成功。可任谁也没有想到，凶残的日本仔，完全是野兽一般的行径，他们竟然如此一点点往死里折磨壮士们。谁也没有亲眼见到那种血腥的场面，都还抱有一线希望，等着晚上自卫队能给他们带来好消息。

然而，时间却像停滞了一般，过了好久才熬到午后3点多。乡民们坐不住了，纷纷跑来询问。就在此时，一个中年乡民气喘吁吁跑进乡公所，他还没有站定就哇哇大哭起来。

所有人心里都是一沉。关文澜上前说道："先不要哭，有话慢慢讲。"

那人终于止住哭泣，抽抽噎噎地说道："今天中午，我和隔壁的阿肥刚从躲藏的山村回来就听说了南楼的事情，我们没敢走正道，怕有日本仔把守……"

"说正事，长话短说。"一个乡公所干部不耐烦地打断他。

"唉，"他擦了把鼻涕接着说，"我们快到腾蛟的时候，阿肥想到河里洗洗手脸，他回来的时候摔进一个土窝子。我在不远处等他，不久就听到阿肥大喊大叫，我跑过去一看，当时就吓呆了。那真叫惨啊！"他说着，又掉下了眼泪。

"你们看到了什么？说啊！""是啊，快讲。"人们焦急地纷纷催促。

"我看到一具尸首，被水冲到河边，被水草缠住了。浑身都被水泡肿了，我和阿肥壮着胆把他翻过来，唉，唉！那身上哪还有一处完整的地方啊！没有手没有脚，鼻子耳朵都没了，头皮翻上去，露出了骨头……真是惨呢！"他带着惊惧的哭腔诉说着。

关文澜急忙问："那么，你看清楚是谁了吗？"

"面目根本看不清了，不过阿肥说像是自卫队的一个机枪手，他叫不出名字。"

"好的，你带路，我们现在就去看。"

中年人点头连声答应着："好好，阿肥还在那里，我是先赶快来报信的。"

一群人匆匆忙忙随着中年人向腾蛟西南河边赶去。从赤坎东部一直到开平三埠这一带河道很多，有的地方形成不大的湖泊，最后都汇入潭江。尸首就是在一处不太深的河岔处发现的。他们来到近前，只见阿肥已经把尸体弄到岸上，正坐在那里发呆。当大家看到尸首的面容时，都不由打了个冷战，有人不由把头扭向了一边。他们面对的尸首已经无法用言语形容，惨不忍睹也不能完全说明。关文澜脸色苍白，蹲下来嘴唇颤抖着，一瞬间，各种情绪一起袭来，悲愤和痛心一起撕扯着他的内心，他甚至感到大脑出现短暂的空白。

"这是不是七位壮士里面的？来，大家，看看吧……"他努力控制自己的情绪，站起来让后面的群众过来认一下。

"啊！看上去有点像阿遇呢！"

"是有点像，个头身材是不错的。"

"就是呢！阿遇就是腾蛟人，我从小看着他长大，不会错的。"

人们议论纷纷。一名干部问关文澜："是否可以把司徒遇妻子唤来认一认？"

关文澜缓缓点点头说："好，找两个稳重的乡民去叫，说话婉转点，不要惊吓了她。"

与此同时，司徒遇的妻子张秀刚带着大女儿回到腾蛟，她的阿妈和妹妹现在就住在离腾蛟不远的汇龙，她在娘家待得一点不安稳，成天提心吊胆，烧香拜佛盼着丈夫打退日本仔平安归来。早上她无意中听人们说赤坎的日军在撤退了，她心头一惊，没有丝毫喜悦，首先想到的是南楼怎么样了？丈夫安好吗？她再也待不住，不管阿妈怎样劝说，把一双小儿女留在阿妈那里，自己带着大女儿回到了腾蛟。

她越走心头越乱，没有往家的方向走，径直来到南楼。

但是南楼的一切让她的心跌到了谷底。

"阿妈，阿爸呢？"女儿天真地问妈妈。

"阿爸……"张秀不知怎么回答，腿发软，浑身无力。她咬着牙抱起孩子向家的方向走去。

7

张秀听到报信的人来唤她的时候正在收拾破败的屋子。家被日本仔糟蹋得不像样子，她一边收拾一边掉泪，还对女儿喃喃着："快收拾清爽了，否则阿爸回来不高兴，他喜欢干干净净的。"

当她刚一听到乡公所让她去一趟腾蛟河，手中的扫帚"啪嗒"掉在地上，她好久没有回过神来。她脸色一下子变得煞白，眼睛睁得老大。她女儿一见这阵势，吓得"哇"的一声哭了起来。那两个人赶忙唤道："遇嫂？遇嫂，没事的，不要吓到孩子！"

张秀"嗯"了一声，猛然抱起孩子向门外冲去。

腾蛟西南的赤坎河边，张秀跌跌撞撞地走着，她心里空空的，腿就好像不是自己的。她的眼泪已经止不住，到后来索性把女儿放在地上疯了一般跑了起来，女儿在身后哇哇哭喊着追赶她她也好像没有听到。几个乡民迎上前拦住她，不停地安慰她。

两个中年女人搀扶着她来到河边。关文澜事前已经吩咐人找来一块布单盖住了尸体，但是张秀一眼就看到了。她在距离尸体还有十多米的时候，双腿一软，几乎坐在地上。她挣扎着来到尸体前，双手哆嗦着不敢去掀开那块布。

关文澜怕残缺不全的尸体会吓到张秀，亲自上前从脚部慢慢掀开布单。刚掀了一半，张秀突然大叫一声"夫啊"，然后一头扑倒在尸体上面。

两名妇女赶忙把她拖起来，她眼睛发直，哭声哽在喉咙里，半天才"啊"的一声哭出声来："我夫啊！你死得好惨啊！呜呜呜……"

"你看好了，是阿遇吗？"一名干部问道。

"呜呜呜……不会错啊！他穿的内衫裤还是我十多天前刚做的，夫啊！你十多天前还去看我，怎么今天就没了啊！你打日本仔，怎么就这样去了呢？呜呜呜……你这一走，我和那一子二女可怎么活呀！我可怎么活呀！"张秀俯在河边湿漉漉的草滩上，悲痛地大哭着。在场的所有人也都默默垂着眼泪。

张秀忽然站起来，双拳捶胸，哭叫着司徒遇的名字向河里冲去。

人们慌忙拥上前把她拖住。

"遇嫂，阿遇是个好男儿，是为保家乡打日本仔死的，他在天之灵是不想你这样的。"

"遇嫂，你还有三个子女，为了阿遇你也不能寻短见啊！"

"对啊，你还要抚养三个子女，就让阿遇安心地走吧！"

人们啜泣着你一言我一语安慰张秀。她的大女儿已经被乡民带到跟前，她一把搂住女儿大放悲声。

关文澜对乡公所干部们说："先把阿遇的尸体好好清洗一下安置好，派几个人这几天陪着他妻子，唉！看来壮士们已经遇害了，我们现在首先要通知自卫队，其次是抓紧时间寻找剩下几位壮士的遗体，天又阴了，一旦下起雨，河水涨了就麻烦了。"

其实就在他们这里乱成一团的时候，赤坎自卫队队员也接到了司徒煦等人被杀害的消息。这个消息让所有队员惊呆了，他们激动地要去和日本仔拼命，关玉书和关志平虽然觉得不妥，可是悲愤充斥着内心，谁也无法克制自己。可是当他们带着队伍来到司徒氏图书馆附近时，却发觉敌人总部已经撤走了。

自卫队和乡公所会合后，得知只找到了司徒遇的尸首，心里感到无比难受。他们暂时留下来协助乡公所寻找尸体，不找到壮士的尸体，他们无法心安。

不久，有人在塘边村河边拐弯处又找到一具尸体，尸体比较完整，经辨认是司徒昌。同时，不断有碎尸在浅滩处被捞起。关志平再一次眼见了日本仔的残暴，面对眼前的一切，他明白了司徒煦为什么要舍弃优渥安稳的条件参加自卫队进行抗日；明白了沁荷为什么说自己是懦夫，宁肯去爱一个在枪林弹雨里提着脑袋过日子的莽夫；他更明白了在这个世道，每一个中国人想偏安一隅都是不可能的。

关志平最担心的还是沁荷，他不知道沁荷能否承受得住这个打击，他现在就想到她身边去，安慰她，帮她渡过这个难关。

当一个乡民哭着说找到了一只手的时候，关志平心头剧烈跳动，他不想去看，但是心底深处有一个声音说：那是英雄的手，是被敌人斩断的手，你有什么可害怕的？他接过了那只手，手上只残存了三根手指，但是依旧紧紧握着。

手上的皮肉被水浸泡的已经肿胀发白，关志平轻轻掰开仅存的三根手指，他怕太使劲会把手指掰断。于是，他看到了一块暗黑色的手帕和一个小巧的暗红色荷包。他拿起手帕，发现上面有字，字迹已经被血水晕得模模糊糊，但是他仍然看到了落款上那两个字是"荷妹"。

这是沁荷写的，是的。那么这个荷包也是她的，这是她送给司徒煦的，这只手就是司徒煦的手。关志平恍恍惚惚想着。不过他不知道，那荷包不是沁荷的，而是韶儿的。司徒煦在被杀害之前，右手紧紧攥着沁荷留给他的头发及两块手帕和韶儿的荷包，但是敌人残忍地剁掉他的两根手指，头发和一块手帕被揪了出来。见司徒煦还紧握拳头，就把他的手掌整个砍了下来。这样血腥的屠杀只有完全丧心病狂的日本仔做得出来。

关志平无法冷静，他要去见沁荷。他悄悄告诉阿云这手是司徒煦的，并对她讲想去百立山，阿云又告诉了关玉书，三人一商量，决定马上就去，但是不能说司徒煦已经遇害，先让她有个心理准备。好在他们没进碉楼就遇到了梅姐，这样也好，否则他们真不知道该怎么面对沁荷。

8

天快要黑透的时候，大颗大颗的雨滴落了下来。

大伙还在寻找英雄的遗骸。

经过一下午的寻找，在距离发现司徒昌不远处的水草滩又找到了司徒旋的尸体，在龙滚冲前河边的水草丛发现了司徒耀的尸体，在天然里泥沙滩找到了司徒浓的尸体。天然里就是司徒浓的家乡，他的尸体已经被滚滚河水卷入潭江主干道，可是英雄的魂魄不愿离开家乡，竟然被江水冲到岸边泥滩上。至此，已经找到了司徒遇、司徒昌、司徒旋、司徒耀和司徒浓五位壮士的遗体，只有司徒煦和司徒丙的尸体没有找到，只找到一些零星的碎尸。

回到赤坎的关玉书三人得知司徒煦和司徒丙只有一些碎尸，不由心如刀绞。他在路上已经渐渐平静下来，他不是个容易冲动的人，可是今天的场面对他刺激太大了，他无法咽下这口气。

"今天先这样吧，关校长，明天再找找看。"他闷声闷气地说。

"可是，下起了雨，明天更不好找了。"有人小声说。

"不好找也得找！"他暴躁地说。

关文澜和乡干部把他推开，劝他先休息一下，他转过身走出老远，仰起头，任凭雨滴滴在脸上。

雨渐渐大了起来，整个赤坎在雨中哭泣。

雨下了一夜，凌晨4点多，雨停了，但是天空依然阴沉。在百立山通往赤坎的山间小路上，一辆小牛车吱吱嘎嘎走了过来。车上坐着四个人，正是梅姐、关玉琼和沁荷、韶儿。老谢赶着牛车，尽量让车走得平稳些。黄妈没有在车上，她要留在山上照顾孩子们。

梅姐怀里搂着韶儿和沁荷，两个姑娘都垂着眼睛，一声不吭。牛车在山路上颠簸，东方已经露出晨曦的微光，雨后的山林里弥漫着淡淡的晨雾，空气很清新。

梅姐没有料到两个姑娘的反应会是这样。当听到这个噩耗时，站在楼梯口的韶儿晕了过去，全家人都吓坏了，赶忙把她抬到屋里，又是掐人中又是呼唤，竟然暂时忘记了沁荷。不久韶儿醒了过来，她睁开眼睛，看到周围大人孩子围了一片，呆了片刻，突然"哇"的一声哭了出来。她哭得惊天动地，几乎没有一刻停歇。她背朝里，肩膀剧烈抽搐，眼泪将枕头被子晕湿了一大片。

也不知哭了多久，她渐渐止住了哭声，回过身来。她看到那么多垂泪的关切的目光，她感到头好疼，虚弱地支起上身，抽泣着问道："沁荷姐姐呢？"

"啊！"梅姐一声低呼，转身向楼下冲去。

但是沁荷不在一楼，这让梅姐一阵眩晕，她失色地嚷着："天哪！沁荷啊！"

关玉琼拄着拐杖艰难地来到一楼，他一样心如刀绞，但是此刻，作为男人，他强忍悲痛，对老谢说："这么晚了，快出去找找！"

"不用找，我没事。"门缓缓打开，沁荷浑身湿漉漉地站在门口。

"小姐啊！你不要命了，外面这么大雨。"黄妈哭着冲上前把她拽进来。

沁荷目光空洞，机械地跟着黄妈进到梅姐的卧室。待了一会儿，黄妈出来招手让梅姐等人进屋。梅姐吩咐孩子们都去睡觉，然后让黄妈上楼去照看韶儿和阿曦，她和关玉琢进了屋。

沁荷什么也不说，她没有眼泪，就是躺在床上，静静地望着房顶。

"你倒是哭出来啊！沁荷，你这样会把自己憋坏的。"

大雨噼噼啪啪敲打着铁窗，寂寥的深山里，沁荷的心随爱人的离去而死去，她刚才已经走了很远，走到了陡峭山坡那里，山坡的下面就是清澈的湖泊。从这里一跳，一切都结束了，就可以到那个世界和爱人团聚。可是清凉的雨水突然让她脑子一个激灵，她的手不由自主放在微微隆起的肚子上。

沁荷终究选择了转身。她终于开了口，无力而虚弱地说："我答应过煦哥，我不会死。"

她还是没有哭，但是这句话给了梅姐一个定心丸。沁荷一夜未睡，就那么睁着眼睛直直地望着一个点。梅姐坐在床前，低声哭泣。关玉琢由姐姐的不幸想到了自己的不幸，想起他的家族的不幸，他无法自持，态度坚决地对梅姐说："明天一早，我们回去，回去！"

"好，让老谢去准备牛车。"梅姐点点头。

9

当沁荷他们出现在乡公所门口的时候，所有人都大吃一惊。乡干部忙乎了几乎一夜，一些乡民自发来帮忙，把壮士们的遗体都擦洗了一遍，整整齐齐放在旁边的空屋子里。关文澜上了年纪，又经受如此打击，早晨有些头晕眼花。人们都劝他去休息，他只是摇摇手坐在椅子上打了个盹。他是代表关氏自卫队办事处来的，他还有个愿望，想乘此完全缓解两大家族的恩怨。

关文澜对司徒煦的感情大部分人是不了解的，他清楚，他们之间不仅是师生或战友，有时候甚至像父子一样。司徒煦那么一个高傲的人，对自己十分尊重，而他也从司徒煦身上看到了中国的希望，他还想和他共同探索拯救中国的路，可是，白发人送黑发人，年轻人竟然先他一步走了。

关文澜一夜间好像老了十岁。

天亮了，他吹熄残留了一小截的蜡烛，推开门想到外面透透风。刚一开门，就看到了正从牛车上慢慢下来的沁荷等人。

"二哥，你在这里。"梅姐上前一步握住关文澜的手，泪水又滚落下来。

"你们怎么来了，这是，这……"关文澜望着几个相互搀扶的后辈，不禁百感交集，语无伦次。

同样，当关文澜出现在大家面前的时候，梅姐他们也是吃了一惊，才十来天没见，他变得如此老态龙钟，头发接近全白，脸上布满了褐色的老年斑。

"阿叔。"沁荷上前深深一拜。

一直未哭的关文澜心里不由一酸，他老泪纵横，一把搂住这个柔弱的侄女。

韶儿和关玉琸也上前和关文澜见礼，到了这种地步，关文澜实在无话可说，令他惊讶的是，几个年轻人都表现得出奇冷静，沁荷从看见她就没有见她掉过一滴泪，韶儿眼睛红肿，但是却依旧表情淡然，甚至面带微笑。

"我想看一眼他的遗体。"刚刚坐定，沁荷轻声对关文澜和乡公所干部说。

大家露出为难的表情，梅姐是个聪明人，她犹豫了一下说道："沁荷，人已经走了，而且是为了抗日英勇牺牲的，他能在最后关头还抓着你的手帕，说明他最后想的是你，这就够了，我们就不要再去打扰他了！"

"梅姑姑，我们上次见面还是一个多月前，他上前线都没有见到我一面，他以为我远走他乡了，我要告诉他，我没有走，我一直陪着他！"沁荷轻言慢语却态度坚决。

梅姐的话同时触动了韶儿，她手里一直握着那只荷包。此时，她内心的激荡不下于沁荷，但是她的性格和沁荷不同，她不是个内敛的女孩子，她能够哭出来，也可以自我排解，她以前甚至不止一次想过表哥牺牲了怎么办。

韶儿凄楚地笑了一下。屋里没人说话，大家都不知怎么劝说沁荷。韶儿突然想起一件事，她轻声问道："我姨妈现在在哪里？她被日本仔抓住了。"

"什么？你说什么？"关文澜等人谁也没有料到她会说出这样的话来，都惊呆了。

沁荷和梅姐也一下想起这件事，她们暂时不再提看司徒煦遗体的事，把注意力转移到了这上面来。

当初关太太被日本仔当作人质，曾有个别乡民隐约知道，但是后来的具体情况他们也说不出来。他们知道当初落入敌手的那些人质，除了一些逃跑的，剩下的都被杀害了，估计关太太也是凶多吉少，不过他们不敢妄下结论，都还抱有一线希望。韶儿从小和姨妈感情就好，何况想到表哥一家如此悲惨遭遇，心头又一次重击，她强忍着泪水，使劲咬着下嘴唇，又说了一句话："关校长，你们以大事为重，还是先让英雄们入土为安吧，其他的以后再说。"

她的这句话又让众人出乎意料，连梅姐和沁荷都自愧不如。沁荷心下惭愧，她刚才一门心思都在煦哥身上，她要见他最后一面，和他说说话。可是韶儿的话让她明白了什么是以大局为重。她明白，煦哥落入敌手，一定备受摧残，她不敢想象遇难后的煦哥会是什么样子，大家怕自己看到后会受不了，她应该理解大家的苦心。

沁荷的心揪在一起，她内心的痛苦在这一瞬间达到极点，她想，难道煦哥死了我也无法再见他一面吗？她的手使劲抓紧梅姐的手，梅姐感到她的手冰凉冰凉的，没有一丝温度。

关文澜沉痛地说："韶儿，你放心，我们一定会找到关太太，你放心。"他又转向沁荷，筹措着语句说道："沁荷，你听叔父的话吗？"

沁荷抬起头，望着关文澜凝重的脸庞，缓缓点了点头。

"那好，孩子，你答应叔父，不管发生了什么，你都要好好活下去，为了司徒煦！"

沁荷痴痴地呆了片刻，又是缓缓点了点头。

"那好，我告诉你，司徒煦的尸体……没有完全找到……"

"不要说了，不要说了……"韶儿突然高声尖叫，一瞬间，那些血腥的场面清晰地出现在眼前，那是一群魔鬼，他们残忍地杀死了谭阿宝，又残忍地杀害了表哥，她不愿去想那些地狱一般的场面，她突然站起来，掩面向外冲去。

就在此时，门开了，关玉书、关志平和阿云等人走了进来。韶儿和他们撞了个满怀，她没想到在这里遇见了他们，愣了一下，趴在门框上低声啜泣起来。

关玉书带着队员们一大早过来是来告别的，他们把司徒煦等人的后事委托给乡公所，准备现在就去找自卫队，他要去打日本仔，去报仇。但是他也没想到会遇到沁荷他们。

关志平一眼就看到了沁荷，她更瘦了，脸上没有一点血色，两眼无神地望着前方，对他们的到来一点反应也没有。这样的沁荷更令他担忧，他宁肯看到沁荷在悲戚在痛哭也不愿她像现在这样。他想上去安慰她，可是他只是默默地走到她身边，用关切的目光注视着她。

关玉书阴沉着脸和众人打了招呼，接着和关文澜等人说了自己的打算，然后拍了拍关玉琮的肩膀说："你先去医院，伤好了去找我们。"他又转向沁荷，沉默地看了看她，又拍拍韶儿的后背，决绝地走了出去。

阿云滴着泪，轻轻搂住韶儿的肩膀，小声说："我们很快会回来的，你和沁荷姐姐保重！"她慢慢走过去，蹲下来对沁荷说："姐姐，你比我们都有文化，明事理，人死不能复生，路，要往前看。煦哥在天之灵希望你好好活下去。我们走了，一定保重啊！"

　　阿云站起来，轻轻拉起关志平的手，两人一前一后向门外走去。关志平在走出门的瞬间回过头来，他对沁荷重重地点了一下头，不管她有没有看到。

第十五章

1

我们的车刚过腾蛟，老爸的电话就又打来了，从他的口气里我听出了焦急。我心头一紧，放下电话手有些发抖。路上车很多，越是心里着急我越不敢加速，我回头看了程奶奶一眼，她似乎在闭目养神。

晓敏看到我慌乱的眼神，连忙使了个眼色。

程奶奶睁开了眼睛，她有点疲惫地直了直身子，叹了口气说："你爸说什么了？是不是你韶奶奶不太好？"

"不是，是问我到哪儿了，我奶奶是生了病，不过没什么大碍……"

"就不要瞒我了，都这把岁数了。韶儿身体好着呢，一辈子没得过什么病。从去年我就总是不踏实，老心惊肉跳的，我以为自己要死了，就赶紧回来了，死也不能死在他乡。谁承想我这把老骨头还能蹦能跳的，韶儿却支持不住了。唉！我俩同岁呢！她生日还比我小四个月呢！"

程奶奶说着说着就陷入回忆当中。我和晓敏都不想打扰她，我小心地开着车，终于进了岔路，马上就要到了，我手心竟然出了一把汗。

车停在老屋前空地上，晓敏先下了车，然后绕到另一边打开车门，轻轻扶程奶奶下来。我爸和二伯他们都出来迎接了，我爸和二伯已白发苍苍，依然恭敬地上前搀扶程奶奶。

　　"不要扶我，我还走得动。"程奶奶孩子一样甩掉我爸和二伯的手。

　　程奶奶好像并不急着进屋，她东瞅瞅西看看，又拉过晓敏笑着说："这里多好，怪不得韶儿要回来，我死的时候也要回来，听到了？"她转头面向我爸、二伯。

　　我爸、二伯他们都尴尬地笑着点头，他们心里估计在说，这个云妈妈，怎么还是这样的脾气，想什么就说什么，一点不避讳。

　　程奶奶像是猜到了他们的心思，哼哼冷笑了两声说："又在肚里骂我呢？我们三个老姐妹，就我最讨人烦是吧？尤其是你，不定背后怎么鼓捣我呢！"说着，她抬起手佯装生气地打了二伯脑袋一巴掌。

　　"伯母，我有高血压，可不要打坏了我啊！"平时沉默寡言的二伯竟然也像孩子似的和程奶奶开玩笑，这让我不由大跌眼镜。

　　"外面这么好的空气，韶儿也不出来透透风，真是的。"程奶奶念叨着走进屋。

　　屋里弥散着淡淡的檀香味儿，这是我韶奶奶喜欢的味道。韶奶奶安静地躺在床上，眼睛微闭着，不知道是否睡着了。

　　屋里只有我妈和二伯母在，人多了太吵，其他人都暂时在别的房间待着，轮流过来照看。程奶奶坐在二伯母搬来的椅子上，低头瞅了韶奶奶一眼，叹了口气说："唉！上次回来还是五六年前了吧，本指望这次回来我就不走了，咱姐俩好好絮叨絮叨，你却病了。"

　　韶奶奶眼皮似乎动了一下，程奶奶抬起头，看了一眼墙上我爷爷司徒煦的照片，站起来，颤颤巍巍走过去，抬起手眯着眼轻轻摸了一下，嘿嘿笑了起来："你这鬼丫头，又把沁荷姐姐的宝贝翻腾出来做什么？你一辈子不结婚，到了那边怎么办？人家两口子早团聚去了。你看看我就不像你，我到了那边，那两个老头子肯定为我打架，嘿嘿嘿嘿！"老人叽叽咕咕说着，我们听了都不禁莞尔，真不知道她脑子里想的都是什么，任何事到她嘴里都变得有意思了。本来挺复杂心酸的爱情故事到她那里竟然成了这样，怪不得老人身体好呢，凡事想得开啊！

　　"阿妈这一路累了，先去休息一下吧。"二伯好心提醒道。

　　"我不累，坐车又不走路。让我和妹妹说会话，你们出去吧，去去，都去吧！"

　　"让淑梅和您在这，"我爸指着我妈说。

　　"都出去吧，我们说私房话，不让人听的。"

　　我们都不禁笑了起来，这个程奶奶，真是太逗了。没办法，大家只好都退了出来，不过我妈和我二伯母还是不敢走远，坐在外面厅里，时刻注意里面的动静。

我和晓敏来到外面，秋天的乡村一派丰收的景象，远处梯田里散落着三三两两的乡民，一片一片的橘园，黄灿灿的橘子熟了，等待有人采摘。

晓敏突然捅了捅我的腰，悄声说：“走，跟我来。”

我疑惑地看着她诡秘的笑容，同她来到墙根窗户下。她对我“嘘”了一下，用手指窗户里面。我立刻明白了，她这是要和我偷听程奶奶的说话呢。

<h1 style="text-align:center">2</h1>

我们无法克服好奇心，悄悄走近窗户，又怕被发现，就悄悄贴在窗户一侧偷听。

屋里传来窸窸窣窣的声音，接着听到程奶奶说：“韶儿啊，你睁开眼睛看看，你看我给你带什么来了。是我和阿平在香港的照片，你不是说挺想他的吗？那老鬼，临死的时候还念叨你呢！可是他回不来了。韶儿啊，你真是傻啊！咱们姐妹三个，就是你最傻，你最可怜，我们都知道，虽然你表面上最开朗，可是你心里最苦啊！”

我们听到了低低的啜泣声，我和晓敏面面相觑，程奶奶哭了。

“我好歹还有玉书，玉书死了，阿平又回来了。我这辈子，唯一的遗憾就是没有给玉书留下个一男半女，这是我对不起他，他知道我忘不了阿平，对我还是那么好，可是却一辈子没有碰我。我们分床睡了一辈子，他就是为了照顾我把我完整地还给阿平啊！”程奶奶哭声大了起来。

晓敏差点喊出声来，她连忙捂住自己的嘴。

“我们三个姐妹，你最小，却最懂事，什么时候你都是付出，什么也不计较。你明明那么喜欢司徒煦，还是高兴地替沁荷姐姐操心，你明明可以回南洋，还是留在这里受苦受累，你图的是什么呢？你遭受了那么多磨难从来不说，你让我们心里难受啊！韶儿，你睁开眼看看我，看看我啊！”

我看了晓敏一眼，她已经在嘤嘤哭泣了。她转身跑进了屋里，我连忙跟进去，只见我妈和二伯母正一脸惶急地站在门口。

看到我们进来了，我妈着急地说：“门在里面插上了，怎么办呢？”

晓敏俯在门上低低呼唤：“奶奶，您开门啊？奶奶？”

过了很长时间，就在我们没了耐心，呼唤声越来越大的时候，门慢慢打开了。程奶奶一脸疲态却带着嗔怪的笑容出现在门口，她白了我们一眼说：“吵吵什么？不让我们好好说会儿话，我没事，韶儿也没事。"

我们都不好意思地笑了，我们是想得太多了，依程奶奶的性格，能有什么事呢？

傍晚，大家凑合吃了口饭，商量起了奶奶的后事。本来商量这事不想让程奶奶听到，可是她非要听，还时不时插两句嘴。当听到买公墓的时候，她突然大声嚷道："我死了是不要公墓的，那么多鬼在一起，我怕被鬼欺负。韶儿也不要，我们姐妹三个葬到一起。"

"阿妈！"二伯不高兴地闷声说，"您怎么总是死呀活的！"

"我都这岁数了，还怕说死啊！你韶妈妈要死，我也要死的。"程奶奶嘟着嘴气哼哼地说，"话说在前头，省得你们到时候乱忙。阿平都进了祖坟了，还不让我也回来？我嫁了两个男人，和谁埋在一起都不好，就陪姐妹了。我都和韶儿说好了，你们不要自己瞎作主张，我们又不占国家的地，就和沁荷姐姐葬到一起，省事省力又省钱。"

"奶奶！"晓敏听程奶奶不停地说，像安排自己的后事一样，不由大声喊道。

"哼！我不说了，我睡觉去了。"程奶奶站起身，不高兴地朝韶奶奶的卧室走去。

"云妈妈，您的房间收拾好了，在这边呢！"老爸赶忙去搀扶她。

程奶奶犹豫了一下，叹了口气，随老爸进了另一间卧室。

本来每天晚上只留四个人轮替陪着韶奶奶的，可是就在大家坐上车要走的时候，我爸追出来说韶奶奶状况不好，还是都在这里凑合一晚上吧，否则，见不到老人最后一面谁都遗憾。大家想想也是，就又下了车。

确实，韶奶奶呼吸明显比下午急促，她已经陷入深度昏迷。营养液顺着输液管一滴滴流进她的血液，可是她的输液的左臂明显肿了起来，摸上去冰凉冰凉的。

"快输不进去了，不好吸收。"做医生的二伯母叹道。

这一夜，我们谁也没敢离开。

凌晨4点多，我的韶奶奶平静地走了。

从回到老屋，韶奶奶就让我爸把一个小匣子从梳妆柜拿到床头，这个小匣子在她枕边伴她走过了最后的三天时光。她的五个儿子跪在床边痛哭，我们跟着跪在后面，满屋子黑压压都是人。老邻居听到动静都过来了，他们一边劝说大家节哀，一边忙着为奶奶整理头发和衣服。

二伯打开了那个小匣子，我们都很好奇，不知道里面装的是什么。但是二伯只掀开看了一眼，就老泪纵横，呜呜咽咽又哭了起来。我第一个念头想到的是，里面很可能装着奶奶亲手缝制的两个荷包，因为那两个荷包装满了奶奶对我爷爷司徒煦浓浓的情谊，是她一辈子的念想。我探头望了一下，不由呆了，我心头泛上一股酸酸的滋味，我们谁也没有想到，里面根本没有荷包，而是一把锈迹斑斑的钥匙，钥匙后面拴着一截红绳，红绳已经变得颜色发暗，它静静躺在盒子里，像在诉说一段尘封的悲情岁月。

3

没有立秋，一年中最热的日子还没有过去。潭江突然寂静下来，赤坎的乡民陆续都回来了，一切似乎还是老样子。只有破损的南楼和村中残败的房屋，把曾经发生的一切记载下来。阴雨时断时续，潭江水面长高了一尺，河边的木棉树被雨水洗得乌亮苍翠，芦苇在风中摇摆，经过了腥风血雨的腾蛟南楼，又恢复了以往的平静。

司徒氏四乡的乡民，在风雨中为七位壮士送行。

乡民们自发组织，自己出钱准备了上好的棺木，收敛好壮士遗体，把他们安葬在县立开平中学邻近的高咀村凉亭之侧，这里正好面向南楼，七位壮士可以永远遥望他们用生命捍卫的南楼，长眠在腾蛟的土地上。

壮士已被安葬，在他们的墓前，沁荷终于哭了出来，这一哭，似乎要将积压在心底的所有苦痛都倾泻出来，直到哭晕过去。梅姐知道，这一哭，一切都过去了，沁荷还会和以前一样生活。相反，韶儿在目前反而表现得非常镇定，她拿出两只荷包，轻轻放在墓碑前，一阵风刮过来，那只绣有"天涯海角"的荷包翻滚了两下落入旁边的草丛中。梅姐诧异地看着她的举动，想到草丛里找出那只荷包，被韶儿拦住了。

"梅姑姑，不要找了，那里就是它最好的归宿，不必强求了！"

梅姐缩回手，担忧地望着韶儿的背影，突然觉得她的背影那么孤单。

"梅姑姑，"韶儿说，"表哥和我说得最多的一句话是，好男儿志在四方，他最看重的是大义，我想我终于明白了，儿女私情终会远去，就像现在。我们未来的路还很长，梅姑姑，我不走了，永远不走了，就在这里陪着表哥，陪着姐姐，抚养这些孩子，我想，表哥会很高兴的！"

韶儿站起来，她眺望着远处的南楼，两颗晶莹的泪珠缓缓从眼角滚落，所有的悲愁和怨恨，所有的思念与惆怅，都随着这两滴泪融化在无垠的草地上。

"姐姐，我们走吧，让表哥他们都安息吧！你还有肚里的孩子。"

沁荷再次悲戚地注视着司徒煦的墓碑，她轻轻说道："煦哥，你放心地走吧，我知道，为了打日本仔而死，你了无遗憾，我不怪你，我会好好活着，明年，我带着你的儿子来看你。"

三个女人憔悴的背影渐渐远去，很快又有人来，淹没了她们的脚印。

七壮士中，司徒昌和司徒旋的家人都在南洋，抗日战争胜利后才得以回国祭奠。司徒浓只留下一个儿子，被韶儿收养。司徒遇妻子张秀几次欲寻短见随丈夫而去都被人劝住，后独自抚养三个孩子长大成人。司徒耀的妻子吴东悲痛过度，早产下一个女儿夭折，丈夫壮烈牺牲之后，她一直侍奉丈夫的父母，终身守寡，至今依然住在赤坎镇旋溪里村——和丈夫新婚时的老屋里。作为那场战争的见证者和受害人，她以顽强的生命告诉今天这个时代的人们，那场战争至今仍然在深深伤害着她的心。她为了烈士有后，收养了一个儿子，名为司徒卫。司徒丙的父母深明大义，虽然因为儿子的牺牲日夜啼哭，但是多年来却未向政府提过一丝要求。

后来，侥幸存活的司徒庭亨说出司徒煦母亲已经被敌人杀害，经过多方寻找，找到几具尸体，都是被日本仔残杀的乡民，却不知道哪具是司徒煦母亲关雨兰的，这也成为乡公所和关文澜心头的遗憾。多年后，韶儿母亲回国探望女儿，到南楼大哭姐姐，那也是无可奈何的事情。而关玉琼养好伤后返回赤坎，抱着年幼的儿子安葬了妻子，之后也随自卫队追击逃跑的日本仔去了。

到了1945年8月初，苏联经过大半年时间的充分的准备，为在中国东北发动远东战役进行的军队调集部署、物质器材的储备、后勤保障工作全部完成。远东苏联红军总司令、苏联元帅A．M．华西列夫斯基统率的远东苏军，集中了三个方面军，共有十一个诸兵种合成集团军、一个坦克集团军、三个空军集团军、三个防空集团军、一个骑兵机械化集群和一个战役集群，共计一百五十七万七千七百二十五人的兵力。8月7日16点30分，远东苏军总司令向各方面军司令员下达了战斗行动的命令。8月9日凌晨0点10分至1点，远东苏军三个方面军从东、西、北三个方向向盘踞中国东北的日军发动了猛烈进攻，夺取日军占领的战略要地沈阳、长春、哈尔滨等地，切断关东军与朝鲜日军和本土日军的联系，围歼其主力，击毙日本关东军八万三千七百三十七人、俘虏日军六十七万七千人，缴获日军的武器、技术装备和物资不计其数。远东战役以苏军的彻底胜利和日本关东军的投降而告终。

8月6日和9日美军对日本广岛和长崎投掷了原子弹。

1945年8月15日，日本天皇宣布无条件投降，中国持续了十四年的抗日战争结束了，这场胜利来得那么艰难而悲壮。

8月25日，县立开平中学广场，万民恸哭，悲悼英雄。这一天，自发参加追悼活动的人达三万多人，不仅有赤坎司徒氏四乡民众，还包括关氏乡民，有新会、台山、开平、恩平四邑的名流和数万民众。原本计划在学校礼堂举行追悼会的，但礼堂里根本坐不下这么多人，于是就改在礼堂外的广场上举行追悼活动，数万人手捧白花，戴黑纱，眼含热泪，向英雄致敬默哀。

虽说追悼会是由司徒氏四乡事业（族务）促进会同仁发起的，在筹备为七烈士开追悼会时，关文澜作为关氏名人也被选为执行委员，可是追悼会这天，关文澜先生因重病住进了医院，之后，再没有出来。而沁荷和韶儿也没有到场，这让人十分意外。此时，两位坚强的女子，正在赤坎关家骑楼忙碌着，她们不是不知道今天开追悼会，可是她们不想去参加了。一来她们刚从悲伤中缓过来，不愿再去那种气氛中撕开伤口，忍受揪心的疼痛。再有，沁荷肚子里的孩子会动了，将要做母亲的欣喜使她精神一振，她为了孩子，也为了心中的男人，宁愿哪里也不去。沁荷身子弱，经过这么多打击能保住孩子真是个奇迹，韶儿和梅姐什么也不让她做。韶儿很快适应了这种生活，不仅照料孩子们无微不至，还里里外外什么都学会了。

上午10点，追悼会准时开始。

礼堂左右挂满了各界人士送来的挽联，多达两千多幅。其中正面一副挽联十分引人注目："七士守南楼，两路寇倭曾被阻；三军逃夹水，四乡团队竟留名。中股乡十三保挽。"

挽联不仅赞颂七壮士的英雄壮举，更对李江率国军逃跑进行了极大的讽刺。

追悼会开始了，在沉痛的哀乐中，会场全体人员默哀三分钟。之后，主席走上台致悼词。他沉痛地讲述了南楼七壮士凭楼抗日及英勇牺牲的经过，并且将七壮士的简况作介绍。

会场除了一些低低的啜泣声，没有一个人讲话。

随后，大会主席宣读了促进会集体拟就的祭文，祭文悲壮慷慨，充满继承壮士遗志，奋勇向前的斗志，全场群众激情满怀，有人不由高声喊出："打倒日本侵略者！"

各界人士发言后，中午时分，追悼会结束。追悼大会后，各乡各界即列队转到赤坎又转至腾蛟庙，将烈士灵牌安放于三灵宫，并将该古庙改为"七烈祠"，永留纪念。

4

抗日战争胜利了，这年秋天，白露刚刚过去，连续多日的阴雨渐渐停歇，潭江上空出现了难得的太阳。

南楼楼顶，站着两位满面风霜的女子，她们正是沁荷和韶儿。

南楼成了两人寄托哀思的地方。两个月以来，每隔几天，沁荷就要来南楼前哭上一场，梅姐劝也劝不住。沁荷说，煦哥的魂魄在南楼，所以她在这里就如同和煦哥在一起，她可以和他说话，他都能听到。眼看着沁荷肚子一天天大了起来，梅姐一方面担心她有个什么闪失，另一方面也担心她的样子引起乡民的猜测。沁荷已经把一切置之度外，乡民们也都知道了她对司徒煦的痴情。可是对于她和司徒煦的爱情，关氏家族的人们依旧持不同态度。虽然关氏乡民非常敬仰司徒氏七壮士保家卫国的英雄壮举，可是具体到两大姓氏通婚，依然有些难以接受。一些开明绅士和关氏华侨对此无所谓，比较同情沁荷的遭际。有的老古板却极力反对，他们表面赞扬司徒煦，号召关氏子弟向他学习，私底下却大骂关沁荷败坏了关文炳清白的家风。几位上了年纪的关氏太太们开始陆陆续续到沁荷家里，她们要梅姐劝劝沁荷，给她找个好人家嫁了吧。梅姐就推脱她做不了主，需要兄长一家回来才行。

沁荷很烦这些擦着厚厚脂粉，穿着宽大袍子的老太太们，但是她从小受封建家族教育，性格本就温柔，拉不下脸来，只好尽量躲着她们。韶儿想办法拉她带着孩子们到外面走走。乡村和煦的微风和秋天高远的蓝天让沁荷心里开阔了不少，她也越来越爱到河边或乡野散散步。后来梅姐提醒她说："你身体一天天变了样，乡民们会有闲话，还是不要出去了吧！"

沁荷为此无比烦恼，她本来已经不在乎什么了，她只想生下孩子，好好抚养他长大，她没考虑过别人怎么看。可是梅姐的话让她猛醒过来，她突然意识到，自己一个没有嫁人的女子，在这样一个环境中生下孩子，以后怎么生活？她不会改变主意，只是她也深知，唾沫底下淹死人，她生的虽然是万人敬仰的英雄的孩子，一样也会遭受无情的流言蜚语。人们不会说司徒煦，反而会把所有过错都推到她的身上，她从那几个老太太的异样眼神中已经感受到了什么，不由浑身打了个寒噤。

沁荷想到了走，离开赤坎。但是往哪里去呢？她很想对韶儿说说，征求一下她的意见。抗日战争胜利后，孩子们大多有了很好的归宿，身边只剩下海城他们四个，最小的阿壮也快四岁了，走到哪里也能把他们养活好。就在此时，她收到了母亲和弟弟从香港寄回来的信。从信里，她得知了父母路上坎坷的经历，也知道了他们现在身体都不好。她一边读信一边哭，泪水把信纸都打湿了。放下信，她想写一封回信，可是提起笔来却又不知道怎么写。

母亲在信中让她去香港团聚，但是沁荷无比悲伤地在心里一遍遍摇头，她无法拒绝一个母亲的思念，但是她能怎么办？抱着他们眼中的孽种去见他们？况且，她不能走啊！这里有她的煦哥。香港，那是一个多么繁华而陌生的地方，煦哥怎么能够找得到她？

信写好了撕，撕了再写。沁荷用三天时间写好了回信。薄薄的一页纸上，盛不下她满腔思念和无限哀愁。但是，她只写了四句话。

阿爸阿妈：

　　得知双亲在港平安，女遥叩首。

　　母和弟之病宜早治，盼下次信中已康复。女守老宅，有梅姑姑相帮，请二老放心。

　　不孝女暂无法到港，望父母大人见谅。

不孝女　荷

再叩首

民国三十四年八月十八

5

沁荷在南楼和韶儿讲了自己的担忧和想法，韶儿一时也没有办法，脑子里闪了一个念头，犹豫地对沁荷说："要不，我们一起回南洋？只是你现在能经受得住颠簸吗？还有，还有……"韶儿迟疑起来。

"你怎么也吞吞吐吐了？有什么就说嘛！"沁荷听了韶儿的话，心里一动，但是不等韶儿说下去，她自己就喃喃自语道："哦，你不要说了，我明白你要说什么。唉！我香港都不去，又怎么能够漂洋过海远离家乡？我离开父母，不就是为了追随煦哥吗？我还走什么！走什么啊！"沁荷长长叹息，仰望天空飞过的一群鸽子，渐渐远去，终于变成一串黑点，消失在天际。

"煦哥从南洋回来报效祖国，我却离他而去，不可能的。伯父伯母都不在了，我更没必要去南洋。妹妹，以后不要再提去南洋的事了，我不会去的！"沁荷果断地说。

但是刚说完，她就看到韶儿低头一笑，转身望着南方，不再说话。她心头一震，不由万分惭愧，她伸手紧紧抓住韶儿的手，低声说道："对不起妹妹，我太自私了，我忘了你，忘了你在这里没有一个亲人，妹妹，你该回去的！"

韶儿咯咯笑了起来："这么说姐姐是不把我当亲人看的了？"

"你个机灵鬼，就会咬文嚼字！"沁荷也不由笑了。

韶儿又说："我说过不回去就是不回去，我也给阿爸阿妈写了信，他们已经派人回来重开我家的商铺了，以后我就是老板娘，吃喝不愁，嘻嘻，你怕什么？我们司徒家听说你这么一个好姑娘爱着我们的大英雄，都喜欢得什么似的。咦？说到这，我倒想到一个好地方。"

"哪里？快说啊！不要卖关子！"

韶儿眨了眨眼，嘻嘻笑着说："你婆婆家啊？"

沁荷瞬间明白了，她羞红了脸，一甩手说："没个正经，人家不理你了！"

就在两人做好决定还没有对梅姐说的时候，关志平回来了。他这次回来本来是准备找阿云商量结婚的事的，他的父母认可了阿云，阿云也回到家和奶奶住在一起，等着关志平来娶她。回了赤坎，关志平先去七烈祠祭奠七位壮士，后在南楼哭了一场，烧了纸，也算是对关雨兰的祭奠。

从南楼回来，他心情很沉重。抗日战争结束了，他的家庭和他本人只是在财产上有点损失，其他受到的冲击并不大，然而他心灵却被深深震撼了。从随同关文炳一家出逃到沁荷对他的鄙视，从他回赤坎寻找沁荷到关雨兰被日本仔杀害，从他在雨中颠沛流离到韶儿的悲惨遭遇，这一切都引起他对这个社会，对自己人生方向的重新审视。他打算投笔从戎，认为要想有安宁的生活，必须建立和平的社会秩序。父母回来对他的软硬兼施差一点让他动摇了，他想，香港确实是个好地方，在那里和相爱的人生活一辈子也是不错的选择。可是，在司徒煦等七人的追悼会上，他望着七位壮士的牌位，突然觉得自己那么渺小，怎么只想自己安逸？他惭愧地反省着自己，终于下定决心弃商从军。（当然，后来关志平对国民党彻底失望，离开军队回到香港，继承家业，成为一名商人。）

关志平回到关府，见到了沁荷和韶儿。

沁荷的近况让他大吃一惊。她面庞蜡黄，嘴唇没有血色，身上穿着布衫。她正坐在关府凋敝的花园里缝制一件衣服，秋天的阳光洒在她身上，她举起那件小小的衣服看了看，脸上露出幸福的微笑。

沁荷站起来，她的有些臃肿的身材让关志平又是一愣。他立刻发现，沁荷的辫子挽了起来，在脑后梳成一个黑亮的发髻。那是嫁了人的女人才梳的发髻。

"沁荷？"

"你？来了……"沁荷看到关志平，下意识拽了一下布衫，似乎在掩饰她微微隆起的肚腹。"进来吧！"沁荷脸一红，低头往屋里让关志平。

几个孩子都还记得关志平，看到他都"关叔叔，关叔叔"亲热地叫着，韶儿也很高兴，忙着给他倒茶。梅姐和黄妈随老谢去关文炳以前的绸缎庄了，他们准备收拾收拾，等关玉琸回来重新开个铺子，当然，他们以为战争已经结束了，关玉琸迟早要回来撑起这个家的。后来形势的发展出人意料，关玉琸的部队去了北方，再后来随部队逃往台湾，从此杳无音信，再回来已是改革开放时期。梅姐和沁荷终究没有和他再见面。

6

关志平是个细心的人，他第一眼就发现了沁荷的异样，但是他什么也没有说。他在关府住了一夜，准备第二天去草坪村找阿云。吃罢晚饭，沁荷低头告退上楼进了自己的房间。韶儿冲着她的背影嘻嘻直笑，然后还对关志平扮鬼脸，弄得关志平很不好意思。

"怎么都在部队上了，还这么扭扭捏捏呢？嘻嘻，你刚才说伯母同意了你和阿云的亲事了？真是恭喜你啊！"

梅姐笑着打了韶儿一下，嗔怪地轰她带孩子们去睡觉。韶儿满含深意地瞟了关志平一眼，笑着带几个孩子上了楼。

沁荷在卧室待着心里并不平静。看到关志平，她五味杂陈。她表面和顺，性子却执拗，她爱上了司徒煦，除司徒煦之外她不会喜欢任何男人。但是她也知道关志平为了自己付出了太多，她想让他死了心，可是他却越陷越深。当她得知关志平冒着生命危险回来找她的时候，也曾有那么一点点感动，那又怎么样呢？她可以对这个人转变态度，感激他，把他当作朋友，可是绝不会爱上他。现在，煦哥走了，沁荷更抱定一个念头，任凭今后路上有多少狂风暴雨，也要为煦哥守着。幸好，阿云出现了，现在的结果是她希望看到的，如果关志平为了她而耽误一辈子，那么她也会愧疚终身的。

沁荷苦笑了一下，把油灯挑亮，继续做没有做完的衣服。那是她精心为没有出世的孩子缝制的，她已经做了好几套，还在做，梅姐劝她休息一会儿，她也不肯，她似乎想把孩子一辈子的衣服都做出来。

外面大厅只剩了梅姐和关志平两个人。沁荷不知道他们在说什么，隐约感觉说的和自己有关。过了很久，在静谧的夜晚，只听到秋虫低吟。沁荷知道他们还在交谈，她心里有点奇怪，可还是吹熄灯躺在床上。

沁荷近来睡眠更加不踏实，有一点动静就会醒。怕吵到她，韶儿自己睡了一间屋子，阿曦也住到黄妈那里，离沁荷卧室比较远。好在关府大，再住十个八个人也住得下，现在四楼、五楼空着，他们都住在二楼和三楼，一楼说话传不上来。可是沁荷却总觉得有许多人说话的声音传进耳朵，她根本睡不着。

隐隐约约，沁荷似乎听到阿曦哭了，还有黄妈一边拍他一边哼着催眠曲的声音。唉，沁荷只好坐了起来，仔细一听，好像又什么声音都没有。月光透过窗帘缝隙，在地上洒了一道微光。沁荷的泪水慢慢滚落下来。

她在鸡叫头遍的时候终于睡着了，等醒来，发现天已大亮，黄妈已经把早饭准备好了。

沁荷没有看到关志平，他已经走了。

"他走了吗？这么急。"沁荷问梅姐。

"你是舍不得吗？"韶儿笑眯眯地盯着她的眼睛问。

"不和你讲，哼！"沁荷红着脸假装生气地说。

梅姐却一言不发，动作缓慢地把早早起来煲好的鸡汤端上桌，她拿了碗想给沁荷盛鸡汤，揭开盖子，却愣着忘了做什么。

"梅姑姑，梅姑姑？"韶儿举手在她面前晃了晃。

梅姐不好意思地勉强笑了笑。沁荷接过碗，盛了一碗放在梅姐跟前。

"这是给你补身子的，你现在不是一个人。"梅姐皱着眉说。

"嗯。好香的鸡汤，我尝尝。"韶儿用汤勺舀了一点，吹了吹用嘴唇一抿，立刻大呼小叫起来，"梅姑姑，没有放盐呢！"

梅姐"啊"了一声，连忙也尝了一口，不由捶着自己的脑袋叹道："真是老了，糊涂了。"

梅姐把汤罐端了下去，重新放盐再炖了一会儿。韶儿奇怪地对沁荷说："真是怪，梅姑姑一大早就失了魂一样，丢三落四，说话也前言不搭后语。"

吃过饭，几个男孩子闹着要去腾蛟庙捡子弹壳，梅姐不放心，韶儿和沁荷就和他们一起去，小昭在家和黄妈学做鞋。中午，就在沁荷她们准备回去的时候，阿云来了。

阿云到了南楼，见到两姐妹，早忘了自己是来做什么的，叽叽喳喳说起来没完，连韶儿都插不上嘴。说到后来，她终于说起了关志平一回去就愁眉不展，还冲她发火的事。

"这是怎么回事，两人昨晚说什么了？都这样反常。"韶儿说。

"你们也不知道啊！唉，我还以为……算了，他这人，就是这样，什么都憋在肚里，要是能有煦哥和关玉书他们一半就好了。"阿云摆了摆脑袋说。

"那你还喜欢得不得了？"韶儿打趣她。

"他有他的好处啊！你们不知道的，嘿嘿，我也不和你们说，你们不懂的。"阿云满脸憧憬，抿着嘴忍不住笑出了声。

7

韶奶奶的葬礼简单而隆重。当地一些领导来到家里慰问，表示想成立一个治丧委员会，为奶奶举行一个追悼会，但是我二伯代表我们全体亲属表示婉言谢绝，因为我奶奶生前曾说过，死后不愿惊动更多人，只想平静地走。

送葬那天，程奶奶没有去。她说她不想去了，人都走了，不想看那个了。她突然变得很消沉，精神也不太好。我们没有想太多，就留她老人家一个人在家，托邻居们照看着点。

葬礼刚举行完，我们就接到了邻居的电话，说程奶奶不行了。

这让任何人都没有想到，我们匆匆忙忙往回赶，晓敏已经哭成了泪人。

然而，我们还是晚了一步，当我们赶回老屋的时候，我的程奶奶已经平静地去了。

前一天晚上，我和晓敏都睡不着，在屋里陪着程奶奶。韶奶奶的去世，从表面看来程奶奶没什么反应，她表现得很平静，没有哭，就是呆呆坐着。可是毕竟那么大岁数的人了，二伯他们怕她有个闪失，就让我俩陪着她。

那一晚，程奶奶给我们讲她们当年的故事，一直讲到后半夜才疲惫地睡去。

程奶奶头脑清晰，吐字清楚，一点儿也不像八十多岁的老人。她讲着讲着就沉浸在自己的世界里。

我太了解阿平了，他根本不可能忘了沁荷，在他心里，谁也代替不了沁荷。当我得知沁荷已经怀了司徒煦的孩子，我知道阿平为什么唉声叹气，为什么愁眉苦脸，他在艰难地做一个决定，这个决定一旦形成，谁也改变不了。

　　他的决定只有梅姑姑知道，两人在关府辉煌的客厅谈了半夜话，谁也不知道他们详细谈些什么，可是最终的结果就是，阿平决定娶沁荷。

　　那么我呢？我不想放手，更不相信这是真的。

　　阿平竟对我说，他要娶沁荷，为了她今后的生活，也是为了司徒煦。

　　在那个年代，英雄容不得一丁点污点。阿平太善良了，他放弃自己一生的幸福也要为了他曾经爱过的人无私付出。我真的懵了，大脑一片混乱，我觉得他说得很对，又似乎不对。我大哭着跑回了家，不想再面对这个"负心"的人，更不想面对我曾经的好姐姐。

　　不出所料，沁荷根本就不会答应这门亲事，对她来说，阿平的想法简直就是天方夜谭。她苦笑着对梅姑姑和阿平说："你们不要讲了，我明白你们是为我好，不过这事根本不可能，我的心早死了，我只想生下孩子，好好抚养他长大。退一步讲，你这样做怎么对得起阿云？她是个好姑娘，你不要为了我毁了她一辈子。"

　　你们猜阿平怎么讲，他说："我注定要辜负一个人，那就只好辜负阿云，这辈子我只想和你在一起，不仅仅是为了你以后的生活，也不仅仅是为了你的名誉，更是为了煦哥的名誉，也是为了他的孩子。也许，下辈子吧，我和阿云……"

　　沁荷死活不答应，她不是不知道自己今后生活的艰难，但是她不愿因为自己而牺牲更多的人。她就像当初一样，再次闭门不见阿平。

　　然而，然而梅姑姑找了我，她哭着求我，你们知道吗？我曾经非常恨梅姑姑，当然现在不恨了。梅姑姑为了沁荷什么都不顾了，她甚至给我跪下。我是个多么要强的人，本来我是下定决心不放手的，沁荷姐姐值得同情，我会尽自己所能帮助她，可是要我放弃爱人，我不愿意。

　　然而梅姑姑给我跪下了，我不知道该怎么办，只好无奈地点了头。

　　不过，我还要阿平一句话，我要听他说，他究竟爱谁？

　　阿平却对我说："阿云，玉书一直喜欢你，他是个好人……"

　　"我不要听这个，我要你说，你究竟爱谁？"

　　阿平沉思了，他现出痛苦的表情。我终于又心软了，不愿让他为难，我站起来走了，头也不回。

"阿云，我对不起你，你好好活着，我也好好活着，我们都好好的，好好的
……"

听到他的话我当时一下子没有反应过来，只是拼命流泪，头也不回地走了。我终归是幸福的，因为我等到了那一天，我们都好好地等到了那一天。

我嫁给了关玉书，是我主动去找的他，他高兴地一直傻笑。按现在的说法就是，他是个智商高情商低的人，他问我为什么不嫁给关志平却愿意嫁给他，我淡淡地说了句"他要娶沁荷了"。他也就不再多想，竟然还为司徒煦抱不平。

我知道，只要我义无反顾地嫁了人，沁荷终会答应和阿平成亲的。我握着关玉书的手去了沁荷那里，梅姐得知我们已经订婚，高兴地合不拢嘴。沁荷淡淡的没有表情，不知道她在想什么。她那么聪明，什么都明白的。她最终能答应嫁给阿平，还是为了我，是为了我啊！他们只不过有夫妻的名分罢了。

我和关玉书结婚了，新婚之夜，我哭着说了事情的所有经过，关玉书惊呆了，他没料到他自己只是个替代品。他这样一个血性的汉子，经过两个昼夜的沉默，竟然做了那样一个决定，他说既然阿平和我能为了沁荷和司徒煦做出牺牲，他也一样可以，他要好好保护我，疼爱我，直到有一天把我完整地送给阿平。他还说，如果我死在沁荷前面，他也要让我和阿平葬在一起。

可惜，玉书死在了我前面，没有看到我和阿平的见面。我这一生，最对不起的就是他了，这个老鬼，唉！

程奶奶讲到这里，声音渐渐低了下去，她微闭着双眼，像是进入浅睡的状态。晓敏对我摆了摆手，我悄悄退了出来，晓敏晚上就和她住在一起。

程奶奶是个不一般的女人，她的去世都这样令人意想不到，不给人一点准备。

我们刚刚在悲痛中送走韶奶奶，又再一次陷入更深的悲痛中。

尾声

此刻，我又站在潭江边，站在南楼下。

风，拂过江面，拂过英雄战斗过的热土、舞台。

雨，滴过屋檐，滴过岁月冲刷过的楼宇、碉楼。

从誓死抵抗到身首异处，鲜血染红了潭江，也模糊了乡民们的双眼。追悼大会上数万人恸动、恸哭，如同当年为纪念屈原而挥洒的悲怆。很久之后，七壮士的乡亲、亲人才发现了早已陨落的残骸，人们没有亲眼看到英雄们最后的抗争，那些面对残暴的坚毅，那些面对刺刀的英勇，只能残留在南楼的遗书和刻痕中，供后人瞻仰。

在赤坎南楼，在腾蛟庙，在七烈祠，在开平，在五邑侨乡，在南粤乃至华夏大地上，司徒煦和他的兄弟们终于可以长眠于这个他们用鲜血、用生命捍卫的家园了。曾经在敌人威逼下大快人心的怒骂，曾经在就义前大义凛然的反抗，随着岁月的流逝都渐渐消逝了，不过，消逝的只是他们的身躯，而那壮士、怒汉的形象，那不屈的灵魂，依然守护着这片自由的土地，守护着前赴后继的英雄继承者们。

我的七位爷爷不知道（我衷心地把他们都当作爷爷了，因为我司徒煦爷爷和他们早已是一体的了）他们坚守南楼的十天九夜，意义远不止牵制了在赤坎的三千多日军，也不止击沉了多少敌船，击毙、杀伤了多少日寇，而是在于他们守住这条潭江水道和广湛线的陆路咽喉，阻滞了华南十万日寇从海南、雷州半岛、湛江等地往广州乃至华中、华北、东北战场调动，做垂死挣扎的速度，使日寇大批后勤人员和大量的战略物资，无法顺利从这里通过。更重要的是，在战火纷飞国难当头，南楼七壮士——碉楼怒汉用振聋发聩的怒吼，唤起了民众宁死不屈的意志和必胜信念，用鲜血和生命为国家立威、为民族铸魂，展现了中华民族的昂然豪气和血气！

南楼中的故事不是杜撰的伟岸，不是粉饰的强悍，因为一切杜撰的伟岸、粉饰的强悍都经不住时间的考验，终会轰塌在岁月的洗礼中，轰塌在历史的真相后。而南楼——曾经被抗日烽火烤焠的碉楼，围绕着它的是血和泪铸造的丰碑，牢不可破。那些累累弹孔，可以抚摸；那些镌刻着七烈士"誓与南楼共存亡"铮铮誓言的血痕，可以留声；还有那些像我的奶奶一样，一辈子生活在潭江边，见证过、守护过、追忆过英雄故事的人们，他们老去的身影不会带走一个时代的记忆，因为在碉楼庇佑下成长的继承者们，当被现实的残酷折磨得快要失去自我时，更加需要英烈灵魂的慰藉！

> 放眼潭江岸，
>
> 四乡多碉楼，
>
> 黑夜防盗贼，
>
> 卫国勇抗日本仔，
>
> 英雄儿女名垂千古，
>
> 且看潭江江岸屹立南楼。

这首《潭江小唱》在开平、在五邑侨乡妇孺皆知，连小孩子唱起来都有滋有味。南楼，这座连一个别致文雅的名字都没有的碉楼，在口日夜夜的传唱中，化身为侨乡开平、江门五邑、南粤大地抗战的图标，化身成为了中华民族千古不灭的灵魂！如今碉楼身上的累累弹痕，每一处都是一种无声的呐喊，都是一份沉甸甸的坚守！

"是非成败转头空。青山依旧在，几度夕阳红。"

我沿着来时的路往回开着车，不经意间发现前面天空中竟然出现了一道若隐若现的彩虹，而它的下面，正是巍峨矗立着的南楼。彩色与黑白、刹那与永恒，谁又能说清这一刻哪一个更美丽，哪一个更悠长？在我的起点，在我深爱着的故乡，有那么一座楼，有那么一群人，曾经也和彩虹一般绚烂，但是他们却选择了为另一片更大的光辉而奋斗，而消逝。那片光辉，来自倒映着真善美的潭江之滨，来自傲然屹立的碉楼之上，来自镶嵌着强国梦的金山之顶，如此夺目，如此壮丽……

听历史故事，
聊本书心得

扫描二维码，立享本书专属权益

微信扫码

【听】历史故事

★听其他历史故事音频，
增长历史知识

【聊】本书心得

★与书友交流本书观点，
交志同道合的朋友

【帮】阅读助手

★为你提供专属阅读服务，
满足个性化需求